南京大学丁帆先生题

四川大学阿来研究中心组织架构

名誉主任：阿　来

主　　任：曹顺庆

首席专家：李　怡

执行主任：陈思广

副 主 任：雷汉卿　徐新建

秘 书 长：周　毅

特聘研究员：（按姓氏拼音顺序排列）

　　　　　　陈思和　陈晓明　程光炜　丁　帆

　　　　　　冯宪光　葛浩文　靳明全　李瑞腾

　　　　　　罗庆春　孟繁华　宁小龄　汤晓青

　　　　　　吴义勤　阎晶明　张　柠　张清华

　　　　　　张学昕

中文社会科学引文索引（CSSCI）来源集刊

阿来研究

ALAI RESEARCH

（第 21 辑）

主编　陈思广

主办　四川大学阿来研究中心
协办　四川师范大学文学院
　　　西北民族大学西北少数民族文学研究中心
　　　西华大学文学与新闻传播学院
　　　西南民族大学中国语言文学学院

四川大学出版社
SICHUAN UNIVERSITY PRESS

图书在版编目（CIP）数据

阿来研究．第21辑／陈思广主编．－－成都：四川大学出版社，2024.9．－－ISBN 978-7-5690-7304-1

Ⅰ．I206.7

中国国家版本馆 CIP 数据核字第 2024QX8704 号

| 书　　名：阿来研究（第 21 辑）
|　　　　　Alai Yanjiu (Di-Ershiyi Ji)
| 主　　编：陈思广

选题策划：黄蕴婷
责任编辑：黄蕴婷
责任校对：毛张琳
装帧设计：墨创文化
责任印制：李金兰

出版发行：四川大学出版社有限责任公司
　　　　　地址：成都市一环路南一段 24 号（610065）
　　　　　电话：（028）85408311（发行部）、85400276（总编室）
　　　　　电子邮箱：scupress@vip.163.com
　　　　　网址：https://press.scu.edu.cn
印前制作：四川胜翔数码印务设计有限公司
印刷装订：成都市新都华兴印务有限公司

成品尺寸：185 mm×260 mm
印　　张：16.75
插　　页：2
字　　数：432 千字

版　　次：2024 年 9 月 第 1 版
印　　次：2024 年 9 月 第 1 次印刷
定　　价：75.00 元

本社图书如有印装质量问题，请联系发行部调换

版权所有 ◆ 侵权必究

扫码获取数字资源

四川大学出版社
微信公众号

目 录

名家视域

阿来讲杜甫与学术破圈现象 ………………………………… 刘明华（1）
想象藏地的方法
　　——文化人类学与《尘埃落定》本事问题 ……………… 张　均（7）

作家访谈

"我在行走中倾听亘古的语言" ………………………… 张　意　阿来（23）

新作热评

自然之子的还乡典仪
　　——论阿来的《西高地行记》 ……………… 刘亚丁　袁佳慧（32）
博物学书写中的生态考察与文化反思
　　——读阿来散文集《西高地行记》 …………………… 龙其林（43）
"风景散文"与地方性知识生产
　　——读阿来的《西高地行记》 ………………………… 杨淑芬（55）
成都视角下的杜甫诗传
　　——阿来《回首锦城一茫茫：杜甫成都诗传》读后 …… 孙　微（62）
古今交互中的杜甫成都诗探赜
　　——兼论《阿来讲杜甫成都诗》 ……………………… 余　霞（73）

多维视野

文学作为"观看的语法"
　　——论阿来的文学观 …………………………………… 马　睿（82）
语言·腔调·身份认同
　　——理解阿来小说创作的三个关键词 ………………… 梁　海（90）

内蒙古民族文学研究小辑

敖德斯尔革命历史题材小说新论
　　——纪念蒙古族著名作家敖德斯尔先生100周年诞辰 ············· 满　全（99）
地域风情、民族文化与时代新人
　　——敖德斯尔儿童文学创作论 ···································· 李利芳（109）
《金色兴安岭》：作为部队文艺的边疆文学 ··························· 李　哲（118）
革命觉醒的叙事模式与限度
　　——从"初刊本"重读《草原烽火》的革命叙事 ················ 周根红（134）
作为民族记忆的现代化叙事
　　——《草原晨曲》对历史与现实的双重观照 ······················ 妥佳宁（145）
民族性格与民族团结意识的书写与历史反思
　　——蒙古族剧作家超克图纳仁创作论 ···························· 申　燕（153）
民族叙事与国族意识
　　——兼论"旅人"萧乾的情感认同结构 ·························· 康　馨（161）

四川作家研究

"有情的"书写
　　——谈侯志明的抒情散文 ·· 郭冰茹（172）
一个人的成长史就是他的思想史
　　——侯志明散文创作浅论 ·· 梁向阳（179）

重述神话研究

神话重述的三种面向
　　——以刘亮程小说《本巴》为论述中心 ················ 多洛肯　董昌灵（186）
神话不能承受之"轻"
　　——论刘亮程小说《本巴》对神话的重述策略 ···················· 董子琦（196）

藏地文学研究

媒介生态视域下当代西藏文学的发展
　　——以《西藏文学》（1977—2022）为中心 ············· 妥建清　李小雨（204）
藏族生态写作的传统延续与现代特质 ······················ 郑佳丽　丹珍草（216）
认同·超验·救赎
　　——万玛才旦小说情感空间的建构与藏地文学的群体"共构" ······· 赵婉彤（224）

深描文化景观，保存文化记忆
　——《西藏最后的驮队》对民族志书写的拓展 ………… 李冠华　周燕芬（234）

学术史研究

"骏马奖"研究四十年来的特点与反思
　——基于 CiteSpace 的可视化分析（1982—2022） …………… 王　艳（243）

Contents

Critics' Viewpoints

Alai's Talk on Du Fu and Academic Breakthrough ·············· Liu Minghua (1)

Methods for Imagining Tibetan Areas: Cultural Anthropology and the
   Historical Prototype of *Dust Settles* ·············· Zhang Jun (7)

Interview with Author

"I Listen to the Ancient Language While Walking" ·············· Zhang Yi Alai (23)

New Works Reviews

The Returning Ceremony of the Son of Nature: On Alai's *Records of Traveling
   in China's Western Plateau Region* ·············· Liu Yading Yuan Jiahui (32)

Ecological Investigation and Cultural Reflection in the Writing of Natural
   History: Reading Alai's Prose Collection *Records of Traveling in China's
   Western Plateau Region* ·············· Long Qilin (43)

"Landscape Prose" and the Production of Local Knowledge: Reading Alai's
   Records of Traveling in China's Western Plateau Region ······ Yang Shufen (55)

The Biography of Du Fu's Poetry from the Perspective of Chengdu: After
   Reading Alai's *Looking Back Jincheng Feeling Endless Emptiness:
   Biography of Du Fu's Chengdu Poetry* ·············· Sun Wei (62)

Exploration of Du Fu's Chengdu Poetry in the Interaction between Ancient
   and Modern Times: Also on *A Talk on Du Fu's Chengdu Poetry* ··· Yu Xia (73)

Multidimensional Perspectives

Literature as "a Grammar of Viewing": On Alai's Literary View ······ Ma Rui (82)

Language, Tone, and Identity: Three Key Words of Alai's Novel
　　 ··· Liang Hai（90）

Inner Mongolian Ethnic Literature Research

A New Discussion on A. Odser's Revolutionary Historical Novels: In
　　Memory of the Centenary of the Birth of Mr. A Odser, a Famous
　　Mongolian Writer ·· Man Quan（99）
Regional Customs, National Culture, and New Generation: On Children's
　　Literary Creation of A. Odser ······················· Li Lifang（109）
Golden Xing'an Mountains: Borderland Literature as Military Literature
　　and Art ·· Li Zhe（118）
Narrative Mode and Limits of Revolutionary Awakening: Rereading the
　　Revolutionary Narrative of the First Journal Edition of *Beacon-fire on*
　　the Grassland ····································· Zhou Genhong（134）
The Narrative of Modernization as National Memory: The Dual Reflection
　　of History and Reality in *Grassland Morning Song* ········· Tuo Jianing（145）
The Writing and Historical Reflection of National Character and National
　　Unity Consciousness: The Creation Theory of Mongolian Playwright
　　Chaoketunaren ·· Sheng Yan（153）
National Narrative and National Consciousness: Also on the Emotional
　　Identity Structure of "Traveler" Xiao Qian ·················· Kang Xin（161）

Research on Sichuan Writers

"Sentient" Writing: On Hou Zhiming's Lyric Prose ············ Guo Bingru（172）
A Person's Growth History is His Intellectual History: A Brief Discussion
　　on Hou Zhiming's Prose ·································· Liang Xiangyang（179）

Myth Retelling Research

Three Aspects of Myth Retelling: Centering on Liu Liangcheng's Novel *Benba*
　　 ·· Duoluoken　Dong Changling（186）
The Unbearable "Lightness" of Myths: On the Myth Retelling Strategy of
　　Liu Liangcheng's Novel *Benba* ····························· Dong Ziqi（196）

Tibetan Literature Research

The Development of Contemporary Tibetan Literature from the Perspective
    of Media Ecology: Focusing on *Tibetan Literature* (1977—2022)
    ·· Tuo Jianqing   Li Xiaoyu (204)
Traditional Continuation and Modern Characteristics of Tibetan Ecological
    Writing ·· Zheng Jiali   Danzhencao (216)
Identity, Transcendence, and Redemption: The Construction of Emotional
    Space of Pema Tseden's Novels and the Collective "Co-Construction"
    of Tibetan Literature ·· Zhao Wantong (224)
Thick Description of Cultural Landscapes and Preservation of Cultural
    Memories: The Expansion of Ethnographic Writing of *The Last Caravan
    in Tibet* ·· Li Guanhua   Zhou Yanfen (234)

Academic History Research

Characteristics of and Reflection on the 40 Years' Research of "Junma Award":
    Visual Analysis Based on Citespace (1982—2022) ·················· Wang Yan (243)

名家视域

阿来讲杜甫与学术破圈现象

刘明华

2023年，对于成都的学术文化活动而言，可谓杜甫年。就我所知，这一年，成都关于杜甫的活动频频。正月初七，人日，"成都诗圣文化节初七人日祭祀"活动拉开杜甫年的大幕。中国作家协会副主席李敬泽担任祭拜仪式主祭人，宣读祭文《祭诗圣杜甫文》。4月，四川省委宣传部推出"名人大讲堂·杜甫文化季"，国内杜甫研究专家陆续到达成都开讲。现场人气高涨，加上直播，有的讲座线上听众高达二百余万。同月，阿来"杜甫 成都 诗"系列讲座音视频全网发布启动仪式在阿来书房举行，阿来书房官方账号在启动仪式上也同步上线。9月与阿来讲堂内容相关的《回首锦城一茫茫：杜甫成都诗传》由成都时代出版社出版。10月，彭志强《秋风长啸：杜甫传》之上部《游侠杜甫》由人民日报出版社出版。这是记者兼作家撰写的杜甫新传三部曲之一。作者与父亲朝圣般拜谒杜甫故里及遗迹，以职业性的深度采访加上学术性的行踪考察，完成了特色鲜明的一部杜甫传记。全年，成都电视台的《蜀·风流人物：草堂杜甫》专题片紧锣密鼓，全国开拍。剧组为访谈，或飞驰南北，或网联中外，反复选景，再三求证，唯实唯美，精益求精，拍出近年中外数种杜甫纪录片中的精品。而杜甫草堂作为杜甫研究中心，这一年的活动也超过以往。从人日开始，到年终，各类活动达数十种，不少培育多年已成文化品牌的项目如"文化名人进草堂"系列学术讲座、"杜诗文本细读研讨会""杜甫读书会""全国硕博论坛"等持续开展……杜甫于成都，实在是相互成全。而这一年，阿来的两项关于杜甫的工作格外醒目，其音频线上发布更是成为现象级的文化事件，让我想到的是以此为代表的杜甫研究中的破圈现象。

一

何为破圈？这或许是我的职业习惯下的一个反应或说法。所谓圈不圈，本是人为设置。学术有界，亦可谓圈。即学术研究有约定俗成的学科疆域，一般人精力学养有限，只能守其一隅而耕耘。目前各类学会的人员构成，大略是在这个领域里从事相关工作的人士即为会员，成为圈内人。多数学会对于会员的职业并无限制,只要从事相关工作,即可认为是圈内人。对于杜甫学界而言,以从事杜甫教学研究为业的人,可谓专业人士。他们的讲座论著都是职业性的。而以其他工作为业者,进入杜甫学界则似为破圈。阿来是当代著名作家,影响在小说界,讲杜诗,写杜甫,成为杜甫学界的"新人",故有此说。

这一现象并不陌生。多年来,即有作家学者化的呼吁。文学创作与学术研究,毕竟是不同的思维方式和呈现方式。有意思的是,当代作家对学术的关注,对古典作家的喜爱和推崇,往往意味着向伟大作家或文化传统致敬。作家讲解古典文学,撰写相关著述,展示的是他们对经典的独特解读,表现的是他们对文化传承的自觉。

当代作家关注古典文学,在某一领域深耕,并产生较大影响的,阿来之前有王蒙、刘心武等先生。王蒙先生早在20世纪80年代后期即开始关注李商隐的无题诗和《红楼梦》,其特点是用意识流的思维(王老的强项),解读李商隐创作思绪中的朦胧性,实为"无人作郑笺"之李诗主旨的不确定性。王老因其独特视角、重要见解和广泛影响还成为李商隐研究会的名誉会长。其在《读书》和《文学遗产》发表的多篇重要论文,更成为学术论文写作中的重要参考文献。近年有学者深度分析了王蒙对李商隐的关注,称之为"李商隐情结","原因大概有二:其一,借李商隐表达未竟的文学理想和文化理想;其二,借李商隐的诗作,获得卡塔西斯的审美心理疗效"[1]。这些年,王蒙先生转攻老庄,还在电视台专栏主讲,出版有《王蒙解老庄系列》,如《老子的帮助》《庄子的享受》《庄子的快活》《庄子的奔腾》等。有几本还是我在机场书店看到,立即买了在"云端"拜读的。其风格一以贯之,就是用诗心读古典,用文学创作经验解读古典诗文的精妙和意趣,非学院老师所能及。王蒙先生是在文学创作达到巅峰后,从激情归于沉思,将对古典著述的浓厚兴趣与深邃思考诉诸"泛学术性"文字("学术散文"似更准确),感性十分,理性充沛,学养深厚,其洞见让人叹服。作家创作激情的余晖,照耀在学术领域,也是光彩夺目。若要说圈,也是存在的,即王蒙先生的论著,其写作方式、语言呈现、观点与结论,与现在几成八股的学术论文写作"规范"有相当的距离,但其对文化的普及和推广,却极具影响。

刘心武是我喜爱的作家。恢复高考前,我还在农村当知青时,就读到了他的《班主任》,真是震撼。那个单纯的主角,不正是我们那一代许多人的写照吗?后来刘心武研究《红楼梦》,其发表在《读书》上的文章,和王蒙的"学术散文"一样,是杂志到手必先一睹为快的。刘心武研究《红楼梦》,同样是作家的天才想象力在发挥作用,对大观园之复杂人际关系和人物心理的探析,亦见得邃密,也是我已开始学术生涯时所佩服的。我虽不研究《红楼梦》,但在高中、大学、研究生阶段分别集中时间认真细读过,每次的认识和收获都超过前一次。大学、研究生时,还分别写过长长的类似评论的读后感,但只是作为读书习惯的写作,并未想修改成论文发表,此后也未认真研究。所以我十分佩服刘心武的考证推理。但当他试图把"红学"论证成"秦学"时,就基本进入"索隐"一路了,作为学术研究中的一说,无可厚非。再到后来,他要展示自己横溢的才华,在自己研究的(实是自己认定的或想象的)基础上,续写后四十回以回应曹雪芹

---

[1] 赵思运:《王蒙旧体诗中的"李商隐情结"》,《中国当代文学研究》2022年第2期。

的初心，还原《红楼梦》的真正结局时，我深感这位具有伟大抱负的作家，是在拿才华冒险。书出了，我也好奇地看了，对其勇气十分佩服。

王蒙和刘心武在古典文学的研究上，均持续关注并投入极大热情，且有明确的学术目标。他们的成果，放在古典文学界，也是令人瞩目的。王蒙涉及《红楼梦》、李商隐及老子、庄子等方面。刘心武两翼齐飞，不断推出长篇小说，续写《红楼梦》后，还出版红学专著《刘心武妙品〈红楼梦〉》，全五册共百万字，作为红学家，当之无愧矣。

阿来讲杜诗写杜甫，是要传承古典文化，弘扬文化精神。这个目标，与王蒙、刘心武无异。但阿来对杜甫和古典作家的热爱与传播，有着自己的着力点。阿来似无意做一位古典文学的学者，其对杜甫及相关古典诗人的关注，体现的是他对现代中文写作传承弘扬传统文化应有的责任和担当的思考，以及自己如何能够在这个过程中实现自我升华。与其说他的用意是为了现代中文写作的完美，不如说他希望通过自己接近完美写作的下一部作品来实现这个大目标的完美。这是创作激情未减的壮年阿来与晚年的王蒙和刘心武的最大不同之处吧。早有学者认为，"五四"后的新文学未能很好接棒中华优秀传统文学，因而在文化传承上，目前这一重任仍得由古典文学承担。① 阿来似有天降大任于斯人的担当，他对杜诗的热爱，和他对古典文学的重视，其核心是对中文写作中传统语言的精美之淡化的担忧和提振文字表达的决心。杜甫是阿来珍视的古典文学的代表人物。近年来，他在四川的"名人大讲堂"讲过苏东坡（《一蓑烟雨任平生——苏东坡在黄州》，2018）、司马相如（《酒肆人间世 琴台日暮云——理解司马相如的一生》2022）、陈子昂（《时代之变——从陈子昂诗歌谈起》，2023），他对古典文学的兴趣和传播，是要在自己的创作中，并希望在当代作家的创作中得到回应：当代文学应该体现出文化传承的历史意义。他最为清楚和集中的表述是，养成新的文学观，靠两种文学："一种是中国的古典文学，另一种当然就是西方外来的文学……你使用的这个文字还是中国自己的，还是中国声音，还是中国形体。那么，要对这种语言文字的表现力有充分体悟，光是'五四'以来的白话文文学那点经验是远远不够的。我个人尤其重视对中国古典诗歌和散文的阅读。因为中文除了表意以外，在文字安排上，对于形体，对于它的声音，所暗含的某些东西是有刻意经营的。我们好像正在忘记中文这样一个特点，尤其是在网络时代到来以后，正在把这种语言变成一种粗劣不文的真正的白话。我们必须充分注意中文声形意皆具的特性，这跟世界上别的拼音体系的文字有本质性的区别。"② 从这里，或许能探知阿来对杜甫及其诗歌格外关注的真正动因。当然，阿来和其他当代作家能够通过自己的写作完成当代文学在文化传承中的历史责任，则是当代文学存在的最高价值。这是最值得期待的愿景。

因而，阿来在讲杜甫解杜诗时，对杜诗语言之精妙，常击节称叹。杜甫的《春夜喜雨》《江涨》《春水生二绝》《水槛遣心二首》等诗，是写雨的代表作，更是杜甫成都诗的美篇名篇，历来备受称赞。阿来认为："有了他的这些文字，成都的雨，成都夜里悄然而至落了满城的雨，落在浣花溪上、落在锦江之上的雨就与别处不一样了——那是从

---

① 胡明：《中国古典文学研究的现代责任》，《陕西师范大学学报》2003年第1期。
② 阿来：《马尔克斯与〈百年孤独〉》，《如何面对一片荒原》，陕西师范大学出版社总社2019年版，第37页。

唐诗里飘来的润物无声的雨。成都可以为此而感到骄傲了。天地广阔，雨落无边。可是，又有几丝几缕被诗意点染后，至今还亮晶晶地发出韵律的清响？"① 这是当代作家对古典诗歌之优雅纯洁表达的由衷赞美。和对古代文学传统的解读不大一样的，是阿来在讲课和诗传写作中，更注重杜诗中伟大诗人的思想情感、精神面貌对他的影响。换言之，阿来在讲杜诗写杜甫时，一个作家的感受和感动，时时溢于言表，遍布字里行间。这和"杜诗学界"学人的解诗是有明显区别的。阿来的感受，是现代人的，是现代作家的，是一个以中文写作为业者，与一位伟大的古典诗人的艺术表达和思想情感的共振。

　　阿来课堂所讲之诗，与《诗传》的内容基本一致，都集中在成都诗。但讲和写有差别。《诗传》章节，根据成都诗的创作时间而结构，形成"杜甫在成都"的传记。讲堂，也有时间线的考虑，但主要是就一首首作品，讲背景，讲文字，讲诗法，最后也落在杜甫成都诗与成都文化的相关问题上。诗心，文心，在此相通。合而视之，相互补充，定是相得益彰。阿来《杜甫 成都 诗》讲《卜居》，从题目入手，看到大诗人的气魄，表现的也是当代作家的敏锐。他说："杜甫，或者说唐人写诗有一个习惯，新写的诗歌却用以前诗人写诗用过的题目。今天我们写文章有一个忌讳，就是别人用过的题目我们就不敢用了，因为我们总是有一个顾虑，用别人的题目是不是也是某种抄袭？没有创新？不能超越？但杜甫是一个大诗人，胆子大，他不怕用别人的题目。那意思是即便用了旧题目，但我完全会写出新意来……唐人自信，杜甫也自信，敢用前人旧题写出新篇，后来白居易等人都很大胆，都敢用过去人用过的题目，这也表示他们的自信。"② 这样的讲法，与文学老师的讲授，并无不同，见得阿来的准备充分。不同的是作家的创作心态在此自然呈现。在书中，这一细节，并无相关文字出现。我想，这或是阿来在讲课时的即兴发挥吧。而即兴，正是演讲或课堂教学的特点。讲者兴之所至，常有妙语连珠。

　　如前云，破圈是从职业角度而言的，过去还有一个类似的说法，是客串。客相对于主，这个主，是主业。一个职业的从业者参与另一个有明显区别的职业的工作，即为客串。近年学科发展中有一个新词：交叉学科。交叉学科指不同学科体系之间的异中有同，其交叉融合可能产生新的角度和成果。从学科看，阿来以及所有作家所撰写的古代文学论著或古代人物传记，都不是交叉学科的产物，它们都是古代文学研究或传播的相关成果。略有不同的是，和较为专业（也可能是固化乃至僵化）的本学科的成果相比，他们的思路、文字，和原来的读物有一定区别，这就是形象思维的生动活跃和语言表达上的文采斐然。

二

　　跨界、破圈与交叉，在信息技术和传播方式飞速发展变化的当下，还从技术层面得到支撑，使得一些新的表现方式成为日常。这可算是表现方式或研究方法的突破，也是破了原先的文字书写的传播圈。阿来课堂讲座音视频的网上发布，顺应了当代文化传播

---

① 阿来：《回首锦城一茫茫：杜甫成都诗传》，成都时代出版社2023年版，第181—182页。
② 这段话据阿来讲课的音频内容整理。

的大潮，充分利用信息社会的便捷，传播中华优秀文化。在我熟悉的杜甫研究界，图说杜甫的著作也陆续问世。这是圈内人适应新时代，用新的形式学习、研究、传播杜甫及其诗歌的新事。中国杜甫研究会常务理事、中央财经大学左汉林教授周行万里，历时五年而成的《朝圣：重走杜甫之路（插图本）》（东方出版社 2018 年版）就是传统实地考察与摄影艺术结合的作品。与萧涤非先生带领团队考察杜甫遗踪，著《访古学诗万里行》（人民文学出版社 1982 年版）相比，左著图文并茂，显然是读图时代杜甫研究中的游踪考察的新品。2023 年 9 月在陕西师大召开的中国杜甫研究会第十一届年会，和 11 月在山东大学召开的《杜诗学通史》新书发布会上，汉林教授一直在用看似很专业精巧的设备忙着录像，忙的完全是记者的活儿，甚至比记者还忙——记者往往是开幕式拍些或录些画面，再要一些发言材料，或采访几位专家，就赶紧离场，去忙后期制作，当天播出是他们的目标。而他一直在现场拍摄。后来才知道，他在参与某平台的直播活动。也就是说，汉林教授是向社会大众直播分享他参与的与杜甫研究相关的一些活动，这种宣传杜甫的形式，也是前所未有的。直播学术活动，极大地满足了人们对专业学术圈的好奇与关注，也符合这个时代的人们的审美需要。

文学地理学方兴未艾，随之而来的是"文学地图""文学空间""场景还原"等相关命题。前述学者对杜甫遗踪的考察及成果，本质就是通过历史地理与现实场景的考察，更好地实现文史互证，了解诗歌的创作背景，接近诗人的创作心态，达到场景还原及对作品的最佳理解。台湾学者简锦松先生《亲身实见——杜甫诗与现地学》（台湾中山大学出版社 2018 年版），就是在其《杜甫夔州诗现地研究》（台湾学生书局 1999 年版）、《唐诗现地研究》（台湾中山大学出版社 2006 版）的基础上，对杜诗"亲证还原"的努力。作者称"四处行脚，以求验证唐诗实境的寻访，其实就是现地研究了"。该书在方法上最有特色的，是"除了一直在强调的文献精读法之外，也陆续增加了 GPS 仪器、高阶数位相机＋GPS 定位、数位行动摄影机、雷射测距仪……等实体和软体"（《自序》）。作者对涪城县香积寺官阁的考察和对夔州八阵图碛之 GPS 测量，都是其方法的具体呈现。简先生思路独特，但惑亦随焉。对古典作品的场景运用现代技术进行精准定位，有助于还是可能会限制文学阅读中的想象力发挥和理解？遑论沧海桑田，今日之山水与千年前之山水，还是同一面貌？在"文学地图"的还原中，如何以"山川为证"，呈现历史地理与现实场景的共生和位移？这显然是新方法运用中的挑战。当然，适当运用 GPS 仍是文学地理学研究中的一种重要选项。

当下中文写作面临的最大挑战，除了阿来担心的网络时代已经出现的"粗劣不文的真正的白话"渐成趋势，人工智能的模仿能力会造成写作语言能力的下降更是势所难免。中国人民大学谷曙光教授在 ChatGPT 问世之后，立即在 2023 年 3 月 15 日的《澎湃新闻》上撰文《文字魔魇：ChatGPT 能制造赛博杜甫吗？》，呼吁在"诗词的高端模仿秀"可以乱真的今天，"在这个文字的重要性和日常应用性逐渐降低的时代，期待有志者仍能深耕文字的'高端市场'，坚持写有美感、有个性、有风骨的高贵文字"。他认为在"一切皆可赛博朋克（CyberPunk）"的时代，"但赛博（Cyber）杜甫，还是极不容易的"。阿来对古典的推崇，不正是要传承文脉，写出中国语言文学中的"高贵文字"吗？

破圈不是圈破，实为相关性融合，新质介入。对于圈外的人，即读者听众而言，并无所谓圈，他们或能感受到的，是一种不同风格的讲授，一种超越习常的写作，开卷有益，闻声有悟，如此而已。

破圈也是跨界写作。同是2023年，周宏桥先生的诗剧《天国诗酒话情爱》[①]让人耳目一新。中国诗史上几位最伟大、最杰出的诗人——悲愤的屈子，闲情的陶潜，浪漫的李白，沉郁的杜甫，超然的东坡，加上千古才女李清照，穿越时空，会聚一堂，各言其志，各抒其情，其想象力空前。后来得知，此诗剧实为作者在长江商学院EMBA创新课程主讲"创意创新思维"之诗学结晶。文理融合，天马行空，此之谓欤！我拜读书稿，当即认为，这部主题浪漫、语言典雅的诗剧，一定可改编或再创造出一个咏叹爱情、荡气回肠、大气磅礴的中国气派的舞台剧。但一众著名诗人穿越时空共话情爱的选题，让习惯于故事情节、人物形象的戏剧编剧们深感不易驾驭。令人欣慰的是，此剧已被上海音乐学院改编为大型交响乐清唱剧，正式排演，即将开始全国巡演。真让人惊喜与期待。

杜甫是河南的，是陕西的，是成都的，是重庆的，是中国的，是世界的。而学习杜甫，研究杜甫，热爱杜甫，则可人不分长幼，地不分南北，国不分中外。文学家破圈进入学术界，开始讲杜诗，写杜甫，杜甫幸甚，学界幸甚，读者幸甚，文化幸甚！

（西南大学文学院教授、博导）

[①] 周宏桥：《细柳诗缘——新古典主义诗歌拓荒集》，作家出版社2023年版。

想象藏地的方法
——文化人类学与《尘埃落定》本事问题[*]

张 均

一、阿来为什么写《尘埃落定》

许多年前,笔者第一次读到彼时尚不知名的青年作家阿来的长篇小说《尘埃落定》,其开篇文字明净、悦耳,有着金玉般响亮的质感,使人经久不忘:

> 那是个下雪的早晨,我躺在床上,听见一群野画眉在窗子外边声声叫唤。
>
> 母亲正在铜盆中洗手,她把一双白净修长的手浸泡在温暖的牛奶里,吁吁地喘着气,好像使双手漂亮是件十分累人的事情。她用手指叩叩铜盆边沿,随着一声响亮、盆中的牛奶上荡起细密的波纹,鼓荡起嗡嗡的回音在屋子里飞翔。
>
> 然后,她叫了一声桑吉卓玛。[①]

20多年过去,《尘埃落实》已经以其天真超拔的比喻、充盈饱满的诗性气质以及藏民族特有的艺术思维迅速经典化,笔者在给非文学圈朋友推荐优秀当代作品时,也必然优选此著。不过,多年以来,还是有个疑惑始终盘桓于作为研究者的笔者的内心:阿多诺曾经提出诗学命题"奥斯威辛之后,写诗是不可能的",那么,在有着漫长农奴制历史的藏地,《尘埃落定》这样优美的"诗"为何还是能够成为可能,它又是以怎样的方式成为可能的?

有如此困惑,并非要刻意冒犯秉有稀见语言才华的阿来和其他优秀的当代藏族作家,实在是因为许多史料显示了农奴制漫长、超出想象的残忍。1963年,电影《农奴》剧组"组织摄制组全体演员参观访问农奴家庭、贵族庄园。在罗布林卡的仓库里,大家看到了农奴主对待农奴的残忍刑具,有打嘴、割舌、挖眼、剜心、锯腿、断筋等几十种。还有人头、人皮、人头发、风干了的人手、人脚,用人大腿骨刻成的花纹佛像,用人头盖骨制成的茶碗,人皮蒙成的手鼓等,看后令人毛骨悚然"[②]。对此,阿来当然是了解的,在《大地的阶

---

[*] 本文为国家社科重点项目"改革开放40年小说本事资料的发掘、整理与综合研究"(21AZW020)阶段性成果。

[①] 阿来:《尘埃落定》,人民文学出版社1998年版,第1页。
[②] 崔斌箴:《电影〈农奴〉背后的西藏记忆》,《档案春秋》2009年第3期。

梯》一书中,他即提及"用人头骨、人皮、人肠、人血和少女腿骨做祭品与法器的血腥与野蛮"①。依常理推断,要把包含如此反人类罪行的历史写成诗意充沛的所在,必然存在逻辑困难。不过,阿来对此仅是偶尔言及,并未有写作受阻之感,《尘埃落定》仍旧被写成了关于土司文化的前所未有的惆怅。"惆怅"之说,来自阿来自述:

> 瓦寺土司和嘉绒土司们的历史已经日渐为人淡忘。嘉绒文化的繁盛时期也已经式微了。但站在这荒野之间,我的心中涌起一种难以克服的淡淡的惆怅。
> 惆怅是一种使人受伤的美丽。
> 惆怅是一种于事无补的个人情感状况。②

然而,"难以克服的淡淡的惆怅"与人皮鼓、人腿法器等之间的反差,的确让笔者多年难释困惑:为什么阿来及众多藏地写作者不会感到农奴制、"旧西藏"是一个难以绕过的写作障碍呢?

究其缘由,或在两层。(1)"旧西藏"不再是切身的实感经验。爱尔维修曾言,"肉体的感受性和记忆是产生我们一切观念的原因"③,对于生于1959年的阿来而言,"旧西藏"政治经济制度的残酷即便真实,客观上也已经遥远,已不再具有"肉体的感受性"。(2)左翼社会主义文艺传统的边缘化。阿来无疑认识到此种变化缘于左翼文艺自身的困境。对于《农奴》(李俊、黄宗江,1963)、《格桑梅朵》(降边嘉措,1980)、《幸存的人》(益希单增,1981)等前辈作品,阿来很少公开置评,但他表示要以意识形态写作为戒:"我们受特别强大的意识形态的影响","我并不是讲哪一种意识形态是可以的,哪一种是不可以的。但是如果一个作家只是完全服从于一种规定性的意识形态的话,这种书写大概是没有什么价值的"。④ 显然,类似《农奴》这种以揭示农奴制罪恶为旨的作品,自然会被指认为"意识形态的写作"。在新一代作家眼中,它们是要逃离、反叛的对象,故而农奴制的罪恶也就不必再写。然而,这种时代"共识"容易混淆"意识形态的写作"与农奴制的罪恶。的确,左翼文艺比较侧重凸显农奴制的罪恶,但二者究其根本不大相干:在左翼文艺还未诞生的年代,藏地农奴制及其罪恶就已存在千年之久。因此,反思"意识形态的写作"的偏缺自是及时、必要,但据此以为农奴制罪恶纯系意识形态虚构,就不免缺乏必要的历史感。阿来不以农奴制为《尘埃落定》写作的障碍,大约就出于这种至今尚未引起足够反思的心理优势。

忘却"旧西藏"的残忍,以之为"不必叙述"的陈旧过去,自然可为藏地想象解开羁绊,但就《尘埃落定》的诗意想象而言,阿来还得寻找到更为坚实、直接的起点。这就涉阿来在现实中的切肤之痛。这指的是嘉绒地区自20世纪六七十年代开始出现的

---

① 阿来:《大地的阶梯》,人民文学出版社2001年版,第30页。
② 阿来:《大地的阶梯》,人民文学出版社2001年版,第243页。
③ 爱尔维修:《论精神》,《十八世纪法国哲学》,北京大学哲学系外国哲学史教研室编,商务印书馆1979年版,第433页。
④ 阿来:《当我们谈论文学时,我们在谈些什么——阿来文学演讲录》,陕西师范大学出版总社2017年版,第6页。

"对大自然的劫掠"①（森林砍伐）、改革开放后出现的"令人痛心的道德的沦丧"②以及"嘉绒文化的消隐"③。这些现实都令阿来揪心万分。对此，他表示："总是遇到很多人问我一个问题，那就是作为一个对本地文化与本族生活有过很好表现的作家，为什么最终却要选择离开。""答案非常简单，不是离开，是逃避。对于我亲爱的嘉绒，对于生我养我的嘉绒，我惟一能做的就是保存更多美好的记忆。"④ 而这，也是《尘埃落定》的来源。那么，阿来心中"亲爱的嘉绒"是怎样的呢？他曾如此描述查柯盘古城堡遗址所在的梭磨河谷：

> 我在不同的季节去那个地方，看到农人们耕作、锄草和收获。除了收获下来的谷物用拖拉机运输，基本的方式与吐蕃统治时期并没有根本性的变化。耕作的时候，两头犏牛由一个小孩牵引，两头牛再牵引犁，扶犁的是一个唱着耕田歌的健壮男子，后面是一个播撒种子的女人，再后面又是一个往种子上播撒肥料的女人。夏天，女人们曼声歌唱，顶着骄阳锄草时，远山的青碧里，传来布谷鸟悠长的鸣叫声。⑤

这是似乎游离了时光的、亘古不变而又生生不息的嘉绒。把这样的嘉绒发现并记录下来，使之成为"精神的故乡"，几乎驱使着阿来整个的文学创作。《尘埃落定》"可以叙述"什么和"不可叙述"什么，都可从此找到答案。

对于"怎么写"，阿来有清晰认识。在他看来，嘉绒在文学上尚是一块"未开垦的处女地"，"内地的汉族作家，他们面对的现实几千年以前就被不断书写，已经形成比较熟悉的路径。但是，真正面对甘孜、阿坝今天的社会现实时，会发现在中国过去的文学经验里，对其是缺乏书写和表达的"。⑥ 这一说法并不完全确切，因为对于许多内地读者而言，"藏地""嘉绒藏地"的区别未必明显，而就藏地而言，其文学书写其实同样"已经形成比较熟悉的路径"。其中之一即是左翼文艺，以及历史更为悠久或受众更广的想象藏地的方法："有时它被当作'约翰长老的王国'（The Kingdom of Prester John）而受人期待，有时它又被视为神权独裁、众生愚昧的'喇嘛王国'（Lamaist State）而遭人鄙视。然而，不管是在东方，还是在西方，今天的西藏却普遍成为一个人们热切向往的地方。雪域西藏成了一个净治众生心灵之烦恼、疗养有情精神之创伤的圣地。"⑦ 在阿来看来，这些西藏想象其实都出自形形色色的意识形态，"无论是妖魔化还是浪漫化，它都不是对这个社会真正负责任、全面而真实的认知，而是基于一种想象、基于一

---

① 阿来：《大地的阶梯》，人民文学出版社2001年版，第42页。
② 阿来：《大地的阶梯》，人民文学出版社2001年版，第46页。
③ 阿来：《大地的阶梯》，人民文学出版社2001年版，第239页。
④ 阿来：《大地的阶梯》，人民文学出版社2001年版，第132页。
⑤ 阿来：《大地的阶梯》，人民文学出版社2001年版，第20页。
⑥ 阿来：《当我们谈论文学时，我们在谈些什么——阿来文学演讲录》，陕西师范大学出版总社2017年版，第2页。
⑦ 沈卫荣：《想象西藏：跨文化视野中的和尚、活佛和密教》，北京师范大学出版社2015年版，第1页。

种固定的成见"①。当然,阿来感受最深切的、认为最需保持距离的,还是潜隐于"旅游者"眼光之下的消费主义:

> (旅游者)来到这里寻找一些和他们的生活不一样的东西,他们的目的是来寻找差异。他们能把一切自己生活以外的生活,普遍的奇观化——他们开始书写,大量地书写他们生活中没有而这里有的东西……为了迎合他们的喜好,我们就大量制造。有的东西是我们本来有的,有的东西是为了符合别人的想象编造的,是本来没有的。有的东西本身是我们生活中不太重要的一个方面,但是因为别人需要我们生活中的某一部分,我们就放大这一部分。②

应该说,阿来的清醒高屋建瓴,弥足珍贵。他要在这片"处女地"上,摆脱形形色色意识形态的制约或引诱,写出藏族人视角中的藏地。这样的藏地是"去奇观化"的本真、自足的存在,"是一个真实的西藏,而非概念化的西藏"③。

以此机缘,阿来与文化人类学(Cultural An-thropology)正面相遇。这种相遇并非偶然。实际上,嘉绒虽是文学书写的"处女地",但作为藏汉文化过渡/交叉地区,它早就引起文化人类学的持久关注。庄学本、马长寿、林耀华等知名学者都先后做过嘉绒社会调查研究。阿来何时读到此类著作,不能确切判断,但最迟在2001年,他已在遗憾"许许多多的人并不打算扮演一个文化人类学者的角色"④,而从他对文化多样性的强调——"长期以来,大家都忽略了青藏高原地理与藏文化多样性的存在。忽略了在藏区东北部就像大地阶梯一样的一个过渡地带的存在"⑤——来看,可知他与文化人类学高度契合。文化人类学是人类学20世纪初叶演变出来的一个分支,其最知名著作为鲁思·本尼迪克特的《菊与刀》(1946),主要关注"社会文化的起源和发展、文化的特征和类型、各种文化间的异同及其与社会的关系、文化的传播及相互渗透等","关心其他文化的语言、价值、艺术和文学的成就,以及各民族是如何理解他们自身的"。⑥显然,从藏地自身角度看,东方主义、消费主义乃至"意识形态的写作"都不足以真正地"理解他们自身",有关藏地的写作急需从其内部生长出来的民族志类型的观察与记录。阿来对《尘埃落定》的定位恰恰在此。

由此,作家阿来成为一名文化人类学意义上的"漫游者",他希望倾听、发现、记录那个陷落在时间中的永久的故乡,尤其故乡中那些具有永恒品质的事物:

> 阿来走遍了自己的家乡……县城、小镇、乡村、寺庙、古堡、土司官寨遗址和已经完全废弃的古驿站……美好与伤痛都深藏在这些群山深刻的褶皱中间。阿来不是在写异乡异闻,而是从"嘉绒藏人"的视角观照世界,从"我"出发看待本土文

---

① 阿来:《当我们谈论文学时,我们在谈些什么——阿来文学演讲录》,陕西师范大学出版总社2017年版,第14页。
② 阿来:《当我们谈论文学时,我们在谈些什么——阿来文学演讲录》,陕西师范大学出版总社2017年版,第10页。
③ 阿来:《就这样日益丰盈》,解放军文艺出版社2002年版,第137页。
④ 阿来:《就这样日益丰盈》,解放军文艺出版社2002年版,第137页。
⑤ 阿来:《就这样日益丰盈》,解放军文艺出版社2002年版,第130-131页。
⑥ 杨媛:《少数民族电影策略与范式的文化人类学思考》,《当代电影》2019年第10期。

化和异质文化……(《尘埃落定》)为读者展示了一种不同的文化空间、不同的生存方式和不同的生命智慧。①

这种从"我"出发的文化书写自觉，其实也是当代少数民族文学的普遍取向。它与全球化潮流下"地方性/本土性"觉醒有关："人们赫然发现所谓中西分立、'走向世界'之类言说的空洞，因为中国一直就包含在全球化进程之中，从来无法自外于世界，现在的问题是如何在全球格局中确立自己的位置。"② 文化人类学倾心的文化多样性正好与此种觉醒互成呼应。甚至，由于少数民族写作者对于独立姿态与"异"的身份认同的寻求，文化多样性还"成为一种新的'政治正确'，少数民族文化在宏大主体的'主体性黄昏'过程中获得族群共同体这样小主体的文化自觉，因而谋求自己不可替代的自我阐释权"③。可以说，在近 30 年，这种立足于"自我描述"的对文化多样性的发掘与呈现，在当代藏族作家写作中尤为突出，《尘埃落定》更是其中优秀之作。

不过，文化记忆"寻找着被埋没、已经失踪的痕迹"的目的主要在于"重构对当下有重要意义的证据"④，既如此，文化人类学能在多大程度上帮助作家剔除形形色色的意识形态，"去奇观化"并逼近嘉绒民众真实的日常生活与生存逻辑呢？它是否也意味着一种新意识形态？如此种种问题，或许并不完全在阿来考量范围之内，但研究者对其进行深究，既可深入领会《尘埃落定》作为民族志写作的话语构成，也可与当代少数民族写作中事关文化多样性的叙事虚构有更为直接的对话。而情境本事，可为此探究提供必要的史料基础。

二、那些被"文化"所放逐的

从现有资料看，《尘埃落定》直接取材于真人真事的时候并不多。不少人认为麦其土司原型是卓克基土司索观瀛，土司太太原型是其太太柯玉霞，傻子二少爷原型是其次子索国坤。这些指认不无根据。实则阿来对嘉绒十八土司的历史做过深入调查，傻子二少爷废堡垒、建贸易市场的创举也是现实中索观瀛的真实创举（今日马尔康市由此而来），汪波土司与茸贡女土司对解放军的抵抗也有现实中黑水土司苏永和（多吉巴桑）的影子。不过总体而言，小说无意摹写具体的人物，其中存在更多的是"情境本事"。所谓"情境本事"，相对于作为文学创作直接原型的"真人真事"而言，指现实生活中与文学作品中颇为类似的人和事。这类人和事，可能较真人真事更多充当了文学创作的参照，所谓"世上先有淫妇人，然后以杨雄之妻、武松之嫂实之；世上先有马泊六，然后以王婆实之"⑤ 即是此意。对此，也可称为"间接原型"。文学经典未必从真人真事演绎而来，但部分作者出于历史真实性的考虑，仍会事先对相关历史事实与社会实相有

---

① 丹珍草：《嘉绒藏区自然地理与阿来文学创作》，《民族文学研究》2015 年第 5 期。
② 刘大先：《新世纪少数民族文学的叙事模式、情感结构与价值诉求》，《文艺研究》2016 年第 4 期。
③ 刘大先：《新世纪少数民族文学的叙事模式、情感结构与价值诉求》，《文艺研究》2016 年第 4 期。
④ 阿莱达·阿斯曼：《回忆空间：文化记忆的形式与变迁》，潘璐译，北京大学出版社 2016 年版，第 45 页。
⑤ 叶昼：《〈水浒传〉一百回文字优劣》，《水浒传会评本》，陈曦钟等辑校，北京大学出版社 1981 年版，第 26 页。

周密勘察。因此，情境本事不仅能为写作提供借鉴，而且还能反过来衡断作品的真实品质——一部作品是否吻合具体某人某事毫无意义，但它是否能够映射普遍的历史真实与社会状况却非常紧要。以此而言，情境本事是观察《尘埃落定》文化多样性之话语构成的极佳入口。

就情境本事来看，《尘埃落定》的确呈现了嘉绒之文化多样性，恰如阿来所言："有关土司制度和这种阶级关系及典章制度，就是完全真实的……我非常尊重历史真实，如衣物、器物和房屋建筑，这些背景的材料也是真实的。"① 在小说中，土司制度下的社会结构得到呈现："骨头把人分出高下。""土司。""土司下面是头人。""头人管百姓。""然后才是科巴（信差而不是信使），然后是家奴。"② 其基本社会关系与行为礼仪也得到呈现："我每一次回头，都有壮实的男人脱帽致礼，都有漂亮的姑娘做出灿烂的表情。啊，当一个土司，一块小小土地上的王者是多么好啊。"③ 这与庄学本《羌戎考察记》对于卓克基土司（疑似麦其土司的原型）的近身观察几乎完全一致：

> 土司出门，人民遇到他都须向他匍匐下跪，直等他走过，才能起立。人民或头人谒土司禀事，也须伏在他的脚前，缕缕陈述；禀毕，再匍匐退出。我和索土司同出去几次，看见打毛线的丫头们都停了工作向他磕头，而他则昂然走过，毫不在意。④

小说对于土司、头人、僧侣、百姓等各阶层人物生活方式与价值观念的刻画，皆可使读者深刻意识到嘉绒民众"是如何理解他们自身的"。就其文化多样性对于汉族读者的阅读冲击而言，当代少数民族写作尚无能与《尘埃落定》比肩者。

不过，情境史料如果足够丰富，也能使研究者意识到文化人类学之"文化"其实也意味着某种剪裁、筛选小说素材的策略，因为《尘埃落定》之"文化"并非嘉绒民众之"习得性的行为与观念（包括信仰、态度、价值观和理念）"⑤的原本、全面记录，而更多是"异文化"建构，尤其是相对于汉文化的"少数文化"想象。而且，如阿来所言："《尘埃落定》是藏族土司制度走向溃败毁灭的独特而又凄婉美丽的挽歌。"⑥ "挽歌"，意味着作家对嘉绒土司制度及其文化存在某种"美丽"预设。这当然有着阿来在嘉绒大地长期漫游的真诚体验，但预设定位也必然使作家在努力"呈现出那已经消亡的东西的真实的完备的面目"⑦时不会如实照录，而会有所愿述有所不愿。对读小说内外，不难发现《尘埃落定》对两类普遍性情境本事基本采取了放逐处理。

（一）放逐嘉绒地区汉藏融合的事实

小说开篇，土司太太听说黄特派员要来，激动地说："他们是从我家乡来的。天哪，

---

① 阿来、唐朝晖：《心中的阿坝，尘埃依旧》，《文艺报》2000年11月14日。
② 阿来：《尘埃落定》，人民文学出版社1998年版，第14页。
③ 阿来：《尘埃落定》，人民文学出版社1998年版，第22页。
④ 庄学本：《羌戎考察记》，上海良友图书印刷公司1937年版，第238页。
⑤ 卡罗尔·R.恩贝尔、梅尔文·恩贝尔：《文化人类学》，王晴锋译译，商务印书馆2021年版，第28页。
⑥ 阿来：《落不定的尘埃》，《小说选刊长篇小说增刊》1997年第12期。
⑦ 阿来：《大地的阶梯》，人民文学出版社2001年版，第244页。

见到他们我还会说汉话吗?"① 可以说，小说开端即将土司世界定位为一个彻底的"异"的空间：这里几乎没有汉人，藏人生存方式和生命智慧如此奇异。这无疑会引起读者巨大期待。笔者甚至也因此带着"异文化"期待去阅读相关史料，结果颇遭挫折。因为史料显示，在《尘埃落定》故事发生时段内嘉绒"异域"色彩其实有限。文化上最直观者，是该地藏人上层普遍使用汉姓，如卓克基土司索观瀛、太太柯玉霞、姨太太官淑珍以及黑水土司苏永和等都是藏人汉名。而且，其教育也以汉语儒家文化教育为主。以阿来特别熟悉的瓦寺土司为例，其教育即与汉地精英子弟教育高度相似。末代瓦寺土司索国光回忆：

> 我随周老师学习了大约三年半时间，专学古汉语，偶尔也学算术和自然科学的内容。我学过《孟子》《孝经》还有部分唐诗。周老师教书非常严格，一天一篇大字、一篇小字是必不可少的功课……到了1944年的秋天，家里要求我参加灌县的高中考试，但是当时我的数学成绩没上去，也就没能考上灌县中学，后来我到崇庆县立中学读书。②

这与麦其家两位少爷对汉人非常陌生大为不同。甚至，土司家庭生活也很汉化："家里交流都用汉语，穿汉装、布鞋、长袍，吃的也和内地一样，早上、中午吃饭菜，晚上吃饭菜和面团等，玉米和荞面等也有，吃酥油和糌粑的时候不多。"③ 麦其土司疑似原型索观瀛（索国光堂伯父）13岁时入嗣卓克基土司，他"从小在涂禹山瓦寺土司官寨读私塾，后来又到成都读书，他读汉书、讲汉话、习汉字，到卓克基后又开始学习藏文"④。其妹索观涛也接受汉文教育，"十四岁时以第二名的成绩考上灌县女子中学"⑤。从史料看，努力融入汉文化生活圈乃是当时嘉绒上层家庭的共识。

经济方面，小说中土司王国与遥远"汉人地方"往来稀少（后来鸦片生意仅系于黄特派员一人），但现实中嘉绒与成都平原经济联系其实非常紧密。这与嘉绒地瘠民贫、经济不足以自给的现实有关：

> 汉佣之制，"夷人冬则避寒入蜀为佣，夏则畏暑返其邑。"此说常璩《蜀志》亦言之。今日嘉戎尚多如此。每年秋后，嘉戎之民，褐衣左衽，毳冠佩刀，背绳负锤，出灌县西来成都平原。询之，皆为汉人作临时佣工也……按嘉戎佣工精二术，莫与来者：一为凿井，二为砌壁。成都、崇庆、郫、灌之井，大都为此辈凿成。⑥

因此，嘉绒藏人对汉人并不陌生，汉人也多有前往经商者。据庄学本所见，卓克基

---

① 阿来：《尘埃落定》，人民文学出版社1998年版，第19页。
② 索国光口述：《末代瓦寺土司口述影像史》，阿根、红音记录整理，西南交通大学出版社2019年版，第54—55页。
③ 索国光口述：《末代瓦寺土司口述影像史》，阿根、红音记录整理，西南交通大学出版社2019年版，第55页。
④ 索国光口述：《末代瓦寺土司口述影像史》，阿根、红音记录整理，西南交通大学出版社2019年版，第63页。
⑤ 索国光口述：《末代瓦寺土司口述影像史》，阿根、红音记录整理，西南交通大学出版社2019年版，第66页。
⑥ 马长寿：《马长寿民族学论集》，人民出版社2003年版，第129页。

官寨（电视剧《尘埃落定》拍摄地）1934年即有"二十家汉商，以贩卖药材及杂货为业，他们大都娶了戎女，立业在此，所以他们非但在此地经营商业，并且还在此地推行同化政策"，官寨"人口约三百人，经商的汉人占十分之三"。① 也因此，索观瀛"来自汉地的客人实在太多，可以用应接不暇来形容"②。而且，按例"土司或土官下设汉文、藏文秘书各一人，秉土司之意，管理往来公示、函件、布告及户籍税粮底册"③。依此而论，土司太太十余年不见汉人的事情在现实中不可能发生，阿来如此处理显然意在打造一个"纯净"的"异文化"。

政治方面，小说有提及，但远不及现实深入。其实，当时嘉绒上层家庭都在努力培养子弟进入四川军政系统，"（索观瀛）嗣瓦寺土司位后，由二十八军军部及屯殖督办署委任，代理屯殖军队长。父亲自成都锦江公学毕业后，投身于国民党军队，被授予少校职，任松茂清乡军第一大队队长，驻卧龙观，保护商旅"④。庄学本所见什谷屯主任杨继祖亦如此，"他是一个脑筋清楚的青年，看他的装束和听他的说话，谁都不知道他是一个戎人；他简直是一个汉人。他曾在成都读过书，并且还是茂县的'军官训练班'毕业生"⑤。《尘埃落定》剔去此层事实。政治的融合还表现在土司们在相互争斗中援借国民党军队。如索观瀛入嗣卓克基以后"派人远赴成都，与国民党川军二十八军军长邓锡侯等人交朋结友"⑥，最后借清乡司令杜铁樵之手杀死南木卡大头人，才真正得以掌控卓克基。小说对此有所涉及（如借用黄特派员），但完全不曾涉及的是土司们还参与"袍哥"组织，如索代赓"于1912年加入同志会，为汶川、理县的哥老会首领"⑦。索观瀛也"在马尔康汉人中建立袍哥码头，起名'康义社'，以义为纲，来团结和管理汉商"⑧。这简直堪与大邑"袍哥"首领刘文彩一争高下。

以上种种，皆表明当时嘉绒地区与汉族的融合已比较普遍。当然，这不仅由于其与内地政治、经济交流频繁，也因其血缘、风俗与西藏本存差异。其地人民以前皆名"嘉绒族"，"当藏番盛时，嘉戎则附于藏"⑨，20世纪50年代民族识别工作中才被认定为藏族。阿来深知"这个部族长期以来对于中原文化与统治的认同"⑩ 的事实，也感受到多数嘉绒人民族身份的尴尬，"真正的当地人把我们当成汉人，而到了真正的汉人地方，

---

① 庄学本：《羌戎考察记》，上海良友图书印刷公司1937年版，第235页。
② 政协马尔康县委员会、阿坝嘉绒文化研究会：《雪山土司王朝——卓克基第十六代土司索观瀛传》，四川民族出版社2013年版，第73页。
③ 马长寿：《马长寿民族学论集》，周伟洲编，人民出版社2003年版，第291页。
④ 索国光口述：《末代瓦寺土司口述影像史》，阿根、红音记录整理，西南交通大学出版社2019年版，第46页。
⑤ 庄学本：《羌戎考察记》，上海良友图书印刷公司1937年版，第182页。
⑥ 政协马尔康县委员会、阿坝嘉绒文化研究会：《雪山土司王朝——卓克基第十六代土司索观瀛传》，四川民族出版社2013年版，第33页。
⑦ 索国光口述：《末代瓦寺土司口述影像史》，阿根、红音记录整理，西南交通大学出版社2019年版，第40页。
⑧ 翟淑平：《从索观瀛个人生命史看嘉绒藏区社会变革——读〈雪山土司王朝〉》，《西北民族研究》2017年第3期。
⑨ 马长寿：《马长寿民族学论集》，周伟洲编，人民出版社2003年版，第131页。
⑩ 阿来：《大地的阶梯》，人民文学出版社2001年版，第273页。

我们这种人又成了藏族了"①。以此而论，文化构成混杂的嘉绒其实并不合适用来代表整个藏族地区的土司文化。不过，有时候"历史的运动，历史学家们的雄心——它们不是唤回曾经真切发生过的事情，而是消灭它们"②，《尘埃落定》以"去除"客观存在的汉文化为前提，为"惆怅"的表达扫清了障碍。

（二）放逐"人"的政治经济处境

这指《尘埃落定》未涉及人皮鼓、农奴以及它们所勾连的无数普通人的生存处境。当然，小说也写到农奴，但在这些农奴身上不大容易看到具体"人"的政治经济处境。其实，嘉绒土司制度与西藏农奴制度颇多接近。在西藏政教制度下，"人类平等是佛教教义中的一个要素。但不幸的是这未能阻止西藏人建立自己的等级制度"③，其中，占总人口5％的三大领主占有西藏全部土地、山林及大部分房屋、牲畜及其他生产资料，绝大多数农奴、朗生几乎一无所有，他们在差役、租税、高利贷等重负下，生存有如噩梦："大人无论男女都蓬头垢面，衣着褴褛；小孩们都全身赤裸，一身油黑，似是黑色人种，且四肢干瘦，鼓着大肚皮，很像寺庙壁画上《六道轮回图》中所描绘的地狱里的饿鬼。见此情景真叫人不寒而栗"。④ 土司制度与此类似："土司之经济基础为其土地，而土地全属于土司私有，因土司之喜怒，土地可以任意予夺，其领土内之人民，因依其土地以为生活，遂不得不为土司执劳役服兵差，并得贡其一年所得几分之几与土司，其他变形之苛捐杂税，更不胜枚举。"⑤ 而且，还有比贫穷更为可怕的事物：

> 在庄园或部落里，农奴主的意志就是法律，有刑堂、监狱，有代理人和打手，对不驯服的农奴和奴隶轻则打骂，重则处死。对于逃亡或者被认为"违法"的农奴和奴隶，可以任意施刑，除了一般的鞭打之外，还有惨无人道的挖眼、割鼻、抽脚筋、剁手脚、剥皮、活埋、砍头等骇人听闻的酷刑。⑥

当然，嘉绒地区与汉文化融合较深且有屯署机构在上，其残忍程度相对较低，但民众之苦痛仍超过内地。在20世纪40年代，即有观察者批评当地"大小土司，官为世袭，生杀予夺，权为独尊""封建思想，牢不可拔，封建势力，根深蒂固"⑦，"土司之政治机构，绝对专制，其各级头人，皆为土司之家奴，因之层层压迫其民众，强是以为非，强非以为是"⑧。即如阿来家乡阿坝，许多民众贫苦至极，"妇女穿衬衣的都没得，过去妇女些都不管哦，上半身亮起"⑨，"他们（老百姓）在塔哇，格尔登寺附近，当时

---

① 阿来：《大地的阶梯》，人民文学出版社2001年版，第221—222页。
② 皮埃尔·诺拉：《历史与记忆之间：记忆场》，《文化记忆理论读本》，余传玲等译，北京大学出版社2012年版，第96页。
③ 谭·戈伦夫：《现代西藏的诞生》，伍昆明、王宝译，中国藏学出版社1990年版，第13页。
④ 彭哲：《追忆西藏岁月——回忆我在西藏的工作与生活》，中国藏学出版社2011年版，第32—33页。
⑤ 贺觉非：《土司制还能存在吗》，《戍声周报》1937年合订本。
⑥ 吴从众：《民主改革前西藏农奴制度的生产关系》，《中央民族学院学报》1979年第3期。
⑦ 张汉光：《中国边政的出路》，《东方杂志》1947年第43卷第14期。
⑧ 贺觉非：《土司制还能存在吗》，《戍声周报》1937年合订本。
⑨ 阿坝州口述历史工作领导小组：《阿坝州口述历史精品》，四川民族出版社2014年版，第203页。

的时候住帐篷，牛屎盖的房子，三个石头一口锅，锅都是烂锅。"① 对此阿来没有亲历，但当有所耳闻。然而《尘埃落定》对差役、地租、高利贷等一字不提。如此"不可叙述"之处理，当然可以理解为创新，但不知是否会使阿来掉入"中国善于粉饰的知识阶层"②的行列？

这可能与文化人类学的两种倾向有关。一是文化相对主义。以列维-斯特劳斯为代表的人类学家不太赞同简单地划分文明/野蛮，认为每种文化都是独特、平等的："没有一个社会是完美的。每一个社会都存在着一些和其自身所宣称的规范无法并存的杂质，这些杂质会具体表现为相当分量的不公不义、无感无觉与残酷，这是社会的天性""没有一个社会是根本上就是好的，也没有一个社会是绝对坏的；所有的社会都提供其成员某些好处，只是附带地毫无例外地也含有一定分量的罪恶，所含的罪恶总量似乎大致上相当稳定"。③ 以此而论，藏文化诚然有其不好的方面，但其并不见得比其他文化更多，故而在部分当地人看来也未必需要对此特别关注。二是功能主义。文化人类学比较注重整体的"人类"分析，而不太考察不可重复的个人经验和命运："一个人思考或做某件事情，那么这种思想或行动仅仅代表着个人的习性而已，它不是一种文化模式。因为某种思想或行动要被看作是文化的，它必须是某些社会群体所普遍共享的。"④ 既如此，卓玛、塔娜等下女是否欠债欠租，其父兄是否与头人冲突等"个人性"细节，就会因为不是群体文化反应而被认为缺乏讲述的价值。阿来写作中的一些特殊处理即可从文化人类学这种认为"不需要过多地考虑个体"⑤的倾向得到支持："（我）觉得自己是属于全人类的一个人，把中间的某些东西暂时忘掉吧。这样来进行写作，我们可能就和这个世界上更多的人找到了一种互相理解或者沟通的可能。"⑥ 那么，哪些是不属于整体"人类"的"中间的某些东西"呢？差役、债务、衣着褴褛等问题或属此类。的确，今天已有很多人不再关注此类事实，但文学如果真的抽掉这些，许许多多个体真实的生存感受也会被无声地抹去。

将民众最为切肤的生存处境和客观存在的现象放逐为"不可叙述之事"，目的皆在于建构一个异样的美丽的嘉绒。这意味着，《尘埃落定》并非对嘉绒人事的实录，而多有话语的纠葛与重组。在此，文化人类学与文化保守主义暗自呼吸与共。它以"文化"之名，既放逐左翼文艺对政治经济的关注（进而放逐民众真实生存处境），也回避嘉绒与汉地之同质性，有意凸显其"地方性的符号资产和象征资源"，强化"对'差异性'的生产"。⑦ 这也可说是新的意识形态生产。其局限比较明显，"忘掉"民众切肤生存之环境是其一，将哀挽之情寄寓于农奴主之上是其二，"去奇观化"难以落实是其三。不过，这些局限在《尘埃落定》经典化过程之中并未引起注意。推其原因，可能是对精英

---

① 阿坝州口述历史工作领导小组：《阿坝州口述历史精品》，四川民族出版社2014年版，第103页。
② 阿来：《大地的阶梯》，人民文学出版社2001年版，第249页。
③ 列维·斯特劳斯：《忧郁的热带》，王克明译，中国人民大学出版社2009年版，第482页。
④ 卡罗尔·R. 恩贝尔、梅尔文·恩贝尔：《文化人类学》，王晴锋译，商务印书馆2021年版，第28页。
⑤ 卡罗尔·R. 恩贝尔、梅尔文·恩贝尔：《文化人类学》，王晴锋译，商务印书馆2021年版，第31页。
⑥ 梁海：《"小说就是这样一种庄重典雅的精神建筑"——作家阿来访谈录》，《当代文坛》2010年第2期。
⑦ 刘大先：《新世纪少数民族文学的叙事模式、情感结构与价值诉求》，《文艺研究》2016年第4期。

文化的关注、对下层民众的忘却，都与今天中产阶级慕强心理、保守倾向和奇观趣味高度吻合。

三、普遍的人类的诗

不过，阿来到底是一个优秀小说家，而小说的核心仍然是"人"。这意味着，《尘埃落定》若要构制美好的嘉绒文化，仍须通过"人"来达成，以"人"的故事来重组"可以叙述之事"。那么，阿来以何充当组织机制呢？这就涉及不限于"中间的某些东西"的事关生死爱恨的普遍人性。"我并不认为我写的《尘埃落定》只体现了我们藏民族的爱与恨、生与死的观念。爱与恨、生与死的观念是全世界各民族所共同拥有的"[1]，"人性"范围，至为广阔，但小说中人性力量深刻而鲜明，几乎每个人物都能因其人性的深入而给读者留下生动印象。

其中，土司、头人们孜孜以求的是权力、金钱与美色。为了权力，麦其土司、茸贡土司连子女都不肯相让，麦其家两少爷甚至走到仇杀边缘。为了金钱（鸦片、土地），土司之间还爆发了持续的战争。至于美色，更让所有人趋之若鹜。若要问《尘埃落定》写得最好的地方是什么，其实未必是作者心心念念的土司文化，而更可能是关于性的放荡而优美的想象。小说有关"我"与侍女卓玛、塔娜，与土司女儿塔娜，与牧场姑娘卓玛之间的性爱描写，给无数读者留下冲击性甚至毁灭性印象。譬如："十八岁的桑吉卓玛把我抱在她的身子上面。""十三岁的我的身子里面什么东西火一样燃烧。""她说：'你进去吧，进去吧。'就像她身子什么地方有一道门一样。而我确实也有进到什么里面去的强烈欲望。""她说：'你这个傻瓜，傻瓜。'然后，她的手握住我那里，叫我进去了。"[2] 又如："刚要进去，这个小蹄子她就叫得惊心动魄。我要离开，她一双手又把人紧紧拥住了。这样一来一往，一来一往，山上、河边、树上的鸟儿都吱吱喳喳叫起来了，天快要亮了。塔娜叫我不要管她，我这才一狠心，进去了。我感到了女人！我感到自己怎样把一个女人充满了！！"[3] 这种饱满、充盈的性描写以及那些熊熊燃烧的情欲的火焰，使张贤亮、陈忠实、王小波、毕飞宇的小说叙写相形见绌。至于下人和百姓们，则主要是在"忠诚"里度过执着的一生。汪波土司的奴隶们以被砍头的代价，将塞在耳朵里的罂粟种子盗给主人。"通常，砍掉的人头都是脸朝下，啃一口泥巴在嘴里。这个头却没有，他的脸向着天空。眼睛闪闪发光，嘴角还有点含讥带讽的微笑。"[4] 索郎泽郎视替主子报仇为自己必须完成的使命，主动刺杀新的汪波土司，结果被砍手送回。而无意撞见少爷与牧场姑娘交欢的老去的卓玛对主子说："让我洗得干干净净，体体面面地去死吧。"[5] 此外，还有多吉次仁两个儿子前赴后继的复仇。如此种种，都构成了嘉绒地区文化多样性的鲜明内容。

---

[1] 冉云飞、阿来：《通往可能之路——与藏族作家阿来谈话录》，《西南民族学院学报》1999年第5期。
[2] 阿来：《尘埃落定》，人民文学出版社1998年版，第16—17页。
[3] 阿来：《尘埃落定》，人民文学出版社1998年版，第109页。
[4] 阿来：《尘埃落定》，人民文学出版社1998年版，第121页。
[5] 阿来：《尘埃落定》，人民文学出版社1998年版，第203页。

由此，《尘埃落定》以普遍人性为机制重组了故事。无论是下人、百姓的忠诚，还是土司们对权力、金钱、美色的孜孜以求，似乎都符合黑格尔关于人类"热情"（欲望）的判断：

> 假如没有热情，世界上一切伟大的事业都不会成功……热情被人看做是不正当的、多少有些不道德的东西，人类不应该有热情……我现在所想表示的热情这个名词，意思是指从私人的利益、特殊的目的、或者简直可以说是利己的企图而产生的人类活动，——是人类全神贯注，以求这类目的的实现，人类为了这类目的，居然肯牺牲其他本身也可以成为目的的东西，或者简直可以说其他一切的东西。①

可以说，《尘埃落定》写出了嘉绒大地无数生命"热情"的诗篇。几乎每一个人，都生活在自己饱满的世界中。其生死爱恋与优美雄奇的嘉绒山川一起，共同构成了阿来心中的"牧歌的时代"和"水流清澈的时代"。②

然而，若以情境本事观之，这些人类"热情"有些并不美好，有些还因充满悲剧底色而难以成其为"诗"。(1) 权力斗争。小说中，麦其、汪波、茸贡、拉雪巴等土司之间斗争不止，其原型实为"嘉绒四土"之间的漫长内斗。1915 年，"因（梭磨）土司无后，众头人都觊觎土司这个王位，从此，整个梭磨陷入了永无休止的争夺土司王位的漩涡中"③。先是党康仓头人王真被委任为代理土司，不久被杀，其后大板足头人多吉巴桑（即苏永和）经两代人经营事实掌控梭磨领地，但川军邓锡侯 1928 年以军政府名义任命瓦寺土司索代赓兼任梭磨土司，并要梭磨土司派军攻打多吉巴桑。多吉巴桑三战皆胜，杀死索代赓。此后，多吉巴桑又与索观瀛、华尔功臣烈发生战争。如此种种，其实是与汉地无异的无意义的小型军阀混战，若据实写来，至多可成为《故乡天下黄花》升级版，难以生成诗意。(2) 性关系。小说中土司、土司少爷每到一寨，即安排寨子姑娘陪睡。陪睡姑娘太多，以致傻子少爷连名字都忘记问："姑娘睡在我床上好几个晚上了，我连她是什么名字都没有问过。不是不问，是没有想到，确确实实没有想到。"④ 这种描写的确符合藏地事实。调查显示，"（农奴主）看中谁家妻女后，便强要她来侍候"⑤，"（农奴主）依仗特权，任意掠夺、侮辱农奴妇女，派遣农奴陪嫁或陪赘，指定漂亮的妇女'陪夜'"⑥。对此种比"初夜权"严重百倍的性占有现象，可能"族外人""族内人"理解视角差异较大。譬如，藏人婚姻观念与汉人差异甚大："他们和她们间的婚嫁，不问血统，不论长幼。男的可以娶寡嫂、婺婶，以及姑，姨，姊，妹，甥女，侄女等为妻；女的可以嫁叔，伯，舅父，甥，侄，以及夫系之兄弟等为夫。干脆的说，除掉生身

---

① 黑格尔：《历史哲学》，王造时译，商务印书馆 1963 年版，第 62 页。
② 阿来：《大地的阶梯》，人民文学出版社 2001 年版，第 51 页。
③ 政协马尔康县委员会、阿坝嘉绒文化研究会：《雪山土司王朝——卓克基第十六代土司索观瀛传》，四川民族出版社 2013 年版，第 99 页。
④ 阿来：《尘埃落定》，人民文学出版社 1998 年版，第 244 页。
⑤ 叶鲁：《西藏农奴主怎样凶残地榨取农奴血汗——西藏社会历史调查组墨竹工卡宗的调查报告》，《民族研究》1959 年第 8 期。
⑥ 吴从众：《民主改革前西藏藏族的婚姻与家庭——兼论农奴制度下存在群婚残余的原因》，《民族研究》1981 年第 4 期。

的父母，和所生的子女而外，只要是男性和女性，都可以结成夫妇。"① 藏族人性观念也相当开放，可以"男女脱得一丝不挂地混合洗澡"②，甚至有"挚友让妻与友共宿的习俗，亦有让出帐篷留女与客人同住的"③。但笔者想，纵使开放，总归会有部分姑娘不愿意把自己的身体拿去做一个不相识的男人的泄欲工具吧？但遗憾的是，在文化记忆建构中，"我们许多人的生活都注定要被忘记"，"不论是个人还是集体被记住的部分都只是局部的和不一定准确的"④，那些不愿服从的姑娘即被"忘记"，"被记住的"都呈现出顺从和天然/本真的欢愉。(3)下人之"忠诚"美德。这是小说极富奇异魅力的部分。但读着汪波土司先后派来的 6 个偷罂粟种子的贼依次被砍头的故事时，笔者既为"戎人忠实美德"⑤ 深感惊异与永不能及，但同时也想起卢梭说过的话：

> 凡是生于奴隶制度之下的人，都是生来做奴隶的；这是再确凿不过的了。奴隶们在枷锁之下丧失了一切，甚至丧失了摆脱枷锁的愿望；他们爱他们自己的奴隶状态，有如优里赛斯的同伴们爱他们自己的畜牲状态一样……强力造出了最初的奴隶，他们的怯懦则使他们永远当奴隶。⑥

当然，以卢梭之论去理解藏族的情况不免苛刻。实则在政教合一制度下，藏民面对的不仅是绝对暴力，还有宗教中的偏见。佛教认为"如果一个人生下来是奴隶，那不是奴隶主的错，而是奴隶自己的错，因为他们前世肯定犯了什么错误。而奴隶主则是因为前世做了好事，因此这辈子要受到奖励。对奴隶来说，如果他想砸碎身上的枷锁，那他来世的命运注定比今世更坏"⑦。这，或是"忠诚"的深层文化机制。但即便如此，"忠诚"也并非嘉绒道德的全部。实则藏地历史上也有过一些农奴起义（如工布朗吉、撒拉雍珠起义），庄学本也记载了 1928 年松岗土司高承骧被杀事件："他因犯了戎民的众怒，竟被杀死。戎俗是行古法的，以下弑上的案件发生，该土的人民都罪该万死。他们知道现在时代进步了，古法也能通融，所以他们就自动筹集银子四千两，向屯署赎罪赔命，请勿追究。"⑧ 在 1935—1936 年间红军进驻嘉绒期间（《尘埃落定》未述此事），有数千嘉绒民众参军，反对土司统治，其中"格勒得沙革命军由嘉绒人组成，设有总司令部，配备有 1 个直属警备营，绥靖、崇化各设有一个团，总兵力最多时达 2000 人"⑨。而到 1950 年解放军进藏时，更发生了这样的事情：

> 金沙江西岸的各阶层藏民，在大军渡江前，不断选派代表偷渡江东，请求大军早日渡江。德格县金沙江西部地区和同普的藏民，早在 7、8 月间派代表告诉解放

---

① 庄学本：《羌戎考察记》，上海良友图书印刷公司 1937 年版，第 66 页。
② 埃德蒙·坎德勒：《拉萨真面目》，尹建新、苏平译，西藏人民出版社 1989 年版，第 28 页。
③ 杨一真整理：《进军西藏日志：1950—1951》（上册），学苑出版社 2016 年版，第 78 页。
④ 罗伯特·贝文：《记忆的毁灭：战争中的建筑》，魏欣译，北京：生活·读书·新知三联书店 2010 年版，第 220 页。
⑤ 庄学本：《羌戎考察记》，上海良友图书印刷公司 1937 年版，第 5 页。
⑥ 卢梭：《社会契约论》，何兆武译，商务印书馆 2016 年版，第 7—8 页。
⑦ 谭·戈伦夫：《现代西藏的诞生》，伍昆明、王宝译，中国藏学出版社 1990 年版，第 31 页。
⑧ 庄学本：《羌戎考察记》，上海良友图书印刷公司 1937 年版，第 192 页。
⑨ 曾现江：《清中叶至民国嘉绒地方：社会、文化与族群》，人民出版社 2018 年版，第 340 页。

军,他们已暗中准备好了许多燃料及牦牛,等待解放军过江。有的藏民甚至每天为解放军早日平安渡江而祈祷。①

解放军进入嘉绒以后,藏人不再"忠诚"的事例更见频繁:"巴拉头人的三十多个娃子,有一次解放了之后全部造反到卓克基区上来了。行政委员会那个时候来了,最后还是劝回去了,因为当时还没有土改","(茂县)在好几个地方都出现了农民起义反对地主这个事情"。②

以上三层本事,显示阿来用以组织"可以叙述之事"的人类"热情"其实都比较复杂:权力争斗乏善可陈,性的欢悦与美丽之下又多有农奴制下藏族同胞的无奈、痛苦与悲剧。试想,若非暴力与文化的双重钳制,有哪位女性愿意自己的身体随时被人蹂躏,又有哪位男性愿意用自己的脑袋为主子换回一颗罂粟种子?应该说,要将这些真实的生存逻辑如实纳入并用以建构"牧歌的时代",必然存在困难。对此,阿来予以了校正处理,使此三层混杂性未在实质上影响到有关"牧歌的时代"讲述逻辑的自洽。

这种校正处理涉及三个方面。(1)以"市场英雄"故事创造性地置换权力斗争,并以之隐喻现代国家的成长。对此,阿来深思熟虑:"在当代文学中,我们写人跟人的关系,几乎全是彼此算计、揣摩。很多时候,我作为作家自己都不想看。"③ 其实,嘉绒土司关系也不脱"算计、揣摩"与血腥争战的范围,但阿来巧妙地以次为主,将索观瀛开通马尔康市场的经历移植到傻子少爷身上,并将之擢升为土司关系的主线,将无意义的权力斗争转变为似按"理性的狡计"展开的市场开拓的故事,并与民族国家的成长相勾连。由此,权力关系仍可成其为人类的"热情"。当然,如此校正必然需要改写现实。在小说中,鸦片、麦子和市场构成了土司关系的核心,但现实中卓克基土司种植鸦片以后并未引起邻近土司的觊觎(乃至设计盗种),相反,他们反对并劝告索观瀛放弃鸦片,如党坝土妇说,"一块地上收大烟和粮食的两种税,是罪孽。支持百姓种烟一害百姓,二害你自己"④。但《尘埃落定》翻转这一史实,通过虚构的傻子少爷讲述了一个资本"创世神话",不但重置了嘉绒地区历史,也召唤了20世纪90年代以后当代文学最为内在的个人主义热情。(2)以"尘埃"为意象,尤其以"傻子"为视角,成功为历史设置必要的道德距离。"尘埃"意象出现在小说最后:"我看到土司官寨倾倒腾起了大片尘埃,尘埃落定后,什么都没有了。是的,什么都没有了。尘土上连个鸟兽的足迹我都没有看到。"⑤ 尘埃落定,一切皆空。以虚空之眼俯瞰历史,人间的道德审判就失去意义:不仅土司们事关权力、金钱的竞逐不必以道德评价,即使土司文化本有的残酷也可视为人类愚蠢的盲动而不必去较真细论。由此,无论儒家伦理主义,还是马克思主义阶级视界,都可被"尘埃"阻挡在小说之外。傻子角色的设置也是创造性的。不少人将傻子原型指认为索国坤(部分行事移自索观瀛),但索国坤并不傻,只是生性懦弱,"对黑水媳

---

① 杨一真整理:《进军西藏日志:1950—1951》(上册),学苑出版社2016年版,第301页。
② 阿坝州口述历史工作领导小组:《阿坝州口述历史精品》,四川民族出版社2014年版,第104页。
③ 行超:《"我愿意做一个有限度的乐观的人"——在十月文学院采访阿来》,《文艺争鸣》2018年第4期。
④ 政协马尔康县委员会、阿坝嘉绒文化研究会:《雪山土司王朝——卓克基第十六代土司索观瀛传》,四川民族出版社2013年版,第85页。
⑤ 阿来:《尘埃落定》,人民文学出版社1998年版,第350页。

妇言听计从，从而使卓克基土司的权力掌握在了苏永和的手中"①，小说完全是艺术虚构。如此设置，不仅使历史充满不可测的神秘意味，亦使其性想象脱出道德评判范围。小说中有关性的叙述与想象，几乎都出自傻子少爷的第一人称叙述，其人既"傻"、不谙人间法则，那么读者自然也可暂时悬搁道德评价，心无挂碍地步入纯粹的、愉悦的性想象。尤其是小说男性中心主义的主体代入过于成功，几乎没有读者有余暇会去追问"陪夜"背后的道德与制度问题，性的诗意也由此得到保证。（3）对藏人"忠实"美德的排他性呈现与现象式悬搁。这指对那些造反、杀土司之事小说不曾提及，对尔依、索郎泽郎的绝对服从，侍女卓玛、塔娜以及所有侍寝姑娘的"承欢"，小说也不深究其甘愿如此的根由。如此一来，"忠实"就成了他们自然纯净的天性，是"半牧半耕时代""性情诚朴"②的人类的原始天真。其背后大概率存在的制度与文化暴力则被隐匿，成为"不可见"之物，"忠诚"作为一种美好事物就被镌刻在嘉绒记忆的核心。

经此三重校正，《尘埃落定》的人类"热情"机制，成功建构了嘉绒地区的族群记忆，并使这部作品表达出关于嘉绒地区土司文化的"惆怅"。然而，这也带来记忆书写的悖论。阿来曾言，"文学的目的是要把所有的人写成一样的人，并不是要塑造一群和全世界不一样的人"③，《尘埃落定》的情形却略见复杂。它所描绘的土司、头人的热情和世界其他地方的人的确"一样"，它所讲述的下人们的"忠诚"，就其深层机制而言也无异于其他地方的人，但由于阿来的现象式搁置与去历史化处理，其行为选择就不合读者世界的逻辑，而终成"一群和全世界不一样的人"。因此，其"忠诚"被读者接受的方式，也终不脱于谭·戈伦夫的批评："（他们）使人浮想起神秘、离奇、灵性、奇风异俗和玄妙的幻景"，并作为"稀奇古怪的故事"而"被世界上无数的人敬畏地接受和相信"。④故《尘埃落定》并未摆脱作家所厌弃的自我东方化，其实也在为读者呈现"他们生活中没有而这里有的东西"⑤，仍含有一定的"奇观"书写意味，当然，是较所谓"西藏的神秘"更为深层的在情理上难以充分被理解的人生的奇观。

余 论

以上所谈，或为迂腐之见，但并不妨碍笔者认为《尘埃落定》仍能凭借其稀见的跨族际的诗性想象而成为当代杰作。其实，恰如詹姆斯·克利福德所言，民族志究其本质乃为虚构（fictions），是"制作或塑造出来的东西"，而所谓"虚构"，并没有"虚假""真理的对立面"之含义，而只是"表达了文化和历史真理的不完全性（partiality），暗

---

① 政协马尔康县委员会、阿坝嘉绒文化研究会：《雪山土司王朝——卓克基第十六代土司索观瀛传》，四川民族出版社2013年版，第116—117页。
② 庄学本：《古昆夷之遗族：西戎风物》，《良友》1935年10月号。
③ 阿来：《当我们谈论文学时，我们在谈些什么——阿来文学演讲录》，陕西师范大学出版总社2017年版，第11页。
④ 谭·戈伦夫：《现代西藏的诞生》，伍昆明、王宝译，中国藏学出版社1990年版，第1页。
⑤ 阿来：《当我们谈论文学时，我们在谈些什么——阿来文学演讲录》，陕西师范大学出版总社2017年版，第10页。

示出它们是如何成为系统化的和排除了某些事物的"①，对凝聚了阿来真诚体验与思考的《尘埃落定》亦可作如是观。但以情境本事为参照，讨论其与形形色色意识形态的关系，有助于反观我们所置身的时代及文化。改革开放以来，绝大多少数民族写作都切断了自己与左翼文艺传统的关系，顺带也切断了文学与少数民族"沉默的大多数"之间的生存关联。阿来在《大地的阶梯》中记录了一个他在某个"文化败落的乡村"里遇到的"野小子"，"这个撒野的、仇恨城市人的小子"把阿来"当成从大城市来的人"，出言不逊且有威胁之意。②不过对此也可反过来看，看出少数民族内部优秀知识分子与下层青年之间再度扩大的心理距离：青年思考的是收入、生存等切实、具体的问题，知识分子考量的是信仰、文化等超越性问题。这其间有着当前少数民族写作未必承认的障碍：他们所撰写的，是知识分子的现实焦虑（如"成为藏人、成为自我"③ 等），而不是下层民众的真正生存；看起来，他们的作品也讲述民众的日常生活，但他们总是"将真正的政治经济问题转化成文化问题"④，总是希望给读者展现一个与现实迥然有别的"没有肮脏和丑陋，没有痛苦和恐惧的世界"⑤，而这些，并非阿来遇见的这类"野小子"所关心、所追求的。作家当然可以与这种青年终生不再见，但文学却不可以排除他们所勾连的无数下层青年真实的生存境遇。在此意义上，《尘埃落定》这样优美的人类"热情"的诗篇，可以为读者提供轻盈、饱满的审美世界，却不可用以认识历史以及历史中那些真实而粗糙的灵魂。至少，就笔者而言，即使《尘埃落定》优美如斯，笔者也断然不敢穿越到那个由土司、头人主导的"嘉绒文化"中去生活。实际上，由于缺乏"沉默的大多数"的真实生存逻辑的支撑，不少少数民族写作所呈现的"异文化"终究还在一定程度上滑向了消费主义与奇观叙事，而难以抵达贾樟柯电影、雷平阳诗歌的存在深度。这个棘手难题，对于阿来后来的《空山》《云中记》等作品，对于《祭语风中》《阿拉姜色》以及未来更多的少数民族文艺作品，都是一个持久而答案未定的挑战。

（中山大学中文系教授、博导）

---

① 詹姆斯·克利福德、乔治·E. 马库斯编：《导言：部分的真理》，《写文化——民族志的诗学与政治学》，高丙中、吴晓黎、李霞译，商务印书馆2006年版，第34—35页。
② 阿来：《大地上的阶梯》，人民文学出版社2001年版，第85页。
③ 德吉草：《认识阿来》，《西南民族学院学报》1998年第6期。
④ 刘大先：《新世纪少数民族文学的叙事模式、情感结构与价值诉求》，《文艺研究》2016年第4期。
⑤ 陈进、张照涵、胡艳丽：《苦难与救赎：藏族文学的精神溯源——访著名藏族作家次仁罗布先生》，《西藏大学学报》2017年第1期。

作家访谈

"我在行走中倾听亘古的语言"*

张　意　阿　来

编者按：近年来"世界文学"的观念不断东渐，并深深卷入国内对于现当代文学的讨论中，这与中国参与全球化进程的历史现实相呼应。对新时期作家作品的研究，也逐渐引入"世界文学""域外文学"的参照系，将作家的书写置放于"文学世界共和国"（卡萨诺瓦语），以期在更广阔的文学互文性脉络中理解当代的文学表述、文体探索、作家风格等文学现象。带着这样的问题，2024年5月30日下午，四川大学文学与新闻学院张意教授及研究生与阿来在阿来书房进行了访谈。

一、文学的互文性

问：当您走上文学创作路之初，中国文学正从禁锢中走出，再次遭遇西风东渐，您那一代作家也深受外国文学的影响，然而对具体作家接受的选择却取决于个人的气性与生命体验，您觉得有哪些作家对您来说有特殊的亲和力，成了您创作中不可或缺的血和肉呢？

阿来：其实我不太赞同那种讨论作家之间的线性影响关系的说法，作家之间的阅读绝非发于简单的模仿冲动，年轻时，我们阅读面是很广的，古今中外都读，很多书并非觉得要用才去读，所以吸取营养的过程是非功利的，譬如这两年，我就更倾向于读中国文学的作品，我现在读的是《杜甫诗集》。过去，我们读书基本上是按照文学史的先后次序来读的，而且主要集中在诗歌、小说，也包括一些戏剧。读戏剧倒不是要看戏，因为很多剧作家的剧本发表出来就非常有名。比如说法国的莫里哀，其实很多人没有看过莫里哀戏剧的舞台表演，对不对？但是我们都知道莫里哀在那个时代写过那么多喜剧。再如莎士比亚，当初我们也没有看过任何一部莎士比亚戏剧的演出，但我们阅读《威尼斯商人》《李尔王》这些剧本。至于当代的戏剧，前些天，我们在阿来书房做了

---

* 本文根据与阿来的访谈录音，由张意及其研究生熊艺苏整理。

一个新闻发布会，就是关于阿瑟·米勒作品的中文翻译本的出版。阿瑟·米勒是纪实小说家，也是一个非常棒的戏剧家，中国人大概都知道他的《推销员之死》。那些年，我们还读一个跟阿瑟·米勒不相上下的美国戏剧家尤金·奥尼尔的戏剧《榆树下的欲望》，诸如此类。

而小说方面，我们是从早期讲故事的古典小说开始的，包括《一千零一夜》《坎特伯雷故事集》，这些小说采取的是一种比较简单但意味深长的讲故事方式。我们的阅读逐渐发展到了写《德伯家的苔丝》的哈代、写《查特莱夫人的情人》的劳伦斯、写《月亮和六便士》的毛姆，直到近现代的离我们越来越近的作家，我都是一步一步读过来的。

我个人不太喜欢这一类作家，即完全沉溺在个人小世界中的作家，但是不喜欢不等于不读，也要去了解。这类作家是现代派文学兴起后才出现的，由于我们有了心理学，我们能够通过心理分析转向人内部的各种精神、病理的分析，有条件耽于自我世界。不过在过去的时代，文学都写历史，写非常壮阔的现实。

从叙事文学传统来讲，西方比我们强大。我们读法国作家雨果、巴尔扎克和左拉，哪一个不是把整个世界作为自己的妙用？我们读俄罗斯作家托尔斯泰和陀思妥耶夫斯基，虽然他们的叙事风格背后的思想观念不一样，但哪一个不是把这整个时代作为自己描绘的对象？如果我们回到古希腊，那就是史诗。像《伊利亚特》《奥德赛》这样的作品，到现当代，像福克纳、海明威以及和杰克·伦敦同时的马克·吐温，他们各自的风格迥异。所以要说出受哪些作家影响太局限，只能说我深受这么多年阅读的影响，我并不认为我的作品只跟谁有关系，跟谁没有关系。

问：是的，作家的写作是互文性的，把作家之间文学的流变理解成一个简单的、线性的、狭窄的因果关系是很刻板的。一些研究文章往往要比较您与马尔克斯的文学关系，大概是因为《尘埃落定》小说中的一些叙事风格甚至人物形象与马尔克斯的书写有几分相像或关联吧。您怎么看这样的问题呢？

阿来：我刚才说了一个作家的养成是靠汲取整体的文学史，古今中外的文学史，就是不存在说非得一定要向谁学习的问题。我们需要问的是，如何唤醒我们的经验。比如说我们今天做文学批评的最偷懒的一件事情，就是单维地讨论魔幻现实主义、拉丁美洲的文学。最初马尔克斯中文译本出来，我们感到别开生面，它显得非常有影响，但它其实只是唤醒一种经验。关于魔幻叙事，你为什么一定要把这个帽子戴在他们身上？讲神神鬼鬼的世界，《聊斋志异》是不是？只是我们没有这个命名而已。中国也有《西游记》，你想想《红楼梦》是什么样的开篇？它是个神话的开篇吗？三生石和绛珠仙草，对不对？那这是现实主义吗？所以你看，当我们真正把文学的具体作品一打开，这个问题就是不存在的。马尔克斯他们神神鬼鬼开始讲故事，产生很大反响时，我跟莫言就聊，说这些故事我们民间不是很多吗，中国老百姓讲现实从来都是这种神鬼现实，《聊斋志异》就是蒲松龄到民间去搜集了很多故事再写出来。你把我们中国的古典笔记小说打开，《酉阳杂俎》《阅微草堂笔记》，甚至从我们更早的源头《搜神记》看。

这些书里头，你看大量的讲述其实是非人间的、非现实的，神鬼的写法其实从来都有，只不过当马尔克斯他们突然到来，我们突然获得了这样一个命名，这是西方给的，后来但凡出现一点超自然的写作，都说这就是读了马尔克斯，那是可怜的。马尔克斯，我觉得他是一个真正的好作家，但是纯粹的模仿，那是三流的人做的事情。真正要自成一家，需要各个方面的营养。从我的写作来讲，我想更多学习的还是他们对生活、对大自然的强烈情感，爱与恨都是强烈的。

情可以爱可以恨，孔子都讲诗可以兴可以怨，是不是？所以更多时候我觉得还要从文学、本体更全面的情形来认识。我经常会被问及一个问题，比你这个问题更直接，说你最崇拜哪个作家，或者是最热爱哪位作家。我说，你应该直接问"你在模仿哪个作家"，这样是不是更明确？但实际情形并非这样。作家每个阶段喜欢和关注的东西会不一样，对社会的关注，对人生体悟的深度、广度会不一样。过去喜欢一个作家，我就这一辈子都喜欢他，那表明我没有进步，没有变化。年轻时喜欢一位作家，因为他在这一方面的表达力很强，他对生活的观察或对人生的感悟非常敏锐。但这个阶段应该很快过去，因为人在进步，怎么可能永远把所有的热爱都放在一个人身上，尤其是文学这种叙事的、精神性的、审美性的存在。

问：是的，作家创作也好，文学现象也好，常常受多种潮流或资源的影响，譬如拉美魔幻现实主义文学，有很多因素共同作用，既有作家们对印第安神话与传说的复活以及对现实历史叙事的关注，也有超现实主义的影响。通过您以上回答，我们可否这样理解：作家之间很难说有点对点的直接影响关系，作家往往从自己的切身经验中生长出自己的问题和写作文体。

阿来：作为一个写作者，每一个阶段你自己面临的写作难题不一样，我们不是经常说我们要突破自己、超越自己吗？总不可能一套风格写到底吧。我已经写了30多年，如果我第一本书是这样，后来写的每一本书都这样，那是商业写作。但是真正对文学本体有兴趣的人，创新就是他最大的冲动，最大的使命，所以所受的影响也会发生变化。

20多岁时喜欢的作家，今天你让我把他的书打开，如果还能有当时的那种新鲜感，那他就是非常伟大的作家。就像读《红楼梦》，20岁跟50岁读到的东西是不一样的，但是不是每本书、每个作家都经得起这样的阅读。所以我们所喜欢的作品，一段时间所热衷的或者是相对读得比较多的作家，也会随时间而变化，不存在说有一个线性的关系。有时候在写作中还要规避直接的影响。

我写小说的时候想多读点诗，我写诗的时候我又怕太空了，我想多读点小说。至于现在，我觉得到了50岁以后，十多年前开始，除了读一点中国古典文学，外国文学的阅读越来越少了。虽然每年我们出版很多书，但是经常我回到书店，要找的是我们80年代读的经典作家。可能一时间有走红的作家，一时间有流行的作家，但是这个跟我没有关系。文学史本身构建了一个核心的谱系，我只是顺着这个谱系去阅读。而且我不是看表面的技巧，也不是看表面的题材，而是它内在的发展和转变，对于社会、对于人的挖掘，对于人在不同时期的观念指导下的不同的理解。

我现在更多读的是其他学科的书，因为如果要呈现社会——比如我要写一个城市，恐怕我们得学点经济学，是不是？因为它需要各种各样不同的知识，甚至需要学习怎么管理交通。还包括一些技术性的东西，比如怎样进行市场管理。此外当我走向大自然，我还要学地理学、生物学……这些都构成了一个作家需要的知识，并不是那种简单的说法，即看到哪个作家写了什么，突然我就醍醐灌顶，当头棒喝，从此觉醒了。

问：站在作家的视角，您不认同从简单的文学影响关系的比较研究，不过，作为当代作家，您的写作的确与域外文学有着广泛而深入的联系，有些可以说是无意识的浸润。记得2015年前后，您在文学讲稿《当我们谈论文学时，我们在谈些什么——阿来文学演讲录》中还提到了相对比较晚近一些的作家，如奈保尔、福克纳和多丽丝·莱辛等。您特别提到莱辛说"在什么样的状态下创作非常重要"的这个观点。

阿来：我认为莱辛是个很了不起的女作家，她说当她需要写作一个小说的时候她总是在倾听，她说："我在倾听一种腔调。"写作的时候在倾听一种腔调？换句话说她是在等待一种叙事的格调，用我们的话讲就是她在等待一种语言风格的出现，而这种语言风格不是写在纸上的，而是听见的，语言都是要发出声音的。

莱辛的父母是英国外交官，但她成长在津巴布韦，那时候叫罗德西亚。他父母移民到那里。那里现在是非洲南部非常贫困的国家，过去曾经受白人的殖民，由白人来治理这个国家，在非洲算发达的，有点像今天的南非。他们家有一个农场，她就在那个农场生活成长。但这个人从小就很叛逆。她对男权有充分反抗，结婚不久就迅速离婚。同时她加入了共产党，但是后来有点疏离。今天我们大部分人在谈莱辛的时候，谈的是她的《野草在歌唱》，并且大部分是用女权主义观点来谈。但她还写过一部非常好的非虚构作品，叫作《非洲的笑声》。那时她发现了一个非常不公平的现象，就是白人对黑人的殖民。白人在非洲建立了津巴布韦这样一个繁荣的国家，但这些利益只有白人得到，黑人没有，所以这是非洲发出的嘲讽的笑声。她预言到这个政权的崩溃，但当她后来回访津巴布韦时又产生了第二种失望：当黑人掌权后又产生更多的内部压榨。所以《非洲的笑声》既是对不公平的黑暗现实的揭露，同时也是她反过来对自己的理想主义的嘲讽，她笑的也是她自己。对我而言，女权主义就是在现实生活以及写作中对女性保持足够的尊重，这就是我的女权主义。但是我更关心的是更广泛的人权，譬如说黑人和白人的平等。

问：您在文学讲稿中，还提到很喜欢福克纳的《押沙龙，押沙龙!》、奈保尔的《米格尔街》等作品，是否因为这些作品在某种意义上都是对地域文化、民族生活或历史记忆的书写？您认为这些作品拥有独到的叙述调性吗？

阿来：福克纳写的是美国南方的乡村生活，它有自己的文化符号——宗教背景，并且是新教，他书写得很成功。但那毕竟是美国的乡村生活方式，和我们的不同，他们的新教和藏传佛教文化背景截然不同，所以美国乡村的组织方式，和我们也是不同的。

福克纳的作品故事性不是很强，他的主要目的不是讲故事，现代派文学以来的小说确实在重新寻找叙事空间。我们也受到现代派文学的哺育。关于现代派文学，我们只有两个思想源头，其中一个是启蒙主义，启蒙主义更具思想性；技术性更多是在现代派文学以来的现代小说中。

奈保尔也像多丽丝·莱辛一样回去印度看了看，从20世纪80年代开始，回去了三次，接连写了三本书，都是非虚构，都是他对印度社会的观察。他最近写了一本书叫作《印度：百万叛变的今天》，这个"叛变"翻译得不好，其实他的意思就像是说印度的每一个人都会改变，脱离他原有的身份和等级，更多是"脱离"的意思。印度有严格的等级制度，这个制度是农耕时期建立起来的，但印度和中国一样也在走向现代化，这个时代已经提供了瓦解等级制度的条件，所以印度的等级制度开始松动。奈保尔的《印度：百万叛变的今天》就是采访很多人，他自己书写记录，关注印度等级制度的松动与变化，看到这种社会变化的迹象。印度是多宗教的，三大宗教的信徒们混居在一起。这些年在宗教极端化的背景下，一方面是等级制度的松动跟瓦解，另一方面又是宗教方面互相的敌意，他都如实把这些东西书写出来了。

这个世界的文学主流真正关切的是什么？中国有56个民族，汉族占了大多数，但是中国的知识分子也没有对这些进行认真的考量以及书写。我们的虚构文学已经非常脱离现实了，动不动就是穿越，对当下的现实没有任何关注，就像是泡沫狂欢，一个人可以，一群人也可以。不是说娱乐就不好，但有一个风险是，只剩下娱乐了。到变成了所有人都是这样的时候，我们的文化将面临巨大的危机。

问：是的，奈保尔的非虚构写作有着直面文化危机的勇气。在一篇纪念奈保尔的文章中，您提到，他的小说中没有通常离开母国的作家笔下泛滥的乡愁，也没有作为一个弱势族群作家常常要表演给别人的特别的风习与文化元素。这种拒绝东方主义奇观化书写的自觉也很清晰地体现在您较成熟的作品中，您怎样看待写作和故乡的关系呢？

阿来：我觉得故乡是一个比较虚妄的概念。地方本身有内在的好坏差别，不同人的故乡很显然也有明显的区分。但是对我而言，我写过的地方都是我的故乡，因为我深刻地感知过它，认识过它，这就好了。用苏东坡的话说：我心安处即故乡。我们书写的地方就是"我心安处"，所以确实可以"却把他乡做故乡"。

我觉得现代人有个毛病，自从有了心理学，似乎就有了一个支撑，可以自己跟自己撒娇，有点小不高兴，就说我很忧郁。哪有那么多忧郁？人应该是快乐的、积极的。我觉得"忧郁"这个病的支撑，就是现代的心理学。心理学有时候很玄，有很多地方值得怀疑。我们的生命科学还没有真正把人的脑子研究清楚，也没有把人的情绪产生机制弄清楚。自从有了心理学作支撑，现代文学就产生了一种忧郁的精神气质，我觉得这是个现代病。现当代文学当中不同于古典文学的地方，就是什么"孤独范儿""忧郁范儿""荒诞范儿"。古代的人好像是对自己很有把握的，但现在的"我"失去了这个把握，也失去跟社会的可靠联系。

我们20世纪以来各种各样的现代派等文学刚开始出来时很新颖，揭示人生的荒诞孤独，有些作家写自己的孤独，越写越忧郁。比如说美国诗人普拉斯，也是位女性主义者，试过好多次自杀，最后把头伸在煤气灶上了结了。她本来想揭示虚无，结果越揭示就越虚无，以至于自己也不想活了。但是我们的古典文学可以给社会、给人更正面的、更有力量的东西。之所以有"虚无"的问题，可能除了各种各样的思潮，还因为今天社会组织过于复杂，人感到要跟这样的一个复杂的网络发生关系确实没有把握。此外，我们也缺乏足够成熟的心理学支持，今天的心理学大部分时候还只是推测。

艾略特曾经创造过一个词来形容现代人——"空心人"。现代性把过去很多传统的观念否定了，却没有用一个更合理的东西去替代它。我们拆掉了旧房子，但是我们并没有盖起来一个更好的新房子。所以当代文学在心理上、情感上的游离持续了非常长的时间，而目前比较前卫的作家和艺术家已经开始对其进行反思。过去的文学是一片大陆，但在当代文学中，大陆消失了，成了一个个孤岛，虽然彼此可以瞭望，但是确实保持了相当的距离。当代文学把路走窄了。虽然看起来光怪陆离，但是相较于20世纪上半叶、19世纪文学，或者文艺复兴以来的文学，当代文学的路变得狭窄了。

问：您强调小说是讲故事的艺术，那么就您的创作而言，您如何走出自己的创作之路呢？

阿来：古人确实说得好，要寻求书本和行路彼此的印证。过去我生活在高山大河之间，直接跟雪山草原对话；我刚到城市中的时候突然感觉和大自然的距离有点远，但后来发现大自然其实还在，因为还有花有树、有草、有飞鸟、有小动物，更重要的是有四季更替、日升月落，于是我写了一本散文集叫《成都物候记》，就是写成都这个城市中的四季发生和自然轮替。植物不是自己生长在那里，开花结果；植物也同时和人发生关系，被人利用，被人引种，被人观赏，把这些方面发掘出来，就是一种文化。顺便说一句，今天谈文化，太浮光掠影，太注重于那些表面的符号化的东西了。我想，植物会把我带入它们自己的世界，它们的生命的秘密世界，同时，也把我带到一个美的世界，一个有人活动其中的意味悠长的世界。

语言的重要意义在于为万物命名，文学要描写一个对象，也需要了解这个对象背后的知识。吉卜林笔下的印度从前就没有被书写过，所以才会看起来很新鲜。我回到高原，也发现高原上的植物、动物还没有被写过，更没有被广泛地审美化、人格化，除了我，还没人写过，因此我做的也是和吉卜林相似的事情。

其实人和土地、国家、民族建立关系，一开始我们也不是确切地知道这个关系在什么地方。如果有，它在哪里？如果发生这个关系，是以什么样的方式发生？我要去找这种东西，所以这些年我一直喜欢四处走动。多年前有一次，我从甘孜开始上海螺沟，下了山同行的人就要回成都，在泸定桥我突然决定把皮鞋丢了，买了一双胶鞋穿，然后沿大渡河走，这一走就走了一个多月。我记得那个时候我写的：我坐在一座山顶，感到河流轰鸣，道路回转，现在我是独自一人，只感到山如波涛，风猎猎有声，如旗帜招展，在这里我在倾听，我听到人类关于过去、现在、未来，关于亘古的语言。我用行走和阅读，以及写作，重新建立起和世界的关系。

二、书写视角和历史理解

问：《尘埃落定》围绕傻子少爷的意识和人生起伏展开叙事，这种视角在文学中非常独特。您曾提到喜欢的作家中有美籍犹太裔的辛格，他的《傻瓜吉姆佩尔》也讲述了一个傻瓜主人公，此外，福克纳的《喧哗与骚动》中第一个叙述者就是傻子本吉明。他们要么大智若愚，要么过分善良，抑或拥有傻子的特殊感知。您选择这个特殊的视角与这些作家是否有关？

阿来：塑造这个角色第一是源于我对人的观察。现阶段社会中大部分人都会认为自己很灵敏，因为当你变慢的时候，你在这个竞争社会中暂时得到的东西就会很少，这在别人看起来是很傻的。但是有一些人就不一样，包括我自己，就不愿意那么灵敏，随时随地对各种人、各种事情做出非常快的反应。这是塑造那个傻子的一个原因。

第二，虽然我写的是一个小王国，但它跟大国家一样，麻雀虽小，五脏俱全，我想讲的是大历史、国家政治。历史书上一般说一个朝代的灭亡是因为社会矛盾积累到了一定程度，却没有发现国家统治者本身的问题。一般来说，中国古代灭国的皇帝相比开国的皇帝在智力、生理上都严重退化，已经失去了治国能力，这是一个非常有规律的现象，只从社会关系来考虑长远的兴亡是有缺陷的。我笔下的这个小国寡民的历史也是这样。

我写的这个傻子不是真傻，跟福克纳《喧哗与骚动》里的本吉明不一样——尽管本吉明的傻也让他看到一些常人所不能见、所不能感的东西，而是想说慢的、从容的人可能更看到这个社会的本质吧。

问：那么您认为傻子的角色设置和对历史衰亡的书写有什么联系呢？

阿来：书写衰亡是为了呈现新生，死亡是为了新生，而不只是消失，人的生命乃至整个社会结构从历史记录产生以来都是如此。这个傻子并非真的傻，只是别人叫他傻子，实际上他能够更冷静、更客观地看待历史的变化，而不像一些人急于挽救这种衰亡。历史是有意志的，黑格尔说过历史的意志是前进，不是后退，所以任何要跟历史意志逆境掰手腕的人，其结局一定是失败的。

问：您怎么理解历史意志与具体的人的关系？

阿来：人应当把自己看作历史的一部分，这与历史没有关系，而是我们人的格局。如果我们把自己看作一个孤立原子，认为历史中不包括自己，或者历史大事件发生时自己可以忽略不计，那就会把自己与时代、社会、历史割裂开来，成为只为自我生存的存在。但是我们之所以有历史学，就是为了建立一种宏大的历史观，这种历史观告诉我们，任何人都会跟历史发生这样那样的关联。我觉得文学其实也在做这样的工作。

刚才我们说到关于当代文学、现代派文学中荒诞、孤独、忧郁的反思，适度地揭露当然是有必要的，但我觉得这一状态也是因为我们跟历史发生了切割。然而我们今天生存的状态就是历史决定的。当历史在发生一些变化时，一些人会产生乡愁，一些人想要前进。我肯定是选择前进的。

历史是一个强大的存在。在人产生真正的智识以前历史就存在，语言文字产生后才诞生出了真正可以接近的知识，而经过了文艺复兴，人才意识到人之为人的意义。历史是一条时间之河，它怎么可能回去呢？我们偶尔调个方向，假装回去一下，但是最终还是要前进。这是个本质问题，因此黑格尔才把它叫历史意志。

问：您在曾经的采访中指出近年的非虚构文学仍然在回避应该表达的社会问题。您认为在非虚构写作中的文学价值首先体现为什么？非虚构文学能否达到虚构文学的高度？

阿来：非虚构文学的价值首先就是它直面现实的勇气。"非虚构"本来也是个从国外来的概念，过去我们把它叫纪实文学，叫报告文学，但是后来我们之所以不太愿意用"报告文学"这个词，是因为许多写作对这个文学概念的亵渎和污染。如果我们把纪实文学往上追溯，首先就是民国时期夏衍写的《包身工》，他同情那个工人，写出了机器对人的控制，这是纪实文学一个好的开始。我们共产党一个时期的主要领导人瞿秋白先生去苏联访问，但是他没有把苏联的社会主义写得一片光明祥和，甚至写到老百姓缺衣少食。但今天我们在读一篇报告文学的时候，读出的一定是一片颂扬之声。

另外也因为题材要求，当一个题材足够好的时候，其实并不需要虚构什么，增添什么，只需要按照它本来的样子进行还原。我主要的非虚构作品是《瞻对》。我本来是听到一个故事，在书里也看到过，于是就到当地去调查。我调查了瞻对200年的历史——包括民间的传说、山川的考察档案材料，从清代的宫廷档案，到一个县、一个州的地方档案——当它们终于汇集起来的时候，我发现：哪还需要编什么呢？现在不是有一句话叫作"现实比小说还精彩"，这不止在今天会发生，古代也发生过。于是我就决定采用非虚构的形式来写。

这个作品最开始在杂志上发表的时候就被当成"报告文学"，但这个词我们已经耻于提起，后来《人民文学》杂志又提出了"非虚构"的概念，算是对所谓报告文学的偏离做出一个纠正。这段时间我正在写一个非虚构长篇，写的是黄河源，主要是我看到的生态问题、气候变迁对地球生命的一些影响。

问：您在《瞻对》中冒着损害客观性的可能插入大量个人立场和观点的表达，这种设置有什么特定目的吗？

阿来：是为了旗帜鲜明地表明我对这些事情的评价，这并非脱离事实，而是基于事实，基于大量的走访，基于对大量档案材料的阅读和梳理。我要对历史的正确与错误做出判别，因为这种历史关涉到不同的民族之间怎么处理彼此的关系。我认为今天整个世界面临两个最基本的问题，一个是我们与自然的关系，一个就是不同文化之间的关系。我们原来的理想是天下大同，现在人们却在彼此之间把篱笆扎起来，用警惕而非友善的眼光来互相打量，这个时候难道我们还不应该表明态度？

三、科幻文学与小说写作

问：您之前是《科幻世界》的总编，在之后的写作中您会不会考虑科幻文学？

阿来：不一定，如果我们仅仅是把科幻小说当作一种类型文学的话，我大概永远不会写。我有一个美国朋友叫作詹姆斯·冈恩（James E. Gunn），他在大学里研究并教授科幻文学，还编写了一套科幻小说教程叫作《科幻之路》，是他告诉了我科幻小说真正的意义。

第一，文学通过科幻终于开始关注未来，并且这个未来是基于科学的，我们能够基于科学想象未来的技术、未来的人际关系是什么样的。赫胥黎的《美丽新世界》在100年前就在想象未来的社会——不光是通信、交通工具，而是人的关系会变成什么样。

第二，也是詹姆斯告诉我的，他说在科幻小说中，人实现了一种超越。过去的小说书写人类都是基于局部概念：家、公司，从文化上讲更大一点的是族，国就是最大的单元。但是在科幻文学中，即使最差的小说都必须超越家国概念，当外星人来了，地球人会发现自己原来是个整体——人类。只有在科幻小说中我们才不会再区分信仰、肤色，在科幻小说中"人类"这个概念才能作为整体实现。

问：那么这种人类整体性的观念对您的写作有影响吗？

阿来：会有一点。中国的哲学从古典时代开始说"家国"，从文化上我们更多考虑特殊性，费孝通先生的人类学名言就是"各美其美"。但哲学对普遍性更感兴趣，也就是"美美与共"，好的文学应该致力于这种普遍性与一致性。

问：您认为在这种普遍性之下，人类从古至今都存在着不变的本质吗？

阿来：当然有。第一个是情感，人把情感丰富化和秩序化了。第二个是意志，人通过它克服种种困难，越过种种障碍，往前走得更快一些。当然也有人性的恶，其中也有相同的部分。

刘慈欣《流浪地球》之前的许多小说也涉及地球毁灭的问题，大多数思路是飞船逃离。但飞船很显然不能把所有的地球人都迁移出去，那么在我们讲求自由组织、意志平等的这个社会当中，谁有资格登上飞船？如果确立标准，就需要对人做甄别。然而但凡是甄别，就会对人类的自由天性、"人人生而平等"的观念构成巨大挑战。此外从事甄别的人又会形成一个特权阶层。因此结果可能是没有人登上飞船出发，人先把自己毁灭，最后剩下一批空船与地球一同毁灭。这就是人性恶的相同部分。

好的科幻小说往往就体现詹姆斯·冈恩所说的人类共同命运，这个共同命运是在的，人类继续延续下去，我们的基因延续下去，那个未来是肯定要来的。

问：谈到科学的进步，我们有时也会提到基因改造、脑机接口，您觉得在后人类时代，人的本质会被打破吗？

阿来：会打破。基因技术发展后，我们随时可以用改造基因的方式发展出一种超人式的新人，虽然超人也是人，但凡人还是不是人？这可能会改变关于人的定义。这是人的一次彻底更新换代，就像石器时代人把自己彻底从动物里区分出来一样。

问：现在一些科幻小说开始关注技术进步导致"控制社会"的到来，您怎么看待这个问题？

阿来：乔治·奥维尔在 20 世纪 50 年代就写了《1984》，那时他已经想象了一种集权存在的方式。艾萨克·阿西莫夫则提出了计算机研究、生产与进步的三原则，即阿西莫夫三原则，从而给机器加上种种限制，不使其超过人的智力水平。但是科学家的本质冲动是难以控制的，否则人工智能大概率不会出现，我们唯一的安慰可能是我们活不到那个时候。

张：好，不知不觉我们已经聊了近两小时，再次感谢阿来主席在百忙中抽时间接受我们的采访！听说您前两天才考察回来，并且正着手写作新书，我们非常期待您的下一部作品面世！

（四川大学文新学院教授；中国作家协会副主席，四川省作家协会主席）

新作热评

自然之子的还乡典仪
——论阿来的《西高地行记》

刘亚丁　袁佳慧

  阿来的《西高地行记》就文体来说，是散文，这恐怕是没有人会质疑的。既然是散文就有不同于其他文学体裁的读法。大洋彼岸的学者罗伯特·狄亚尼在其《品味散文》一文中写道："我们品味散文跟阅读小说、诗歌和戏剧有所不同。散文乃是典型地写实的，它与凭借想象来反映现实的其他文体是不同的。因此我们在散文中期待获得准确的信息、日期、事实，这是从虚构的情节，诗歌的说者，或者戏剧的人物那里所不可能获得的。"[①] 作为由9篇独立的散文构成的一本书，我们认真阅读，仔细搜寻，可以从这本书发现藏在字里行间中的作家阿来的真实的行迹。在第一篇《故乡的春天》里，阿来告诉了我们，他的行迹与"名家看四川"系列活动有重叠，因此他是2022年4月18日从成都出发的，途中还遭逢了芦山地震，他到了黑水县达古冰川，回到了在老家马塘村的家里。第二篇《嘉绒记》继续记载此次行程，到了金川县、四姑娘山。第三篇《贡嘎山记》，阿来到了磨西镇，到了康定、九龙县城，参加山水自然保护中心环贡嘎保护项目的讨论，与当地的文学朋友聚会。第四篇《平武记》，作者讲述了在平武县厄里白马藏族村寨的考察，然后补记了三年后的春天去九寨沟县的勿角和草地两乡，这是另一个白马人聚居的地方。第五篇《玉树记》，阿来在玉树地震后重建过程中去了那里，具体时间作家未曾提及，当是2010年之后。阿来在玉树州府所在地结古镇周围旅行。第六篇《果洛记》，阿来继续上述行程，经过西宁去了大武镇，去拜谒阿尼玛卿雪山，然后到了黄河边的达日县城。第七篇《山南记》，阿来讲述了自己2012年9月到西藏自治区山南市之行。第八篇《武威记》，阿来寻访甘肃省武威市，是在《丽江记》写作前的两年，即2010年。第九篇《丽江记》详叙2012年6月作者的云南省丽江之行。

  对《西高地行记》做了上述时间和空间的还原后，一个大问题就冒了出

[①] Robert di Yanni, "The Experience of the Essay", in *Literature: Reading Fiction, Poetry, Drama, and the Essay*. New York: Random House, Inc., 1986, p.1413.

来。对于散文作品来说,时间和地域是我们阅读的两个框架。我们已然习惯了按照自然时序来阅读作品,或者按照某种地理方位的空间逻辑来阅读作品。在这本纪实性的作品中,阿来何以打乱时间的线性逻辑,也拒绝按照一般地理方位的空间逻辑来布局《西高地行记》的九篇文章,其用意何在,有没有钥匙可以打开这富藏自然人文珍奇的宝库大门?我们可以告诉心急的读者,在《西高地行记》中还真有这钥匙。在《丽江记》中,阿来谈及他自己在2010年的两个写作计划:

> 我有了两个计划。这两个计划,一个是要花几年时间,把整个藏区,以及历史上与藏区发生过密切关系的地方,都走上一遍。目的是对藏民族文化的内部多样性作广泛而独立的考察,同时,通过丽江这样与藏文化产生过密切联系的地区来观察历史的大尺度下一种文化的消长。再一个计划,就是拍摄与记录青藏高原及其边缘地带野生的开花植物。①

元人虞集《虞侍书诗法》云:"一诗之中,妙在一句。句为诗之根,根本不凡,则花叶自异。"② 古人讲究提炼"诗根"和"诗眼"。那么阿来凭生花妙笔,以散文为形式,洋洋洒洒写出一部《西高地行记》,一定会考究其"文根"和"文眼"。这一段文字,就是他为这本书所提炼的"文根"和"文眼"。阿来《西高地行记》中九篇文章,无一不是这两个计划的自然展开,这两个计划又是巧妙地融合在一起的。"当我在青藏高原这片我视为自己的精神高地上漫游时,吸引我的不再只是其历史,其文化,以及由历史与文化所塑造的今天的族群的情感与精神秘密。我也要关注这土地上生长的每一种植物。从此,不只是一个一个的人,每一种生命也都成为我领受这片土地深刻教益的学习对象。"(《玉树记》,第111页)在作家假飞翼车轮双脚所到之地,他都透过对这些地方的历史和现实的考察,去细致深入地记录呈现野生的和驯化的各种植物,发现和发掘"藏民族文化的内部多样性",描摹出藏族文化与汉族和其他少数民族文化碰撞融合的历史篇章,于是写作《西高地行记》就成了阿来这位虔诚的自然之子的心灵还乡的典仪。

一

在《西高地行记》中,尤其是在前面的各篇中,阿来对高地上的各种植物,做了包含丰富感受和激荡情感的描述,我们作为方内之人,不妨庸俗地借助佛徒释子的话说,阿来六识并用,为读者铺陈出一幅幅生动的自然生命体画卷:

> 【眼识】深切的河道,陡峭多姿的山壁。更为难得的是,即便是悬崖上,也密生着松、杉、楸、桦和杜鹃。那些树从悬崖上斜欹向河上的虚空里,有种种奇异的姿态。如果山坡稍缓一点,就站满了红桦、白桦、栎树和高山杨。林下,是摇荡不停的箭竹海。这个季节,松杉一味深绿着,栎树林也深绿着。高山杨和白桦蔓生开

---

① 阿来:《西高地行记》,北京十月文艺出版社2023年版,第216页。以下几篇评论该著的文章引用时不再另注,只随文标明篇名与页码。——编者
② 《明人诗话要籍汇编》(第四册),陈广宏、侯荣川编校,复旦大学出版社2017年版,第1567页。

一片片色调不同的新绿,而红桦林还挺拔着树身沉默着。(《故乡春天记》,第25页)

【眼识和耳识的通感】前年,我来这里时秋林在高原艳阳下五色斑斓。那是落叶松、红桦、白桦、栎、花楸、槭、高山杨、槭这些树木群落浩然盛大的色彩大交响。(《故乡春天记》,第8页)

【鼻识】早上风停云开。驱车到达古村时,湖水映着碧蓝天空,阳光下融雪时的滋润气息带着松杉的芳香。(《故乡春天记》,第9页)

【舌识】安排的饭食要有山里的春天——刚开的核桃花、新鲜的蕨菜……乡野的原则就是简单,取了这茎的多半段,择去顶上的叶苞,或干脆不择,也是在滚水中浅浅焯过,一点盐,一点蒜蓉,一点辣椒,什么味道?苏醒的大地的味道!(《故乡春天记》,第3—4页)

【意识】再一种,叶片宽大肥厚,在有肥沃腐殖土聚集的地方,一开一片,花朵硕大,成片开放,风起时,那一朵朵花摇动于随风起伏的绿叶之上,仿佛成群蝴蝶飞翔。它们正式的名字就叫鸢尾。(《故乡春天记》,第5页)

佛徒释子认为,眼、耳、鼻、舌、身、意为六识,其认识对象分别为色、声、香、味、触、法,就是六境。阿来非常重视人的感官在审美中的作用,他曾谈及自己的感悟:"即便是就人的身体而言,似乎眼睛也该是一个不能忽略的重要感官。而且,眼睛这个器官有个好处,看见美好的时候,让我们反省生活中何以还会有那么多的粗陋,可以引导我们稍稍向着高一点的层面前进。"[1] 阿来在《西高地行记》中调动六识,感触花树草木,为读者打开了自然生机的六境。"鸟语虫声,总是传心之诀;花英草色,无非见道之文。学者要天机清澈,胸次玲珑,触物皆有会心处。"[2] 阿来在欣赏大自然时六识并用,其实是要让自己,也让读者有所思,"有会心处",得到净化,获得精神的提升。

阿来热爱花,热爱草木,热爱充满生机的大自然。他时时渴望回到青藏高原去亲近大自然。当条件不允许他回去的时候,他会寻找青藏高原的花和树的替代品,于是他自然而然写出了《花重锦官城·成都物候记》:他在做胆囊手术的前夜,在锦江边闻到的早开的腊梅的暗香,是夜安睡。于是开启了一个计划:把成都繁盛的花事从春到秋写成系列,于是就有了写成都的花的作品。但成都的花,成都的物候,对于阿来,究竟隔着一层。在《西高地行记》中,作家不自觉地流露出了真实的情感:在黑水县城,听到芦山地震的消息,"我原来计划,几天后回程,从那里到成都"(《故乡春天记》,第14页)。成都,之于阿来,不是家,只是工作和寄居之地,成都的花,也是高原的花的替代。阿来自己在《花重锦官城·成都物候记》中曾坦陈:"这么些年来,我对植物的兴趣,就集中于青藏高原与横断山区,只是去年生病,体力不行,一时手痒难耐,才来关

---

[1] 阿来:《花重锦官城·成都物候记》,成都时代出版社2019年版,第13页。
[2] 洪应明:《菜根谭》,韩希明评注,中华书局2008年版,第225页。

注所居城市的植物，内心里真正向往的还是西部高原。"① 阿来就是这样一位高原的自然之子。

《西高地行记》对大自然的观照和思考体现出一种传统智慧。在《贡嘎山记》中，阿来讲述了一种叫五小叶槭的树的奇特经历。20世纪，洛克在横断山发现这种珍稀树种，后来它似乎彻底消失了，植物学家们久久找寻却毫无收获。一位植物学家非常偶然地在一位农妇的背篓里发现了五小叶槭枝条。一个农民找来种子，播撒在自家狭小的菜地里，树苗已经长出了一米多高。那农民说："这树长不大，生不出可以盖房架桥的有用之材。而且，砍来烧火都不行，因为木质坚硬，纹理纠结，斧劈不开。因为无用，所以幸存。"（第68页）《道德经》云："兵强则灭，木强则折。"②《庄子·逍遥游》云："惠子谓庄子曰：'吾有大树，人谓之樗。其大本拥肿而不中绳墨，其小枝卷曲而不中规矩，立之涂，匠者不顾。'"③ 阿来所记载的种五小叶槭的农民朴素的话语，与先秦古贤的遗训，如出一辙。其实这也是阿来本人对传统智慧的呼应。

阿来在对大自然的观照中，反思西方学者的工作，既指责其殖民行为又希望善加运用。布雷特施耐德《欧洲人在华植物发现史》与科克斯《在中国搜寻植物》等著作记载了从17世纪至20世纪50年代中期西方博物学者在华收集与引种的历史。④ 从20世纪开始，欧美各国都加大了对海外殖民地开发的投入，就像洛克曾接受的任务——在亚洲寻找可治疗麻风病的大风子树和汁水丰富的葡萄柚品种，便是借助博物学来减少疾病、灾害、改进热带农业。这一学科的基础如制标本、建博物馆和植物园等，也纷纷在帝国和殖民地的中心城市出现。这一系列事业对于殖民帝国在20世纪中期的发展，以及确立后殖民强国地位都发挥了重要作用。⑤ 中国西部也是当时列强觊觎之地。比如写作《在西藏高原的狩猎与旅游》的英国人亨利·海登，他两次深入西部探险。1904年因为西藏地方政府拒绝英印殖民地政府通商要求，英印组成联军直奔西藏腹地，迫使西藏签下城下之盟，海登当时就是英印远征军的一员。1922年海登再次来到西藏，这次他已经是应西藏地方政府之邀来做地质与矿产调查了。（《山南记》，第146页）英国对西藏的政策不仅是要开发丰富的自然资源，同时要"使西藏始终处于受其自身的统治者统治的被动状态之中"⑥，从而提升自己在印度的殖民威望。西方学者对青藏高原的生物学探险已演化为其殖民之工具。阿来对此是高度警惕的，在《丽江记》中，他历数了法国人特拉佛、英国人弗瑞斯特、美国人喜纳特一干人，他们相继进入玉龙雪山"疯狂采集

---

① 阿来：《花重锦官城·成都物候记》，成都时代出版社2019年版，第208页。
② 《老子道德经注校释》，王弼注，楼宇烈校释，中华书局2008版，第185—186页。
③ 《庄子校诠》，王叔岷撰，中华书局2007年版，第35页。
④ See Emil V. Bretschneider, *History of European Botanical Discoveries in China*. Ganesha Publishing, 2002; E. H. M. Cox, *Plant Hunting in China: A History of Botanical Exploration in China and the Tibetan Marches*. Oxford University Press, 1987.
⑤ See John Farley, *Bilharzia: A History of Imperial Tropical Medicine*. Cambridge University Press, 1991; Susan Sheets-Pyenson, *Cathedrals of Science: The Development of Colonial Natural History Museums During the Late Nineteenth Century*. Kingston & Montreal: McGill-Queen's University Press, 1989.
⑥ Owen Lattimore, *Inner Asian Frontiers of China*. American Geographical Society (Research Series No. 21), 1940. 转引自斯蒂芬妮·萨顿：《苦行孤旅：约瑟夫·F·洛克传》，李若虹译，上海辞书出版社2013年版。

植物标本和种子"(第229页),尤其是详细叙述了奥地利裔美籍学者约瑟夫·洛克在这一地区所做的工作。阿来对这些外国学者在中国所从事的工作的认识是辩证的。他指出:"这些西方人,来自那些创立了现代主权国家法律体系的国度,包括洛克在内,却没有任何人想过这样的行为是否侵犯了另外一个国家的主权。"(第229页)我们还应该看到,洛克对丽江风物的一往情深,他的"在植物学、地理人文考察和纳西文化研究方面均取得巨大成就"(第238页),诸如此类,阿来都对之表达了含蓄的敬意。就此,阿来亮明了自己的态度:"直到今天,我们一方面要指责洛克们的殖民主义行径,一方面,却又要从学术领域到今天的旅游开发方面,援引他们的'发现',他们的成果。"(第241页)应该说,阿来所提的"两面论",确为祛狂热不偏激的理性之辞。

阿来对自然的热爱,不仅是要满足感官之欲,也不仅是出于个人的喜好,其实也源于他对当今之世的忧患意识:"在自然中,可以想起人类文明的消长与命运……进入大自然,对于一个现代人,又绝非只是单纯的审美","当看到曾经哺育过这个文明的自然界还保持着生机……那么,当今天的人们走不出历史的怪圈,总还可以寄望后来人的觉醒,找到进入现代文明的通路时,这个美丽的自然至少可以为未来的文明选项提供一个坚实的依托"。(《山南记》,第177页)这样一来,阿来对自然的热爱已然超越了形而下的庸常,达到了从人类未来的高度来发掘其价值的高度,由个人的小天地进阶到了从人类文明的高度来反观自然。

二

前面已经提及,阿来的《西高地行记》写作的一个重要计划是考察藏族文化演变,实际上他通过这本书建构了藏族与汉族和其他少数民族文化碰撞交流互融的历史。在这本书中,叙及藏文化和文化交流的篇幅大大多于描绘草木的文字。阿来行走在四川、甘肃、青海、西藏和云南的各地考察藏族文化。阿来一直比较淡化自身的民族认同观念,或者可以说身份认同是一直困扰他的一个问题。他认为,从血统来看,自己的母亲是藏族人,至少可以算是嘉绒藏族人(《山南记》,第165页),他在接受访谈的时候也坦陈:"藏文化给了我一个感受方式,给了我一个生活立场。"① 我们毋宁说,阿来以文化研究者的身份来研究观察藏文化自身的演化以及它与汉族等民族文化的交流和融汇的历史和现状。

沿着藏族古代英雄祖先足迹记叙作者当下行旅,是《西高地行记》的呈现方式。阿来曾创作了长篇小说《格萨尔王》,通过晋美的说唱和他的梦再现了格萨尔神话:扫除恶魔,给岭国人民带来福祉。在《西高地行记》的《玉树记》中,阿来再三礼赞格萨尔王的精神世界,"格萨尔史诗是属于全体藏族人的伟大的精神遗产,更是康巴人的英雄——他出生在康巴,建功立业也多在康巴大地"(第104页)。阿来还不动声色地讲述了与格萨尔有关的奇迹:以格萨尔的名字命名的宾馆,是地震后结古镇上唯一没有坍塌的建筑。通过阅读阿来对地震后的结古镇的寻访,读者才知道,结古镇的周围其实也是

---

① 阿来、姜广平:《"我是一个藏族人,用汉语写作"》,《西湖》2011年第6期。

阿来写作《格萨尔王》的灵感的产生之地。尽管阿来本人当时并没有到过结古镇，但他曾在想象中拜访过镇上的格萨尔广场，他小说中"说唱诗人"晋美也到过这个广场。因此，结古镇，正如它的名称的汉字发音一样，成了阿来发思古之幽情、追寻古代英雄的出发点。在《果洛记》中，阿来在观想"总摄大地的雪山"——阿尼玛卿山时，回忆了古老的祈祷词，进而回顾了当地的传说：原来果洛地方妖魔肆虐横行，先祖沃戴贡杰派八个儿子征服远方，扫清妖氛，这个家族就在这里生息繁衍。阿来以激越的文字写道："在果洛，便是玛卿雪山。于是口传故事中越来越了不起的祖先，终于与雪山稳固超拔的形象合二而一……山神，就是神格化了的人，就是人格化了的山。"（第122-123页）阿来在远眺大雪山的过程中写下的文字浸透着灵性。

考察藏族与周围民族的关系，是《西高地行记》的作者学术兴趣的表现。在《平武记》中阿来就通过直接接触和多种历史文献钩稽考索，还原了白马藏族人的前世今生，借此研究"藏文化内部的文化多样性"（第83页）。作者指出，白马人在没有被认定为藏人之前叫作"白马番"，他引用清道光年间的《龙安府志》指出，白马人分为六洞、交昔、关坪、仓鸾、擦脚、水牛、彭信、蛇入、独目顶、舍那六寨、多籍和额利等寨。阿来根据《白马土司家谱》还原了当地土司制度的兴衰。解放后白马人归入藏族。在阿来的心目中，平武是"不同民族不同文化交融的地带"（《平武记》，第83页）。在《西高地行记》的后半部分，阿来在《丽江记》中考察了丽江的纳西族与藏族之间充满爱恨情仇的复杂纠葛。到丽江去时，阿来随身带着当地作者写的《纳西族与藏族历史关系研究》，他一边游览，一边抽空读这本书。阿来通过藏族史诗《格萨尔》等资料，力图还原丽江的纳西族与藏族的关系：史诗描写了著名的姜岭大战——姜，就是纳西族的王国；岭，就是金沙江和黄河上游的藏族王国。史诗中的这场战争曲折反映了吐蕃围绕金沙江中游的战争。在历史上，794年曾与吐蕃结盟抗拒唐朝的南诏王异牟寻背叛吐蕃，联合剑南节度使韦皋夹攻吐蕃。在明代，洪武帝给丽江的统治者赐姓木，木氏土司趁吐蕃分裂之际，将今天云南的中甸，四川的巴塘、理塘，西藏的康芒、盐井等纳入其统治之下，又把藏传佛教的噶玛噶举派引入丽江，让其建庙弘法。阿来还通过转述顾彼得的《被遗忘的王国》，描述了民国时期丽江的藏族马帮。加上阿来自己对当下丽江人的观察，《丽江行》就建构了历史与现实交织的纳西族和藏族交流史。在《武威记》中，阿来也发现吐蕃人后裔的痕迹：当地有天祝藏族自治县。当年吐蕃东征的时候，一些部落打到这里，他们征服别人，别人也征服他们，他们的后裔逐渐减少；在民国时期，对天祝藏人仅编为八个半保（保甲），但现在毕竟还有藏族人的后裔存在，所以新中国设立了藏族自治县。

沉浸于历史过往也感叹历史的湮灭，这是《西高地行记》的本真之处。在《西高地行记》的第一篇《故乡春天记》中，阿来在家乡附近参加了木尔溪村的开犁仪式：老者用嘉绒藏语念古老的颂词，用"雅致的修辞比喻春天，用虔敬的语言感谢日月和大地"（第27页）。后来"两架犁到了地里。每一架犁由两头并架的牛牵引，两头牛前，还有一个牵牛的人"（第27页）。阿来记载的马尔康木尔溪村的开犁仪式，与先秦文献中记录的天子和诸侯的孟春亲耕籍田仪式也有相似之处，"乃择元辰，天子亲载耒耜，措之参于保介之御间，率三公、九卿、诸侯、大夫，躬耕帝籍田。天子三推，三公五推，卿、诸侯、大夫九推"①。阿来自己也参与了这次开犁仪式，去扶犁耕地，就这样，他以身体和心灵沉浸到了古仪古风之中。但是阿来发现，仪式上积聚在地头的村民表情并不庄重，像旁观的看客一样无动于衷。在《山南记》中，阿来记录了自己在琼结县瞻礼藏王墓的过程。目睹没有游人、没有喜欢朝圣的藏人的冷清的藏王墓，阿来不免生出慨叹："在这样一个地方，此情此景，即便是与我完全无关的一个族群，我也会深感悲伤。比如，在埃及，那些仿佛精华耗尽的沙漠上，看见那些雄伟的正在倾圮的金字塔时，我心里涌起过同样的悲伤。"（第158页）在本来可以成为精神还乡的中心的藏王墓，阿来没有以充斥着大词的赞美来为文造情，而是实记凄清，坦陈悲伤。这就是自然之子的率直的自然流露。在《山南记》中，阿来先回顾了《西藏观世音》（一作《柱间史》）中有关猕猴与魔女的传说：猕猴禅师与魔女生出了最早的藏人。阿来认为，"这是佛教史家以佛教观改写与覆盖西藏史的典型案例。当神话被改写变成浸透宗教观的所谓史实时，历史已经被意识形态固化，质疑这种神话化历史观的人，自会付出沉重的代价"（第150页）。他还引述用藏文撰写《西藏简明通史》的恰白·次旦平措的文字，再次表达了自己的失望：印度的传说掺杂进西藏的历史，使得西藏真实的历史无法传播。阿来既行走在藏族人和周边民族聚居的土地，又阅读相关的资料，力图还原藏族的历史，可是所获得的却远远谈不上丰厚。或许作家难免生出"此情可待成追忆，只是当时已惘然"之感：他试图考察藏民族的来源，得到的却是《西藏观世音》这样的书所记载的不可信的传说。

在赞美时代的高速发展中抒发现实之关怀，这是《西高地行记》作者作家使命感自然的流露。在《平武记》中，读者看到，嘎泥早是平武县的旅游形象大使，她的家乡水牛寨修水库时被淹没，村民迁徙后一分为三。她成立了旅游公司，但是对游客是否会增加，她和作家本人都没有确切的答案。而且嘎泥早还担心：很多迁徙的人家不会计划，拿到房屋和土地赔偿，还没有计划好新的生计，钱就花光了。在《果洛记》中，阿来发现，一些小镇正在变大，有了新的建筑群，这是国家实行退牧还草计划的结果，因为黄河源区很多生态恶化的草原都不再放牧，牧民变成城镇居民，都安排在这些小镇上。作者担心的问题是，"改变了生活与生产方式的人如何生存？他们会不会在寻找新生计，面向新生活时，因不适而感到茫然？"（第126页）在《武威记》中，作家注意到，由于高速公路、高速铁路和空中航线连起了一个中国，人们看不到"提供着粮食与蔬果的村庄，看不到卑微的农家"（第184—185页）。"我们读着这个进步时代的几乎所有文字，几乎都是受益者的欢呼，却未见对那些被快速的时代列车甩在车外的人们的描述。"（第185页）在时代高速发展中关怀民间疾苦，这也是作家赤子之心的流露。唱赞歌易，述民瘼难，阿来的这支笔因此变得重如千钧。

各民族由激荡相生，各种文化因碰撞融合，这是《西高地行记》的洞见。在《嘉绒记》中阿来叙及噶尔是藏语地名，叙及当年乾隆平定大金川，叙及征战之后乾隆撰文题写的《御制平定金川勒铭噶喇依之碑》，然后发出感慨："外来的士兵配娶当地妇女，共同劳作，繁育后代，使这片渡尽劫波的大地重新恢复了生机。"（第40页）在《丽江记》

---

① 吕不韦：《吕氏春秋》，高诱注，上海古籍出版社1898年版，第10页。

中，阿来发现：尽管当年纳西族和藏族有激烈的腥风血雨之战，但是"今天的中甸、盐井和巴塘等地还有当年移民（纳西）部落的后裔与当地藏民共同生存"（第 242 页）。民族融合的复杂过程和结果就以这样的方式呈现出来。在《玉树记》中，阿来发现结古镇是文化传播的重要中转站。在那里阿来考察了唐朝公主留下的摩崖石刻："松赞干布的大臣去到了大唐。""因此，一个美丽女子走上了从大唐长安到吐蕃都城逻些的漫漫长途。"（第 107 页）进而，阿来通过结古镇的摩崖石刻这种文化遗存，发现文化传播融合的路径的特殊性：佛法从印度兴起，绕过青藏高原，又从东土向西而去。在《平武记》中，阿来缅怀了鸠摩罗什翻译佛经的大功德，他译经说法，终日不倦。阿来认为鸠摩罗什这样的译经者是当年的国际主义者。通过对各地、各时代的文化交流融合一个个案例的考察，阿来获得了大感悟："历史流变不居，民族不断交融，每一次血缘和文化的混同，每个参与者，都在其中留下点什么，或者改变点什么。经验告诉我，每一种地方文化中包藏的这些显明或隐约的曾经的族群与文化印迹，是流变与融合的说明，而不是再起分别的证据。"（《平武记》，第 96 页）这就是阿来这样一位文化的"混血儿"在《西高地行记》中的大收获。"处在多种族交集混血的地带的人往往能洞见文化形成的复杂性与流变性——那不是因为所谓的学养，而是听从了驳杂血缘带给的深刻启示。"（《武威记》，第 192 页）阿来作为吸收了多种民族文化乳汁的作家，因为精神养料之多与杂，故其胸臆能宽而博，在考察藏族文化的来龙去脉的过程中，中华民族多元一体的形成过程在他的笔下铺展开来，行走在西高地的阿来，就成了中华民族共同体的呵护者、赞颂者。

三

说到自然之子，不由自主会把阿来作品与另外一位自然之子写草木动物之书放在一起来读。另一位自然之子，就是美国 19 世纪超验主义作家梭罗。1845 年梭罗在瓦尔登湖畔建起一间木屋，在那里一住就是两年，与草木为朋，与畜兽为友，观察于斯，思考于斯，载记亦于斯，写出《瓦尔登湖》一书。阿来和梭罗这两位自然之子观察自然和描写自然不乏相似之处。恰好 2023 年 9 月 3 日，《十月》杂志社邀请阿来为第八届北京十月文学月首期嘉宾，阅读的作品就是《瓦尔登湖》，阿来说："在浮华喧嚣的时代，需要这样一本书，让我们来重新认知它，重新打量它，最终慢慢进入它。"① 十月文学月做这样一场读书活动，自然就有把刚出版的《西高地行记》与《瓦尔登湖》放在一起作比较的意思。这两本书的自然书写不但有可以比较之处，而且可以在比较中进一步叩问和反思。

【梭罗】每一个早晨都是一个愉快的邀请，使得我的生活跟大自然自己同样地简单，也许我可以说，同样地纯洁无瑕。我向曙光顶礼，忠诚如同希腊人。我起身很早，在湖中洗澡；这是个宗教意味的运动，我所做到的最好的一件事。据说在成汤王的浴盆上就刻着这样的字："苟日新，日日新，又日新。"我懂得这个道理。黎

---

① 苏墨：《阿来这样读书和写作》，《工人日报》2023 年 10 月 11 日。

明带回来了英雄时代。在最早的黎明中,我坐着,门窗大开,一只看不到也想象不到的蚊虫在我的房中飞,它那微弱的吟声都能感动我,就像我听到了宣扬美名的金属喇叭声一样,这是荷马的一首安魂曲,空中的《伊利亚特》和《奥德赛》,歌唱着它的愤怒与漂泊。①

【阿来】走进一个村庄,我要去看那些野桃花。远看,野桃花一树树站在山下村前。近看,野桃花密密簇簇,缀满枝头。粉红色的花瓣被阳光透耀,有精致的绢帛质感。也许这种比方太精致了,与眼前的雄荒大野并不匹配。想起日本人永井荷风描写庭院中的桃花就用过这样的比喻:"桃花的红色,是来自平纹薄绢的昔日某种绝品纹样的染织色。"永井荷风说,他写桃花所在的庭院狭小局促……而我现在却是在高天丽日下挺身行走,长风吹拂,田野包围着村庄,群山包围着田野。进入那个村庄。又走出那个村庄。风起处,吹落的野桃花瓣纷纷扬扬……(《嘉绒记》,第33—34页)

可以看出阿来与梭罗不乏肖似之处。同样的,面对自然,敞开肺腑地吸纳,安安静静地享受;同样的,看似略显炫技掉书袋,其实妥帖自然地引用"他者"的话语。两位自然之子就这样隔着遥远的时间和空间进行着心对心的对话。

但是,一般的读者也许不会注意到,阿来与梭罗的自然书写又有明显的区别。梭罗1817年出生于马萨诸塞州的康科德镇的一个小商人家庭。他就读于康科德中学,后入哈佛大学读书,然后返回康科德当过老师,由于不满当局迫害学生愤而辞职。他和哥哥约翰一起开办了一所私人学校,由于约翰生病,这所学校很快就关闭了。后来他和约翰爱上了同一个姑娘,都是无疾而终的单相思。1839年,他与约翰一起泛舟河上,得到心灵的愉悦。后来约翰由于偶然受伤,患破伤风而早逝。由于追随思想家和作家爱默生,更由于其兄的早逝,梭罗心灵受伤,于1845年在瓦尔登湖畔自筑木屋,过了两年的离群索居,与树木为伴,以动物为侣的生活。1849年他出版了记录与约翰共同泛舟河上体验的《康科德河和梅里麦克河上一星期》。1854年他出版了《瓦尔登湖》。② 可见,梭罗始终是"镇上的人",大自然之于梭罗,是对象,是心灵受伤之后需要"进去"的疗愈之所,《瓦尔登湖》则是从外部来观照自然之书。

阿来则与梭罗不同。他1959年出生于阿坝藏族自治州马尔康县只有20户人家的马塘村。阿来自己写道:"解放前,我们马塘村是驿道上有一条小街道的大市集。后来,有公路了,这个市集便消失了,我们的爷爷辈还经商开店赶马帮,父亲辈便变成种青稞和土豆为生的农民了。"(《故乡春天记》,第15页)后来,阿来读了大学,在省城当了编辑、总编,成了闻名中外的大作家。《西高地行记》中记载了他在家乡附近参加开犁仪式自己扶犁时的回忆:"黑土就在我脚前翻卷起来。新鲜的黑土的味道、那些黑土中被铧头斩断的植物根茎的味道,立时就充满了我的鼻腔。两三趟下来,那些味道就已经

---

① 梭罗:《瓦尔登湖》,徐迟译,上海译文出版社2004年版,第83页。
② See Charles A. Madison, "Henry David Thoreau: Transcendental Individualist", in *Ethics*, Jan., 1944, Vol. 54, No. 2 (Jan., 1944), pp. 110-123;梭罗:《瓦尔登湖》,徐迟译,上海译文出版社2004年版,译本序,第1—11页。

充满我的身体了。那是三十多年前,一个十三岁少年最熟悉的春天气息。"(《故乡春天记》,第 28 页)在《山南记》中,作者也回忆了少年时自己扶犁耕地的情形。因而,大自然是阿来的本源之家,他曾生长于斯,劳作于斯,虽因求学和工作一度告别了它,但如今又回归于斯。从岁月流转和人生成长来看,从当年耕田耘土的看山是山,到入籍尘嚣的看山不是山,再到写作《西高地行记》时的看山还是山,乡土之子和返乡之子的"看"其实是有很大区别的,区别之大当在霄壤之间。《西高地行记》乃是从内部来感悟自然之书。

《瓦尔登湖》与《西高地行记》表现大自然的情致是迥然有别的。梭罗从大自然中时时读出悲情。在《瓦尔登湖》中,作者听到叫枭的声音,"别的鸟雀静下来时,叫枭接了上去,像哀悼的妇人,叫出自古以来的'呜——噜——噜'这种悲哀的叫声,颇有班·琼生的诗风。夜半的智慧的女巫!这并不像一些诗人所唱的'啾——微','啾——胡'那么真实、呆板;不是开玩笑,它却是墓地里的哀歌,像一对自杀的情人在地狱的山林中,想起了生时恋爱的苦痛与喜悦,便互相安慰着一样。然而,我爱听它们的悲悼、阴惨的呼应,沿着树林旁边的颤声歌唱;使我时而想到音乐和鸣禽;仿佛甘心地唱尽音乐的呜咽含泪,哀伤叹息"①。这些暗黑的、阴郁的文字,透露出梭罗作为基督教徒的原罪感,也隐约透露出对其兄早逝的自我忏悔。观察自然而生出凄惨之感,在《瓦尔登湖》中是常常可以读到的。诚如清人况周颐《蕙风词话》所云:"词贵有寄托。所贵者流露于不自知,触发于弗克自已。身世之感,通于性灵。即性灵,即寄托,非二物相比附也。"②梭罗走进自然原是为了躲避人世啊。阿来在《西高地行记》中用的则是另一副笔墨:"就那样,五个花瓣捧出了丝丝青碧的花蕊。每一枝蕊的顶端都是一团花粉。花刚开时,花粉是红色的,两天三天后,就渐渐变成了沉着的黑色,它们在等蜂来,把它们带到另外的一朵花上,落在每一朵花最中央羞怯地低着身子的花房上。于是,奇妙的遇合发生,生命的奇迹发生。那是花的美妙性事。从此,我们可以期待秋天的果实。"(《嘉绒记》,第 38 页)意趣摇曳,生机盎然。梭罗关注悲剧和死亡,阿来则着眼于生命流转:"看到那些被冷霜冻过的果子,想起歌德在《自然》中说过的话,对自然来说,'生命是她最美好的发明,而死亡则是她的手腕,好使生命多次重现'。何况,这些树木并没有死亡,只是经过一次四季轮回,展叶,抽枝,开花,结果,休眠——一次貌似的死亡,却也成熟了这么多的种子,'使生命多次重现'。"(《贡嘎山记》,第 57 页)树耶,人耶,人树皆然,浑如一体。在《西高地行记》中,作者时时处处都在体验自然中获得生命之契机,发抒欣悦之感怀。阿来走向山川草木,是为了获得对囊括自然和人世之大宇宙的亲近和感悟。

世界之大,分成不同的国家,不同的国家养育不同的民族,但不同的民族居然会搬演相似的剧集。阿来在《西高地行记》中,讲了一株康定老木兰的故事:"在这个将老木兰树认作神树的村庄里,村人说,原先的两株老木兰一公一母,多年前修公路,挡在路线图上的一株被伐掉了。剩了眼下这一株,在秋日阴沉的天空下,像所有空旷处的大

---

① 梭罗:《瓦尔登湖》,徐迟译,上海译文出版社 2004 年版,第 116 页。
② 《蕙风词话·人间词话》,人民文学出版社 1984 年版,第 127 页。

树一样如伞如盖。""这棵这么老的树,每年农历三月,都会生气蓬勃地放出红花万朵,早被村里人视为神树,享受香火,且真的有求必应云云。"(第62页)作者还引用了传说:原先"树下还有一座庙。到了毁庙的年代,村人把菩萨像嵌藏在巨大的树身中间。不几年,树身竟把这菩萨像包裹起来。如今村民们拜树也就拜了菩萨,自然就免了重新建庙的辛苦"(《贡嘎山记》,第62页)。无独有偶,在苏联作家法·伊斯坎德尔的长篇小说《切格姆的桑德罗》中有一章,题名正是《祈祷树的故事》,伊斯坎德尔描述了这棵"神树":"祈祷树是棵巨大的核桃树,长在牲口道旁的谷地里……崇拜这棵核桃树始于不可记忆的年代。它硕大无朋,一半因不知何时的雷击而干枯。一半树枝虽然干枯了,但另一半依然年年返青,继续挂果"。[1] 这一章讲述了因这祈祷树而起的种种悲喜剧。村里的富裕户哈布格听祈祷树的"神示"后加入了集体农庄。他的儿子桑德罗守护祈祷树,以茶水招待前来参观的农民。在宣传无神论的时候,村民焚烧祈祷树,可是树的一半燃烧,另一半依然"毫发无伤"生机勃勃。因为树洞里发现被烧的人的骸骨,桑德罗被嫉妒者送进囹圄。后来他得遇"贵人",才走出监狱,到共和国歌舞团当起了舞蹈演员。从伊斯坎德尔的祈祷树,到阿来的康定木兰,大自然的生机与人世间的悲喜剧交缠扭结,令人唏嘘,不禁感叹:"东海西海,心理攸同"[2] 乃不刊之论。

结　语

行文至此,反观《西高地行记》,阿来的两个计划在各篇中的呈现或有篇什多寡的差异,但它们次第展开,相互交织,全书的各篇文气贯通。《西高地行记》很像一部奏鸣曲,它由序曲和三个乐章构成:《故乡春天记》是序曲,作者魂系故乡草木,神游于先人仪礼,自然而然导引出两个计划的展开实施;《嘉绒记》《贡嘎山记》是呈示部,以情感激荡的乐句,唱出了对生机盎然的大自然的礼赞,其中又不乏对藏族历史的钩沉;《平武记》《玉树记》《果洛记》《武威记》和《山南记》是展开部,既对藏族历史作反复再三、渐行渐深的追寻,行至山南直抵"藏文化发祥地"(《山南记》,第147页),却也穿插着对草木和山川的观照,由此而生感悟;《丽江记》是精致的再现部,以新的调式对自然和历史做出更深沉的吟唱。整个作品节奏时而急促时而舒缓,旋律在优美之中又不乏亢奋。《西高地行记》凸显了阿来的蜕变,他由观花察树、观天测地、探古索今,渐向对人间世的领悟,由个人经验的天地逐渐进阶至从人类文明的高度来反观自然;由对个人和本族群的身份认同的困惑和对个体民族文化的追溯,渐向对共同体的历史作回顾和体认。因此他已从文首提及的当年那两个写作计划破茧而出,走向了更广阔的天地,在自然之子的返乡典仪中汲取了前行的厚重的感悟和雄强的动力,由此他就给予了读者审美愉悦和丰厚启迪。

(四川大学文学与新闻学院教授、博导;四川大学文学与新闻学院博士研究生)

---

[1] 法·伊斯坎德尔:《切格姆的桑德罗》(长篇选译),刘亚丁译,《世界文学》2006年第3期。
[2] 钱锺书:《谈艺录》,中华书局1993年版,序,第1页。

博物学书写中的生态考察与文化反思
——读阿来散文集《西高地行记》

龙其林

《西高地行记》是阿来 2023 年 6 月出版的长篇散文集，是作家行走西藏、四川、云南、贵州、甘肃等省、自治区而留下的一份弥足珍贵的自然环境记录、历史遗迹考察和文化变迁思考报告。《西高地行记》虽然是一部游记散文集，但将其等同于一部自然山水游记——详细记述途中见闻、观察山水，则显然降低了这部作品的文化价值。正如阿来所言："今天，游记体散文面临一个危机，那就是只看见姿态，却不见对象的呈现。如此这般，写与没写，其实是一样的。法国有一个批评家曾经指出，无新意的文本，造成的只是一种'意义的空转'。空转是什么意思，就是汽车引擎发动了，却不往前行进。对于文学来说，文字铺展开来，却没有发现新的东西，那就是意义的空转。"（《嘉绒记》，第 43 页）阿来对于当代游记散文中存在的一味注重塑造主体形象、忽略客观世界书写的模式保持着警惕。无论是 2008 年出版的长篇地理散文《大地的阶梯》，还是 2012 年出版的自然散文集《草木的理想国：成都物候记》，阿来都高度重视对于外部环境的细腻刻画，为散文的叙事和抒情建立了坚实的物质基础。而在《西高地行记》中，阿来将其写作立足于博物学描摹、生态考察和文化反思上，对于人们理解游记散文的文体创新、文化含量，以及如何在散文中重建及物性写作都提供了许多启发。

一、博物学书写：夯实游记散文的物质基础

20 世纪 90 年代，余秋雨的文化散文一纸风行，随后模仿者络绎不绝，访名山古迹，抒思古幽情，谈文人命运，成为众多写作者不约而同的追求。但这种游记散文写作模式一旦形成，其局限性也日益呈现，即文章缺乏对地理环境与周围事物的细致描写，缺乏对地方历史与文化的深刻体认，写作者急于展开滔滔不绝的倾诉和对于人物的主观点评。换言之，不少游记散文更注重的是对作家个人观察姿态的书写，而非对周围世界的静观，既不了解地方的物质存在，也不了解地方历史与民俗、现状，因而只能用一以贯之的话语、节奏和观点来观照变化了的地方。从这个角度上说，不少游记散文与其说是作家与读者之间的平等交流，不如说是作家对于个人感受的一种宣谕、一种单向度灌输。阿来《西高地行记》则很好地规避了这一点，他注重散文叙述的物质基础，将

对民俗的描写和对历史的追溯，建立在特定的地理空间和文化空间中，使读者感受到一种踏实、坚韧的叙事基调。

阿来在《西高地行记》中展现了对于川藏、云贵、甘肃等地区自然地理与人文地理的熟悉，勾勒了一幅立体的藏族文化圈图景。阿来出生于四川省阿坝藏族羌族自治州马尔康县梭磨乡马塘村，长期生活在藏族聚居的地带，对于故乡的山水、民众、农活、动植物等都十分熟稔。正如作家所说："这些村庄，都跟我出生的那个村庄一模一样。我是说人、庄稼、房舍、牛栏、狗、水泉、欢喜、忧伤、老人和姑娘。""正因为这份熟稔，这些年，我从熟悉的乡野找到了新的观察对象：在青藏高原腹心或边缘地带走动时，会留心观察一下野生植物，拍摄那些漂亮或不太漂亮的开花植物。"（《故乡春天记》，第4页）阿来意识到，那些看似自己非常熟悉的事物，在外界环境发生变化之后也可能会生成不同形态，因此需要通过对不同地区植物生存状态、民众生活习俗的摹写，建立起具有地理特质的藏族文化叙事空间。阿来注意到中原文化对于少数民族写作的思想束缚，他努力发掘出藏族地区自然地理与文化地理的多样状态："中国的地理和文化多样性都很丰富，同一种植物在不同的生境中，自然就发生不同的情态与意涵。所以，不看主客观的环境如何，只用主要植根于中原情境的传统审美中那些言说方式，就等于自我取消了书写的意义。"（《嘉绒记》，第42页）游记散文不仅应展现出外在世界的细腻可感的状态，而且还应揭示出个体旅游、观赏的过程。阿来指出："旅游、观赏，是一个过程，一个逐渐抵达、逼近和深入的过程。这既是在内省中升华，也是地理上的逐渐接近。所以，我也愿意把如何到达的过程写出来，这才是完整的旅游。看见之前是前往，是接近，发现之前是寻求。我愿意用这样的方式去发现一片土地，去看见大金川上那些众多而普遍的梨花。"（《嘉绒记》，第43页）

面对沉默无言的自然山水和业已消逝的历史传统，阿来通过状物描写、史料钩稽，努力还原出生活与历史的繁复面貌。只有将书写的触角深入历史、文化的深处，拂去民族历史上的时间尘埃，才可能真正镀亮面影模糊的民族文化。中国西南地区多山多水，自然面貌差异很大，人们在面对自然山水时会形成复杂的心理和情感。阿来发现，川西高原的山水并非简单的自然景观，而是与当地民族的文化观念紧密融合，山水与精神、宗教不可割舍，因此要了解藏族民众的精神历史，就必须回归自然山水及其精神特质，在此基础上才能领悟藏族民众的精神内涵："山神的存在，在藏区是一个普遍现象。为什么每座山都是一个神？这当然是一部地方史的精神部分。没有精神参与，一座山就不会变成一个神。四姑娘山就是这样。本是一座山，在历史空间中，生活在周围的人因为它庄严、毫不动摇的姿态，软弱的人因此为它附丽了与其姿态相似的人格，并为这样的人格编织了故事。某个人为了保卫美丽的自然，保卫家园，自愿化身成一个地方性的保护神，担负起神圣的职责。"（《嘉绒记》，第45—46页）

这也就揭示了，阿来为何在《西高地行记》中会对自然之美作那么细致入微的刻画——他的目标在于在传达山水审美的过程中，学习和领悟动植物学、地质学、历史学的知识，只有这样才能与藏文化精神形成真正的共鸣。在《嘉绒记》中，阿来指出："旅游是观赏，观赏对象之美需要传达，需要呈现。自然之美的丰富与细微，必先有旅游业者的充分认知，然后才能向游客作更充分的传达。对游客来说，自然景区的观光也是一种学习。学习一些动植物学的、地质学的知识。更不要说当地丰富的人文资源了。游历也是学习，是游学。所谓深度游，专题游，我想就是在这种向学的愿望与兴趣的基础上产生的。自然景区旅游是欣赏自然之美的过程，是一种审美活动，需要景区进行这个方向上的引导。"（第52—53页）在《贡嘎山记》中，阿来解释自己为何喜欢观察青藏高原的植物："这三四年来，我的青藏高原植物观察活动都是独自进行的。如果说，我的观察和对观察对象的图像与文字的双重呈现，只是出于一种本能的热爱，是一种审美——形式上的，文化上的，那么，这一次，我与这些长期从事自然保护工作的人在一起，感受和了解他们的工作，或许会为我的业余爱好找到新的意义、新的着力点。"（第56页）人们只有认识了某种事物之后，才能与之建立情感的、精神的关联，否则会仍然处于淡漠状态："虽然古人就号召'多识于鸟兽草木之名'，但几千年下来，中国人识得身边事物的人着实不多。而人是奇怪的生物，认识就有关联，不认识就没有关联。这个社会叫'熟人社会'。"（第60页）

阿来出生并长期生活于川藏交接的阿坝地区，民族归属上属于藏族，对于藏文化十分熟稔。但这种熟稔有时并非建立在对周边世界的深刻了解基础上，并非对藏民族的生存有多少深入骨髓的体认，而只是一种长时间身处其中形成的习惯感知。在《玉树记》中，阿来发现他虽然一直认为自己热爱藏族的土地和文化，但其实并不真正了解它的历史，相反显得十分隔膜："四年前某一天，川藏线上，站在一座雪山垭口，对着身边那些摇摆在风中的种种花朵，我突然发现自己对这些严酷自然环境中的美丽生灵一无所知，和绝大多数人一样，我甚至叫不上它们的名字。我突然因此感到惭愧。说自己如何热爱这块土地，却对这块土地上的许多事物一无所知。这个时代，爱成了一个任何人都可以轻易脱口而出的词语，同时，却对于倾吐热爱的对象茫然无知。""爱一个国，不了解其地理。""爱一个族，不了解其历史。""爱一块土地，却不了解大地集中所有精华奉献出的生命之花。""因此，一个伟大庄重的词终于泛滥成了一个不包含任何承诺，也不用兑现的情感空洞。"（第110页）熟悉、热爱和了解、洞悉之间存在着鸿沟，这一发现引起了阿来的警觉。人们对于熟悉的生活环境反而缺乏了解的兴趣，习焉不察的状态削弱了身处其中者的敏锐感悟。阿来发现了所有的热爱都必须拥有坚实的物质基础，都必须建立在熟悉、透彻了解的条件之上："我意识到了这种热爱因为缺乏对于对象的认知而变成了一种情感空洞。我决定不再容忍自己身上的这种荒唐的情感。""从此，当我在青藏高原这片我视为自己的精神高地上漫游时，吸引我的不再只是其历史，其文化，以及由历史与文化所塑造的今天的族群的情感与精神秘密。我也要关注这土地上生长的每一种植物。从此，不只是一个一个的人，每一种生命也都成为我领受这片土地深刻教益的学习对象。"（第110—111页）

艾莲指出阿来的博物学意识的发展经历了三个阶段："青少年时代他本能地亲近藏地风物、受到地质学启蒙是萌芽阶段；供职《科幻世界》期间他进行系统的科学阅读并撰写系列'科学美文'是发展阶段；而在写作《成都物候记》时，他对博物学已经非常自觉了。"① 可以发现,从《成都物候记》到《西高地行记》,阿来的博物学意识有了进一步发展。他在《西高地行记》中吸收了博物学知识,不仅对自然地理进行书写,而且对当地的自然环境、地方史料、民俗习俗、宗教传统等进行系统考察。由此,阿来的博物学意识得到了大幅度拓展,他将思考的触角深入到藏文化的认知方式与价值观,揭示藏文化在漫长历史阶段的延续与时代语境下的蜕变,显示出一种强烈的文化担当意识。

二、生态书写:让游记散文沉淀下来

阿来在《西高地行记》中描述了自己在西藏、四川、贵州、云南等地的游历经历,这些省份地处西南,动植物和矿产资源丰富,但在工业化时代到来后面临着突出的生态问题。阿来意识到:"今天生态问题不仅对中国人,甚至对全世界的人都是十分严峻的。比如,过去我上小学的时候,口渴了,随便在河里舀一杯水就可以喝,今天我们只能到超市里买水喝,还有,人类生活的大部分城市,空气都不清新了,可惜超市又不卖干净空气,干净的水和空气是两个维持我们生命运转的最基本的东西,如今它们都变成奢侈品了,所以生态问题就成了一个人类发展亟待解决的最基本的问题了。"② 阿来是一位具有生态自觉意识的作家,他的《蘑菇圈》《三只虫草》《成都物候记》《云中记》等作品都鲜明地表达了保护生态环境、追求人与自然和谐相处的思想。

阿来在谈到生态公平时认为:"生态公平,我想,首先就是众生的平等。这个众生,不该单指不同的人,不同的族群,而是地球上的所有生命。也曾和一些僧人讨论过,佛家所说'一切有情'是否包括植物,大多数说,包括动物,不包括植物。也有这样的表达,'应该包括,但好像没有'。今天,人类或者说一部分人类已经开始觉悟,'一切有情'是指地球上所有的生命形式。"(《贡嘎山记》,第 64-65 页)在长篇散文集《西高地行记》中,阿来聚焦于藏地生态环境,揭示了当地在过去的几十年间为了发展经济而滥伐盗采、过度放牧等问题,以及如今不少地方生态资源仍然难以恢复的窘境。他将人、动物、植物、山水都纳入其中进行考察。在《贡嘎山记》中,阿来回顾了康定木兰在森林采伐过程中被滚到山下的大树冲撞而难以生存的历史:"几十年前,康定木兰在当地生存还较为普遍。是森林采伐毁了它们。其他的'有用之材'——参天大树被伐倒时,它们被倒下的大树压倒在身下。而且,当年的采伐并不是把大树砍倒那么简单。一株被伐倒的大树,一片被伐倒的森林,有用的部分还要从四五十度五六十度的陡坡上滚到山下,这一路的横冲直撞,猛烈的重力冲击下,不只是树,山坡上连贴地的草也难以幸存。二十多年前,采伐停止了,许多植物重现蓬勃生机,康定木兰却因为生长缓慢,在生存竞争中处于弱势。"(第 60 页)森林中不仅有可以作为木料的大树,也有可以用来观赏的珍稀植物、长相奇伟的巨石,但人类为了满足自己的物欲,不断破坏着原本和谐的自然生态。阿来这样描述人类的欲望和珍稀植物被盗采、环境被破坏之间的关系:

---

① 艾莲:《阿来的博物学意识与博物书写》,陈思广主编,《阿来研究》(第 19 辑),四川大学出版社 2023 年版,第 1 页。
② 阿来、李皓:《对话阿来:生态和文学中的青海》,《青海湖》2022 年第 8 期。

"一个珍稀物种被发现,然后被标出高价,接下来就是疯狂的盗采。今天的中国人,追求城市的繁华,却要以荒芜乡野为代价。原来站在村前的大树被移栽到城市的街头。一块长相奇伟的巨石,本来在荒野里披着一身地衣与苔藓。某一天,人们动用许多机械,耗用许多汽油,挖掘,起吊,搬运,来到城里某个公司或机构的门前,剥掉地衣,抛光,刻字,完全出于身后高楼中某个人拜物的疯狂。我自己就亲见过,当城里疯狂爱上兰草的时候,岷江峡谷中野生的兰花就被采挖殆尽。植物因为珍稀被发现,但保护措施却难以及时跟进。这种珍稀植物被发现后造成原生地原生种消亡殆尽的名单还可以继续拉长。"(第69页)在《山南记》中,阿来对人类历史上反复出现的战争与自然生态的关系进行了辨析,人类不仅大量伐木建造庙宇和王宫,而且不断挑起战争、相互攻讦,最后在冲突和战争中毁灭自然生态:"大自然慷慨的赐予,使人类得以繁衍孳息,创造文明。人类理应顺应自然。但人类的历史,反倒常常是轻慢与辜负大自然美好情意的历史。正由于此,在好多自然哺育了美好文明的地方,大自然便日益憔悴与枯萎,那些文明也随之委顿凋零了。人类伐尽山上的树木建造伟大的庙宇与王宫,又在人类自起的冲突与战争中毁掉它们。然后,再次开始重建。就这样,一次次的悲剧重演,终于毁掉了自然的精华。"(第169-170页)但遗憾的是,人类似乎并没有从历史上的战争与动荡中汲取教训,更新观念,反而继续在损坏自然的道路上越走越远:"战乱平息后,一切重新开始。百姓为重建又担负更多的赋税,更重的劳役。而自然的进一步损毁,却没有在历史书中留下半个字母。以祈求人类幸福为号召的书与经,也没有讨论过人在损毁自然的同时,也损毁了自己的精神与情感。"(第170页)

阿来意识到进入现代社会之后,人类凭借科学技术建立起来的理性精神日益忽略自然的作用,人与生态的关系濒临破裂:"人类具有巨大的破坏力,人类的破坏力,使得世界之美失去平衡甚至走向灭亡,我觉得,我们这些会迅速消失的短暂存在的生命体,如果对这个世界不够尊重,就是罪过。"[①] 人类的科技发展日新月异,社会发展也不断加速,但人类精神的成长始终非常缓慢,于是人类在毁灭自然的道路上执迷不悟。阿来在一座山丘顶上看见了这样一幅寒碜的景象:"这个平坦的山丘顶上,稀疏生长着的,都是标志生态环境恶化的植物——多刺的锦鸡儿和沙生槐。那些羊伸长舌头,试探着在那些灌丛枝上把尖刺与绿叶分开。除了这些多刺的灌丛,就是这里一丛那里一丛的草麻黄了。这些植物,茎就是叶,叶就是茎。我想羊很难咀嚼与吞咽。这些羊,在这样的环境中,成了一种悲哀的动物。看看它们灰色的眼睛,其中的悲哀真是无从言说。"(《山南记》,第157页)他对于藏族地区生态历史的反刍和批判,在揭示人类对自然巨大破坏力的同时,还表达了人类对世界之美的坚持、对尊重自然的态度的召唤。

阿来不只看到了人与自然矛盾的一面,同样也展现了藏族地区自然环境得到保护、生态日益改善的事实。他立足于全国甚至全球化的角度思考环境问题,将生态与国家政策、基层领导担当、林业部门管理、民间组织参与、专家作用等各种因素考虑进来,在立体层面上审视了人与自然的关系。在阿来看来,尽管藏族地区历史上存在着许多破坏生态环境的行为,但在国家环境保护政策出台后,当地的生态环境已经逐步得到修复和

---

① 阿来、李皓:《对话阿来:生态和文学中的青海》,《青海湖》2022年第8期。

改善。在《故乡春天记》中,阿来看到退耕还林政策在上达古村实践后的成效:"上达古村的老百姓,以前多居住在半山上,如今,当年斜挂在山坡上那些土地已经不再耕种,响应国家保护长江上游水源的政策退耕还林了。那些曾经的庄稼地,正在被荒草和灌丛重新掩没。村子里的人家相继迁移到山下的公路边,重新寻找新的营生,构建新的生活。"(第7页)在国家政策的支持下,藏文化传统得到保护和弘扬,将山视为人格神的传统观念重新活跃,于是祭祀神山又成为很多地方的重要仪式:"每一座雪山都是神山。因为每一座雪山都哺育了自己的溪水与河流,这些溪水河流,都滋润着山间的牧场和山谷中的农田,都哺育了山下一个又一个村庄。所以,不同河流边的村庄便有着不同的山神。从这个意义上说,神山无论大小高低,在其哺育的流水所经过的村落,就是人们感恩的自然之神。"(《山南记》,第173页)反过来,对雪山进行人格化提升,又会提高民众对山的感知和对自然的敬畏。《平武记》描写了白马山村民们凭借着对自然的崇拜维护人与生态环境的关系,这种崇拜和敬畏约束了人在自然界的行为:"在这个白马山村,看到了白马人广泛的自然崇拜。""村中广场前一棵树荫广大、树干得数人环抱的老栎树被村人崇拜。树前的土丘上,连续不断的香火印迹就是证明。""村口一棵树,也被村人崇拜。""村人说,他们崇拜的,还有保佑全村的山。村子就倚靠在山的半山腰上。村民说,那山峰像极了一只鹰,是这尊鹰形的山神护佑着这个村庄。"(第92页)

在《西高地行记》中,阿来积极发现和书写那些不为大众了解,却在现实生活中发生过的保护生态环境的人和事,正是这些细节扭转了读者关于生态环境日趋恶劣的刻板印象。在《故乡的春天》中,阿来讲述了故乡县政府抵制经济诱惑、保护梭磨峡谷的故事:"开发商看上的是水电资源,而不是壮美风景,想要在峡中建水电站。最后,那一届县政府决定要保护这段峡谷风光,而拒绝了开发。我得说,他们功德无量。我愿意在故乡有一条自然的河流,未被人工建筑一次次拦腰截断。美,自然之美,是今天我们生活中越来越稀缺而珍贵的资源。"(第25-26页)地方政府的决策者们多种多样,既有生态作家们经常批判的为追求政绩不惜牺牲子孙后代生存环境的庸官,也应有任职一方造福一方的好官。阿来在作品中通过这些往事展现了地方政府的担当、林业部门的尽职尽责,彰显着生态文明理念的落地生根与政府职能部门的实干精神。在《贡嘎山记》中,阿来注意到自然界中的木兰难以在生存竞争中存活,而林业部门的育苗基地已经意识到问题并努力培育木兰:"这些树苗都有两三米高,但树干却是那么细瘦,比那些饿死了自己的模特儿还瘦得让人忧心。这样体格的树,要来参与这活力十足的森林中近乎野蛮的生存竞争,壮大种族,没有人为的干预,实在是没有太大指望。就在那株树下,大家讨论如何保证木兰苗移栽的成活率。后来,我们车行下山,来到当地林业部门的育苗基地。在这里,我们看到几百株茂盛生长的木兰苗。基地的工作人员介绍,这些都是采集野生木兰种子培育而成的。"(第60-61页)在阿来的笔下,我们看到了地方政府领导在发展经济的同时,也重视专家学者的意见,努力为生态文明实践贡献力量。甚至,地方政府为了保护珍稀植物五小叶槭而修改水电站设计,额外承担上百万元费用:"植物学家就此发现了珍稀植物。然后,一个水电站在此开工。电站的出水口被设计在这片有着成十上百棵五小叶槭的山坡上方。植物学家奔走呼吁,并得到当地政府支持,也得到施工方的理解。水电站的设计得以修改,出水口挪动了一两百米,工程造价因此增加了上百万元。然后,那些稀有的树才没有被工程产生的砾石与土方淹没。五小叶槭得以继续在那片陡峭贫瘠的山坡上继续生长。"(第67页)

在藏族地区进行考察时,阿来认识到民间环保组织对于完善政府机构生态保护工作所具有的重要意义。由于政府职能、政策制定、专业能力和经费限制等原因,一些生态问题依靠主流力量难以短时间见到改善的成效,而民间组织以其广泛性、灵活性和专业性则能深入政府管理鞭长莫及之处。在《贡嘎山记》中,阿来详细讲述了民间环保组织"山水"在保护地方生态环境时所起到的积极作用。政府拟定政策时,必须立足较大范围,而对于出现的特殊情况则力所不逮:"培植这些树苗要钱,移栽要钱,移栽后管护并使之继续成长也需要钱。国家也有相关的经费,也就是有政策。但政策是普遍性的,针对一般状况的。这点针对一般状况的育林经费用于康定木兰这种自然生长困难的树种,自然远远不够。"(第61页)在这种情形下,民间环保组织可以提供资金和人力资源,协助政府有关部门落实好生态保护和修复的具体工作。阿来意识到:"中国,是大政府社会,这个社会还没有学会如何运用民间组织的力量,来从事一些政府会办,但不一定能办好的工作。一般而言,民间组织有巨大的热情,可以提供一定的资金,还有专业人才,可以办好一些事情。"(第61页)民间环保组织可以团结很多专业人士,他们凭借着自身的知识与技能,可以承担环境观察、垃圾处理、生态教育等方面的实际工作:"'山水'在那里设有一个观察点,同行的一个小伙子,就在那个村子里待了一年时间,观察被扰动的动物与那个村庄,帮助村民学会如何接纳那些造访者,如何收拾他们带进来后并不打算带走的东西——垃圾。"(第65页)阿来认为更为重要的是,民间环保组织可以让社会关注到各地存在的生态问题,并在处理这些问题的过程中积累宝贵的经验,从而推动一个个具体问题的解决:"'山水'们的工作,在我看来,真正的意义首先是使这样的问题得以呈现,并被一些人所关注,把一些关注这样问题的人们连接起来,然后,才是他们在一个个项目、一个个案例中积累的宝贵经验,成为这个社会普遍的认知与实践。"(第70页)

阿来在长篇散文集《西高地行记》中用相互联系的视野看待藏族地区的生态问题,将其放在中国东西部关系、全球性气候变化的视角加以审视,因而发现了许多人们习焉不察的真相。在《果洛记》中,阿来讲述了玛多县这个昔日中国人均收入最高的地方,由于过度放牧草场沙化,最后不得不实行退牧还林的措施拯救生态环境:"玛多,是黄河源头第一县,80年代,这里水沛草丰,于是当地政府大力发展畜牧业,迅速成为中国举足轻重的牧业大县,80年代人均收入两千多元,曾经是中国人均收入最高的地方。但是,过量的放牧,加上全球气候恶化,草场迅速沙化,黄河上游水量日渐递减,以至于有如今退牧还草措施强力推进。"(第126页)作家发现,为了使黄河下游水量充沛,青藏高原不得不承受长期人工造雨带来的雨水过量、阳光稀缺、植物成长受限等一系列问题:"在青藏高原这短暂的温暖季节,大地,和大地上的万物都那么渴望阳光,渴望太阳给这片大地以热力,使大自然得以把这些热力通过广布的植物转化成能量,催熟花粉使草木与庄稼的子房受孕,让植物的来年有众多的种子,更多的种子与根茎成为人与动物的食粮。但现在,雨水淅淅沥沥地落下来,温度降到了十度以下。新开的公路一片泥泞。湿漉漉的草场了无生气,灰色的天空,黯然的河流,显出一种凄凉的被世界所遗忘的情调。"(第125页)青藏高原之所以遭受过量的人工雨水,只是为了保证黄河下游的生产生活用水:"当地草场并不需要这么多的雨水,是焦渴的下游需要。下游的农田需要,发电站需要,工厂需要,城市需要。""下游却只是消耗,再无补充,只是时常污染,时常断流。所以,源头地区因为催雨而忍受这么多阴雨天,只是为了缓解下游的焦渴。那些缺水的地方并不知道上游地区还在作着这样的贡献。虽说贡献或许会让人产生高尚的感觉,但坏天气总是令人不快。"(第124—125页)在青藏高原和东部地区之间,因为黄河水系和生态平衡,原本空间距离遥远的二者建立了内在关联。

值得注意的是,阿来并非盲目的乐观主义者。他在看到藏族地区生态日益得到政府部门重视、环境不断好转的同时,也满怀忧虑地思考着更为长远而隐秘的问题。阿来认同政府为恢复生态而退牧还草的政策,对于牺牲了传统生活方式的牧民表达敬意,但他也满怀同情地关注着这些牧民失去了草原之后如何谋生的问题:"为了黄河源区很多生态恶化的草场都不再放牧,牧民变成城镇居民,集中安置到这些小镇上。问题是,这些荒僻草原上的小镇并不能为这么多牧民提供足够的生计。"(《果洛记》,第126页)地方政府为退牧还草的民众安排了动迁房,也给他们安排了新的就业岗位,但那些习惯了放牧生活的人们是否能够适应新的生活环境,以及新的工作带来的经济收入是否可以满足温饱,则是阿来所忧虑的地方:"开个小店?已有的店铺已经足够满足当地所有的日常消费。旅游?这是政府官员与媒体常常说到的事情,但在这里的大多数地方,至多是在短暂的夏天有零星的背包客出现。想要做点别的事情?这些小镇离任何一个能够提供商业机会的地方都相距遥远。当然,政府对这些放弃了世世代代游牧生计的牧民有一定的补贴。我打听了一下,每户每年几千块钱。对于一个上有老人,下有儿女的五六口之家,平均到人头,每人所得远远低于内地任何一个地方的低保标准。"(第126页)

阿来是一位具有强烈人道主义意识的作家,他在作品中不去做简单的生态批判,将破坏生态环境的责任推卸到个体身上,他也没有浮皮潦草地为生态环境的有所好转大唱赞歌,而是设身处地地立足生态现场,思考着当地的环境、民众与生态的关系。唯其如此,阿来才在长篇散文中跳出了批判与歌颂的二元选择,在问题中看到希望,在乐观中发现隐患,显示出优秀文学作品对于社会生活的反映力度。

三、文化反思:镀亮藏文化的历史与未来

阿来在藏地行走的过程中,十分注意对藏族历史进行追溯,努力复原藏族久已模糊的面影,希望借此发掘其鼎盛时期的文化精神,镀亮藏文化的历史与未来。阿来认为:"历史流变不居,民族不断交融,每一次血液与文化的混同,每个参与者,都在其中留下点什么,或者改变点什么。经验告诉我,每一种地方文化中包藏的这些显明或隐约的曾经的族群与文化印迹,是流变与融合的说明,而不是再起分别的证据。"(《平武记》,第96页)因此后来者可以通过今日的文化状态,分析不同族群与文化在历史上留下的烙印,厘定文化的组成与特质。从公元7世纪前期至9世纪中期,吐蕃王朝统一了青藏高原各部,建立了中国西藏历史上第一个有明确史料记载的地方政权。公元8世纪末叶,吐蕃王朝内部矛盾不断激化,权贵阶层互相争夺,吐蕃陷于分裂,从此一蹶不振。

在追溯这段历史时，阿来对极盛一时的西藏文化充满了既敬仰又惋惜的复杂情感。

在《山南记》中，阿来认为藏族地区如今落后的重要原因在于藏传佛教的保守与虚无："高原上的人们作出了一个错误的选择，把希望的实现完全委托于出世的佛法。于是僧侣集团成为权力的中心，形而上的信仰变成了现实的约法。于是，民族与国家如何强健这种现实考量，却依凭了虚无的祈禳。比如说，轮子在所有文化的出现，都是制造去到远方的车，更进一步，是造成种种机械。但在青藏高原上，除了水磨房，所有该出现的都没有出现，出现的是经轮。具象者是手摇的，手推的，水冲的种种经轮。抽象的，金光灿然，在寺院的高顶之上。"（第167-168页）过去灿烂辉煌的藏文化，如今仍然保留着局部的美丽痕迹，但已经失去了自我更新的能力，在时代的浪潮中被动漂浮。在《故乡春天记》中，阿来对古老文明的局部遗存作了这样的描述："这是一种古老的文明，不断闪现出她某一个美丽的局部，让我去想象她的整体，让我试图把握她的来路与去路。我是这个农耕文明哺育的一个生命。我为她那自然纯正的美而深感自豪。同时，在这个任何美都变得脆弱的时代，我已经看到时代的潮水上涨上涨，但这些美丽的存在，都是一副听天由命的模样，没有惊叫，没有愤怒，甚至没有哀叹。"（第29页）

藏传佛教营造的庄严圆满与对未来世界的美好想象，消解了现世中人们的努力，他们转而将希望寄托在虚无缥缈的祈祷与冥想中。在《果洛记》中，阿来反思道："马上英雄的时代很快就结束了，蒙昧的人们被高踞法座上的人教导引领，把自己的生境构想成一个坛城般庄严圆满，且一切具足的世界，只需要祈祷与冥想，转动的时轮会把一切有情带到世界美好的那一面那一端。可是，世界美妙的那面与那端，我们灵魂寄居的此一肉身上的双眼却不得亲见。可以亲见的，却是传说中那个辉煌的英雄时代不再重现。"（第138页）他说："我知道，从历史到现实，把一切该认知的加以认知，把一切该廓清的晦暗加以整理，然后，一个失去活力的民族以理性而觉醒的姿态主动融入现代社会，主动建设一个现代社会的时候并没有真正到来。"（《山南记》，第152页）在这种处境下，人们既无法真正地触摸历史，从辉煌中汲取精神的养料，又无法清醒地认知、接受现在，只能处在彷徨状态。正如阿来在《故乡春天记》中所言："时代在以我们并不清楚的方式加快它的步伐，总有一个声音在催促，快，快！却又不告诉我们哪里是终点，是一个什么样的终点。这个时代，水泥在生长，在高歌猛进，自然在退缩，自然之美在退缩。退缩时不但不敢抗议，不敢诘问，而且是带着深深的愧疚之感。"（第30页）追溯藏族的历史与文化，阿来感受到了来自过去与现实的巨大撕扯力。

值得庆幸的是，尽管藏族的许多历史与文化面貌模糊，但为民族和文化提供物质基础及精神动力的自然还在，那么藏族的文化根基就依然存在。对于藏族而言，自然之美塑造了他们的文化观念和感知方式，并进而形成天人合一观。在《故乡春天记》中，阿来指出："我总觉得，达古景区这样的地方，可以成为中国人学习体味自然之美的一个课堂。地理之美，植物之美，共同构成自然之美。虽然时兴的国学热中，常有人说中国人如何具有源远流长的天人合一观，如何取法自然，但在实际情形中，却是整个国家自然界大面积的萎退与毁败，是中国人与大自然日甚一日的隔膜与疏远。"（第12页）更为重要的是，在现代化程度不断加深，人们越来越依赖速度和效率的时代，自然为我们提供了确定自身存在价值的机会。正如阿来在《果洛记》中写的，"现代交通工具提供的速度,使人感觉到一切都在向我汇聚的同时,又迅速掠过,然后,四逸流散。""一切都漂浮不定,让人失去把握,并不是一种美好的感觉。苦修的信徒,为了克服这种不确定感,会去观想崇奉的本尊神。为了克服这种荒诞的感觉,我也观想,观想一座大山超拔天际的晶莹雪峰。"(第116—117页)藏族文化的灿烂与散布其中的自然构成了谐和的状态,这种状态使不少人相信藏地的自然中包含着文化,文化又必然地传导到自然中。"我热爱青藏高原上的旅行:自然中包藏着文化,文化在自然中不经意地呈现。"(《玉树记》,第109页)在《玉树记》中,阿来自豪于自己的说唱人身份,因为文化比权力更为长久:"在相当大的程度上,我也是一个说唱人。我不自视高贵。这个世界从来就是权力与物质财富至上,在当今时代,这一切更是变本加厉。但我坚持相信,无论是一个国,还是一个族,并不是权力与财富的延续与继承,而是因为文化,那些真正作为人在生活的人,由他们所创造与文化所传承的文化。我以为自己的肉身中,一定也寄居着说唱人的灵魂。我不自认高贵,但我认为可以因此从权力与财富那里夺回一点骄傲。"(第105页)

在藏族地区,民众保留了不少传统的习俗和观念。即便在宗教观念被压制的时期,人们还是会通过赋予自然神性而获得心灵的依靠。在《果洛记》中,阿来介绍了藏族民众对于雪山神灵的认可:"那时不准提及神灵,当然更无从知道神灵的谱系。但我却知道,就是这座雪山,主宰着山下小村的天气变化。早上出门往那个方向望上一眼,就可以大致知道这一天的阴晴,知道在路上会遇到灿烂阳光还是飘飞的雨雪。或者,看一眼天空,就会知道,那座雪山是被云雾掩去,还是会矗立在眼前闪闪发光。当天气晴好,男人们会脱下帽子,低唤一声山的名字。后来,我知道,那其实同时也是山神的名字。"(第120页)这种民族文化传统影响了身处其中的人们,大家将自然事物与神话、传说、领袖等建立联系。阿来写道:"山神,就是神格化了的人,就是人格化了的山。""山,因为向背的不同,决定了众水的流向。所以,是神。""山,因为高度与纵深,决定了让大气流动还是延宕。所以,是神。""山,高度人格化后,因为人一般情绪的变化造成了天气的变化。所以,是神。""青藏高原的雪山,不只是阿尼玛卿,都关乎着这里的人群对于自然的深沉感受,也关乎着族群对于有建树的领袖的强烈情感。"(第123页)在藏族人心目中,一座山不仅仅是物理意义上的,而且是精神意义上的,置身其中就能无限趋近神性:"只要有那样一座山从心里升起,我就知道,在这漫长的旅途中,似乎正四散而去的风景以及附着其上的一切,就不是在流散,而是在汇聚——向着一个洁净的高点汇聚。那个地方,平凡的生命几乎难以抵达,神性因此得以上升,从高处,从天际发出响亮的召唤。"(第117—118页)无论怎样,藏族地区遗留下来的这一大片优美的自然景物,为藏族文化的复兴提供了物质和精神滋养:"当看到曾经哺育过这个文明的自然界还保持着生机,比起那些与自然一起同归于尽的文明,由雅拉香波发源的雅砻河起源的文明,还有一个摧折不算厉害的自然界可以依托,那么,当今天的人们走不出历史的怪圈,总还可以寄望后来人的觉醒,找到进入现代文明的通路时,这个美丽的自然至少可以为未来的文明选项提供一个坚实的依托。"(《山南记》,第177页)

在对藏族民众生态景观和宗教信仰的调查中,阿来不断地讨论着文化演变的可能方式和潜在轨迹。藏族文化处于不断变化的状态,这种变化在民众身上和文化上表现得非常突出。据阿来自述:"我常说,自己是一个肉体与文化双重的混血儿,一个杂种。但至少因为身上占了一半的嘉绒藏人的血缘,更因为在嘉绒文化区内出生成长,所以,我认为自己是个嘉绒人。我在这些地方走动,也是因为宝兴县,过去是嘉绒十八土司之一穆坪土司的领地。近两三百年中,嘉绒地区的藏区受到异质文化冲击最多,也是改变最多的地区。"(《故乡春天记》,第22页)如果不注意藏族文化的与时俱进,只是保留一些传统文化符号,那么这样的藏族文化就失去了生命力。在《故乡春天记》中,阿来发现了一些地区力图将文化符号打造为藏族民众的日常生活:"饭后,我在这新造的山间小镇散步,看四处设置了一些藏族文化符号化的东西。我知道,这是政府出于旅游方面的考量,但这些符号下所包含的内容和意义,与当地人的生活却很少干系了。"(第22页)既然藏族文化变动不居,那么如何确认它的存在形式和开发价值?阿来提供了许多关于确立民族历史与文化关系的可能途径。首先,就是大量地查看和使用地方史籍,将地方上的史料尽可能地搜集完整,以便进行多角度辨析。阿来说:"翻检当地史籍,只有一个目的——在像平武这样不同民族不同文化交融的地带,除了现时段的抵近观察,更要掌握尽量多的材料,具体而微地观察文化的流变。"(《平武记》,第83页)而这也是他创作《西高地行记》的一个重要原因。阿来近年来有两个计划:"这两个计划,一个是要花几年时间,把整个藏区,以及历史上与藏区发生过密切关系的地方,都走上一遍。目的是对藏民族文化的内部多样性作广泛而独立的考察,同时,通过丽江这样与藏文化产生过密切联系的地区来观察历史的大尺度下一种文化的消长。再一个计划,就是拍摄与记录青藏高原及其边缘地带野生的开花植物。"(《丽江记》,第216页)历史洪流中总有一些久经淘洗、有幸被保存的史料,敦煌文书中的数千卷藏文残简,为人们重新理解吐蕃的文化提供了难得机会。在《山南记》中,阿来坚信:"历史并不总是被自欺也欺人的神话所遮蔽。不论是哪个民族,总有对历史怀有真正敬意的人们,把严重神异化的史料去伪存真,一点点用科学的方法还原着历史。吐蕃强盛的时代,曾在河西走廊建政近百年,以至后来发掘出的敦煌文书中,还幸存了数千卷藏文文书,还有外国人在同样被吐蕃帝国占领过的西域流沙中发现了一些藏文残简。这些发现,都为那个时代的社会面貌提供了一些生动的细节,更重要的是,为外向扩张时的吐蕃留下了某种精神写照。于是,由藏王墓那些封土下的国王们建立的功业才重新进入我们的视线。"(第160页)其次,阿来高度重视对于英雄传说及其流变过程的研究,认为在口传文本中保留着不同时期的文化痕迹。藏民族的英雄传说文化内涵丰富,囊括了历史、地理、社会、风俗、自然、宗教等众多领域,如果能够逐层剥离后来附加于其中的元素,则可以揭示出英雄传说的早期面貌,及其所代表的特定时期的历史与社会面貌。在《果洛记》中,阿来指出英雄传说处于被不断创造与汇聚的进程中:"英雄并没有在某个历史写本中被固化。他的事迹的传播是以韵文的形式传唱千年。这部传唱史也是所有歌者与听者参与艺术创造的历史。这个不固定的文本,在每一次传唱中被夸张,被戏剧化。在这个不断变动的口传文本中,那些并起的群雄中另外一些人的事迹渐渐汇聚到一个人身上。这个故事文本刚刚产生的时候,佛教对青藏文化的覆盖还不如后世那么深入与全面,但是,当这株故事树日渐枝繁叶茂,佛教的观念也不断渗入,以至于很多版本成为宗教义理的通俗宣喻本。一千多年过去了,这个文本从一个部落史,一部小王国英雄传变成了一部藏人的百科全书,地理、历史、风俗、自然观念、情感、神灵的谱系,无所不包。"(第135页)此外,阿来注意到外来者的观察也为人们重新理解藏族历史与文化提供了新的视角。外来者由于没有宗教与习俗、教育等方面的束缚,故而能够以新的目光看待藏族的社会、文化与历史。在《丽江记》中,阿来通过分析约瑟夫·洛克及其巨著《中国西南古纳西王国》的调研、写作的漫长经历,指出了异域眼光对于藏族文化的重要发现:"直到今天,在中国人大部分关于西藏或者藏族人的书写中,总是那些自己就是神的教派领袖与高僧。普通人消失不见,日常的世俗生活消失不见。倒是这些外国人,不受汉藏双方都热衷的权力书写,而注意到了日常生活中,那些更普遍的世俗生活的存在。中国人出于旅游开发的需要,热炒茶马古道这个题材已经十多二十年了,但这样详尽描述茶马古道上流动生活的真实文字,至今不可得见。"(第249页)因此,无论是文献史料、英雄传说还是异域人士的观察,都成为后世触摸和分析不同时期藏族文化的重要资料来源。

在阿来看来:"今天,许多人还在对藏区作着顾彼得反对的那种虚假的整体性描述,一些人(包括学者)自然是满足于肤浅的一知半解,而另一些人在今天的国际政治背景下,所作所为却是在建构一种并不存在的藏文化整体性,其目的不言而喻,那就是煽动民族主义,以其作为'藏独'的理论依据。"(《丽江记》,第255页)阿来是一位富于民族文化使命感和社会责任感的作家,他长期在西部高地进行精神漫游与文化考察,以自然事物和生活习俗为基础,从时间维度上不断回溯,从空间地理上努力拓宽,将英雄传说、民间习俗、历史典籍、地方史志、学术著作、民间机构等加以融会,对自然、社会、人生、文化和宗教进行了深邃思考。而更为内在的,或许还在于阿来通过对于藏族生活区域从自然到生活、从习俗到信仰的系统书写,跳出了儒家文化叙述藏地时的偏颇,凸显出边疆地带的文化繁杂性,展现了信仰坚韧、勇于承担、直面苦难的藏族民众的精神风貌,以阔达而细腻的藏地书写还原了藏地面貌。《西高地行记》是阿来近期的一部重要著作,延续了作家对于植物学、生态学和文化学的思考,并且拓展至博物学、生态批评、历史文化学领域,展现出对于藏族文化问题的熟稔与深入探究,值得学术界继续进行研究。

(上海交通大学人文学院教授、博导)

"风景散文"与地方性知识生产
——读阿来的《西高地行记》

杨淑芬

阿来说:"我热爱青藏高原上的旅行:自然中包藏着文化,文化在自然中不经意地呈现。"(《玉树记》,第109页)《西高地行记》[①] 就是阿来记叙他近十年来行走于藏地,追踪藏族集居地的景致风物、历史遗迹和文化流变的文字,也是阿来在藏地高原上旅行的文化随想录。文本通过野外考察、文献材料的梳理、主观描述和客观阐释的融合以及"文化持有者内部的眼界",再现了"西高地"的风景物候,呈现了风景所携带的文化意义和精神价值,展现了风景实现地方性知识生产的有效路径。科学与文学的交织、阐释与抒情的融合不仅赋予了地方性知识情感和温度,也在一定程度上拓宽了散文的具体内涵和艺术表达。

一

阿来在《丽江记》中交代了近几年的两个计划:一是行走藏地,以及在历史上与藏地"发生过密切关系的地方",以此考察"藏民族文化的内部多样性","观察历史的大尺度下一种文化的消长";二是"拍摄与记录青藏高原及其边缘地带野生的开花植物"(第216页)。他还表示,要以实际行动追踪约瑟夫·洛克发现的地理奇观、文化奇观和动植物,"通过这一过程走进领会过去时代的人,即是一个写作者以他为蓝本写新作品的过程"[②]。由之不难看出,阿来追踪藏地的文化足迹是从风景开始的。

在《西高地行记》中,风景首先是一种表现自然地理的视觉和物理景观。一方面,阿来借助不同交通工具穿越风景时变幻的视角,建构起对"西高地"的整体性观照。如《嘉绒记》以车窗为画框,勾勒出川西北高原横向流动的自然景观:开往高原,是奔跑而来的雪山群像;翻越雪山,是峡壁与峡谷相逢相遇的风景画;临近峡谷,是山水平和有人家的人文风情画;冲出峡谷,是骤然安静的绿绸,也是大金川雄伟壮观的地质地貌全景图。《丽江记》以缆车为框架,描画了玉龙雪山纵向滑动的自然景观。缆车自下而上的垂直移动,既呈现

---

① 阿来:《西高地行记》,北京十月文艺出版社2023年版。
② 阿来:《博物学与我的写作》,《文苑》2020年第2期。

了玉龙雪山自然元素的纵向组合，又展现了玉龙雪山完整、立体的地质风貌。《山南记》以舷窗为观察点，从高空俯瞰横断山区的地理景观，将峡谷、烟岚、河流、冰川等自然物象尽收眼底。这些自然景观的交织、融合与汇聚，绘制了横断山区复杂多变的地貌全景图。交通工具不断切换观景视角，使得遥远的、分散的风景连贯成一个整体，成为一种图像的集合。由此一来，"西高地"山川秀美、水光潋滟的自然景观便得到了全景式的视觉展示。

另一方面，阿来通过扎实的野外考察并借摄影技术的辅助，聚焦于高原开花植物，经由一种真切的、实在的、近距离的接触，从细处反映"西高地"的自然风貌。在《嘉绒记》中，阿来描绘了漫山的梨花："再移步近观，那些花朵的细部就呈现在眼前……又似乎是梨花的白光从密集的花团中飘逸而出，形成了隐约的光雾——花团上的白实在是太浓重了，现在，阳光来帮忙，让它们逸出一些，飘荡在空中，形成了迷离的香雾。我架好照相机，在镜头中再细细打量那些花朵……风不大，那些高大的树皮粗粝苍老的树干纹丝不动，虬曲黝黑的树枝却开始摇晃，枝头的花团在这花粉雾中快乐地震颤"（第38页）。这不是简单的植物摄影，而是"西高地"自然元素的细致呈现。随着距离的拉近，作者得以感知梨花的气味、色彩与声音之间的共感互动，也由此彰显自然生命的动人姿态。在《山南记》中，阿来在高山之中发现了漂亮的开花植物，"多刺绿绒蒿开着一朵朵硕大的蓝色花。癣状雪灵芝那半圆状球体上开满的是细碎洁白的小花。用广角镜头，这些花朵在近景里清晰呈现，同时，那些透迤的远山，深远的蓝空也得以在背景里呈现"（第176页）。阿来用细致淡雅的线条和色彩勾画了多姿多彩的高山花朵，同时以花朵的局部细节映衬周边环境，凸显了"西高地"独特的自然风貌。

阿来的"风景散文"当然不只是单纯地复刻或再现"西高地"的自然景观，还体现出作家对风景的理解。首先，阿来没有局限于植物科普或景观审美，而是由风景切入"西高地"的生命意识和生态观念，将自身对自然的尊重、感恩和敬仰渗透于景与物的描画中，使风景成为自然崇拜、人与自然和谐共生等藏地生态观念穿流和依托的载体。《故乡春天记》《嘉绒记》《贡嘎山记》书写了载满花朵与草木的故乡。那些像云雾般笼罩在村寨上的核桃花，那些开满了村路、河谷的鸢尾，那些将整个高原晕染成无尽花海的开花植物，映衬着藏地古老村庄生态和谐的动人侧影。如果把这种村景往更深处推展，古老的开犁礼、山水自然保护中心、探险者约瑟夫·洛克的经历经由景色的转换呈现于眼前，美丽的达古景区、新兴的旅游小镇和观光农业也随作者的足迹浮现于纸面。景观与人事的相互交错，折射了作者对自然生命的尊崇和赞颂，也传达了尊重自然、环境友好、人与自然和谐共生的藏地生态观念。其次，阿来将风景表现为一种承载着文化价值和意义的表述媒介和象征符号。《玉树记》《武威记》《山南记》等篇章在表达生态观念的基础上叠加或强化了风景与精神、文化、历史之间的关联。《玉树记》写了通天河边肋巴沟口的风景与文化遗存——遍地的鲜卑花、唐松草、锡金报春，仅仅是从这些植物的名称就能感受到历史的斑斓面目，它们记载着汉藏文化交流；《武威记》写了乌鞘岭枯竭的景色——稀疏的浅草、干涸的溪流、萎缩的冰川，与景色一同黯淡的是历史中曾经繁华的乌鞘岭和丝绸之路；《山南记》既写了藏王墓封土堆周边贫瘠、荒芜的自然景观，也写了雅拉香波雪山富于美感和活力的风景。可以看出，丰荣或荒芜的风景，所反映和传达的是不同的精神风貌和文化品格。荒芜的风景往往隐喻了地方文明走向衰败的沉痛之感，丰荣的风景则象征着藏族文化的生机与希望。在此，阿来笔下的风景就不仅是一种自然景观或景物，更是一种风景的"再建构"，是一种承载着藏地历史印记、精神价值和民族生命力的象征符号。

阿来赋予风景的延伸价值，与米切尔的观点颇为契合。米切尔说："风景是涵义最丰富的媒介。它是类似于语言或者颜料的物质'工具'（借用亚里士多德的术语），包含在某个文化意指和交流的传统中，是一套可以被调用和再造从而表达意义和价值的象征符号"①。《西高地行记》所描绘的风景，不仅是审美的主体，而且是历史的主体。风景作为历史与文化的空间载体，既体现着自然中动植物本身自在的交流，花、虫、鸟、兽的怡然自得，也承担着表达藏地文化意义和精神价值的现实功用。正如阿来的表述："我把植物当成一种文化来写"，"而且植物会把你带入它们自己的世界，它们生命的秘密世界，那是一个美的世界，一个有人活动其中的，有着深厚文化意味的世界"。② 从这个意义上讲，《西高地行记》的风景物候就不只是自然地理意义上的物质性的景观，或美学意义上的视觉图像建构，而且是蕴含着"西高地"地方文化、族群精神和族群情感的风景生产。

经由详尽的刻与画，细腻的填与涂，阿来的"风景散文"在笔墨与水彩中再现了"西高地"作为自然意义和美学概念的物质性风景，并在此基础上挖掘和探究了风景所承载的地方性知识。风景隐喻着一种藏地文化的来源，一种面向自然、世界的生命意识和生态观念，同时也是一种用以承载族群历史与标识族群精神的表述媒介和象征符号。

二

在阿来的"风景散文"中，风景是书写的根柢，饱含着生发的可能。通过对藏地风景的书写和描摹，阿来的叙述雄心不只是绘制风景地图，还要呈现潜藏在风景褶皱里的细致肌理，并通过风景的充分展开达成地方性知识的生产。

"地方性知识"作为阐释人类学的核心概念之一，在理念上与普遍性知识相对，重申对地方的差异性意义阐释，从文本、田野调查和个案分析中追寻多元的、变化的本土文化、地域性知识和族群精神品性。吉尔兹认为在生产地方性知识时应使用"深描"（thick description）的方式。"深描"作为一种文化解释方法，强调在真实可感的社会文化网络中对文化符号、田野现象展开解释性描述和意义性分析，意图表现和揭露文化符号背后多层次的、不断衍生的意义结构。③ 阿来对风景物候的文化深掘也可以视为一种"深描"。有研究者指出，"'深描'处理的是具体知识与抽象知识之间的关系，是将具体知识放入情境中去表现、理解和解释抽象知识"④。假如设定景观、植物是具体知识，由景观、植物牵连出来的历史、文化和精神是抽象知识，那么《西高地行记》通过

---

① W. J. T. 米切尔：《帝国的风景》，《风景与权力》，杨丽、万信琼译，译林出版社 2014 年版，第 15 页。
② 傅小平、阿来：《阿来：文学是在差异中寻找人类的共同性》，《阿来研究》2015 年第 2 期。
③ 参见克利福德·格尔茨：《文化的解释》，韩莉译，译林出版社 2014 年版，第 11—12 页。
④ 郭冰茹：《器物、人情与地方性知识的生产——读〈燕食记〉》，《粤港澳大湾区文学评论》2023 年第 1 期。

"我"的实地科学考察,细描风景物候的具体形态,继而借助文献材料、逸闻典故和人文故事探讨和阐释其背后的文化个性与民族精神,也就实践了通过"深描"考察和分析地方性知识的人类学阐释路径。

《西高地行记》的"深描"首先体现在阿来扎实的野外考察工作中。他一方面运用体系化的地理学、植物学等学科知识揭示"西高地"的地理风貌,另一方面通过对当地的风俗习惯和风土人情的书写,阐释自然崇拜、族群融合背后的藏族精神信仰和藏地文化多样性。《贡嘎山记》写作者参加山水自然保护中心组织的贡嘎山考察活动,既借助植物学知识陈述了珍稀植物的来历,也用地方故事解释了老树神化的巧合。《果洛记》写作者遥祭阿尼玛卿雪山,既用地理学知识解释了雪山能够主宰一片土地的河流、气候与植被的科学理据,又借助本土文化知识阐释了雪山高度人格化的地域性缘由。《平武记》写作者多次走访甘川交界地区的文化考察,深掘了当地的神山、神木、神物等自然崇拜背后的族群文化和历史印迹。于当地人而言,神山、神树、神物不仅关乎自然景物的圣洁和雄伟,而且关乎个人的祈请和赞颂,族群的团结和庇护,文化的流变和融合。这些都是教科书或专业书籍尚未涉及的地方性知识。

征引文献材料辅助论述,是对"深描"的补充。风景作为一种空间的表达,只有与具体的历史情境相接时,才拥有时间的维度,才具备转化为地方性知识的可能。因此,过往的地方史籍、官方修订的地方志、碑文、调查报告,个人照片、家谱、书信、回忆录、讲演录、文化著述,以及散文小说、诗词歌赋,等等,都是阿来挖掘地方风景和地方性知识的基本素材。《平武记》通过村寨里的婚纱照,书写了文化交接地带多个民族融合、不同文化交融的生活现状和风景画面;借助《龙安府志》《夏毓秀辖夷口修路碑》等地方史料,勾勒了平武县地理、建筑、村寨等自然风景和人文景观的历史变迁;经由当地土司的家谱、部落书信及陈寅恪讲演录等个性化材料,补充了藏民族内部文化多样性、流变性的具体细节。《武威记》根据林则徐的文字和冯竣光的日记,以及《乌岭参天》等诗词,刻画了乌鞘岭风景的古今变化;依靠《中国历史地图集》和《重修护国寺感应塔碑》等历史材料,交代了河西走廊历史文化的复杂性与流变性;依据白居易的《缚戎人》等文学作品,填补了当地普通人过往的生存状况空间。《丽江记》透过徐霞客的游记、洛克的《中国西南古纳西王国》、顾彼得的《被遗忘的王国》等著述,再现了玉龙雪山的自然风光,并深入探究了丽江一带藏文化的足迹和影响,以及纳西族与藏族之间的文化交融。详尽的史料支撑了"西高地"民族文化融合、藏文化内部多样性等地方性知识的讲述,同时具体情境中景、物、人、事的流动不居也折射出文化交接地带复杂、多元和交融的民族文化细节。换言之,藏地风景的流变,是复杂的历史语境下多民族文化融合的证明,也是藏文化内部多样性的鲜活标本。

此外,阿来的"风景散文"还注重主观描述和客观阐释的融合,即借助第一人称的视角,以主观的情感抒发联结关于风景、风物、风习和风情的客观阐释。《果洛记》用忧郁的心情描写了果洛的自然风光:疾速翻卷的云团、阴晴不定的天气、四散开去的草滩,让"我"陷入了漂浮不定的忧虑。但当"我"感受到雪山吹来的风,"我"眼前流散的风景开始汇聚;当"我"参与祭山仪式,"我"的心情变得宁静庄重;当"我"看到青藏高原上的黄河奔涌而来,一股源源不绝的情感把"我"填满。《玉树记》用丰沛的感情描写了玉树的自然景观:洁白得无以复加的云团,渊阔幽蓝的天空,浑圆青碧且辽远的山脉,让"我"仿佛看见了脑海中想象的鹰在青藏高原的空中展翅翱翔。在"我"接到当地同胞的哈达、酒碗,听到敬酒歌动人的旋律时,"我"心中情感的电流翻卷涌动;在"我"目睹结石镇的灾后重生,望见人们依然手持念珠环绕着倾圮的石经城为自己、他人和整个世界祈祷时,"我"感动得泪光闪烁。可以想见,当具体的云、天空、山脉、河流,器物、仪式,以及石经城、格萨尔宾馆和文成公主庙等地方风景、风物、风习和风情都带上阿来的感受,融入阿来的讲述时,地方文化就与干瘪的历史叙述、知识阐述区分开来,带有某种柔软、细腻的情感质地。藏地族群对生命的本质感悟,敬畏自然的生态意识,无私奉献的文化遗存,以及果勇奋发的精神遗韵,都在作者的情感书写和客观叙述中融合,徐徐展开,散发出独特的馨香。

阐释人类学强调要以"文化持有者内部的眼界"来展开关于地方性知识的分析,更确切地说,是要在研究中"使用原材料来创设一种与其文化持有者文化状况相吻合的确切的诠释";这种眼界要求文化研究者理解当地人的"贴近感知经验",并将之融入"遥距感知经验"中,由此才能深入发掘认识对象的复杂内涵。① 阿来出生于马尔康这一汉藏交接地带,1996年后在成都定居,这种出走又返回的生活经历和文化身份决定了阿来同时拥有"文化持有者内部的眼界"和融合性的民族眼光。从这个意义上说,阿来的"风景散文"既是文化持有者个人情感的抒发,也是文化研究者对地方中"人"的关怀。因此,在扎实的野外考察工作、精细的专业知识之内,是有温度、有态度的风景、风物与风情;在地方典籍、调查报告、碑文之外,是个人化的照片、家谱、书信和回忆录。阿来让风景的生产与地方的"深描"融合共生,写的是地理风貌、风土人情,折射的是"西高地"丰盈的地方性知识。

三

"地方性知识"是与"普遍性知识"或"全球化知识"对话而生发的概念。"地方"的突出或强化,意图是抵抗技术文明和消费社会所制造的同质化、标准化的观念认知,以重提对特殊性、差异性和多样化的尊重。因此,"理解一个民族的文化,即是在不削弱其特殊性的情况下,昭示出其常态"②。《西高地行记》是阿来记录"西高地"的地方性知识,展示藏民族内部文化多样性和流变性的文学实践。他说:"我也不知道如何在宏观的层面上保持弱势民族的文化特性,使这个世界成为一个文化基因特别丰富的世界。我所能做的,只是在自己的作品中记录自己民族的文化——在全球化的背景下,她的运行,她的变化。"③ 这说明,阿来"记录自己民族的文化",并非是为了迎合或融入中心、世界,也不是尝试通过改造自身去贴近普遍化、统一化的标准,而是意图尊重、

---

① 克利福德·吉尔兹:《地方性知识:阐释人类学论文集》,王海龙、张家瑄译,中央编译出版社2000年版,第73页。
② 克利福德·格尔茨:《文化的解释》,韩莉译,译林出版社2014年版,第18页。
③ 阿来:《没有一种固定不变的民族文化——在法兰克福书展上的演讲》,《看见》,湖南文艺出版社2011年版,第172页。

理解和守护"西高地"作为独特的存在。

在记录和保持藏地文化的独特性和多样性时,阿来关注视角的革新。面对青藏高原这片"没有用现代文学手段书写过的地方",他认为我们"需要以最先进的社会学观点来看待这些事情和思想现象"①。陈独秀在《新文化运动是什么?》中提及社会科学的内涵:"社会科学是拿研究自然科学的方法,用在一切社会人事的学问上,像社会学、伦理学、历史学、法律学、经济学等,凡用自然科学方法来研究、说明的都算是科学;这乃是科学最大的效用。"② 社会科学谈"科学"但不看重"技术",而是讲究科学的"精神"和"方法",并将之落实于人文学科的实践上。20 世纪 30 年代的科学小品文正是文学与科学结合的伟大发明:"科学小品文是科学与小品文在大众的实践生活的关联中去联姻的",不仅"可以统一言情与说理",而且具备"科学文的谨严性"和文学的"轻松与明快"。③ 虽然阿来的"风景散文"并未完全贴合五四科学小品文的科普、启蒙和教育的实际功用,但是从某种意义上说,他用社会科学的方法讲述藏族地区的新视角,暗合了陈独秀等五四新文化运动旗手所提倡的人文"科学",同时也是对融合了科学的真实性与文学的抒情性的五四科学小品文的跨世纪回应。《西高地行记》这种融合人文学科和社会科学的写作方法,力图在实地考察和科学阐释的基础上,展开关于风景、风物、历史与故事的叙述,不仅完成了艺术化的文学想象与情感表达,也实现了可靠的科学知识与在地的文化经验的传达,为我们讨论文学与科学、抒情与阐释之间复杂的关系提供了一种新的参照。

阿来认为"中国文学书写草木,尤其是散文书写,常常套用传统文化中那些托物寄情,感时伤春的熟稔路数,情景相近时,虽也确切,却了无新意"(《嘉绒记》,第 42 页)。如此这般,中国文学写草木、风景,时常以象征、意象寄寓民族国家的宏大叙事或民族价值认同,自然就忽略或遮蔽了草木、风景的自然意义和地方色彩。或许是为了修正,《西高地行记》在描绘风景物候时转变了视角,将风景物候放置于地理学、地质学、植物学的知识系统中加以阐释,将"地方"沉潜于实地考察、历史材料和个人素材中加以"深描"。这样的处理,一方面取决于阿来对科学性的坚守,在他看来,"科学的眼光与文学的眼光在很多时候,是可以交叉重叠的。且这种交叉与重叠,为文学注入了科学的因素,使我们得到一种全新的审美经验"④。因此,唯有结合了当地山川和独特人文的知识性考察,才能凸显自然风景的本体意义,达到"让自然来教育自己"⑤ 的效果。另一方面,这也取决于阿来行走和书写"西高地"的"地方性"目的。他想要写的是一部能够呈现藏民族文化多样性与融合性、藏民族过往和现在复杂的文化现实,以及青藏高原鲜为人知的文化遗产的著作,是一部富含地质学、地理学、植物学、阐释人类学等多学科知识的藏地文化指南。

---

① 阿来:《文学观念与文学写作问题》,《当我们谈论文学时,我们在谈些什么——阿来文学演讲录》,陕西师范大学出版总社 2017 年版,第 3—4 页。
② 陈独秀:《新文化运动是什么?》,《陈独秀文集》(第二卷),人民出版社 2013 年版,第 1 页。
③ 柳湜:《短论:论科学小品文》,《太白》1934 年第 1 卷第 1 期。
④ 阿来:《怎样注视自然》,《自然写作读本》A 卷,中国科学技术出版社 2018 年版,第 55 页。
⑤ 阿来:《怎样注视自然》,《自然写作读本》A 卷,中国科学技术出版社 2018 年版,第 54 页。

《西高地行记》经由风景勾连历史与现实、文学与科学，既关注"地方性知识"的特殊性和延续性，又积极回应藏地的环境保护、"移民"的生存、历史文化的遗忘和衰落等现实问题。这种以风景生产地方知识的方法在一定程度上拓宽了游记体散文的内涵，同时也寄托了阿来对藏地书写的期望："从历史到现实，把一切该认知的加以认知，把一切该廓清的晦暗加以整理，然后，一个失去活力的民族以理性而觉醒的姿态主动融入现代社会"，并"主动建设一个现代社会"。(《山南记》，第152页)

结　语

总之，《西高地行记》既在风景物候的景观再现和文化表述中，建构了地方性知识生产的有效途径，又在内里以地理学、植物学等科学知识补充风景书写，以阐释人类学的"深描"考察地方文化，以"文化持有者内部的眼界"对接文化研究者的民族眼光，从而道出藏地文化形成过程中多民族文化交融的历史事实。从这个意义上说，阿来的"风景散文"拓宽了人文学科书写地方的路径，延续或重建了一种科学与文学、阐释与抒情共通共融的写作方式。这种写作方式提醒我们不仅要警惕传统的一元化认识观和局限的"地方主义"，而且要以交叉文化的立场包容他者、接受差异，开掘和守护那些正在消失或改变的地方文化和地域特质。

（中山大学中文系博士研究生）

成都视角下的杜甫诗传

——阿来《回首锦城一茫茫：杜甫成都诗传》读后

孙 微

杜甫是中国古代最伟大的诗人，阿来是当代著名作家，当代著名作家与古代最伟大的诗人相遇会演绎出一场怎样绚烂的碰撞呢？2023年9月，由成都时代出版社出版的《回首锦城一茫茫：杜甫成都诗传》[①] 就是阿来与诗圣杜甫心灵相遇而绽放的绚丽火花。展读在手，令人欣喜，亦稍有所感。兹不揣谫陋，试就读后所感略陈管见，以就正于阿来与广大读者。

一、成都视角下的杜甫诗传

乾元二年（759）岁末，杜甫携家小经过漫长而艰辛的跋涉，终于来到了成都这个繁华的大都会，成都也敞开温暖的怀抱接纳了诗人一家。《诗传》专门截取杜甫在成都的这段生活为诗圣作传，体现出前所未有的关注视角和艺术匠心。之所以选取成都这一视角，是因为杜甫在成都生活的数年是其一生漂泊中少有的安定时光，他在成都创作的二百余首诗歌中有许多都成为文学史上的经典。浣花溪草堂不仅是诗人憩息的心灵家园，也早已成为后世敬仰的文学圣地。作为诗圣杜甫的一部成都诗传，书中的描绘大多是基于成都视角的，如：

> 只说今天成都市中还有名叫盘飧市的餐馆，这名字也是得于杜诗吗？又或者那时城中就有这样名字古雅的菜馆了。（第180页）

> 我们可以这样说，没有杜甫这些深情的描绘与歌唱，我们恐怕至今也难以把握成都的雨与成都的江的美好韵致。这些诗句是如此深入人心，已经化为我们面对南方的、成都的春雨时直接的感官——无论是听还是看。

> 成都人确实要在千载之后感谢杜甫，有了他的这些文字，成都的雨，成都夜里悄然而至落了满城的雨，落在浣花溪上、落在锦江之上的雨就与别处不一样了——那是从唐诗里飘来的润物无声的雨。成都可以为此而感到骄傲了。天地广阔，雨落无边。可是，又有几丝几缕被诗意点染后，至今还亮晶晶地发出韵律的清响？（第181—182页）

> 成都许多地方，许多风物，都是拜杜诗而留名，因杜诗而不朽！（第

[①] 以下简称《诗传》，凡引本书皆不另注，只随文标明页码。

189 页）

> 这首诗（《绝句》"两个黄鹂鸣翠柳"）童叟成诵，众口流传。杜甫成都诗二百余首，此首和《春夜喜雨》一起，是流布最广的。成都以宽厚人情、优美自然容杜甫在此三年有余，杜甫还成都优美诗章，美誉千载。（第 202 页）
>
> 当年，杜甫得以寓居成都，是他在动乱年代巨大的幸运，对于成都这个城市来说，是更大的幸运。有了杜甫的书写，成都这座城市的各个方面，才留下了那么多真切细致、流溢美感的写真诗篇。（第 54 页）

成都给杜甫带来了生活的安宁和慰藉，杜甫则用他深情的诗句回馈成都，用缕缕诗意提炼出这个城市的独特韵致，这些动人诗篇历经千载仍熠熠生辉，甚或已经成为成都独有的文化名片。当然，我们从以上描述中都可以看出阿来那颗热爱成都、热爱杜甫的拳拳之心。

阿来的散文集《草木的理想国》以物候时节为序记录了成都二十多种观赏植物花朵绽放的过程，从中可见其对植物情有独钟，可以说植物构建了阿来作品的精神基调，阿来草木情结中始终潜藏着深刻哲思。这一点在《诗传》中也有明显体现，例如书中大量列举杜诗中描绘成都春天的各种花草植物，并指出这些自然之美对失意诗人所起到的慰藉作用。又如《诗传》评《楠树为秋风所拔叹》曰：

> 杜甫是真爱这棵楠树的，此前就已经为它写过一首诗，名曰《高楠》……但就是这么一株可爱的老树，却在瞬间为大风雨连根拔起，让人不得不悲从中来，长吁短叹……这样历经岁月沧桑的老树，一定是历经沧桑的人所能共情的啊！
>
> 大树倒矣！以前有新诗都是在此树前吟诵，以后又去哪里吟"我"的新诗？
>
> 大树倒矣！从此"我"的草堂和草堂岁月，不知要减了多少颜色！
>
> 老杜这是说树吗，还是预见了自己在时代飘风乱雨中的悲凉结局？（第 99—101 页）

阿来细致地体味诗意，深刻揭示出历尽沧桑乃是杜甫与楠树共情之原因，并认为对这棵为秋风所拔的楠树的咏叹，更像是杜甫个人悲剧命运的象征和谶语。这些解读可以加深读者对杜诗内涵的认识。

二、灵心妙悟与通透之见

《诗传》中有许多个人之见，这些见解往往能够突破旧有成说，直揭本心，表现出少有的灵心妙悟。比如关于杜甫与严武的关系，史传和晚唐五代笔记小说中有很多离奇的说法，如范摅《云溪友议》便载有严武欲杀杜甫之事。阿来不肯相信这些说法，认为"尽信书不如无书"，他坚持通过阅读严武和杜甫的诗歌解读严、杜关系。比如基于严武《酬别杜二》指出："我不相信，写这样深情的诗给杜甫的严武，会真想杀掉杜甫。"（第 243 页）又以杜甫《去蜀》《哭严仆射归榇》《八哀诗·赠左仆射郑国公严公武》等诗为据确认严杜二人的深厚友谊。他还发现史传记载与杜诗的差异。史传中说严武性情刚愎暴烈，杀伐赏赐随心所欲，然而通过诗书可知严武收复西山三城，裁撤冗兵归农活民，再加上他对杜甫不离不弃，情深义重，故而阿来称自己对严武充满好感。这让我联想到业师韩成武先生《两唐书本传中的严武与杜甫笔下的严武》一文，韩先生也曾指出，杜甫笔下的严武体恤民情，与史传所载"肆志逞欲，恣行猛政""穷极奢靡，赏赐无度"存在很大差距。严武为了将利州刺史崔旰召为自己的部将，确实曾用重金贿赂过山南西道节度使张献诚，又因西山反击战的胜利而厚赏过崔旰。然而杜甫在《八哀诗》中说："岂无成都酒，忧国只细倾""意待犬戎灭，人藏红粟盈"，已经把严武搜刮民财、"赏赐无度"的用意委婉说出①。当史传与杜诗出现差异之时，宁愿相信杜诗，而不相信史传，在这点上阿来与韩成武先生英雄所见略同，其识见令人钦佩。

又如杜甫的七绝向来评价不高，七绝是杜诗诸体中的短板，这似乎已经成为一种共识。然而阿来却不这么看，他认为杜诗中绝句占比不高，这种别开一派的绝句，写得亲切自然，且一组数篇的绝句大都作于成都，这个现象值得研究者特别留意。阿来在《又于韦处乞大邑瓷碗》诗后评曰：

> 杜诗有一个特点，表面看朴实无华，就是诗人的随手书写，但艺术感染力就在这貌似不经意的起承转合之间，在诗意的随处点染处发生。前人论杜诗这个特点叫"工拙相半"。随意，直陈其事，是"拙"。"工"，则是非常经意的点染修辞。
>
> 今天写诗的人营造诗意，往往"为赋新词强说愁"，离开具体的对象与情境另行生造拔高。而真正胸怀诗意者，是在亲身经历与日常生活中开掘，如此，寻常事便成韵事，日常起居就成了今人常抄荷尔德林的话，所谓"诗意地栖居"。（第37—38页）

阿来指出，杜甫这些以诗代简的绝句朴实无华、随手写来，其艺术感染力正在于此，而非刻意营造诗意，这要远胜于离开具体的情境另行生造拔高的写法。《诗传》还指出，除了以诗代简的绝句之外，杜甫那些描写成都无限春光的绝句看似随兴，其实是精雕细刻、自成风格的。比如围绕着成都春色这一主题，杜甫使用绝句组诗的方法互相关联，互相映照，形成了清新飘逸、明白如歌的独特风格，这些绝句是向民歌学习的结果，是明白如话的竹枝清音，直接影响到中唐刘禹锡《竹枝词》和《杨柳枝词》的创作。这些都是发人深省之论。

又如郭沫若评《茅屋为秋风所破歌》曰："诗里面是赤裸裸地表示着诗人的阶级立场和阶级情感的。诗人说他所住的茅屋，屋顶的茅草有三重……这样的茅屋是冬暖夏凉的，有时候比起瓦房来还要讲究……使人吃惊的是他骂贫穷的孩子们为'盗贼'……他在诉说自己的贫困，他却忘记了农民们比他穷困百倍。"②对郭沫若此论，学界批评较多。阿来认为，郭沫若《李白与杜甫》用当时的阶级划分标准说杜甫是地主阶级，不是劳动人民，这其实没有错，但他用当时的阶级分析方法，说杜甫对"民"的同情显得虚伪，这确实就过头了。阿来同时还指出：

---

① 韩成武：《杜甫新论》，河北大学出版社2007年版，第83—91页。
② 郭沫若：《李白与杜甫》，人民文学出版社1971年版，第138页。

特殊时期，郭沫若先生评此诗，说过些过头的话，后来好多评诗的人又借机拿郭老说风凉话，其实也大可不必。我也并不因此认为谁更高明，谁就更有人文情怀。我们应该看到的是，时代飙风中人的身不由己，而一掬同情之泪。也许让杜甫自己来讲，他也会体谅地说"王杨卢骆当时体"，他也会纵观郭沫若先生的文化贡献说"不废江河万古流"。（第102页）

阿来巧妙地借用杜诗"王杨卢骆当时体""不废江河万古流"来评价郭沫若的《李白与杜甫》，指出郭氏所论乃特殊时期的"当时体"，不能以此完全抹煞其对中国文化的巨大贡献。应该说这是一种极为豁达通透的态度，从中可见作者的品格与胸襟，而这种胸襟正是来源于阿来对人性的深刻悲悯，对历史人物的"理解之同情"及"同情之理解"。

三、《诗传》中的某些考证问题

《诗传》为面向大众的普及之作，本无意于琐屑的饾饤考证，但若能对一些细节稍加注意，当会更加完美。如《诗传》云："杜甫的妻子杨琬，是杜甫父亲杜闲的好友杨怡之女，小他十二岁"。（第8页）按，杜甫妻子之名并不见于文献记载，元稹《唐故工部员外郎杜君墓系铭》曰："夫人弘农杨氏女，父曰司农少卿怡，四十九年而终。"[①] 然而《诗传》中却称杜甫妻子为杨琬，此点着实令人生疑。今检文献，将杜甫妻子之名称为杨琬者，仅见于当代人的几种著作，如贾玮的《杜甫》（晨光出版社1998年版）、汪彤的《心若琴弦》（甘肃人民美术出版社2011年版）、彭志强的《蜀地唐音》（人民日报出版社2019年版）、郭宏文、刘悦欣的《杜甫：他若笔落，便惊风雨》（北方文艺出版社2019年版）、苏娜的《运河造船记》（浙江工商大学出版社2022年版）等。其实，上述著作中称杨氏夫人为杨琬的做法是不严谨的，并没有什么可靠的依据。作为一部严肃认真的杜甫诗传，《诗传》似不宜采纳此类坊间说法。其实宋人还曾提出杜甫不咏海棠乃避母讳之说，后世遂有称杜甫之母为"崔海棠"者，这与杜甫妻子名杨琬一样不可信。另外，元稹《墓系铭》中称杨氏"四十九年而终"，只记载了杨氏的年寿，并未提及夫妻二人的年龄差距，《诗传》称杨氏小杜甫十二岁，或是依据陈贻焮先生《杜甫评传》（下）："老杜同夫人感情甚笃，集无悼亡诗，他作中亦丝毫不露鼓盆之戚，可见杨氏当卒于后，且较老杜小十岁有余（开元二十九年他们结婚时杜甫三十岁，杨氏当在十九岁左右）。"[②] 不过笔者并不认同陈先生这种说法，而是认为杜甫天宝十一载（751）四十一岁时方与杨氏夫人结婚，他与杨氏的年龄差距应在二十岁以上，而非十余岁，因为只有如此，方能解释《入衡州》"犹乳女在旁"及《风疾舟中伏枕书怀三十六韵奉呈湖南亲友》"瘗夭追潘岳"等诗句[③]。

阿来《诗传》云："杜甫所居的那座寺院也是当时的一座名寺——草堂寺。该寺建

---

① 元稹：《元稹集》卷五十六，冀勤点校，中华书局1982年版，第602页。
② 陈贻焮：《杜甫评传》（下），北京大学出版社2003年版，第1152页。
③ 孙微：《杜甫四十一岁结婚考》，《杜甫研究学刊》2011年第3期。

于南北朝时期,也称益州草堂寺。宋代人追记其位置在成都府城西七里,与后来杜甫建的草堂相距三里。"(第20页)实际上杜甫初入成都所居"古寺"究竟为何名,并不能确定。《杜甫大辞典》曰:

> 《文选·齐孔稚圭〈北山移文〉》唐李善注引南朝梁简文帝《草堂传》就说"蜀草堂寺林壑可怀",可见在南朝梁时草堂寺就已出名,唐卢求《成都记》也说:"草堂寺在府西七里,浣花亭三里,寺极宏丽,有名僧履空居其中。杜员外居处逼近,常恣游焉。"……杜甫离开成都后,大历中,节度使崔宁之妻任氏曾居于杜甫旧宅,后将部分建筑舍为寺,名梵安寺(唐郑暐《蜀记》)。直到北宋时草堂寺、梵安寺仍然并存,后草堂古寺不知毁于何时,《方舆胜览·成都府路·成都府》只载梵安寺,并言"与杜甫草堂相接。每岁四月中浣前一日,太守宴集于此。吕大防建草堂,绘少陵像,张焘尽取少陵诗勒石刻置焉",可见南宋初草堂寺就不存。又因为梵安寺是在杜甫旧宅上建成,后人修建的纪念杜甫的草堂与之毗邻,所以,从明代开始,人们便将草堂寺和梵安寺混淆起来,多以草堂寺称之,而梵安寺本名反而鲜为人知。[①]

可见草堂寺之名起自南朝,宋以后人们为了指称方便,更喜欢用草堂寺之名来称杜甫旧宅,然而杜甫浣花溪草堂附近的寺庙却并不叫草堂寺,而是叫梵安寺。另外,2011年杜甫草堂博物馆北门附近在施工中发现了唐代遗址,其中出土了唐代僧人《益州正觉寺故大德行感禅师塔铭并序》。塔铭中记载行感禅师卒于垂拱三年(687);正觉寺就在草堂博物馆景区之内,距杜甫茅屋颇近,以此来看,杜甫初入成都所居之寺虽有可能是草堂寺,亦有可能是正觉寺,抑或是梵安寺。

高适《赠杜二拾遗》曰:"草玄今已毕,此外复何言?"[②] 杜甫《酬高使君相赠》曰:"草玄吾岂敢,赋或似相如。"[③] 阿来《诗传》评曰:

> 对于自己的诗才,杜甫并没有太过自谦。杜甫有时也会说客气话,但他骨子里,从来就不是一个谦虚的人。所以,他说自己或许能像司马相如,那也就是敢跟扬雄比肩的意思了。(第24页)

按,这里理解有误。杜甫的意思其实很明确,"草玄吾岂敢,赋或似相如"二句是说:我岂敢像扬雄那样草拟《太玄经》,作赋也许能和司马相如相比。杜甫这里对扬雄和司马相如二人的态度是有所不同的,他表示比不了扬雄,但能和司马相如比肩,因此《诗传》所云"敢跟扬雄比肩"乃是误解了杜甫的本意。那么为何杜甫表示比不了扬雄草拟《太玄》呢?这恐怕与《太玄》的内容有关。《汉书·扬雄传下》曰:"时雄方草《太玄》……以为经莫大于《易》,故作《太玄》。"[④] 可见扬雄的《太玄》是对《易经》的拟作,故《太玄》亦被称为《太玄经》。通读整部杜集,可以发现杜甫对自己的经学

[①] 张忠纲主编:《杜甫大辞典》,山东教育出版社2009年版,第488页。
[②] 刘开扬:《高适诗集编年笺注》,中华书局1981年版,第306页。
[③] 仇兆鳌:《杜诗详注》卷九,中华书局2015年版,第878页。
[④] 班固:《汉书》卷八十七下,中华书局1962年版,第3565、3583页。

功底一直是不太自信的。其《进封西岳赋表》曰："臣本杜陵诸生，年过四十，经术浅陋，进无补于明时，退尝困于衣食。"① 《进雕赋表》曰："臣之述作，虽不能鼓吹六经，先鸣数子。"② 《秋兴八首》其三曰："匡衡抗疏功名薄，刘向传经心事违。"③ 将这些诗文与"草玄吾岂敢"对比后可知，杜甫认为自己不能像扬雄那样草拟《太玄》，因此在经学方面是远不敢和扬雄相比的，故对高适的赞誉之词表示愧不敢当。虽然他也说过"赋料扬雄敌"④（《奉赠韦左丞丈二十二韵》）这样的话，但那只是就赋这方面来说，并非指经学，凡是涉及经学，杜甫一贯表现得颇为谦逊，从未有过骄傲之意。

阿来《诗传》曰：

> 在盛唐诗人中，杜甫年轻，出道也晚。除岑参比他小，其他诗人都比他大。
> 顺便替他们序下年齿。盛唐诗人著名者，孟浩然最大，其次王昌龄，其次李白、王维，其次高适，再其次才是杜甫，再其次岑参。高适大杜甫八九岁。（第145页）

按，关于高适之生年，此处系采用了刘开扬《高适诗集编年笺注》卷首《高适年谱》之说，认为高适生于武后长安四年（704）。乔象钟、陈铁民主编《唐代文学史》认为高适天宝五载所作《奉酬北海李太守丈人夏日平阴亭》"四十犹聚萤"之"四十"和李颀天宝八载作《赠别高三十五》中"五十无产业"之"五十"是约举成数。假定天宝五载高适四十三四岁，则天宝八载为四十六七岁，约举成数谓之"四十""五十"都是合宜的，可以此推断，高适应生于703—704年之间。⑤ 此外，周勋初《高适年谱》认为，据李颀天宝八载送高适赴封丘尉所作《赠别高三十五》"五十无产业"句，是年高适已五十，由此上推，可知其应生于武后久视元年（700）。其后余正松《高适研究》（巴蜀书社1992年版）肯定了此说，并作了进一步补证。孙钦善《高适集校注》附《高适年谱》认为，高适应生于武后长安元年（701）。⑥ 高文《试论高适》提出，高适应生于武后长安二年（702）。⑦ 此后中国社科院文学所编《中国文学史》和刘大杰《中国文学发展史》均从此说。彭兰《高适系年考证》一文反对700年说与702年说，认为高适应生于中宗神龙二年（706）。⑧ 后郭沫若《李白与杜甫》《辞海·文学分册》均从此说。王达津《诗人高适生平系诗》否定了700年说与702年说，认为高适应生于武后万岁通天元年（696）⑨，这是关于高适生年诸说法中最早的推断。通过以上诸说法可见，高适生年众说纷纭的原因主要还是在于文献难征，于是研究者们往往只能以高适或同时人的诗歌为"内证"进行推测，而高适诗歌中所提及的年龄往往又不一定是实指，所以产生

---

① 仇兆鳌：《杜诗详注》卷二十四，中华书局2015年版，第2614页。
② 仇兆鳌：《杜诗详注》卷二十四，中华书局2015年版，第2631页。
③ 仇兆鳌：《杜诗详注》卷十七，中华书局2015年版，第1796页。
④ 仇兆鳌：《杜诗详注》卷一，中华书局2015年版，第93页。
⑤ 乔象钟、陈铁民主编：《唐代文学史》，人民文学出版社1995年版，第404-405页。
⑥ 高适著，孙钦善校注：《高适集校注》，上海古籍出版社1984年版，第359页。
⑦ 高文：《试论高适》，《开封师院学报》1960年第3期。
⑧ 彭兰：《高适系年考证》，《文史》（第三辑），中华书局1963年版，第287页。
⑨ 王达津：《王达津文粹》，南开大学出版社2006年版，第228页。

了种种不同的结论。在以上诸种说法之中,目前相对较为通行的说法是久视元年(700)说。李颀于天宝八载送高适赴封丘尉所作《赠别高三十五》中的"五十无产业"之句,可证天宝八载高适已经年过五十。李颀为高适挚友,其赠诗言之凿凿,当属可信。另外,佘正松先生还提出一条旁证,有力地支持了这种说法。高适《别韦参军》云:"二十解书剑,西游长安城。"①《人日寄杜二拾遗》云:"一卧东山三十春,岂知书剑老风尘。"②从这些诗句可以推知,高适初入京城是二十岁,再加上这以后"三十春"的渔樵生活,到天宝八载(749)授封丘尉时也正好五十岁,与李颀赠诗所云"五十无产业"是一致的。③总之,关于李白与高适年龄孰大孰小的问题,学界迄今尚未有定论,并不能遽断,故而《诗传》"高适大杜甫八九岁"之说应该慎重,从目前掌握的材料来看,高适与李白、王维颇不宜序年齿。

四、《诗传》对杜诗学史上某些穿凿之说的因袭

在《杜甫成都诗传》中,有些对杜诗的理解继承了杜诗学史上某些穿凿之说,需要加以驳正。如《成都府》云:"初月出不高,众星尚争光。"④阿来《诗传》解曰:

> 也是杜诗特有笔法,既写眼前景,更隐含着深深的家国之思。安史之乱爆发后,太子李亨在灵武即位,号令天下,担负起光复重任,是为"初月";"出不高",可惜集合的力量还不够强大,平乱之战进行艰难。"众星",自然是安、史之类的叛将了。(第19—20页)

按,此种认识乃是出自宋人郭知达《九家集注杜诗》引杜补遗之说,赵次公曾斥之"无谓",王嗣奭曰:"'初月出不高,众星尚争光',必非无为,但不应指定为某事耳。"⑤宋代注家在解释杜诗中描写自然景物的诗句时,特别喜欢进行随意歪曲,认为这些景物皆有所托喻,常常犯影射附会的错误。黄庭坚《大雅堂石刻杜诗记》曰:"彼喜穿凿者,弃其大旨,取其发兴,于所遇林泉人物、草木鱼虫,以为物物皆有寄托,如世间商度隐语者,则子美之诗委地矣。"⑥因此,将"初月"和"众星"解为肃宗和安史叛军,其说实不足取。

又如《赠花卿》:"锦城丝管日纷纷,半入江风半入云。此曲只应天上有,人间能得几回闻?"⑦《诗传》解曰:

> 花惊定在府第中大开宴会,乐队助兴,丝竹管弦,歌吟之声直冲云霄,并随江风徐徐飘飞。此诗从表面看是写宴乐景象,暗中却含有讽喻之意。讽喻什么呢?讽

---

① 刘开扬:《高适诗集编年笺注》,中华书局1981年版,第10页。
② 刘开扬:《高适诗集编年笺注》,中华书局1981年版,第317页。
③ 佘正松:《高适研究》,巴蜀书社1992年版,第17—18页。
④ 仇兆鳌:《杜诗详注》卷九,中华书局2015年版,第876页。
⑤ 王嗣奭:《杜臆》卷三,上海古籍出版社1983年版,第116页。
⑥ 黄庭坚:《黄庭坚全集》卷十六,刘琳、李勇先、王蓉贵校点,四川大学出版社2001年版,第437—438页。
⑦ 仇兆鳌:《杜诗详注》卷十,中华书局2015年版,第1026页。

喻花惊定不该如此奢靡骄纵，特别是用这样的乐队，有超乎礼制的僭越之嫌。这才是"此曲只应天上有，人间能得几回闻"背后的意思。这个"天上"，是指皇宫。

明代四川名人杨升庵说："花卿，名敬定，丹棱人，蜀之勇将也，恃功骄恣。杜公此诗讥其僭用天子礼乐也，而含蓄不露，有风人言之无罪，闻之者足以戒之旨。"（第87—88页）

按，杨慎"僭用天子礼乐"之说本自南宋陈善，《扪虱新话》曰："当时花卿跋扈不法，有僭用礼乐之意，子美所赠，盖微而显者也，不然岂天上有曲，而人间不得闻乎？"① 假若花惊定真要僭用天子礼的话，那么会是哪种礼乐呢？左汉林指出，唐代的天子礼乐分为郊祀庙祭之乐、鼓吹乐、宴享之乐。其中用于祭祀的郊庙乐并不适合娱乐，鼓吹乐主要用于仪仗之中，绝不可能是"锦城丝管"。而宴享之乐是指九部伎、十部伎和二部伎，这些乐曲的演奏规模较大，需要人数较多，所用乐器也复杂多样，以一个牙将的力量"僭用"这样的音乐，是根本不可能的。② 也就是说，花惊定宴会上的"锦城丝管"绝非什么天子礼乐，所谓天子礼乐类似于如今的大型交响乐，以一个成都牙将的实力很难"僭用"这样的音乐。从杜诗中提到的乐器"丝管"来看，这次演奏也不像九部伎、十部伎和二部伎那样乐器繁富、人数众多。实际上唐人常用天上仙乐来形容乐曲之美妙，如顾况《李供奉弹箜篌歌》云："除却天上化下来，若向人间实难得。"③ 显然不能因为诗中出现"天上"字样，便和皇宫和皇帝联系到一起。况且老杜此次去花惊定府第中参加宴会，受到主人的热情款待，却在赠给主人的诗中夹枪带棒地予以腹诽和讽刺，此种行为与杜甫的宽厚性格实难统一，因此"僭用天子礼乐"一说是对杜甫崇高品性的拉低与抹黑。笔者曾指出，前人注杜，常于杜甫的投赠诗中解读出讽刺意味，这显然与杜甫性格和杜诗本意相违背，实不可取，因此对于此类穿凿之解需保持应有的警惕，慎勿轻信④。

五、由《诗传》生发出的一些联想和补充

关于杜甫生平研究，近年来学界已经取得了不少新的突破。例如《新唐书·杜甫传》"肃宗立，自鄜州羸服欲奔行在，为贼所得"之说遭到学界强烈质疑。薛天纬先生认为，杜甫并非被俘，而是为了向朝廷靠拢，南下潜入长安。⑤ 查屏球认为，杜甫不是为贼所得，而是为贼所阻。同罗、突厥逃归事件发生后，肃宗派崔光远以京兆尹身份在渭河以北招集吏民，杜甫在鄜州不北上西进，反而跑到南边的长安，应与此事相关。⑥ 李煜东认为，《新唐书·杜甫传》系据《奉谢口勅放三司推问状》"臣以陷身贼庭，愤惋

---

① 陈善：《扪虱新话》下集卷三，中华书局1985年版，第76页。
② 左汉林：《杜甫与杜诗学研究》，东方出版社2015年版，第20—23页。
③ 彭定求等编：《全唐诗（增订本）》卷二百六十五，中华书局1999年版，第2940页。
④ 张子悦、孙微：《杜甫求仕长安期间投赠诗中的讽刺意味辨析：以〈钱注杜诗〉为中心》，《杜甫研究学刊》2022年第1期。
⑤ 薛天纬：《杜甫"陷贼"辨》，《杜甫研究学刊》2017年第4期。
⑥ 查屏球：《微臣、人父与诗人——安史之乱初杜甫行迹考论》，《安徽大学学报》2018年第2期。

成疾。实从间道,获谒龙颜"等语构建了奔赴灵武为贼所得的经历。① 笔者认为,《往在》云"往在西京日,胡来满彤宫"。表明安史叛军攻陷长安时杜甫正在长安城内。杜甫于天宝十五载五月中下旬即开始携家往北逃难,至六月上旬已抵达鄜州羌村。从时间上来看,杜甫完全有可能在叛军攻陷长安之前由鄜州迅速返回长安。此时肃宗尚未在灵武即位,身陷长安的他不可能由鄜州北上投奔灵武,亦不可能在途中为叛军所俘。②《诗传》若能对这些研究成果稍加留意,适当吸收,对相应的说法予以调整,当会为本书增色不少。

此外,《诗传》中提到,杜甫写诗向友人讨要营建草堂的材料,向萧八明府要了桃树苗,从韦续明府处要了绵竹,又和何邕少府要了桤木苗,还和韦班少府要了松树苗和大邑瓷碗。在《凭何十一少府邕觅桤木数百栽》的解题中说:"'少府',是明府的副手,当时叫县尉或县丞。"(第35页)那么何邕少府究竟是在哪个县里作县令的副手呢?此前学界对此一直有些误解,认为何邕是在绵谷县作县尉。然而随着《何邕墓志》新近出土,这个问题终于得到了澄清,《何邕墓志》曰:

> 天宝中,孝廉擢第,调补秘书省校书郎,未经考秩,迁成都府温江县尉。③

温江为成都属县,距离浣花溪草堂约三十里,何邕给杜甫运输桤树苗相当方便,而绵谷距成都有数百里远,运输实有不便。王伟的《何邕墓志与杜诗新证》④一文对何邕墓志进行了详细考证,读者可以参看。

杜甫《杜鹃》诗云:"西川有杜鹃,东川无杜鹃。涪万无杜鹃,云安有杜鹃。我昔游锦城,结庐锦水边。有竹一顷馀,乔木上参天。杜鹃暮春至,哀哀叫其间。我见常再拜,重是古帝魂。"⑤阿来《诗传》评曰:

> 平白如话的字句,逶迤如歌的节奏。
>
> 春深时节,杜鹃归来,声声啼唤。西川当然有杜鹃,东川也有,只是诗人未曾听见。涪州(今重庆涪陵)和万州,杜甫还未行到,未行到当然就未看到那里的杜鹃啼唤得山青水绿的景象,所以也以无视之。卧病云安,却从竹树云雾间,从江风帆影间,声声听见。听见听不见,有杜鹃无杜鹃,都不是实写,抒情与修辞罢了。这种写法,仿的也是民间歌谣,有泥古的诗评家不解风情,说这不是好诗。不对,这不是好诗什么是好诗?(第255页)

对于《杜鹃》诗这个奇特开头,杜诗学史上有好多人都不甚理解,如刘须溪评曰:"正是突兀奇怪,欲启后人之疑……何必拘韵,作者当自知之。"⑥吕留良评曰:"自是此公放肆,故作痴语,非误也。"⑦可见他们均不理解这个"突兀奇怪"的开头是怎么

---

① 李煜东:《安史之乱初期杜甫行踪的史料生成与建构》,《中国文学研究》2022年第3期。
② 孙微、王新芳:《长安陷落前后杜甫行止考辨》,《安徽大学学报》2023年第2期。
③ 齐运通:《洛阳新获七朝墓志二〇一五》,中华书局2017年版,第230页。
④ 见《唐代文学研究》(第二十辑),社会科学文献出版社2021年版,第18—26页。
⑤ 仇兆鳌:《杜诗详注》卷十四,中华书局2015年版,第1512—1513页。
⑥ 刘辰翁批点,高楚芳编辑:《集千家注批点杜工部诗集》卷十三,元大德七年(1303)刻本。
⑦ 俞国林编:《吕留良全集》(第二册),《吕晚村先生文集补遗》卷七,中华书局2015年版,第651页。

回事，未能找到此独特开篇之艺术渊源。其实宋人吴曾《能改斋漫录》已经指出："乐府有《江南》古辞云：江南可采莲，莲叶何田田，鱼戏莲叶间。鱼戏莲叶东，鱼戏莲叶西，鱼戏莲叶南，鱼戏莲叶北。子美正用此格。"① 这个有意味的形式正是来自乐府《江南》古辞，阿来称其"逶迤如歌的节奏""仿的也是民间歌谣"，所论甚是。《江南》古辞后来演变形成了"江南体"，这种体式具有三要素：使用"复辞"的手法，通过不同方位构成场景，使用象征和隐喻。杜甫在《杜鹃》开头便借用江南体的手法，托物寓意，刺世间不修臣节者连禽鸟都不如，盖为针对当时乱臣贼子而作。而诗中以杜鹃之有无为隐喻，一改乐府《江南》古辞之轻松活泼，变得严肃认真，从中可见杜甫对江南体的继承与改造。

杜甫《谢严中丞送青城山道士乳酒一瓶》云："山瓶乳酒下青云，气味浓香幸见分。鸣鞭走送怜渔父，洗盏开尝对马军。"② 阿来《诗传》评曰："二十世纪八十年代，我上青城山，喝过一种道家酒也叫洞天乳酒，是一种猕猴桃酿成的果酒，还添加了蜂蜜。不知道是不是就是杜甫和严武喝过的那一种。"（第 117 页）可见阿来注意到青城山道士所酿乳酒之事，并以自己的亲身经历推测杜诗中道家乳酒的酿造方法。此诗表明，青城山道士与严武、杜甫之间具有较为密切关系，或为破解当时青城山道士与蜀中军政高层关系之突破口。近来偶然读到《旧唐书·班宏传》，更是加强了此前这种猜测，文曰：

> 班宏，卫州汲人也。祖思简，春官员外郎。父景倩，祕书监。宏少举进士，授右司御胄曹，后为薛景先凤翔掌书记，又为高适剑南观察判官，累拜大理司直，摄监察御史。时青城山有妖贼张安居以左道惑众，事觉，多诬引大将，冀以缓死，宏验理而速杀之，人心乃安。既而郭英乂代适，以厌人望，奏署祕书郎，兼雒令，以疾免。大历三年，迁起居舍人，寻兼理匭使，四迁至给事中。③

《册府元龟》亦载此事，其曰：

> 班宏为剑南西川节度高适判官，时青城山有妖贼张安居以左道惑众，事觉，多诬引大将，冀缓日月，军吏皆恐惧。宏验理而速杀之，人心乃安。④

按，班宏处理青城山妖贼张安居之事，正是高适为剑南西川节度使之时，又在郭英乂镇蜀之前不久。高适曾两次任剑南西川节度使。第一次在上元二年（761）五月，肃宗听说崔光远不能约束部下、严明军纪，非常震怒，于是罢免了他，以高适代崔光远为成都尹、剑南西川节度使。广德元年（763）二月，又正式委任高适为剑南西川节度使，兼摄东川节度使。又《新唐书·高适传》载，"（广德二年正月），召还，为刑部侍郎、左散骑常侍"⑤。则张安居事件必发生于广德元年（763）之前。又郭英乂镇蜀的时间为永泰元年（765）五月，显然张安居在青城山以左道惑众之事发生于郭英乂镇蜀之前。

---

① 吴曾：《能改斋漫录》卷十，上海古籍出版社 1979 年版，第 288—289 页。
② 仇兆鳌：《杜诗详注》卷十一，中华书局 2015 年版，第 1083 页。
③ 刘昫等：《旧唐书》卷一百二十三，中华书局 1975 年版，第 3518 页。
④ 王钦若等编纂：《册府元龟》卷七百十七《幕府部（二）·知识》，周勋初等校订，凤凰出版社 2006 年版，第 8275 页。
⑤ 欧阳修、宋祁：《新唐书》卷一百四十三，中华书局 1975 年版，第 4681 页。

因此综合来看，张安居以左道惑众之事必发生于上元二年（761）五月至广德元年（763）十二月之间。

杜甫和青城山有关的诗歌有《赴青城县出成都寄陶王二少尹》《野望因过常少仙》《丈人山》《寄杜位》，均系于上元二年（761）。《谢严中丞送青城山道士乳酒一瓶》则系于宝应元年（762）。又《赠李八秘书别三十韵》："幕府筹频问，山家药正锄。"原注："秘书比卧青城山中。"① 按，杜甫有关青城山的诗歌正作于妖贼张安居事件前一两年，从杜诗所载可知，严武、杜位、李别这些杜甫友人都和青城山道士有来往。而《旧唐书·班宏传》《册府元龟》记载张安居曾"多诬引大将"，导致"军吏皆恐惧"，亦表明张安居与当时军界高层的关系较为密切，因此杜甫或许会对张安居有所耳闻。此外，杜甫还有两首诗提到了"青城"，《阆州奉送二十四舅使自京赴任青城》曰："青城漫污杂，吾舅意凄然。"②《阆州东楼筵奉送十一舅往青城》曰："今我送舅氏，万感集清樽。岂伊山川间，回首盗贼繁。高贤意不暇，王命久崩奔。临风欲恸哭，声出已复吞。"③ 这两首诗均作于广德元年（763）秋，正是张安居事件发生之时，特别是杜甫在诗中云"回首盗贼繁""青城漫污杂"，这个"漫污杂"之评与此前《丈人山》"自为青城客，不唾青城地"④ 之态度截然相反。或许是杜甫和十一舅此时对张安居事件已有所耳闻，因要前往如此纷乱之地赴任，故其舅会感到"意凄然"。当然，杜诗中只用"漫污杂"表达对"青城"的负面判断，这并不能完全证明此诗的背景是青城妖道张安居事件，但了解张安居事件这一背景，对深入理解杜甫的相关诗句仍有着重要的参考价值。

总之，阿来《诗传》一书以成都为视角，以饱含深情的笔墨，对杜甫成都生活进行了生动细致的描绘。其优美流畅的文笔，深入浅出的解读，令人阅读起来兴味盎然。相信这部传记对于普通读者了解杜甫成都生活及其诗歌创作具有不可替代的意义，必将成为杜甫诸种传记中别具特色的一部。倘若能对书中的某些讹误进行认真细致的修订，对杜诗历史背景作进一步的深入了解，必将更加完善，从而为杜诗的广泛传播作出更大的贡献。

（山东大学儒学高等研究院教授、博导）

---

① 仇兆鳌：《杜诗详注》卷十七，中华书局2015年版，第1758页。
② 仇兆鳌：《杜诗详注》卷十二，中华书局2015年版，第1253页。
③ 仇兆鳌：《杜诗详注》卷十二，中华书局2015年版，第1256页。
④ 仇兆鳌：《杜诗详注》卷十，中华书局2015年版，第1001页。

古今交互中的杜甫成都诗探赜
——兼论《阿来讲杜甫成都诗》

余 霞

2024年4月20日下午,阿来书房账号全网上线一周年暨《阿来讲杜甫成都诗》新书发布会在阿来书房举行。杜甫两居成都,迎来了他诗歌生涯的成熟期,其诗歌创作确定了成都自然之美与人文之美的审美基调,描绘了城市与诗人相互成就的历史画卷。阿来对杜甫及其诗歌充满敬意,他结合仇兆鳌注的《杜诗详注》、杨慎评点的《杜诗选》和萧涤非编的《杜甫全集校注》等著作,旁征博引,精心研读杜甫两居成都时所撰写的诗歌,梳理诗中的唐代成都面貌,认为"讲成都的文化、成都的诗意,如果没有杜甫诗,就没有办法讲,就有很大的缺失"[1]。那么,阿来为何喜欢杜甫?杜甫给成都带来了什么?阿来书写杜甫及其精神对当下又有怎样的意义呢?

一、今人论古:阿来为何喜欢杜甫

翻开《阿来讲杜甫成都诗》,我们可以清晰地看到阿来饱含深情地评论杜甫及其诗歌,处处洋溢着对杜甫的赞誉与喜爱。杜甫其人其诗之所以让阿来迷恋,主要是杜甫成都诗"向更多样更深沉更成熟转变"[2],在题材、体裁和思想内容上取得了长足发展。

首先,杜甫对诗材保持着"随时敏捷"的洞察力。"随时"最早见于《周易》:"随,刚来而下柔,动而说。随,大亨,贞无咎,而天下随时。随时之义大矣哉!"[3] 王弼《周易注疏》云:"得时,则天下随之矣。随之所施,唯在于时也;时异而不随,否之道也。"[4] 由此可见,"随时"具有适宜时机之义。"敏捷"最早出自《汉书》"延年为人短小精悍,敏捷于事"[5],形容人做事灵活迅速。因此,"随时敏捷"包含两层意思:一是指人具有灵敏之感;二是能把握时机,应时应事。杜甫对成都的自然山水、人文历史极为敏感,且能随事制宜、适时而变。杜甫成都诗的题材,由入蜀前"三吏""三别"的宏大叙事

---

[1] 阿来:《阿来讲杜甫成都诗》,四川人民出版社2024年版,第15页。
[2] 阿来:《阿来讲杜甫成都诗》,四川人民出版社2024年版,第1页。
[3] 黄寿祺、张善文:《周易译注》,上海古籍出版社2004年版,第141页。
[4] 王弼、韩康伯注:《南宋初刻本周易注疏》,孔颖达疏,郭彧审校,上海古籍出版社2014年版,第211页。
[5] 班固:《汉书》,颜师古注,中华书局1962年版,第3669页。

转向日常生活的细微，注重从身边见闻发掘美。比如成都的雨，杜甫"不厌其烦地写了那么多有关雨的诗歌"①，其《梅雨》"大概是最早的写成都天气的诗"②，"随风潜入夜，润物细无声"（《春夜喜雨》），"城中十万户，此地两三家"（《水槛遣心二首》其一）等诗句成为千古名句。他"不断地看江、看雨、看水，不断地写，写了又写"③，以发现美为信仰，通过诗歌将成都自然之美固化下来。除将见闻的自然、人文入诗之外，杜甫成都诗还注重以时事入近体诗，突破了此前近体诗抒情、写景、唱和为主的功能，达到了新的高度。如《新唐书·文苑本传》所云，"甫又善陈时事，律切精深，至千言不少衰，世号'诗史'"④。因此，阿来崇敬杜甫，称赞杜甫"没有什么题材他不能写，来成都之前，他写战争，写百姓的苦难，写自己的宏图大志；到成都后，他写山水田园，写恬静安宁的生活"⑤。

其次，杜甫成都诗追求体裁的丰富多变。客居成都时，杜甫树立了"为人性僻耽佳句，语不惊人死不休"（《江上值水如海势聊短述》）的诗学观，一直用心探索，不拘一格地变化体裁。据浦起龙《读杜心解》统计，杜甫两居成都时创作了28首五言古诗、19首七言古诗、15首五言排律、102首五言律诗、35首七言律诗、14首五言绝句、49首七言绝句。由此可见，杜甫主要以律诗和绝句书写成都的生活。杜甫律诗的创新主要是以时事入诗，上文已说，兹不赘述。入蜀前，杜甫几乎不使用绝句，但在两居成都时，创作了63首绝句。写绝句歌唱成都，除了熟精《文选》外，杜甫还有意识地向四川民歌学习，吸收当地方言入诗。针对绝句的创新，仇兆鳌从绝句发展史的角度称赞杜甫在夔州时的绝句"调逸而意更新矣"⑥，"诗以绝句记事，原委详明，此唐绝句中，另辟手眼者"（第2252页）。阿来注意到杜甫在成都期间诗歌体裁的变化，认为他"总是不满足于前人和同时代已有的高度，总是努力创新"⑦，其"两个黄鹂鸣翠柳"（《绝句四首》其三）等在成都广为称道。因此，阿来赞叹杜甫"任何一种诗体他都因不断体味，不断探索尝试，而得以专擅胜场"⑧。

再次，就诗歌内容而言，杜甫成都诗以个人经历映射时代风云。阿来夸杜甫"写出了两百多首诗中有史、史中有诗的作品"⑨。所谓的"史"，首先是个人经历。杜甫流寓成都期间，以草堂为中心频繁出游，获得官员朋友慷慨资助、亲旧钱财支持、邻里热情欢迎，度过一生中最安适的时光。成都对他的接纳，使他有更多的闲情雅致体察万物、应酬往来，并从中发现生活的美好。因此，杜甫成都诗内容以和美的自然为主，醉心于"仰面贪看鸟"（《漫成二首》其二）的闲适，从个人角度颂扬成都的自然环境和休闲生活，表现出"多年匍匐，至此始得少休也"（第902页）的舒缓愉悦。同时，杜甫客居

---

① 阿来：《阿来讲杜甫成都诗》，四川人民出版社2024年版，第87页。
② 阿来：《阿来讲杜甫成都诗》，四川人民出版社2024年版，第63页。
③ 阿来：《阿来讲杜甫成都诗》，四川人民出版社2024年版，第83页。
④ 欧阳修、宋祁：《新唐书》，中华书局1975年版，第5738页。
⑤ 阿来：《阿来讲杜甫成都诗》，四川人民出版社2024年版，第91页。
⑥ 仇兆鳌注：《杜诗详注》，中华书局2015年版，第1577页。以下凡引此书，只随文标明页码，不再另注。
⑦ 阿来：《阿来讲杜甫成都诗》，四川人民出版社2024年版，第479页。
⑧ 阿来：《阿来讲杜甫成都诗》，四川人民出版社2024年版，第91页。
⑨ 阿来：《阿来讲杜甫成都诗》，四川人民出版社2024年版，第1页。

成都，虽然相较入蜀前更闲适，但是依然无法超脱俗事。面对现实，他以豁达的胸怀叙写自身经历，"把对自身小际遇的书写与大时代连接起来"①，体现出士大夫的责任与担当。如《遭田父泥饮美严中丞》一诗，描写杜甫偶遇田翁，品尝春酒之余，田翁醉酒盛赞严武实行军政劳民改革，"放农救亲，上以仁逮下。差科不避，下以义报上也"（第1077页）。此诗由自身生存联系至百姓生计、唐代成都赋税徭役政策。又如出游丞相祠，表面上只是简单观览古迹，感慨诸葛亮"出师未捷身先死，长使英雄泪满襟"（《蜀相》），实际是个人上疏被贬，痛感君臣未际会，以己之遭遇痛惜千古英雄报国无门。以上两首诗都是从自身日常生活入手，以平视视角关注成都的人文历史，比常规以史鉴今的俯视姿态更真实深刻。因此，阿来盛赞杜甫成都诗"留下了一段段真实的记录，属于个人经历，但可以映射那个时代"②。

二、古人论城：杜诗中的成都形象

阿来说："有了蜀山水，杜甫得以吐气；有了杜甫的诗，蜀山水也得到了生命。就这样反复言说，让杜甫诗歌与成都的历史事实，与成都的自然山水，与成都的人文景观相遇往返，才成就了我们的唐诗世界，成就了杜甫的成都诗，成就了杜甫诗中的成都。"③ 换句话说，杜甫用一首首诗为"那个时代的成都，从自然到人文，留下了一份鲜活生动的档案"④，"给蜀地独特的自然山水、人文历史定下了调子"⑤。具体表现在两个方面。

（一）和谐温润的自然美

所谓自然之美，指"山川日月、草木鸟兽等非人创造的自然事物之美"⑥。杜甫对自然美具有敏锐的洞察力，刚到成都就被"季冬树木苍"（《成都府》）吸引，敏锐地体察到南北气候和植被的差异。在浣花溪草堂，杜甫细致、反复地以成都的水文化、温润多雨的气候和良好的生态为切入点，书写成都丰富的水源滋养着万物，适宜的气候使生命力旺盛，深切反映成都和谐的自然之美。

自然美当然包括成都的江水美。杜甫入蜀前，关于成都水文化的书写主要散见于史书、方志和文学描述。比如《史记·河渠书》载"穿二江成都之中"⑦，指李冰在成都开凿了检江、郫江两条支流。《华阳国志》卷三《蜀志》曰："冰乃壅江作堋。穿郫江、检江，别支流，双过郡下。"⑧ 志中检江，古称流江、大江，自灌县、温江来，入成都南，即后所谓锦江。二江蜿蜒于成都平原，造就了"二江抱城"的城市风貌。左思《蜀

---

① 阿来：《阿来讲杜甫成都诗》，四川人民出版社2024年版，第215页。
② 阿来：《阿来讲杜甫成都诗》，四川人民出版社2024年版，第215页。
③ 阿来：《阿来讲杜甫成都诗》，四川人民出版社2024年版，第20页。
④ 阿来：《阿来讲杜甫成都诗》，四川人民出版社2024年版，第1页。
⑤ 阿来：《阿来讲杜甫成都诗》，四川人民出版社2024年版，第15页。
⑥ 周积寅编：《中国画论大辞典》，东南大学出版社2011年版，第301页。
⑦ 司马迁：《史记》，中华书局2011年版，第1302页。
⑧ 常璩：《华阳国志校补图注》，任乃强校注，上海古籍出版社1987年版，第133页。

都赋》曰"带二江之双流,抗峨眉之重阻"①,揭示了成都水文化的地域特点。杜甫入蜀后,书写独特的锦江水文化,"抓住了成都城市文化的核心和灵魂"②。杜甫描写水源的诗句较多,常以"清江""澄江""锦江""江城"等新鲜名字入诗,比如,"澄江平少岸,幽树晚多花"(《水槛遣心二首》其一),"清江一曲抱村流"(《江村》)。围绕锦江,杜甫作"相亲相近水中鸥"(《江村》),描画江上白鸥相互亲近的情态,寄寓人自在和美的追求;"浣花溪水水西头,主人为卜林塘幽"(《卜居》),刻画江边草树云天,环境幽静;"莫须惊白鹭,为伴宿清溪"(《晚秋陪严郑公摩诃池泛舟》),在游赏波光潋滟的摩诃池时赋诗作文,成为唐代文人一时之风气。老子说:"上善若水,水善利万物而不争。"③成都倚水而起,凭水而兴,丰富的水资源孕育万物,造就成都城的优美生态、成都人的乐观豁达、成都文化的开放包容。

自然美还包括成都得天独厚的宜人气候。杜甫寓居成都期间,注意到成都"蜀天常夜雨,江槛已朝晴"(《水槛遣心二首》其二),具有夜雨多的特点,迥异于夔州"断续巫山雨,天河此夜新"(《月三首》其一)的巫山云雨。杨君昌《谈杜诗中的气候描写》一文梳理了杜诗描写的成都四季不同的雨,总结出"成都一带,雨水是比较多的"④。淅淅沥沥的雨无声地渗透到泥土中、树木中,渗透到一切生命形态中。气候与农业生产、经济盛衰、百姓生活休戚相关,时刻关注民生疾苦的杜甫细致观察雨,书写成都雨。"晚上下雨,白天不干扰人事"⑤,这得天独厚的气候条件哺育着成都人,促进物产富饶、城市发展,因为"世间所有生命都是同一场雨孕育的"⑥。比如《大雨》《喜雨》《春夜喜雨》等诗,反映杜甫及其所关心的成都百姓对雨的需求,对雨的喜好,亦体现出人对生命活力的渴望。

自然美更包括成都的自然生态美。翻检杜甫成都诗,不难发现他吟咏成都生态的诗句较多,如"晓看红湿处,花重锦官城"(《春夜喜雨》),"桤林碍日吟风叶,笼竹和烟滴露梢"(《堂成》)。杜甫卜居浣花溪,主要依托楠树而建草堂,"接叶制茅亭"(《高楠》),利用枝繁叶茂的楠树庇荫。草堂建成,杜甫以诗代书索要桃、梅、竹、桤树、松树等植物,为草堂营造了良好的生态环境。优美安静的环境给杜甫无尽的身心抚慰,也唤醒了他抒情的审美意识。他重复地书写相同的题材,常以花草树木等意象入诗,勾勒出一幅幅草木苍翠、四季花开的美丽景象。所以宋人葛立方说:"草堂之名,与其山川草木,皆因公诗以为不朽之传,盖公之不幸,而山川草木之幸也。"(第1499页)

(二)繁盛的人文之美

人文美相对自然美而言,指人的文化社会生活之美。杜甫成都诗主要细写了历史文

---

① 左思:《蜀都赋》,萧统编,《文选》,李善注,上海古籍出版社1986年版,第175页。
② 谭继和:《序:水孕成都》,许蓉生,《水与成都:成都城市水文化》,巴蜀书社2006年版,第2页。
③ 陈鼓应:《老子注译及评介》(修订增补本),中华书局1984年版,第86页。
④ 杨君昌:《谈杜诗中的气候描写》,《杜甫研究学刊》1995年第1期。
⑤ 阿来:《阿来讲杜甫成都诗》,四川人民出版社2024年版,第104页。
⑥ 阿来:《阿来讲杜甫成都诗》,四川人民出版社2024年版,第109页。

化、名胜古迹、发达的社会经济、繁荣的音乐文化等方面，全面呈现唐时成都"扬一益二"①的风貌，深刻反映成都人的文化社会生活景象。

人文美包括成都厚重的文化底蕴。成都是古蜀国之都，神秘的古蜀文明给杜甫留下了深刻的印象。唐时的少城，分布着不少"大石遗迹"，这是古蜀先民自然崇拜的表现。据《华阳国志》记载："蜀侯蚕丛，其目纵，始称王。死，作石棺、石椁。国人从之。故俗以石棺椁为纵目人冢也。"②段渝、谭洛非先生认为："大石崇拜体现着蜀人对其祖先及其生存环境两种崇拜的综合，在蜀人的宗教体系中是一种颇为特殊的崇拜形式。"③杜甫游访武担山石镜遗迹时曾作《石镜》诗。《华阳国志》云："武都有一丈夫，化为女子，美而艳，盖山精也。蜀王纳为妃。不习水土，欲去。王必留之，乃为《东平》之歌以乐之。无几，物故。蜀王念之。乃遣五丁之武都担土，为妃作冢，盖地数亩，高七丈。上有石镜。今成都北角武担是也。"④可知，石镜为开明王妃的墓表。《石笋行》描写的石笋也是少城著名的大石遗迹。据《华阳国志》载，"时蜀有五丁力士，能移山，举万钧。每王薨，辄立大石，长三丈，重千钧，为墓志。今石笋是也。号曰笋里"⑤。杜甫相信此说，认为蜀王陵墓前的石笋为墓表。杜甫《石犀行》中的石犀，是蜀守李冰受蜀人习俗影响，开都江堰时"外作石犀五头以厌水精……作三石人，立（三）水中"⑥镇水的神器。古蜀国的历史以神话传说流传于世，大石遗迹承载着厚重的文化内涵。同时，杜甫成都诗书写了建城史。杜甫初到成都，作《成都府》一诗，成都府原为蜀郡下设的县，因唐玄宗避难入蜀，以"蜀郡"为幸蜀驻跸之地才升格为府，建号"南京"。诗句"曾城填华屋"（《成都府》），"东望少城花满烟"（《江畔独步寻花七绝句》其四）涉及城市格局。成都自建城以来，就是两座紧挨的城，共用一道墙，远看就是"曾城"。最早修筑城墙的时间，据《华阳国志》载为"惠王二十七年"，城墙"仪与若城成都，周回十二里，高七丈"⑦，有筑城卫君、造郭守民的功能。大城主要为蜀侯、蜀相、蜀守治所，百姓生活和商业街市在少城。而不朽的三国文化，杜甫成都诗中也有书写。杜甫在成都出游的首站诸葛丞相祠堂，承载着厚重的三国文化，凝聚了中国古代政治、军事等方面的优秀传统。"万里桥西宅，百花潭北庄"（《怀锦水居止二首》其二）中的"万里桥"，据《元和郡县志》载"在县南八里。蜀使费祎聘吴，诸葛亮祖之，祎叹曰：'万里之路，始于此桥'"⑧，因此而传为桥名。

人文美也包括成都独特的名胜古迹。晚唐孟启曾说："杜逢禄山之难，流离陇蜀，毕陈于诗，推见至隐，殆无遗事，故当时号为'诗史'。"⑨冠杜甫诗以"诗史"之名，

---

① 洪迈：《容斋随笔》，上海师范大学古籍整理研究所编，《全宋笔记》（第45册），大象出版社2019年版，第126页。
② 常璩：《华阳国志校补图注》，任乃强校注，上海古籍出版社1987年版，第118页。
③ 段渝、谭洛非：《灌锦清江万里流：巴蜀文化的历程》，四川人民出版社2001年版，第62页。
④ 常璩：《华阳国志校补图注》，任乃强校注，上海古籍出版社1987年版，第123页。
⑤ 常璩：《华阳国志校补图注》，任乃强校注，上海古籍出版社1987年版，第122页。
⑥ 常璩：《华阳国志校补图注》，任乃强校注，上海古籍出版社1987年版，第133页。
⑦ 常璩：《华阳国志校补图注》，任乃强校注，上海古籍出版社1987年版，第128页。
⑧ 李吉甫：《元和郡县图志》，贺次君点校，中华书局1983年版，第768页。
⑨ 孟启：《本事诗》，董希平等评注，中华书局2014年版，第111页。

源于善实录。杜甫成都诗中,留下了他在名胜古迹的游踪。如"万里桥西一草堂,百花潭水即沧浪"(《狂夫》)中的百花潭,又名浣花溪。吴中复《冀国夫人任氏碑记》云:"夫人微时,以四月十九日见一僧坠污渠。为濯其衣,顷刻百花满潭。"① 百花潭因之而得其名。这个传说在宋人何耕《龙华大像盖冀国夫人所作因成两绝》中亦可见:"慧性原从戒定薰,百花潭水浣僧裙。个中力量真超绝,故老尚传娘子军。"② 又如《琴台》,其地为汉代相如弹琴的地方,《玉垒记》曰"相如琴台,在浣花溪北"(第906页)。杜甫作《琴台》赞相如、文君敢于冲破世俗的藩篱,"归凤求凰意,寥寥不复闻"(第979页),映照出成都敢为天下先的文化特质。还有碧鸡坊,也是旧时成都一大名胜,"或言益州有金马碧鸡之神,可醮祭而致,于是遣谏大夫王褒使持节而求之"③。《梁益记》曰:"成都之坊百有二十,第四曰碧鸡坊。"④ 杜甫成都诗中的名胜古迹还有很多,如果将其串联起来,就是一幅成都名胜古迹旅游地图。

人文美还包括成都繁荣的音乐文化。杜甫刚到成都,便以"吹箫间笙簧"(《成都府》)的喧哗,描写成都的音乐风尚。笙,经常被称为"笙簧",在唐代的宫廷和民间广为流传,曾是唯一能奏和声的管乐器。且"笙"与"生"音同义近,象征万物贯地而生,具有好生之德的美感,其音质柔和,音色优美,较容易在民间普及。箫,也是中国传统吹奏乐器,《诗经》云"箫管备举。喤喤厥声,肃雍和鸣,先祖是听"⑤,音色婉转柔美,穿透力强,有空灵飘逸之感,在乐队中可独奏、可合奏,也是一种非常和谐的乐器。"笙""箫"均是合奏乐器,它们的普及,反映了成都音乐具有广泛的群众基础。杜诗还有"锦城丝管日纷纷,半入江风半入云"(《赠花卿》),较为准确、形象地描绘了管弦乐器合奏时的轻悠、柔靡、杂错而又和谐的音乐效果,体现成都音乐的高水准。

杜甫两居成都期间,从自然和人文两个角度书写成都的美,绘制了成都"喧然名都会"(《成都府》)的风貌。《史记》卷一百二十九《货殖列传》、《汉书》卷二十八《地理志》称邯郸、燕国故都蓟、临淄等为"都会",指作为政治中心的大都市。《隋书》卷二十九《地理志》称:"蜀郡……得蜀之旧域。其地四塞,山川重阻,水陆所凑,货殖所萃,盖一都之会也。"⑥《新唐书》卷一百零七《陈子昂传》载"蜀为西南一都会,国之宝府"⑦。这两种史书中的"都会"是指商业繁荣的大都市。显然,杜甫定性成都为"名都会",意义更偏向于后者。那么,杜甫其人其诗在成都人心中留下了哪些难以磨灭的印痕?在中国文学史上又有哪些贡献呢?

向以鲜在《盛世的侧影:杜甫评传》中说:"在四川人尤其是成都人的心目中,杜

---

① 曹学佺:《蜀中广记》,永瑢、纪昀等纂,《景印文渊阁四库全书》(第591册),台湾商务印书馆1986年版,第18页。
② 陆心源:《宋诗纪事补遗》,《续修四库全书》编纂委员会编,《续修四库全书》(第1709册),上海古籍出版社2002年版,第113页。
③ 班固:《汉书》,颜师古注,中华书局1962年版,第1250页。
④ 杜甫:《杜诗镜铨》,杨伦笺注,上海古籍出版社1998年版,第341页。
⑤ 高亨注:《诗经今注》,上海古籍出版社2009年版,第491页。
⑥ 魏征等:《隋书》,中华书局1973年版,第830页。
⑦ 欧阳修、宋祁:《新唐书》,中华书局1975年版,第4074页。

甫就是他们的亲人,杜甫就是四川人,就是成都人,是成都史上最具光辉形象的代言人。"[1] 虽然最终离开了成都,但数千年来,杜甫是历史上第一个从文学的角度如此面面俱到书写成都的人。纵观整个中国诗歌史,杜甫是"真正意义的写成都田园风光的第一人"[2]。谢灵运虽是第一个大量创作山水诗的诗人,但他描绘的自然景象多为浙江山水。继谢灵运、谢朓之后,开创盛唐山水田园诗派先声的孟浩然,多写湖北襄阳的山水田园。与孟浩然齐名的山水派诗人王维,主要描写的是终南山中的景象。成都入唐诗,并非始于杜甫。前有李白写过《登锦城散花楼》,盛赞成都的美丽富饶,还创作《上皇西巡南京歌十首》追忆成都风景,将金陵、扬州、长安等城市与成都比较,描述出成都"水渌天青不起尘,风光和暖胜三秦"[3] 的优雅特质。后有岑参、陆游、范成大等诗人入蜀描摹成都。其中《岑嘉州诗集》辑录了岑参在成都创作的30来首诗歌,主要描写成都的自然风光、城市建筑,表现出思古忧今的思想。陆游寓居成都期间,走遍成都城内各个地方,描写了宋代成都"城中繁雄十万户"[4] 的繁盛景象。范成大主要书写成都的社会风俗、民俗游乐等闲适生活。相较而言,杜甫《成都府》既不是第一首,也不是最后一首描写成都的诗,但"成都第一次以这样一种全景式的形象出现在中国诗歌里"[5],却是杜甫《成都府》。

三、古今交互:阿来书写杜甫及其精神的意义

阿来"杜甫·成都·诗"系列讲座有两个面向:"一个,通常讲杜甫所讲的,他的诗。再一个,则是他诗中的唐代成都的面貌。"[6] 通过讲解杜甫成都诗,阿来赋予了杜甫及其笔下的成都文化生命力,通过一腔热爱和满腹才华,实现了跨越千年的时空对话。那么,阿来与杜甫二者之间的精神共鸣在哪里?他们都在成都找到了归属,都热爱成都风物,都极尽所能地描摹诗意的成都,正如有学者所说:"成都某种程度上联结了杜甫与阿来的文学精神,从而勾连起了杜甫与阿来的文学交流事象。"[7] 杜甫两居成都期间,自然山水和人文风情慰藉了他漂泊的孤寂和仕途的困顿,杜甫"应该是成都历史上第一个来了就不想走的异乡名人"[8]。他不断地出游,不断地发现成都的美,书写成都的美,把对成都的爱融于笔端。阿来在成都生活30多年,俨然把成都当作第二故乡。他也热爱成都,成都的历史、文化、自然等也涵养了阿来,《草木的理想国:成都物候记》《阿来讲杜甫成都诗》等,都是他描写与成都有关的人、景、事的作品。

---

[1] 向以鲜:《盛世的侧影:杜甫评传》,四川大学出版社2021年版,第234页。
[2] 阿来:《阿来讲杜甫成都诗》,四川人民出版社2024年版,第80页。
[3] 李白:《李太白全集》,王琦注,中华书局2015年版,第523页。
[4] 陆游:《剑南诗稿》,永瑢、纪昀等,《景印文渊阁四库全书》(第1162册),台湾商务印书馆1986年版,第151天。
[5] 阿来:《阿来讲杜甫成都诗》,四川人民出版社2024年版,第10页。
[6] 阿来:《阿来讲杜甫成都诗》,四川人民出版社2024年版,第1页。
[7] 陈麦歧:《成都情结与异代知音——论阿来与杜甫的文学碰撞》,陈思广主编,《阿来研究》(第19辑),四川大学出版社2023年版,第20页。
[8] 向以鲜:《迷宫与玄珠》,广西师范大学出版社2023年版,第38页。

阿来说，他讲杜甫成都诗的原因是"要向诗圣致敬——一个晚生的写作者对伟大前辈的敬意。同时，也是作为一位成都居民，以此表达对这座城市的热爱"①。因此，笔者以为，阿来传播杜甫成都诗的原因和目的主要有以下几方面：

(一) 挖掘杜诗史料，宣传成都文化

阿来说他的讲座"不只是和大家一起欣赏古诗"，还要借"讲杜甫写成都诗来梳理成都的历史"②，即宣讲杜甫成都诗，注重提炼诗中历史，深入挖掘成都文化。成都虽建城历史悠久，但正史载之不详，且自隋代到元代，成都所修方志大都散佚不存。由于缺乏史料，所以研究成都早期文明的发展脉络、城市的文化特色，主要依靠考古发现的证据。深埋地下的遗迹往往因为缺乏文字记载而较难描述和阐释，这给成都历史面貌的恢复、历史真相的揭示、成都文化的宣传带来了困难。而杜甫两居成都，"凡出处去就，动息劳佚，悲欢忧乐，忠愤感激，好贤恶恶，一见于诗。读之，可以知其世。学士大夫，谓之诗史"（第2713页），留下的部分诗歌可以成为研究古代成都历史的重要文献依据，补正史所未载。杜甫书写成都的诗歌，数量最多，文辞最优美，其可靠而生动的记录，对塑造千百年来成都文化形象具有重要意义。特别是他书写的成都人文古迹，从中可看到许多"蜀国故事，四川故事，成都故事。这些故事，不是在成都，在四川就会知道，今天很多四川人，成都人，包括许多从事文化工作的人，也不晓得这些故事"③。比如诗题《晚秋陪严郑公摩诃池泛舟》中的"摩诃池"，《杜诗详注》引《通鉴注》："《成都记》云：摩诃池在张仪子城内，隋蜀王秀取土筑广子城，因为池。有一僧见之曰：'摩诃宫毗罗。'盖胡僧谓摩诃为大宫，毗罗为龙，谓此池广大有龙，因名摩诃池。"（第1432页）至于摩诃池具体的位置，直到2014年初夏才得以证实④，但杜诗无疑为成都历史遗迹的发现提供了参考。又如"窗含西岭千秋雪"（《绝句四首》其三）一句，历代注家对"西岭"都未明确说明详细地理位置，认为泛指岷山。张天健在《中国地名》1996年第4期发表《杜甫"窗含西岭千秋雪""西岭"考实》一文，结合诸家观点和自身观察，认为"西岭"即西岭雪山主峰大雪塘峰。也有学者认为"西岭"只是泛指，是一个非常大的范围。由于唐代诗歌以及历代典籍有关地理方面的记载不够精确，学者们无法进行深究细辨，却也引发更多的后来者对成都文化的思考和关注。

(二) 以浣花草堂为媒延续成都文脉

阿来说："中国是靠什么延续至今的？靠文化……这也就是我要来讲杜甫成都诗的意义、用心所在。"⑤ 在杜甫之前，成都的文学活动自西汉以后，一度处于沉寂状态，直到初唐时李白、陈子昂的到来，才开始活跃起来。成都文学繁荣局面的出现，却是在杜甫两居成都期间。杜甫是"当时在蜀士人中文学活动最为活跃、诗歌创作最为丰富的

---

① 阿来：《阿来讲杜甫成都诗》，四川人民出版社2024年版，第673页。
② 阿来：《阿来讲杜甫成都诗》，四川人民出版社2024年版，第11页。
③ 阿来：《阿来讲杜甫成都诗》，四川人民出版社2024年版，第268页。
④ 何一民、王毅：《成都简史》，四川人民出版社2018年版，第177页。
⑤ 阿来：《阿来讲杜甫成都诗》，四川人民出版社2024年版，第16页。

人物"①,"大家对杜甫诗有高度的认同,对杜甫笔下的那个成都有高度认同"②。阿来浓墨重彩地梳理杜甫营建浣花草堂,专章展示杜甫与邻里饮酒作诗、与官员旧友游玩作乐、与画家以诗画交际的情貌,其目的是传播成都的文苑佳话,延续成都的文脉。杜甫草堂是一座重要桥梁,它连接了成都的过去与现在。通过一代代文人的书写,草堂不仅知名度得到提升,还可直观地体现"一代有一代之文学"③的继承、发展与演变情况,进一步丰富蜀中文学的内涵。不同文学家书写草堂,寄寓着不同的思考,亦可见其独特的审美趣味和思想意蕴。同时,现在的成都草堂因杜甫诗歌而重建、修葺,"把一座城市,把一个时代在想象中重新复活"④,有助于后世文人学者更直观地理解唐代的成都和杜甫诗情生发的缘由。

(三)阐释杜诗内涵,推广创作理念

阿来说:"一座城市,只有跟历史与文学、现实与艺术联系起来,才得以见到其生命的滋生,其传统的建立。"⑤这体现了他关于城市与文学书写的理念。纵观现当代文学史上"城市文学"的书写,主要分为两类:一是叙写城乡冲突,二是描摹城市本身。特别是后者,"直接将自己的目光对准当代市民社会,进行广泛的扫描"⑥。而杜甫书写成都,是以古蜀文明、唐代的自然和人文为切入点,全方位记录和呈现成都经济富饶、历史悠久、自然幽美、百姓安适的城市形象,引读者感受成都独具特色的魅力。《阿来讲杜甫成都诗》揣度杜甫成都诗时,也在践行阿来自身关于城市文学书写的新理念,即现代文明与传统文化相融合,让历史文化激发城市新生活力,可谓"为文之用心"。他在还原唐代杜甫所居的成都景象时,也以现代视野融合古典元素书写成都,影响着成都的审美。

结　语

阿来对杜甫成都诗无论是诗艺还是内容,都心生赞美。杜甫寓居成都期间,在诗歌中精心组织与呈现成都美好的自然风光和人文胜境,为成都留下了真切细致、流溢美感的写真诗篇,确定了成都的审美基调。杜甫虽已逝去,但他热爱成都的情感态度激发阿来的共鸣。阿来阐释、传播杜甫成都诗,可以宣传成都文化,延续唐诗文脉和推广自己的城市文学理念。如今,《阿来讲杜甫成都诗》已出版,阿来以杜甫书写成都的方法书写成都的文化,使成都审美焕发新生。针对这种文学现象,我们又该如何评议?值得期待。

(内江师范学院文学院讲师)

---

① 葛景春、胡永杰、隋秀玲:《杜甫与地域文化》,社会科学文献出版社 2016 年版,第 371 页。
② 阿来:《阿来讲杜甫成都诗》,四川人民出版社 2024 年版,第 15 页。
③ 王国维:《宋元戏曲考》,朝华出版社 2018 年版,自序,第 1 页。
④ 阿来:《阿来讲杜甫成都诗》,四川人民出版社 2024 年版,第 674 页。
⑤ 阿来:《阿来讲杜甫成都诗》,四川人民出版社 2024 年版,第 14 页。
⑥ 蒋述卓:《蒋述卓自选集》,中山大学出版社 2017 年版,第 279 页。

多维视野

文学作为"观看的语法"
——论阿来的文学观

马 睿

阿来在为肖全摄影集作序时,援引苏珊·桑塔格"照片是一种观看的语法、观看的伦理学"的观点,认为摄影创造出某种视觉法则,让人们彼此看见,照片作为摄影家呈现的世界,观众不仅从中看见风物与人情,也看见摄影家的观看方式,观看伦理。不止摄影,其实所有的艺术都是一场让人们看见彼此的相遇,生活着的人们、创作作品的艺术家们、观看艺术作品的人们,过去、现在和未来的人们,在这里发生交集,各种观看的语法也在这里发生交换。而在艺术作品所展示出的观看语法中,同时包含认知的维度和伦理的维度,且二者相互作用,"照片在教导我们新的视觉准则的同时,也改变并扩大我们对什么才值得看和我们有权利去看什么的观念"。[①]

阿来是作家,谈论得更多的是文学。他认为,"写作既是一门技术,也是一种胸怀、一个眼光"[②],眼光是认识高度,胸怀是伦理追求,理想的文学,是把眼光和胸怀作为观看语法,且同时具备精湛的艺术表达技术的文学,是凭借持久而深刻的影响力向社会输出观看语法,进而使这种语法成为文化记忆的文学。观看,是发生在精神层面的书写,是读取、筛选、组织信息的起点,作家写作,无一不是从观看世界、观看心灵开始,最终的作品,则是以观看的语法为设计图建造起来的文学世界。在阿来的观看语法中,对现实的深刻理解,对人类价值的坚守,对文学的高度期许这三大法则,构成了一个相互支撑的稳定三角。

一

文学的长河中无论涌出多少新潮,现实主义始终具有历久弥新的魅力。这固然得益于写作手法、写作技巧的更新源源不断地为现实主义写作增添新的吸

[①] 苏珊·桑塔格:《论摄影》,黄灿然译,上海译文出版社2018年版,第1页。
[②] 阿来:《写作:技术,胸怀与眼光》,《以文记流年》,作家出版社2021年版,第288页。

引力,更为根本的原因则是对文学现实性的认识也在不断推进,这两种发展使现实主义文学的创作空间有了持续扩大的可能。在阿来的写作中,文学的现实主义不是抽象的理论法则,不是对经典理念的简单认同,而是一种出自深切生命体验的价值指向——把文学的现实性具体化为文学表达对民间生活事实的尊重,对乡土与市井的关切,对地方性、民族性的祛魅与还原,对历史在现实中的延续性的发现与正视,以及对时代重大关切的回应。这样的文学现实性,蕴含着认识价值和伦理内涵,作家以此将现实世界转化为文学世界,因此文学真正的文化价值是贡献了一种特殊的,只能由文学提供的视野。这是我们理解阿来何以把文艺视为观看语法的第一个关键。

阿来的现实主义是与民间情怀、地方意识浇铸在一起的。相较于历史叙事和政治表达,文学书写更关注个体和细节,更能容纳差异性经验,因而也更有可能留下关于民间生活的记述。当然,并非所有以民间生活为内容的文学都具有民间性,阿来认为,真正的民间性叙述不是为民间代言或发声,也不是以大众的阅读兴趣为导向,而是尽可能让民间自己的表达被看见、被倾听,尽可能去打捞那些被主流声音忽略或排除的只言片语,因而文学的民间性首先意味着把叙述的主体归还给民间。在写作《瞻对》之前,除了从官方的史书、档案中搜罗材料,阿来还特别重视民间知识分子的记录和老百姓的口头传说。"民间材料的意义在于,很多时候它跟官方立场是不一样的。更有意思的是,除了这两个方面之外,这些历史事件也同时在老百姓中间流传,因此又有一种记述方式叫口头传说,也就是讲故事。这里面就有好多故事,保留了过去很多生动的信息",这些传说所记述的事情可能是虚构的,似是而非的,但由于其中"包含了当时老百姓对于政治以及重大事件的一些看法和情感倾向"①,不仅是民间情绪、民间观念真实而鲜活的留影,更保留了民间叙述主体对自身精神生活的自我表达。文学相对于其他文字记录的独特价值,就在于打捞这些极易散佚的民间叙述,留存人类生活的多个面像,这是文学书写者必备的眼光。"写作的经验中存在一种似非而是的历史性",德里达认为,作家的经验"比某些天真地从事'客观化'的一门学科内容的职业'历史学家们'的经验更有意义、更生动,总之更有必要"②。阿来在李庄的现存叙事中就敏锐地觉察到,这是一个极不完整的讲述。在山河破碎的艰难时刻,传统中国社会的士与绅两个群体在李庄合作无间,力保弦歌不绝、薪火相传,这一抗战史、教育史上的壮举令后人感佩不已,然而,关于这一段历史,广为流传的多是北来知识分子群体的故事,而接纳他们的当地人在彼时的选择与感受,几不见诸文字,后者的自我叙述更是付之阙如。民间性的隐没,是对现实的削减,这些沉默的事实等待打捞和讲述,"只有把这双方的故事都讲述充分了,才是一个真实的李庄故事、完整的李庄故事、更有意义的李庄故事"③。文学的民间性的另一要义,是把具体个体的喜怒哀乐、悲欢离合归还到他们自己的生活中去,以文学书写抵御宏大叙事对小人物的淹没,以文学书写化解对一个时代、一个族群、一个地方的简化与固化。阿来始终青睐、推崇那些关注时代洪流中普通人命运的作

---

① 阿来:《我不是在写历史,而是在写现实——〈瞻对〉序》,《群山的声音:阿来序跋精选集》,四川文艺出版社 2018 年版,第 94 页。
② 雅克·德里达:《文学行动》,赵兴国等译,中国社会科学出版社 1998 年版,第 21 页。
③ 阿来:《士与绅的最后遭逢——谈谈李庄》,《以文记流年》,作家出版社 2021 年版,第 252 页。

品,"历史书中几乎不见小人物的身影,以及他们在时代迁递中的命运与感受。这时,我们得感谢文学留给一些彼时彼地普通人生存状况的零星写照"①。出于同一个逻辑,他也一直反对西藏叙事中对藏地经验的标签化、概念化、神秘化,不断通过书评、创作谈、演讲批评将"西藏"作为一个形容词的流俗。民间性、在地性是现实性书写中应有的内容,却要么被忽略,要么成为猎奇观看的对象,而阿来对文学现实性的理解和写作实践,向我们展现了一种具有穿透力的眼光,看到由多个层次相互渗透、共同构成的现实。

身处多民族交汇之地,文化多样性对阿来而言不是文化样本,而是生活本身。在标举文化多样性几乎沦为不假思索的立场表达和空洞套话的潮流中,阿来对民族性、地方性的文化思考和文学表达都显现了可贵的洞察力,也再次证明了尊重生活事实的现实主义文学的认识价值。如同他对民间的尊重首先体现于恢复民间的主体性,阿来对文化多样性的思考也立足于对民族和地方的"去他者化"。一个民族的生活与文化本身就是丰富多样的,而来自"他者"的观看和叙述往往削减这些多样性,放大那些区别于其他民族的所谓特质,并把这些差异性特质从具体生活经验中抽离出来,作为一个文化标本镶嵌在民族多样性的版图中。阿来反复申说,多样性不仅存在于不同民族之间,也存在于同一民族共同体内部,不能将多样性简化为民族多样性,因为这种简化必然导致对民族自身多样性的掩盖。文学书写要呈现真正的民族性和地方性,第一步是寻求自我表达,建立本土视角,"我孜孜寻找的是这块土地上的人的自我表达:他们自己的生存感……因为地域、族群,以至因此产生的文化,都只有依靠这样的表达,才得以呈现,而只有经过这样的呈现,才成为真正意义上的存在"②,正是基于这样的认识,阿来才把作为自我书写者的"康巴作家群"的出现视为一个重要的文化事件,它标志着藏地不再只是观看的对象,而是观看的主体,是观看语法的制定者。同时,阿来也提醒写作者要意识到个体叙述的有限性,"无论是对一本书,还是对一个人的智慧来说,这片土地都过于深广了"③,它给予书写者灵感和依托,但不是可以随意取用的资源库,它有自己的生命。由此可见,阿来所反对的"他者"叙述,并不仅仅着眼于叙述者的自然身份,其实质是反对叙述者对主观偏见缺乏反思,缺乏对生活事实的尊重,缺乏认识深广现实的能力。从文学书写的角度审视民族与地方的多样性,第二个必不可少的环节是本土叙述不能囿于内部视角。任何人类生活都不是孤立的存在,也从来没有固定不变的民族性与地方性,阿来不止一次讲道,康巴地区嘉绒藏族的历史变迁始终是在与其他地区、其他民族的相互关系中发生的。他从拉美文学、拉美国家的历史与现实中看到的,也同样如此,尤其是在全球性的现代化大潮中,"世界扑面而来",没有一个地方能够例外。离开了地方与世界的关系,我们无法真正了解地方,文学要讲述这些关系性经验,从内向外看与从外向内看,两个视角缺一不可。阿来在寻求自我表达的同时警惕单一视角,我们从中看到了他的文化伦理和愿景:对文化多样性的真正尊重应该基于对人的尊重,不是

---

① 阿来:《〈缚戎人〉:诗中的悲剧故事》,《群山的声音:阿来序跋精选集》,四川文艺出版社2018年版,第243页。
② 阿来:《为"康巴作家群书系"序》,《群山的声音:阿来序跋精选集》,四川文艺出版社2018年版,第166页。
③ 阿来:《〈大地的阶梯〉序》,《群山的声音:阿来序跋精选集》,四川文艺出版社2018年版,第17页。

把民族和地方的差异性视为需要原样保存的文化样本,而是尊重生活在这片土地上的人们对自身生活样态的选择,对未来发展的选择;不是维护某种视角的优势地位,而是促成不同视角的相互补充,促成必然发生交集的各方相互理解。这也正是阿来对文学的期许,"在我的理解中,小说家是这样一种人,他要在不同的国度与不同的种族间传递信息,这些信息林林总总,但归根结底,都是关于沟通与了解,而真实,是沟通与了解最必需的基石"①。

文学现实主义不是一个以时间维度为核心的概念,也不指向特定的流派或文类,而是一种对世界和生活的意义建构,一种内含价值观的对写作素材的处理手法。阿来自己的作品,无论是写历史还是写当代,无论是什么文类,无论采用了哪种艺术手法,也无论是史诗般的长卷还是细说草木之微,都有强烈的现实性,这缘于他始终坚持文学不能切断对社会的关注与批判。历史向后来的人们展示过往留下的痕迹,阿来看历史,不仅以携带着现实关切的眼光采撷这些痕迹,建成一个充满人情冷暖和生命气息的文学世界,也看到那些从历史中延续下来,至今依然活跃而强大的观念、伦理和情感,这是今天的人们依然需要面对的现实,所以他才一再申明他不是在写历史,而是在写现实。文学所书写的历史,往往承载着严肃的现实关怀与社会思考;文学书写在对人类未来的构想中,同样可以发出时代的强音。在中国科幻文学还不太引人注目,相关研究也相当匮乏的年代,阿来就非常重视这个晚出的文学类型,敏锐地意识到科幻体裁所特有的现实性与严肃性。文学史上科幻文学的诞生,本身就是因应工业革命以来科技对社会生活日益广泛而深刻的介入这一重大现实事件,它讲述未来的故事,实则是表达对剧烈现实变迁的感受与态度。目前人类正处于又一个科技迅猛发展的时期,它引发的事实与意识的双重改变,是当今社会最为重要的现实性要素之一,阿来正是从这个意义上肯定中国科幻小说的发展是对文学使命的承担,"不管是讨论当下个体的生存境况,还是一个群体在这个世界的未来,已经不可以剔除科学的因素。而文学不可能永远对此视而不见了。科幻小说正是文学对这种变化做出积极回应的结果"②。

阿来把现实性关切作为文学不可或缺的性质,并把挚诚的民间情怀、宽广的民族意识,以及对社会历史延续与变化的敏锐感知整合到这种关切之中,这样的关切,这样的文学如同一束射进世界的光芒,使世界显现出它的轮廓与质地,使不可见之物因文学的书写而可见。任何文学书写行为,都是在建立观看的语法,并潜移默化地引导读者按照这种语法去感知自己与之相遇的生活。然而,并非所有的观看语法都具有等量齐观的价值,观看语法所蕴含的认识深度和伦理层次是区分其高下的两大尺度,这也是为什么阿来要求作为"大道"的文学须具备眼光和胸怀。他自己的文学之路,正是在践行这样的文学观:对文学现实性的独到理解以及在创作中为之赋予的宽广而丰满的内容,是以认识深度去提升文学作为观看语法的伦理层次;而文学的功能,则是以伦理高度去提升文学作为观看语法的认识深度。

---

① 阿来:《人是出发点,也是目的地》,《人是出发点,也是目的地》,陕西师范大学出版总社 2019 年版,第 114 页。
② 阿来:《"锋线科幻系列"序》,《群山的声音:阿来序跋精选集》,四川文艺出版社 2018 年版,第 115 页。

二

文学的功能与价值，在文论史上是一个经久不衰的议题，观点各有差异，但无不是以人类对文学的需求为核心，需求的侧重不同，文学的功用也相应指向政治、道德、审美、教育、娱乐等不同领域。因此对文学功能与价值的理解，表面看来是对文学的认识和要求，在根本上则是对文化理想的表达。作家、批评家所认同的文化理想，通常也是塑造其文学观看语法的核心要素。观察其文学价值论所依托的文化理想，是理解阿来文学观看语法的又一关键。

20世纪多元文化风起云涌，追求文化平等的现代伦理，既包括各种民族文化、地方文化的平等，也赋予形形色色的边缘文化、亚文化与主流文化平等的地位，其核心是解除旧有文化秩序中存在的等级压迫。多元文化的平等，是人类文明进步的诸多路标之一，但对多元文化的具体理解，存在各种误区。如前所述，阿来明确而强烈地批评文化多样性流行观点对民族和地方的标签化、景观化，这既是地方经验的拥有者对"他者"叙述的反驳，也是对文学现实主义的坚持。而阿来也同样明确而强烈地批评以多元文化为借口放弃文学对艺术标准和文化共识的追求，以致"反思性的解构性的文化倾向成为一时之风潮"，"我们发现文学失去了说是的能力，即建构的能力，从文本审美到社会认知再到历史判断莫不如此"[①]。这一批评出于他对文学所应有的美学品质和文化理想的坚持，阿来始终主张，主流价值并不是丰富多彩、自由创新、文化平等的反面，文学理应以助力于健康人格与雅正审美的养成为主流价值，"这是文学最稳定最持续的一个功能"[②]。稳定和持久，意味着这不是什么一时一地的新潮和时尚。的确，文学对构建健康人格和雅正审美的追求，可能是世界上最古老的文学理念和文化理想，作为作家，阿来并不试图从理论上为之添砖加瓦，他更关心的文学写作通过什么样的方式来传达健康人格和雅正审美，来实现文化理想。文学书写基于净化和拯救的审美逻辑，以挖掘、彰显存在的意义来塑造文化记忆，以及发挥文学的交往性作用，通过对陌生经验和共通情感的生动描绘来增进沟通、理解和共识，是阿来认为文学传递文化价值、承担伦理责任的特有方式，也是他所追求的文学胸怀的具体体现。

人物和情节是小说的核心，在社会学意义上，人物本身以及由他的行动展开的情节都处于关系之中，小说写人物和情节，也就是在写这些关系。关系中有具体社会的生活内容和时代特性，人物和情节也因之千姿百态，但并不会溢出现实生活逻辑和情感逻辑，因而遵循这两个逻辑是小说创作的公认法则。阿来在此基础上，特别提出还需要加上第三个逻辑，即"基于净化和拯救的审美的逻辑"[③]。净化与拯救这两个术语有特定的美学内涵，分别携带着发端于古希腊的传统美学观念和以审美精神对功利性日常实现超越和救赎的现代美学理念。这两种美学观、文艺观都认为文学不仅通过内容所蕴含的

---

① 阿来：《文学：稳定与变化》，《以文记流年》，作家出版社2021年版，第276页。
② 阿来：《文学：稳定与变化》，《以文记流年》，作家出版社2021年版，第277页。
③ 阿来：《当我们谈论文学时——我们在谈些什么》，《人是出发点，也是目的地》，陕西师范大学出版总社2019年版，第10页。

精神、情感作用于心性人格，文学的审美形式也直接影响心理性情；后者更认为无关利害的审美趣味本身就是健全人格、良性文化中必不可少的成分，是对异化的救赎。雅正审美与健康人格在文学中是统一的，文学对雅正趣味的追求具有明确的伦理指向。也正是在这个意义上，尽管在"唯美主义""为艺术而艺术"及形式本体论等新潮的推动下，文学一度皈依纯艺术，但文学在艺术之外的其他社会文化维度从来没有被完全剥离，"文学是艺术但也是其他的东西，与其性质相同的不是音乐和舞蹈而是历史、政治、哲学的话语……它是表达对世界及人类境况看法的一种方式"[①]，此类文学观无论显得多么古老，都一直拥有最庞大的支持群体。阿来把净化与拯救视为小说的审美逻辑，明显是认为伦理诉求本身就包含在小说的体裁特征之内，明显是要求文学应在显性内容和可见形式之中寄寓象外之意，"我们看到的各种各样成功的小说家一定都是在讲述故事的同时在讲述一些别的什么东西，而且非常成功，发人之所未见的这样的一些人"[②]，讲述故事遵循现实生活的逻辑和情感逻辑，而讲述"别的什么东西"则遵循审美逻辑，即通过作家的创作为所讲述的故事赋予净化和拯救的意义，这就是象外之意，也即英加登所认为的在文学文本的四个层次之上，伟大的作品所具有的形而上的层次。对阿来而言，净化和拯救的审美逻辑，或者说形而上层次，正是作家认识现实世界、创造文学世界时应该秉持的语法。这一语法引导了阿来文学现实主义的伦理态度和价值选择，他的现实关切中同时含有直面现实的诚挚和对堕入现实的警醒，"文学最悲惨的是我们在写这些现实的时候，我们也完全堕入了现实，而丧失了人类崇高的情感和雅正的审美能力，丧失了本该赐予文学的那种净化人心的力量。如果文学失去了这样的力量，文学是堕落的"[③]。这是对文学伦理价值的要求，也把文学对现实的认识推进到一个更高的维度：既有现实是人类行为的结果，同时也对未来的改变开放；既有现实是各种力量要素相互作用而生成的关系网络，而文学本身也是这个关系网络中的变量。因此文学书写不是把现实作为一个静态、孤立的观看对象和摹写对象，而是要写出现实何以如此，现实通往何处，也要写出人在现实中的感受、选择与抗争。

文学书写不是现实的注脚，而是对现实的参与，一个时代的文学不仅构成这个时代精神生活的现实，也影响其他生活领域，文学介入性、艺术否定性、审美批判、文学述行等重要的理论命题无不涉及文学对现实的参与。不仅如此，文学书写也参与文化记忆的塑造，并通过对文化记忆的塑造参与了未来。书写是对遗忘的抵抗，更为这些在土地上和岁月中的劳作生息赋予意义，从而将其转化为文化记忆，如是，那些随自然更替而衰逝、而荡然无存的生命，那些消散了的风华、沉寂了的呐喊方能成为真正的存在，成为文明史中不可磨灭的一页。阿来多次讲到文学书写对于感知存在的重要性，对于创造文化记忆的重要性。"一片土地，如果未经书写这种发现与记录方式，并不构成真切的

[①] 茨维坦·托多洛夫：《批评的批评——教育小说》，王东亮，王晨阳译，生活·读书·新知三联书店 2002 年版，第 145 页。

[②] 阿来：《文学的叙写、抒发与想象》，《人是出发点，也是目的地》，陕西师范大学出版总社 2019 年版，第 37 页。

[③] 阿来：《当我们谈论文学时——我们在谈些什么》，《人是出发点，也是目的地》，陕西师范大学出版总社 2019 年版，第 7 页。

记忆",阿来读迟子建的黑龙江书系,读到的是文学书写使这片广大的黑土地"成为中国人意识中真实可触的、血肉丰满的真实存在"①,而存在只有进入意识,成为可以延续的共同记忆,才能构成文化认同;阿来读杜甫写于成都的诗歌,读到的是"一座城市,无论是历史还是春光,只有经过书写与描绘了它的人才能真正占有,才能持久与永恒。不然都是稍纵即逝的过眼烟云,杜甫的诗揭示并决定了成都这座城市的审美基调"②,文学书写是从心灵上、精神上对书写对象的拥有,而那些影响深远的作品则把这种拥有转化为人类共同的、持久的拥有,也就此把一个地方,一种风物,一段岁月,一缕情绪,一次体验写入了文化记忆。阿来读域外文学,"关心的是这个国家的文学怎么书写他们的地理、他们的树木花草、他们的人民、他们人民的生活"③,以文学的方式进入一个国度,就进入了这个国度独有的精神领地,就看到了文化记忆被创造的过程。山川河流、草木虫鱼,自然之物因为与人发生关联才成为风景、家园、远方、故土、生灵等文化之物,这种关联也须经过书写流传才能保存其文化性,成为代代相续的精神脉络。文学书写使自然性存在成为文化性存在,进而成为文化记忆,"自然与肉体的寂静终点处,诗歌会闪烁着精神的光芒"④。这个转换过程是作家为事物赋义的过程,也是观看语法作用于文本的过程。

在达成审美救赎、塑造文化记忆之外,实现文学的交往性是阿来对于文学伦理价值的又一期许,也是由文学书写通往文化理想的重要途径。文学的交往性不只产生于语言符号的意义传递功能,更缘于它向阅读者呈现的别处的生活和他者的思想情感。任何个体的经验都是有限的,当读者与文学世界中的生活相遇,可以从相似的经验中获得认同感,也可能从陌生经验中体验到好奇、冲击、羡慕、反感甚至是敌对。不同的经验在文学中相遇,实质上是不同人群、不同地域、不同民族、不同时代的相遇,文学带来的这种相遇并非都通往理解和沟通,通往视野的扩大和心胸的开阔,也可能是印证刻板印象,固化偏见,加深隔阂,因此并不是所有的文学都具有交往性,尤其是那种指向公共生活的交往性。而在阿来那里,文学的交往性是寻求人类共识的强大助力,是文学最重要的价值之一。这缘于他在文化观、民族观上的一向主张,即尊重多元文化并不等于放逐共通性和主流价值,超越狭隘的民族立场是民族走上正确发展方向的起点,也是真正认识民族文化价值的前提,因而他一再强调文学要在对经验差异性、文化多样性的表达中找寻可通约性。阿来视文学为大道,其中一个重要的原因就在于文学的交往性有助于化解人类的巴别塔之困,通往共同价值,有助于生成基于对话的良性公共生活,因此他要求文学要有穿透壁垒的眼光,要有宽广的胸襟,"文学不是自树藩篱,文学是桥梁,文学是沟通,使我们与曾经疏离的世界紧密相关"⑤。与之相应,文学交往性的实现也

---

① 阿来:《不是印象的印象,关于迟子建》,《群山的声音:阿来序跋精选集》,四川文艺出版社2018年版,第259—260页。
② 阿来:《回首锦城一茫茫》,《以文记流年》,作家出版社2021年版,第62页。
③ 阿来:《以一本诗作旅行指南》,《以文记流年》,作家出版社2021年版,第86页。
④ 阿来:《以一本诗作旅行指南》,《以文记流年》,作家出版社2021年版,第88页。
⑤ 阿来:《为"康巴作家群书系"序》,《群山的声音:阿来序跋精选集》,四川文艺出版社2018年版,第168页。

提升了文学书写对于文化发展、文化建构的价值。若是持固守自身经验和既有文化的态度，不越雷池一步，与他者相遇时就难免产生疏离、偏见甚至敌对，对个人来说这是养成健康人格的障碍，对社会而言这是构建健全文化的障碍，而文学的交往性恰是打开了经验交互、意义交互、文化交互的通道，向我们展示了一个充满各种可能性的文化场景，一个在交互化合中再造与重建的愿景。因此文学"绝对不是一个用于展示某种文化的工具"，"文学所起的功用不是阐释一种文化，而是帮助建设与丰富一种文化"[①]。

在关于文学功能的理解上，审美逻辑、文化记忆和文学交往性是阿来观看语法的主要伦理内涵，由此展开的对文学与现实之关系、文学与文化之关系的认识，是其文化理想在文学天幕上的闪烁的光芒。

结　语

文学在对经验的审视和书写中，形成了自身特定的语法。优秀的文学作品也以其影响力为人们感受生活、认识世界、与自我相处提供语法。正如照片透露出视觉准则和观看伦理，我们在文学作品中同样可以窥见书写者观看事物和经验的法则，以及观看行为的伦理维度。文学作为观看的语法，意味着文学是一种特殊的认知方式和文化视野，"'文学性'提供给我们的正是'知觉'（perception）（看见）与'洞见'（insight）（景象）"[②]。在文学的观照下，世界的色彩、声音、轮廓从混沌中显现；在文学的语法中，意义从存在中生成。

不同的书写者持有不同的观看语法，也因之呈现出不同的文学观念、书写风格和价值取向。阿来的观看语法，一是作为观看法则的文学现实主义，阿来对民间性叙述的重视、对文化多样性的辨析、对历史书写与文学想象中的现实关切的揭示，在关于文学现实性的理解中注入了新的内容，显示出文学认识的深度和广度可以无限开掘；二是作为观看伦理的对人类共同价值的信仰，把文学的文化功能定位于在新潮迭起、众声喧哗中追求稳定持久、雅正健全的主流声音，在充满差异、纷纭不已的现实中寻求沟通和共识，为转瞬即逝的自然生存赋予能够被记忆、被传承、被认同的文化意义。构成观看语法的这两个准则，前者着眼于文学书写对认知能力的要求，后者着眼于文学书写的伦理意识和文化担当，阿来将其凝练为"眼光"和"胸怀"。文学作为观看的语法，文学作为眼光与胸怀，既指向创作过程，是对书写者见识与精神高度的要求；也指向作品，即文本层面在形象塑造、叙事结构中呈现的形而上层次；更指向文学的文化价值，那些广为流传、影响深远的文学杰作贡献了超凡的观看语法，重塑了世人的眼光与胸怀。

（四川大学文学与新闻学院教授、博导）

[①] 阿来：《我只感到世界扑面而来》，《人是出发点，也是目的地》，陕西师范大学出版总社2019年版，第138页。
[②] 彼得·威德森：《现代西方文学观念简史》，钱竞、张欣译，北京大学出版社2006年版，第129页。

语言·腔调·身份认同
——理解阿来小说创作的三个关键词

梁 海

在中国当代作家中,阿来是一个独特的存在。作为一位用汉语写作的藏族作家,阿来自幼徘徊于两种截然不同的语言之间:嘉绒语和汉语。这让他对语言有着特殊的敏感,这种敏感不仅激发了他的文学天赋,也丰富了他的汉语表达。他的作品深深植根于自己的故乡——嘉绒藏地,却能够触及人类心灵深处的共通情感,跨越民族和国界的隔阂,表达对身份和文化认同的深刻思考和探索。对阿来而言,每一次文学创作,都是一次等待,他等待一种"腔调"的出现,以此来观照现实,用诗意的目光在平凡事物中寻找深刻的美感和意义,承载对生命、死亡、爱情以及永恒主题的深层拷问。

阿来也是一位学者型的作家。他的文学创作是在不断追问中完成的。这个故事是怎么来的?这个故事中的人物是怎么来的?为什么用这样的方式讲述这样一个故事?什么是人物的关系?细节、情节、人物、节奏、想象力,这些东西到底意味着什么?通过这些追问,他巧妙地在汉语文本中融入藏族文化的深层元素,赋予作品独特的文化视角和表达力,发出了文学"大声音",以个体经验的普遍化处理,探索了人类情感的深度和复杂性,使得各种文化背景的读者都能产生共鸣。他的文学世界涵盖着对地方性写作、后殖民主义、环境与生态、身份与跨文化等问题的思考,而这些问题都是当下文学创作与文学研究领域所关注的热点。从这个角度看,探究阿来的小说创作的关键词就有了重要的学术价值和现实意义。

一、做一个语言的信徒

如果要从理解阿来的小说创作中梳理出一个最醒目的关键词,那一定是:语言。阿来说:"什么样的写作是有意义的?对我来说,首先是语言。"[1] 他进一步强调:"一个写作者,如果对语言没有怀揣着信徒般的情感与尊重,又来操持文字生涯,这本身就足够讽刺。我倒是愿意做一个语言的信徒。"(第315页)在他看来,语言是解决诸多文学问题的关键性因素。"新时期以来,不断

---

[1] 阿来:《人是出发地,也是目的地》,陕西师范大学出版总社2019年版,第331页。以下引用该文时不再另注,只随文标明页码。

有人给文学开药方，一会儿说思想，一会儿说学问，一会儿说文化，都对都不对。如果没有语言这个前提，就不对，说了也白说，有个这个前提，再讨论这样的问题，就会发生作用。再在其他方面下些功夫，效应就会显现"。（第 331 页）

实际上，许多优秀的作家都对语言表现出非凡的关注，但这种关注往往局限于审美视角。相比之下，阿来对语言的敬畏显得更为复杂。他从小介于两种不同的语言环境中，不仅从审美角度审视语言，更深刻理解语言不仅是文学的工具，还在文学的意义层面发挥重要作用。通过对语言和文学的双重审视，阿来深入探索了文学如何塑造、丰富和构建语言的功能。

可以说，语言是开启阿来写作之门的钥匙，是引领他踏入文学领域的指南。阿来说："诱惑我投入写作的，是语言；成全了我写作的，依然是语言"。[①] 直接促使阿来开始文学写作的是这样一个问题："如何用汉语来写汉语尚未获得经验来表达的青藏高原的藏人的生活"？（第 138 页）阿来出生于四川省阿坝州的马尔康，属于嘉绒藏族地区。"我没有上学的时候，讲着本地的土著语言。这种语言没有文字，与藏语的书面文字也相距甚远"（第 318 页），他的嘉绒语"更多地还是一种只包含着一些切身经验的语言。在那样一种语言中，很难找到那些跟思想啦、主义啦、诗意啦这样一些特别对应、特别恰如其分的表达"（第 320 页）。本民族语言的形象与感性特质以及由此塑造的思维模式，给阿来在学习汉语之初带来了巨大的挑战。起初，他根本无法理解老师所教授的内容，直到三年级的某一天，他突然听懂了老师说的一句汉语，这才打开了他学习汉语的大门。幼小的阿来开始在两种语言、两种文化之间穿梭，"在就读的学校，从小学，到中学，再到更高等的学校，我们学习汉语，使用汉语。回到日常生活中，又依然用藏语交流，表达我们看到的一切，和这一切所引起的全部感受"（第 119 页）。在两种截然不同的语言之间切换，不仅让阿来摸索出两种异质文化之间的沟通途径，还让他找到了属于自己的文学创作独特路径，"在两种语言间的不断穿行，培养了我最初的文学敏感，使我成为一个用汉语写作的藏族作家"（第 120 页）。

那么，到底如何"用汉语来写汉语尚未获得经验来表达的青藏高原的藏人的生活"[②] 呢？在阿来看来，那就是要把本民族语言中有价值的表达转移到其他民族语言写作中去，在具体的写作方法上，要将藏民族的文化和思维方式嫁接到汉语表达中。由此他首先选择了从民间资源中去汲取养料。他谈到《尘埃落定》的创作就深受藏民族民间文化的影响。在创作《尘埃落定》之前，阿来曾写过一篇题为《阿古顿巴》的短篇小说。阿古顿巴是藏民族传说中智慧的集大成者，他常常运用智谋巧妙地戏弄权贵，为农奴发声代言，是符号化的平民英雄。但是，民间传说中，"都没有关于阿古顿巴形象的正面描写。这一切促使我开始想象他是什么样子，什么样的出身，什么样的经历，什么样的性格，更主要的是，他因为什么获得了那种觉悟"（第 184 页）。在这些思考的驱使下，阿来重新塑造了阿古顿巴这一人物形象。"在我的想象中，他有点像佛教的创始人，

[①] 阿来：《以文记流年》，作家出版社 2021 年版，第 9—10 页。
[②] 阿来：《我只感到世界扑面而来——在渤海大学"小说家讲坛"上的讲演》，《当代作家评论》2009 年第 1 期。

也是自己所出身的贵族阶级的叛徒。他背弃了握有巨大世俗权力与话语权力的贵族阶级，背弃了巨大的财富，走向了贫困的民间、失语的民间，走到了自感卑贱的黑头藏民中间，用质朴的方式思想，用民间的智慧反抗"（第184页）。于是，正是通过这个人物，《尘埃落定》中傻子的形象呼之欲出。"我大致找到了塑造傻子少爷的方法，那就是大致与老百姓塑造阿古顿巴这个民间智者一样的方法"（第187页），阿来将傻子少爷置身于社会历史重大的变革转型期，让他成为藏地现代化进程的见证者。在那样的历史时刻，傻子为我们提供了一个看待世界的角度和姿态。他用生命的自觉来感受万物，并将此转化为朴拙的智慧，揭示藏地密码独特的人生玄机，使我们在汉语的框架内体验到藏民族文化的复杂性和丰富性。

除了民间文化之外，阿来还非常重视藏民族思维方式与汉语表达的嫁接。关于这一点，阿来在谈到《云中记》的写作时有过详尽阐释。他谈道，"我亲历了汶川地震，亲眼目睹过非常令人震慑的死亡场面，见证过最绝望最悲痛的时刻，也亲见人类在自救与互救时最悲壮的抗争与最无私的友爱。因此常常产生书写的冲动，但我最终多次抑制住这种冲动，是因为我没有找到恰当的语言，没有听到'腔调'的出现"①。直到10年后，腔调终于出现了。阿来意识到，"这次地震，很多城镇村庄劫后重生，也有城镇与村庄，以及许多人，从这个世界上彻底消失。我想写这种消失。我想在写这种消失时，不只是沉溺于凄凉的悲悼，而要写出生命的庄严，写出人类精神的崇高与伟大"②。那么，如何写出这样的伟岸的精神力量，写出那种在至暗时刻照亮人性的光明呢？阿来认为，"唯一可以仰仗的是语言。必须雅正庄重。必须使情感充溢饱满，同时又节制而含蓄。必须使语言在呈现事物的同时，发出声音，如颂诗般吟唱。……这样的语言在神话中存在过，在宗教性的歌唱中存在过。当神话时代成为过去，如何重铸一种庄重的语言来书写当下的日常，书写灾难，确实是一个巨大的挑战"③。为了迎接这样的挑战，阿来转身求助于自己的嘉绒语。他说写《云中记》时，他可以用嘉绒语"把那种泛神泛灵的观念——不对，说观念是不准确的，应该是泛神泛灵的感知方式——转移到中文中来。……我还是把这种语言、这种语言的感知世界的方式作为我的出发点，使我能随着场景的展开，随着人物的行动，时时捕捉那些超越实际生活层面、超过基本事实的超验性的、形而上的东西，并时时加以呈现。在这样的情境中，语言自身便能产生意义，而不被一般性的经验所拘泥，不会由于对现实主义过于狭窄的理解，因为执着于现实的重现而被现象所淹没"④。显然，在阿来看来，语言不仅仅是描述现象的工具，而是透过现象探索更深层次意义的媒介。语言本身可以揭示一般经验所无法察觉的层面，从而提供一种更加丰富和多维的世界观。然而，如何使这种语言及其思维范式与现代生活接轨，依然是一个难题。"一种古老的语言，它已不能充分胜任从当下充满世俗性的社会生活中发见诗意与神性，它的一些特殊况味也很难在另一个语言系统中完美呈现。更何况，在书写地震时，它还会与一整套科学的地理术语相碰撞，这其中，既有可能性的诱

---

① 阿来：《以文记流年》，作家出版社2021年版，第4—5页。
② 阿来：《以文记流年》，作家出版社2021年版，第5页。
③ 阿来：《以文记流年》，作家出版社2021年版，第5页。
④ 阿来：《以文记流年》，作家出版社2021年版，第7—8页。

感,同时也四处暗伏着失败的陷阱。"① 面对这一挑战,阿来又转向中国古典诗歌去寻求解决方法。他发现,"在中国古典诗歌中,有许多一个人的生命与周遭生命相遇相契、物我相融的伟大时刻,是'留连戏蝶时时舞,自在娇莺恰恰啼'那样的时刻,是'感时花溅泪,恨别鸟惊心'那样的时刻。这样伟大的时刻,是身心俱在,感官全开,是语言与情感和意义相融相生的伟大时候"②。中国古典诗词中表现出的通感,完全契合嘉绒语的感性特质。找到了这样的途径,阿来便成功将基于嘉绒语的思维模式注入汉语写作。有本民族语言垫底,"我可以写出跟别人不一样的汉语"(第322页)。

阿来将没有文字的嘉绒语引入汉语,不仅使这种古老语言的生命在更广阔的世界中得以延续,同时,也丰富了汉语。每一种语言都不是封闭的。随着时代的飞速发展,新生事物以几何级数增加。语言也需要跟上这样的发展。"为了认识和表现这个新世界,人们需要新的词汇,而一种新的词汇将意味着一种新的观念"(第144页),因此,能否在语言上有所创新,是衡量一个作家能否真正书写时代的重要标准。阿来显然意识到了这一点。他曾借用美国诗人卡尔·桑德堡的例子阐释了他对这一问题的理解。"二十世纪四五十年代,美国有个诗人,卡尔·桑德堡,他写过一首诗,大概的意思是说,美国,你已经长出了钢铁的身躯,但是我们还没有长出钢铁的牙齿咀嚼你,没有长出钢铁的胃来消化你。这完全基于语言经验,写的是他没有创造出一套新的语汇来表现工业时代,所以写不出现代工业带着金属质感的美。"(第333页)可以说,语言的革命就是表达的革命,思维的革命,这不仅需要语言系统自身的演变,还需要借鉴和融合外来语言及其底层的思维方式。从这个层面来看,阿来的文学创作丰富了汉语表达,这也是他对中国当代文学的重要贡献。

二、腔调,是开始写作的关键

阿来曾做过一次题为"当我们谈论文学时,我们在谈些什么"的演讲。显然,这个题目借用了美国作家雷蒙德·卡佛短篇小说集《当我们谈论爱情时我们在谈论些什么》的书名。阿来说:"卡佛的意思是说:当我们在谈论爱情时,我们谈的真的是我们具体的每个人身上发生的那个爱情吗?还是仅仅停留在宗教的、道德的、伦理观念指定的定义的爱情?也就是,我们平时在谈论一个事物的时候,是作为一个名词在谈论,还是把这个事物当成一个真正的过程、真正的实体,触及这个实体,触及这个实体的过程来谈论?文学也一样。我们谈论的文学,真是文学吗?是我们真正所需要的那个文学吗?"(第1—2页)在此,阿来通过卡佛的观点,暗示了一种对文学的本质和意义的思考:我们在谈论文学时,究竟是在谈论具体的文学作品、文学过程,还是仅仅停留在对于文学的一般性定义和概念上?他质疑仅仅将"文学"视为一个名词、一个抽象的概念的做法,认为我们只有触及文学作品中所蕴含的情感、思想、生命等实体,才能真正理解文学的意义和价值。

---

① 阿来:《以文记流年》,作家出版社2021年版,第7页。
② 阿来:《以文记流年》,作家出版社2021年版,第8页。

正是基于对文学的这种理解，我们提出理解阿来小说创作的另一个关键词：腔调。这一关键词的提出受到多丽丝·莱辛的启发。他说："多丽丝·莱辛在诺贝尔奖的受奖演说中说，每当有了一个萦回于心的故事，并不意味着就能立即动手写作，而是需要继续等待。用她的说法，是在等待听见一种'腔调'，只有当这种腔调在耳边响起，被她听到，这才是写作的开始。"① 在阿来看来，腔调不仅是一种叙事的格调，更是文学作品中所呈现的一种独特氛围和情感。它是故事、语言、人物、情节、情感乃至思想共同营造的一个自洽的文本世界，是作品独有的声音和气息。这种腔调能够让读者沉浸其中，感受到作品所传达的情感共鸣。因此，对于作家来说，捕捉到这种腔调，是开始写作的关键，因为它不仅是作品的灵魂所在，也是作品与读者建立情感联系的桥梁。

感受到腔调之后，便是通过语言、人物、细节、情感、想象力等一系列元素去营造腔调的创作环节。在这些元素中，除了语言之外，阿来非常重视人物。他指出，"今天，很多时候，我们对于叙事情节，包括对小说的理解、故事的构思、情节的设计，很大程度上脱离了人，脱离了人跟人的关系。人的所有行动就只是把设想好的场景串联起来，人成了一个串联起这些刺激性场景的道具。这个时候，我们就已经离开了文学"（第4页）。那么，如何塑造人物呢？阿来引用了马克思的观点：人是社会关系的总和。因此，他没有将主要精力放在单个人物的塑造上，他认为，"人物不一定都要有复杂的性格。一个小说只需要有两三个人有丰富的性格就可以了，若所有人都有丰富的性格，那小说就没法写了"（第19页）。"写作者关心的是另外的事情，他关心的是关系，不是事件，是人的关系，而且人不是具体的人。"（第47页）他以短篇小说《水电站》为例，对这一问题做了详尽的阐释。"《水电站》这个作品里头没有一个有名字的人，大家注意到没有，他们都是一些集体。这里头如果说人物，有三个集体，一个是来到村里的地质勘探队的人，他们是一个集体；这个村子里对地质勘探队先表示隔膜，后表示亲近的村民是一个集体；第三个就是一群小学生，是一个集体。这里头没有一个具体的人。事件呢？也没有一个具体的事件。"（第42页）《水电站》强调的是集体之间的关系，而不是单个个体的经历。阿来通过这种处理手法，揭示出群体之间的互动和关系比单一事件或个体更为重要。他关注集体身份和集体经验，通过淡化具体人物和事件，突显出集体关系中的张力与变迁，从而引导读者思考更为广泛和普遍的人类情感和社会关系。这种叙事方式不仅丰富了作品的层次感，也反映了阿来对文学创作中人与人之间关系的深刻理解和思考。

说到人物，必然会涉及情感。阿来说："真正好的情节是跟人联系在一起的"（第4页），不仅是人的行动，还有人的情感。他以美国电影《寻找钱斯》为例，详尽地阐释了情感在文本中的重要作用。"整部电影没有激烈的动作，尽管有飞机，但是没有一个情节让我们联想到惊险、曲折。在这个过程中，它掌握了非常重要的东西——情感。尽管它是一个叙事情节，但它始终像一首抒情诗一样，水一样地缓缓流淌。只有形形色色的人的反应，而这些反应时时刻刻让我们想起那个棺材里的士兵。甚至，连棺材在电影里也很少出现。但是，我们的感情却始终在那个死去的躺在棺材里的士兵身上；电影始

---

① 阿来：《以文记流年》，作家出版社2021年版，第3页。

终有一种深刻的真切的情感贯穿始终，始终在感染你，在不经意间通过一个人的眼神或动作触动你。我想这才是我们今天这个文学所需要的。"（第 6 页）显然，阿来在这部商业影片中看到了感动人心的文学力量。情感不仅仅是人物行动的外在表现，更是作品内在力量渗透和传达的核心。影片通过细腻的人物情感描写，将观众的情感引导到了一个死去的士兵身上，使观众在整个观影过程中时刻感受到情感的共鸣。这种情感的真切贯穿，使得作品更具生命力，更具感染力，也更能够触动观众的内心深处。因此，阿来认为，当今文学所需要的不仅是叙事情节，更是情感的真切表达，"在书写当下生活时，大部分的波澜还是情感的波澜，而此时小说的重点便是情感的起伏、暗涌、回旋、分析、再分析"（第 10 页）。他进一步指出，"小说逻辑的合理性就是情感逻辑的合理性"（第 11 页），"我们在写人物的时候，真正要面对的是情节和人物的关系，和内在的情感逻辑的关系。在某种程度上，情感就等于情节"（第 12 页）。阿来的观点突出了情感在小说创作中的核心地位。情节不仅仅是对事件的呈现，更是人物内心情感的外化表现。情感逻辑的合理性是小说可信度和吸引力的重要保障，只有当人物的情感发展合乎情理时，故事才能真正打动读者。

阿来不仅强调情感在文本中的重要性，更强调作家在创作过程中的情感投入和自我体验。他指出，"不光是要求我们的作品要写出情感，更重要的要求是我们写作某种情感的时候写作者自己必须处于这种情感状态中，自己首先被这种饱满、强烈的情感所控制"（第 55 页）。显然，阿来非常重视作家的情感体验与作品情感表达之间的紧密联系，情感的真实表达不仅是技术上的要求，更是作家内心世界的呈现，作家在创作过程中要完全沉浸在所要表达的情感之中，让自己的内心与作品中的情感产生共鸣。作家通过对自身情感的深刻体验，能够更加准确和生动地描写人物的情感，使作品具有更强的感染力和艺术价值。

阿来的这些创作理念，不仅涉及文学创作的叙事问题，也反映了他对文学与现实关系的思考。他认为文学应具备建构性，尤其在我们这个文学式微的时代，文学逐渐丧失了其传统的净化功能，而变成一种对现实的冷漠反应或对人类存在的绝望表达。因此，文学的建构性在于传递一种激励和震撼人心的力量，而这种力量必然来自人类的高级情感。阿来说："最高级的感情是爱。那么爱的最高级的方式是什么，肯定不是 make love，而是慈悲慈爱怜悯。慈悲慈爱怜悯都是爱的最高级形式。因为我们说到那种极端的爱它总是针对少数人的、特定对象的，但是当它变成慈悲慈爱这样的形态的时候，它才能使我们的爱具有普遍性的意义。"（第 58 页）要表达这样普遍性、抽象的最高级情感，就需要文学具备超越现实的想象力。阿来说，"小说文本从来不是对社会现实简单的对应"（第 46 页），他反对当下一种颇为流行的说法：现实比小说更复杂。他认为这是作家想象力贫乏的表现。相反，小说往往是对现实的重新构建和诠释，通过虚构和想象，呈现出超越现实的另一种可能性和深度。所以，他指出，"文学最悲惨的是我们在写这些现实的时候，我们也完全堕入了现实，而丧失了人类崇高的情感和雅正的审美能力，丧失了本该赐予文学的那种净化人心的力量。如果文学失去了这样的力量，文学是堕落的"（第 7 页）。在此，阿来强调，文学是对现实的反映，更是对现实的超越和重构。通过虚构和想象，文学能够呈现一种更高层次的现实，传达出人类的高级情感，激励和震撼读者的内心。我认为，阿来的这种文学观为当代文学创作提供了重要的方向和启示，强调了文学在现代社会中的独特价值和功能。

三、文学的使命在于超越种族、国界和文化差异

"身份认同"是理解阿来小说创作的第三个关键词。作为一名藏族作家，将自己的写作融入汉语文学的版图，并在这块版图中建构起自己有标识性的建筑，丰富这块版图的格调和色彩，是阿来坚守的文学追求。

阿来的母亲是藏族人，父亲是回族和汉族的混血。"我身上就是二分之一藏族，四分之一回族，四分之一汉族"[1]，并不纯正的民族血统、多重文化身份的交融给幼小的阿来带来很大的困扰。他早期的作品中或隐或显地有一个叫作"阿来"的孩子，既敏感脆弱，又坚韧顽强。正如他在《旧年的血迹》中写的，"我生性懦弱而羞怯——甚至是惶恐，而又自我意识强烈"。这样敏感的性格让阿来在青少年时期就表现出对民族身份认同的焦虑和困惑。这在《红苹果，金苹果……》《远方的地平线》《芙美，通向城市的道路》《猎鹿人的故事》等小说中都有鲜明的印记。实际上，这也是20世纪80年代藏边青年的普遍焦虑。这种情绪深深困扰着阿来的文学创作。尽管他从一开始就在作品中对生命、历史、自然进行深刻的思考，但民族身份的焦灼感依然限制了他作品的深度，表现出明显的局限性。

为了摆脱这种身份的焦虑，阿来开始关注那些处于文化边缘的拉美作家和少数族裔作家，试图从他们身上寻求答案。他说："因为我是一个藏族人，是中国的少数民族，少数民族文化的非主流特性自然而然让我关注世界上那些非主流文化的作家如何做出独特、真实的表达。在这一点上，美国文学中的犹太作家与黑人作家也给了我很多的经验。比如，艾巴·辛格与托尼·莫瑞森这两位诺贝尔文学奖获得者如何讲述有关鬼魂的故事。比如，从菲利浦·罗斯和艾里森那里看到他们如何表达文化与人格的失语症。"（第122页）阿来还不止一次流露出对聂鲁达和惠特曼的偏爱："美洲大陆两个伟大的诗人成为我文学上的导师：讲西班牙语的聂鲁达和讲英语的惠特曼。……我很为自己庆幸，刚刚走上文学道路不久，并没有迷茫徘徊多久，就遭逢了这样伟大的诗人，我更庆幸自己没有曲解他们的意思，更没有只从他们的伟大的作品中取来一些炫技性的技法来障人耳目。我找到他们，是知道了自己将从什么样的地方，以什么样的方式重新上路出发，破除了搜罗奇风异俗就是发挥民族性，把独特性直接等同于世界性的沉重迷思。"（第139—142页）

阿来是一位学者型的作家，他在不断的追问中创作。这些伟大作家给予他的绝非"技术路线图"，"不是模仿《百年孤独》和《总统先生》那些喧闹奇异的文体，而是研究他们为什么会写出这样的作品"。（第143页）他开始从写作发生的视角对拉美作家群体进行研究，梳理拉美作家创作的历史脉络，以此探究拉美文学之所以能够广泛传播的缘由。他指出，拉丁美洲的绝大部分国家都曾是西班牙的殖民地，所以，在马尔克斯这

---

[1] 阿来、谭光辉等：《极端体验与身份困惑——阿来访谈录（上）》，《中国图书评论》2013年第2期。

批作家出现之前，大量作家都模仿西班牙本土马德里、巴塞罗那等地作家，这造成了两方面的后果：一方面，在模仿中，拉美作家难以摆脱"影响的焦虑"，无法创造自己的风格；另一方面，他们的写作也引发了西班牙作家的不满，因为拉美文学没有给他们提供自己的奇风异俗、奇闻逸事。面对双重压力，拉美作家开始探索自己的道路。他们向当时的世界艺术之都巴黎的作家"取经"，也从本土的印第安文化中汲取养分，由此形成了独特的魔幻现实主义风格。

显然，拉美作家的成功经验给阿来以启示，让他摸索到了自己文学创作的基本路径，那就是，摆脱对汉语写作的模仿，也拒绝用奇观化的写作打造一种关于藏地的景观文学，反对将藏文化包装成作品营销的噱头。他在《西藏是形容词》一文中提道："当我以双脚与内心丈量着故乡大地的时候，在我面前呈现出来的是一个真实的西藏，而非概念化的西藏。那么，我要记述的也该是一个明白的西藏，而非一个形容词化的神秘的西藏。"[①] 那么，怎样去书写真实的西藏呢？阿来认为，可行的路径唯有融合。他不在作品中刻意强调民族性，而是在思考苏珊·桑塔格所说的"感受分离"，即用非本民族语言表达藏地的生活。他意识到这种本民族语言"不是汉语的作家反而可能会对这种语言功能的拓展有所贡献"（第329页），非本民族语言创作所产生的"异质感与疏离感，运用得当，会非常有效地扩大作品的意义与情感空间"（第120页）。他举例说："如果汉语的'月亮'是思念与寂寞，藏语里的'月亮'则是圆满与安详。我如果能把这种感受很好地用汉语表达出来，然后，这东西在懂汉语的人群中传播，一部分人因此接受我这种描绘，那么，我可以说，作为一个写作者已经成功地把一种非汉语的感受融入了汉语。这种异质文化的东西，日积月累，也就成为汉语的一种审美经验，被复制，被传播。这样，在悄无声息之中，汉语的感受功能，汉语经验性的表达就得到了扩展。"（第312页）

由此看来，融合并不意味着吞噬，相反，融合是一种更高层面的丰富，是1+1＞2。在融合中，不仅有对嘉绒文化的传播，也有对汉民族文化的丰富，而且，融合还让我们抵达更广阔的世界。正如阿来所说："我所属的民族有千余年的书面文学传统，还有更深远的口头文学传统。我们首先是由这种传统所滋养，然后，才谈得上对延续与丰富这个传统做些微贡献。这个贡献，就是在新时代的背景下，在这个相对封闭的传统中，采取一个开放的姿态，学习别的语言，并在这个语言提供的更多思想资源与文学资源中，在这种开放的语言所提供的更宽广的视野中，来反观自己的人生以及自己民族的命运和传统——包括文学的传统，并试图通过这样的方式与整个国家的人们和全世界的人们对话。"（第132—133页）为了更好地阐释这一观点，他还借用聂鲁达的话语进一步表达自己的文学理念："'我'是民族的、内部的，'它'或'你'是外部的，也就是世界的。如果'它'和'你'，不是全部的外部世界，那也是外部世界的一个部分，'我'通过'它'和'你'，揣度'它'和'你'，最后是要达到整个世界。这是一个作家的野心。"（第137页）

这种从民族走向世界的理念，是阿来在其文学实践中一以贯之的。《尘埃落定》"是

[①] 阿来：《就这样日益丰盈》，解放军文艺出版社2002年版，第136—137页。

民族的还是世界的,或者因为它是民族的,因此,自动就是世界的……《空山》不会那么容易地被人装入这样的理论筐子里边……我还是只感到人物命运的起伏——那也是小说叙事的内在节律,我感到人物的形象逐一呈现——这也关乎小说的结构……我没有走向世界,而是整个世界向我扑面而来!"(第148-149页)这实际上也涉及一个个别与普遍、边缘与中心的问题。在阿来看来,文学的发展走向如同百川归海,个别的、边缘的、异质的元素通过不断转换,最终丰富了主流文学的内涵,在如此不断丰富的过程中,文学要表达的是普遍性的东西。阿来曾借用佛经上的一句话表达他的写作梦想:"声音去到天上就成了大声音,大声音是为了让更多的众生听见。要让自己的声音变成这样一种大声音,除了有效的借鉴,更重要的始终是,自己通过人生体验获得的历史感与命运感,让滚烫的血液与真实的情感,潜行在字里行间。"(第123页)

阿来的"大声音"也引发了一些不同的声音。有人指出,作为这个民族的作家,首先应该有纯粹的血统,其次应该用这个民族的语言进行写作,否则,就意味背叛。(第127页)对于这种带有狭隘民族主义的观点,阿来表示坚决反对。在他看来,真正的知识分子应当从个人的经验出发,深入探索人类的苦难命运,并在呈现这种苦难的真相时,唤起读者对于人类共同处境的共鸣。这种观点与萨义德所提出的普遍性理念相契合,即文学的使命在于超越种族、国界和文化差异,消除误解、歧视和仇恨,探寻人类的共同特性,促进跨越界限的相互理解和和谐。因此,阿来认为,文学的价值在于它能够在不同文化之间建立桥梁,促进人类的共同进步和发展。通过这种超越性和普遍性的文学表达,作家能够帮助人们理解彼此的处境,推动社会的和谐共处和人类的整体进步。这不仅是对狭隘民族主义的有力反击,更是对人类共同命运的深刻关注和热情拥抱。

结　语

阿来作为一位在多重文化背景中成长的藏族作家,通过独特的语言敏感性和深刻的情感表达,将嘉绒藏地的生活和文化融入汉语文学中。他对语言的独特理解、对文学腔调的敏锐捕捉,以及对身份认同的深入探讨,使他的作品超越了民族和国界,呈现出广泛的普遍性和深刻的人类情感。我想,这就是阿来写作的意义。他对文学的理解不仅为作家提供了创作上的指导,也为读者带来了心灵的洗礼,彰显出文学在时代变迁中的永恒意义。

(大连理工大学人文学院教授、博导)

内蒙古民族文学研究小辑

敖德斯尔革命历史题材小说新论
——纪念蒙古族著名作家敖德斯尔先生100周年诞辰

满 全

引 言

敖德斯尔（1924年11月17日—2013年2月21日）是中国蒙古族当代文学奠基人之一，新中国少数民族作家的杰出代表。在60余年的文学创作历程中用蒙、汉两种文字进行创作，涉猎小说、散文、戏剧、儿童文学、电影文学和文学评论等多种文学体裁，累计创作字数300多万，其中小说创作尤为突出，先后出版和发表了长篇小说3部、中篇小说18篇、短篇小说72篇。这些作品确立了敖德斯尔先生在中国少数民族当代文学史上无可撼动的文学地位。1999年，内蒙古文化出版社出版发行《阿·敖德斯尔文集》（蒙古文版）10卷；2008年，内蒙古人民出版社出版发行《敖德斯尔文集》（汉文版）12卷。

敖德斯尔先生的生活和创作经历了新民主主义革命、社会主义革命与建设以及改革开放时期，其文学创作动机、灵感和素材均来自他所经历的社会生活和人生体验。他是贴近时代、社会和生活的作家，总是以小说形式参与时代精神谱系建构工程，保持文学与时代、社会和生活的同步性和同质性，在历史传统与现实诉求、地方路径与国家战略的交融处讲述革命战争、生产劳动和日常生活故事，是一生追求为时代画像、为人民立传、为草原歌唱的一位革命现实主义作家。

革命历史、生产劳动和日常生活是敖德斯尔小说三大主题抑或小说创作选题来源场域，他以故事小说、性格小说和心理小说方式呈现在时代和社会变迁中的草原人民的遭遇与命运、苦难与幸福，逐渐形成了史诗气派、浪漫情怀和草原风情的小说创作风格。比如，长篇小说《骑兵之歌》、中篇小说《撒满珍珠的草原》和《阿力玛斯之歌》具有代表性。

本文主要围绕敖德斯尔先生革命历史题材小说创作，以社会主义话语体系建构为抓手，在纵横交错、时空交叉场域讨论其革命历史题材小说故事模式、叙述框架和思想脉络，归纳其特定社会环境和文化语境中的审美诉求、价值判断和意义表征等独特创作经验，旨在为当下小说创作建立参考坐标和树立学习榜样。

一、革命理论：操作手册和路线图

敖德斯尔先生早期小说创作主要围绕亲身经历的革命实践，讲述边地人民的革命故事，表现其革命起源、革命主体及其艰难过程的合法性，服务于社会主义话语体系建构，进而强化革命和国家认同。

众所周知，中国革命是用暴力手段推翻旧政权和旧制度，建立人民当家作主的政权和社会制度，是一场"国家锻造"实践。革命实践与革命实践的演说和表征在时间维度上有着渐次关系，实践在前，演说在后。有了革命实践才有革命实践的演说或者叙述。换言之，革命实践的发生与革命实践的演说在不同时空维度上进行创造与重塑。革命实践是推翻旧政权、建立新制度、锻造新国家的行为，革命实践的演说是还原革命实践、重塑革命记忆、构建革命话语的过程。

法国学者皮埃尔·诺拉（Pierre Nora）提出"记忆之场"（Les Lieux de Mémoire）概念，认为"记忆之场属于两个王国，这既是其意义所在，也是其复杂性所在；既简单又含糊，既是自然的又是人为的，既是最易感知的直接经验中的对象，又是最为抽象的创作"[①]。他所说的"记忆之场"就指记忆发生之场域和记忆重塑之场域。革命记忆就来自于革命实践——战火缭绕、激情燃烧的革命年代，革命记忆之场就是革命事件、革命活动、革命战争和革命故事发生的场域和对其进行重塑的场域。在空间维度上，中国革命是爆发在内地，蔓延在边疆，覆盖全国版图的一种恢宏的政治实践。1921年，中国共产党的成立，意味着新民主主义革命拉开了序幕。随着革命实践的不断深入和拓展，在边疆地区逐渐产生了革命实践的边地叙述和革命实践的边地演说。

据资料记载，20世纪20年代，在内蒙古地区就产生了早期革命期刊和革命题材的文艺作品，例如《蒙古农民》[②]、《内蒙国民旬刊》[③]及其所刊载的诗歌、故事和漫画作品等。但大规模书写革命实践的文学作品或者小说产生于新中国成立之后，也就是说，为了巩固和延续国家政权的合法性存在，需要讲述革命故事，重塑革命记忆，强化革命认同，让中华民族共同拥有的革命记忆长期延续和留存。为此，边地作家担负起重任，书写边地革命故事，对边疆民众的革命认同和国家认同的确立和强化发挥了重要作用，其中敖德斯尔先生是杰出代表。

中国共产党领导的新民主主义革命是以暴力手段推翻旧体制，建立新政权的恢弘实践，是一场锻造民族国家的运动。新民主主义革命的胜利必将带来政治体制、社会结构、文化构架、意识形态、话语体系的整体性、全盘性和彻底性变革。所以，当时语境中"人民革命"是政治生活中的重大话题，也是文学领域中首先要表征的重要主题。敖德斯尔先生是在战火纷飞的革命年代踏上文学道路的作家，革命精神、革命情怀和革命激情伴随其一生的文学创作。他从小说处女作《枣骝马的故事》（1952）开始，围绕内

---

① 皮埃尔·诺拉主编：《记忆之场——法国国民意识的文化社会史》，黄艳红等译，南京大学出版社2015年版，第20页。
② 《蒙古农民》（汉文），创刊于1925年4月28日，铅印64开，出版期数说法不一，现存第一、第二期。
③ 《内蒙国民旬刊》（蒙古文），创刊于1925年11月16日，1926年4月停刊，出版期数不清。

蒙古骑兵部队革命生活，创作出不少精品佳作。比如，《草原之子》《遥远的戈壁》《骑兵之歌》等。那么，在构建社会主义话语体系时如何处理革命历史题材，如何讲述革命故事？这是每位作家都要面临的重要课题。

在当时的政治化语境中文学写作不是表达个人情感和兴趣的感性行为，而是构建社会主义话语体系的理性活动。敖德斯尔先生走上文学道路也不是个人的选择，而是组织安排的结果。他在《我是怎样走上文学道路的》一文中回忆道："1948年春，一起冤案把我投进了军法处的监狱，跟刚刚俘虏来的叛匪头子关在一个牢房里，后来冤案虽然被平反，但我原来的工作被别人代替，组织决定让我带十几位同志去冀察热辽联大鲁艺学院学习，回来准备成立师宣传队。"① 敖德斯尔小说创作中革命历史题材小说占居重要地位。他自称为革命作家，始终坚持革命现实主义创作原则。② 他的早期作品，例如，《骑兵之歌》《爱马歌》等20世纪40年代末期的歌词、话剧《酒》（与他人合著）以及1952年发表的小说处女作《枣骝马的故事》等作品的选题均来自革命实践和经验。用革命历史题材小说创作来开启文学生涯，对于敖德斯尔先生来说，不是一种偶然的巧合，而是多重因素，包括组织意图、时代诉求、个人经历等相互作用的结果。对于作家来说，聚焦熟悉的生活，运用熟悉的方式，表达熟悉的声音，是毋庸置疑的。

那么在着力构建社会主义话语体系的时代语境中作家们如何处理革命历史题材，如何书写革命历史？如何用文学方式表现新民主主义革命的合法性和合理性？怎样才能用文学叙述服务于社会主义制度的巩固和宣传？这些问题涉及政治与文艺的内在关系，作家们要认真思考和谨慎对待。在政治运动频繁发生的年代，文学创作带有一定的风险，作家们在遵循统一创作原则、规范和模式的前提下，才能表现个人风格和追求。因此，革命历史题材的叙述路径和处理方式不是随意的艺术选择，也就是说，作家们不能用自己的喜好和表达习惯来处理革命历史题材，而应采用革命理论框架和思想资源，对小说题材进行裁剪、取舍处理。小说虽说是虚构出来的文本，但是革命历史题材小说创作不能违反和突破革命框架底线。换言之，革命历史题材小说创作是一种具有内在规定性的书写行为，其规定性来自马克思主义革命理论和中国新民主主义革命实践。

革命理论及其历史实践为革命历史题材小说创作提供了规范性操作手册和路线图，决定其叙述方向、故事结构和意义指向。虽然革命历史题材小说中常出现相似的思想内涵、故事模式、表现手法，但仍能观测到不同的民风民俗、文化脉络和地域风貌。恰是这些元素塑造了中国革命历史题材小说的丰富性和复杂性结构，彰显了地方活力和民族风骨。例如，在一般情况下，革命历史题材小说采取英雄历险故事结构，讲述革命故事，宣传革命思想。同一故事结构反复出现于不同文本时，便形成故事模式。我们把它称为故事基本模式，可以用可变方程式来表述，即 $K=(A+B)\times C_n$。其中，K 代表革命历史题材小说故事基本模式；A 代表主体，或主要人物，或行动主体，即代表革命英雄；B 代表客体，或次要人物，或行动的对象，即代表革命的敌人；C_n 代表可变

---

① 敖德斯尔：《敖德斯尔文集》（第十卷，汉文版），内蒙古人民出版社2008年版，第149页。
② 阿·敖德斯尔：《跋涉的足迹——我的创作道路（代序）》，《阿·敖德斯尔文集》（第一卷，蒙古文版），内蒙古文化出版社1999年版，第1—20页。

行动。主人公 A 与 B 的相互行动构成故事结构，并产生意义。

把革命历史题材小说故事假设为多成分句子，能用单句形式来表述其结构，即：单句＝（主语＋宾语）×谓语。其中 K 是单句，代表故事基本模式；A 是主语，代表行动的主体，或主导者；B 是宾语，代表行动的客体，或接受者；Cn 是可变谓语，代表可变行动。

例 1　敖德斯尔小说处女作《枣骝马的故事》（1952）

该短篇小说中，骑兵部队通信员朝克图在报送战地情报途中不幸遭遇土匪，在一场激烈的枪战中受重伤，无法完成任务。在危难时刻，枣骝马帮助朝克图获救，并完成任务。[①] 该小说的故事结构就是英雄历险模式，即英雄接受某种任务，在完成任务的过程中遇到险境，英雄通过斗争，或者得到外力的帮助，最终完成任务并会取得胜利。从某种意义上讲，"英雄历险是一种神话原型，也是一种文学母题"[②]。虽然传统意义上的神话英雄渐行渐远，但是对英雄的记忆、想象和叙述不会随着时间的流逝而褪色，不同作家以不同方式书写英雄赞歌，在英雄人物谱系中增列新面孔，丰富着人类的英雄主义情结。革命历史题材小说创作也不例外，属于英雄赞歌序列中的一环。

我们用可变方程式表述其故事基本模式，即 K＝（A＋B）×C。其中 K 代表小说《枣骝马的故事》的故事基本模式，A 代表通信员朝克图，B 代表土匪，C 代表搏斗行为。单句形式为朝克图对土匪展开搏斗。单句结构为（主语＋宾语）×谓语。其中主语是朝克图，宾语是土匪，谓语是搏斗行为。

作品中虽然出现枣骝马、医护人员和战友等次要人物形象，但这些形象不会改变故事基本模式和故事发展走向，只会对小说主人公朝克图完成战地任务发挥辅助性作用，属于帮助者形象。因此，小说中出现的帮助者形象或者阻碍者形象不会改变故事结构和情节走向，只会让故事更加悬念化、情节更加复杂化、意蕴更加丰富化，读起来更加有趣。

例 2　敖德斯尔、斯琴高娃合著的长篇小说《骑兵之歌》（1979）

该长篇小说讲述了以哈达巴图为首的革命军队与以义德尔为首的草原骑兵部队联合起来共同镇压以扎拉森、何富贵为首的反动势力的故事。该小说虽然是长篇巨著，故事跌宕起伏，情节复杂多变，但是最深层次的故事基本结构还是采用了英雄历险故事模式，只是英雄历险故事基本结构的无限扩大和无数复制而已。

我们用可变方程式表述其故事基本模式，即 K＝（A＋B）×C。其中 K 代表长篇小说《骑兵之歌》故事基本模式；A 代表革命战士，即哈达巴图率领的革命军队和义德尔率领的草原骑兵部队；B 代表以扎拉森为首的封建残余势力和以何富贵为首的黑恶势力；C 代表镇压行为。其单句形式为哈达巴图、义德尔带领的革命联军镇压了以扎拉森、何富贵为首的反动势力。单句结构为（主语＋宾语）×谓语。其中主语是哈达巴图、义德尔带领的革命联军，宾语是以扎拉森、何富贵为首的反动势力，谓语是镇压

[①] 阿·敖德斯尔：《枣骝马的故事》，《阿·敖德斯尔文集》（第一卷，蒙古文版），内蒙古文化出版社 1999 年版，第 319—331 页。

[②] 满全：《向往与苦难：人类恒定的故事》，《碎片与体系》，远方出版社 2018 年版，第 294 页。

行为。

该作品是以宏阔视野、豪迈文笔书写解放战争时期边疆地区的社会矛盾、阶级斗争、人民命运和地方文化的鸿篇巨著，其故事曲折、情节复杂、人物繁多，堪称一部宣扬革命英雄主义的恢弘史诗。但还是能看出其文本深层结构是英雄历险故事模式。那些次要人物、分支故事和零散情节都服务于基本故事的发展、主要人物的行动和中心思想的形成。比如，桑杰、巴特尔老汉、色布格、宝力高、竹青、乌仁托蒂等次要人物形象在小说主要人物形象的塑造、故事叙述的演进、中心思想的形成方面发挥了推动作用。桑杰、巴特尔老汉、色布格、宝力高、竹青、乌仁托蒂等次要人物形象在长篇小说中扮演着帮助者角色，对情节的多线发展、故事的曲折进展发挥着协助作用。巴岱、杨博彦、陶高等次要人物形象在小说中以阻碍者形象出现，制造矛盾和麻烦，竭力阻碍主要人物的行动，使小说故事愈发复杂多变。虽然作品中出现的次要人物对小说情节的复杂化、故事的分支化、主题思想的丰富化方面发挥了推动作用，但是改变不了故事基本模式和中心意义指向。

在当时的政治化语境中，革命者与反革命者相互斗争的故事基本模式，即英雄历险故事模式，在作家与作家、文本与文本之间旅行，成为革命故事叙述的普遍模式。例如，玛拉沁夫的长篇小说《茫茫的草原》（1957）、其木德道尔吉的长篇小说《西拉木伦河的浪涛》（1958）、扎拉嘎夫的长篇小说《红路》（1959）以及其他民族作家书写的革命历史题材小说，普遍运用英雄历险故事模式，讲述不同地方发生的革命故事，表达革命历史的关切。其合法性来自马克思主义革命理论及中国新民主主义革命实践，即人民革命是以暴力手段消灭敌人，推翻旧制度，创建新制度，锻造新政权的政治实践，革命会成功，但要经历艰难过程。换言之，革命理论为当时文坛提供了操作手册和路线图。在当时的语境中作家们遵循操作手册和路线图，才能完整地讲述革命故事，构建社会主义话语体系，强化革命和国家认同。

那么如何以独特形式将革命真理表达出来？如何处理革命内容与民族形式的关系？这些问题如何回答取决于作家的个人才华和艺术功底。革命历史题材小说是用雷同模式讲述不同故事，以独特方式展现普遍内容的创作实践。

敖德斯尔革命历史题材小说属于革命理论及其实践的地域性和民族性表达范畴，可以理解为革命内容的民族化表征，或者革命内容的地域性表述。他的小说以史诗型方式完整地模仿了革命理论、革命主体及其艰难的过程。

二、革命主体：具体个人与想象群体

在那辽阔的草原上革命为何发生？有无合法性？革命主体是谁？革命带来了什么变化？这些问题是革命历史题材小说创作务必思考和回答的核心问题。虽然某些短篇小说中不需要详实阐释革命起源及其合法性问题，但是革命起源的相关理论和普遍认同总是以一种隐形叙述框架参与革命历史题材小说创作实践，无意中影响文本结构、叙述策略和意义指向。在马克思主义的总体框架中每个民族内部都存在压迫阶级与被压迫阶级，阶级之间存在压迫、剥削和矛盾。有压迫必有反抗。但并不是所有的反抗都是革命，只有在中国共产党的领导下，自发的无组织的反抗运动才能转化为革命斗争。革命斗争以暴力手段推翻旧政权，建立人民国家，人民才能获得自由和幸福。有关革命的马克思主义经典论述及其综合方案成为革命作家们的政治理想和思想引擎，参与其文学创作实践，影响其叙述策略、文本结构和意义指向。因此，在马克思主义的传播与人民大众的觉醒中描写革命起源是理所当然。假如没有马克思主义的传播，或者没有人民大众的觉醒，革命无法发生。例如，长篇小说《骑兵之歌》以两条线索叙述了乌力吉木伦河流域所发生的革命斗争。① 第一条线索是以哈达巴图为首的八路军来到义德尔率领的草原骑兵团，宣传革命道理，引导他们走上民族解放正途的故事。第二条线索是以竹青为代表的上级派来的党员干部深入革命后方，向牧民群众宣传革命道理，号召他们参与革命斗争的故事。作品中哈达巴图、竹青被描述为"外来者"，是上级派来的共产党干部。这一叙述策略符合中国新民主主义革命的发生逻辑，并强调了包括边疆地区在内的中国革命是在共产党统一领导下的各族人民的解放斗争，而且使边地革命成为中国革命乃至世界范围内发生的社会主义革命的有机组成部分。

新中国成立初期的文学创作有强烈的政治理性和社会义务，文学成为建构社会主义话语体系的主要方式。从题材的角度看，革命历史题材在这一时期的小说创作中占有很大的分量和重要的位置。革命历史题材小说的主要目的就在于"以对历史'本质'的规范化叙述，为新的社会的真理性作出证明，以具象的方式，推动对历史的既定叙述的合法化，也为处于社会转折期中的民众，提供生活准则和思想依据"②。在敖德斯尔革命历史题材小说中，人民大众以两种形式出现，即具体个人和想象群体。具体个人，指的是有姓氏、有来历、有故事、有性格的人，是作者花费大量笔墨刻画出来的小说人物。想象群体，指的是无姓氏、无来历、无故事、无性格的抽象人群，这些人群不是作者力图描述的对象，总是隐蔽在文本背后，以隐形结构形式参与小说叙述。人民大众是革命的核心，是革命的基石。在社会主义革命实践中马克思主义执政党和人民始终是利益高度一致的"命运共同体"。马克思、恩格斯曾说："过去的一切运动都是少数人的或者为少数人谋利益的运动。无产阶级的运动是绝大多数人的，为绝大多数人谋利益的独立的运动。"③ 能否动员和发动人民大众，革命能否得到人民大众的广泛认可和拥护，是事关革命成败与否的原则性问题。毛泽东《在延安文艺座谈会上的讲话》指出："什么是人民大众呢？最广大的人民，占全人口百分之九十以上的人民，是工人、农民、兵士和城市小资产阶级。所以我们的文艺，第一是为工人的，这是领导革命的阶级。第二是为农民的，他们是革命中最广大最坚决的同盟军。第三是为武装起来了的工人农民即八路军、新四军和其他人民武装队伍的，这是革命战争的主力。第四是为城市小资产阶级劳动群众和知识分子的，他们也是革命的同盟者，他们是能够长期地和我们合作的。这四种人，就是中华民族的最大部分，就是最广大的人民大众。"④ 从中可以看出，在当时

---

① 敖德斯尔、斯琴高娃：《骑兵之歌》，人民文学出版社1985年版，第1—519页。
② 洪子诚：《中国当代文学史》，北京大学出版社1999年版，第107页。
③ 中共中央马克思恩格斯列宁斯大林著作编译局编译：《马克思恩格斯选集》（第1卷），人民出版社1972年版，第262页。
④ 毛泽东：《在延安文艺座谈会上的讲话》，《解放日报》，1943年10月19日。

的战时语境中人民大众被描述为工人、农民、兵士和城市小资产阶级，并强调文艺为工农兵服务。1948 年，部队将敖德斯尔推荐到冀察热辽解放区联合大学鲁迅文学艺术学院学习，第一课就学习毛泽东同志的《在延安文艺座谈会上的讲话》，这篇讲话对其影响深远。

具体个人——少数人。敖德斯尔在革命历史题材小说中塑造了大量有姓氏、有来历、有故事、有性格的革命战士、普通农民和牧民形象。例如，短篇小说《枣骝马的故事》中的联络员朝克图，中篇小说《草原之子》中的巴图苏和、波尔图，中篇小说《遥远的戈壁》中的查干夫，长篇小说《骑兵之歌》中的哈达巴图、义德尔、宝力高、桑杰、色布格、竹青、巴特尔老汉、乌仁托蒂等人物形象在作品中就代表着革命主力军——人民。这些人物形象在贫民出身、苦难经历、觉醒过程和革命信念等方面相似，而且均有具体的姓氏、年龄、出生地和性格。我们把这些人物形象称为以具体个人方式出现的人民形象。在文本中个人与人民是少数与多数、具体与抽象、特殊与普遍、个性与共性的关系。换言之，具体个人是人民大众的外在形式，人民大众是具体个人的内在魂魄。

依据以具体个人方式出现的人民形象在文本中发挥的作用，还可以分为主要人物形象与次要人物形象，抑或革命英雄形象与革命者形象。比如，长篇小说《骑兵之歌》中哈达巴特和义德尔被描述为主要人物——革命英雄形象。一般情况下，在革命历史题材小说中采用典型化、崇高化、理想化原则塑造主要人物——革命英雄形象。因此，革命英雄形象逐渐成为共产主义理想、革命精神、集体主义的符号。通过这些英雄形象，作者要表达的是社会理想和政治信念。宝力高、桑杰、色布格、竹青、巴特尔老汉、乌仁托蒂被描述为次要人物——革命者形象。这些人物虽然不是故事主角，但是在主角行动、叙述节奏、意义构建等方面发挥着帮助者作用，进而使作品故事更加丰满、情节更加复杂，叙述更加有趣。有些时候，次要人物形象有瑕疵，有缺点，犯错误，这样处理和设计次要人物形象，作品会更趋接地气，充满生活气息和泥土芳香。

想象群体——多数人。在敖德斯尔革命历史题材小说中有姓氏、有来历、有故事、有性格的人民形象之外，还有无姓氏、无来历、无故事、无性格的大众形象，比如，军队、乡民、农民、牧民、各族人民等模糊、抽象的人群。这些人群虽然在作品中无姓氏、无来历、无故事、无性格，但却是革命成功的保障，并在文本中发挥着重要作用。"人民群众是党所依靠的推动无产阶级革命和社会主义建设不断走向胜利的主体，人民群众观从根本上构成了中国共产党革命方略和治国方略的理论基础。"① 比如，长篇小说《骑兵之歌》中乌力吉木伦河流域两岸草原上的牧民群众、王府中被奴役和压迫的贫穷民众、土匪何富贵老巢何家城中的普通百姓，这些群众在作品中虽然没有明显的具体化描述，仅有群体的轮廓，但是对战争的胜利、革命的深入发展发挥着举足轻重的作用。

从中可以看出，在敖德斯尔革命历史题材小说中作为革命主力军的人民形象形成了两种人物形象体系及三种人物形象类型。一是具体个人——革命英雄及革命者（革命群

---

① 金德楠：《中国共产党人民群众观的内在本质、系统结构与理论源流》，《理论导刊》2023 年第 3 期。

众），是有姓氏、有来历、有故事、有性格的人物，活跃在小说表层结构上。通常，革命英雄作为主要人物（主角）依据典型化、崇高化原则被塑造为理想化人物，作者以此来体现自己的社会理想和政治信念。而革命者或者革命群众作为次要人物被描述为平凡人物，作者以此来展现革命的复杂过程与艰难进程。二是抽象人群——想象群体，是无姓氏、无来历、无故事、无性格的人物，隐藏在小说深层结构下。通常，这些模糊、抽象的想象群体在作品中被描述为革命后方力量，在某些情况下，对故事进展、叙述节奏发挥着推动作用。作者以此来表明革命大众的觉醒及革命起源的合法性。

三、革命过程：复杂与艰难

革命终将走向胜利，但要经历艰难过程。毛泽东指出："革命的中心任务和最高形式是武装夺取政权，是战争解决问题。"[①] 用武装夺取政权必将带来流血牺牲，马克思主义和中国革命实践就充分证明了这一点。因此，作家们通过书写血腥的战争和殊死的斗争来鲜活地展示中国新民主主义革命的复杂和艰难历程。

敖德斯尔先生在革命历史题材小说中采用大量笔墨描写革命战士们在殊死搏斗中的流血、牺牲的经过，展现革命斗争的激烈程度和艰难过程。比如，长篇小说《骑兵之歌》中革命战士宝力高、楚乐林被何富贵土匪俘虏，受尽折磨和摧残，最后年轻战士宝力高在监狱中英勇牺牲。短篇小说《枣骝马的故事》中战地联络员朝克图在送信途中遭遇土匪伏击受重伤，危难时刻在枣骝马的帮助下获救。中篇小说《草原之子》中革命战士巴图苏和、波尔图在执行战地任务时身负重伤，为了赢得革命的胜利在战场上英勇牺牲。

作者描写主人公流血与牺牲的故事，不仅是要凸显和渲染革命斗争的复杂和艰难过程，让人们牢记革命是艰难的，人民政权是用革命战士们的鲜血换来的，其中还有对个体生命价值和意义的深刻思考。历史是一种精神财富，虽然是过去时空中发生的事件，但是通过各种途径参与未来世界的建构和塑造，为未来时空中可能发生的事件提供合法性依据。

革命历史题材小说中总是凸显革命英雄们的迎难而上、浴血奋战、百折不挠、英勇斗争、不怕牺牲的精神品质，这不仅是宣扬英雄主义、乐观主义和理想主义精神，更重要的是表现出叙述者对生命意义和价值及其永恒性的深刻思考。"革命历史小说作家以经典的马克思主义阶级分析方法为指导，在作品中自觉运用战时两军对阵的二元对立思维模式来构思创作，自觉强调英雄主义和革命乐观主义，所有的人都被卷入非此即彼的对立斗争中，我们几乎看不到与革命斗争无关的人。所有的人物都别无选择地置身于特定年代的特定环境中扮演着革命或反革命的角色。"[②] 在革命理论及其框架中自然存在二元对立链条，即黑暗与光明、邪恶与善良、压迫与反抗、苦难与幸福、衰落与崛起、死亡与永生，等等。也就是说，革命必将走向胜利，但需要浴血奋战。因此，就有"牺

[①] 毛泽东：《毛泽东选集》，人民出版社1991年版，第541页。
[②] 徐英春：《一种故事两种说法——革命历史小说与新历史小说比较研究》，《学习与探索》2004年第6期。

牲的彼岸是永生""苦难的彼岸是幸福"的逻辑推论。战士的牺牲换来的是革命的成功，肉体的消亡带来的是精神的永生，个体生命的支流涌入集体生命的洪流，个体生命就能得到永生，按照这一逻辑推论解读死亡与苦难，死亡便成生命的另一种延续形式，苦难就变成幸福降临之前的短暂折磨。面对苦难与死亡，革命战士们总是毫不畏惧、浴血奋战、百折不挠、英勇斗争，将自己的鲜血和生命献给革命的宏伟事业。

除此之外，在短篇小说中还经常采用情节的波浪式发展来展现革命斗争的复杂和艰难过程。比如，短篇小说《枣骝马的故事》的情节安排就采用波浪式发展模式，即平静—低谷—平静，抑或接受任务—遭遇困境—完成任务。小说一开始就出现联络员朝克图接受战地任务，愉快地奔驰在广阔草原上的场景，这是故事发生阶段，是主人公接受任务的情节，抑或平静的情节。朝克图在途中遭受土匪伏击，身负重伤，昏倒在地，这是故事发展阶段，是主人公遭遇困境的情节，抑或低谷的情节。小说末尾依靠枣骝马的帮助主人公获救并完成送信任务，这是故事结束阶段，是主人公完成任务的情节，抑或平静的情节。早期革命历史题材小说中经常出现故事情节的波浪式安排，即初始常态—危机状态—回复常态，这种情节安排遵循的是生活逻辑和革命实践事实，也符合读者阅读习惯。

敖德斯尔革命历史主题小说创作属于回忆式写作，因为革命战争结束后，敖德斯尔先生才踏上小说创作道路。回忆式写作的目的不仅是还原过往的遭遇和事件，还要在过往历史的地基上构建当代和未来的历史。在他创作革命历史题材小说的年代，恰逢要求文学艺术积极参与社会主义话语体系构建，宣传人民政权合法性，以生动的文学笔墨推广和普及马克思主义、毛泽东思想以及国家政策的时代。因此，包括敖德斯尔作品在内的革命历史题材小说创作是一种革命历史经典化、革命话语普及化、革命故事媒介化的过程，其目的为弘扬革命精神，强化国家认同，让革命传统在人民心中永存。

文学是一种媒介。"作为一种信息传播的审美化介质的文学艺术，诉诸人类情感的精神产品在影响乃至引导受众的情绪、思维方面显然有着其他传播介质所不具备的优势。"[①] 所有媒介的目的都是突围时空局限，让信息和意义传递久远。当时敖德斯尔先生选择故事小说形式书写革命历史题材，不是偶然的，而是与民族文化传统、时代要求和读者期待有关。讲述故事和聆听故事是源远流长的民族文化传统，故事是广大人民群众喜闻乐见的艺术形式。对于在组织安排下步入文学创作道路的青年战士敖德斯尔来说，何谓小说，如何进行小说创作，是一个未知数，他没有清晰的认识和答案。敖德斯尔先生的家乡是远近闻名的故事的海洋、民歌的故乡，他听着故事和民歌长大，所以，很自然地以编歌词和剧本的方式开启了一生的文学生涯。

敖德斯尔的革命历史题材小说以史诗气派和草原风情著称。那么，何谓史诗气派？怎样构建史诗气派？洪子诚在其《中国当代文学史》中认为："'史诗性'在当代的长篇小说中主要表现为揭示'历史本质'的目标，在结构上的宏阔时空跨度与规模，重大历史事实对艺术虚构的加入，以及英雄形象的创造和英雄主义的基调。"[②] 巴·布林贝赫

---

① 刘骋：《传播与文体样式——兼论宣传学视野下的革命文学》，《内蒙古师范大学学报》2006年第6期。
② 洪子诚：《中国当代文学史》，北京大学出版社1999年版，第108页。

在其《蒙古英雄史诗的诗学》中将蒙古英雄史诗的特征分为神圣性、原始性、程式性加以考察。[1] 因此，我们可以把史诗气派描述为豪放、崇高和刚劲风格。恢弘的题材内容、宏阔的历史背景、激烈的冲突矛盾、壮美的故事情节、崇高的英雄人物、宏伟的历史精神等元素汇聚在一起，就会形成文学作品的史诗气派。敖德斯尔的长篇小说《骑兵之歌》具备上述元素，自然会形成史诗气派。除此之外，他的某些短篇小说和中篇小说也具备史诗气派的某些元素。比如，中篇小说《阿力玛斯之歌》就具备壮美的故事情节、崇高的英雄人物等史诗气派的某些元素。

革命历史实践是革命历史题材小说的公认选题场所。敖德斯尔虽然从边疆地区革命历史实践中取材进行小说创作，但是情节安排、故事设计、意义指向等方面与当时的兄弟民族作家并无不同之处。究其原因，当时的文学写作是一种规范化的政治行为，以艺术形象展现革命真理、构建革命话语、宣扬革命的合法性是所有作家的社会使命和艺术追求。但是以民族形式来表现革命内容，以地方路径来书写革命故事，使敖德斯尔先生的革命历史题材小说充满了民族意蕴和草原风情。

结　语

敖德斯尔先生的小说创作涉猎革命历史、生产劳动和日常生活题材，在时间轴上这些题材不是依次出现，而是同时出现的。在20世纪50年代末、60年代初的小说创作中均可看到以《遥远的戈壁》为代表的革命历史题材小说，以《撒满珍珠的草原》为代表的生产劳动题材小说，以《阿力玛斯之歌》为代表的日常生活题材小说。其中革命历史题材小说占居重要地位。敖德斯尔先生是具有革命精神、革命情怀和革命激情的作家，革命现实主义是他一生小说创作中始终遵循的创作原则。他虽然书写生产劳动和日常生活，但总是流露出革命情怀。所以，革命精神、革命情怀和革命激情是敖德斯尔一生小说创作中始终贯穿的思想脉络和情感链条。

在空间维度上，敖德斯尔先生的小说均描述祖国北部边疆草原的自然景观、风土人情和牧民生活，具有强烈的地方特色。用草原、骏马、牧场、风雪、严寒等具有地方色彩的意象和场景勾勒出草原诗学和草原风情，使其小说充满抒情性和浪漫性，有别于南方诗学和水乡风情。敖德斯尔先生是以地方路径讲述国家故事的作家，突显了中国文学的丰富性和地方活力。

(内蒙古师范大学蒙古学学院教授、博导，内蒙古作家协会主席)

---

[1] 巴·布林贝赫：《蒙古英雄史诗的诗学》（蒙古文），内蒙古教育出版社1997年，第7—42页。

地域风情、民族文化与时代新人
——敖德斯尔儿童文学创作论[*]

李利芳

当代蒙古族著名作家敖德斯尔出生于 1924 年，于 1956 年开始发表儿童文学作品，代表作有《小冈苏赫》《草原童话》《云青马》《狗坟》等。敖德斯尔是和新中国一起成长的少数民族作家，他的儿童文学创作立足自我成长经历与内蒙古草原文化，将童年精神、民族精神、时代精神深度融为一体，具有气质鲜明的民族儿童文学美学风格。敖德斯尔对儿童小说的文体特质有非常自觉的认知，对民族儿童文学的价值功能与艺术创新路径更有独到的理解与深耕实践。将其儿童文学艺术建树与云南、青海、贵州等不同地域民族儿童文学作家作品对比分析，更有助于彰显敖德斯尔儿童文学价值观念与美学思想，推进民族儿童文学价值阐释与理论研究。

一、力与美：民族儿童主体性建构

与敖德斯尔整体文学成就相比，他的儿童文学创作总量并不是很多，他自己也说"我虽然十分喜欢儿童文学，但写得不多"[①]，但他对儿童文学文类性质及审美规律的认识是精准深刻的，他说："写儿童小说，最重要的是写出真实、鲜活的儿童形象，并使作品充满儿童情趣，那才真正是儿童小说。"[②] 真实、鲜活的儿童形象是儿童小说的灵魂，而儿童情趣则是其基本审美内涵。作为发现儿童、为儿童立言赋权的文学，儿童文学的主体性首先且主要表现在儿童主体性的建构上。因此，民族儿童主体性建构也就是民族儿童文学的价值中心。在敖德斯尔 1956 年发表的第一篇儿童小说《小冈苏赫》中，新中国草原上的时代新人蒙古族儿童小冈苏赫就跃然纸上。这个孩子虽然只有 7 岁，但却是一个从外表到内心都升腾着虎虎生气的中国男童。叙述者"我"第一次见到小冈苏赫的时候，他身穿草绿色长袍，腰间像大人一样扎着宽宽的红绸腰带，骑着一根长长的柳条子，红润润的圆脸蛋，笑眯眯的两只大眼睛一闪一闪的那么亮。他说自己是属老虎的，就是那个什么也不怕的大老虎。就是这个英姿勃

---

[*] 本文为国家社科基金重大项目"百年中国儿童文学文献资料的整理研究与数据库建设"（22&ZD275）阶段性成果。

① 敖德斯尔：《敖德斯尔文集》（第八卷），内蒙古人民出版社 2008 年版，第 321 页。
② 敖德斯尔：《敖德斯尔文集》（第八卷），内蒙古人民出版社 2008 年版，第 319 页。

勃的小冈苏赫，在春季特大风暴中一个人在夜晚守护住了三百多只羊。他因此获得了旗委书记送给他的一条很具纪念意义的朝鲜小英雄的红领巾。小冈苏赫的身上融合了顽童的游戏精神、蒙古族的刚毅英雄气质、爱国主义与集体主义的时代风尚等多重价值意蕴，使其成为备受小读者共鸣喜爱的儿童人物，是新中国儿童文学人物形象画廊中的典型代表。

小冈苏赫的故事来源于"真实生活，人物语言也是草原儿童口头上的活的语言"①。敖德斯尔认为民族儿童小说的主要任务"还是反映少数民族儿童现实生活"②。小冈苏赫的人物魅力主要来自他的自主性、能动性，他在生活实践中自由地、有目的地开展活动，他的身上充分深刻地彰显着蒙古族人民热情豪爽、坚韧独立的性格特征。新时期初，曹文轩提出"儿童文学作家是民族未来性格的塑造者"③ 这一著名观点，他指出，"我喜欢坚韧的、精明的、雄辩的孩子……应该让全世界看到，中华民族是开朗的、充满生气的、强悍的、浑身透着灵气和英气的！"④ 小冈苏赫是20世纪50年代小说中塑造的儿童形象，但是他身上透射的精神气质与曹文轩表达的儿童文学价值观念内核高度吻合。

如果说敖德斯尔主要从"力"的角度彰显蒙古族儿童的主体性，云南彝族作家普飞镌刻的则是彝族儿童的"美"。"力"与"美"的双重变奏淬炼为民族儿童文学童年精神的要旨，这对民族儿童文学审美特性的理论命题提取极富启示意义。

普飞1934年出生，几代祖辈到父辈都是文盲，他虽只读过小学，但全凭个人的刻苦努力走上了文学创作的道路。普飞是新中国成立后彝族本民族内部成长起来的少数知识精英之一，他创作有大量以反映彝族儿童与他们身处的社会环境为题材的儿童文学作品。普飞的语言很朴素，文字清新简约，文体选择多以小说为主，兼有童话、散文等。其文学世界的展开，入题往往很小，注重从生活细节出发，情境真实，情感质朴真诚，紧贴现实大地创造文学诗情，一点一点再现彝族儿童的美丽心灵，显示了一种本色的民族情怀。如他写"哑孩"⑤，12岁的彝族小姑娘又聋又哑，她没有能力上学，可是每天看着别的小朋友上学读书，她的心里也是暖暖的甜甜的。这天早晨，她看到小朋友们过河的独木桥被洪水冲掉了，她想方设法及时告诉他们，不然的话他们上学就迟到了。在普飞笔下，彝族孩子对生命的爱与同情达至一种特别的高度。他们与美丽的彝族山区融为一体，给养着绿色大自然的生命精华，创造出壮丽的人文自然图景。

普飞有一篇写云南泸沽湖的摩梭少女的作品，题名为《蓝宝石少女》，收入《普飞儿童文学作品选》（第61—66页）。这篇作品写的是"我们"一行四人在泸沽湖遇到了一位非常善良可爱的少女，她对客人发自内心的友善之情，让我们赞叹不已。在深蓝深

---

① 敖德斯尔：《敖德斯尔文集》（第八卷），内蒙古人民出版社2008年版，第318页。
② 敖德斯尔：《敖德斯尔文集》（第八卷），内蒙古人民出版社2008年版，第319页。
③ 曹文轩：《儿童文学家必须有强烈的民族意识》，陈子君编选，《儿童文学探讨》，河北少年儿童出版社1991年版，第361页。
④ 曹文轩：《儿童文学家必须有强烈的民族意识》，陈子君编选，《儿童文学探讨》，河北少年儿童出版社1991年版，第368页。
⑤ 普飞：《哑孩》，《普飞儿童文学作品选》，云南民族出版社1997年版，第110—111页。

蓝的泸沽湖的映衬下，少女晶莹剔透的心灵就像一块夺目的蓝宝石。"蓝宝石少女"成为普飞笔下少数民族儿童形象的一种象征，其深刻的寓意功能使其堪称民族儿童文学的一个经典审美意象。

儿童文学是追求真善美的文学，对美好童真的表达与映现是儿童文学普遍的主题，但是民族儿童文学对这一主题的聚焦则格外表现突出。敖德斯尔与普飞身处南北不同地域，自然地理与民族文化差异使得他们对民族儿童主体性内涵的挖掘呈现不同角度与旨归，但是对童真之美、童年力量的崇敬却成为共同的民族情怀。虽然民族身份不同，但是他们的文字中所渗透的民族理想都共同坚定地指向了人类道德境界的最高处，诉诸真善美的完美境界，以儿童视角呈现则尤显纯粹与本真。这是民族儿童文学民族性价值内涵的一个重要向度，也是民族儿童文学形成其文化身份的显在标志。

二、草原童话：地域风情中的童年诗学

《敖德斯尔文集》第八卷为《儿童文学》，除短篇小说、童话、中篇小说外，作者将回忆自己童年和青少年时代的文章也收录其中，可见敖德斯尔将童年经历视为其儿童文学美学思想形成最重要的源泉。本卷第一篇作品题名为《甘露与黄金》，开篇这样写道："家乡的水如甘露，出生的土地如黄金。这是蒙古族民间流传的谚语。我尝的第一口甘露是巴林左旗清澈的乌力吉木伦河河水，我落地的土地是乌力吉木伦河岸边乌森土茹草原上一个小小的牧村。"① 敖德斯尔从小过的是逐水草而居的游牧生活，他在大自然的怀抱中茁壮成长，草原上的水与土就是他生命中的甘露与黄金。他的全部童年感受无不与草原有关，他的童年想象就诞生于草原中，他创造出"草原童话"这一儿童文学审美范畴，它构造为地域风情中童年诗学的一种样态。

敖德斯尔的《草原童话》于1961年5月28日发表于《人民日报》。故事以白云鄂博巍峨峻峭的山岭为背景，写一群从城市里来参加夏令营的蒙古族儿童站在高山之巅观看草原日出的胜景，在草原上采野花，捉蝴蝶，住蒙古包，还听百岁老人讲童话故事，体验神奇的民间传说，憧憬共产主义社会的美好理想。作家采用"草原童话"作为题名别具深意，它既实指白云鄂博的童话传说，又隐喻当下草原儿童的幸福童年。"草原童话"是一个历史命题，它伸向民族文化的纵深处，富含瑰丽的幻想色彩，内蕴草原儿女对美好生活的向往，以及江山属于人民的朴素的民本思想；它又是时代感极强的现实命题，作家让草原壮丽的自然景观与灿烂童心交相辉映，以童话的美好意象，从童年的观察视点，表达新中国社会主义建设的新气象，引领孩子用双手创造美好的草原未来。

敖德斯尔对"草原童话"审美范畴的思想贡献，来自他对民族文化的自觉传承与一以贯之的创新精神。他在回忆文章中经常提起那些永远唱不完的优美动听的蒙古族民歌以及永远听不厌的迷人的民间故事和传说对他的文学启蒙，他细致地记录了那位名叫锡尼尼根的天才说书人给他的巨大影响。敖德斯尔的童年文学经验是那样的鲜活与生动，故事以最原始的艺术魅力让他忘记了干渴和饥饿，痴迷不已。民间文学是现代儿童文学

---

① 敖德斯尔：《敖德斯尔文集》（第八卷），内蒙古人民出版社2008年版，第1页。

的源头，民族儿童文学先天秉具民间文学资源优势，自带原始而茂盛的儿童文学生机与活力。草原童话作为文学基因注入敖德斯尔的灵魂中，一旦他专门为孩子写作，草原童话作为一种文学原型展开便是自然而然的了。

在谈到21世纪民族儿童小说的创新时，敖德斯尔认为："作家必须继续深入到本民族儿童生活中去，要从时代前进、社会发展、生活变化中把握民族传统、民族性格的新发展、新变化，并善于发现居住在不同地区的本民族儿童在继承民族传统、秉承民族性格上的独特而奥妙的体现，发现本民族儿童个性发展中的民族心理因素和地域环境因素。"① 我们从他早期创作的《草原童话》中，能够清晰地看到他在儿童文学起步时就在践行先进的民族儿童文学理念，他始终将艺术感知牢牢扎根于民族儿童生活场域中，以浪漫童真为聚焦，将自然景观、历史文化、民间传说、时代特征完美地融为一体，创造出既具地域风情、民族个性与历史的传承，又浸润童真童趣与时代强音，富含多重价值意蕴的优秀儿童文学作品。

辽阔的草原是自由童年的栖居地，草原童话代表了一种童年精神。蒙古族作家察森敖拉是青海门源县人，出生于1944年，他对祁连雪山下牧场中孩子们原生态生活的书写同样精彩纷呈。作为从本土自然与文化土壤中成长起来的作家，察森敖拉在《祁连游牧仔》中也尽情展示出植根于草原的儿童文学美学气质。在他笔下，那些草原上的孩子们从小在自由开阔的天地里与骏马一起奔腾，成天在新鲜的风、阳光与空气的滋养中茁壮成长，他们的精神风气代表了旺盛的、自然自足的生命的原生力状态。他们不是孤立的个体的存在，既与自然生命和谐共处，又与童年玩伴有成天的厮守，这一群孩子，祁连山的游牧仔们，他们在世界的另一端，究竟每天上演着怎样的故事？对这一问题的回答，就是察森敖拉儿童文学创作自然的初衷。"在大漠的尽头，在草原的深处，在大雪山的皱褶里，在长江、黄河源头的无数小溪边，人们是怎么生活的？每天发生着一些什么样的动人故事？……本书为你撩开了一缕神秘的面纱。"② 察森敖拉从童年视域出发的创作，深蕴着他对草原民族精神的热切守望，寄寓了他对生命理想的赤诚追求。他的儿童文学将民族文化视野与儿童本位思想有机融通，使其文本的审美世界被建构为一个多层次立体的有机整体。

三、少年与马：儿童文学主体间性的经典样态

儿童与动物天然构成间性交往关系，动物在儿童文学中占有举足轻重的地位，是儿童文学价值体系非常基础的构成。少数民族地区由于自然地理、历史文化、生产生活方式、民族习俗等的差异性，人与自然、与动物的关系非常密切，尤其儿童与动物的亲密关系，更体现得淋漓尽致。民族儿童文学对儿童与动物交往关系的审美建构，为儿童文学主体间性美学研究提供了充分深刻的样本。

蒙古族被称为"马背上的民族"，少年骑马自由奔驰是草原上一道壮丽的风景，既

---

① 敖德斯尔：《敖德斯尔文集》（第八卷），内蒙古人民出版社2008年版，第320页。
② 察森敖拉：《祁连游牧仔》，青海民族出版社1998年版，"作者的话"，第1页。

是草原生活、草原文化的典型表征，又是草原力量、草原精神的透彻彰显，它充满了巨大的美学冲击力，是儿童文学民族性视野中一种独特的审美范式。敖德斯尔于1996年发表的蒙文儿童中篇小说《云青马》，讲述了一个"少年与马"的经典成长故事，是一篇极富草原生活质感与文学动人魅力的优秀儿童文学作品。此时作家的儿童文学写作姿态已沉淀得更为成熟稳健，语言质朴明净，人物塑造与故事讲述从容有致，开合有度。作品在整体蒙古族生活视景中聚焦童年人生。在牧人心中，马也是有"魂"的。一匹前额上长着圆月、带鹿花斑的青马驹被爷爷视为是古老民歌中"云青马"的化身，小达格敦在对它的爱护与浪漫的文学想象中积蓄着长大的力量。作品按照儿童与云青马的生长节律自然铺陈，聆听谛视万物萌动。在古老民歌《云青马》的悠扬旋律中，小达格敦与他的青马驹相伴成长，彼此深情厚谊，会心认同，互为生命印证。长成骏马的云青马威武轩昂，聪慧英俊。备上马鞍之后俊逸、刚健，充满活力，飞奔起来乘风破浪，如彗星行空。骏马的奇美在召唤小骑手的驾驭，13岁的小达格敦骑着它参加敖包会赛马，云青马飞奔时"一股无穷尽的力量像烈火一样在它胸中燃烧"，他们勇夺桂冠。

草原少年与骏马互相成就，用奔腾的生命气象一起诠释青春活力。敖德斯尔的成长书写隐含民间叙事的深层结构，儿童主人公必将经历"在路上"的磨难与蜕变，最终成为健壮的独立主体。15岁的小达格敦被迫骑着他的马出走远方，直至成为打狼英雄，长大成人后返回家乡，那时他已成为身材魁梧、仪表堂堂、胸膛结实有力的大汉。敖德斯尔创作这篇作品时已经过了70岁，他在全人生结构框架中理解童年并审视成长。他不会把儿童文学定位为封闭时空内的文学表达，相反，它是从历史一路走来，拥抱当下又走向未来的精神创造。就像故事中那首吟唱云青马的民歌，它提领了故事的开篇，又像一条穿过草原的长河，带着牧马人世世代代的深情厚谊，流向远方。少年与马是这篇小说的显性叙事主体，而古代英雄史诗和民间故事是民族记忆与文化基因，在小达格敦的成长中如影随形，启悟他成长就是要奔向高远的蓝天和辽阔的大地。敖德斯尔把马、马的历史、马的神话、马的精神完全活化了，同时他也写就了一部草原少年成长启示录。

敖德斯尔的儿童中篇小说《狗坟》发表于1998年，这是一篇为一只名叫少乐木的狗作传的作品，写的是狗的英雄传奇故事。在草原大路旁碧绿的漫坡上，有一个不大的凸起的小坟，这一带地方被命名为"狗坟草原"。当地人缘何要对一只死去的狗有如此高的礼遇？作家娓娓讲述小郎布和他的小狗相知相伴、生死与共的故事。少乐木出生时原本被抛弃，但它奇迹般地生还，小郎布恳求父亲将其留下来。这只聪明机灵的小狗在小主人的爱护下茁壮成长，敖德斯尔用了很多生动的语词与细节描写来刻绘一只小狗的可爱。如同写马一样，他的笔致温馨舒润，在草原日常生活细节中，通过营地护羊、狩猎等劳动场景，让一只狗的形象逐渐丰满起来。"它舒展的身躯，那富有弹性的四肢，好像在草尖上飞似的，一跳就是一丈多远。"① 这是作家对一只成长中的狗充满活力的身姿形象的描绘。这只尽职尽责的狗，面对外出购买年货的主人和被大雪围困的牧民时，居然能想到钻进雪层下面，沿着大雪覆盖的深深的土路，跑回家报信拯救主人，直

---

① 敖德斯尔：《敖德斯尔文集》（第八卷），内蒙古人民出版社2008年版，第124页。

到最后累死离去。狗的忠诚让人感动落泪,动物的认知与情感能力远远超出我们的想象。敖德斯尔用了很多笔墨以人的体察力去共情狗的心理活动,写出了能动的、时时散发生命光辉的少乐木的传奇一生。这是一篇少年与狗展开深度生命致意的优秀作品。

动物与儿童生命一体化呈现为民族儿童文学叙事的常态,其中动物与儿童关系的纯粹性与透明性令我们震惊。它涉及生命本能、儿童人格养成、社会化路径等若干重要议题,无论是对当下的生态教育开展,还是教育生态转变,以及儿童健全生活方式达成,都有非常积极的启示意义。蒙古族作家察森敖拉有一篇题为《无词的摇篮曲》[①]的作品,书写的也是人与动物的故事。故事以蒙古族女孩巴达玛破解额吉的一些不可思议的行为为叙事线索,写出了一头衰老的白牦乳牛与这个女孩神奇的生命关系。巴达玛出生的时候母亲就去世了,在那个艰难的岁月里,是额吉冒着巨大的风险偷取了白牦乳牛的乳汁将巴达玛喂大的,最关键的是善解人意的白牦乳牛主动配合了额吉偷偷摸摸的行为。巴达玛对额吉解谜的过程其实就是她寻找自己"母亲"的过程。不承想这个伟大的母亲原来就是老白牦乳牛,无词的摇篮曲就是额吉挤奶时唱给白牦乳牛的曲子,它是人与动物情感沟通的桥梁,是伴随巴达玛成长的充满了爱的曲子。作品以牦牛的"母乳"使孩子巴达玛的生命与动物的生命彼此映衬,从"源泉"的意义维度昭示出草原人民的生命之根。事实上,作品更深的价值在于它的象征性,老白牦乳牛与老额吉的生命形态是彼此参照的,他们代表的是草原的传统民族精神,其内核便是孕育生命的"母体"意象。儿童与额吉、白牦乳牛的关系,实质就是"母与子"的意义统一体。作者通过孩子巴达玛"寻根"的过程,为她种下了根系深长的民族文化精神的种子,这一精神最终也的确为巴达玛所感悟理解,并切实地传承了下去。这是一篇民族情感相当真挚,民族文化意识非常深刻的优秀作品。

儿童与动物在最原始情感认同的基础上建立起的主体间性,又表现为一种现代意义上的生态理念。对家乡自然生态的自觉保护是民族儿童可贵的品质,孩子们的这一认识甚至与他们的祖辈乃至父辈形成尖锐的对立。在普飞笔下,许多作品都写到孩子救鸟。比如他1982年发表的《两个"被告人"》[②],就是写两个孩子因为抢走了被猎人打伤的鸟而成为"被告人"的故事,通过他们的执拗以及"我"的说服,猎人也深刻地认识到保护森林与鸟兽的重要性。1984年普飞发表的另一篇作品[③]写的是两个彝族孩子细心照顾五只扎腊么小鸟的故事,孩子美善的心灵在与鸟的交往中更显异彩。普飞另有一篇写哈尼族少年的故事[④],他是一个神奇的鸟童,能逼真地模仿出各种鸟的叫声,轻松地将鸟儿召唤到自己身边。自然,他的这一能力是用来保护鸟儿的。"鸟与儿童"的主体间性是普飞书写的审美范式,就像敖德斯尔笔下的"少年与马",它们都构成为民族儿童文学民族性内涵的重要价值向度,其中所蕴含的生命观、生态意识、儿童观等都是当下的儿童教育与儿童文学需要积极学习借鉴的思想内容。

---

① 察森敖拉:《无词的摇篮曲》,《祁连游牧仔》,青海民族出版社1998年版。
② 普飞:《两个"被告人"》,《蜜蜂报》1982年6月8日。
③ 普飞:《再见吧 扎腊么鸟》,《小学生报》1984年1月27日。
④ 普飞:《神奇的鸟童》,《普飞儿童文学作品选》,云南民族出版社1997年版,第157—161页。

四、献给老师的歌：儿童教育与民族现代化发展

民族现代化发展的前提条件是知识与文明，与教育水平紧密相关。在对民族地区儿童生活状态的再现中，民族教育问题是作家们思考与表现的另一个中心，它与自由自在的美好童年构成相对的两极。在传统文化母体与绿色大自然怀抱中成长着的孩子们，具有对现代文明强烈的精神诉求。对读书与知识，他们怀着本然的崇敬之情，但因教育资源的相对匮乏，孩子们求学的渴望更显迫切与强烈。从各民族成人社会内面看，对教育的意义与价值的认同情形不一。作家们有时从正面引导着手，表达少数民族人民在朴素的理解中对教育的高度重视，希冀由此改变民族命运。也有作品从反面着眼，深刻揭示民族的痼疾与民众的愚昧之处，希望以此引发教育革新。

在敖德斯尔深情回望自己童年成长道路的文章中，"求学"与"老师"是两个非常重要的书写内容。他细细碎碎地记录下每一位启蒙老师对他的巨大影响。在他十多岁还没能上学读书去接受现代文化的启蒙时，每天接触与获得的精神滋养就是永远唱不完的优美动人的蒙古族民歌和永远听不厌的迷人的民间故事和传说。他在《我的第一位文学老师》中，写到了童年时本家老喇嘛所讲述的动人故事，以及十多岁时一个名叫锡尼尼根的说书艺人使他少年时期的精神生活变得那么丰富多彩，为他打开了通向文学的大门。他生动地记录了这位艺人的故事讲述场景，艺人所使用的细腻准确的词汇与异常精彩的语言，那一句一句铺陈而来的文学性画面，让他是如此的迷恋与向往。

敖德斯尔说，那位说书人虽然没教过他什么是文学，怎样进行文学创作，但他故事里的艺术魅力和塑造人物的准确、清晰对他后来的文学生涯产生了巨大的影响。敖德斯尔基于文化传承路径获得的启蒙教育揭示出少数民族地区儿童教育的特有方式，对今天的民族教育依然具有极强的启示价值。

"在我的家乡古老的草原上，直到 30 年代初，连一所小学都没有。"① 在敖德斯尔 12 岁那年，他的家乡索布拉嘎（白塔子）努图克（区）破天荒有了一座官办小学校。彼时敖德斯尔家乡的蒙古族人大部分都不愿意送自己的孩子去上学，但他有一位知书达理的母亲积极支持他读书，并始终鼓励他在遇到困难时不能放弃，这使得他最终通过接受教育成为蒙古族的知识精英。在敖德斯尔的记忆中，虽然上学非常艰苦，但一想到将来能够成为老师那样可敬的人，他就能坚持下来。在他心中，老师生动的语调超过世上最美的歌。"现在想起来，我的启蒙老师所讲的，不一定有多么深奥，可对一个原本只看见门前草滩和牛羊的蒙古孩子来说，注入我思想深处的不仅仅是知识，更重要的是为我的一生指出了一条光明的道路。"②

初小毕业后，敖德斯尔升入林东高小，这是一所纯蒙古族学校。在这里他遇到了对他人生发展影响至深的周老师，蒙古族名字叫恩和巴图。周老师非常热爱学生，时刻关心学生前途。高小二年级那年，周老师鼓励他们班一定要报考中学，"并且再三告诫我

---

① 敖德斯尔：《敖德斯尔文集》（第八卷），内蒙古人民出版社 2008 年版，第 31 页。
② 敖德斯尔：《敖德斯尔文集》（第八卷），内蒙古人民出版社 2008 年版，第 32 页。

们说:'在这个弱肉强食的世界上,没有文化的民族永远不能兴旺发达,必然要受人家欺负的。蒙古民族要复兴,就一定要有文化!'"周老师一生非常清贫,从20世纪30年代到70年代末,一直在经济文化落后的穷乡僻壤当老师,但他为少数民族地区培养了大批优秀的人才。民族地区正是因为有像周老师这样具有高尚师德、代代接力传承的教育工作者,才能一步一步推进现代化的建设发展。

敖德斯尔说,蒙古民族是富有创造力的民族,但是很多具有艺术天才的杰出人才却因为没有机会接受文化教育而被埋没。"凡是有色彩的终究会被照亮,凡是被照亮的终究都会闪光。只有在我们这个时代,才能使民族文化艺术更具光彩。"① 这是他回眸自身童年教育经历与文学事业发展时,对中国式现代化道路取得的历史成效最深情的告白。

1961年,敖德斯尔写有一个短篇《乌兰托娅的"开始"》,写的是小女孩乌兰托娅开学第一天的激动与兴奋。作家用细腻传神的笔致写出了小女孩对学校的热爱,用加了双引号的"开始"一词来强化这开学第一天对儿童人生的重大意义。"别以为小孩初次步入学堂这事儿无足轻重,不是吗,参天的大树也是从嫩芽儿长起来的!"② 这样朴实无华的表达深深道出了敖德斯尔对儿童教育倾注的热忱,他以文学之力切实践行了他对民族儿童发展的守望与扶助。

民族的现代化首先是教育的现代化。敖德斯尔的儿童文学创作触碰到这一重大议题,为我们打开了一扇窥探蒙古族儿童教育的视窗。"教育"是民族儿童文学普遍重点关注的主题。贵州侗族作家袁仁琮有一篇题为《搭车》的作品,写于1963年5月。叙述者"我"原本是一名成绩优异的侗族少年,但因得肺病而回家乡休学,这期间他担任了大队的农业技术员。因为常常需要往城里跑,"我"就认识了赶车的车大爷。车大爷是普普通通的侗族农民,平时乐于助人,与人为善,但他对"我"搭车的问题前后态度却有本质的变化。细细叙来才知道,原来车大爷是恨铁不成钢,当他知道我进城是与学习有关时,便大力支持,而当他得知我进城仅为了游玩时,便怒火冲天。最后,当"我"真正又复学回城学习时,车大爷专程来送"我",他流下了热泪,语重心长地说道:"侗家需要人才呐,晓得啵?"③ 至此,我们全部理解了这位质朴的农民内心深藏的民族理想。与发达地区相比,少数民族儿童成才是一个巨大的难题。无论是民族文化的传承还是民族建设的现代重任,毫无疑问都会落在本民族高素质人才的肩上,而儿童教育是人才培养的始基。

在彝族作家普飞的笔下,爱读书的孩子是得到反复经营与再现的一类艺术形象,甚至这种强化都成了彝族儿童的一种文化标识。在20世纪50年代,普飞就以此为主题写过很多作品。比如他笔下的"小铭生"④,就是一个特别乖巧,对读书抱有强烈愿望的孩子。虽然因为年龄不够不能上学,但他对教室苦苦的守候,对求学默默的期盼与努力,使其最终获得了上学的机会。《小铭生》是普飞早期的作品,蕴含了50年代的时代

---

① 敖德斯尔:《敖德斯尔文集》(第八卷),内蒙古人民出版社2008年版,第18页。
② 敖德斯尔:《敖德斯尔文集》(第八卷),内蒙古人民出版社2008年版,第230页。
③ 袁仁琮:《搭车》,尹伯生主编,《贵州新文学大系·儿童文学卷》,贵州人民出版社1997年版,第143页。
④ 普飞:《小铭生》,《普飞儿童文学作品选》,云南民族出版社1997年版,第89—93页。

特征,"小铭生"的形象意义成为普飞文学创作中很重要的一个典型,因为他开拓了一种民族性的问题视域。

在普飞对彝族儿童日常性生活内容的自然敞开中,有关"孩子与读书"的种种细节被他捕捉下来。比如他写孩子上学用的"藤桥"①,以"藤桥"的变化书写时代的发展进步,但"藤桥"意象却成为少数民族儿童求学"道路"的一种深刻象征。他写《泪浇的小树》②,12岁少年术强以栽种12棵小白杉来激励自己努力学习。他写《小医生与巫师》③,生动再现了彝族山区14岁的小医生智斗巫师的过程,为彝民倡扬了科学治病的崭新思想。普飞有一篇题为《升天的孩子》④的作品写得相当冷峻,因彝民迈大富的愚昧与狂妄,孩子桑娃竟然在瞬间被他杀死了。在立案调查的过程中,迈大富的儿子迈刚说出了实情,但他不堪背叛父母的重负,最终自己也走上了绝路。这是一个让人感觉"惨烈"的故事,但其反映现实的真实性似乎不容人质疑。这是因为作品深刻地勘探出了民族地区因为教育的限制而发生的悲剧。但我们在悲剧的现实中还是看到了微弱的亮色,那就是彝族儿童与其父辈的"割裂",他们奔走在科学真理的大道上,尽管有人为此付出了生命。

今天,民族教育已经取得了长足的历史进步,儿童文学在教育强国背景下民族教育的高质量发展方面承担着更为重要的社会责任。因此,从教育视角切入对民族地区儿童的艺术再现,是民族儿童文学价值功能建设长期坚守的向度。

结 语

作为记录与反映不同历史时期少数民族儿童生活与成长形态的民族儿童文学,无论在共性还是个性上,其审美情感与诗学气质均有非常独到的表现。借由对以敖德斯尔为代表的民族儿童文学作家的考察,我们对其美学形态与价值建设作了基本的梳理与研究。

徜徉在蒙古族文化的历史长河里,敖德斯尔在现代意识上对草原儿童的文化成人有着深刻的思索。少数民族儿童文学作家是民族未来性格的塑造者,这是一种严肃而庄重的使命担当。敖德斯尔深耕民族文化传统,扎根草原大地,面向祖国未来发展积极塑造时代新人,为带有地域风情的儿童文学美学建构作出了重要贡献。敖德斯尔始终将儿童本位意识放置于民族生存发展的历史性维度去获取它的价值意义,由此其文本世界中童年文化的再现便具有了童真性与社会性兼容的自足特质,使得作品在儿童情趣的张扬与思想厚度的承载上获得了平衡。

(兰州大学文学院教授、博导)

---

① 普飞:《藤桥》,《普飞儿童文学作品选》,云南民族出版社1997年版,第136—138页。
② 普飞:《泪浇的小树》,《普飞儿童文学作品选》,云南民族出版社1997年版,第58—60页。
③ 普飞:《小医生与巫师》,《普飞儿童文学作品选》,云南民族出版社1997年版,第112—119页。
④ 普飞:《升天的孩子》,《小溪流》1991年第3期。

《金色兴安岭》：作为部队文艺的边疆文学

李 哲

导 语

在1988年出版的《中国新文艺大系·中篇小说集》导言中，朱寨把《戈壁滩上的风云》（杨尚武）、《金色兴安岭》（朋斯克）和《山间铃响马帮来》（白桦）三篇小说归入同一类型。这种归类的标准大致有两个层面。第一，就题材而言，这三篇小说"反映了新疆、内蒙、云南等边疆地区的剿匪斗争"，他尤其提道，"解放战争在这些地区虽然已是余波，但仍能从中感受到它给边疆生活带来的震撼"[①]。第二，从艺术价值来看，这三篇作品又以对边疆地区"风光习俗"的描写取胜："如果将三部作品联系起来阅读，将大开眼界，展现在我们面前的是祖国边疆的不同'地貌'、非凡的异域风光。"[②] 如果说前者关联着解放战争时期边疆剿匪斗争的历史经验，那么后者则常常被指认为超越特定时代的自然风景和异域习俗。如果回到20世纪四五十年代中国的历史情境，这两个方面是密切相关的，正如朱寨所说的那样，"关于边疆异域风光习俗的描写，是非亲临其境和深有体验的作者所不能达到的"[③]。在这里，"亲临其境和深有体会"并非一般意义上的说辞，而是关联着部队在20世纪四五十年代之交群众路线的工作经验和以"体验生活"为主的部队文艺生产方式。在这个意义上来看，边疆文学中被文学史家和批评家所看重的"风光习俗"恰恰是在和"剿匪斗争"这类具体经验的连带中产生的，也必然受到解放战争、新中国成立时刻整体历史结构的制约和形塑。

相比《戈壁滩上的风云》和《山间铃响马帮来》而言，本文重点论述的《金色兴安岭》又别具特殊性。《戈壁滩上的风云》和《山间铃响马帮来》的作者都是汉族，他们随着各自部队的长距离行军分别抵达西北和西南边疆地区，所以他们的书写更多是站在部队的立场上，而以少数民族为主体的题材则被涵纳在部队"军民关系"的架构中。而《金色兴安岭》的作者朋斯克却是出生于

[①] 朱寨：《中国新文艺大系（1949—1966）·中篇小说集》，孔罗荪、朱寨主编，《中国新文艺大系（1949—1966）·中篇小说集》（上卷），中国文联出版公司1988年版，导言，第3页。

[②] 朱寨：《中国新文艺大系（1949—1966）·中篇小说集》，孔罗荪、朱寨主编，《中国新文艺大系（1949—1966）·中篇小说集》（上卷），中国文联出版公司1988年版，导言，第3页。

[③] 朱寨：《中国新文艺大系（1949—1966）·中篇小说集》，孔罗荪、朱寨主编，《中国新文艺大系（1949—1966）·中篇小说集》（上卷），中国文联出版公司1988年版，导言，第4页。

东蒙地区的蒙古族作家，他所写的骑兵部队与中原地区的革命根据地并无太多关联，而是在抗战胜利后才进入革命的、以蒙古族为主体的新部队。正因为此，在另外两篇小说中被放置在"群众"这一他者位置上的少数民族群体，在《金色兴安岭》中却成为第一义的自我构成。更为重要的是，相比杨尚武的传奇叙事和白桦的浪漫抒情，朋斯克朴拙的文字恰恰把更多的现实经验涵纳在小说叙述层面。所以相比而言，对它的解读反倒更容易把握边疆文艺和部队文艺在特定历史语境中一体连带的关系，也更容易穿透文艺本身，并以文艺为媒介为新中国及其边疆定鼎的历史过程提供新的观照视野。

一、何谓"胜利"？

在 1949 年所做的《人民解放军占领南京》中，毛泽东通过古典诗词表达了渡江战役胜利的豪情：

> 钟山风雨起苍黄，百万雄师过大江。
> 虎踞龙盘今胜昔，天翻地覆慨而慷。
> 宜将剩勇追穷寇，不可沽名学霸王。
> 天若有情天亦老，人间正道是沧桑。①

解放战争在短短数年中即在全国范围内取得决定性的胜利，这既超出了毛泽东等中共领导人的预期，也把当时中国各个阶层的进步人士和广大人民群众卷入这种充满胜利豪情的历史氛围中。对此，在中国共产党领导下的部队文艺工作者不仅有更直接和切身的感受，更以通讯报道、抒情诗歌、小说戏剧等多种方式将这种胜利豪情予以呈现和定型。从某种意义上说，这些极具时代性的文艺媒介和军事斗争始终在把昂扬、激荡、豪迈的乐观主义激情注入有关解放战争和新中国成立的历史叙述。不过在胜利豪情之外，这首《人民解放军占领南京》还有另外的意涵未被当时的主流文艺充分把握。例如，七律诗中"宜将剩勇追穷寇，不可沽名学霸王"一句尤其隐含着毛泽东在胜利时刻对革命情势的审慎思考，也体现出他对战争胜利之后种种情势变化的预判。身为政治家和中共最高军事决策者，毛泽东已经意识到，在军事实力占据整体优势的情形下，境内大规模的战役已经基本结束，此前在弱势位置上行之有效的游击战、运动战也将告一段落，而对溃逃敌人的追击、对小股反动武装力量的清剿将成为此后军事斗争的主要内容。

《金色兴安岭》正可以视为"宜将剩勇追穷寇"的故事。具体来说，这篇小说力图呈现的是内蒙古边疆地区的剿匪斗争经验，正如有批评家精准概括的那样，《金色兴安岭》"写的是'金色的山地间'，一场大战后的跟踪搜索"②。仅就题材而言，这种叙事在当时的部队文艺和边疆文学中并不算罕见。但相比那些借助歌颂胜利形塑历史豪情的写作而言，《金色兴安岭》的作者朋斯克却对"胜利"有着更具现实性的思考，并对

---

① 毛泽东：《人民解放军占领南京》，中国人民解放军军事科学院毛泽东军事思想研究所年谱组编，《毛泽东军事年谱（1927—1958）》，广西人民出版社 1994 年版，第 747 页。
② 朱寨：《中国新文艺大系（1949—1966）·中篇小说集》，孔罗荪、朱寨主编，《中国新文艺大系（1949—1966）·中篇小说集》（上卷），中国文联出版公司 1988 年版，导言，第 4 页。

"胜利"和"战斗"的关系做出一种更贴合历史情境的呈现。

具体而言,《金色兴安岭》所描写的"胜利"可以区分出两种不同的形态。

第一种"胜利"是常规性的,它出现在小说结尾处,带有明确的意识形态意味:

> 从前次打歼灭战的日子算起,已经七昼夜了。
> 天快晌午,高空有十来只山鹰雄健的飞翔。
> 金色兴安岭下边,振荡着骑兵的胜利凯歌。①

一般而言,小说结尾处所写的"胜利"常常是一种带有完成性的最后的胜利,在1949年新中国成立初期的边疆小说写作中,这种结尾处的"胜利"常常直接对应着新中国成立和边疆定鼎的历史过程。但和同时期其他作品相比,朋斯克并没有为这个"胜利"匹配相应的胜利豪情。事实上,《金色兴安岭》并不以诗化抒情见长,它的整个叙事并没有伴随着一个情感强度不断递增并最终导向"狂欢化"的精神轨迹。无论是"有十来只山鹰雄健的飞翔",还是"骑兵的胜利凯歌"的"振荡",都是在表现一种情感的"安稳"状态。这种在最后胜利时刻的"安稳"当然不仅仅局限于小说结尾,从《金色兴安岭》的整体叙述结构来看,作为主轴的"剿匪斗争"正伴随着一个致力于将情感"安稳"下来的主体性过程。从这个意义上说,结尾处这种"安稳"的情感状态贴合着骑兵连任务完成时的具体情形,更是"七昼夜"追击中持续的精神紧张最终"落定"的结果。

除了小说结尾处这场奔袭战的"胜利"之外,"七昼夜"前的"歼灭战"则构成另外一种形态的"胜利"。如果说前者是经过"战斗"赢得的胜利,那么后者的"胜利"却接续了一场"七昼夜"的"战斗"。由此,"胜利"在叙事上的终结意义被取消了,这场被安置在开头的"胜利"突然显得暧昧起来。对这场"胜利"具体的获得过程,作者朋斯克没有做任何描述,他在一开始就着意渲染了朱寨所说的"大战后"场景:

> 太阳暖融融地照在乌珠慕尔沁山地——兴安岭的支脉上,像涂上了一层金黄色。软风一阵阵拂着海浪般的草丛,发出沙沙声响。浓厚的野草芳香中,还夹杂着稍许的硝烟味;南边不远的地方燃烧着熊熊野火,烧红了半边天,乌黑的烟雾染黑了低空的几多白云,使这空旷荒凉的山地构成别致的景色。遥远的什么地方清脆的响了几下枪声,便完全寂静了,金色的山地间越显得静荡荡地。②

朋斯克的笔触是偏写实的,硝烟、野火、烟雾、枪声被收摄在兴安岭的自然风物之中,呈现出某种高度日常化的气息。这种日常化同样体现在骑兵连侦察班长巴特尔对俘虏和战利品的态度上:"报告连首长,战场打扫完啦,收容了二十三个俘虏,缴获十四支步枪,一挺加拿大轻机枪……"③需要强调的是,这不仅是"战斗"的日常化,而且也是解放军部队剿匪斗争"胜利"的日常化。正是因为这种日常化的战争体验,朋斯克的小说不仅没有给"胜利"匹配同时期其他诸多作品中常见的豪情,反而敏锐捕捉到因

---

① 朋斯克:《金色兴安岭》,《解放军文艺》1953年8月号。
② 朋斯克:《金色兴安岭》,《解放军文艺》1953年7月号。
③ 朋斯克:《金色兴安岭》,《解放军文艺》1953年7月号。

"胜利"的不彻底而流露出的失落。在侦察班长巴特尔这里,战利品的报告最终还是要落到"别的胡子都漏网"的忧虑中,而连首长的回答自然坐实了这个令人沮丧的事实:"不用提啦,几百个胡子跑到这疙瘩,一伙两伙散着都没影啦,哪边都没有追上,只打死、抓住了十多个胡子"①。相比那种特定时刻的乐观主义激情,朋斯克笔下这种掺杂着失落、忧虑乃至沮丧的胜利感更贴合解放军基层部队剿匪的历史经验,而这种感觉构造的生成也正是解放战争后期敌我力量对比的颠倒和关系态势的翻转引起的。对这个重要的历史情境,小说《金色兴安岭》的叙述从敌我双方各自的立场给出了明确的交代。

在小说第四节,朋斯克借助"北京喇嘛"的口供勾勒出包俊峰匪部叛乱的行动逻辑:

> 他们这般不知深浅的家伙,以为内蒙骑兵师一定随四野入关,乌珠慕尔沁地广人稀,交通不便,大军活动不开,小部队剿不了,吹嘘着什么"用套马杆子套死当地小八路",梦想长期盘踞草地,谁知道骑兵师一部顶着他们屁股追上来啦,受到几次严重打击以后,开始狡猾起来。包俊峰提出"养精蓄锐"口号。能躲避尽可能躲避,所以正运用着他们所谓的"麻雀战",小股分散到指定地点集合。②

尽管包俊峰纠集的不过是国民党东北保安骑兵旅的"残部",在整体实力上无法和内蒙古骑兵师匹敌,但是"乌珠慕尔沁地广人稀,交通不便,大军活动不开,小部队剿不了"的地理却从"残部"的绝对弱点中转化出相对优势。而通过"养精蓄锐"的口号,包俊峰残部把逃跑、躲避、分散这类失败之举提升到自觉的战术层面,从而找到了一套在乌珠慕尔沁草原长期周旋的生存法则。在这里,"残部"反倒因为"人数不多"而具备了灵活机动性,而看似怯懦的"不敢见人"也成为令我军困扰的有力武器,这些都成为"残部"之所以能"硬"的有利条件。③ 如果从单纯的军事斗争范畴来看,这里的"养精蓄锐"很难和中国此前的革命战争经验区别来看,也正因为此,包俊峰匪部才径自使用了"麻雀战"的说法,甚至连内蒙古骑兵师的战士自己也会笑称:"这帮家伙们,也讲究起'游击战术'来啦。"④ 但如果结合历史来看,这些在叙述中轻松幽默的调侃背后恰恰是敌人"夹着尾巴跑,不好打"的难题。

在小说第五节,这种难题通过对骑兵战士自身的叙述具体地呈现出来:

> 是的,我们在战术、人力、物力上占着绝对优势。敌人四百多人,不敢迎击我们一个连;隐匿着、躲避着、妄想跑到宁夏贺兰山定远营方面去长期祸害人民。根据兵力我们完全能够出动一个、两个骑兵团,甚至一个骑兵师,来个铁钳夹围;但不需要浪费那么多人力、物力,尤其是乌珠慕尔沁北部山地,走一周有时也找不到住户。大部队根本就活动不开。⑤

如果说包俊峰从"残部"的绝对弱点中转化出相对的优势,那么解放军内蒙骑兵则

---

① 朋斯克:《金色兴安岭》,《解放军文艺》1953年7月号。
② 朋斯克:《金色兴安岭》,《解放军文艺》1953年8月号。
③ 朋斯克:《金色兴安岭》,《解放军文艺》1953年7月号。
④ 朋斯克:《金色兴安岭》,《解放军文艺》1953年7月号。
⑤ 朋斯克:《金色兴安岭》,《解放军文艺》1953年8月号。

是在"绝对优势"中不断遭遇各种挑战——从"不需要浪费那么多人力、物力"的说法来看,这些挑战甚至常常是"绝对优势"本身带来的限制和后果。

事实上,这种"绝对优势"已经从感觉意识层面重新界定了解放军内蒙古骑兵的"胜利"。对他们而言,歼敌的数量乃至敌我双方的战损比例都不再能清晰地把"胜利"确认为胜利,俘虏和缴获多寡更是成为无关紧要的标准。从毛泽东和中国人民解放军全局性的战略考量上来看,解放战争后期的胜利不仅仅在于歼灭敌人的军队,而是在于从根本上结束战争本身,即通过"剿匪"的军事斗争打开政权建设的新局面。从这个意义上说,仅仅将敌人击溃是远远不够的,它常常意味着残部、余匪始终存在死灰复燃的危险,甚至将解放军部队拖入无休无止的军事损耗中。具体到小说而言,开头这场被评论家称为"大战"的战斗在小说初刊本中被称为"歼灭战",但在 2008 年收入《朋斯克文集》的版本中被修改为"击溃战"。事实上,在 20 世纪 50 年代,"缺乏歼灭胡匪的思想,严重的存在着击溃打跑的一冲主义思想"[①]被写入内蒙古骑兵部队的剿匪总结,而在这里,"击溃战"的名称本身就隐含着"胜利"的不彻底性。由此反顾,小说开头部分指导员察干"胡子虽然没全部歼灭,可是也够他们呛"[②]的说法更像是苍白的自我安慰,因为敌人尤其是匪首的"漏网"已经从根本上取消了"胜利"被确认为胜利的前提。

基于对这一问题的敏锐把握,朋斯克笔下的《金色兴安岭》才呈现出解放军内蒙古骑兵部队基层战士身上那种充满内在紧张的"胜利感"——这其中既有因"胜利"不彻底而产生的失落、忧虑和沮丧,更有渴望真正胜利的迫切和焦灼。从这个意义上说,小说对骑兵连侦察班一众人物的叙述是颇为重要的。所谓"侦察"是民国时期通俗侦探小说特别关注的题材,而在新中国成立初期关涉军事题材的小说创作中,侦探小说的相关手法也常常作为一种形式的惯习出现在新作家笔下。在朋斯克这里,"侦察"手法也得到颇为娴熟的使用,他尤其提到,骑兵连侦察班长巴特尔通过细致的观察发现匪帮部队参谋长王铁山的"金蝉脱壳",而证据则在于"假王铁山"尸体的罗圈腿。巴特尔敏锐地意识到:"关里的汉人,尤其是像王铁山那样住大地方的人,不可能有罗圈腿,这明明是从小骑马长大的草地人。"[③]但需要指出的是,这段在读者看来饶有趣味的叙述同样也贴合巴特尔基于内蒙古边疆地区生活的经验,而更为重要的是,这种"侦察"本身也构成了从"胜利"转向"战斗"的环节。例如,对王铁山"金蝉脱壳"的发现实际上使刚刚发生的"歼灭战"的战果大打折扣,甚至也对连首长"把胡子参谋长王铁山也打死啦"[④]的自信表达予以事实上的否认。尽管如此,副连长巴雅尔却对巴特尔的工作给予充分肯定:"你当侦察班长不到两个星期,业务搞的不赖啊,发现了新问题。"[⑤]而从叙述层面来说,"发现了新问题"的侦察固然进一步坐实了"胜利"的不彻底性,但也

[①]《内蒙古骑兵第一师剿匪总结》,《剿匪斗争·东北地区》(中国人民解放军历史资料丛书),解放军出版社 2001 年版,第 551 页。
[②] 朋斯克:《金色兴安岭》,《解放军文艺》1953 年 7 月号。
[③] 朋斯克:《金色兴安岭》,《解放军文艺》1953 年 7 月号。
[④] 朋斯克:《金色兴安岭》,《解放军文艺》1953 年 7 月号。
[⑤] 朋斯克:《金色兴安岭》,《解放军文艺》1953 年 7 月号。

构成对这种表层"胜利"的打破和穿透。由此可以说,"侦察"的起点正对应着"胜利"的不彻底性,也只有通过"侦察"及其所表征的冷静和审慎,骑兵连战士才能从那种胜利豪情的裂隙中重新锚定现实的深层构造,并为"战斗"的重新打开提供强有力的前提。

基于以上论述,朋斯克所理解的"胜利"并非那种流俗意义上的革命豪情,也不是从大历史层面笼罩下来的时代精神。或者说,他所关注的并不是"战斗"之后的胜利,以及"胜利"时刻历史主体瞬间的情感释放。就《金色兴安岭》而言,"战斗"才是叙事真正聚焦的所在,在这个意义上,无论是开头的"胜利"还是结尾处的"胜利"都是内在于"战斗"过程的、现实性的环节。

二、"扑空"的顿挫与"奔袭"的美学

《金色兴安岭》"战斗"而非"胜利"的主旨背后,其实是艺术层面现实主义对浪漫主义的涵纳。这表现在小说叙述层面,即在于其中的情感不是一个在时代精神牵引下不断爆发、释放并冲决现实的过程,恰恰相反,朋斯克笔下的种种情感皆由骑兵的兵种特点、追击战的作战方式和草原具体的地理形势和社会民情所规定。相比同时期部队文艺昂扬、激荡的情感模式而言,《金色兴安岭》中那种不无曲折和参差的情感呈现出某种更现实的形态。甚至从某种意义上说,那种由焦虑、失望、烦躁表现的种种挫败感(当然也包括骑兵战士对挫败感的耐受和克服)成为小说叙述最生动的部分,它也意味着这种情感是在与具体历史情境彼此交织、碰撞的过程中展开的。基于此,朋斯克在小说第五节有关"扑空"的描写特别值得注意:

> 偶然,朦朦胧胧约离二三里地的草地中部,细弱的绿色火光闪了一下,以后观察良久,毫无动静。巴雅尔咬了咬牙,下定决心揍一揍看看,低声喊道:"向后转!准备冲锋!"这一下,寒冷困倦老早跑掉啦,全连悄悄分两下出动,开始慢步,接着纵开了马,十分钟后,从北拐进的一、二排射出了一排红红绿绿晃眼的曳光弹。这时,部队距目标半里多地了,"阿拉阿拉"喊声突然爆发起来,马蹄迸发着火星、马刀闪烁……最先一排人勇猛扑过去,里面鸦雀无声,到最近才发现扑了空。
> "别打啦!咱们扑空啦!"喊声四处传开。①

在这里,朋斯克对"扑空"的描写同样是日常性的,其字里行间皆透露出"扑空"是剿匪行动中时常遭遇的挫败,是内蒙古骑兵战士必须面对甚至已经适应的现实状况。从副连长巴雅尔"咬了咬牙,下定决心揍一揍看看"的决策来看,作为指挥官的他已经预估到"扑空"发生的可能性。而和指挥官不同,士兵们听到冲锋命令时呈现出"寒冷困倦老早跑掉啦"的亢奋和激情,当然,这也预示他们必然会在"扑空"时遭受远比指挥官程度更大的沮丧和失落。

事实上,这种由"扑空"导致的情感变化构成了第五节整体的情感线索。在开头部

---

① 朋斯克:《金色兴安岭》,《解放军文艺》1953年8月号。

分,朋斯克用非常诗意的笔触对骑兵出发的场面展开描述——即将出发的骑兵战士们处于兴奋的心情中,他们高兴得了不得。由于是在"出发"这个特定的时刻,这种单纯而浓烈的兴奋心情并无太多现实的支撑,而更多是对一场即将展开的酣畅淋漓的战斗的期待和想象。正因为此,朋斯克的描述出现了极为梦幻的比喻:"骑兵像冲破大堤的浪头似的摊开来",而各种马则"像在汪洋大海中游泳的各种鱼类一样,纵情的撒着欢"①。但是,"扑空"后骑兵战士们的反应却与此形成鲜明的对照,"多大的失望啊!"的挫败代替了高兴得了不得的兴奋。语言形式层面的变化勾勒出一个与此呼应的诗意递减过程,这尤其体现在草原风物的描写上:"秋风轻轻的在光秃秃的平地上回旋,有几个牛羊骨头被踏得楞楞作响。"② 在这里,光秃、干燥的无生机感已经切断了"草地"和"汪洋大海"之间比喻修辞的纽带,由此,那些"像在汪洋大海中游泳的各种鱼类一样,纵情的撒着欢"的马匹也暴露一种截然不同的现实相:"马也够呛,虽然水草是够,可是喂豆饼吃谷草长大的一下受不了,有的瘦成'荞麦粒'——三角形了。"③ 值得注意的是,朋斯克笔下的诗意情感和现实经验呈现出一种别有意味的反相关的状态。将草地比喻为汪洋大海,将马匹比喻为"在汪洋大海中游泳的各种鱼类"的描写固然是诗意的,但同样是一种脱情境的文学想象,而与此相反,这种诗意情感的衰减却使得某些更贴近历史经验的现实描述得以袒露。对此,不妨结合文本叙述做进一步的症候式阅读。

在第五节开头,朋斯克已经描写出骑兵战士的情感趋向:"他们都是久经剧烈行动惯了的,喜动不喜静,尤其怕沉闷。"④ 对朋斯克这类青年作家而言,充满活力的"动"自然是最容易被艺术呈现和转化的情感,基于这种标准,内蒙古骑兵易被关注的恰恰是他们骑马挥刀的英姿以及带有浓郁民族色彩的"死在马上!活在马上!马刀见血!"⑤的革命豪情。事实上,这种选择性的表述不仅体现在同时期诸多主流的文艺作品中,也表现在新时期以后对内蒙古骑兵历史的追忆文章里。而与此相反,"静"及其"沉闷"不仅很难被艺术观照,甚至也不符合当时文学整体"热情歌颂"的要求。但如果从骑兵行动具体的情境来看,他们充满"动"势的奔袭同样可能是"沉闷"的,尤其是在奔袭中的"奔"这个容易被忽视的主体行动环节上。就这一点来说,《金色兴安岭》恰恰挑战了这种被主流文学叙述定格的历史景观,它充分呈现了和"奔"这一环节相关的现实经验及其背后的主体状态。

正如朋斯克借助小说叙述提及的那样,"乌珠慕尔沁北部山地,走一周有时也找不到住户。大部队根本就活动不开"⑥。在这里,乌珠慕尔沁草原独特的地域性特征已经给中共的工作带来新的挑战。具体来说,群众路线在华北等老根据地的部队工作中起到至关重要的作用,在那里,部队并不仅仅要打仗,还会把相当的精力放置在军民关系的缔结和维护上,因此,军队的"人"需要扎根到"地方"社会内部。但在乌珠慕尔沁,

---

① 朋斯克:《金色兴安岭》,《解放军文艺》1953年8月号。
② 朋斯克:《金色兴安岭》,《解放军文艺》1953年8月号。
③ 朋斯克:《金色兴安岭》,《解放军文艺》1953年8月号。
④ 朋斯克:《金色兴安岭》,《解放军文艺》1953年8月号。
⑤ 朋斯克:《金色兴安岭》,《解放军文艺》1953年8月号。
⑥ 朋斯克:《金色兴安岭》,《解放军文艺》1953年8月号。

骑兵的奔袭行动却处在某种新的情境中。在小说第三部分追踪王铁山的行动中,哈尔夫称乌珠慕尔沁"这穷地方也怪,很少看见人影"。无论是"很少看见人影",还是"走一周有时也找不到住户",都意味着以"人"为中心的群众工作并无太多展开的空间。

与此对应的是,骑兵奔袭行动的"地"却成为更为重要的战争要素。在小说第二节提及骑兵侦察班跟随老向导那顺乌力吉追击王铁山时,朋斯克对他们经过的山岭地带做出了颇为诗意的描述:

> 一层层起伏的山岭上面,显出稍稍耸立的尖山,山岭上边明亮起来,淡红的朝霞逐渐扩大着,染红了半边天,染红了朵朵白云,接着放射出金黄灿灿的直线。山岭间的旷地长有人身高的茂草、野蒿,池塘芦苇中偶然发出一两声蛙鸣和蟋蟀单调的声音,野雀惊飞起来"吱吱"叫唤,兔子吓的跑到朦胧的草丛里去,时而发出箭杆草、桎枳草折碎的声音。纵横的山岭,茂盛的草丛把一班骑兵掩没了。直到跟前才能听得出马蹄儿、马喷嚏、草丛……诸多的声音。①

山岭中充满着尖山、旷地、茂草、野蒿以及各种昆虫、野兽,这是一个人迹罕至的自然荒野世界。值得注意的是,这不无童话气息的荒野世界更多是作家朋斯克自身情感投射的闲笔,而在他笔下的小说人物那里,这个荒野世界却是从一套军事侦察行动的结构逻辑中显影的。对急于搜寻敌人踪迹的侦察班战士而言,人迹罕至之地构成了一种令人困扰的障碍,用哈尔夫的话来说,它是一个"很少看见人影"的"穷地方"。哈尔夫的牢骚是聚焦在自然地理层面的,"他稍有些不如意,就把乌珠慕尔沁骂的不像话,连山带水在他看来都不大理想,好像他的急躁老毛病到这儿才得到了满足似的"②。事实上,这个"很少看见人影"的"穷地方"恰恰是敌人试图藏身的所在,"浩吉格尔山就是秃山呵,那是兔子不拉屎的地方,附近百里以内没有过蒙古包,要不胡子头能藏到这儿来吗"③?无论是"秃山"还是"旷地"都暗示出内蒙古地区骑兵奔袭作战的特殊性——相比中原各根据地部队以"人"为主轴的军民关系而言,骑兵奔袭作战中的"地"显然占有更为重要的意义。

需要指出的是,骑兵奔袭行动中的"地方"(如"穷地方"或"兔子不拉屎的地方")是一种自然地理空间的概念,而不是一个需要深入和扎根的"地方社会"。面对汉族新战士小李"浩吉格尔山还有多远"的问题时,老向导那顺乌力吉的回答是"不远啦,一哈腰就差不多"④。但骑兵战士们的感觉显然与此不同:"大家知道草地是不讲究多少里的,平指是三十多里,再高一点差不多就是七八十里地,他们走了六十多里地,还有这么老远,在乌珠慕尔沁旗上找住户,多么不容易呵!"⑤ 在这里,可以通过里数丈量的地理空间乃是骑兵战士期待快速经过的空间,而它的广袤、辽阔却意味着奔袭战中行军时间的漫长,无论这中间有怎样趣味盎然的风景,都不可能成为他们驻足、停留

---

① 朋斯克:《金色兴安岭》,《解放军文艺》1953 年 7 月号。
② 朋斯克:《金色兴安岭》,《解放军文艺》1953 年 7 月号。
③ 朋斯克:《金色兴安岭》,《解放军文艺》1953 年 7 月号。
④ 朋斯克:《金色兴安岭》,《解放军文艺》1953 年 7 月号。
⑤ 朋斯克:《金色兴安岭》,《解放军文艺》1953 年 7 月号。

的理由。在《金色兴安岭》中,正是这样一个固定的地理空间以及无法缩短的行军时间决定了奔袭战中骑兵战士的主体状态和情感构造。在这方面,朋斯克笔下的新战士小李和其他蒙古族战士之间形成一个有意味的对照。

向那顺乌力吉大爷询问"浩吉格尔山还有多远"的小李陷入"不耐烦"的焦灼状态,朋斯克写"他恨不得马上飞过去"。① 中国自身的古典文学传统有诸多对"飞"的程式化书写,而现当代文学中诸多流俗的战争文学和回忆文字也常常用"飞"这种浪漫主义的笔法形容部队的奔袭。但如果就历史经验本身而言,这种浪漫主义的"飞"的心态恰恰会构成干扰性的心理因素。对小李而言,"飞"意味着他是在用一种美好的想象去观照一个即将展开的行军过程,在这个过程中,广袤、辽阔的空间成为一个在心理上被快速"带过"的部分,甚至在潜意识里被排斥于"奔袭"之外——这也正是他之所以感到"不耐烦"的深层心理原因。更为致命的是,这种缺乏现实依托的想象不仅滋生了"不耐烦"的情绪,而且也被用来排遣"不耐烦":

"山跟前,有很多蒙古包吗?"小李打算抓住王铁山以后,痛快的吃点、喝点什么,蒙古包多呢,吃住方便一些,尽管是酸奶豆腐、奶茶也好;更希望小牧童越多越好。②

在这里,为排遣"不耐烦"而展开的想象在心理上陷入了行军已经结束的虚假情境中,而行军、奔袭的过程却被过滤了。刚刚入伍的小李把曾经发生的经验填补进对未来的期待中,而没有意识到,这个枯燥的行军过程恰恰是内在于奔袭战的有机环节,而对这种枯燥的应对、化解也是骑兵不可或缺的素质。

和汉族新战士小李不同的是,蒙古族骑兵却有着对长途奔袭作战更内在的感受,也有着更为丰富的心理层次。他们明确意识到广袤、辽阔的地理空间已经决定了行军时间的不可缩短,因此,更为重要的问题是在这个固定的时间中如何分配自己的体力、稳定自己的情绪,也只有在这个意义上,那些在行军中需要快速经过的"地"才会构成一种调节乃至充实主体的存在。在小说第二节,朋斯克写到巴特尔的出发后的状态:

约摸走了三十多里地,逐渐进入到更深的山岭中来了,绕过一个山又是一个山。巴特尔勒住奔放的枣红烈马开始慢步走,他们在马上"颠"得很舒服,刚出来时候乍醒的困倦完全消失了,开始兴高采烈地唠嗑起来。③

这里对蒙古族骑兵战士巴特尔"勒住奔放的枣红烈马开始慢步走"的描写极具现实性,不仅从细节层面描述出他们在面对特殊地理状况时骑行方式的调整,而且反映出一种独特的行军心理:"一个山又是一个山"的重复是很容易滋生枯燥感和焦灼心的,但"慢步走"的方式却令他们自己"在马上'颠'得很舒服"。如果考虑到这是漫长路程的初始阶段,就会明白这种独特的行军方式及其对应心理的重要性——它既是合理分配体力的需要,也是一种心理意义上的蓄势,即最大限度地减少枯燥感和焦灼心,进而消除

---

① 朋斯克:《金色兴安岭》,《解放军文艺》1953 年 7 月号。
② 朋斯克:《金色兴安岭》,《解放军文艺》1953 年 7 月号。
③ 朋斯克:《金色兴安岭》,《解放军文艺》1953 年 7 月号。

"刚出来时候乍醒的困倦"。基于此，朋斯克在哈尔夫这个角色上使用的诸多闲笔似的插叙并非无关紧要。尽管政治观念上有诸多不成熟之处，但这个内蒙古骑兵战士"是个很好的歌手，东蒙民歌、骑兵歌唱的满好，四胡也拉的不错。演剧当反派，打球开坦克车（闯人），是连队里文化娱乐的活动分子"①。对内蒙古骑兵连而言，正是这样一个活跃的人物用唠嗑、歌唱、讲笑话等诸多方式为漫长而枯燥的行军增添了亮色和喜感。

通过诸多充满现实细节的论述，朋斯克的《金色兴安岭》贴近了骑兵行军的情感状态本身——在这里，没有那种基于抽象"胜利"产生的不加节制的情感强度，而是一个基于行军自身情境和行动逻辑而产生的调试过程。在兴奋和沉闷之间，在"动"和"静"之间，骑兵战士对"胜利感"的护持和对孤独、沉闷的习惯性适应有效地配合起来。

三、"故乡""阶级"与"我们"

以骑兵为题材的军事斗争是朋斯克叙述的重心，也是《金色兴安岭》最引人入胜之处。而在军事认同之外，明斯克也在小说中宣示了这支骑兵队伍的政治归属问题：

> 我们不是封建王公的骑士，
> 也不是官僚地主的看家兵，
> 我们是强大无比中国人民的
> 嘿！毛泽东的铁骑兵。②

在某种紧张的敌我对立结构中，作者及其笔下人物的政治立场没有丝毫含混，那是解放战争和新中国成立的重大历史时刻，内蒙古骑兵明确地站在了毛泽东及其所代表的"中国人民"一边。新中国成立初期的少数民族文学叙事中，这种通过歌声表达政治认同的手法是颇为流行的，也是符合意识形态要求的规范化操作。但如果回到20世纪四五十年代之交新中国及其边疆定鼎的复杂历史情境中，其歌词内部的诸多历史层次仍有待深入辨析。例如，歌词中的这个"我们"究竟是指什么？而"毛泽东""中国人民"又有怎样的历史意涵？对这个问题，小说中重点展开且在艺术上予以成功呈现的军事斗争经验是不足以回应的。前文已经述及匪首包俊峰试图以"麻雀战"对付骑兵师，这"激起了更大的阶级仇恨"："被他们连追去的包俊峰胡子狡猾的使着什么'麻雀战'，想保存势力逃到阿拉善去，这简直是对毛泽东式骑兵的侮辱。"③ 身为政治指导员的察干并不全然是从战略战术层面考虑骑兵连的行动，他意识到敌人对"麻雀战"名称的使用将直接引发骑兵队伍的政治认同危机。从这个意义上说，"我们掌握着你们的命运！包俊峰想逃跑绝不可能！"④ 也就不仅仅是军事宣言，它其实隐含着内蒙古骑兵自身的身份焦虑——当"麻雀战"这类原本独属于毛泽东的军事战略也被敌人采用时，骑兵队伍

---

① 朋斯克：《金色兴安岭》，《解放军文艺》1953年7月号。
② 朋斯克：《金色兴安岭》，《解放军文艺》1953年7月号。
③ 朋斯克：《金色兴安岭》，《解放军文艺》1953年8月号。
④ 朋斯克：《金色兴安岭》，《解放军文艺》1953年8月号。

的"毛泽东式"又将如何界定?"我们"和"你们"("敌人")的界限又在哪里?基于此,歌词中骑兵队伍的政治归属问题无法化约在军事叙述中,而只能在历史层面上对政治本身予以历史追问:歌词中的这个以"我们"指称的"铁骑兵"究竟是一支怎样的队伍?

在晚年所做的回忆文章中,朋斯克曾对自己所在的内蒙古骑兵第一师的历史做出颇为清晰的叙述:

> 骑兵一师是英雄部队,一九四六年一月组建于乌兰浩特,在中国共产党和各族人民的培养下迅速成长壮大。它坚决地与封建反动上层进行斗争,积极地维护社会治安,清剿土匪,镇压反革命叛乱,多次击退国民党嫡系和杂牌部队猖狂进攻,保卫"五一"大会和土改运动,南下三次,配合东北野战军主力参加一九四七年夏、秋、冬季攻势,威震辽西,国民党报纸惊呼"东蒙锐骑,侵扰频繁"![1]

这段叙述的内容聚焦于解放战争时期,就历史叙事而言,它内嵌于解放战争情境下国共双方军事对抗的整体叙事结构,也隐含着符合意识形态规范的阶级话语。在与此相隔三十余年的《金色兴安岭》文本中,也有与此高度相通的历史叙述。在小说第五节,朋斯克通过察干政治指导员的白马带出了骑兵一师在解放战争中的赫赫战功:

> 他喜欢这种烈性马,这马四年多时间中老和他在一起,参加过三下舍伯图、攻打大虎山、西喇木伦河边打游击……许多次战斗。一九四七年夏他还在当排长的时候,他们连用奇袭方法解决了蒋匪辽沈一带伪政权,敌人报纸上惊呼着:"东蒙锐骑侵扰频繁……"[2]

但如果做进一步的历史辨析,就会发现晚年回忆中的骑兵一师军史是有强烈建构性的。这种建构性首先就表现在朋斯克把骑兵一师的军史开端确定为"一九四六年一月组建于乌兰浩特"。乌兰浩特原名王爷庙,1932年伪满洲国成立后,王爷庙系其伪兴安省省府所在地。而和朋斯克的回忆不同,更多相关的回忆文字和军事叙述会把内蒙古骑兵第一师的成立时间追溯至1945年伪兴安陆军军官学校青年官兵发动的"八一一"葛根庙起义。如当时的起义领导人之一、后曾担任骑一师师长的王海山即在回忆录中明确述及:"在历史转折的关键时刻,在革命势力的影响下,住在王爷庙(今乌兰浩特)伪满军官学校的一批进步青年军官,团结绝大部分在校学生,于1945年8月11日在王爷庙葛根庙后山杀死日本军官,举行了武装起义,迎接苏联红军。"[3] 需要进一步指出的是,在"八一一"葛根庙起义之前,伪兴安陆军军官学校"隶属于伪满洲国军事部,实由日本关东军控制指挥,是一所综合性的军事学府"[4]。在这种情势之下,军校中以蒙古族青年为首的生徒队和军校、伪满蒙政府之间的关系颇为复杂:一方面,双方关系始终存在民族歧视和压迫,这也为军校中的历次冲突以及此后的武装起义埋下了引线;另一方

---

[1] 朋斯克:《骑兵一师宣传队》,《朋斯克文集》(第一卷),内蒙古人民出版社2008年版,第207页。
[2] 朋斯克:《金色兴安岭》,《解放军文艺》1953年8月号。
[3] 王海山:《内蒙古骑兵第一师剿匪战斗的回顾》,《剿匪斗争·东北地区》(中国人民解放军历史资料丛书),解放军出版社2001年版,第993页。
[4] 冯学忠:《"八·一一"葛根庙武装起义》,《文史月刊》2006年第8期。

面,生徒队的蒙古族青年多出身贵族,是日伪统治特别倚重的对象,他们也难以避免同日本教官、军事顾问的私下交往。在起义之后,这支骑兵队伍先后改编为民警大队、警备总队、东蒙人民自治军骑兵第一师,直到1948年才作为内蒙古骑兵第一师正式列入中国人民解放军的序列。① 更值得一提的是,在解放战争期间,东蒙地区部分领导人还曾就内蒙古地区的自治方式问题与乌兰夫产生分歧,尽管这个分歧随着1946年承德"内蒙古自治运动统一会议"的召开而得到有效解决,但其中的"内人党"问题还是在特殊历史时期再度浮现,并给骑兵一师带来巨大冲击。事实上,《骑兵一师宣传队》的写作与骑兵一师这段复杂、棘手的历史直接有关。朋斯克在文章开头就提到内蒙古骑兵第一师宣传队同志在1987年的聚会,大家慨叹"故人云散尽,我亦等轻尘"的幸存感受,其历史回忆的动力也由此产生:"在座的这些同志幸存不易,应该把宣传队的事迹如实地写出来,粉碎别有用心的人对内蒙古骑兵部队的无耻诽谤!"② 就亲历者和当事人的感受而言,朋斯克面对"无耻诽谤"的义愤怎么强烈都不为过,但从对历史深入理解的方面考虑,这种义愤下的回忆使得朋斯克将骑兵一师的历史书写局限于解放战争的叙事框架中,以致错失对如下问题的追问:原本隶属于日本帝国主义和伪满洲国统治的兴安骑兵师究竟如何被淬炼为"强大无比中国人民的、毛泽东的铁骑兵"?

对此,朋斯克晚年所做的另一篇回忆文章《一九三九年,科尔沁草原》颇值得重视。和《骑兵一师宣传队》为骑兵正名的公共意图不同,《一九三九年,科尔沁草原》是以更个人性的记忆展开叙述的:

> 少年时期的很多事情都忘记了,一点都想不起来,但是有些重要经历,却始终留在脑际,抹不掉,挥不去,历历在目,恍如昨日。其中最突出的就是我九岁时候发生的诺门罕战争叛兵暴乱事件。③

在主流的战争史叙事中,这里提到的诺门罕战争一般被描述为日本和苏联在边境地区的军事冲突。但就朋斯克这个曾亲历战争的蒙古作家而言,诺门罕战争的回忆却更多聚焦于以蒙古人为主体的"叛兵暴乱事件"。值得注意的是,曾经参与诺门罕战争的伪满洲国兴安骑兵师正是以伪兴安陆军军官学校中的蒙古学员为主体的,而回忆录中发动"叛兵暴乱事件"的小喇嘛正是军校教导团的生徒班长。在《一九三九年,科尔沁草原》中,朋斯克对小喇嘛和聚宝这两支蒙古叛乱骑兵的命运有着颇为复杂的情感,他甚至在文章结尾称:"如果他们当时有比较明确的政治目标,对国内外抗日形势有所了解,是能够找到生存和发展之路的。"④ 在这里,所谓"生存和发展之路"并不能简单视为虚妄的历史假设,而恰恰关涉着朋斯克本人所见证的伪满洲国兴安骑兵被成功改造为中国人民解放军内蒙古骑兵的复杂历史经验。

---

① 王海山:《内蒙古骑兵第一师剿匪战斗的回顾》,《剿匪斗争·东北地区》(中国人民解放军历史资料丛书),解放军出版社2001年版,第993—994页。
② 朋斯克:《骑兵一师宣传队》,《朋斯克文集》(第一卷),内蒙古人民出版社2008年版,第206页。
③ 朋斯克:《一九三九年,科尔沁草原》,《朋斯克文集》(第一卷),内蒙古人民出版社2008年版,第239页。
④ 朋斯克:《一九三九年,科尔沁草原》,《朋斯克文集》(第一卷),内蒙古人民出版社2008年版,第250页。

别有意味的是，发表于 1953 年的《金色兴安岭》对历史的追溯恰恰超出了《骑兵一师宣传队》的解放战争时间框架，而是勾连出和《一九三九年，科尔沁草原》高度对应的时间线索和历史脉络。就小说内部的形式构造而言，骑一师在解放战争中的赫赫战功虽然也被作者多次述及，但它们并不具有推动叙事的功能，而只是一种强化意识形态的政治修辞。但在小说第一节，朋斯克写到汉族新战士小李"捡着了一把胡子扔的日本战刀"，"刀上还刻着'诺门汗战争凯旋纪念'"①。这里的"'诺门罕战争凯旋纪念'"引发出侦查班长巴特尔这个人物的回忆，由此，朋斯克另辟出一条与正在进行的"剿匪"截然不同的历史叙事：

> "七年前，被鬼子抓去在阿尔善北边修工事，监工的宪兵上尉色仍用哈尔夫缴的那样上面有字的日本战刀砍伤了我的肩膀。那时候我们整天刨石头、背洋灰，干着牛马活儿，吃发霉的小米粥，谁想到有今天呵！"②

和由政治指导员察干借白马追溯的"四年来"相比，这个由日本战刀引发的"七年前"的叙事延展出更长的历史时段。如果说前者基本扣合着以国共对抗为主的解放战争史，那么后者却溢出了民族国家内部不同集团斗争的框架，而将中国共产党、苏联社会主义阵营、日本帝国主义、国民党、伪满洲国以及蒙古人民共和国等多方势力整体性地涵纳进来。也只有在这种有着高度复杂性和极致张力感的历史情境中，"铁骑兵"的"毛泽东化"或"人民化"的发生机制才能得到更贴合历史的理解和把握。

对何谓毛泽东及其所代表的"中国人民"，《金色兴安岭》似乎已经用"阶级"给出了直接而明确的答案。在 20 世纪 50 年代中国文学的整体机制下，朋斯克对《金色兴安岭》的写作当然无法避免大规模阶级话语的运用，甚至从某种意义上说，在骑兵一师宣传队长期从事宣传工作的朋斯克几乎是在一种颇为自觉的意义上利用他所谙熟的阶级话语结构小说叙事。例如，尽管巴特尔通过日本战刀引发出更长时段也更丰富的历史回忆，但朋斯克却从小李这类新战士的视角对他的身份做出了一个阶级界定："班里小李他们几个，只知道班长是农民出身，在旧社会受过很多折磨，当过劳工，但因为他从师教导队受完训分配到这个连不久，具体的情形可不知道。"③"农民"和"劳工"的早期经历为巴特尔赋予了清白的出身和明确的立场，更为重要的是，它通过叙述层面的身份设置斩断了这个主要正面人物和骑兵一师复杂历史之间的紧张纠葛。尽管小李这类新战士的言说角度给这种明确的立场平添了一些含混，但在随后对"可不知道"的"具体的情形"的补叙中，这种含混被阶级话语进一步消泯。对在阿拉善修工事的巴特尔而言，监工的宪兵上尉色仍"是蒙古人又是同乡"，但无论是"族面"还是"乡面"都未能阻挡色仍"砍伤了我的肩膀"。正是在这个意义上，界定色仍敌人身份的并不是民族归属和地域认同，而是阶级出身，即他作为"大地主包台吉诺颜的儿子"和"日本东京士官学校的学生"的身份。在故事情节上，朋斯克对色仍的身份埋下一处伏笔，直到小说结尾才揭示出——自己和战友们日夜追击的匪首、化名汉族的包俊峰正是那个砍伤自己肩

---

① 朋斯克：《金色兴安岭》，《解放军文艺》1953 年 7 月号。
② 朋斯克：《金色兴安岭》，《解放军文艺》1953 年 7 月号。
③ 朋斯克：《金色兴安岭》，《解放军文艺》1953 年 7 月号。

膀的色仍。在这种机巧的设置中，巴特尔和色仍（包俊峰）就构成了同一民族内部的阶级"复仇"故事：

> "色仍！你听着！七年前在阿尔善修工事，你用日本战刀砍伤了我右肩膀，还大摇大摆的说：'死了不如一条狗'，今天你又用美国卡宾枪打伤了我左肩膀，可是我们把你俘虏了。这回我说：给内蒙人民除了一条花脸狼，罪犯！你敢说一句话吗？"①

在这个叙述中，巴特尔称"日本战刀砍伤了我右肩膀"，"美国卡宾枪打伤了我左肩膀"，但"把你俘虏了"的却是"我们"。由此，一种以阶级话语构筑的"集体"优先性也就确立起来。

但需要指出的是，阶级话语在小说叙事中的展开并不是一个顺滑的过程，相比情节设置上的机巧，情感抒发的变形成为小说叙事更为突出的症候。例如，巴特尔对自己"仇恨"的讲述是在"金色兴安岭"的抒情段落处强行插入的，但"仇恨"的讲述很快又被"当时我们都爱唱'达亚布尔'……"的温情回忆冲淡和缭绕，以至于哈尔夫兴致勃勃地唱起这首他"十三岁就学会了"的歌。朋斯克在此动情地写道：

> 歌声婉转悠扬。几年来频繁战斗环境中谁也没唱过民歌，连想都没想到它，猛然唱起来，大家都想到了自己所熟悉的十首二十首民歌。听惯了牧歌的那顺乌力吉连连赞美，在他听来，农业地区的歌子，别有味道。②

但是，"皱了皱眉头"的巴特尔却再次将仇恨的情绪强行插入进来：

> "松树摇又摇，是秋天的凉风吹。谁逼散我们老和少？是'满洲'和日本。"③

在这里，阶级叙事未能从情感层面涵纳"象征着故乡的美丽、可爱"的"金色兴安岭"，而用一种立场意义上的"明确"将那种饱含着故园之思的"味道"带了过去。这里需要进一步辨明的是，在内蒙古边疆地区的历史情境中，在这部由蒙古人所做的内蒙古骑兵题材小说作品中，"故乡"究竟指涉着什么？

首先需要指出的是，当下诸多生活于中原地区的读者常常会把内蒙古边疆作为一个整体性的空间范畴予以理解和感知，但这种理解却忽视了内蒙古边疆空间内部的丰富的差异性。对此，由蒙古作家朋斯克写作的《金色兴安岭》恰恰提供了一个颇具代表性的内部感知方式。就历史而言，经由"八一一"葛根庙起义而成立的内蒙古骑兵一师本来驻扎在东蒙地区的兴安盟，对此，小说中也有明确表示。在小说第二节，老向导那顺乌力吉问："小伙子们，你们全是哪个旗的呀？"巴特尔即明确回答："我是图什叶图，他是扎斯图，差不多都是兴安盟的。"④ 老向导"嘿嘿，远地方呵！"的感叹表明，骑兵一师在乌珠慕尔沁地区的剿匪斗争其实是异地作战，完全可以称为离乡离土的远征。正是在这个意义上，重见兴安岭意味着他们是在奔袭作战的任务中与故乡遭逢。只是在这

---

① 朋斯克：《金色兴安岭》，《解放军文艺》1953 年 8 月号。
② 朋斯克：《金色兴安岭》，《解放军文艺》1953 年 7 月号。
③ 朋斯克：《金色兴安岭》，《解放军文艺》1953 年 7 月号。
④ 朋斯克：《金色兴安岭》，《解放军文艺》1953 年 7 月号。

里,"达亚布尔"引出的故园之思并不指涉中原意识下一个整体的蒙古边疆,而是具体地落在"农业地区"的东蒙兴安盟。其次,所谓"故乡"并不能简单视为文学表达的一般性情绪,它内涵于其中的政治意涵也须得到进一步辨析。在近代东亚整体的历史结构中,外蒙古的独立和内蒙古作为新中国边疆定鼎的历史是一个多重力量交织的复杂过程,除了此前知识界普遍关注的苏联、日本等外部势力干涉之外,蒙古地区自身内部的多重复杂结构并未引起太多注意。但朋斯克却借助老向导那顺乌力吉之口给出了一个重要的历史线索:"我小时候听见乌珠慕尔沁人的故事,就像听外国的事儿一样。早先各旗王爷各管各的,简直是个小国家,我作梦也没想到走着走着到乌珠慕尔沁来啦,这真就叫做'南征北战'吧,哈……"① 在蒙古以游牧为主要生产和生活方式的历史中,各部的割据及互相征战始终棘手的问题,而在近代,蒙古地区各盟旗王爷的割据始终和外部势力的干涉彼此纠缠。直到解放战争时期,中国共产党在边疆展开的革命为内蒙古地区政治的整合提供了新的契机,骑兵部队本身的"杂色"构成就是这种整合有效性的一个例证,那顺乌力吉的感叹透射出这种人心变化的轨迹:

> "以往听努图克人说,外旗人差不多都是像狐狸似的,坑蒙拐骗什么坏事儿都干,可是这里不仅有科尔沁人、哈尔沁人,还有达斡尔族、汉族人,这些小伙子们一个个都这么好,张嘴大爷闭嘴大爷的。"几周来给部队作向导中,阶级兄弟的友爱温暖深深感动了他。②

由这些表述能够看出,所谓"故乡"其实隐含着蒙古地区内部各个盟旗之间的身份归属和政治认同问题。在解放战争时期内蒙古自治区成立的整体情势中,如何打破各个盟、旗之间因地域、部族而产生的隔阂,并用"阶级兄弟的友爱"重新锻造具有连带性的情感纽带,将会是各级、各民族革命干部特别注意并保持高度审慎的问题。也正因为此,巴特尔才会说达亚布尔的"味道"不如兴安骑兵的歌子"明确"。在《金色兴安岭》中,巴特尔这种极具症候性的情感逻辑并不是孤立的,例如,老向导那顺乌力吉的儿子被包司令残杀的故事也连带着同样的阶级复仇故事。而在骑兵连侦察班战士们欢快的说笑声中,巴特尔却请求那顺乌力吉"把儿子被杀害的经过讲给我们听听",这也使得叙述从说笑场景重新转回侦察任务。就小说整体而言,这种反复插入的阶级话语固然嵌合乃至生发出某种叙事,但它和叙事者自身情感的龃龉状态却始终未能得到化解。

当然不能否认,朋斯克的文学叙述没有把"味道"真正涵纳在"明确"的阶级话语中,《金色兴安岭》中关于"故乡"的情感呈现为一个持续递减的过程,尤其是在小说末尾,饱含故园之思的"金色兴安岭"则被推至淡远的历史后景位置。但同样需要承认的是,这种不无公式化的表达还是透露出"我们"背后整体性的政治构造和相应的情感宽度。

---

① 朋斯克:《金色兴安岭》,《解放军文艺》1953 年 7 月号。
② 朋斯克:《金色兴安岭》,《解放军文艺》1953 年 7 月号。

结　语

　　1946年开始的解放战争在短短数年间即取得决定性的胜利,但中国人民解放军部队在从中原各个根据地进抵边疆之后,面临诸多新的状况、情势,既有的革命经验也随之得到丰富、调整乃至重构。就历史而言,部队在边疆地区的革命经验有力保障了新中国边疆地区定鼎的历史进程。就文艺来说,当时众多的部队文艺工作者通过不同形式的作品对这个进程予以艺术呈现和历史记录,而这些作品也在很大程度上塑造了新中国对边疆地区的想象方式和理解路径。从这个意义上说,20世纪四五十年代之交的部队文艺和边疆文学呈现出一体连带的关联性。但80年代以后,本来一体连带的两者却出现了微妙的裂隙。一方面,新时期的文坛和知识界愈发凸显的艺术本位逐步将边疆文艺维度凸显出来,由此,一种"纯文学"意义上的边疆叙述开始主导文学创作和相关批评话语,甚至在公众意识层面生发出一种带有特定中产趣味的现代边地想象。而另一方面,随着革命及与之相关的现实主义文学观念的落潮,对新中国边疆定鼎过程至关重要的部队经验逐渐消失在文学创作、学术研究和整体性的公众讨论中。与此相伴随的是,作为新中国边疆文学初始形态的部队文艺及其生产方式也不再为人所注意。正是在这个意义上,朋斯克和《金色兴安岭》这类作品还有着重要的意义。这并不是说它们需要在"重写文学史"的意义上得到经典化的追认,关键的问题在于,由于作家因应时代的精神要求以及作品本身朴拙的现实主义笔法,这些文本不可能不烙印上历史展开的痕迹。而如何发现和捕捉这些文本的症候,如何通过严肃的学理分析追索这些文本在具体情势中动态生成的历史过程,仍然是一个值得充分讨论和深入思考的议题。

（中国社会科学院文学研究所副研究员）

革命觉醒的叙事模式与限度

——从"初刊本"重读《草原烽火》的革命叙事[*]

周根红

《草原烽火》是蒙古族作家乌兰巴干根据自身经历创作的一部反映内蒙古人民革命斗争的小说，1958年9月由中国青年出版社正式出版。茅盾在第三次文代会报告中提到了三位蒙古族作家的小说，即"乌兰巴干的《草原烽火》、玛拉沁夫的《春的喜歌》、朋斯克的《金色兴安岭》"[①]；周扬在第三次文代会的报告中提到了11部长篇小说，其中只有一部少数民族文学作品，那就是《草原烽火》[②]，可见《草原烽火》的影响。小说在出版前有两部分内容曾先在文学刊物上发表：《火烧王爷府》发表于1957年第5期《萌芽》，包括"李大年和草原游击队""狱中的友情""李大年和小兰的故事"三节。这三节涵盖了《草原烽火》的第十三章"患难朋友"、第十四章"铁栅隔不断人心"的主体内容，这是故事的高潮部分，也是对革命人物形象塑造和革命意识反映最为完整的部分；《乌兰琪琪格的一家》发表于1957年2月号《处女地》。该部分主要是《草原烽火》的第十二章"逼婚"的内容。因文学期刊发表的版本（下称"初刊本"）和中国青年出版社出版的版本（下称"初版本"）改动较大，故结合二者修改的内容，探视《草原烽火》的革命叙事路径选择及其局限，从另一个角度理解《草原烽火》主要内容结构的设置与主题的关系，就成为"名著重读"中一个有意义的话题。

一、情感动员：巴吐吉拉嘎热的革命动力

巴吐吉拉嘎热是《草原烽火》的主要人物。他是一个负责为王爷府放羊的奴隶，有着浓厚的奴隶意识。当李大年跟他交谈而冲撞了羊群时，他气愤地说要是王爷看到了，"派人来把你衣服全剥去，叫你肚子朝下，扑在地上，用黑皮鞭子沾了冷水，把你打得屁股稀烂，再赶出王爷府"[③]；当李大年说他当奴

---

[*] 本文为国家社科基金项目"中国少数民族红色文学经典的生产机制研究"（22BZW187）的阶段性成果，并受泰山学者工程专项经费资助。
[①] 茅盾：《反映社会主义跃进的时代，推动社会主义时代的跃进！》，《人民文学》1960年8月号。
[②] 周扬：《我国社会主义文学艺术的道路——1960年7月22日在中国文学艺术工作者第三次代表大会上的报告》，《文艺报》1960年第13—14期。
[③] 乌兰巴干：《草原烽火》，中国青年出版社1958年版，第15页。

隶的生活太苦了的时候，他说："你这是胡说，这是说我们王爷的坏话！我要把你送到王爷府去，叫你尝尝黑皮鞭子的厉害！"①。可以看出，巴吐吉拉嘎热处处维护着王爷的地位，也安于自己的命运。巴吐吉拉嘎热的胳膊上被烙上了一个永远去不掉的"罪"字，他对自己是"'罪人'的儿子"深信不疑，而自己就是一个"带'罪'字的奴隶"，"早已不是人了"②。旺亲让他去抓共产党来赎罪，他接过旺亲给他的黑皮鞭，"仿佛是摆脱带'罪'奴隶生活的唯一出路了"③。

巴吐吉拉嘎热的觉醒和成长，是小说要表达的主题。然而，巴吐吉拉嘎热这样一个有着根深蒂固奴隶观念的人，是怎样一步步觉醒，并最终走向革命道路的呢？

初版本中，巴吐吉拉嘎热的第一次变化是堵决口。王爷府和日本鬼子为防止军火库被淹，计划将黑龙壩决口泄洪，而这会淹死下游的群众。李大年、扎木苏荣等共产党人决定领导附近群众堵决口，巴吐吉拉嘎热也参与了这次斗争。不过，巴吐吉拉嘎热听从扎木苏荣的建议去堵决口，是害怕黑龙壩决堤后会把乌云琪琪格一家人淹死，而乌云琪琪格是他心爱的姑娘。然而，当巴吐吉拉嘎热看到堵决口后洪水反过来淹了王爷府里的奴隶小兰时，又哭着说："我救了奴隶，又害了奴隶！这，这，这恐怕是因为我有'罪过'，好事也没有好结果啦。"④ 由此可见，巴吐吉拉嘎热堵决口的动力是朴素的"爱情"，其实内心还没有摆脱"罪"的思想。因此，这次的行动谈不上巴吐吉拉嘎热的思想转变，更谈不上革命意识的觉醒，只能说是思想有了一些松动。

巴吐吉拉嘎热的觉醒主要体现在小说的第八章"奴隶的觉醒"。在这一章里，李大年详细讲述了巴吐吉拉嘎热父母参加革命并被害的经历。这时巴吐吉拉嘎热才通过父母的亲情感受到"革命"的崇高，随即告诉李大年，旺亲想利用他抓捕共产党人。可是，这时乌云琪琪格的母亲桑吉玛拒绝了他们二人的婚事，认为他是一个带"罪"字的奴隶。巴吐吉拉嘎热虽然内心痛苦，但最后还是告诉乌云琪琪格"永远忘了他"。由于"爱情"的受挫，巴吐吉拉嘎热决定逃出王爷府，去寻找李大年，但走到半路就被旺亲抓回来关进了监狱。巴吐吉拉嘎热在监狱里被毒打后，"心里只是默默地对自己说：你是一个王爷的终身奴隶，可是，你的血和肉是从爸爸身上分出来的，是英雄给你的身子，是亲爱的李大年哥哥给你的灵魂"⑤。从这里可以看出，巴吐吉拉嘎热虽然受到"父亲"的精神感染有所觉悟，但是仍然没有摆脱"带'罪'字的奴隶"这一身份意识，他的这一次觉醒也就不够彻底了。

巴吐吉拉嘎热的思想发生真正的转变，是在他和李大年被捕后关押在同一间狱房里时。在监狱里，因巴吐吉拉嘎热的号叫导致看守兵要鞭打他时，李大年用身体挡住鬼子小野的皮鞭，替他挨了一顿毒打，后李大年又把自己的水留给他喝，帮他擦拭身体，对他悉心照料。巴吐吉拉嘎热这才深受感动，思想有了较大的转变。初版本对此有一段心理描写：

---

① 乌兰巴干：《草原烽火》，中国青年出版社1958年版，第19页。
② 乌兰巴干：《草原烽火》，中国青年出版社1958年版，第56页。
③ 乌兰巴干：《草原烽火》，中国青年出版社1958年版，第108页。
④ 乌兰巴干：《草原烽火》，中国青年出版社1958年版，第202页。
⑤ 乌兰巴干：《草原烽火》，中国青年出版社1958年版，第299页。

敌我之间那一道仇恨的深沟,在他心里划得明明白白。当他多次听到李大年讲草原抗日游击队的情况,就象在他内心的土壤上栽培起一朵鲜花,当这朵鲜花在他心里盛开时,他的斗争目标也明确起来了。有了这样一位哥哥在他身边,他才开始明白什么是人的生活,明白了应该怎样通过斗争来获取美好生活的权利。巴吐吉拉嘎热从此结束了奴隶精神上的痛苦。他象一株春天的幼芽猛力地钻出了地层。他要从奴隶的泥潭里拔出脚来,迈在光明的大路上。巴吐吉拉嘎热真正开始了新生。①

这段内容是初刊本中所没有的。这段增加的内容讲述了巴吐吉拉嘎热思想转变的内在动力。不仅如此,初版本还将巴吐吉拉嘎热的心理活动导引向对革命的向往:

巴吐吉拉嘎热每时每刻紧靠着李大年,一心想望着那支草原抗日游击队,他要拼着自己的一生去参加这个队伍。可是,他一直没有把这愿望告诉李大年。他有时一睡觉就做起了美梦。②

为进一步深化/升华巴吐吉拉嘎热的思想觉醒,初版本还接着增加了关于如果能从监狱中突围出去的一段对话:

"真能突出去?要是真的能突出去,我要……"巴吐吉拉嘎热有些不自然地说。
"你要怎样?"
"我打算和你一起去,我很想参加……"
"啊!你是说参加游击队嘛?"
"嗯,大哥。"
"其实,你已经早就参加了!"
"没有啊,我多咱参加的?"巴吐吉拉嘎热奇怪地问。
"就在你和大叔一起的时候。有那么个晚上,你的手出了力啊!"
"啊!大叔一直是把我当成自己人看的!"巴吐吉拉嘎热想起了许多事情,不再说话,牢房里顿时沉默无声。③

李大年所说的"出了力",就是指前文所述的巴吐吉拉嘎热参加堵决口。在初版本的这段对话中,李大年将参加堵决口等同于"参加革命",这当然是对巴吐吉拉嘎热当初行为的一种拔高,其目的是通过对巴吐吉拉嘎热革命身份的认同,使其成为"我们"中坚定的一员。李大年以组织的名义提升了对巴吐吉拉嘎热参加革命的政治认同,将"难友之情"上升为"同志之情"。这一政治认同又强化了巴吐吉拉嘎热对李大年"把我当成自己人看"的"情感认同"。因此,这段对话实现了"从情感到组织"和"从组织到情感"的双向认同功能。

关于李大年和巴吐吉拉嘎热一同关押在监狱里这一段情节,初刊本和初版本里都有李大年向巴吐吉拉嘎热讲述其父亲"也坐过这个监狱"的经历。李大年告诉巴吐吉拉嘎热:"嘎达梅林和你爸爸也坐过这个监狱","我们的队伍,就是在你爸爸血战过的地方,

---

① 乌兰巴干:《草原烽火》,中国青年出版社 1958 年版,第 361 页。
② 乌兰巴干:《草原烽火》,中国青年出版社 1958 年版,第 363 页。
③ 乌兰巴干:《草原烽火》,中国青年出版社 1958 年版,第 363 页。

和鬼子打过几次仗。第一次打下了敌人的一辆汽车，第二次消灭了敌人的一个排！……"于是，"爸爸血战过的宝格塔山，那英雄的宝格塔山，顿时出现在巴吐吉拉嘎热的脑海里。爸爸那敦厚善良的脸容，也立即出现在他眼前"。[①] 初刊本和初版本的这一部分内容基本相同（初版本只对个别字句做了优化）。其实，关于巴吐吉拉嘎热的父亲的革命经历，初版本中李大年曾在堵决口后详细告诉过他。在这之后，"李大年感到巴吐吉拉嘎热确实变了，在这纯洁、诚挚的小伙子心上，已产生了与敌人不共戴天的意志和力量"[②]。此次李大年在监狱里的讲述，重点是强调巴吐吉拉嘎热的父亲"也坐过这个监狱"。小说试图通过对"同一个监狱"的强化，增强他"与父母同在"的情感认同，进一步激发他的革命意识。

可以看出，巴吐吉拉嘎热的思想转变、革命意识觉醒，主要来自四种情感力量：与乌云琪琪格的爱情、在狱中与李大年的患难之情、对父亲献身革命的崇拜之情、李大年对他予以革命认同后的"革命同志之情"。比较初刊本和初版本，初版本大幅增加了情感叙事，通过爱情、友情、亲情、同志情这四种情感对巴吐吉拉嘎热进行了全面的政治动员，从而触发了巴吐吉拉嘎热的革命动力。

二、信仰的力量：可争取的巴特尔

《草原烽火》里备受关注的是主人公巴吐吉拉嘎热，看守兵巴特尔则是一个容易被人忽略的人物。这个人物最初也是不受作者重视的。因此，在初刊本中，巴特尔这个人物显得无足轻重，甚至出场时都没有名字，只是称为"守兵""看守兵"。初刊本中关于巴特尔的内容，主要是三段：

第一段是看守兵在监狱里值班过程中倚着门睡着了的场景：

> 这一夜，只有一个歪戴着帽子的值班看守兵，在阴暗的狱房廊下蹓哒着。那守兵中等个子，水蛇腰，面孔有些紫红，头缩进领子里，看不大清楚，只能偶尔窥见他的眼睛闪动着。守兵踱了几个来回，两腿吃力的迈到狱门铁栏杆旁边，张开了大嘴打了个呵欠，他把头往狱门上一靠，不久鼾声就响起来了。[③]

第二段是查夜的鬼子小野发现守兵睡觉后踹他、打他耳光的场景：

> 守兵猝然倒下去，才从梦中惊醒。那鬼子不由分说，一个劲儿地打起他的耳光来。守兵站起来呆立着，他简直象个木偶似的，一点儿都不敢动，查夜的鬼子走出狱门之后，守兵才摸摸热辣辣的脸，鼓起了嘴巴子，垂着头自语道："唉！讨饭吃还比干这个差事强得多！"
>
> 守兵接着就用蒙古话骂了几句。[④]

---

① 乌兰巴干：《草原烽火》，中国青年出版社 1958 年版，第 367 页。
② 乌兰巴干：《草原烽火》，中国青年出版社 1958 年版，第 247 页。
③ 乌兰巴干：《火烧王爷府》，《萌芽》1957 年第 5 期。
④ 乌兰巴干：《火烧王爷府》，《萌芽》1957 年第 5 期。

第三段是李大年看到看守兵挨揍后主动跟看守兵说话，询问鬼子的名字，问他"你们为什么不和他们讲理呢"。这时对看守兵的描写是：

> "咳！咱们当兵的有什么理可讲的，挨打也就得挺着呗，我是白音布通的老户，当了一二十年兵，也不准叫我回家看看！"
>
> 巴吐吉拉嘎热忙插嘴道："你还能活下去，我们呢？快完了。不知哪天一离开这狱房，就会摔进死人坑里。"
>
> 老守兵用润湿的眼睛看了下巴吐吉拉嘎热，又凝神的瞅了下李大年，他不自然的将头垂在胸前，用缓慢的脚步向窗栏走去，久久的沉默。不一会儿，李大年和巴吐吉拉嘎热听到了低泣的声音。①

初刊本中对巴特尔的描写非常简略，对这个人物所受的苦难也没有过多着墨。从初刊本来看，巴特尔所受的"苦难"是：经常被牢头"小野""二小野"打骂；当了一二十年兵没让回过家。这些"苦难"显然不足以让巴特尔"觉醒"和"反抗"，正如巴吐吉拉嘎热所说的"你还能活下去"。当李大年对他的遭遇表示关切时，巴特尔虽也有所动容，但也只是对他们的"活不下去"以"低泣"的方式表现出了同情。总体来说，这个人物还没有成长为一个可以团结的对象。

与初刊本所不同，初版本用较大篇幅着力塑造了看守兵巴特尔的形象，如增加了巴特尔挨打的次数，加重了挨打的情节，增加了巴特尔为狱中被害者祷告的情节等。于是，李大年"心里盘算着，怎样进一步争取巴特尔"②。为此，初版本还设计了一段思想启蒙式的对话。面对被毒打的巴特尔，李大年说："这里，不光是我们被关着的人吃苦，就连看守着我们的兵也一样吃苦，一样遭到鬼子的毒打。想要活下去，就该赶快离开，离开这个不是人住的地狱！"③然而，面对李大年的同情、关切、感化和启蒙，巴特尔也只是偷偷地给李大年一支香烟、两小壶水。因此，"情感动员"在巴特尔这个人物身上显然没有起到应有的效果。

初刊本虽然对巴特尔的描写比较简单，但仍试图采用"情感动员"模式。这反映在监狱里巴吐吉拉嘎热告诉李大年小兰身世这一情节里。"初刊本"对这一内容写得较为详细：

> 巴吐吉拉嘎热说："提起小兰姐姐的身世，说来可惨呀，鬼子打到她的家乡，她爸爸在和鬼子作战中牺牲了，她哥哥为了给爸爸报仇，就深入敌后，跟八路军抗日去了。家里只剩下她妈妈和她，房子被鬼子烧毁了，她们母女俩流离失所，只得乞讨度日，一直流落在北京，妈妈突然又害了重病，躺在街道上……姐姐是个有良心的人，她为了给妈妈治病，终于忍着痛苦，把自己卖给了达尔汗王爷做奴隶……"
>
> 李大年已经没法控制他激动的眼泪了，他紧握着巴吐吉拉嘎热的手，说道：

---

① 乌兰巴干：《火烧王爷府》，《萌芽》1957 年第 5 期。
② 乌兰巴干：《草原烽火》，中国青年出版社 1958 年版，第 366 页。
③ 乌兰巴干：《草原烽火》，中国青年出版社 1958 年版，第 355 页。

"对！你说的一点儿也不差，小兰她就是我的亲妹妹。"①

"初版本"则比较简单：

"我的干姐姐小兰是关里人。姐姐的爸爸和哥哥都打鬼子去了，鬼子打进了她住的庄子……"巴吐吉拉嘎热热情情地说开了小兰的身世。

李大年情不自禁地"呵"了一声，"腾"的坐起来，紧抓住巴吐吉拉嘎热的手，说道：

"她，她就是我的妹妹！……"②

初刊本详细讲述了小兰的悲惨命运，其目的是为了获得巴特尔的同情，进而从情感上对巴特尔进行革命动员。初版本则将这些内容全部删除，就从侧面说明，初版本并没有打算在巴特尔身上也采用"情感动员"的革命叙事模式。

初版本中的巴特尔之所以成为"可争取的对象"，其实源于他是一个虔诚的佛教徒，有着极为坚定的宗教信仰，以至于"每当狱里死了犯人，他就来庙前祷告"③。当因祷告而接班迟到后，巴特尔"被打得头昏脑涨"，这对巴特尔来说是家常便饭，还不足以让其"觉醒"。因此，初版本增加了一个细节，那就是，在这一毒打的过程中，小野"把护身佛的带子拉断，将护身佛猛地朝地上一摔"④。这一行为对巴特尔这个虔诚的佛教徒产生了巨大的冲击。"护身佛"被毁坏，也就是"信仰被亵渎"，这为巴特尔的"可争取"和"反抗"埋下了伏笔。随后，巴特尔之所以跑去告诉小兰她哥哥李大年被关押的事情，其动机也是"你哥哥赵春生是好人啊！是有佛心的人啊"。"在他临死前，我做个好心的事，将来我入土的时候，也对得起这些好人的冤魂！"⑤ 最终，巴特尔打开了监狱的门，告诉他们监狱外的布局，为李大年等人的突围起到了关键作用。巴特尔虔诚的佛教信仰，是促使其帮助李大年等人从狱中突围的重要动力。

"火烧王爷府"是《草原烽火》整个故事的高潮，也是党领导奴隶奋起反抗的标志性事件。有意思的是，在这一过程中起到关键作用的是巴特尔，而巴特尔之所以成为"可争取的对象"，则是源于其虔诚的宗教信仰。巴特尔的"善举"很难说是一种革命行为，更不是革命意识的觉醒。因此，即便逃出王爷府后，在河边遭遇鬼子马队的追赶时，巴特尔还是"跪倒在河岸边，向澎湃的大水祷告着，希望水神救命"⑥；李大年催促他赶紧登上小木排前进时，"巴特尔却还朝着河水，跪得直挺挺地不动"⑦。从王爷府逃出来后，巴特尔一心想着的就是回家。当奴隶小秃问他是不是要去参加抗日游击队时，巴特尔的回答是"不，不，我回家，我回家"⑧。等巴特尔真的回到家后，发现家人都已经被害，房屋都被烧光，巴特尔的反应居然是寻死。直到钢铁木尔、李大年告诉

---

① 乌兰巴干：《火烧王爷府》，《萌芽》1957 年第 5 期。
② 乌兰巴干：《草原烽火》，中国青年出版社 1958 年版，第 368 页。
③ 乌兰巴干：《草原烽火》，中国青年出版社 1958 年版，第 351 页。
④ 乌兰巴干：《草原烽火》，中国青年出版社 1958 年版，第 352 页。
⑤ 乌兰巴干：《草原烽火》，中国青年出版社 1958 年版，第 371—372 页。
⑥ 乌兰巴干：《草原烽火》，中国青年出版社 1958 年版，第 414 页。
⑦ 乌兰巴干：《草原烽火》，中国青年出版社 1958 年版，第 414 页。
⑧ 乌兰巴干：《草原烽火》，中国青年出版社 1958 年版，第 431 页。

他，是日本鬼子烧了他的蒙古包、杀了他老婆孩子，他才决定投身革命。也只有到这个时候，巴特尔才完成了从一个佛教徒向革命者的转变。

三、"山林风险"的革命叙事功能

巴吐吉拉嘎热在"火烧王爷府"突围后，跟李大年约好在白音布通宝格塔山会合。巴吐吉拉嘎热冲到王爷府救走小兰和乌云琪琪格后，在逃跑途中小兰受伤身亡，最终巴吐吉拉嘎热和乌云琪琪格二人在王爷府和日本鬼子的追捕过程中误入大兴安岭地区。于是，就有了《草原烽火》的第十九章"山林风险"。这一章主要是写巴吐吉拉嘎热和乌云琪琪格二人在大兴安岭迷路后，以打猎为生，在这待了将近一年，直到走出大兴安岭。这一部分内容占了整整一章。对于这一章，叶圣陶曾在《读〈草原烽火〉》中写道："这是出乎读者的意料的，读者并不预期有这样的一章。为什么说并不预期呢？因为它跟整部小说的主题和节奏不协调。"① 确实，按小说情节的发展和叙事节奏来说，这一章内容完全可以删除，至少也可以进行大量压缩。作者在人民文学出版社出版的《草原烽火》"后记"里说："这次交人民文学出版社付印前，原打算作一次较大的修改，但是由于出版时间紧迫，又要忙着按期完成它的续集，就未能抽出空来，只作了些必要的补充，还是按原样付印了。"② 《草原烽火》在其后出版了多种版本，甚至在1992年乌兰巴干仍然健在时还由江苏文艺出版社出版了一个版本。但是，无论是否"出版时间紧迫"，乌兰巴干都没有对叶圣陶提出批评的第十九章"山林风险"进行改动，甚至对叶圣陶的这一批评也没有给予过回应。这多少说明乌兰巴干对这一章的内容有着自己的考量。

一般来说，对这一章内容的理解，主要集中于"风景"层面。乌兰巴干的《草原烽火》运用了大量篇幅展现民族地区风景，体现了浓郁的草原民族风情，给读者以新鲜的体验。这也是乌兰巴干在小说中构建民族性的重要表现。"山林风险"总体来说也是风景描写。叶圣陶曾对《草原烽火》的风景描写给予了正面评价："小说里写草原上的景物，给了我极大的满足。我没到过草原，读毕这部小说，仿佛亲身到了草原似的，亲切地感到了那些景物是怎么样的。写景物的地方，极大部分跟人物的感情相配合。"③ 但是，叶圣陶也指出了这些景物描写的缺点："情景相生，原是文艺作品有效的手法。不过我觉得小说里运用这种手法似乎多了一些，有些地方不太自然。"④ "风景"是"十七年"时期文学创作的一种"方法"，当时文学研究也掀起了一股"风景政治"的研究热潮。雪山、草地、山林、深谷、山崖等自然风景，其实是"十七年"时期红色经典中的普遍景观叙事元素。这些风景有时担负的是对革命者意志的考验，如《保卫延安》中的冰天雪地；有时为革命者提供广阔的斗争场景，如《铁道游击队》中的平原；有时兼而有之，如《林海雪原》中的茫茫山林。但是，"山林风险"这幅"风景画"不同于"林

---

① 叶圣陶：《读〈草原烽火〉(代序)》，乌兰巴干，《草原烽火》，人民文学出版社1959年版，第6页。
② 乌兰巴干：《草原烽火》，人民文学出版社1959年版，后记，第499页。
③ 叶圣陶：《读〈草原烽火〉(代序)》，乌兰巴干，《草原烽火》，人民文学出版社1959年版，第6页。
④ 叶圣陶：《读〈草原烽火〉(代序)》，乌兰巴干，《草原烽火》，人民文学出版社1959年版，第6页。

海雪原"展示出的革命浪漫主义情怀和坚定的革命斗争意志,而是给人感觉与作品的革命主题关系不大,仿佛是为了写风景而写风景。

从初刊本入手重读《草原烽火》初版本,也许能为"山林风险"这一章提供另一种理解的思路。其实,"山林风险"反映的仍然是主人公巴吐吉拉嘎热的革命觉醒问题。这不得不回到初版本中"火烧王爷府"的情节。"初版本"中的"火烧王爷府"有两处涉及巴吐吉拉嘎热监狱突围的描写,这两处描写隐秘地反映了巴吐吉拉嘎热的革命觉悟。

第一次是,李大年正与钢铁木尔谈论"老王"组织抗日游击队的情况时,巴吐吉拉嘎热插话说:

"他们一定会来救我们。"

李大年笑了笑,笑他天真不懂事,坚毅地回答:

"不会,他们目前是不可能打来的。现在,要靠我们自己救自己。"

"这怎能成?"巴吐吉拉嘎热问。[①]

这一部分是初刊本所没有的内容。巴吐吉拉嘎热和李大年的对话,显示出巴吐吉拉嘎热对革命事业缺乏足够深入的理解,只是盼望"他们一定会来救我们",这就说明其缺乏革命的主动性和战斗性——等人来救而不是靠自己。这正是李大年认为他"天真不懂事"的原因。

第二次是,在监狱中,当李大年告诉巴吐吉拉嘎热他父亲的英雄事迹后:

他忽然问:

"大哥,咱们能够冲出去吗?"

"能!"

巴吐吉拉嘎热看看早已断成两截的镣铐,默默地想,冲,只有跟着大年哥冲。但是,谁能帮我们打开这个牢门呢?李大年看出他的情绪,于是说:

"嘎达梅林不也是冒着危险从这里冲出去的吗?我们就向他学。"

"可是,我们没有牧丹。……"巴吐吉拉嘎热沉重地回答,想起了为嘎达梅林冲开监狱的女英雄。[②]

这一部分内容在初刊本中也大体相同,反映的仍然是巴吐吉拉嘎热对"没人来救"的消沉心理。不过,初版本补充了"早已断成两截的镣铐"这个重要细节。这一细节的增加,为后面的监狱突围做了合理性的铺垫,但这一细节也进一步加重了巴吐吉拉嘎热革命信心的不足——毕竟镣铐都已经打开了,突围的条件正走向成熟。从这里也能看出,"火烧王爷府"时的巴吐吉拉嘎热对待革命始终是寄希望于他人,革命的态度不够坚定,革命的自觉性不强。

因此,"山林风险"这一章是对巴吐吉拉嘎热革命觉悟的进一步考验,也是巴吐吉拉嘎热最终走向革命的"完成过程"。初刊本中曾写到李大年在狱中跟看守兵巴特尔的

[①] 乌兰巴干:《草原烽火》,中国青年出版社1958年版,第363页。
[②] 乌兰巴干:《草原烽火》,中国青年出版社1958年版,第367页。

交谈:"巴吐吉拉嘎热忙插嘴道:'你还能活下去,我们呢?快完了。不知哪天一离开这狱房,就会摔进死人坑里。'"① 这一对话场景在初版本中被删去。然而,从初刊本中的这一对话能够看出,即便被关押在监狱将要被处死时,"能活下去"也是巴吐吉拉嘎热的底线。反过来说,只要"能活下去",巴吐吉拉嘎热也就不会去反抗和革命。大兴安岭地区的山林则正好满足了巴吐吉拉嘎热"能活下去"的理想。巴吐吉拉嘎热和乌云琪琪格在大兴安岭的深山里结婚、生子、打猎,过着平安、宁静的世外桃源生活,革命的意志——与李大年到宝格塔山会合——也再次陷入消沉。直到乌云琪琪格听说有人的孩子被黄羊吃掉了,她才劝巴吐吉拉嘎热离开这里,巴吐吉拉嘎热只是表示赞同。最终促使巴吐吉拉嘎热离开这个山洞的是,他在打猎的路上遭遇了日本鬼子。这时的巴吐吉拉嘎热才想到"咱们找到了草原抗日游击队,就好象野玫瑰有了太阳和雨水一样"②。也就是说,当巴吐吉拉嘎热面临黄羊和日本鬼子的风险——无路可走时,他才坚定了走出山洞、奔赴白音布通的决心,最终完成了革命的觉醒和自我成长。这与巴特尔逃出王爷府回家时发现"无家可归"后投身革命如出一辙。"山林风险"这一章的意义也正在于此。

四、两种革命叙事的选择与限度

乌兰巴干是一位文化程度不高、汉语使用不够熟练的少数民族作家。初稿在语言表达、人物形象塑造和篇章结构等方面都显得较为零散,最终是在编辑唐微风的协助下"共同研究"完成了《草原烽火》的修改、定稿工作。③《草原烽火》无疑也就体现了乌兰巴干和唐微风的共同创作思路,既与"十七年"时期红色经典的主流叙事保持一致,也彰显了故事的民族性建构。由此也就不难理解《草原烽火》的革命叙事模式。

"苦难—逃离—反抗—考验—党的领导"是"十七年"时期红色经典共同的叙事元素和叙事模式,是故事主人公最终成长为无产阶级革命英雄的必要过程。《草原烽火》总体上遵照"十七年"时期红色经典的叙事模式。不同的是,《草原烽火》中的主人公巴吐吉拉嘎热的叙事缺少中间的几个环节——"逃离""反抗""考验",或者这些环节在小说中写得不够饱满。这与小说的情节结构和主人公巴吐吉拉嘎热的出身有关。"逃离"和"反抗"对巴吐吉拉嘎热来说,是缺乏现实可能的。一望无际的茫茫草原,山遥路远,根本无处可逃。更何况,李大年等人虽然在草原一带活动,但也是力量薄弱,行踪不定。巴吐吉拉嘎热即使逃离,不要说找不到党组织,就连走出草原都是不可能的。巴吐吉拉嘎热也曾试图逃离,但最后还是被抓住关进监狱。小说中也讲述了有些奴隶逃跑被抓住后甚至被打死。正是因为无法逃离,所以没有"反抗"的空间,整个叙事链也就出现了断裂,缺少了必要的逻辑线索。

因此,《草原烽火》在借鉴"十七年"时期红色经典通行的叙事方式时,能重点挖

---

① 乌兰巴干:《火烧王爷府》,《萌芽》1957年第5期。
② 乌兰巴干:《草原烽火》,中国青年出版社1958年版,第473页。
③ 乌兰巴干:《我们是战友》,《人民日报》1964年4月3日。

掘的叙事资源就是"苦难"。然而,"十七年"时期红色经典中的"苦难"叙事是一个不断深化的过程,即他们在"逃离"和"抗争"的过程中遭遇到越来越深的苦难,从而激发他们越来越坚定、昂扬的革命斗志。从苦难的角度来说,巴吐吉拉嘎热自小就是最底层的"带'罪'字的奴隶",他所渴望的就是能够"活下去"。对他来说,"带'罪'字的奴隶"的苦难已经到了极致,在程度上已经无以复加。因此,从初刊本到初版本的变化中可以看出,初版本反复强化巴吐吉拉嘎热父母的牺牲和革命经历、乌云琪琪格一家的遭遇和小兰的牺牲等内容,以此从"亲情""爱情""同志情"的角度来增加巴吐吉拉嘎热的苦难,触动他革命意识的觉醒。于是,《草原烽火》在巴吐吉拉嘎热的革命叙事中自然就选择了以苦难为基础的情感动员模式。当然,因为缺乏程度不断加深的苦难、反抗和考验的完整经历,小说对巴吐吉拉嘎热革命成长的叙述也就显得并不彻底。这就有了"山林风险"一章。这一章也就被赋予了承载"考验"的叙事功能。

当巴吐吉拉嘎热和李大年等都被关在监狱、"草原烽火"面临熄灭的风险时,嘎达梅林的传说给《草原烽火》的写作提供了一种叙事经验。这在初刊本和初版本中都通过李大年和巴吐吉拉嘎热的对话显现出来。《草原烽火》中李大年被关在监狱中的情节,也和嘎达梅林被关进监狱的情节有着高度的相似性。让嘎达梅林最终冲出监狱的关键人物是嘎达梅林的爱人牧丹——她冲进监狱救出了自己的丈夫。而帮助李大年冲出监狱的"牧丹"是谁呢?这是小说需要处理的一个关键细节。

《草原烽火》在前期的故事情节中没有塑造一个牧丹式的"外来者",这个重任就落到了巴特尔身上。在初刊本中,巴特尔只是作为巴吐吉拉嘎热成长的一个参照式人物,让巴吐吉拉嘎热意识到自己比巴特尔的境遇还要悲惨——至少巴特尔还能活下去,从而增加巴吐吉拉嘎热的"苦难"意识,推动巴吐吉拉嘎热的革命觉醒。不过,初版本改变了这一写作思路,增加了大量内容来刻画巴特尔的形象。巴特尔是一名看守兵,其生活条件比王爷府的奴隶要好,地位要高,这就使得巴特尔甚至都缺少巴吐吉拉嘎热那样的"苦难",也就缺少从"苦难"到"反抗"的必要性。也就是说,在"十七年"红色经典的固有叙事模式中,巴特尔的成长比巴吐吉拉嘎热更缺少必要的"中间环节"。为使小说的情节合理,乌兰巴干选择用"宗教信仰的力量"完成革命叙事的"突围"。这种选择也基于两个方面的考量:一方面,《草原烽火》是一部描写内蒙古人民革命斗争的小说,自然离不开蒙古族的宗教信仰,小说选择"宗教信仰"进行革命叙事,是顺理成章的,这也是小说在民族性方面的重要建构;另一方面,信仰叙事其实是"十七年"时期红色经典中一种隐在的叙事模式。革命的信仰本身就是一种信仰叙事,虽然这并不同于宗教信仰。不过,"十七年"时期的红色经典有着潜在的宗教性叙事特征,许多学者对此都有论及。李扬在对《红岩》进行再解读的过程中对革命者离家、受刑等情节进行了富有宗教色彩的分析[1];黄子平的《"灰阑"中的叙述》也探讨了"十七年"时期红色经典的宗教修辞,进而挖掘革命叙事中的民间信仰资源[2]。《草原烽火》以巴特尔的"宗教信仰"内在地置换了"革命信仰",构成小说的叙事逻辑,其实也是一种替代性的

---

[1] 李扬:《50—70年代中国文学经典再解读》,北京大学出版社2018年版,第160-192页。
[2] 黄子平:《"灰阑"中的叙述》,上海文艺出版社2001年版,第86-90页。

革命信仰叙事。值得注意的是，由于巴特尔的革命的"不彻底性"，《草原烽火》还塑造了小兰炸火药库的情节，让"牧丹"的身份由巴特尔和小兰共同承担，从而确保革命的最终完成，可见作者也是颇为用心。

归根结底，《草原烽火》对巴吐吉拉嘎热和巴特尔革命性书写的不足，源于二人的身份。与同时期的蒙古族革命历史小说相比较，《茫茫的草原》中的铁木尔从劳工队被救，走向部队，再离开部队；《红路》中的胡格吉勒图是为民族解放而奋斗的知识分子；《铁骑》中的哈日巴拉是一位参军杀敌的战士；《草原烽火》中的巴吐吉拉嘎热和巴特尔则是农奴和看守兵，两人都是受压迫程度不同的农奴。他们既没有"革命的锤炼"，也没有"知识的启蒙"，作者只能在苦难、情感和信仰之中寻找一些可能的革命叙事路径。这就形成了《草原烽火》革命叙事的两种不同路径，而每一种路径都有着内在的局限。

结　语

《草原烽火》是"十七年"时期少数民族文学的代表性作品。通过对巴吐吉拉嘎热、巴特尔的革命觉醒的叙事路径分析，可以看出，《草原烽火》对巴吐吉拉嘎热的觉醒主要是运用了"情感动员"的叙事策略，巴特尔的觉醒则主要集中于"佛教徒的信仰"，最终两人走向革命道路的原因大体相同，即巴吐吉拉嘎热的"无路可逃"和巴特尔的"无家可归"。这使得《草原烽火》的革命叙事缺乏内在的"组织力量"。这也是叶圣陶对《草原烽火》的批评："在李大年离开的期间，一个党员扎木苏荣是牺牲了，仅存的一个党员刘大爷，从小说里看不出他进行了什么活动。因此，读者不免要想，李大年来了，地下组织就建立起来，在刘大爷的地窖里开秘密会议商量堵口的事的有这么十几个人，待李大年走了，这个地下组织又怎么样了呢？再说，这十几个人的结合，小说里是用虚叙的笔法交代的，这也使读者觉得不满足，读者希望有具体的生动的描述，从而更多地见到李大年的卓越的组织才能。"[①] 由于《草原烽火》并非着力于"组织"的革命叙事，因此，叶圣陶所批评的见不到"李大年的卓越的组织才能"和"具体的生动的描述"也就不足为奇了。正是由于《草原烽火》采用了情感动员的革命叙事方式，未能真正地推动巴吐吉拉嘎热的彻底觉醒，所以被认为"跟整部小说的主题和节奏不协调"的"山林风险"这章内容，就成为巴吐吉拉嘎热真正实现革命觉醒、走向革命道路必然要经历的阶段。

（山东大学文学院副教授）

---

① 叶圣陶：《读〈草原烽火〉（代序）》，乌兰巴干：《草原烽火》，人民文学出版社1959年版，第6页。

作为民族记忆的现代化叙事
—— 《草原晨曲》对历史与现实的双重观照[*]

妥佳宁

……
> 我们象双翼的神马，飞驰在草原上，啊哈嗬咿这里从此不荒凉，钢城闪光芒。再见吧金色的草原，再见吧幸福的家乡！啊哈嗬咿我们将成钢铁工人，把青春献给包钢。[①]

这首由玛拉沁夫作词、通福作曲的《草原晨曲》曾经是内蒙古广播电视台每天早晨开播节目之前必播的开场曲。激昂的音乐配着草原上河流弯曲的画面和壮烈的套马场景，几乎成了一整代内蒙古人的民族记忆。而这首歌曲其实是1959年长春电影制片厂与内蒙古电影制片厂联合摄制的同名电影《草原晨曲》的插曲。这部电影讲述了两代蒙汉民众联合抵抗日本侵略并最终建设包钢的故事。电影《草原晨曲》的两位编剧，一位是该片导演之一的珠岚琪琪珂[②]，另一位就是这首歌曲的词作者玛拉沁夫。

对蒙古族作家玛拉沁夫及《草原晨曲》的研究与评论[③]，几十年来已有不少，其中不乏深入细致的探讨。然而既有研究多集中于评价该片对包钢建设的呈现，较少注意到故事前半段抗日叙事与后半段包钢建设叙事构成的奇妙结构，尤其未能从现代性层面揭示其中抗日叙事的必要性。一部最终要呈现社会主义现代化建设的创作，为何一定要将抗日叙事纳入对比？其中存在哪些结构性空白，有待观影者加以填补？作者又是在怎样的历史经验之下，以民族记忆的方式完成了有选择的现代性叙事？

一、从剧本到影片的增删与修改

玛拉沁夫1930年生于卓索图盟的土默特旗（今属辽宁省阜新蒙古族自治

---

[*] 本文为中国博士后科学基金项目"华语语系少数民族文学研究体系的构建"（2019M653454）成果。
[①] 玛拉沁夫词，通福曲，辛沪光配伴奏：《草原晨曲》，音乐出版社1962年版，第2—3页。
[②] 玛拉沁夫、珠岚琪琪珂编剧：《草原晨曲》，内蒙古人民出版社1959年版。电影剧本署名写作"珠岚琪琪珂"，电影片头署名则写作"珠兰琪琪柯"，而通常将其蒙古语名字译为"珠兰齐齐柯"。
[③] 周作秋编：《玛拉沁夫研究专集》，内蒙古人民出版社1984年版。

县),其蒙古语名字意为"牧人之子"①,15岁参加八路军,1952年1月在《人民文学》发表小说《科尔沁草原的人们》而一举成名。随即,玛拉沁夫与海默、达木林合作将该作品改编为电影《草原上的人们》,于1953年上映。"1959年,在电影界紧张筹备建国十周年'献礼片'之际,内蒙古话剧团团长珠兰琪琪柯找到了此时正在包头钢铁基地工作的玛拉沁夫,说服他创作一个反映我国社会主义钢铁工业建设的电影剧本,玛拉沁夫无法拒绝,于是由他执笔,与珠兰琪琪柯合作的剧本《钢城曙光》诞生,其后随着电影的拍摄更名为《草原晨曲》。"②

剧本的开头,乌兰察布草原的蒙古族青年胡合、加米扬、拉西宁布与汉族青年张东喜一起用武力赶走了侵华日军派往白云鄂博圣山的勘探队。而听命于日军的当地蒙古贵族官员派人抓捕抗日牧民领头人胡合、加米扬时,张东喜为保护他们也一起被捕。在越狱的过程中,张东喜牺牲,临终前将妹妹秀芝和女儿小玲托付给胡合,并指导胡合过黄河到鄂尔多斯游击队去找方之诚政委。

剧本的后半段则是1949年之后的故事,胡合成为共产党干部,带着养子关其卡回到家乡,加米扬已是当地村长,而拉西宁布仍是牧民,并收养了张东喜的遗孤小玲,改名娜布琪。此后白云鄂博矿山被开采,包钢建立,方之诚政委转业后担任包钢总公司党委书记,胡合则在其下担任了矿山公司党委书记,关其卡等蒙古族青年也成为包钢工人。另一面,秀芝探望来包钢工作的女儿彩霞,终于与彩霞的生父胡合一家相认。在包钢建成、高炉出铁的欢乐氛围中,故事迎来了大团圆结局。

从剧本到影片,删改并不多,除了将张东喜改为张玉喜等人名改动之外,主要是删去了寻找水源和迷路等一些枝蔓情节。③ 此外最明显的改动,是将胡合与秀芝的女儿彩霞,与剧本中冲入火场救人的卡车司机林祥,合并为电影中的胡合之子张祥这一个人物。这样也就相应地删去了娜布琪和关其卡爱情故事中因彩霞和林祥而产生的种种误会,从而削减了爱情纠葛在影片中所占的比重。

在以上删改之外,从剧本到电影还有一些细节修改,以往并未获得研究者注意。剧本中在蒙古贵族官员家当用人的秀芝,因为疏通官布协理的儿子道尔吉暗中协助胡合等人越狱,被协理派人押往呼和浩特的公馆。而在电影中,官布协理是派人把怀孕的秀芝押送到草地上打算害死,而秀芝后来被下人放走,最终在北京把儿子张祥抚养成人。这处修改除了凸显媚日的蒙古贵族官员官布协理的阴狠之外,还将秀芝母子这十几年间生活的地方,从剧本中的呼和浩特改为了电影中的北京。这一细节改动看似无关紧要,却暗藏剧本中未曾道明的诸多历史情境。④ 这些历史背景,在剧本中主要是通过与日军合作的蒙古族贵族官员官布协理来侧面呈现的。

协理原为清代内蒙古地区的官职,一般在当地札萨克王公之下辅助行政管理。剧本中的官布协理作为蒙古族上层统治者,与日军合作,成为伪政权的代表人物。官布协理的儿子道尔吉曾在北京求学,剧本并未明确交代其所学专业为何。而在向日军谄媚之

---

① 张燕玲:《大草原——玛拉沁夫论》,民族出版社1994年版,第3页。
② 杨文斌:《大时代背景下玛拉沁夫电影剧本〈草原晨曲〉的叙事策略》,《内蒙古电大学刊》2023年第5期。
③ 李树榕:《影片〈草原晨曲〉:一位配角的创作手记》,《电影文学》2010年第17期。
④ 妥佳宁:《伪蒙疆沦陷区文学中的"故国"之思》,《文学评论》2017年第3期。

时，道尔吉以西方礼仪来示范该如何接待日本军官，官布协理对儿子道尔吉所学颇为称赞："孩子，爸爸叫你上洋学堂没白费钱，你学了不少洋礼，这对爸爸很有用。"[①] 剧本中这部分情节和台词，在电影中不仅得到较为完整的保留，而且通过"镜中镜"等特殊的镜头语言予以突出，用穿衣镜中的画面呈现了官布协理对儿子道尔吉在北京所学到的"洋礼"的推崇。电影还特别增加了日本军官进门时并未将手套、大衣等随身衣物交给下人的细节，以反讽的方式解构了这些"洋礼"的实际作用。旧式蒙古族上层贵族官僚子弟在北京这样一个经历过"五四"新文化洗礼的汉地所学，并非"民主"与"科学"等现代观念或知识，而只是些准备用于媚日却毫无意义的"洋礼"。电影中与之形成鲜明对比的则是，十几年之后同样在北京求学成长的张祥，学了驾驶卡车这些实用性更强的普通劳动技能，而非身穿学生制服的知识分子所标榜的"洋礼"。从剧本到电影，这些细节的删改与保留、增补，实际上在有意无意间突出了影片某一方面的主题与内在叙事逻辑。

首先，这十几年间张祥在北京成长为具有现代知识与技能的青年，而小玲在草原的成长环境到电影中则未作更改，这样更能凸显汉族烈士遗孤小玲被蒙古族牧民养大，而蒙古族战士的儿子则在汉族母亲抚养下成长的蒙汉团结主题。父亲胡合是蒙古族，儿子张祥却有一个汉语名字，从小在汉族聚居区学习成长，依靠母亲秀芝洗衣赚钱供养其读书毕业；与之对应的是，小玲是汉族烈士遗孤，反而生长在草原并使用蒙古语名字娜布琪；此外，关其卡则是蒙古族革命者胡合的养子，同养父一起从革命者转而成为现代化的建设者。这些蒙汉青年团结一致，最终成为建设包钢的主人翁。这样的设计更有利于突出电影的主题。

其次，各人所学是否有用，实际上展现了玛拉沁夫等创作者对现代化建设中普通劳动者和知识分子的微妙态度差异。张祥成为白云鄂博矿山的卡车司机，其在北京所学的驾驶技术可以在现代化建设中发挥实际作用，令从小生长在草原的娜布琪颇为羡慕。后来娜布琪和张祥一起学习汽车驾驶技术，也成长为一名普通的汽车工人。而关其卡则和其他蒙古族青年一起远赴鞍钢学习炼钢技术，最终成为一名炼钢工人。从剧本到电影的这些细节改动，实际上凸显了劳动者更光荣的内在逻辑。张祥、娜布琪、关其卡等人所学皆为最普通的劳动技能，工种也是最辛苦的卡车司机和炉前工，却成为正面形象。与之相比，自命为"蒙古族高级知识分子"的官布协理之子道尔吉，同样曾在北京求学，但所学的"洋礼"在后来的现代化建设中毫无用处。"高级知识分子"道尔吉最终成为试图破坏蒙汉团结的"右派"。这些细节实际上凸显了劳动者更可靠而知识分子不老实的内在叙事逻辑。

最后值得追问的是，故事开头因保卫白云鄂博反抗日军勘探队而引出的革命者越狱情节和贵族媚日情节，与后半段的关于包钢的现代化建设又有什么关系？其中反复出现的包钢，即包头钢铁公司，位于内蒙古包头市区西侧，是第一个五年计划期间（1953—1957）工业现代化建设的重点工程，其铁矿主要来自附近的白云鄂博矿山。"白云鄂博"为蒙古语音译，意为"富饶的神山"。"白云"又译为"巴彦"，是富饶之意。"鄂博"也

[①] 玛拉沁夫、珠岚琪琪珂编剧：《草原晨曲》，内蒙古人民出版社1959年版，第4页。

译作"脑包",即敖包,是蒙古人在山上等高处举行祭祀活动用的石堆。著名的歌曲《敖包相会》就是根据玛拉沁夫小说改编的电影《草原上的人们》的插曲,同样是由玛拉沁夫、海默作词,由通福根据蒙古民歌改编而成。由此也可见得敖包在蒙古族生活中的重要性。故而白云鄂博山也叫白云敖包山,在蒙古族牧民心中具有很强的神圣性,但牧民并不知晓此宝山当中究竟有何灵物。直到1927年,民国地质学家丁道衡随斯文赫定"中瑞西北科学考察团"考察绥远包头一带,才发现该山富含铁矿。1933年丁道衡发表《绥远白云鄂博铁矿报告》①,但国民政府对此重视不足。随后到来的日本殖民者却非常重视这一地质发现,"从1933年丁道衡发表报告到1945日本战败这段时间内,日本人先后到白云鄂博调查10余次,并形成调查报告、开发计划书若干"。其中"从1943年年底到1944年9月之前,不到一年的时间,日本人进行了4次旨在开发白云鄂博的调查,并撰写了内容详实、可操作性强的开发报告"。②玛拉沁夫等人的创作中牧民们一次武装反抗就赶走了日军勘探队的情节,显然夸大了其武装抗日的实际效果。而十几年之后,当初带领草原牧民们抵抗日军勘探队的胡合,却又在社会主义建设期间极力配合来自北京的勘探队,最终成为包钢矿山的党委书记,带领大家一同开采白云鄂博圣山。剧本和电影中都未详细展现的是,矿山最终得以开采的前提,实际上是蒙汉党员做了大量工作,给牧民做出解释,在当地喇嘛的协助下将敖包迁往其他地方。白云敖包山再也不是敖包所在之地,而成为包钢下属的白云鄂博矿山公司的采矿基地。正是矿山与草原上牧民前后十几年间这种巨大的转变,使得故事前半段抗日叙事和后半段现代化建设叙事被并置于对比关系当中。

那么这两段现代性叙事究竟如何通过书写民族记忆的方式,来有选择地完成对历史与现实的双重观照?

二、有选择的现代性叙事

一般认为这部《草原晨曲》主要通过抗日和社会主义现代化建设两个阶段表现了草原的变化,而在这种对比中,拉西宁布这样一位"中间人物"起到了重要作用。如前所述,拉西宁布原本是追随胡合赶走日军勘探队的牧民,而那位自命"蒙古族高级知识分子"的道尔吉,则在现代化建设期间不断地煽动拉西宁布反对从北京来的勘探队和后来的包钢开采白云鄂博圣山。整部电影最终通过拉西宁布对包钢态度的转变,完成了暗藏深意的现代性叙事。

当胡合带着养子关其卡第一次回到乌兰察布草原见到阔别多年的老朋友们之时,拉西宁布就在道尔吉的煽动之下,与大家就白云鄂博圣山的开采问题争吵起来。拉西宁布喝醉后高喊:"我们在这儿庆祝胡合回来,是因为他领着我们保卫过白云鄂博圣山。但是,现在汉人又要来开采我们的圣山……"其他反对者也附和说:"决不叫他们动圣山一块石头!""我们象从前那样保卫圣山!……"加米扬质问他:"拉西宁布,你把汉人

---

① 丁道衡:《绥远白云鄂博铁矿报告》,《地质汇报》1933年12月第23期。
② 聂馥玲:《日本占领期对白云鄂博铁矿的调查》,《中国科技史杂志》2016年第4期。

跟日本鬼子相提并论对吗？"在这里，创作者借拉西宁布这个受到"右派"煽动的"中间分子"之口，将侵华日军派往白云鄂博圣山的勘探队和"共产党毛主席"派来的汉族勘探队置于对比关系当中，而又借村长加米扬之口对此加以质疑，从而将双方的不同观念都呈现出来。面对加米扬的质问，拉西宁布无法正面回答，只好说："汉人跟日本鬼子是不是一样，我说不出个理来。但是对汉人什么时候也不能相信。从前，汉人做买卖，一边嬉皮笑脸的跟你说着话，一边把你腰包给掏光了。"

尽管拉西宁布并不能明确将汉人与日本殖民者等同起来，但是对旧时代内地通商者的不美好记忆，使得拉西宁布这些蒙古族牧民很难接纳前来开采白云鄂博圣山的北京勘探队。事实上，拉西宁布并非一个完全保守的蒙古民族主义者，他自己就抚养了汉族烈士遗孤小玲，并给小玲起了一个蒙古语名字娜布琪。在拉西宁布看来，"娜布琪不是汉人，她喝蒙古的水、吃蒙古的奶长大的"。拉西宁布也为蒙汉团结及民族融合做了很多实际的贡献。他不认为"汉人就没有好人"，但他又从心底里"害怕汉人"。而前后两支勘探队来到白云鄂博圣山，使得他将日本殖民者与共和国的现代化建设者相提并论，却又难以给出确定的答案。其他反对者喊出："谁来动我们的圣山，胡合领着我们再闹反抗！""胡合，你是我们的领头人，为了保住圣山，我们宁愿再跟你去坐牢、流血……"

这场关于殖民者与社会主义建设者开采白云鄂博圣山是否应该相提并论的争论，最终只能由曾经领导大家反抗殖民者的胡合来裁断。胡合先动之以情，继而晓之以理："从前，日本鬼子来开白云鄂博山，是想用它的铁去加强他们的力量，实现他们霸占世界的野心，那时候，我们起来闹反抗是对的，也是永远值得骄傲的事！但是今天，如果把毛主席派来的勘探队，也跟日本鬼子一样看待，那就大错特错了！时代不同，事情也不一样。日本开采它，是为了叫我们永远过牛马生活，永远当亡国奴；今天国家开采它，是为了我们永远不再受帝国主义的侵略和压迫，叫我们蒙古人走上幸福康乐的大道。既然白云鄂博是座大铁山，国家又那样需要钢铁，我们就应该用双手捧着它，献给我们的国家！"①

在胡合的说法中，日本殖民者对白云鄂博铁矿的勘探开采，是为了"加强他们的力量，实现他们霸占世界的野心"，而不是为了提高蒙古族人民的生活水平，反而"叫我们永远过牛马生活"。这样说相当于否定了日本带来的殖民现代性。与之相较，在胡合的眼中，北京来的勘探队虽然不是草原上的蒙古族，却是自己国家的，开采白云鄂博铁矿是"叫我们蒙古人走上幸福康乐的大道"，胡合以社会主义现代化建设为蒙古族带来的福祉，来论证共产党对白云鄂博铁矿的开采与日本殖民者的不同。

在胡合的论述当中，有两个关键问题。首先是主体性问题。在胡合看来，侵华日军和蒙古族牧民之间是殖民者与被殖民者之间的对立关系，当年投靠日本人的只是少数蒙古族贵族官僚，大多数蒙古族牧民并未将日本殖民者所宣扬的大东亚视为一体，也无法和日本共享关于整个东亚的虚幻认同，这些虚假宣传不过是掩盖其殖民真相的理论工具罢了。而"共产党毛主席"在蒙古族党员干部胡合眼中则代表国家，这是蒙汉民族和其他民族共同的国家，蒙汉民族之间并不存在像中日之间那样的对立。胡合认为不同时代

---

① 玛拉沁夫、珠岚琪琪珂编剧：《草原晨曲》，内蒙古人民出版社1959年版，第24—27页。

的这两支勘探队性质不同,以此来否定拉西宁布将两者相提并论的看法。拉西宁布虽然在社会主义建设时期扮演着"中间分子"的角色,但在日本侵华时期同样是追随胡合抗日的,与官布协理等投靠日本人的上层贵族立场显然不同。然而在当下,作为普通牧民的拉西宁布和作为共产党干部的胡合,也难以取得一致意见,拉西宁布并未被胡合的这些论述说服,而是一而再再而三地准备搬家,远离北京来的勘探队,也不打算加入公社。作为一部创作于1959年的剧本,曾经的战争时期和当下的社会主义建设情境,显然构成了对历史与现实的双重观照,而胡合的说法,则通过重述民族记忆的方式,完成了有选择的现代性叙事。

其次,胡合论述中的另一个关键问题是殖民现代性问题。胡合认为日本人所带来的殖民现代性只是为了"加强他们的力量",而非为了蒙古族人民的利益,"共产党毛主席"派来勘探队才是为了蒙古族人民的利益。在日本殖民统治之下,蒙古族牧民过的是牛马一般的"亡国奴"生活,利益是属于日本人的;而在社会主义现代国家治下,"幸福康乐的大道"是有蒙古人的份儿的。可以说,整部电影,几乎都是围绕着殖民现代性与社会主义现代化建设之间的对比展开的。同样是开采白云鄂博矿山,玛拉沁夫等人笔下日本侵华时期摆在蒙古族牧民面前的是穷困的生活和对反抗者的残酷镇压,坐牢和流血成为那一代人不可磨灭的民族记忆;而在社会主义建设初期,像拉西宁布这样不欢迎勘探队的"中间分子",得到的却是一次又一次的真诚帮助。

而故事的后半段,也试图通过展现勘探队一次又一次地帮助拉西宁布,来证明包钢对白云鄂博铁矿的开采是符合蒙古族人民利益的。第一次是拉西宁布为了躲避勘探队而搬家,途中妻子生育,勘探队的医生为其接生,保住了母子二人,并悉心照料,却不肯收钱,由此感动了拉西宁布。但后来拉西宁布还是在道尔吉的教唆下搬了家。第二次是拉西宁布和妻子外出,孩子独自睡在蒙古包中,张祥(剧本中是林祥)驾驶卡车路过偏远的拉西宁布家,发现家中着火而没有大人,便冲入火场救出了拉西宁布的孩子,自己却身受重伤。最终,拉西宁布在真诚的帮助下接纳了包钢对白云鄂博铁矿的开采,并识破了道尔吉的教唆与煽动。在电影结尾,道尔吉私下所有的煽风点火之举都遭到举报,仅拉西宁布一人就写了三封检举信。拉西宁布对勘探队与包钢态度的转变,也成为呈现战争时期与社会主义现代化建设时期对比关系的重要手段。

然而在显性叙事之外,事实上还存在着某些有待填补的结构性空白,与玛拉沁夫等创作者借主要人物胡合之口表达出来的这套有选择的现代性叙事逻辑,构成了某种潜在的对话关系。

三、有待填补的结构性空白

所谓结构性空白,主要是就历史与现实当中真实发生过而文艺叙事有意无意忽略掉的事件而言的。换言之,结构性空白往往是作品中本来不可忽略而又偏偏缺失的那些关于时代背景的交代。

譬如《草原晨曲》并未正面呈现1949年以前的工业基础,而主要呈现第一个五年计划期间的社会主义现代化建设。在胡合的前述说法中,日本殖民者给蒙古族牧民带来的是"永远过牛马生活,永远当亡国奴",而"共产党毛主席"则派人在落后荒凉的草原上建设起先进的现代化钢铁工业基地。关其卡等蒙古族青年们后来纷纷成为包钢的工人,实现了从原始的牧业向现代工业的跨越。正如那首旋律动人的歌曲《草原晨曲》中所唱:"再见吧金色的草原,再见吧幸福的家乡!啊哈嗨咿我们将成钢铁工人,把青春献给包钢。"① 而这首歌正是娜布琪驾驶卡车欢送关其卡等人暂时告别家乡前往鞍钢学习技术时大伙唱出来的。鞍钢,是鞍山钢铁厂。在包钢建设的过程中,鞍钢抽调了一千余名工程技术人员和两千余名工人予以支持,以至于巨大的包钢厂区几乎全都使用东北方言。可以说,没有鞍钢的支持,就没有包钢的迅速建成投产。而鞍钢的前身,则是日伪时期的鞍山制铁所和昭和制钢所。在《草原晨曲》中未曾呈现早期的工业基础,虽属结构性空白,却隐藏在鞍钢和东北老工业基地的前史当中,与胡合的说法构成了对照。

  包钢的建立过程,同样离不开苏联的援建。这一点在《草原晨曲》中同样未曾呈现,成为另外一处结构性空白。可以说,在包钢的建设过程中,苏联的援助起到了至关重要的作用,才使得落后荒凉的草原上建立起一座"世界上第一流的钢铁基地"②。然而1958年中苏关系发生了微妙的变化。玛拉沁夫等人写作该剧本的时间是1959年,在这样一个特别的创作时间点,原本包钢建设场景中不可忽略的苏联援建背景,被有意无意地忽略掉,也成为结构性空白。

  如前所述,《草原晨曲》对日军占领期间的历史与社会主义现代化建设的现实予以了双重观照。而比起那些未曾道明的历史背景,更重要的结构性空白是当时的语境下不言自明而日后的观众却难以明了的某些时代背景。而这些在剧本中并未专门交代的情境,却往往在不经意间从台词的字里行间或电影画面中的某些角落里呈现出来。譬如电影结尾的镜头当中,包钢高炉上的巨幅标语写着"大跃进万岁!人民公社万岁!"的字样。大跃进和人民公社等在剧本中并未直接写到。而在前述胡合的台词中,"既然白云鄂博是座大铁山,国家又那样需要钢铁,我们就应该用双手捧着它,献给我们的国家"的说法,其实已经将"大跃进"运动中全国上下大炼钢铁的情况在不经意间透露出来。包钢的建成并最终出铁,事实上正是在土法炼钢非但无法满足现代化建设需要反而造成巨大浪费和混乱的时代背景下,才更能凸显其重要意义。1959年10月15日,周恩来总理为包钢一号高炉出铁剪彩并登上高炉讲话;电影拍摄完成后的1960年5月5日,乌兰夫副总理为包钢一号平炉出钢剪彩。对于今天的观众而言,《草原晨曲》似乎并未专门展现"大跃进"时的大炼钢铁运动,这些时代背景成为剧本中的结构性空白。当年的电影观众对"大跃进"时期用黏土和砖头搭建小高炉来土法炼钢的情境记忆犹新,自然明白一座现代化的钢铁基地的建成意味着什么。从这个意义上讲,剧本中的现代性叙事,并未肯定那种突击蛮干的做法,而是以科学建设实绩来构成对不切实际的风气的某种"扬弃"。然而电影结尾镜头中偶然出现的巨幅标语,并非为了拍摄电影所刻意搭建的道具布景,而是对刚刚建成的包钢高炉的实景拍摄。正是这最真实的镜头,在有意无意间透露了时代背景,构成了历史的见证。无论剧本创作者对现代化钢铁生产和土法炼

---

① 玛拉沁夫词,通福曲,辛沪光配伴奏:《草原晨曲》,音乐出版社1962年版,第2—3页。
② 玛拉沁夫、珠岚琪琪珂编剧:《草原晨曲》,内蒙古人民出版社1959年版,第47页。

钢有怎样的观察与思考，这些剧本不曾设计过的实景镜头都与剧本本身一同构成了复调的叙事声音。

而除了高炉上的标语之外，《草原晨曲》结尾对道尔吉的定性，同样在不经意间将1957年的历史事件透露出来，只不过仍带着当时的眼光和叙述逻辑，同"拨乱反正"之后的历史叙述极为不同。由此或可引发思考，应当如何去认识已经逐步积累成为民族记忆的作为特定时代历史见证的文艺叙述？

余 论

表面上看，《草原晨曲》讲述的是日军侵华期间和共和国初期今昔对比的故事，而将其中的结构性空白予以揭示后会发现，那些未曾道明的故事同样可能蕴含深意，正可与那种有选择的现代性叙事逻辑构成某种潜在的对话关系。而这种潜在的对话关系实际上不限于这一部作品或一两位作家的创作，更是一个时代文学艺术的某种症候。当特定时代对历史与现实的叙述，与那些化入民族记忆的历史经验之间产生微妙的差异之时，究竟该如何在"表述"与"经验"之间探寻可能的真相？甚至，究竟是否存在这样一种在不同时代都可获得承认的真相？

回到《草原晨曲》，胡合对日本殖民统治与社会主义现代化的判断，显然与道尔吉对拉西宁布的诸多煽动之词构成了对立。然而一部将"蒙古族高级知识分子"道尔吉按照特定历史时期标准来定性的文艺作品当中，道尔吉这种身份的人的言论又如何可能不被当作煽动与教唆？道尔吉说出的某些话即便得到后来历史的验证，在当时仍属危言耸听。事实上白云鄂博矿区不仅含有铁矿，更有世界上储量最丰富的稀土矿。矿产资源的过度消耗和对周边生态环境的破坏等问题若真能在白云鄂博矿山开发之初获得足够的重视，而不是被简单地当作特定言论予以批判，那么自然生态的教训或许不至如此。剧本中拉西宁布不愿意加入牧业合作社，按当年的叙事逻辑被理所当然地当作"中间分子"，判定为不够进步，可后来的人民公社化运动却从某种层面上验证了拉西宁布的"明智"。今天的观众，当然可以凭借历史的"后见之明"轻而易举地超越特定时代带有局限性的判断，而当初被视为不合宜的诸多言论，如今看来是否也有着"先见之明"？

社会主义现代化建设初期所走过的弯路已经融入今天的民族记忆之中，成为某种对历史"经验"的有限"表述"。而有待进一步探寻的是，那个在1945年日军战败之际乘时代之东风参加八路军的文艺兵玛拉沁夫，在当时创作中对历史"经验"的"表述"，又是否存在某种有限性呢？

（四川大学文学与新闻学院研究员、博导）

民族性格与民族团结意识的书写与历史反思
——蒙古族剧作家超克图纳仁创作论*

申 燕

在中国当代戏剧史上，书写内蒙古地区风土人情、社会建设的戏剧占有重要的地位。这其中，最为典型的作家当属蒙古族剧作家超克图纳仁。相较于这一时期少数民族题材话剧创作汉族剧作家的"他者"视角，超克图纳仁以本民族的视角用戏剧的形式艺术地表现了中华人民共和国成立后内蒙古地区翻天覆地的社会变化，真实地书写了蒙古族的民族性格、民族精神以及草原人民的民族意识和各民族团结友爱的民族情怀，表达了知识分子对个体生命的尊重和对历史的理性反思，不仅丰富了内蒙古当代戏剧的宝库，也为中国当代戏剧史留下了宝贵的一页。

一、蒙古族民族性格的戏剧书写

超克图纳仁是蒙古族，对于蒙古族的风土人情、文化传统、民族性格自然极其熟悉，创作也必然会以民族代言人的身份记录和传达蒙古族的民族性格和精神品质。他的三部多幕剧《金鹰》（四幕七场话剧，《剧本》1957年9月号）、《严峻的岁月》（七场话剧，《草原》1963年第1、2期合刊）、《嘎达梅林》[①] 即是如此。剧本虽以历史故事为题材，却都共同体现出一个鲜明的特征：对不合理制度的反抗和对个体尊严的维护。这也是蒙古族民族精神的重要内涵。

在书写蒙古族维护正义、敢于反抗的民族精神方面，《金鹰》最具代表性。话剧《金鹰》创作于1957年，1959年曾作为内蒙古自治区成立十周年庆典的献礼节目公演，之后还曾译成英文在国外发行，并由香港凤凰影业公司拍摄成彩色宽屏幕电影。因此，《金鹰》被誉为"内蒙古五六十年代戏剧创作的巅峰之作，也是代表蒙古族多幕话剧最高水平的优秀剧"[②]。剧本写王公统治时期的内蒙古草原，百姓被欺压，长期忍受不公平、饥饿和贫困。布尔固德（金鹰）坚决反抗巴音王爷的残暴统治，宁愿流浪他乡也不做王爷的摔跤手。布尔固德反抗王爷的事迹传遍了草原，草原人民对他充满尊敬和崇拜。像布尔固德

---

* 本文为西南民族大学教育教学改革研究项目"中国现当代文学核心课程群建设引入戏剧影视文学课程的研究和实践"（2021ZD23）阶段性成果。

① 音乐话剧，收入《超克图纳仁文集》（第一卷），远方出版社2007年版。

② 策·杰尔嘎拉：《草原戏剧文学大家超克图纳仁》，《内蒙古艺术》2014年第1期。

一样，草原百姓也同样爱憎分明、坚韧团结。巴音王爷悬赏通缉布尔固德，百姓们都主动保护布尔固德，没有人去通报领赏，甚至集体向残暴的王爷递交请愿书，希望饶恕布尔固德。在布尔固德的义父老银匠被王爷抓进监牢后，草原百姓还凑东西去赎出了老银匠。

超克图纳仁用他的戏剧之笔，塑造了一系列像"金鹰"这样的蒙古族民族英雄。这些英雄勇敢刚毅、敢爱敢恨、敢作敢当，如《严峻的岁月》中的巴塔、老船夫，《嘎达梅林》中的嘎达、王龙，《红霞万朵》（三场话剧，《草原》1979年4月号）中的苏和，《我们都是哨兵》（独幕话剧，《内蒙古文艺》1955年10月号）中的阿敏，《人民的使者》①中的巴雅尔等。曾担任王爷府侍卫队头目的巴塔遭到胡图嘎的陷害和王爷的惩罚，导致家破人亡。勇敢坚韧的巴塔最终在好友和八路军的帮助下了结了胡图嘎的性命，为自己以及受苦受难的草原百姓报仇雪恨（《严峻的岁月》）。和巴塔的遭遇类似，《嘎达梅林》的嘎达原本身居高位且有幸福的家庭，在目睹了蒙汉百姓家园被毁、流离失所的惨况后，嘎达向王爷请愿，不要出卖土地给张作霖，却被王爷怪罪带头挑事而被剥夺"梅林"之职。嘎达具有高度的人权意识和平等意识，他批评王爷把百姓当牲口，决心帮助百姓讨回公道。他的勇敢和最终的牺牲换来了百姓的觉醒和反抗，草原百姓纷纷起义要推翻统治者和压迫者。

英雄的品质不仅体现在蒙古族男性身上，蒙古族的女性同样勇敢刚毅。珊丹和布尔固德之间的爱情展现出了草原人民的勇敢、坚贞、专一的品格。阿公旗少女珊丹被阿公爷看中，在别人为珊丹能够嫁给有钱有势的王爷、一辈子不愁吃穿而羡慕不已时，珊丹却勇敢地选择了逃婚，坚守她和布尔固德之间的婚约。嘎达的妻子牡丹同情百姓，敢于反抗，在嘎达犹豫是否要与封建和军阀势力对抗时，她却抓到了张作霖的密探，搜出了张作霖让手下想办法让王爷撤销嘎达兵权的密信，坚定了嘎达替百姓伸张正义的决心；在嘎达被捕后，牡丹不是退缩畏惧，而是组织人去劫狱；在王龙被王爷通缉时，牡丹主动给了王龙十颗子弹，让王龙去杀仇人，承诺她会替王龙照顾王母。《严峻的岁月》中的隆梅曾被人贩子贩卖，宁愿饿死也不屈服，跳车之后大难不死，最终成长为八路军的指导员，在推翻旧的统治阶级时能独当一面。这些勇敢、机智、敢爱敢恨的蒙古族女性，是超克图纳仁为当代戏剧贡献的典型形象。

英姿飒爽的蒙古族女性同样活跃在中华人民共和国成立后的社会主义建设中。《草原即景》（独幕话剧，《剧本》1958年12月号）中的笃鲁玛、1961年创作的《黄羊滩》②中的罕达、1962年创作的《铜钱锁》③中的苏布达、《草原清风》（二场话剧，《剧本》1983年4月号）的笃桂玛都担任合作社主任或党委书记的职务，这些女性豁达、热情、乐于助人又富有号召力，但又大都有悲惨的经历。笃鲁玛的儿子二十年前被日本鬼子抓去挖煤，煤矿坍塌，儿子生死未卜。苏布达的丈夫被王府的"协理"（官职）杀害，自己被"协理"装在湿牛皮袋里差点被活活憋死，5岁的儿子被财主图布德带走。惨痛的人生经历没有消磨掉她们的意志，反而让她们成长为勇敢、睿智、富有领导

---

① 独幕剧，收入《超克图纳仁文集》（第二卷），远方出版社2007年版。
② 独幕剧，收入《超克图纳仁文集》（第二卷），远方出版社2007年版。
③ 独幕剧，收入《超克图纳仁文集》（第二卷），远方出版社2007年版。

力和号召力的新时代女性领导者，带领草原百姓克服困难险阻，努力建设新生活。年轻的蒙古族女性们选择人生伴侣，看中的依然是责任担当和正义感。珊丹（《金鹰》）对布尔固德的坚贞的爱情，源于布尔固德的正义感和他敢于反抗王公的残暴。卜迪（《戈尔丹大叔》）对男友丹森的失望是由于男友的自私、缺乏责任感，也就是缺乏蒙古族乐于助人、豁达爽朗的品格。

超克图纳仁对蒙古族民族的艺术书写，使他为当代戏剧增添了众多民族性格鲜明、个性特征丰富的内蒙古人物群像，特别是蒙古族慈父和慈母的形象，令人过目不忘。慈父如《金鹰》中的希日、安思乐，《严峻的岁月》中的巴塔，《戈尔丹大叔》中的戈尔丹，《人民的使者》中的巴雅尔，《进行曲》中的桑卜，《红霞万朵》中的苏和，他们勇敢坚韧、坚守正道、仁慈善良，在读者心中留下了深刻的印象。希日在布尔固德逃走后被王爷下令砍断了一只胳臂，半身不遂，但在见到义子布尔固德还活着后，毅然决定和布尔固德并肩作战，设法让布尔固德和珊丹在婚礼上逃走，自己却被嘎啦僧打死。巴塔被胡图嘎陷害，家破人亡，他忍辱负重七年余，最终与女儿和儿子相认并报仇雪恨。奋斗在新社会的戈尔丹大叔敢于担当、热情豪爽，成功挽救了汉族小女孩的生命。本该享福的桑卜却忙碌在果园、菜园里，乐观进取的他心里装的是草原百姓，他要让社员们吃上自己种的苹果和蔬菜。"在蒙古族文化中，母亲永远是讴歌的对象，母亲是神圣而伟大的。"① 慈母如《我们都是哨兵》中的布日玛、《草原即景》中的笃鲁玛、《丁思玛》中的巴达玛、《巴音敖拉之歌》中的保尔，她们热情、温暖，富有同情心。布日玛待机要通讯员毕力贡和哈日少布如亲生儿子；笃鲁玛努力维护道尔吉的尊严；巴达玛为了保全义子达西的颜面主动要求退社；保尔因为女儿奥云格日勒为公事出差半个月，太想女儿，就去找女儿并带去了奶子酒。这些慈父或慈母秉持仁慈、善良、坚韧、豪爽的性情，是蒙古族人民的民族性格和民族精神的集中展示。

二、草原人民的民族意识和民族团结精神

20世纪50年代不仅是社会主义新中国建设火热开展的时代，也是进行民族识别的时代。文艺工作者有责任用手中之笔去宣传国家意识和民族团结精神。超克图纳仁也不例外，他用戏剧之笔回应了时代。对草原人民的民族意识和民族团结精神的书写，主要体现在《我们都是哨兵》《巴音敖拉之歌》《戈尔丹大叔》等话剧中。

《我们都是哨兵》创作于1955年，是超克图纳仁搬上舞台的第一个话剧，与当时其他剧本大多以反革命分子的破坏为书写重心不同，《我们的哨兵》将重心放在对蒙古族群众冷静、勇敢、机智等品质的刻画及民族意识的凸显上。机要通讯员毕力贡和哈日少布与阿敏、布日玛知根知底、亲如家人，阿敏和布日玛在暴风雨之夜救助了遭到反革命分子袭击的毕力贡和哈日少布，还巧妙地与假扮成同志的反革命分子周旋，最终成功将其抓捕。剧本通过新旧对比来突出草原百姓民族意识的提升，毕力贡感慨："过去有人说'草地人不识数'，这个时代已经过去了。现在没人敢污蔑我们的劳动牧民是愚蠢的

---

① 孙学力、苏林娜：《蒙古族》，中国人口出版社2012年版，第93页。

人了，在旧社会里他们的智慧就如同土里埋着的珍珠一样，不能发出光彩，可是今天，在毛主席的领导下，我们草原上的劳动人民的能力才得到了施展的机会。已经出现了多少劳动模范、战斗英雄、科学工作者、艺术家、演员、生产革新者……简直就数不过来。我们今天有权利警告那些还用旧眼光看我们的骗子和投机者，那些企图破坏我们的敌人。人民的草原布上了天罗地网，草原上到处都是人民的眼睛，我们都是祖国的护卫者。敌人，只有他来的路，是不会有他回去的路……"① 在草原地区，以阿敏和布日玛为代表的人民群众的警惕性和民族意识较以前大大提高，他们要保卫来之不易的安定幸福生活。

中华人民共和国成立初期，仍旧有许多潜伏的敌对势力企图破坏安定团结的局面，尤其是在边远地区。"少数民族牧区主要分布在边疆，在中国的陆地边境线中，牧区边境线占一半以上，……战略地位十分重要。"② 内蒙古东部地区的土地改革是在1947年至1948年解放战争时期进行的，因此人民群众的民族意识较其他边远地区更为突出。作为农业生产互助组组长的阿敏，具有草原民族的优秀品质和良好的政治素养，一方面带领群众进行农业建设，另一方面具有高度的防范意识。阿敏谈道："美帝国主义豢养的特务，对我们大草原是感兴趣的，他们以为草原地方广阔，草原人民又愚蠢，可以设立特务基地，横行霸道，可是到底谁是真正愚蠢的家伙……"③"这些受过训练的特务，他们熟悉我们的风俗习惯，地理环境，甚至哪个小山头叫什么名字，哪条小溪水叫什么名字都很清楚。但是，他们不熟悉我们的一样最主要的东西。""人民，他们不熟悉我们的人民，这些在思想意识上和他们有一道界限的人民。不管敌人伪装得如何巧妙，我们的人民一眼就能看穿他们。"④ 这段话所体现出的民族意识和《遥远的勐垅沙》（三幕九场话剧，国防文工团话剧队集体创作，洛水、钟耀群、张弓、王奇执笔，解放军文艺出版社1959年版）中的话语有异曲同工之妙："你别看共产党并没有派千军万马封锁边界，来来往往好象很方便；可你进去试试，连三岁小孩子也会掐住你的脖子不放！"⑤ 这种民族意识的提升在《遥远的勐垅沙》中是通过对旧制度的批判和工作组宣传民族国家观念来实现的，在甘肃省话剧团集体创作的《在康布尔草原上》（四幕话剧，《剧本》1955年10月号）中是通过工作组的民族贸易、免费医疗等方式来实现的。但《我们都是哨兵》这个剧本，没有过多地强调阶级观念和阶级斗争，没有新旧社会制度的比较，而是一开始就描述草原地区的新生活：蒙古包里放着留声机、暖壶、煤油灯、手电筒、白糖，这些现代化之物代表着草原地区人民群众生活品质的提升，民族意识也伴随着生活品质的提升而加强。

20世纪五六十年代以表现民族团结为主题的话剧剧本不乏其数，如乌鲁木齐铁路文工团集体创作的《两代人》（四幕七场歌剧，《剧本》1960年6月号），青海省民族歌

---

① 超克图纳仁：《超克图纳仁剧作选》，中国戏剧出版社1984年版，第248页。
② 《当代中国的民族工作》（下），当代中国出版社1993年版，第76页。
③ 超克图纳仁：《超克图纳仁剧作选》，中国戏剧出版社1984年版，第252页。
④ 超克图纳仁：《超克图纳仁剧作选》，中国戏剧出版社1984年版，第255—256页。
⑤ 中国戏剧家协会云南分会、云南省戏剧创作研究室、云南人民出版社合编：《云南戏剧剧目选》（现代剧集），云南人民出版社1980年版，第82页。

舞团集体创作的《昆仑战风雪》（六场话剧，《青海湖》1966 年 4 月号）等。《两代人》以兰新铁路修进新疆为背景，维吾尔族群众用鲜花、瓜果、美酒迎接汉族修路工人的到来，阿西姆感叹："祖国的各个民族不论住在哪里，都紧紧地团结在一起。"《昆仑战风雪》通过雪灾险情来表现各民族的团结互助，昆仑山脚下的赛什青草原遭逢几十年一遇的暴风雪，受灾严重，国营昆仑牧场邀请一队搬过去，考虑到二队受灾也很严重，队长公保充分发扬共产主义精神，把搬去昆仑牧场的机会让给了二队，自己带领一队朝梅隆滩转移，大雪封山，随时可能雪崩冰塌，转移队伍被困雪山中。"一方有难，八方支援"，北京的关心、解放军的支援、各族人民群众的协助，有力地帮助了一队抗灾保畜。公社书记华桑代表公社"感谢党和政府对我们的亲切关怀；感谢解放军的大力支援；感谢各兄弟民族和各行各业的珍贵心意！"① 在此剧中，自然灾害是一种意象，剧本关注的不是灾害本身，而是战胜灾害的过程和结果，以此反衬出超越民族、身份界限的团结协作和民族融合。

　　超克图纳仁的剧作也常以危机的发生和解决来书写民族团结的重要性。《巴音敖拉之歌》以草原旱灾为故事背景，二佐遭遇严重的旱灾，缺乏牧草，牛羊面临被饿死的危险，二佐副佐长以朋友身份向五佐佐长求助，希望五佐能把牧场借给他们渡过难关。五佐佐长既感叹自己带病工作，不吃饭，不睡觉，将五佐由过去落后的一个佐，建设为连续三年都得到红旗的先进公社，又担心借牧场后完不成国家的生产建设任务，会损害五佐的荣誉。剧本通过"借"与"不借"的立场对比，强调是共产党改善了少数民族地区的民族关系，牧场是国家的，民族内部以及各族之间都应当团结互助，共同推进社会主义建设。《戈尔丹大叔》通过一场生命危机来描写蒙汉民族的团结。四岁左右的小红随当畜牧专家的父亲、当兽医的母亲从北京来到内蒙古草原，父母亲忙于工作没有时间照顾小红。暴风雨之夜，小红突发急性阑尾炎需要立即手术救命，照顾小红的外婆焦虑无助，求助于戈尔丹大叔。戈尔丹在风雨交加之夜、桥梁被冲断的情况下，蹚过河水请来阿旺大夫为小红做手术，在小红急需输血时又主动献上自己的血，成功挽救了小红的生命。同样是以草原上的畜牧、兽医工作为背景，《戈尔丹大叔》没有像甘肃省话剧团的《远方青年》（三幕五场话剧，武玉笑编剧，《剧本》1962 年 12 月号）那样突出对年轻人贪图虚荣、享乐思想的批评，而是将重心放在刻画民族团结上。戈尔丹对小红的拯救，除了出于道义，还因为对小红父母的敬佩和感激，小红父亲王畜牧专家曾经是解放军，在打日本帝国主义时流了不少血，小红一家原本生活在北京，却愿意放弃优渥的生活条件，举家来到内蒙古草原，为草原人民贡献力量。剧本通过对生命的拯救来强调民族团结的重要性，在国家建设和民族发展的大局下，各族人民应当团结协作，在各自的战线上为社会主义建设出力。

三、对人情人性的大胆书写和对历史的理性反思

　　置身于 20 世纪五六十年代，超克图纳仁的剧作必然也和当时的政治历史密切相关。

---

① 青海省民族歌舞剧团《昆仑战风雪》创作组：《昆仑战风雪》，《青海湖》1966 年 4 月号。

但超克图纳仁的戏剧创作,并没有一味地迎合社会热点,而是坚持了对真实的人情人性的书写和对历史的理性反思,这使他的创作独树一帜。

20世纪50年代,以合作化为背景的剧作大量涌现,如司马文森等的《出路》①,胡丹沸的《春暖花开》②,韩旭的《扩社的时候》③,安波的《春风吹到诺敏河》④,李直、长蓬等的《草苗争长》⑤等,这些剧本重在回应社会热点,多表现合作化过程中的从不入社到入社、思想从落后到先进的转变等。而《草原即景》(《剧本》1958年12月号)以农业合作化为背景,重点刻画出一位慈祥的母亲,她对儿子的怀念以及她对青年的关爱,可谓别具一格。作为曙光牧业合作社主任的笃鲁玛,其重要的责任就是带领全社完成国家规定的生产任务。在锅驼机出现故障,严重影响生产任务的完成,群众强烈要求另派一位能修好机器的能手来时,笃鲁玛没有同意群众的要求,而是坚持信任正在修锅驼机但屡次修不好的拖拉机手道尔吉,她要维护道尔吉的尊严,并且开导群众应当相信道尔吉。当道尔吉因为群众的不信任和冷嘲热讽而打算放弃修锅驼机时,笃鲁玛安慰他要有耐性。笃鲁玛顶着群众的埋怨和不能完成生产任务的压力,毅然决然选择相信道尔吉能修好锅驼机。在当时的社会环境下,任何影响生产任务完成的人都可能遭到群体的批评甚至放弃。在历史的主流价值标准和人情常理发生矛盾的情况下,超克图纳仁没有陷入主流标准第一的常规套路,而是坚持描写笃鲁玛的真实人情和人性,突出她的同理心和对青年的关爱。《丁思玛》中的达西和道吉尔有类似的处境。达西放羊四个月,就被狼吃掉了七只羊。桑杰认为达西严重影响了合作社的声誉,要求牧业合作社主任丁思玛将达西赶出合作社。在集体荣誉和人情伦理两者中,丁思玛像笃鲁玛一样,选择了维护人情伦理。达西是巴达玛的义子,赶走达西,也就意味着将巴达玛老人一起赶走。离开合作社,巴达玛如何生存,这是丁思玛所重点考虑的。丁思玛认为不能光看名誉,要考虑巴达玛的感受,达西虽然没出息,但巴达玛却把他当"佛爷的眼珠"一样珍视。丁思玛选择了坚持人情伦理,维护普通个体的尊严。这也反映出剧作者超克图纳仁对个体尊严的维护和对人情人性的真实表现,没有让主流价值标准凌驾于人情伦理之上,而是探索两者共同实现之途。超克图纳仁是在1957年底反右开始的历史背景下创作的《丁思玛》,因此这个剧本中的达西就具有了很强的隐喻性。按照当时的流行观念,达西作为给合作社拖后腿的落后分子,一般会遭到群众的批评和集体的嫌弃,而超克图纳仁给出的解决方式不是放弃、赶走达西,而是相信他、帮助他。这就表现出超克图纳仁在纷扰的时代氛围中依然坚持了自己独立的价值判断和对个体生命的尊重,这在当时是难能可贵的。

超克图纳仁剧作中的女性领导者大多担任书记职位,即使在20世纪五六十年代的历史背景下,超克图纳仁也敢于突破当时的主流创作模式,没有借人物之口进行政治宣教,没有强调阶级身份和政治话语,而是突出女性们的高效、能干、真性情。除了刻画

---

① 五幕七场话剧,华南人民出版社1955年版。
② 三幕七场话剧,作家出版社1956年版。
③ 独幕剧,通俗读物出版社1955年版。
④ 五幕八场话剧,作家出版社1954年版。
⑤ 独幕剧,华北人民出版社1954年版。

《草原即景》中笃鲁玛的慈母形象,《丁思玛》中丁思玛的善解人意,超克图纳仁对真实的人情和人性的书写还体现在《巴音敖拉之歌》中。二佐面临旱灾,五万头牲畜没有营地,作为二佐副佐长的奥云格日勒来找五佐帮忙,不是以副佐长身份,不是以旗政府的决定来要求五佐执行决定,而是以朋友的身份,来请求五佐给予帮助。这是草原人民的处世之道,是草原民族解决问题的方式,也是草原民族互帮互助的人情往来的体现。

对历史的反思则写得具有隐喻性。《黄羊滩》写于 20 世纪 60 年代初,讲述的是草原上大旱之年发生在黄羊滩上一段生产斗争的故事。黄羊滩地区遭受干旱,牲畜缺乏牧草和水源,隆梅建议挖开泉眼,但泉眼上有"马尼堆",老人们强烈反对。原因是 30 年前,黄羊滩闹瘟疫,当时的旗王爷听从佛爷喇嘛的建议,在泉眼上修了"马尼堆",以此镇服妖魔,从此黄羊滩再没有发生瘟疫。因此老人们认为不能挖开泉眼,担心瘟疫重现,除了怕死,也害怕过去的穷日子。盟委请专家化验泉水,证明泉水无毒。鉴于黄羊滩作为饲料基地的重要性,群众在拆"马尼堆"时,发现了阿拉塔的父亲埋下的铁箱子,箱子里放着的遗嘱揭露出 30 年前的瘟疫是坏人故意在泉水里下毒造成的。《黄羊滩》把黄羊滩上的"天灾"归结为封建统治者后裔对新社会的仇视和破坏。而现实中的自然灾害,又是谁导致的呢?作者借剧本创作表达了对历史的客观反思。创作于 1964 年的《铜钱锁》接续了他对历史的冷静思考与客观审视。20 多年前,苏布达的丈夫松迪给乌尔根格"协理"放马,"协理"想霸占苏布达而杀了松迪,苏布达不从,"协理"将苏布达装进湿牛皮口袋里,让图布德扔在拖拉克山上,试图让苏布达在牛皮口袋里活活憋死。图布德因此得到"协理"的奖赏而成为财主,并带走了苏布达 5 岁的儿子扎木苏。由于对新社会的仇视,图布德故意引发马群的骚动,导致 30 多匹马摔下山崖,造成重大损失。直到当年没有被憋死、如今已经担任巴音大队党支部书记的苏布达的到来,揭开了 20 多年前的秘密,图布德的丑陋面目才公之于众。根据后记可知,超克图纳仁在 1962 年到锡林郭勒盟西乌珠穆沁旗开展四清工作,当时曾留宿在一户牧民家中,这家只有两口人,就像《铜钱锁》剧中写的扎木苏与图布德一样,这家人给超克图纳仁留下了很深的印象,工作中他又遇到了一些近似问题,因而写了《铜钱锁》这个剧。作者最着力刻画的是图布德这个反面人物。这个人的形象可以归结为伪善、狡猾、眼红别人的成就、凶残狠毒。不难推测,作者在 20 世纪 60 年代的历史背景下创作此剧,似乎想通过图布德这个人物来隐喻和批判现实中的一类人:以他人的生命为代价为自己谋取利益,表面楚楚可怜,背地里却阴狠狡诈。

"文化大革命"结束后,超克图纳仁更加鲜明地在创作中表现出他对历史的客观审视和理性反思。《飞雪迎春》[①]、《红霞万朵》[②]、《草原清风》(二场话剧,《剧本》1983 年 4 月号)即是这方面的代表作。1977 年冬天,锡林郭勒盟北部的几个旗遭到了百年不遇的大雪灾,超克图纳仁临危受命担任"抗灾保畜工作团"副团长奔赴灾区。当他历尽艰辛重返白音锡勒时,却得知他敬重的阿民布和场长在"文化大革命"中遭受残酷迫害,失去生命。面对沉重的历史和个体的渺小,超克图纳仁让阿民老场长在《飞雪迎

---

① 独幕剧,收入《超克图纳仁文集》(第二卷),远方出版社 2007 年版。
② 独幕剧,收入《超克图纳仁文集》(第二卷),远方出版社 2007 年版。

春》中"复活"了，阿民带着病躯活了下来，并恢复了场长职位。在《飞雪迎春》中，社会仍旧被一股沉闷的、抑郁的空气笼罩，"复活"后的阿民场长也没有意气风发，因为抗灾方案被打成反革命，到现在还没平反。阿民场长仍旧在为牧场日夜操劳，心绞痛频频发作。即使他的救灾方案得到了牧场党委的同意，但他仍然面临苏荣的阻挠。苏荣是这样一类人的缩影：政治投机分子，由批斗知识分子得利，"文化大革命"结束后仍旧身居高位，满脑子封建等级思想，不尊重知识分子，遇事只会喊口号、摆官架子，大家长作风，认为群众只能绝对服从他，动不动就用"政治正确"来给牧民扣帽子。阿民场长的救灾方案本可以让绝大部分的牲畜度过雪灾，但正因为有苏荣这类人存在，牧民损失惨重。"一九七七年的一次大雪灾，竟使内蒙古锡林郭勒盟的牲畜损失 90%。"① 超克图纳仁在《飞雪迎春》中对那段特殊的历史进行了反思，保持了知识分子的良知和正义感。敢于反思和批判历史，也体现在《红霞万朵》《草原清风》等剧中。《红霞万朵》以 1977 年天安门事件为背景，表达了作者对总理的怀念、对正义的坚守以及对哈日呼等一类政治投机分子的批判。《草原清风》写于 1983 年，是超克图纳仁写的最后一个戏，批判了一些官僚的大家长作风和专制思想，目的是"想为那些多年来蒙受不白之冤的知识分子抒一口气"②。畜牧专家苏日太 1957 年因为给场长巴根提了点意见，竟然被巴根扣上"反党"的帽子，打成了右派，以致家破人亡。苏日太平反后回到牧场，巴根又变本加厉地压制他。虽然剧作者在《草原清风》中安排了一位正直、勇敢的场党委书记笃桂玛，她对巴根的劣性洞若观火并尽可能保护苏日太。但不管是《飞雪迎春》中的苏荣还是《草原清风》中的巴根，给他人造成不可弥补的伤害后，却没有得到应有的惩罚，这也透露出作者面对历史时深深的无力感。

结　语

　　话剧是舶来品，在少数民族地区生根发芽更属不易。中华人民共和国的成立，推动了少数民族文艺的发展，也给话剧在少数民族地区的成长提供了条件。可以说，内蒙古当代戏剧史是从超克图纳仁等戏剧家手中正式开始的。超克图纳仁用戏剧之笔，浓墨重彩地描绘了内蒙古草原民族的过去与现在、斗争与建设，传达了他对人权、平等等意识的追求和对历史的理性思考。他的剧作不仅仅是"草原戏剧"，更是对内蒙古草原及其主人蒙古族人民的史诗般的记录。当同时代大多数剧作家逐渐放弃话剧创作时，超克图纳仁以一己之力撑起了内蒙古当代戏剧在中国当代戏剧史中的舞台，提供了有别于汉族作家创作的"草原戏剧"，拓展了中国当代戏剧史的区域特色和民族特色。最为可贵的是，在历史洪流中，超克图纳仁坚守了知识分子的良知和批判精神，彰显了知识分子关心现实、忧国忧民的精神品格，值得我们永远纪念。

（《西南民族大学学报》编辑部副编审）

---

① 《当代中国的民族工作》（下），当代中国出版社 1993 年版，第 75 页。
② 超克图纳仁：《超克图纳仁文集》（第二卷），远方出版社 2007 年版，第 208 页。

民族叙事与国族意识
——兼论"旅人"萧乾的情感认同结构*

康 馨

萧乾没有创作蒙古族语言文学作品,也很少显示蒙古族文化特色,相比于"蒙古族","京派"或许是学界更为熟悉的作家标签。从作品解读到观念阐释,从作家评论到文学史爬梳,关于萧乾的创作特点、文学趣味、记者经历、翻译成就等问题都已产生不少成果,但还未廓清一个问题,就是"蒙古族"这个身份如何在他的文学表达中得到自洽。有论者认为萧乾所有与内蒙古相关的写作都是在"以强烈的主观认同和尽可能带有民族特性的书写去弥补民族主体在语言和生活经验方面的缺失"①。然而结合萧乾晚年的文字,可知其民族意识的表达不能离开 20 世纪中国复杂动荡的政治环境,其对蒙古族的认同也很难提炼出类直线式的历史过程与始终强烈的追索意愿,而需要在与"国族认同""革命认同"等概念的对照中才能显示出更为具象的思想轨迹。

据文洁若考证,萧乾的祖父曾任专司蒙人婚丧登记的"牛儿詹爷——伯什户",辛亥革命之前家境尚好,但之后丢了官职,家境也败落了。萧乾的外祖父姓吴,是蒙八旗科尔沁亲王吴克善的后裔,他定居北京后娶了个姓李的汉族姑娘,萧乾的母亲便是这对夫妇的二女儿,所以萧乾实际上有四分之三蒙古族血统,四分之一汉族血统。②不过,萧乾出生于北京东北城根,在东直门一带长大。作为蒙古族人的萧乾,一生只去过内蒙古三次。

第一次是 1930 年夏,萧乾跟随四堂嫂安娜与她的美国老乡前往卓资山做短期旅行,因为住在教会的高墙里,所以未曾贴近世风民情。第二次是 1934 年暑假,萧乾作为"黄鱼"③,跟随在平绥铁路线上做货运员的朋友孟仰贤登上火车,在途经张家口、大同、卓资山、归绥和包头时入城游览,始作旅行报告《平绥道上》。文中记录了西北几个城市的民众风貌与社会实景,以"五四"式的文明批评表达了对西北前途的关怀与忧虑。此时萧乾对外隐瞒着自己的蒙古族身份,并未在文中透露民族渊源。因为辛亥革命之后,国内的民族关系并

---

* 本文为内蒙古自治区哲学社会科学规划项目"民族国家视角下绥行报告文学中的'绥远'形象研究(1930—1937)"(2022NDB184)的阶段性成果。
① 孙艳艳:《论萧乾民族身份的自我认同》,《内蒙古民族大学学报》2019 年第 5 期。
② 文洁若:《俩老头儿:巴金与萧乾》,中国工人出版社 2005 年版,第 45—47 页。
③ 当时铁路职工除了每年正式发放免费乘车证,还可带几名"黄鱼"免费乘车,所以萧乾的平绥旅行非常便利。

不融洽，学生时代的萧乾发现"同学们专欺负少数民族，他们追着回族孩子骂不堪入耳的脏话"，自己也被喊过"小鞑子"，所以他隐瞒了民族成分。① 第三次是 1956 年 8 月，萧乾参加中国作协代表团赴内蒙古自治区的参观访问，沿途写下一组"草原通讯"。因为访问团在自治区成立十周年前夕成行，所以"顶层主题"在出发前已然明确，就是草原上的社会主义建设。《万里赶羊》写一支由蒙、汉、回、哈萨克四个民族组成的细羊毛运送队伍，在 11500 里的路程中通力合作、历尽磨难，不仅为国家大大节省了运输费用，还增强了羊的体质。② 还有《草原即景》和《时代正在草原上飞跃——访问依勒利特（胜利）牧业合作社》等文，无不呈现出经济建设与民族融合之盛景。

在所有关于内蒙古的旅行通讯中，萧乾始终是一位"来自北京的客人"③，未曾透露自己的蒙古族身份。④ 倘若没有 20 世纪 80 年代的回忆文字，读者根本不会知道萧乾对于内蒙古和蒙古族的认知究竟如何。这些文字里埋藏着萧乾艺术视野中独特的民族文化根系，也表露出其于"文化大革命"之后心理解冻的迟缓与心绪打开的艰辛。

一、一册时代附录：《平绥琐记》

1980 年 8 月，《萧乾散文特写选》由人民文学出版社出版。集子内收文章按照时间倒序排列，末篇《平绥琐记》即为萧乾创作旅行通讯的开端。该文最初于 1934 年以《平绥道上》为题发表于《国闻周报》，1947 年收入文化生活出版社的《人生采访》。1980 年出版的《萧乾散文特写选》和 1983 年四川人民出版社的 4 卷本《萧乾选集》，收入的都是删改后的《平绥琐记》。而 1998 年浙江文艺出版社的 10 卷本《萧乾文集》和 2005 年湖北人民出版社的 6 卷本《萧乾全集》都恢复了初版本。此外，河北教育出版社在 1995 年再版了《人生采访》。在萧乾写于 20 世纪 80 年代的诸多文字中，每次提到该文，都称之为《平绥琐记》而非初版《平绥道上》。因此，改作《平绥琐记》便像是一个 80 年代的时间褶皱，在萧乾的文学生涯中留下了一册特殊的时代附录。

萧乾在《萧乾散文特写选》的自序中坦言："我未收进的东西绝不仅仅是由于文体问题，主要还是今天认识到其中误谬之处更多一些。就是已收入的东西，我也抹掉不少原来发过的议论。"因为"袋中无地图，误谬是必然会出现的。写这些东西时，主宰我头脑的还是一个完整的资产阶级共和国"。⑤ 换言之，删改是为了更正思想错误。所谓"地图"，就是马克思主义理论。年轻的萧乾曾拒绝做按照地图走路的革命者，而立志做一个走遍世界的、不带地图的旅人。⑥ 90 年代的萧乾又特意撰文解释，"地图"就是生活指南。这是在与友人杨刚讨论人生观时引申出来的话题，"她在信里总是引导和督促

---

① 《生活回忆录》，《萧乾全集》（第五卷），湖北人民出版社 2005 年版，第 8 页。
② 《萧乾全集》（第三卷），湖北人民出版社 2005 年版，第 279 页。
③ 《时代正在草原上飞跃——访问依勒利特（胜利）牧业合作社》，《萧乾全集》（第三卷），湖北人民出版社 2005 年版，第 297 页。
④ 萧乾在写于 1950 年 9 月 10 日的"我的自传"中第一次向组织坦白其蒙古族身份，但在 20 世纪 80 年代以前，萧乾从未在文学作品中公开谈及蒙古族身份，更未显示出民族特色。
⑤ 《未带地图的旅人》，《萧乾全集》（第五卷），湖北人民出版社 2005 年版，第 421 页。
⑥ 见《纪念杨刚》，《萧乾全集》（第四卷），湖北人民出版社 2005 年版，第 280 页。

我学点革命理论","当时杨刚是马列主义者,我好像生来就是个自由主义者。她那时大概想把我也变成马列主义者,可是我看不进去"。① 而"看不进去"的代价,便是在30余年的时间里一次次因为"未带地图"而检讨、补课,并在垂垂老矣的80年代感慨"不,地图不能代替旅行。然而在人生这段旅程中,还是有一张地图的好"②。

将《平绥琐记》与初版《平绥道上》进行对读,不难发现前者在标点符号、地域称呼等方面做了更符合80年代话语习惯的修改,也有个别词句、措辞语序为流畅而做的修正。③ 例如更新了关于民族的措辞,原文中"大境门确仍保持着镇威夷狄的气魄。巍峨的城楼壮壮地题着'大好河山'……山上还留着古箭楼炮垒的痕迹,用那个,我们曾镇吓过别的民族"一句,改为"大境门巍峨的城楼上赫然题着'大好河山'"。④ 显然,删掉将"夷狄"视为"别的民族"去"镇吓"的表达,更符合八十年代中国的民族观念。

更重要的变化是细节的删削,集中体现在对娼妓问题和民众愚昧这两个主题的表达上。《平绥琐记》将原版的第一部分文字全部删除,类似于旅行通讯的"前言",写的是"我"在进入西北之前与关口一位"长者"的对话。他劝"我"写一部《破鞋艳史》了事,不必费力亲自前往、佯装"调查"。他之所以对来访者态度不善,是因为以往的洋装学生大多只关心"破鞋"和"烟枪",以调查的名义猎奇玩乐,回到北平却称得到了西北的一手资料,使西北神秘的荒唐沦为造谣材料。"我"诚恳保证"绝不用西北的大地名回去骗人……不去搜集烟枪的杆数,'破鞋'的户口",不嫖妓,"也不会把'破鞋'浪漫化了,在日报上给大都市住客们开心"。⑤ 长者在疑虑中放行,然而正文内容却悖反了"我"的保证,说明这两大问题确实为不可忽略的西北社会之毒瘤。去掉开篇对话,整个文本的讽刺意义就大大减弱了。

同样被删节的,还有一位用手绢儿、荷包和廉价香水摇首弄姿的艳俗女性,她在被食客唤去之后吹嘘自己曾被副官请听梆子戏,"第一顿饭就遇到了有雅座的饭馆。(雅座据说即是有女人伺候的意思)"⑥。

    常为拉车问到的是:逛不逛"破鞋"。种类不同:明的,半明半暗的。包月,靠家,凭你选。多么难为情呢,当着她丈夫和女人调笑,回过手来还由那驯顺的男人手里接一杯滚热的茶。"难道不嫉妒吗?"你向他笑。他会无言地又为你斟上一杯。

    哪一户是好人家呢,你会好奇地想。有了,好人家门楣上有这样的对联:"良民住户家,行人须止步。"其余的呢,谁也不知道。对一个稍稍耳闻此地风俗的生客,每个开着的门都成了诱惑,每个阖着的该也保持着相当的神秘。于是,纵使是

---

① 《释"地图"》,《萧乾全集》(第四卷),湖北人民出版社2005年版,第787页。
② 《未带地图的旅人》,《萧乾全集》(第五卷),湖北人民出版社2005年版,第384页。
③ 如原版"民国十四年"改为"一九二五年",原版"关外"改称"塞外"等。
④ 《萧乾全集》(第二卷),湖北人民出版社2005年版,第5页。
⑤ 《萧乾全集》(第二卷),湖北人民出版社2005年版,第2页。
⑥ 《萧乾全集》(第二卷),湖北人民出版社2005年版,第4页。

平坦的巷路，街上也仍有着探险者。①

上述内容被压缩成一句"由于靠当娼妓为主的人太多了，时常看到一些门楣上不得不贴着'良民住户，行人止步'的条子"②。这一删一略，大大降低了文本的真切感与讽刺性。此地娼妓普遍到"第一顿饭就能遇到"，而且"拉车的常问"，甚至丈夫配合服务，以至于普通人家反而成了需要标记的少数。去掉这些细节，删改版只剩下空洞的结论。

此外，原文结尾也有部分删节。原是两个艳装女人与男人调笑之后一起离开，"我"的朋友说："有什么办法？几乎家家都干。此地人好淫，做官的管得了一切，能管得住人们的性情吗？"③ 如果娼妓普遍到连官府都管不了的程度，那么问题就不只在于社会风气与政治制度，还有人的愚昧与野蛮。原文提到，大同这样一个大城，连一份报纸都没有。人们忙着做活，在思想、现实认知方面几乎"无知无觉"，"对于路的泞泥，天国的福音是什么，民国遭着如何的厄运，都似乎一律的漠不关心"。"这叫我想，仅是交通便利也未见得就提高文化呢。"④ 可能是"福音"的宗教色彩与关心"民国"之厄运不够"正确"，加上最末句的批判性也有些直露，所以萧乾将这些句子压缩成人们"对于国家遭着如何的厄运，都似乎一律漠不关心"⑤。而写到绥远城内"舍力图台"时，萧乾记录了殿内喇嘛的言行与廊柱上信仰班禅大法师的标语，将"我憬然明白了宗教对原始民族统治者有什么用处"⑥ 这句原本单独成段的话删了。萧乾删去表现民众愚昧的内容，大概是为了避免显出歧视人民群众的精英姿态，毕竟这在革命文艺体系中是格格不入的。

总体来看，写于1949年后的文章在收入《萧乾散文特写选》时几乎保持原貌，偶见个别字句为流畅而做的调整，也删去了几处不合宜的文字，改动最大的就是《平绥道上》。对此，萧乾在1982年坦言："一九七九年我编自己的散文特写选时，对收入的有些通讯所做的一些删节，大部分是为了使文章更紧凑些……然而有些删节则是出于对梁效先生的防范"，"我砍掉那些议论，一半就是为了提防这位仁兄"。⑦ 直到80年代中后期，萧乾依然没有完全摆脱"梁效"留下的心理阴影。"我发现自己是处于这样一种精神状态：对于高层领导几年来广开言路，解除对创作的桎梏的宣言，我都是认真地相信并且热烈地拥护的。然而长期以来，无论我说什么写什么，总也忘不了'梁效'先生的存在。"⑧ "客观上，'梁效'先生也并未绝迹，他只是不再姓梁了而已。我好像是个三十年来走惯了夜路的人，老提防着会遇上什么。"⑨

---

① 《萧乾全集》（第二卷），湖北人民出版社2005年版，第6—7页。
② 《萧乾散文特写选》，人民文学出版社1980年版，第375页。
③ 《萧乾全集》（第二卷），湖北人民出版社2005年版，第12页。
④ 《萧乾全集》（第二卷），湖北人民出版社2005年版，第7页。
⑤ 《萧乾散文特写选》，人民文学出版社1980年版，第375页。
⑥ 《萧乾全集》（第二卷），湖北人民出版社2005年版，第11页。
⑦ 《在洋山洋水面前》，《萧乾全集》（第四卷），湖北人民出版社2005年版，第286—287页。
⑧ 《解冻》，《萧乾全集》（第四卷），湖北人民出版社2005年版，第385页。
⑨ 《关键在于信念——在全国政协"双百"方针座谈会上的发言》，《萧乾全集》（第四卷），湖北人民出版社2005年版，第494页。

对于1977到1978年间就传来的右派即将"改正"的消息，萧乾的反应是麻木的。这位在1958年被错划为"右派"、1964年摘帽、1969年下放"五七干校"的老人，"早已给自己下了'此生休矣'的结论"。① 1978年，萧乾接到了黄沫约稿编《散文特写选》，他当时是希望青年能够"辨识"自己的旧作，并通过他的旧中国书写来"了解过去"的②，然而在那些被他删掉的段落中，无一处不是历史的细节。其实旧作经修改后出版是当代文坛非常普遍的现象，萧乾直到1996年还心有余悸地写道"五十年代的魑魅始终在我眼前徘徊"，因为自己在30年代的语言有欧化味道，所以对旧作"大砍大伐……只希望在下一场运动中，辫子可以少一些，甚至没有"。③ 所幸90年代末之后的萧乾作品集全部恢复原貌，我们得以在一册时代附录中窥见历史投下的一缕绵长的阴影。

当然，历史留下的不只是阴影，还在萧乾这里形成了一种浪漫的巧合。"文化大革命"过后他出版的第一部作品集的首尾两篇，都是书写内蒙古的旅行通讯。1934年的《平绥道上》是他特写生涯的开始，1956年的一组草原通讯则是"解放初期文字工作上的两度丰收"之一。④ 虽未曾在内蒙古生活，但他的每次亲历，仿佛都与文学有关。而关于内蒙古的叙述，除了两组旅行通讯，以及这版特殊的改作，更多的还是80年代的回忆文字。在一次次重述中，萧乾对自己的蒙古族身份越来越热情，甚至称自己为"蒙古人"。而与此同时，他也称自己为"北京人"。那么这两重身份，是如何并存于他的认知体系的呢？

二、一个"北京人"的蒙古族情结

在20世纪80年代零零散散的回忆文字里，萧乾逐渐形成了关于其蒙古族身份的历史叙述。1979年4月写《未带地图的旅人》时，萧乾并未透露为何、如何隐瞒蒙古族身份，只在论及1956年的内蒙古之行时写道："我是一个完全汉化了的蒙古人，能看到自己祖先栖居过的草原，看到本来只有一座破喇嘛庙的荒原上兴建起现代化的崭新城市，我的喜悦是难以描绘的。"⑤ 在1980年8月写的《一本褪色的相册》中，萧乾回忆了自己青少年时代的成长心旅，第一次正面论述了蒙古族身份在其生活与思想中扮演的角色。因为学校里的少数民族同学常被欺辱，所以蒙古族身份曾让少年萧乾颇感自卑，然而"除了'祖籍'，我身上并没有任何蒙族的意识和特征。我们进关已经好几代了。我父亲死得那么早，我母亲又是汉族——她姓吴。我一句蒙古话也不会说。一九五六年访问内蒙时，锡林格勒盟的盟长问我们要吃汉式还是吃蒙式早点，我们全说吃蒙式的。

---

① 《生活回忆录》，《萧乾全集》（第五卷），湖北人民出版社2005年版，第305页。
② 见《改正之后——一个老知识分子的心境素描》，《萧乾全集》（第四卷），湖北人民出版社2005年版，第397页。
③ 《我的出版生涯》，《萧乾全集》（第五卷），湖北人民出版社2005年版，第751页。
④ 指1951年写土改和1956年写内蒙古，见《当人民的鼓吹手》，《萧乾全集》（第五卷），湖北人民出版社2005年版，第659页。
⑤ 《萧乾全集》（第五卷），湖北人民出版社2005年版，第415页。

事后，我有半年连奶味都怕闻"。"关于蒙族，我惟一的记忆是小时候年下祭祖。堂兄家供着一座祖先的牌位。平常用黄布遮起，在一块木板上画了肖像，那完全是个牧民的样子。还有一本家谱之类的书，里面写的统统是蒙文。祭祀时，上供用的是放了牛油的小米粥。"① 1982 年 5 月，萧乾在给宋致新的信中称："你提到内蒙，别忘记我是个蒙古人！"②

到 80 年代中后期，或许是受到"寻根文学"的感染，他的忆蒙文字越来越热情。谈到第一次跟随安娜前往卓资山，萧乾满是遗憾："我多么想亲一亲蒙古的土地啊！尽管为了怕遭歧视，自懂事以来，我始终瞒着自己的民族成分，可顺小我就清楚自己是个蒙古人。"对于并不了解的祖先，他充满了好奇与想象："住在古城里，我时常向往那'天苍苍，野茫茫，风吹草低见牛羊'的故土。我对这第二遭去内蒙——去我祖先狩猎或牧放过的地方，抱有种种憧憬：认为无论如何那里起码社会风气会比关内纯朴洁净，那里的民众必然强健壮实。"于是他写到在第二次踏上平绥列车时，自己"除了盥洗用具和旅行日记外，还揣着一颗渴望寻根的心……过了张家口，站名牌上开始出现'旗'字。我意识到车已进入蒙古境。我的心不免悸跳起来，像是在说：'蒙古，你的一个流入关内的后生又回来看你了。这回我要把你瞧个仔细。'"③ 再到回顾一生的《生活回忆录》，萧乾更为全面地论述了自己的"蒙古族意识"与民族身份"坦白史"。

将这些表达拼凑起来，从未生活在内蒙古、不适应蒙古族习惯、毫无蒙古族意识的萧乾，是将蒙古族祖先作为一个遥远的代际想象来追怀的。即使他会"冥想他们戴着大皮帽子，穿着翻毛坎肩，背了枪，在原始森林里追逐着野兽"，但这些都"仅仅是主观愿望"，对于追溯家族来历，萧乾直言"缺乏热情"。直到 1989 年春，萧乾接到了台北萧良松的来信，对方希望他能交换手边萧氏家族的迁徙资料以完善萧家宗谱，他才以更具实感的方式体会了自己与蒙古族的关联。萧乾在感动之余也提出质疑："我觉得自己所以姓了萧，可能是祖先进关并汉化时，为了适应环境而采用的汉姓，是权宜之计。他们挑上了这个笔划特别繁的姓氏，说不定我祖先原来的姓是什么帖木耳或阿拉善。"该年 11 月初，萧良松又来一信，进一步肯定了萧乾与萧氏宗族的血缘关系。可惜萧乾的蒙文家谱已不存在，无法助力对方的研究。其实对于家谱和宗族祠堂，萧乾曾经有些反感，以为裙带关系之类的封建遗留会在现代政治生活中产生消极作用。然而自 1979 年 9 月访美开始，萧乾在之后的 10 年中陆续参加过美国、新加坡、德国、挪威、英国、朝鲜等多国文化活动，深刻体会了海外华裔不忘根的精神传统，于是"越发能理解并尊重海峡彼岸寻根者的热切愿望"④。而一个游历于世界的"未带地图的旅人"，越是想跨越地域限制，便越需要一个稳定的魂归之所。对于萧乾而言，这个羁绊就是爱国情感与国族认同，也是他强调自己为"北京人"的内在缘由。

"我是个土生土长的北京人，十八岁以前，往南只到过艺人拳师在席棚底下各显身

---

① 《萧乾全集》（第五卷），湖北人民出版社 2005 年版，第 428 页。
② 《萧乾全集》（第七卷），湖北人民出版社 2005 年版，第 571 页。
③ 《跑江湖采访人生——我的旅行记者生涯》，《萧乾全集》（第五卷），湖北人民出版社 2005 年版，第 571 页。
④ 见《隔海叙族情——台湾寻根热》，《萧乾全集》（第四卷），湖北人民出版社 2005 年版，第 562—564 页。

手的天桥"①，萧乾在北京出生、长大，也在北京认识了社会、形成了价值观。"我可以说是从小就没有过家。母亲早逝后，就搬进了学校宿舍，十四岁上又摆脱了寄人篱下的环境。北京城就是我的家。"②遗腹子萧乾未及成年就遭遇丧母之痛，寄人篱下的生活又让他尝尽苦涩，贫穷与孤独的童年是他早期创作和80年代文字中最深沉的记忆。这个未带地图的旅人，很早就是一个"精神漂泊者"，加之长达七年的异国经历，更给他增添了几分"孤儿意识"，于是他把"祖国"比喻成"母亲"，把家国认同落实到了沧桑而庄严的"北京城"上。③"四十年代当我漂流在外时，每逢想'家'，我的心就总飞向那个破破烂烂的角落。那个贫民区在我的梦境里永远占有一个独特的位置。我常把羊管胡同——我的出生地，幻想成一只破了边的荷叶，我是一颗干瘪的莲子。我那位寡妇妈却把这颗干瘪的莲子捧在掌心，有时还裹在她的衣襟里。"④

萧乾早期小说中特别值得注意的是揭露教会学校阴暗面的篇什。他的成长环境中有非常浓厚的宗教氛围。丧母后的他寄居在堂兄家，三堂兄白天在基督教会里传教，晚上回家"既念《金刚经》，又信狐狸精，就是不信基督教"，所以萧乾意识到有一种"吃教者"是拿宗教当饭碗的。⑤萧乾的四堂嫂安娜是一个善良勇敢的基督教徒，不仅是萧乾的英语启蒙老师，而且使他"晓得了什么是原教旨主义"，但她从未勉强萧乾入教。由于家庭内部存在"宗教信仰"与"宗教职业"两个维度，所以萧乾对宗教的认知也存在尊重与批判两个维度。他欣赏教堂的建筑风格，喜欢具有崇高感的音乐，认为《圣经》本身是一部了不起的大书，但厌恶"强迫信教以及为这种方式的宗教铺平道路的不平等条约……更直接、更切肤的，乃是学校里一些教内实权派对我的迫害"⑥。在萧乾半工半读的长老会学校中，财政与用人大权掌握在外国牧师手里，道貌岸然的教内骨干只要佯装虔诚，就可以成为"洋人之下、同胞之上的实权人物"。所以他明确自己"反对的是二十年代的强迫性信仰，以及宗教和帝国主义的关系，但不反对宗教本身"。⑦

五卅运动以后，萧乾萌生了朴素的革命意识，认为"传教自由"和不平等条约皆为西方侵略之证明，于是开始参加学生运动与革命活动。1926年冬，他因作为C. Y. 成员⑧被军阀侦缉队逮捕，对方拿出了印有个人信息的册子。当时萧乾只是利用宗教形式开展革命活动，从未入教，加入C. Y. 则"是出于一种反抗情绪，满以为这么一来，世上的不公正以及一切恶人恶事，就可以一举消灭了"⑨。他也在回忆时坦言："当时至少对于组织有些诧异，觉得是太大意了。这感觉是造成了我以后'无党无派'思想的一部

---

① 《未带地图的旅人》，《萧乾全集》（第五卷），湖北人民出版社2005年版，第384页。
② 《生活回忆录》，《萧乾全集》（第五卷），湖北人民出版社2005年版，第217页。
③ 参见贺桂梅：《时间的叠印：作为思想者的现当代作家》，生活·读书·新知三联书店2021年版，第35—36页。
④ 《一本褪色的相册》，《萧乾全集》（第五卷），湖北人民出版社2005年版，第424页。
⑤ 见《生活回忆录》，《萧乾全集》（第五卷），湖北人民出版社2005年版，第11页。
⑥ 《在十字架的阴影下》，《萧乾全集》（第五卷），湖北人民出版社2005年版，第534页。
⑦ 《在十字架的阴影下》，《萧乾全集》（第五卷），湖北人民出版社2005年版，第526页。
⑧ 即中国共产主义青年团在崇实中学组织的秘密互助团。
⑨ 《生活回忆录》，《萧乾全集》（第五卷），湖北人民出版社2005年版，第36页。

分原因。"① 在这些经历中，萧乾认识了"帝国主义""文化权力"甚至是"革命"等社会课题，这些认识构成了他30年代左倾而不党派化的思维模式。无论是对宗教背后之中外权力关系的理解，还是对"革命"抱持的朴素信仰，都显示了萧乾在价值冲突而非单一路径中认知"中国"的知识结构。

而一个客死异国的"无国籍流浪汉"的出现，更是给萧乾留下了绵延一生的印象，也形成了他根深蒂固的"归巢意识"。② 少年萧乾曾在慈善团体办的粥厂前遇到一个打粥的"大鼻子"，是十月革命后逃难来的白俄，他被打粥队伍的中国人挤了出去，几天后死在了东直门大街上。③ 萧乾将这位无姓名、无亲属、无国籍的白俄作为第一瞥写进《往事三瞥》，另外两瞥是1939年赴欧游轮上的一个无国籍者和1949年奔赴北平前的自己。前两个铺垫性的故事都与苏俄革命有关，并与萧乾放弃赴英而奔赴北平的决定构成了耐人寻味的对比。1949年3月，萧乾的老友何伦两次上门劝说他接受剑桥大学中文系的聘请，并对他留在大陆的可能危险发出预警。萧乾回应"我是个土生土长的中国人，中国在重生，我不能在这样时刻走开"④。

丸山升指出，"比起那些主要是在国内通过中国共产党或毛泽东来认识马克思列宁主义或国际共产主义的形象的人们，于主要在英国、旅居欧美达七年之久的萧乾心中，马列主义、国际共产主义的形象要更复杂一些"⑤。这也正是萧乾在奔赴北平之前颇感忧惧的缘由，"三十年代中期，我像中国其他知识分子一样……曾以无限景慕的心情向往过苏联社会主义天堂"。"一九三九年秋，我是在整个西欧和北欧的反苏高潮中抵达英伦的……那时，天堂的形象在我心目中蒙上了一层阴影。""当时另一件使我困惑不解的事是英共对战争的冷漠——或者说，消极的反对。""在战争末期，尤其在混乱的意大利政局中，我吃惊地看到苏联的外交重实利远多于原则……三十年代以来所向往的那座天堂，在我心目中开始摇晃起来。"⑥ 然而即便如此，他还是选择奔赴北平。午夜梦回，他本能地拒绝"像小时见到的白俄乞丐那样，成了无家可归的白华，一个无国籍的人"⑦。《往事三瞥》发表后，萧乾撰文回应读者，回北平的决定"是在疑惧重重下做出的"，"并不是出于对革命的认识……我明知前面道路的坎坷不平，甚至带有风险，我还是那样定了，因为我害怕做白华——我用那么多篇幅来回顾流亡的白俄给我留下的深刻印象。当时，我的逻辑是：不肯当白华，就得回到祖国这条船上，同它共命运"⑧。如果《往事三瞥》中的"不想做白华"还只是一个结论，那么后面的解释便是以极为确切的方式显示了他"国族意识"远超"革命觉悟"的情感结构。而对于一个在50年代以

---

① 萧乾：《我的自传》，傅光明编，《解读萧乾》，大众文艺出版社2001年版，第182页。
② 萧乾用鸽子对"家"的依恋进行自我隐喻，见《生活回忆录》，《萧乾全集》（第五卷），湖北人民出版社2005年版，第214—215页。
③ 见《生活回忆录》，《萧乾全集》（第五卷），湖北人民出版社2005年版，第13—14页。
④ 《往事三瞥》，《萧乾全集》（第四卷），湖北人民出版社2005年版，第147页。
⑤ 丸山升：《鲁迅·革命·历史：丸山升现代中国文学论集》，王俊文译，北京大学出版社2005年版，第219页。
⑥ 《一个乐观主义者的独白》，《萧乾全集》（第五卷），湖北人民出版社2005年版，第471—473页。
⑦ 《生活回忆录》，《萧乾全集》（第五卷），湖北人民出版社2005年版，第217页。
⑧ 《一个乐观主义者的独白》，《萧乾全集》（第五卷），湖北人民出版社2005年版，第474页。

来的政治运动中屡屡受挫的知识分子而言,承认自己的革命觉悟有限,是需要莫大勇气的。

三、孑然独行的"自由主义民族主义者"

七年的旅欧经历使萧乾"苏联梦碎",所以奔赴北平的抉择在他的知识体系与情感结构中都有着非常复杂的内情。而《往事三瞥》却言简意赅地以三个故事连缀成文,只在文末淡然表示"在最绝望的时刻,我从没后悔过自己在生命那个大十字路口上所迈的方向"①。丸山升认为,写作此文时,"萧乾只能说这么多",所以《往事三瞥》的结尾是否为"漂亮话"是可以存疑的,问题的关键就在于写作时间。据萧乾在1985年的回忆,1979年初夏接到作协访美的通知以后,他马上联想到了1950年9月被临时取消访英资格的事,认为这说明组织对他"政治上的估价有了变化",所以访美对他的意义"远远超出事情本身"②。丸山升认为,如果《往事三瞥》的写作时间晚于访美通知,那么文章便可能带有"政治表态"的意味,即使顺序颠倒,萧乾应该也还不到敞开心扉的程度。③

《往事三瞥》于1979年5月发表,萧乾在6月与巴金的往来书信中谈及此文,希望听听对方的意见,并得知了作协可能安排自己访美的消息。④根据通信内容,萧乾接到作协通知大概是在7月,那么因为即将访美而在文中添上几句彰显爱国情的漂亮话,对这一判断,在这里可以做出明确否定了。萧乾在信中说《往事三瞥》第三部分有点"刺",内容是何伦与朋友们劝阻他留在大陆的理由。他的用心或许可以作这样两层理解:第一,表达非党员知识分子在转折时代的忧惧心理;第二,宣告即使历经风霜也不后悔与祖国共命运。与其说这是一种政治表态,不如说更像是萧乾爱惜羽毛的自我澄清。

融入革命文艺体系的艰辛,加上幼年的坎坷经历,使这个敏感、忧郁的人非常在乎别人对他的看法,所以"他晚年不遗余力地写着回忆性的文章,有时经常重复自己。他一方面是要反复解剖自己、证明自己;另一方面,他怕别人不能完全理解他。他希望让人们看到一个'透明'的萧乾,留给时间和读者去做'末日审判'"⑤。萧乾是一个坦荡的人,不会将自己粉饰为说真话的猛士,只承诺"由于图个安静的晚年,我现在敢奉行的只是尽量说真话,坚决不说假话"⑥,这未尝不是一种直面个体有限性的勇气。对于历史遭际,萧乾的态度是温驯且坚韧的。他说自己在落实政策后的这些年"时刻在省察自己,也在观察与我同过命运的人,特别是比我更加冤枉或受的罪更大的。大家不约而

---

① 《往事三瞥》,《萧乾全集》(第四卷),湖北人民出版社2005年版,第149页。
② 《改正之后》,《萧乾全集》(第四卷),湖北人民出版社2005年版,第401—402页。
③ 丸山升:《鲁迅·革命·历史:丸山升现代中国文学论集》,王俊文译,北京大学出版社2005年版,第228页。
④ 参见文洁若:《俩老头儿:巴金与萧乾》,中国工人出版社2005年版,第141—144页。
⑤ 《萧乾:一个自由主义者的终结》,傅光明:《文坛如江湖》,朝华出版社2006年版,第119页。
⑥ 《要说真话——为"巴金文学创作生涯六十年展览"而作》,《萧乾全集》(第四卷),湖北人民出版社2005年版,第505—506页。

同地都顾大局，识大体，没有人计较个人得失"①。我们不妨相信这段话的真诚，因为在面对儿子发展道路的问题时，萧乾再一次做出了与1949年相同的选择。在1984年到1985年写给儿子萧桐的信中，萧乾为修复父子关系多次表示愿意尊重对方婚姻与事业方面的想法②，但在国族意识方面，萧乾强调自己"①炎黄子孙观念很深，我要share the destiny of 中华民族。②我现在远比七九至八〇年对中国前景抱乐观。但我绝无意使你强同，因你一九五六至八〇年的经历同我一九一〇至八五年经历很不同"③。

这位"旅人"的后半生，似乎总是在观念与话语的歧途之中左右奔突。如果说非左即右的近代中国注定难以行走在第三条道路上，那么"悖论性"或许就是萧乾挥之不去的人生基调。他渴望自由，但旅欧七年的他明知前路多舛也坚决奔赴北平。他对革命的认知充满了理想化、浪漫化色彩，但是革命文艺体系不可能如他期待的那样兼收左与右的历史教训。在1946到1948年的《大公报》时期，萧乾的言论显示了颇为凌厉的自由主义色彩，但在观念层面，他的政治理想其实与耶尔·塔米尔提出的"自由主义的民族主义"颇为契合。按照塔米尔的理解，"自由主义的民族主义……借鉴了自由主义对于个人自主性与个体权利的承诺，以及民族主义对于群体成员身份的重要性的强调——包括一般意义上的人类群体成员身份以及特殊意义上的民族群体成员身份"④。在她看来，现代的国家概念是从自由主义与民族主义理念中汲取灵感后联合而成的，其中的"民族主义"致力于确立国族的外部边界，"自由主义"则专注于确立社会的内部秩序，如此便可使集体本位的民族主义规避攻击性，又能避免自由主义可能导向的极端个人主义倾向。

如果将自由主义观念纳入民族观念，那么自由主义的民族主义便不会在群己权界的问题上徘徊不定，因为特定的国族边界已被视作当然，所以讨论个体的权利与义务就不再受到归属意识的制衡，而是会试图寻找个体与群体的整合方案。参考人类现代化的历史进程，在追求普遍价值、强化主体个性的过程中，"绝大多数的自由主义者都是自由主义的民族主义者"⑤。因此，"自由主义民族主义"在认同层面整合了国家意识与文化选择，并试图在"人性论"的基础上讨论集体问题。而勾连"人性"与"阶级性"、呼吁反对战争的"超党派"中立姿态，正是萧乾社评的一个根本性的精神原则。在20世纪40年代的社论中，萧乾多次阐明"自由主义"不只是一种政治哲学，更是一种追求"公平，理性，尊重大众，容纳舍己"的人生态度，它的词意可以换成进步主义，也可以换成民主社会主义⑥，而"民主"并非具体的制度，也可被视为一种人生态度，且不可能离开对于当下中国而言最重要的民生而存在。⑦ 可以看出，萧乾的制度设计都以

---

① 《改正之后》，《萧乾全集》（第四卷），湖北人民出版社2005年版，第395页。
② 给萧桐的信，一九八四年九月二十六日，《萧乾全集》（第七卷），湖北人民出版社2005年版，第874页。
③ 给萧桐的信，一九八五年八月二日，《萧乾全集》（第七卷），湖北人民出版社2005年版，第876页。
④ 耶尔·塔米尔：《自由主义的民族主义》，陶东风译，上海社会科学院出版社2016年版，第44页。
⑤ 耶尔·塔米尔：《自由主义的民族主义》，陶东风译，上海社会科学院出版社2016年版，第180页。
⑥ 《自由主义者的信念——辟妥协骑墙中间路线》，《萧乾全集》（第三卷），湖北人民出版社2005年版，第466—470页。
⑦ 《吾家有个夜哭郎——五千岁这个又黄又瘦的苦命娃娃》，《萧乾全集》（第三卷），湖北人民出版社2005年版，第461页。

"中华民族"为政治实体,他希望通过提倡理性来反对霸道,提倡政治自由与经济平等来保证大多数人的幸福,其实是在以自由主义理念为参照来进行秩序调试,为"中华民族"注入适当的内部民主。

在认同方面,国族意识鲜明的萧乾希望借助集体内部的相对自由来平衡个性与共性的紧张关系,而与"认同"紧密相关的是"身份",因为自我认知总是沉潜在意识深处,并在合适的时候转化为选择意志。1994年12月,萧乾在给萧桐的信中说:"现已查明,我家由蒙入关已五代,我祖居锡林浩特盟(一九五六年我曾去过)镶黄旗。"[①] 从停留于想象到80年代末的主动追索,萧乾对于蒙古族祖先的确认是在感佩于炎黄子孙的中华认同中被激活的。如他所言,"我属蒙元后人,但对于本民族传统的文学艺术的了解并不多"[②]。而本不具备蒙古族语言能力和审美趣味的萧乾依然"选择"了这个身份,这种滞后性的文化寻根与其说是在追溯民族渊源,不如说是在借助身份建构来增强个体在民族文化中的参与感。在作为蒙古族的时候,他仿佛是承接了更为深厚的文化遗产,能够从祖辈的迁徙与离散中不断挖掘自己与中华民族的精神连接。

结　语

如果说蒙古族身份是这个"旅人"在回顾大半生漂泊经历后的文化追认,那么民族国家意识就是他始终如一的认同本能。在生活实感与历史记忆嵌套而成的精神装置中,他对"北京"的眷恋便相当于对具象"中国"发出的情感投射,构成其"文化-政治"的观念结构,形成了他"蒙古族-中国"的身份层次。萧乾用一生,走出了一个自由主义民族主义者的独行之路,在那些充满遗憾与惊惧的途辙之上流溢出一段段引人深思的生命留白。它们仿佛是一个疲倦的旅人在寻找栖身之所时发出的沉重喘息,真挚、急切却又那么鲜活。

(内蒙古大学文学与新闻传播学院讲师)

[①] 《萧乾全集》第七卷,湖北人民出版社2005年版,第895页。
[②] 《序〈蒙古族历代散文选〉》,《萧乾全集》(第六卷),湖北人民出版社2005年版,第803页。

四川作家研究

"有情的"书写
——谈侯志明的抒情散文

郭冰茹

1921年周作人在《晨报》副刊上给散文下了个定义,他说,"外国文学里有一种所谓论文,其中大约可以分作两类。一批评的,是学术性的。二记述的,是艺术性的,又称作美文,这里边又可以分出叙事与抒情,但也很多两者夹杂的"①。这种记述性与艺术性兼备、叙事与抒情夹杂的文体,也是王统照所说的"纯散文",就是"修辞上风格上讲究一点,使人看了易于感动而不倦的"② 文章。其实不论怎样界定,写情或抒情都是赋予散文以独特文体特质的关键所在。

在侯志明《行走的达兰喀喇》(四川文艺出版社2017年版)和《少点精致的俗相》(四川文艺出版社2021年版)两本散文集中,作者记述了个人的生命感悟和情感体验,其中《行走的达兰喀喇》通过人、事、物、言等多个方面,营造出一个情深义重的情感世界;《少点精致的俗相》多以怀旧、采风和游历为主题,将个人情感与时代风云相连接,谱写出当代中国的情感故事。两本散文集中由"感"而发,重"情"明理的文学书写,不仅体现出抒情散文的鲜明特征,也从"情感理性"的层面为我们提供了借助情感理解中国社会,书写中国故事的方法和路径。

一

在中国现代散文的发展脉络中,"情""情感""情绪"始终是散文家关注的对象,因为它既是抒情散文的表现内容,也是衡量散文文学性和艺术性的重要指标,梁实秋在《论散文》中就提出"感情的渗入"和"文调的雅洁"是"文学的高超性"的由来③。侯志明的散文创作也是在这一脉络中展开的。他

---

① 周作人:《美文》,《周作人散文选集》,百花文艺出版社1987年版,第31页。
② 剑三(王统照):《纯散文》,《王统照散文选》,山东教育出版社2005年版,第242—243页。
③ 梁实秋:《论散文》,《梁实秋文集》(第六卷),鹭江出版社2002年版,第386页。

在创作谈中说:"是情感促使我去写,真情去写"①;"这里说的情不只是男女之间的爱情,不只是叫人以身相许的那个情,而是一种情绪、情感,这二者构成了感情。感情是人对客观事物的一种特殊反应,是一种特殊的主观意识,它对应的一定是一个客观存在。就像作家,他一定是面对他叙述的事件、塑造的人物表达他的感情",而感情必须是"真挚的"和"健康的"②。这些夫子自道既是作者的散文观或创作观的表达,也是读者进入文本并借此获得共情的原因。换言之,真事和真情是文本要处理的写作对象,是基本内容,也是文本展开的具体形式和审美追求。

就抒情散文的创作而言,文中记述的事件是个人经历的外在面貌,抒发的情感则是生命体验的内在肌理,侯志明在散文中将"真事"与"真情"融合,以情运事,借事抒情。《行走的达兰喀喇》将若干篇散文以感怀的对象分类,"感恩""感情""感物""感言"……本身就体现出浓郁的抒情性;相较而言,《少点精致的俗相》虽偏于记述,但记述的目的仍在于抒情。两本散文集从亲情、乡情和家国情三个层面,折射蕴藏在寻常人家最为日常的情绪和感受,同时也描画出一个普通中国人立体的情感世界。

亲情在侯志明散文中占有相当大比重,也是文本中处理得最为细腻的部分。吉狄马加特别提到了他在阅读《母亲》《感谢母亲》《父亲》《无家可归》《给儿子的信》这些表达亲情的篇章时"每每读之眼眶湿润"的情形③。可以想象,如果没有丰富的细节和饱满的情绪,很难支撑起动情的叙述,也很难获得读者的共情。老井、老树、老屋、粮仓连接着家乡的物理空间,剪纸、糖饧、贴春联、跑大年、养兔子喂牛则是将日常生活融入故乡风土的表达,个中晕染的酸甜苦辣映衬出醇厚的乡情。如果将这份乡情延展,四子王、九寨沟、马尔康经由作者的游历现于笔端;于敏、倪润峰、流沙河这些不同时代的风云人物也因为作者的采访或探望进入文本,写景与观人的彼此呼应,成为家国情怀的一种写照。

在这两本散文集中,有不少篇章是咏物抒情的。器物成为情感的具象体现,也是情感的外在延伸。比如《灯如红豆》写四十年来陪伴"我"成长的大大小小、形态各异的煤油灯。脑海中的灯具、流动的时间、相关的故事,都在作者的情感梳理中汇聚。每一盏灯都如红豆般寄托着"我"的情思,让我时时沐浴在亲情和友情的温暖中。《一张特殊的贺年卡》通过一张自制的夹有山西剪纸的贺年卡写家乡的年俗。因为每年过年,全家人都要参与一场盛大的剪纸活动,从买花样、拓花样,到剪纸和贴窗花,热热闹闹地带出了过年的气氛,剪纸也就不仅仅是一项民间技艺,更是沉淀在我内心深处的亲情的呈现。《老屋》《老树》《老井》中,细腻的景物描写成为维系家庭亲情和故乡情谊的根柢,表达的是"我"对家庭、对故乡的情感体认。在所有这些咏物抒情的文章中,"情"的绵延构成了叙事的线索,不同时代的不同故事由此连缀成篇。

《少点精致的俗相》也有部分散文偏向以事运情,其中的人物、事件以及作为基本背景的文献资料也都成了情感的落脚点。比如《脊梁》记述了我国核武器的奠基人、

---

① 侯志明:《少点精致的俗相》,四川文艺出版社 2021 年版,第 207 页。
② 侯志明:《少点精致的俗相》,四川文艺出版社 2021 年版,第 211—212 页。
③ 吉狄马加:《晓看红湿处 花重锦官城》,《行走的达兰喀喇》,四川文艺出版社 2021 年版,第 2 页。

"两弹"元勋于敏。在借助报刊史料追溯核武器的发展脉络,通过实地访谈介绍人物先进事迹的过程中,科学家严谨的研究态度、爱岗敬业的职业精神和忠诚爱国的民族情感跳出汉字符号的表象,具体而鲜活地呈现在读者眼前。《本色》写曾经引领长虹集团在市场经济的大潮中搏击的掌门人倪润峰。通过相当篇幅的谈话录音整理,读者感受到一个企业家的责任担当和勇气魄力,理解他"位卑未敢忘忧国"的情怀,以及将振兴国有企业内含于民族昌盛和国家富强的精神品格。推动作者走笔至此的是他与这些时代英雄的情感共振,在这些散文中,事件或人物事迹本身是行文的核心,而蕴含其中的情感、精神却是推动行文的叙事动力。

当然,不论是咏物抒情,还是以事运情,"我"作为叙述人的在场感和强烈的主观介入都是使抒情散文获得审美力度的重要表征。在《摇曳的亚菊》《成都的雨》《我和流沙河的两面之交》这些篇章中,"我"与书写对象(器物、景物或人物)的渊源、关联、交往等相关细节构成了情感故事的基本背景,而"我"的在场感所凸显出的真实性,则引发了读者的共情。因为"我"并非旁观者或者见证人,"我"的记录也并非冷静客观的"照单全录",而是"我"在"绝对是被打动了"①之后,对书写对象的建构。我们不难从《煤矿,那些抹不去的记忆》《感念擦鞋子的》《痛定还痛》这些篇章的标题中感受到写作者的主体情绪。显然,作者的在场是一种情感介入,一种赋予客观事实的情感传递。

二

情感不仅是个体借助情绪和感受建构主体性的方式,也是现代主体与他人、社会甚至与政治制度建立起必然联系的纽带。换言之,情感成为解释现代主体与民族国家之间关系的方式,是现代性话语的一种表征。杰姆逊在讨论第三世界文学时就有一个著名的论断:"第三世界的本文,甚至那些看起来好象是关于个人和利比多趋力的本文,总是以民族寓言的形式来投射一种政治:关于个人命运的故事包含着第三世界的大众文化和社会受到冲击的寓言。"② 这种以个人情感对接民族国家的判断基本佐证了 20 世纪中国文学史的论述。毕竟中国文学的现代起点离不开通过"美人泪"(言情)促成的"英雄血"(革命),这是一种推己及人、由家至国的情感连接模式,而这种模式同时也为每一个平凡的个体概括出一种能够接受、理解并且践行的爱国主义情怀。从这个意义上说,情感本身就是现代话语中的一种文化资源,它不仅参与了自我认同的建构,也影响了社会秩序的再生产。

侯志明的抒情散文在这一写"情"的脉络中展开。细腻的亲情围绕作家的个人生活铺散开来,醇厚的乡情在怀旧中透出故园的质感,丰沛饱满的家国情则回荡着英雄主义的豪迈。这些文章对应了不同的情感维度,同时也呈现出由己及人,由家至国,包容相

---

① 侯志明:《少点精致的俗相》,四川文艺出版社 2021 年版,第 207 页。
② 弗雷德里克·杰姆逊:《处于跨国资本主义时代中的第三世界文学》,张京媛译,《当代电影》1989 年第 6 期。

照、渐次递进的有机性。从这个意义上说,侯志明写出了日常生活中亲情、乡情和家国情相互关联的情感逻辑,它经由亲子之情向外部拓展,借老屋、古井、老树连接起乡情,继而再延伸至对祖国河流山川的归属感和中华民族脊梁的认同感。这种以亲情为起点,建构起自身的感受、分寸和道德自律,继而召唤出家国天下的情感经验,既是侯志明散文的内在肌理,也在一定程度上复刻了继发现代性国家中现代主体的身份认同和主体意识的形成过程。

韦斯特马克曾讨论过情感与社会道德之间的关系,他认为亲子之爱是"利他情感"(altruistic sentiment)的本源[①],人们通过这种无私的、利他的情感,生产出群体生活中相应的社会道德和行为准则。可以说,亲情是侯志明写作的情感原点,通过对亲情的阐发,立身行事、安身立命的基本规范得以投射。比如《祖制》写家乡过年的传统习俗"生旺火"。每年除夕,"我"都在父亲的带领下生旺火,上坟祭奠先祖,之后回来掌灯、放爆竹,父亲主讲的这堂"人生必修课"教育我们兄弟对长辈的"孝"和对先祖的"敬",它体现的是一种文化传统的承续。《老屋》记录了"我"儿时住过的老房子,其中的一砖一瓦、一草一木都仿佛历历在目。虽然当时的老屋寒酸、破旧、简陋,但母亲的勤俭、兄弟姐妹之间的手中之情却让这栋老屋总是干净整洁、充满快乐。显然,老屋在这里已经不单纯是寄托怀旧之情的情感空间,也是维系"我"与亲人、家园、故土情感连接的纽带,它教会我们"家有敝帚,自享千金"的人生道理,也是确认我们身份认同的基本方式。"我"正是通过这样的亲情体验,建构起自身与社会的基本关系和相处方式,并将"我"习得的秩序德行推演至社会和国家。

但需要说明的是,在中国具体的社会文化语境中,情感所参与的主体认同离不开儒家传统的加持。"情感理性"是蒙培元在讨论儒家传统的情/理关系时提出的概念,他认为儒家在将理性知识融入感性世界的过程中,将个体的情感进行理性化的加工和阐释,形成了具有合理性和广泛性的道德情感,"儒家重视情感的共同性、普遍性,因而主张情感与理性的同一。这是儒家哲学的最大特点"[②]。从这个意义上说,儒家思想最看重的"仁",可以具象为以爱亲为起点,通过共情或移情形成的由父母兄弟到家国天下的情感秩序,它是儒家情感理性最集中的表达。而在修身基础上的齐家、治国、平天下的"明德"过程同样也是这一情感理性的外在体现。

侯志明的抒情散文也体现出这种由己及人,由"小家"而"大家",由家至国的情感连贯性,呈现出儒家情感理性的基本特征。《痛定还痛》记录了"我"所亲历的"5·12"汶川大地震。叙述从"我"在当天的心绪不宁起笔,写自己当时的慌张和绝望,自己略感安全后对家人的挂念和担心,得知家人平安后对救灾工作的全心投入。随后,叙述离开了"我"自己,转向了"我"在救灾过程中的所闻所见,所感所思。这里有陪着儿子开推土机参加救援的母亲,有刚从废墟中爬出来就跑去救人的村主任,有连续工作超过 30 小时还没有吃饭的工作队成员,也有罹难小朋友的作文……在巨大的灾难面前,

---

① 爱德华·韦斯特马克:《道德观念的起源与发展》(第一卷),张敦福、罗力群译,商务印书馆 2023 年版。相关论述见第五章"道德情感的起源",第 129—151 页。
② 蒙培元:《情感与理性》,《蒙培元全集》(第十一卷),四川人民出版社 2021 年版,第 4 页。

在生死攸关的每一个瞬间，每个人都有求生的本能，都有想要靠近亲人的本能，但同样也是源自本能的利他情感，以及人类共有的同情心和群体生活中习得的道德感，让身处其中的人们能够设身处地地推己及人，将"小爱"转为"大爱"。《痛定还痛》记录了这种体现在"我"以及"我"身边每个人身上的情感理性，它是陌生人之间获得信任、赢得共情的方式，也是个体经由社会认同获得价值感的方式。

如果说灾难面前由爱亲而博爱、由利己而利他的"移情"尚有部分原因出自群体生活的本能，那么在利己与利他出现矛盾时选择后者却是儒家情感理性看重并强调的，它需要后天习得，受道德和教养的影响。《脊梁》写"氢弹之父"于敏，一个在理论物理研究方面极具天赋的科学家，一个在核理论研究中已经颇有建树的学者，为了国家战略的要求和作为科技工作者的社会责任，放弃了个人兴趣和志向，转向氢弹研究。也正是这样的科学家在氢弹研制工作告一段落之后没有选择出国深造，也没有选择重回自己感兴趣的基础理论研究，而是继续在氢弹研制领域深耕，保证了我国核武器技术的可持续性发展。侯志明在讲述于敏的感人事迹时花了不少篇幅写他对古典诗词和中国传统文化的热爱；写他从岳飞、于谦、林则徐、文天祥这些民族英雄身上汲取的力量；写他对爱国的理解，对"爱国就是爱事业"的践行。这些科学研究之外的记述，将于敏这位中国现代知识分子的个人奋斗与家国情怀结合起来，让这种将国家利益置于首位，让自我实现服从国家需要的人生选择成为中国科学家忘我奉献、以国为家的精神写照。《本色》中锐意改革的企业家倪润峰虽然没有面临这样的选择，但他表现出的"关心政治、关心政策、关心天下大事，最终天衣无缝地和自己所做的事链接起来"[①]的精神，有着与科学家于敏同频共振的家国情怀。虽然是人物专访，侯志明的书写仍然具有很强的情感驱动力，这源于写作者对时代精神和英雄主义的情感认同，源于他对这种牺牲精神和家国一体的价值认可。

在理解个体与集体的相互关系时，儒家情感理性中的推己及人与现代主体通过情感建构民族国家的身份认同有着明显的差别。前者是经由家（族）、国（诸侯）连接起身（个人）与天下的纵向等级的伦理结构，个人的情绪和感受在这一结构中往往被忽略或者悬置，"光宗耀祖""光耀门楣"成为个人价值的具体呈现。后者则是通过五四新文化运动对个性、自由、民主等现代话语的声张，建立起个人与国家、"小家"与"大家"的同心圆。当家（大家族或小家庭）被视为压抑个性发展的根源而被抽离出这个同心圆，个人的情感就有可能得到凸显，并升华或深化为对集体的情感。侯志明对"情"的处理在某种程度上弥合了这两者之间的裂痕，一方面，他笔下亲情、乡情和家国情的融合共生，一定程度上回应了儒家"修齐治平"的政治伦理，成为传统的儒家情感理性的具体呈现。另一方面，这种情感书写又以尊重个体的情感经验为基础，由个体生发而延展至民族国家，实现了个体与家国的同构。当然，这种处理方式并非简单的"体用合一"之说，也不是侯志明的发明，我们可以将其视为中国文学现代性的一种表征，或者从情感层面理解中国文学现代性的一种路径。

---

① 侯志明：《少点精致的俗相》，四川文艺出版社2021年版，第107页。

三

现代主体首先且必须是一种情感性的主体，因而现代民族国家同样首先且必须是一种同情式的社群。情感因此成为建构个人、集体以及国族身份的一种话语，而关于情感的言说也就不再是纯粹的个体感受或情绪，而是与身份认同、主体建构、权力结构、权利关系等相互缠绕的表达。虽然在中国的文章学传统中，大部分被称为"文"的文章首先是用来叙事的，但是，当文学书写被组织进中国的现代化进程，现代散文也就自然地通过抒情，参与了现代主体的建构。我们不难在现代散文的起始阶段看到郁达夫、朱自清等"五四"旗手笔下那一个个"有情的"主体形象。彼时的"情"是内在自我的发掘和表达，是对"内面的人"的充实和完善。不过，随着时代主潮逐渐由"五四"时期的"个人自由"过渡到"阶级解放""民族独立""国家建设""社会主义改造"，主语逐渐从个体置换为集体，现代文学中的情感抒发也在不断调整个体与集体之间的关系。当然，不论抒何种情，以及如何抒情，都关乎现代主体的自我体认。

王德威将抒情与世变的关系作为考察现代主体性生成和发展的新起点，援引"抒情"来重新审视中国现代文学中关于"革命"和"启蒙"的讲述，并将抒情作为一种传统来呈现中国文学现代性的复杂特质。他说："中国文学传统中的抒情论述和实践从来关注自我与世界的互动，二十世纪中期天玄地黄，触发种种文学和美学实验，或见证国族的分裂离散，或铭记个人的艰难选择。'抒情'之为物，来自诗性自我与历史世变最惊心动魄的碰撞，中国现代性的独特维度亦因此而显现。"① 王德威在"自我"与"世界"的辩证关系中呈现宏大历史中"事功"与"有情"的双重性，抒情在此意义上既有中国传统文人的感时忧国，也有现代知识分子的主体意识。侯志明在散文中抒发的"情"，无论是日常随感还是升华出的民族大爱，都是在由己及人、家国同构的情感逻辑中调用个人情感经验的文学表达。从这个意义上说，《行走的达兰喀喇》或《少点精致的俗相》都是浩浩汤汤的中国文学抒情传统中的一脉。

文学史家王德威将"抒情"作为重新理解中国文学现代性的介质，彰显被现代性话语中的强势思维（strong thought of modernity）所压抑的抒情。他有意呈现隐身在"事功的历史"背后的"有情的历史"，认为"正是这'有情的历史'才能够记录、推敲、反思和想象'事功'，从而促使我们对于'兴'与'怨'、'情'与'物'、'诗'与'史'的认识。是这样的历史展示了中国人文领域的众声喧哗，启发'思接千载''视通万里'的主体"②。侯志明的"非专业"写作却是以"有情"的书写自觉地贴近了时代主潮或者说"事功的历史"。他在《行走的达兰喀喇》"跋"中自述写作的缘由：一为感恩，二为梳理自己的成长史，三为确认自我的存在价值，四为引导晚辈，这样的写作目的决定了他虽然从"有情"出发以确认主体价值和身份认同，但不会局限于自我的小世

---

① 王德威：《史诗时代的抒情声音：二十世纪中期的中国知识分子与艺术家》，生活·读书·新知三联书店2019年版，第3页。
② 王德威：《史诗时代的抒情声音：二十世纪中期的中国知识分子与艺术家》，生活·读书·新知三联书店2019年版，第443页。

界，而是有所升华，从而具备了某种"事功"的特性。这也是阿来所说的"书写经验，行文中又争取超越经验"①的意义所在。

朱自清在考释"诗言志"时认为"言志"就是抒发"怀抱"，并且指出了"陈己志"与言"一国之志"的不同②。当我们在现代性的视域中将情感视为现代主体的养成标志时，"情"自然地被打上了个人的印记，成为"内面的人"的集中体现，这在"五四"一代的文学书写中表现得极为明确。王德威在现代文学发展脉络中追溯的"抒情传统"和"有情的历史"，也是要在时代大潮中凸显被"强势思维"压抑或遮蔽的个人咏怀和个人的情感需求。因而，当20世纪80年代思想解放的潮流推动着当代文学打破僵化的思想内容和形式壁垒时，最先呈现在读者面前的便是对个体情感的言说，不仅散文可以抒情，短篇小说的抒情式表达也成为一种创作潮流。在彼时关于人性、人情、人道主义的讨论中，重新发现的"人"便是有自我意识，要求自我实现的现代主体。然而过于执着个体的内在体验，执着个人的情感、欲望、自由意志的开掘，很快也让文学书写与公共领域和现实关怀发生了断裂，封闭的文本空间不仅成为写作者的语言游戏，也拆解了"事功的历史"的深度意义。沉溺于自我的"己志"与架空了自我的"一国之志"同样令重新发现的"人"消融在琐细与虚无之中。换言之，从"事功的历史"和集体话语中解放出来的"人"，不能仅仅凭借碎片化的历史拼图和内在化的私人生活获得主体性。如果说近年来文学书写中出现的英雄主义基调、理想主义情怀和重建宏大叙事的写作趋势是文学界重建人的主体性的自觉努力，那么侯志明"只是感到有话要说，就服从这个愿望把内心话说出来，有事说事，有情抒情，有理论理，有话则长，无话则短，行于所当行，止于所当止"③的抒情散文则是这个时代中国人最朴素自然的情感表达。

有了"有情的历史"，"事功的历史"便有了温度；有了"事功的历史"，"有情的历史"也才会有高度，从某种意义上说，承托现代主体的历史是这两者相互融合，彼此支撑的结果。侯志明以"有情的"书写对接"事功的"社会人生，这其中，亲情、乡情、家国情的有机融合与儒家的情感理性相呼应，在一定程度上成为我们从情感角度理解"后革命氛围"中中国社会的一个生动个案，帮助我们在这一语境中再次审度中国文学现代性的复杂特质。

（中山大学中文系教授、博导）

---

① 阿来：《旧书记 新文章》，《少点精致的俗相》，四川文艺出版社2021年版，第3页。
② 朱自清：《诗言志辨》，《朱自清全集》（第六卷），江苏教育出版社1990年版，第132—174页。
③ 阿来：《旧书记 新文章》，《少点精致的俗相》，四川文艺出版社2021年版，第3页。

一个人的成长史就是他的思想史
—— 侯志明散文创作浅论

梁向阳

侯志明寄来他的两本散文集《行走的达兰喀喇》和《少点精致的俗相》。《行走的达兰喀喇》所收录散文的创作跨度非常大,最早是1988年创作的《父亲》,最晚是2017年创作的《老屋》,按照作者的说法是从工作三十多年创作的百来篇散文中"选了四十多篇"编辑成集的;而《少点精致的俗相》,则是在四川省作家协会任职后的创作,大部分完成于"2018年至2019年期间"。读罢这两本散文集,我做出这样的判断:作为农家子弟的侯志明,是中国改革开放的受益者,是乘着改革开放的东风上了大学、分配了工作,并在从事文字工作的过程中一步步地打拼奋斗而实现成功转型的。他在文章中说,一个人的成长史就是他的思想史[①],我非常认同。我理解,这两本散文集在某种意义上就是其成长与思想的文字呈现方式。阅读侯志明的散文,也就是阅读他人生行进过程中以散文方式固化的情感与思考。

一、文学滋养的人生

侯志明几十年的工作履历有个非常鲜明的特点:缘于文学,回归文学,他的人生是被文学滋养、改变的。

温儒敏曾撰文思考,"中文系的学生培养有什么特点?和其他文科专业比较有什么更'强项'的地方?我看就是'语言文学'的能力,包括文学感受力和评判力,而这一切还要落实到写作的综合能力训练上。中文系不一定能培养作家,但应当能培养'写家',就是'笔杆子'"[②]。温儒敏的观点相当明确,中文系学生的看家本领就是"语言文学"的能力,中文系的学生应该写一手漂亮的文章。我还记得饶宗颐先生也曾说过这样一番话:"一切学术,均需以文学作底子。文学好,就不怕其他不好。"[③] 我非常赞同他们的观点。文学建构了人类的想象,文学也让人能更从容地表达,拥有文学背景的人其出发与走向未来的方式会有所不同。

---

① 侯志明:《行走的达兰喀喇》,四川文艺出版社2017年版,第244页。
② 温儒敏:《关于现当代文学基础课教学改革的思考》,《中国现当代文学学科概要》,北京大学出版社2005年版,第421页。
③ 胡晓明:《风雪夜归人》,《古典今义札记》,海天出版社2013年版,第111页。

侯志明是拥有文学背景的人。他在1980年初由内蒙古自治区的偏远山村考入当时隶属煤炭工业部的淮北煤炭师范学院中文系，从此在"准江南"的安徽淮北地区有了长达四年的大学生活，这种求学经历在他的散文《师恩难忘》《母校杂忆》《想吃一碗馄饨》《我的老师们》中均有详细记叙。他在《师恩难忘》中详细记述道，一次与同学徒步去南京旅游后写了"一篇见闻性的小文章"，校报负责人夏老师认真修改后，把这篇小文章发表在校报上。这是作者平生第一次看到自己的文章变成铅字公开发表，对于他的鼓励可想而知。多年后，作者深情地回忆道："我在想，对于夏老师来说，他也许只是不经意地改了千万篇来稿中的一篇，但是对于我来说，这无论如何都是我平凡人生中的一次不平凡的经历。也许夏老师没有想到，他这不经意的一改竟然改变了我整个人生的轨迹。"① 此外，他还记述教"文学理论"课程的刘鸿模老师如何鼓励自己读书，推荐读孔子的《论语》、恩格斯的《反杜林论》与叶圣陶的《教育文集》。他硬着头皮看了三遍《反杜林论》后，"写出来一篇关于真理问题讨论的文章，并在国家一级刊物《社会科学》上发表了出来"②。通过作者讲述的这两个小故事，我们可以做出这样的判断：在大学时代，侯志明就是一位喜欢文学表达的优秀学生。

20世纪80年代是积极向上的年代，是充满激情的年代，也是富有文学诗意的年代。那个时代的年轻人都是"八十年代的新一辈"，善于做各种瑰丽的人生之梦，农家子弟侯志明也是一样。我目前仍无法判断出他中学时代是不是一名拥有深刻文学情结的中学生，中文系是不是他报考大学的第一志愿，但这一切已经不重要了，重要的是他从内蒙古的一个小山村幸运地进入安徽的大学中文系读书。在那个人人都有作家梦的年代，这不仅仅意味着他跳出"农门"，成为拥有城市户口的城里人，更意味着他是拥有文学背景的青年知识分子，能够在知识的海洋里遨游，在文学的天空中尽情地伸展翅膀。

大学是侯志明打开人生视野、加注人生"航空汽油"的加油站。文学青年的人生起步，自然是有效的文学表达，这也是侯志明在很多年后念念不忘大学时代刘老师"点拨"与夏老师"一改"的重要原因。这样，经过中文系严格训练的青年侯志明，大学毕业后分配到沈阳矿务局担任小报记者。1988年，侯志明的散文"居然能获得中国作家协会和中国煤炭文学基金会三年一度评选的全国散文二等奖（一等奖一名，获奖者是陈建功）并且得到了500元的奖金（在我每月的收入只有60多元的时候，这对我来说简直是一个天文数字）""在进入新华社后，我每年几乎要完成近10万字的报道，并且曾获得过新华社所有等级的荣誉"③。这些成绩，就缘于侯志明青年时代养成的文学表达能力。

侯志明在《行走的达兰喀喇》"跋"中曾言："写作不是我的职业，但是写字写东西却是我生活极其重要的组成。从我结束了忙碌的高考那天起。"④ 他甚至认为自己的创作是"非专业写作"。我倒不认为是"非专业写作"，相反认为就是"专业性写作"。他

---

① 侯志明：《行走的达兰喀喇》，四川文艺出版社2017年版，第20页。
② 侯志明：《行走的达兰喀喇》，四川文艺出版社2017年版，第18页。
③ 侯志明：《行走的达兰喀喇》，四川文艺出版社2017年版，第20页。
④ 侯志明：《行走的达兰喀喇》，四川文艺出版社2017年版，第243页。

从文学爱好起步,大学毕业后担任矿务局小报记者,到进入新华社辽宁分社担任记者,再到1999年南下入蜀工作,每一步工作均与文字表达有关,怎么能说是"非专业写作"呢?

事实上,文学已经为侯志明赋能,他几十年为文与从政的方式与文学有关,这还真是个有趣的现象。

二、背负着大爱前行

故乡是侯志明人生的出发地,也是他一生乡愁的寄托。侯志明的两本散文集中,收录了二十来篇关于父母、家乡的"忆旧"散文。有意思的是,他的这些回忆父母养育之恩、回忆家乡旧事的散文,从20世纪80年代后期一直写到2018年左右,这充分说明此类题材在侯志明散文创作中的重要位置。阅读这组散文时,我为他真诚的文字与真挚的情感所感动。借用鲁迅先生当年定义创作中白描手法的语言,我以为这组散文具有"有真意,去粉饰"的特点,铅华洗尽的文字背后,是侯志明一颗感恩大地的心。

"为什么我的眼里常含泪水?因为我对这土地爱得深沉……"艾青的这句名诗,估计也是侯志明的心中最爱,他在《行走的达兰喀喇》"跋"中引用了这个诗句。我想,这句诗也是解读侯志明文学情怀的关键。依我的观察,侯志明尽管曾拥有多重社会角色,当过新华社记者,做过地方官、国企领导,再后来还主持过四川省作家协会的工作,但其身份的核心标签却是"农裔城籍"之人,生存之境在城市,生命之根在乡村。他的先辈是"走西口"的山西农民,他出生在内蒙古大青山腹地的一个小山村里,他打小就懂得生存的艰难,也懂得每一次机遇的意义。在新时期之初的大好形势下,他考入淮北煤炭师范学院中文系。就这样,他成功地跳出"农门",游到城市的岸头,成为一名进入城市的"公家人",开始了新的人生运行轨迹。从某种意味上讲,他是我国过去城乡二元体制下通过一番自我奋斗而进入"公家人"大门的幸运儿,也是一位事业的成功者。然而"农裔城籍"的身份,使得他对中国的城乡社会文化有了比常人更为敏锐,也更为深刻的认知。每每在生存之境回望生命之根——那个遥远的北方小山村的时候,他总是泪湿衣襟。是的,古希腊神话中的大地,给予巨人提坦的是不断前行的动力,而内蒙古大草原里的乡村生活,给侯志明提供了人生不懈奋斗与追求的源泉。这种源泉是用大地的深沉大爱编织起来的,这也使得侯志明背负着感恩父母、感恩乡村、感恩大地的心理前行。因此,他总有挥洒不完的激情与讲述不完的乡村故事。每一次回忆,都在体味一种人间真爱;每一次讲述,都是一种真诚的人生自省。有了这种真诚的回忆与讲述,有了这一次次的情感休憩与加油,他更加坚定地踏上了苍茫的人生征程。

稍有中国文学史阅读经验的人都知道,"乡村"是古代知识分子的心灵休憩之所。因此,东晋时期陶渊明曾有"暧暧远人村,依依墟里烟"的诗意;唐代的孟浩然又有"开轩面场圃,把酒话桑麻"的闲适。在中国古代诗文的描绘中,乡村社会朴素宁静,往往成为文人们心头摇曳的梦。而到了以启蒙为主导的中国现代社会,乡村又成为有良知、有责任的现代知识分子启愚昧之蒙的首要对象,如鲁迅先生笔下的"未庄"与阿Q,就是这样的典型。到了解放区文学,农民已经成为革命的主体,因而也成为作家们争相塑造与展示的形象，如赵树理笔下的小二黑与小芹，就是思想上觉醒、婚姻上要求做主的新人。由这种简单的梳理可以看出，乡村社会也好，乡土农民也罢，均是历代作家表达思想的载体。

侯志明经过正规的中文系训练，自然了解"乡村"之于文人意义，但是他笔下的"乡村"却成为他几十年来感恩父母、感恩大地的"道具"，成为他几十年来珍惜的青少年时代最美好感情的记忆，他这才有了被不断书写"乡村"的理由。他在1988年创作的《父亲》中有这样的记述：农民父亲喜欢喝酒，也经常指导儿子喝酒，有一次，儿子不小心把酒洒在桌子上，"父亲听见响声，转身推门回来，见酒洒了满桌，便急忙跳上炕来，双膝跪着，用手撑住两个桌角，嘴吻到桌面上，把我洒了的酒慢慢地吸进嘴里……"[①] 但当儿子过大年时用买鞋袜的零钱给父亲买酒后，却遭到父亲的打骂，认为自己不配喝这样贵的酒。儿子的手被玻璃划伤后，"当我从疼痛的睡梦中哭醒时，我发现自己却被坐着的父亲紧紧地搂在怀里。他一边用一只粗大的手托着我划破的小手，一边用长满胡茬儿的嘴吻着我被拧过的脸蛋。那晚，父亲流泪了。就是从那次，我第一次知道，父亲的眼泪是咸的"[②]。这些刻骨铭心的细节，是作者珍藏几十年的人生记忆。作者在1991年创作的《母亲》中也有相类似的记述。作者上高中的最后一年夏天，因家中未能按时给学校缴纳钱粮而向父母发脾气。上了大学后才知道，母亲冒着酷暑走十多里路背来的二十多斤面，竟是她在村子里借了一个中午才凑够的。这两篇散文创作完成的三十多年后，作者在"知天命"之时，又一次深情地回忆父母的教诲，创作出散文《灯如红豆》。作者以"小油灯"为线索，回忆母亲在冬日的小油灯下为儿女纳鞋底、做新鞋的情景，以及父亲晚上为生产队算账因多出"两毛钱"而焦虑的细节，生动地展示了父母做人做事特点。

一个人文化性格的形成，与其家庭教育与其成长环境有关。父母是儿女的第一任老师，父母的言传身教自然会潜移默化地影响着儿女的行为。这就是家风的作用。任劳任怨、勤俭节约、辛劳一生的父母，就是儿女们的最好榜样。在某种意义上，这也构成侯志明的人生底色与本色。由此，他的情感投射到家乡的老树、老屋、老井、老粮仓、老牛，北方农村年俗"贴春联""跑大年""吃饺子""生旺火""熬糖饧"，以及看蚂蚁劳动、蚯蚓松土、放牛骑马等童年情景中。这些景与物，自然就成为作者情感的喷发点。也正因为如此，侯志明才不厌其烦地"忆旧"，表达他从乡村出发的文学情思。

在阅读《行走的达兰喀喇》《少一点精致的俗相》这两本散文集的过程中，我也曾做了一个设身处地的推测：侯志明白天忙于繁重的公务，处理他所承担的行政事务；夜深人静之时，他伏案疾书，脑海中闪现着一幕幕童年往事，交叠着家乡的人和事。这一切，均令他热泪纵横；这一切，也使得他更有了责任感和使命感。

---

① 侯志明：《行走的达兰喀喇》，四川文艺出版社2017年版，第8页。
② 侯志明：《行走的达兰喀喇》，四川文艺出版社2017年版，第9页。

三、"三真"原则指导下的散文创作

散文创作是侯志明文学表达的基本方式。侯志明既有大量回忆家乡的"忆旧"散文，还有大量借景抒情与托物言志的抒情类散文；有一些观景记游的游记，还有一些类似通讯的纪实类人物散文，以及感悟人生的说理性散文。这些丰富的散文样态，构成其散文创作"自己的园地"。

一般认为，散文创作的门槛较低，人人都会写散文。但是，要写好散文却非易事，王国维言"散文易学而难工"①就是这个道理。我国古代的"散文"是一个大类，把散以成体的文章都归为散文。现代散文是五四时期从西方引进中国的，它是有别于小说、戏剧与诗歌的一种文体。散文与小说、戏剧的最大区别在于真实还是虚构，也就是说，"真实性"是区别散文与小说和戏剧的关键；散文与诗歌的最大区别在于形式，散文表达作者情思的方式较为灵活，同时是"没有音律"的。在多年的散文创作实践基础上，侯志明总结出自己创作散文的"三真"原则。他认为："作为一个散文写作的业余爱好者，我从开始就是有一个遵循的原则——三真：真事、真情、真理。"②这虽然不是非常严密的散文理论探讨，但把握住了散文创作的精髓。

个人的知识经验会影响到作家的写作继而影响作家的情感，只有在真人、真事基础上的真情实感才能达到动人的效果。侯志明反复称："我的很多作文，都是真事，是我非常熟悉的真事，基本没有虚构的。比如写我的父亲母亲（我也实在想象不出，再聪明再有才华的作家如何能够虚构出现实之外的另一双父母来），写我的老师，写我的妻子，写我的儿子，写我的老屋等，都是真人真事，熟人熟事，毫不陌生。属于自己想写、自己能写的人和事。"③他绝不是在口头上说说而已，而是言行一致，严格按照自己总结的"三真"原则创作散文。其中，《天地间有篇文章做不完》里写父亲去参观单位时的表现着实令我动容。在文中，作者用细腻的文笔描写了一贯内向的父亲来到自己单位参观时内心情感的细微变化。初来到单位，父亲对单位里未曾见过的诸多事物都心存好奇，在知晓我要管理三千多人时，父亲先是吃惊，而后又警觉起来发连炮珠似的问我问题，随后在得知上面还有管我的人后，他长长出了一口气。这段文字将一位父亲从看到儿子所获成就时的欣喜，到对儿子身担重任时的担忧，再到放下心来的全过程动态化地呈现出来，将一位慈父对爱子的操心与关切淋漓尽致地展现出来。作为子女，如若没有与父母之间的朝夕相处，是无法用细腻真切的文字描写出父亲情感上的细微变化的。作者正因为有真实的经历，才能用细腻真切的文字将那刻的父亲真实地书写出来，令读者为之动容。他经常把散文读给所写对象听，看对不对，不对则马上修改；他写科学家于敏、企业家倪润峰的纪实散文，都是把定稿亲自送给本人或者单位审定的。散文是一种"非虚构性文体"，它的文体要求就是记真人、写真事，没有真实性就没有散文存在的合

---

① 施议对：《人间词话译注》，岳麓书社2003年版，第171页。
② 侯志明：《少点精致的俗相》，四川文艺出版社2021年版，第206页。
③ 侯志明：《少点精致的俗相》，四川文艺出版社2021年版，第207页。

法性。

抒真情,是记真人、写真事的自然升华。在《行走的达兰喀喇》《少点精致的俗相》两本散文集中,最打动我的就是侯志明感恩父母、怀念家乡的那几组散文。这些散文的中真情,是在对童年往事的回忆中、对家乡景物的描写中自然而然地流淌出来的,丝毫没有人工雕琢的痕迹。因为我们都是从北方山村走出的同龄人,所以这些景与物、人与事,也更能引发我的共鸣,激发我的乡愁。此外,作者的真情又更多地表现为感恩之情。《行走的达兰喀喇》这部散文集分为感恩、感情、感物、感言、感事几部分,每一部分都与"感"字相关,将那充满感恩的赤诚之心裸露在外,这刚好也印证了作者在后记中所说的要"常怀感恩之心"。侯志明用真切的文字记真人、写真事,表达出他对这人世间诸事诸物心怀感恩的真挚情感,读者怎能不为之动容?

侯志明在散文创作中除了写真事、抒真情,更善于"表真理"。他称:"我的散文都有一个自己提炼出的结尾,类似于聊斋的结尾。"[①] 这个"类似于聊斋的结尾",说白了就是作者在生活中悟出的一些道理,他也把此称为"真理"。如《天地间有篇文章做不完》的结尾这样写道:"父母这篇文章,生为人者,大抵是都需要做的!"作者在文末点题,卒章显志。《年的味道》系统回忆北方山村的年俗,在文章结束时这样反思:"当然,无论味浓味淡,年总是要年复一年过下去的。但年毕竟是中华民族头号盛大的节日,如何赋予这个最隆重的节日以丰满的现代意蕴和更多的历史文化意味,也许不应该只是茶余饭后的一个话题。那样,我们能记住的就不只是童年的味道了!"[②] 这种结尾有强化引导读者深思的作用。我在阅读侯志明的散文时,总发现他的散文创作呈现出由景、事生情、由情及理的特征。侯志明几乎在每篇散文的结尾执拗性地表"真理",这种写法虽说使其散文拥有较为鲜明的辨识度,但也有画蛇添足之嫌。就说理散文而言,在文章结尾做出提升性议论与点题是合适的,但借景抒情、托物言志的散文,则需要把情与理埋在事与景的深处,通过情景的创设,让读者自己去品味、去领悟。如《桃花源记》《小石潭记》《荷塘月色》等我国古今诸多散文名篇,均是在含蓄与蕴藉中呈现出深刻思想的。

侯志明之所以长期坚持这种"三真"原则创作散文,我想这既与其文学思想有关,也与他早年长期从事新闻报道工作有很大关系。反观侯志明的散文创作轨迹,他最初写的就是大学时代徒步旅游南京的见闻记叙。20世纪80年代是个文学的年代,拥有文学背景、善于文学表达的人当新闻记者较为容易,估计侯志明大学毕业后从事新闻工作有这方面的原因。有着深厚文学背景而从事新闻报道的侯志明,青年时代既有敏感的新闻直觉,又有丰富的文学想象。这种文学性与新闻性相结合的散文表达方式,也正是其散文有别于许多文人散文的重要特征。

有意思的是,作为新闻记者个人成长史有机组成部分的新闻作品,并没有选入侯志明的散文集;他甚至没有选入担任新华社记者时期的类似"风貌通讯"或者"新闻特写"的那些"准散文"作品。长篇纪实散文,在《行走的达兰喀喇》"篇外"辑中有

[①] 侯志明:《少点精致的俗相》,四川文艺出版社2021年版,第208页。
[②] 侯志明:《少点精致的俗相》,四川文艺出版社2021年版,第21页。

《痛定思痛》，较为系统地记述 2008 年汶川大地震时作者的经历与反思；《少点精致的俗相》"访谈"辑中有记述我国氢弹之父于敏事迹的《脊梁》与我国长虹电视之父倪润峰事迹的《本色》两篇。我们可以通过这些纪实散文窥见侯志明扎实的文字功力与深刻的思辨能力。其实，这类长篇纪实类散文所提供的信息量很大，也能引发读者的多重思考，只不过选得太少了。倘若作者以后再出版散文集，可以多选一些这样既具有新闻性、又具有文学性的纪实类散文。

侯志明长期从事新闻工作，这从他的一些观景记游类散文中也可看出，如《四子王，一朵红格艳艳的花》《穿过九寨的美景》《梭磨河流过马尔康时》《彭山，半得山水半得仙》等。这些记游类散文与一般的文人记游散文有所不同，明显带有新闻性痕迹。其实，好的风貌类新闻作品就是好散文。瞿秋白先生的《饿乡纪程》、范长江先生的《中国的西北角》、赵超构先生的《延安一月》等，不光是优秀的新闻作品，而且在中国现代散文史上也拥有一席之地。观景记游类散文方面，侯志明的《孤独的扬州》《成都的雨》较有代表性，前者拥有知性，后者则可以说是一篇美文，非常具有美感，也非常耐读。

行文至此，我想到侯志明的第一本散文集《行走的达兰喀喇》的书名。侯志明在扉页上专门做了解释："达兰喀喇"是蒙古语，意思是有"70 个黑山头"的阴山。他甚至在这本散文集的"跋"中进一步解释："我的家乡就在达兰喀喇中部大青山北麓的草原，是达兰喀喇生育了我，养育了我。虽然，我在它怀抱里生活的时间远远少于离开它的时间，我甚至以为忘记了它，但其实不然，只要我一闭上眼，一有空闲，就要想到它，我的许多回忆都和它有关。它像一座行走的山，像一个忠实的朋友，始终和我如影随形，因此才有了这个书名。"[1]

我可以这样理解，侯志明是把故乡装在心里、带着故乡去行走的人。他从故乡出发的文学情思与表达，自然没有"精致的俗相"，而是流淌着像山泉一样清澈的情感。想必经过时间的沉淀，侯志明在新的生命周期里的情感与思考会更加清澈，也会创作出更多佳作美文！

（延安大学文学院教授）

---

[1] 侯志明：《行走的达兰喀喇》，四川文艺出版社 2017 年版，第 248 页。

重述神话研究

神话重述的三种面向
——以刘亮程小说《本巴》为论述中心*

多洛肯　董昌灵

　　无论是在原始社会，还是在经受现代科学理性洗礼后的当代生活景观中，神话作为一种文化文本，一直具有特殊的角色与功能，正如人类学家马林诺夫斯基所言，"神话在一切之上乃是一个文化力量：但它不只是文化力量而已。它显然也是一个记述，而且是记述便有文学一方面……神话包含着以后成功史诗、传奇、悲剧等根苗；而且神话已被各种民族底创作天才用到史诗、传奇、悲剧等文学以内，已被用到文明中自觉的艺术以内"[①]。文学批评家弗莱则认为，神话世界"是一个具有虚构的和主题的情节、抽象也即纯文学的世界，尚未受到为配合熟悉的经验而制定的合理规范的影响"[②]。由此看来，神话不仅仅是对原始社会思维模式、观念信仰的简单记述，它更是对人类原始想象、深刻的民族情感与丰富的历史经验的间接展露与表达。从另一种层面来讲，神话是一种载体，它也是远古人类对集体记忆、共同经验进行自由言说与整合的文学媒介。以此来看，神话具有丰富的意味与文化厚度，即使在现代文化语境中，神话依然具有非常强大的作用与影响力，神话重述也成为当前中国当代文学创作场域中愈加凸显的文学现象。刘亮程的小说《本巴》即是对蒙古族史诗《江格尔》的重新叙述与改编。史诗《江格尔》叙述了征战英雄江格尔在洪古尔、阿拉坦策吉、明彦、萨布尔等勇士的辅佐下，征战各地、收服强敌、保卫家园宝木巴的故事，从侧面反映出蒙古族的社会生活和历史文化现实。

　　一直以来，村庄与土地、故乡与生命、梦境与时间，均是刘亮程创作的焦点，《本巴》也不例外。我们可以看到，刘亮程在改编、重述蒙古族史诗《江格尔》的过程中融入了具有强烈个人风格的叙述视点与写作风格。在小说中，本巴看似是一个脱离现实生活的、虚构的理想世界，但是在刘亮程的笔下，

---

* 本文为西北民族大学2024年度中央高校基本科研业务费项目"中华优秀传统文化的多元融合特征研究"（3192024126-16）阶段性成果。
① 马林诺夫斯基：《巫术科学宗教与神话》，李安宅译，中国民间文艺出版社1986年版，第125页。
② 诺思罗普·弗莱：《批评的解剖》，陈慧、袁宪军、吴伟仁译，百花文艺出版社2006年版，第192页。

《本巴》的世界时刻充满了现实主义的细节,充盈着作者刘亮程对现实生活的审视与批判,表达了作者对现世生活进行观察后所获得的敏锐的时代感受。从史诗《江格尔》出发,刘亮程创作主题的来源是史诗经验与史诗智慧,其叙述方式、语言风格是强调感性经验的,其重述、改编的基点是历史的、贴近现实的,其本土化创作是扎根于大地的、与民族精神相连通的。以上三种面向,既是刘亮程创作小说《本巴》的个人风格或特色,同时也可以作为中国本土作家介入神话重述的三种路径或视域,对于当代本土的文学创作经验来讲,具有一定的借鉴意义和启示价值。

一、整合人类原始经验的叙述主题

人类原始经验是先人在过去的社会与文化生活中所积累、遗留下来的集体心理体验与情感记忆的集合,法国人类学家列维·布留尔称之为"集体表象",荣格则以"集体无意识"或"原型"加以概括。荣格认为,原型是一种经由成为意识以及被感知而被改变的无意识内容,从显形于其间的个人意识中获取其特质,因此,其表达方式之一就是神话与童话。原始人类并不热衷于赋予显在之物以客观解释,他们会在无意识中把一切外在的感官体验同化为内在的心理事件,这也是神话中原型形象生成的深层原因。① 在刘亮程的重述中,史诗中所蕴含的人类原始的情感经验与精神诉求以极具隐喻意味的方式被叙写出来,从侧面流露出刘亮程对现代个体生存境况的敏锐观察与审视。小说的主体内容由作者构思和想象的三种"游戏"构成,分别是"搬家家""捉迷藏""做梦梦",三种不同的游戏具有不同的隐喻意味,同时也成为作家刘亮程从古老史诗故事介入被普遍异化了的、现代性生活图景的有效切口。具体来看,"游戏"作为一种人类活动,本身就具有古老悠久的历史与层次丰富的象征意义,它既是人类快乐愉悦的象征,也涉及艺术和美学等相关问题,更关乎人的存在与意义。② 无功利性或实用性,是游戏区别于其他人类活动的显著特征,因为游戏"既无法到达真理,也不指向实践,而是一种伴随着的愉悦感,这种过程的愉悦便是游戏的意义所在"③。以上也是刘亮程利用"游戏"的意图:将人的情感体验带回到充满游戏的童年甚至是未出生的阶段,即整个人生或生命的源头,同时也是对代表人类原始情感和天真想象的史诗阶段的映射。通过重新感受游戏所带来的无功利审美与愉悦,人类能够瞬间从繁重的生活中抽离出来,重新感知到天真、有趣、活泼、真诚等最为原始、朴素和纯真的情感体验,这成为刘亮程在重述史诗过程中所选择的重要主题取向。

"游戏"作为贯穿《本巴》整部小说内容的关键词,是刘亮程表达小说隐喻主题的重要媒介。在刘亮程笔下,史诗内容中英雄与强敌之间残酷、激烈的战斗与厮杀被巧妙隐去,以一个个有趣又略带荒诞意味的"游戏",来解决本巴草原与拉玛草原两大部落

---

① 荣格:《原型与集体无意识》,徐德林译,国际文化出版公司2011年版,第7页。
② 陆正兰、李俊欣:《从"理性的人"到"游戏的人":游戏的意义理论研究》,《江西师范大学学报》2020年第5期。
③ 陆正兰、李俊欣:《从"理性的人"到"游戏的人":游戏的意义理论研究》,《江西师范大学学报》2020年第5期。

之间的冲突与对峙。在小说中，不愿出生的赫兰为了解救被哈日王拴在车轮旁的哥哥洪古尔，不得不来到世间，利用从母腹带来的"搬家家"游戏将拉玛草原上的所有臣民变成了小孩子。在此之前，草原转场是拉玛牧民生活的重要内容，他们将毡房建起又拆掉，将所有家当驮在牛羊马背上沿着牧道赶路，感受到转场的沉重与疲惫，于是他们很快沉迷于赫兰教给他们的"搬家家"游戏中。因为在游戏中，他们"可从来没有过这么多的马和羊"，也"从来没这样轻松快乐地搬过家转过场"，人的"童心被唤醒，脸上的皱纹逐渐笑开退去，眼睛亮闪闪的光从青年童年里回来"。①"大人们一玩起游戏来，身上的负担瞬间变轻，游戏让人的童心回来，年龄越变越小。""开始是在转场搬家的空隙玩，后来转场途中也玩，再后来没人搬家转场了，游戏取代了草原上的生活。"②刘亮程对"搬家家"游戏魅力的描述成为对"游戏"内涵与隐喻的最好诠释。在刘亮程笔下，游戏体现了人性中对自由、轻松、愉悦且充满童心与童真生活的无限向往，甚至可以作为某种精神层面的皈依。因为游戏本身是无关功利、自带审美属性的活动，正如席勒所强调的"在人的一切状态中，正是游戏而且只有游戏才使人成为完全的人"③刘亮程通过对"搬家家"游戏的想象与建构，准确描绘出人类情感经验中原始的、深层的呼唤与诉求，即在被现实重负所驱赶的现代世俗生活中寻找到一片精神原乡，在充满童真与轻松愉悦的童年时代中得到完整人性的释放、回归与复原。

在小说中，"捉迷藏"游戏则是对人性情感诉求的另一层隐喻，暗示了人类在世代生存与生活经验中既恐惧又不得不面对的事实：衰老与死亡。在小说中，"捉迷藏"是洪古尔为了寻找被哈日王一脚踢飞的弟弟赫兰而在拉玛草原上组织的游戏，"躲藏"因此成为小说《本巴》第二部分的主题。在刘亮程笔下，"躲藏"作为一种用来规避危险与目光的行为，与生命的秩序——衰老与死亡联系起来，因而具有了更为丰富的抽象意义。在小说中，"捉迷藏"的含义并不仅仅停留在游戏的层面，它也是人类借以逃避衰老与死亡的独有方法，在小说中则集中体现为每一位人物都能够"躲藏"在生命中特定的时间点再不往前走，由此获得了永葆青春的合理性与正当性。例如，洪古尔一直躲藏在婴孩时期，他的弟弟赫兰和哈日王则躲藏在母腹之中，本巴草原的所有臣民可以一直躲藏在人生的25岁，永葆青春与活力。我们可以看到，在永生不老的小说人物与不得不遵循自然生命秩序的普通人类之间，存在着神性与人性之间尖锐的博弈与冲突。一般来讲，神话是隐喻的，神话重点表述的是神性而非人性，体现的是和谐完整而非现实缺陷，弗莱就此曾指出，"充满神话形象的世界，通常是以宗教中天堂或乐土的观念体现出来的；这个世界是神谕天启的，本身便是个完整的隐喻，其中任何事物都可能等同于其它事物，仿佛一切都处在一个无限的整体之中"④。与史诗中和谐完美的宝木巴家园及其战无不胜的英雄人物不同的是，作者刘亮程有意将更多的人性注入小说人物之中，并着意展现出他们在人性与神性之间徘徊犹豫，最终选择接受人性并直面人生局限的心灵成长历程。比如，一直不愿意长大的洪古尔因误喝了能够使人瞬间衰老的奶茶，从童

---

① 刘亮程：《本巴》，译林出版社2022年版，第55页。
② 刘亮程：《本巴》，译林出版社2022年版，第63页。
③ 席勒：《审美教育书简》，冯至、范大灿译，上海人民出版社2003年版，第122页。
④ 诺思罗普·弗莱：《批评的解剖》，陈慧、袁宪军、吴伟仁译，百花文艺出版社2006年版，第192—193页。

年直接进入老年，经过一系列事件后，最终道出与自己和解的感受："我也曾不愿在这个世界里长大，却直接长老了。当我瞬间变老的时候，觉得老年是一处遥远的家，我竟然走到了。"① 洪古尔的弟弟赫兰在一开始也是拒绝人性与世俗的，他反复声明自己不会贪恋世间的任何东西，不吃世间的一口粮食，甚至在与母亲相认时，他也认为"一旦认了她，就像吃了外面世界的粮食，喝了外面世界的水，他的身体和心灵，就会长出外面世界的肉和情感来。那样，他便再回不到母腹"②。但是，在小说的最后，赫兰身上的人性愈发凸显，开始留恋世间的美景。当他看到夕阳下本巴草原的美丽景致时，他"觉得自己有点贪恋此时的景致了。一旦他有了欲望，便会耗费气力，进而需要吃世间的粮食"③。除此之外，即使是江格尔及其他英雄、阿盖夫人也都接受了生命必将走向衰老的事实，从极端的神性滑向了人性，进而在小说层面完成了神性体验与人类情感经验的内在整合。

在"做梦梦"游戏中，作者刘亮程通过嵌套式梦境的推进，将小说根据史诗重述的虚构故事引导向了历史与现实层面，进而探讨了人类在现代科学理性占据主导地位的世俗生活中所面临的生存挑战与生活体验，同时也为我们重新解释了虚幻与真实、古老历史与现代生活之间的联系。"梦"在小说《本巴》中是极为重要的意象，梦境代表了个体的希望与愿景、埋藏在心灵最深处的渴望，在某种程度上可以形成对充满缺陷、遗憾的现实生活体验的远离与超越。在小说中，梦境首先是对人类原始欲望的满足，即财富的积累与占有。在"做梦梦"游戏中，"哈日王睁开的右眼看着转场中的牛羊，眯着的左眼扫过所有大臣和牧民的梦。他对那些梦中把别人家牲畜据为己有、把别人的女人占为己有的贪婪者早已漠然。人们沉迷于梦，必是梦中可以随意占有"④。这是刘亮程对人类世俗的、不断膨胀的物欲的戏谑与讽刺。其次，梦境也是对人类深藏于内心的想法的捕捉，它能够不断地把人从现实世界中剥离出来，能够投射出人类心灵深层的渴望与情感无意识，这也是现代人类容易陷入虚拟世界无法自拔的根本原因。正如江格尔在被哈日王所设定的梦境困住时所感叹的："我也能在别人的梦中做梦，可是，这个梦太强大，他捕到我深藏心中的想法，让我心甘情愿把这个梦做到底。我该如何破了这个我愿意一直做下去的梦呢。"⑤ 除此之外，梦境更为重要的意义在于作为一条独立的线索，将小说中虚构的故事一步步推向历史与现实，并形成对史诗、神话隐喻的同义投射。在讨论现实主义与神话的区别时，弗莱指出，"当作品中所写的与读者所知的相似，这便是一种包含有扩展或含蓄的明喻的艺术。若说现实主义艺术是含蓄的明喻，那么神话便是一门通过含蓄隐喻来体现同一性的艺术"⑥。而在小说《本巴》中，刘亮程将两者有机结合起来，使其对充满了隐喻的古老史诗的重述有了鲜明的现实主义锋芒。在刘亮程的笔下，梦境与神话的建构机制是相似的，"人做梦时跟神在一起，是不能伤害的"。

---

① 刘亮程：《本巴》，译林出版社 2022 年版，第 293 页。
② 刘亮程：《本巴》，译林出版社 2022 年版，第 143 页。
③ 刘亮程：《本巴》，译林出版社 2022 年版，第 292 页。
④ 刘亮程：《本巴》，译林出版社 2022 年版，第 184 页。
⑤ 刘亮程：《本巴》，译林出版社 2022 年版，第 175 页。
⑥ 诺思罗普·弗莱：《批评的解剖》，陈慧、袁宪军、吴伟仁译，百花文艺出版社 2006 年版，第 193 页。

"人一醒来,就不神了,你砍断他的腿,他便走不了路,剜了眼睛,便看不见东西。杀死他,便什么都没有了。"① 所以,刘亮程借用"梦境"的隐喻特质,为重述的故事建立起合理的现实根基。作者借用一层又一层的梦境推进小说叙事,读者和小说人物最终同时发现本巴草原世界的故事是由史诗说唱人"齐"讲述的,史诗的创作源泉是一段残酷冰冷的"东归"历史。小说人物也逐渐明白"我们此刻的生活,正是那里的江格尔齐说唱出来的,我们并不真的存在"②,"真实世界里,人们建造江格尔宫,把江格尔和十二勇士塑造在广场上,创造本巴的齐,夜夜在那里说唱江格尔,只要史诗在传唱,本巴便会一直存在,我们也会一直活着"③。但是刘亮程的叙述视点并未停留于那里,而是在人们借助史诗故事发展旅游业的现实之中,将读者带回史诗世界,借阿盖夫人之口道出"本巴"的隐喻意味:"那个形似宝瓶的母腹,是所有人的本巴,我们都将回去,在那里重新开始"④。由此,作者刘亮程完成了将史诗内容、历史事实、现实生活与个人想象融汇于一体的神话重述创作,将写作焦点投射在人类原始经验与现代生存体验的冲突、融合之上,并试图弥补两者之间的裂隙,由此生成了引人深思、深省的小说叙述主题。

二、唤醒感性审美经验的书写方式

与小说的叙述主题相呼应的是,刘亮程在对史诗《江格尔》进行重述和再创造时,同样擅长从史诗神话中汲取智慧,采用了能够深刻唤醒人类感性审美经验的写作手法与叙述风格,具体说来,就是对人类现当代生活情境中过于抽象的、偏重理性思维的部分,进行感性审美维度的、极具个性情感经验的具体化书写。在理性思维与科学主义占据优势地位的现代文化语境中,人类个体往往容易形成重理性而轻感性、重功用而轻审美的心理惯性,但是,在文学的或艺术的语境中,"一个对象美还是不美,直接的判断者是感性,感性的判断方式不是分析的、逻辑的,而是感受的。美感不是分析、推论出来的,而是眼睛看到、耳朵听到、身体触到的"⑤。时间与空间、自然与万物是每一个生命个体得以持存的基本条件,刘亮程正是利用自身对于时间、空间以及宇宙万物的精微观察与独特感受,以极其感性的、审美的方式,在简朴优美、充满诗意的散文化语言中,为我们勾画出时空及宇宙万物的存在方式,这种特殊的书写方式突出并重视个体感官感受,即使所感受的对象是看不见、摸不着的非实体存在。作者通过此种方式创造出一种全新的、充满感受触角的、自成一体的"童话世界",同时表达了对生命万物最精微、细腻,也最原始、朴素的审美经验与神话式或史诗式的审美感受。

由于生活节奏不断加快,拥有丰富城市生活经验的现代人对时间的感受往往是抽象、模糊且粗糙的,他们在心理惯性中经常将充满流动性的时间视作达成某种效果或成就的工具,由此形成了关于"时间"的机械性感受。但是,在刘亮程的眼中,时间是一

---

① 刘亮程:《本巴》,译林出版社 2022 年版,第 166 页。
② 刘亮程:《本巴》,译林出版社 2022 年版,第 272 页。
③ 刘亮程:《本巴》,译林出版社 2022 年版,第 272 页。
④ 刘亮程:《本巴》,译林出版社 2022 年版,第 296 页。
⑤ 严春友:《感性作为美的维度:为美学奠基》,《河北学刊》2022 年第 5 期。

种具有自在生命的外显物，它借用无数形态或面孔，在最微小的生命身上显现自身。因此，在刘亮程笔下，时间是可以诉诸人类感官，被看到、听到、触碰到的实际存在物，在小说中，时间具有很强的可塑性，可以被任意延长、缩短或跃过。例如，时间可以在守边的老牧羊人那里被无限拉长："那个请他去做客的毡房，掀一下门帘，进门去，就是六年。骑马走到炕旁要二十一年。爬上炕要三年，在炕上走二十八年，手伸到那只一百个人喝三年都不会见少的茶碗边，又好多年，赶喝上一口碗里的茶，他已经到六十多岁，老得哪都去不了。"① 时间也可以在洪古尔那里被任意缩短："他不知道再长的时间对于我来说，都是一个念头的瞬间。"② 而时间在洪古尔的弟弟赫兰那里，甚至可以被丢弃、剥夺或收集：为了拯救被哈日王拴在车轮旁的哥哥洪古尔，他把"搬家家"游戏传授给为拉玛草原守边的老夫老妻，"赫兰知道，他俩已经被他的游戏，引到遥远的无法回来的童年，再想不起守边关这档子事"后，"赫兰像盘绳子一样，盘起他们丢在地上的一把子年龄，往小肩膀上一搭，上路了"。③ 小说中有多处对时间进行了可视化、动态化的描写，例如，洪古尔就是被赫兰"收集"好的时间的力量解救的："洪古尔看着赫兰从左右肩上取下两盘隐约的东西，往铁链上一扔，眼看着铁就开始生锈，一层层地剥落，只一会儿工夫，脚上脖子上的铁链便锈蚀断了。"④ 作者刘亮程之所以如此着重叙写个人关于时间的感知感受，是因为他发现，"大多的写作只应用时间却没有写出时间。时间被荒废了。只有更高追求的写作在探究时间本质，最终呈现时间面目"⑤。个人的感官感受最终需要落实到具有普遍性的精神层面，传达出作者内在的价值取向与审美追求，毕竟，感官感受始终是"与主体整体联系在一起，任何一个感官都是主体整体在这个部分中的具体显现，其中也包含着伸向内在精神的维度"⑥。在谈及时间时，刘亮程认为，"生命的生长对应着宇宙的膨胀，我们自母腹的膨胀中诞出，从小长大长老。每个生命都用一生演绎着那个造化我们的更大存在的一生。无数的生命膨胀坍缩之后，是宇宙的最终坍缩。在此之前，'时间还有足够的时间'让我们代复一代地生长出新的时间来"⑦。刘亮程通过此种叙写时间的方式，来表达自己对生命本体的高度关注。

在小说中，作者对空间的感知与构建也是感性审美维度的，充满了丰富的个性意识与主观想象。在对种种空间形态进行描写时，刘亮程往往故意忽略空间建构的具体要素，比如详细的位置、距离的远近等，反而采取多种文学手段对之进行压缩、变形或可视化处理。例如，刘亮程对"梦"的空间进行想象性建构，在小说中，在常人看来虚无缥缈的梦境变成了具体可感可视的封闭空间，"赫兰串门一样，走进一个个牧民的梦，那些牧民骑在马上，马驮着主人和他的梦，马也半梦半醒"。"无数的梦像一个个巨大气泡，悬浮在半空"，"每个梦都封闭得严严实实"。"梦与梦之间没有门，没有窗。但赫兰

---

① 刘亮程：《本巴》，译林出版社 2022 年版，第 26 页。
② 刘亮程：《本巴》，译林出版社 2022 年版，第 26 页。
③ 刘亮程：《本巴》，译林出版社 2022 年版，第 55 页。
④ 刘亮程：《本巴》，译林出版社 2022 年版，第 90 页。
⑤ 刘亮程：《本巴》，译林出版社 2022 年版，第 362 页。
⑥ 严春友：《感性作为美的维度：为美学奠基》，《河北学刊》2022 年第 5 期。
⑦ 刘亮程：《本巴》，译林出版社 2022 年版，第 365 页。

能轻易进入。"① 此外，梦的空间还是动态的、拟人化的、有自我意识的，"这些又空又饥饿的梦，彼此孤立又相互吞噬，力气大的吃掉力气小的。在只被梦看见的荒野中，堆积着梦的累累废墟"②。空间也从侧面体现着时间的维度，作者利用时间来丈量空间的"距离"，如"每群牛羊之间，都隔着青草长出一嘴的时间"③。即使是针对空无一物的空间，作者也进行了可视化、动态化处理，能够使读者真切地体会到"空"想要将万物吞噬的紧迫感与压抑感，如在描写转场过后草原上的空旷时，作者写"赫兰在一次次的回头里，看见那个巨大的空的草原，在步步紧追那个由万千牛羊和人填满的草原"，甚至"空像一个张开的巨口"。④

可以看到的是，即使故事重述是基于史诗内容改编而来，但刘亮程在创作过程中并没有过度依赖史诗原来的叙事程式与叙述框架，而是在此基础上重新创建起一个自成一体、万物互通、拥有明确叙述逻辑的虚构世界。此种文学效果离不开刘亮程对于空间的有效搭建，其中一个重要的因素在于对空间中自然万物特征的感性描述。小说中的自然万物充满了人性与自主性，它们拥有自己的思想、感受与反应方式，可以随时与人交流或互换。比如作者写万物接受勇士的夸赞："他们喊出草的名字时，天底下的草一时间明亮起来。他们唤出山的名字时，所有的山，都高矮远近地排列好，围拢向班布来宫殿。"⑤ 即使是小说人物，也可以随时转换观察视角，化为万物对世界进行观察和体会。比如作者对梦中江格尔的空间视角的设置："江格尔想起多少年前，他在梦中追杀莽古斯时，也是这样，既看见山的这边，也同时看见隐藏着敌人的山那边。他既看见莽古斯匆忙奔跑的后背，又同时看见他们担惊受怕的脸和前胸。这样的感觉让他无所不在，仿佛自己在万物中，睁开眼睛。"⑥ 我们可以看到，刘亮程的神话重述并不只是停留在故事改编这样简单的创作层面，在此层面之上，另外一个更重要的特点是刘亮程的重述中充满了"神话思维"的精神内核。"过去人们认为：神、人、动物和自然是密不可分的一体，它们遵守同样的法则，并由同样的神性物质所构成。在人的世界和神的世界之间，并不存在所谓的本体论鸿沟。"⑦ 而小说中对万物有灵、万物一体面向的抒写与呈现，正体现出刘亮程对原始文化语境中"神性"概念的艺术性解读。借助能够唤醒人类感性审美经验的书写方式和文学手法，刘亮程对古老而原始的神话思维与神话意识进行了现代化改造，使之与小说内在的精神价值、审美取向完美融合，从而完成了对史诗《江格尔》精神内核与神话意识的选择性迁移与改造。

三、基于民族共同记忆的本土化讲述

从以上阐述中我们可以看到，刘亮程在对史诗《江格尔》进行重述或再创造时，能

---

① 刘亮程：《本巴》，译林出版社 2022 年版，第 182 页。
② 刘亮程：《本巴》，译林出版社 2022 年版，第 183 页。
③ 刘亮程：《本巴》，译林出版社 2022 年版，第 56 页。
④ 刘亮程：《本巴》，译林出版社 2022 年版，第 61 页。
⑤ 刘亮程：《本巴》，译林出版社 2022 年版，第 43 页。
⑥ 刘亮程：《本巴》，译林出版社 2022 年版，第 162 页。
⑦ 凯伦·阿姆斯特朗：《神话简史》，胡亚豳译，重庆出版社 2005 年版，第 6 页。

够在改编故事情节内容之外，开辟出新的叙述路径，赋予小说以富有时代感和批判精神的叙述主题与关注焦点。这种重述的特征也就是在创作过程中更加偏重于对史诗精神内质与诗性审美意识的挪移与注入，从而讲述出能够深刻唤起深深根植于民族乃至每个人心灵深处的情感诉求与文化记忆。刘亮程的神话重述创作之所以能够具有如此深远的文学魅力与审美价值，离不开他始终扎根乡村土地并对本土历史文化进行深入探求思索的深层渴望，丰富的个人本土生活经验也为他深入理解普遍的、集体的文化现象与象征提供了参考资源。进一步来看，以蒙古族英雄史诗《江格尔》为起点，刘亮程的神话重述创作凭借其娴熟的小说创作技巧、高雅的文学审美意趣、本土的文学创作资源，在神话与想象、历史与现实、古老与现代性互相融汇交错的文学语境中，描绘出蕴藏于整个中华民族的文化记忆图景。民族共同记忆或者说集体记忆，对于一个民族或国家的身份建构与身份认同具有至关重要的作用。在扬·阿斯曼看来，集体记忆更多是"一种投射，就集体而言希望个体记住，就个体而言希望通过记住而被归属。集体和个体都转向文化传统的档案，象征形式的图库，神话的和图像的'伟大故事'的'想象'，英雄传说和传奇，场景和星座，这些都活在一个民族的珍宝库中或者可被重新激活"[①]。从此层面来看，集体记忆"不只具有一个社会基础，而且具有一个文化基础"[②]。刘亮程的神话重述创作正是通过对本土丰富、深厚的历史文化资源与文化传统进行吸纳、借鉴与再创造，重新激发出蕴涵在整个中华民族内部共同的文化记忆与情感经验，并借助典雅、优美的叙述语言与完善的小说创作技巧，进一步增强了我们对本土文化底蕴与本土文学艺术成就的重视与认同。

首先，刘亮程的神话重述创作强调和重视蕴含在史诗中的原始思维模式与诗性智慧，并试图从中挖掘其现代性内涵。小说描写了各种人物与祖先、父辈之间深刻的情感联结与一体性，比如江格尔对他和父亲之间关系的叙述："我从未中断和父亲的联系。有时我看自己，就像在看他。父亲活在我的身体里。他所经历的我都在经历。我坐在他坐过的王位上，感觉自己坐在他怀里。我一岁岁活成他的样子。我看人看近处远处的眼神是他的，微笑和皱眉是他的，说话和咳嗽的声音是他的。"[③] 谋士策吉也拥有和父亲沟通联结的方式："以前，当我站在班布来宫殿的瞭望塔上，朝过去的九十九年里远望时，会看见我的父亲——那位本巴的老谋士，他偶尔抬起睡眼朝这里望来时，我会接住他的目光。""他的目光里有我所不知道的九十九年。""当我们父子俩的目光连接在一起，静静地掠过那片一百九十八年的时间旷野，我看见了层层叠叠的时间里，过去的一切都被安排好，像一节一节的故事。"[④] 而哈日王则通过梦境来传递父辈意志，"在他还是母腹的一团梦时，父亲托梦给他，让他接管这个隐约听见声音的外面世界"[⑤]。象征与隐喻是经常被运用的文学手法，在小说中，"故乡"不仅仅是对本巴草原的直接指涉，更是每个人内在情感、精神归属的象征。小说反复强调，现实世界虽然存在真实可感的

---

① 扬·阿斯曼：《宗教与文化记忆》，黄亚平译，商务印书馆2018年版，第9页。
② 扬·阿斯曼：《宗教与文化记忆》，黄亚平译，商务印书馆2018年版，第9页。
③ 刘亮程：《本巴》，译林出版社2022年版，第169页。
④ 刘亮程：《本巴》，译林出版社2022年版，第205页。
⑤ 刘亮程：《本巴》，译林出版社2022年版，第192页。

具象化"家园",但从另一个层面来讲,梦也是遥远的故乡,做梦即是回乡,"仿佛人们是梦丢失的孩子,在被她找寻","仿佛梦是遗忘的故乡,在召唤人回去"。① 刘亮程借谋士策吉的口吻对此进行了进一步解读,当江格尔难以区分梦境中的故乡与本巴草原哪一个是真正的故乡时,策吉解释道:"我们在梦里时,醒是随时回来的家乡。""而在醒来时,梦是遥远模糊的故乡。""我们在无尽的睡着醒来里,都在回乡……"② 此外,小说还体现了自然主义的生命观,认为生命的诞生与死亡循环有序、周而复始,因而也是草原上司空见惯的事情:"每一天都在搬家。家越搬越重,也越搬越轻。""因为有出生的婴儿和羊羔驮上马背,也有离世的老者卸下马背。"③ 刘亮程通过以上方式娓娓道出基于民族共同记忆的史诗智慧,并赋予其直指当下的现实意义与时代反思。

其次,刘亮程的神话重述创作展示出他在史诗文本与现实语境、虚构文本与历史事实间自如切换的高超驾驭能力。为了深化小说文本的历史积淀,刘亮程进行实地考察,完成了大量的创作准备工作,他"读了许多相关文字,也去过东归回来时经过的辽阔的哈萨克草原,并在土尔扈特东归地之一的和布克赛尔县做过田野调查"④。但是,由于历史事实过于沉重,刘亮程选择对其进行"轻处理"。借助巧妙的构思与文学技巧,刘亮程的重述弱化了残酷冰冷的历史事实,将史诗的讲述者"齐"融入叙述结构,并以"转世"这一具有宗教性质的理念建立起江格尔齐代代传承的绵延链条,从侧面暗示了史诗文化与史诗智慧传承的独特内质。在叙事手法方面,小说同时向小说人物与读者揭示故事本身的虚构性,从而使根据古老史诗改编的小说文本充满了类似于"元小说"或"元叙述"的后现代主义叙事特征。这种鲜明的对比或反差能够带给读者较为强烈的审美感受,也可以迫使读者重新思考史诗、神话在当下生活中的现实意义与具体内涵。在古代社会中,史诗、神话一直扮演着重要的文化角色,英国作家凯伦·阿姆斯特朗曾对史诗、神话产生的意义与作用做出过具体论述,她认为,神话生成的根本原因在于人类对意义的追问与探寻,"就我们所知,狗并不因为它们身为犬类而烦恼,不会为生活在别处的犬族的生存状况而焦虑,更不会换一个角度来体察生命。但人类却很容易陷入绝望之中,因而从一开始我们就创造出各种故事,把自身放置于一个更为宏大的背景之上,从而揭示出一种潜在的模式,让我们恍然觉得,在所有的绝望和无序背后,生命还有着另一重意义和价值"⑤。但是,由于其迥异于现代思维模式的价值观念体系,神话在现代社会中一直处于被压抑、忽略的边缘文化地位。正是在刘亮程的重述中,我们看到了神话、史诗重新切入当下文化语境与大众视野的有效路径。通过对史诗的重述,刘亮程集中表达了在现代生活中既是个人也是民族的普遍的精神诉求,即对孩童时期天真单纯状态的渴望、对生活重负的卸解、对精神原乡的皈依以及与自然和谐共处的美好诉求与愿望。"有生命力的神话重述一定基于本土文化脉络和历史逻辑而生成,有意义的神话重述可以被用以分析地方性文化特征,也可以用于分析历史和文学的结构关系。包

---

① 刘亮程:《本巴》,译林出版社 2022 年版,第 204 页。
② 刘亮程:《本巴》,译林出版社 2022 年版,第 204—205 页。
③ 刘亮程:《本巴》,译林出版社 2022 年版,第 61 页。
④ 刘亮程:《本巴》,译林出版社 2022 年版,第 358 页。
⑤ 凯伦·阿姆斯特朗:《神话简史》,胡亚豳译,重庆出版社 2005 年版,第 3 页。

括神话在内的传统元素一旦进入当下,就是能借之洞察历史意识的深层途径,成功的神话重述和资源转化必然能够引起对历史和文化本性的反思甚至批判。"① 从此角度来看,刘亮程的神话重述创作对于中国的本土化文学创作经验来讲可谓独树一帜,具有较高的文学艺术审美价值,展现了刘亮程本人深厚的本土文化资源累积、丰富的文学创作经验以及对于历史、现实的深入洞察与批判反思,因此是非常值得我们深入解读、鉴赏并学习的当代中国神话重述创作案例。

结　语

文化传统的起源与传承离不开语言文字的生成以及在此基础上形成的"文本",阿斯曼曾指出,"文本建构于先在的交流基础之上,文本总是牵涉过去。记忆在过去和现在的缝隙中架起了桥梁。信息传递者记住他被期望传达给接受者的信息,老人记得他的祖父教给他的东西,在自身经历中将其丰富并传给自己的孙子。用这种方式,'文本'进入了存在。语言的交流发生在会话的过程中,文本则出现在传统的'扩展语境'中"②。所以,文本成为传递文化信息与文化传统的重要介质,而文本内容的构成来源正是一个民族或国家在长期的共同社会生活中所形成的集体记忆。"必须记住什么和必须忘记什么不仅仅关乎一个国家的存续,更关乎其发展和福祉。历史或历史书写是现代人对过去存在的重建,它需要一定的纪念形式,诸如节日、仪式、重复等。一旦一个国家失去了她的经典记忆,她注定要衰亡,除非她能够用一种全新的方式组织自身的记忆,并以此具有现代性的可能。"③ 作为一位始终扎根于乡村土地并细细讲述本土生活经验、感受的中国作家,刘亮程对蒙古族英雄史诗《江格尔》的重构体现出史诗、神话介入当下生活与大众视野的可能性,并以神话重述的方式为古老史诗赋予具有丰富时代感和现代性的思想内涵与现实意义。此种创作方式不仅仅是对《江格尔》史诗本身的艺术性改造,更是对民族集体记忆的书写与讲述,同时也是对史诗文化传统的现代传承。不论是整合人类原始经验的叙述主题,还是能够深深唤醒人类感性审美经验的书写方式,小说《本巴》在字里行间时刻提醒我们史诗、神话在现代社会生活中的深刻内涵与普遍价值,以及深入挖掘本土文化传统的现实意义。也正是在刘亮程的神话重述中,我们看到了中国本土作家介入神话重述的三种面向或进路,这其中重要的意义在于为未来的本土神话重述创作提供了可供参考与借鉴的中国文学经验与审美趋向,同时也为本土文化传统的绵延续接开辟出新思路、新方法。

(西北民族大学中国语言文学学部教授、博导;
西北民族大学中国语言文学学部博士研究生)

---

① 谭佳:《神话批评的张力与限度:以国际重述神话现象为中心》,《文艺理论与批评》2023年第2期。
② 扬·阿斯曼:《宗教与文化记忆》,黄亚平译,商务印书馆2018年版,第ⅰ页。
③ 扬·阿斯曼:《宗教与文化记忆》,黄亚平译,商务印书馆2018年版,第ⅩⅣ页。

神话不能承受之"轻"
——论刘亮程小说《本巴》对神话的重述策略

董子琦

神话并非新鲜事,对神话的研究亦然。现代以来我们不断地重新审视这种古老的文学形式,前有弗雷泽将神话解释为原始人对自然世界规律的探索,后有涂尔干将神话视作个人成长的模范,对于文学批评影响更大的神话原型理论则认为,神话反映了人类最原始的心理结构和集体无意识内容。人们即便不完全相信文本中的每一个形象都可以追溯出一种原型,也无法否认这一观点:神话不仅是一些无意识的行为与症候,也是某些精神原则有控制、有预期的陈述。[①] 在它历时久远的流传过程中,故事本身不断被删减、重述,以适应不同的文化环境与历史现实,我们听到的每一个故事都已经被讲述过成千上万遍。

如何让神话变得新鲜?刘亮程在小说《本巴》中做出了大胆的尝试,《本巴》以蒙古族史诗《江格尔》为底本,用颇具个人特色的颠覆性的叙述方式为我们重述了江格尔率领诸位勇士同莽古斯做斗争、保卫本巴家园的神话故事。在《本巴》之前,刘亮程就以其散文化、去叙事化的写作风格与纡徐舒缓的"轻逸"美学[②]而受到关注,而《本巴》既可以说是他创作美学的集大成者,亦可以看作他对自我风格的挑战:以风格化的抒情笔墨来写就以情节发展为核心的神话传说。刘亮程谈到这一次创作时称其为"轻处理"[③],这也是小说最具创造性的呈现,用"搬家家""捉迷藏""做梦梦"等游戏重新编码了充斥着火与血的战争事件,使得神话在解构主义视域下"轻"了起来。但《本巴》的魅力不止于此,在举重若轻的"游戏"背后有着更"重"的历史指向与现实关怀,"轻"与"重"之间的叙述摇摆,生与死、时间与永恒、历史与现实、语言与存在之间的沉没浮现、交错缠绕,是《本巴》为我们今天重述神话、重读神话做出的有益尝试。

一、"轻处理":"游戏"人间的英雄

吃奶的娃娃洪古尔出征了。史诗《江格尔》之中,这位坐在 12 位英雄上

[①] 约瑟夫·坎贝尔:《千面英雄》,张承谟译,上海文艺出版社 2000 年版,第 266 页。
[②] 刘大先:《剩余的抒情——刘亮程论》,《中国现代文学研究丛刊》2017 年第 2 期。
[③] 刘亮程:《本巴》,译林出版社 2022 年版,第 358 页。

首的吃奶英雄与其他成人英雄并无二致，外敌来犯时，洪古尔一路收服骏马、与敌人摔跤厮杀。① 而在《本巴》中，这位英雄的"吃奶"特征得到最大程度的放大，他不但在山脉没有长高的时候就在吃奶，而且除了奶水和酒，不碰人间的任何吃食。弗洛伊德认为，幼儿口腔的吮吸动作是性欲的最早体现，因而母亲的乳房就是性欲的第一对象。② 小说中的确有此类暗示：洪古尔的心仪对象是江格尔汗的夫人阿盖，但因为洪古尔停在童年不走，阿盖夫人却长到本巴人人都有的 25 岁，二人有缘无分。洪古尔对阿盖夫人的执念就是那一口奶水，"洪古尔也觉得吃了一口谁的奶，所以一直长不大""我还缺一口奶水，你的奶水"③。在吃奶的英雄的出征之路上，到处都是敞开乳房等待哺乳他的女子，而英雄自己也认为杀敌只是一件小事，走过这些毡房、尝遍所有的乳汁，才是真正的大事④——家园生死存亡的沉重感、战争的严肃性被消解。《本巴》对于"吃奶"的叙述并不止于两性关系，读者看到一个孩子对于乳汁的渴求就如同凡人对地母之依恋，乳汁被抽象为大地的化身，代表着人与世间最基本的牵绊。在各个民族的神话中，乳汁经常与最原始的生命力联系在一起：古印度有神话故事"搅拌乳海"，其中"乳海"的乳脂（Amrita）就是长生不死之意⑤；基督教也认为无尽乳汁是地上乐园的重要特征，是人身渴望的最高恩赐，"你们可以在她那给你们以安慰的怀中吮吸乳汁而得到满足"⑥。在这个意义上，洪古尔对乳汁的渴求与他为求不被杀死而拒绝长大的信念同出一脉。可矛盾也出在这里，乳汁的力量使洪古尔免于被杀死、永远停留在童年，但乳汁所象征着的大地沉重的牵绊也让这位英雄有了破绽。与之对比的是洪古尔的弟弟赫兰，在洪古尔出征尚在母腹中的哈日王失败后，赫兰从母腹中诞生前去营救哥哥洪古尔，他因从不吃一口奶水而像一个念头那样轻盈，可以随时回到母腹中去，因此拥有比洪古尔更强大的力量。洪古尔、赫兰、哈日王三个孩子的胜负体现着《本巴》的生命哲学，即越靠近本源的、越是原初的就越具力量。是故，小说把成人写成孩子，英雄写成顽童，颇有戏剧张力的两性关系弥散为更广阔的儿童与人间的关系，已经逝去的时间退回原点，以对成人世界、对战争的解构达成叙事之"轻"。

《本巴》的"轻处理"除让成人退回孩提时代之外，也在用孩提的非理性眼光、去逻辑化叙事回应与解构人类的存在难题，从而减弱悲剧发展带来的焦灼与紧张。正如许多评论者注意到的，"游戏"是解构神话严肃性的关键，按照康德的说法，游戏乃是一种无功利性的以情感愉悦为目的的艺术，因而是自由的。⑦ 席勒进一步提出，人的自由的希望就在于理性与感性相和谐的"游戏本能"。⑧ 可以说，游戏的根基正是个体的自由。无论是赫兰的"搬家家""做梦梦"游戏，还是洪古尔的"捉迷藏"游戏，《本巴》都在用一种个体审美经验，而且是孩子眼中天马行空、没有生老病死的审美经验来替代

---

① 刘亮程：《本巴》，译林出版社 2022 年版，第 313 页。
② 弗洛伊德：《精神分析引论》，高觉敷译，商务印书馆 1984 年版，第 248 页。
③ 刘亮程：《本巴》，译林出版社 2022 年版，第 22、23 页。
④ 刘亮程：《本巴》，译林出版社 2022 年版，第 22 页。
⑤ 约瑟夫·坎贝尔：《千面英雄》，张承谟译，上海文艺出版社 2000 年版，第 169 页。
⑥ 约瑟夫·坎贝尔：《千面英雄》，张承谟译，上海文艺出版社 2000 年版，第 166 页。
⑦ 康德：《判断力批判》，邓晓芒译，人民出版社 2002 年版，第 147 页。
⑧ 董虫草：《自由论的游戏理论：从自为论与和谐论到自足论》，《学术研究》2006 年第 11 期。

民族兴亡的宏大叙事。小说讲述的历史哲学和与之相对应的叙事圈层也建立在游戏之上，尤其是"做梦梦"游戏。哈日王用"做梦"将整个草原都控制在自己的手中，连英勇无畏的江格尔汗也在梦中束手无策，赫兰同样用做梦游戏解救了本巴世界，此为表层叙事；在这个过程中他发现，原来梦中的一切才是真实发生的历史，他们的存在与整个本巴世界则是说书人江格尔齐所讲的一个故事，此为深层叙事。故事的结尾赫兰回到母腹再次降生时，正成为新一代说唱诗人江格尔齐，此时两层叙事之间的壁垒被打破，如周而复始的历史一样成为一个闭环。坎贝尔认为，梦是个人化了的神话，神话是消除了个人因素的梦。① 本巴的神话不过是说梦者齐的一个梦境，那些征服、战争、死亡、人物的成长也不过是讲故事的必需材料，《江格尔》史诗构建的"民族梦"被解构为个人的梦境——没有历史，只有文本；没有事实，只有踪迹。

小说回应与解构的另一个难题是时间与永恒的冲突。时间既是"此在"绽出的根本条件，又是一声无情的提醒：永恒是一个伪命题，人是极为有限的存在。本巴诞生的肇因就是抵抗这种有限性："那里人都二十五岁，没有衰老没有死亡。"② 小说利用时间与空间的相互指涉，试图打破有限与无限之阈限，赫兰的"搬家家"游戏即是一例。为了救出哥哥，赫兰让拉玛草原上的牧民们仿照现实生活中的转场，以羊马的粪便、草叶为牲畜和房屋，居民们便忘记了功利性的现实生活而投身游戏，玩成了一个个天真的孩子。"搬家"作为一种空间的迁移，被赋予了相当多的时间含义，这或许渊源有自。一方面在中国古代神话的宇宙观中时间与空间已经呈现混同的姿态，如《礼记·月令》中的图式，东西南北的方位空间与春夏秋冬的季节时间紧密结合③；另一方面牧民的"转场"本身是一种因季节变迁为逐水草而居的空间移动。小说则把这种时空联系发展到极致，空间的迁移可以暂停甚至逆转时间，成人也可以化为孩童。而当存在的有限性问题推演到极致——谈到老与死的问题时，刘亮程的回答依旧如此，小说中作者借老牧人之口说道，60岁时耳聋眼花，是世界藏起来，而人去找；70岁时找到心中的世界，于是该世界来找人。牙齿、头发之所以不见了，也是因为它们在和人玩捉迷藏。④ 衰老是人和世界的一次"捉迷藏"，而死亡也不过是身体的空间移动，"这样的死没有一丝悲哀，只像是搬一次家"⑤。存在不是消失了，而是隐匿了，正如上帝以其缺席而彰显在场，人的死亡也并非有限性的终结，而是等待再次被找到、被唤醒，在这样的轮转循环下，时间的线性被超越了。

《本巴》持久的狂欢亦消解了彼岸世界的神圣性。与普通的神话世界相异，本巴的场景定格在江格尔带领诸位勇士参与的无穷无尽的宴席上，英雄们的日常生活被狂欢化的节庆取代，在本巴永恒的青春中，九九八十一天的宴饮仪式成为时间汪洋中的唯一锚点。巴塔耶的理论指出，节庆是从工作状态中摆脱出来的受限制的释放，工作所代表的是交换原则，是持久的、积累的世界，节庆仪式能够打破这种交换和持久，在非功利性

---

① 约瑟夫·坎贝尔：《千面英雄》，张承谟译，上海文艺出版社2000年版，第14页。
② 刘亮程：《本巴》，译林出版社2022年版，扉页。
③ 叶舒宪：《中国神话哲学》，中国社会科学出版社1992年版，第12页。
④ 刘亮程：《本巴》，译林出版社2022年版，第134、135页。
⑤ 刘亮程：《一个人的村庄》，江西人民出版社2017年版，第61页。

的给予中获取共同体的亲密性。① 可以认为，节庆是暂时抵达不可能性的特殊时刻、神圣时间。坎贝尔指出仪式与神话的同构性，即它们都用类比的方式将感官所能理解的形式带入超越此岸的空旷中。② 在本巴世界中短暂的仪式成为永恒，破坏性的狂欢替代了日常，神秘的不可能性变为可能，仪式与神话带来的危险的"信仰之跃"如履平地，神话的神圣性就此消散。

二、"重负"：回不去的精神之乡

《本巴》的"轻处理"让故事拥有孩童般的澄澈轻盈，但随着游戏的进行，轻盈的想象越来越滑向沉重的历史与现实，即使赫兰仍然如晶莹露珠一般随性自由，读者也不难在落日的余晖、时间的长河中感受到文本背后的"重负"。《本巴》事实上由江格尔神话时空、土尔扈特东归时空（简称为史诗时空）与现实时空三部分组成，小说最初的核心是史诗时空，刘亮程被18世纪土尔扈特部东归的大迁徙震撼，但在写到东归中的江格尔齐时，他决定舍弃大部分故事，只留下十二青年营救江格尔齐的这一段，也就是我们如今在文本中看到的赫兰的"前世"。以神话时空为基准，刘亮程通过将十二青年的名字替换为江格尔神话的十二勇士，将营救故事统摄到神话世界观下，并用说唱诗人的身份连接三段时空，形成"梦中梦中梦"的时空闭环，但东归的苦难底色仍然弥漫在文本中。小说中江格尔摆脱不了的噩梦里有茫茫雪原、冻僵的尸体、蹒跚的队伍，这正是那场人畜损耗近半的东归的真实写照。残酷的现实让所有神话中的英雄都束手无策，只能在梦中徒劳地耗尽力气，就连从未吃过世间一口奶水、感觉不到任何苦痛的赫兰也被这刺骨的寒冷唤醒，惊觉原来那寒冷才是真实而本巴竟然是一场梦。东归事件成为小说中最沉重的部分，就连传唱史诗的赫兰齐也不愿讲东归的事，"因为讲起来全是死亡"③。人人都活在25岁的轻松感消失了，死亡的威胁如影随形，即便这些勇士已经去世多年，可是"每讲一次，死者便再死一次。听者也跟着死一次"④。死亡的阴影已经穿透有限的存在，即使英雄们在文本中成为一个符号，也难逃死亡的厄运，被传唱的《江格尔》史诗作为一种精神本源，也同样在现世的苦难中耗尽一切力量。这时，才有了赫兰的真正使命：不仅是救哥哥洪古尔，救本巴的诸位英雄，而且是拯救一个古老故事被言说、被传承、被信仰的可能。

东归的沉郁基调源于土尔扈特部的真实牺牲，也源于"归乡"这一母题唤起的人类普遍情感，尤其是作者刘亮程对故乡的执念。他在散文集《一个人的村庄》中满怀深情地记录破败的黄沙梁村，村庄里的每一声虫叫、鸡鸣，每一粒尘土，都承托着深切的眷恋，作家以近似"狐死必首丘"的决心写道："我的故乡母亲啊，当我在生命的远方消失，我没有别的去处，只有回到你这里——我没有天堂，只有故土。"⑤ 故乡既是情感

---

① Georges Bataille, *Theory of Religion*, Zone Books, 1989, pp. 52—57.
② 约瑟夫·坎贝尔：《千面英雄》，张承谟译，上海文艺出版社2000年版，第267页。
③ 刘亮程：《本巴》，译林出版社2022年版，第251页。
④ 刘亮程：《本巴》，译林出版社2022年版，第251—252页。
⑤ 刘亮程：《一个人的村庄》，江西人民出版社2017年版，第256页。

寄托，也是本源最为切近之所，海德格尔通过分析荷尔德林长诗《返乡》提出，诗人的天职就是返乡，唯有如此才能接近本源之所，而也正是在诗人的归返过程中，故乡才作为本源的切近国度而得到准备。① 但正如被遮蔽着、充满神秘性的本源，故乡如此迷人的同时也充满危险。凯尔特神话中的莪相自仙境返乡，他的仙女妻子警告他千万不要下马，因为一旦身体接触到地面，就再无法回到永恒青春之地，但他还是在搬动石块时不小心碰到了地面，于是立刻变成了一名双目失明的老人。《本巴》中赫兰也意识到，"一旦他落在地上……便再回不到母腹"②，而洪古尔在返乡时无意间喝了人间的一口奶茶，即刻从儿童进入了老年。依照弗莱的观点，神性世界就是神不断死去然后复活③，那么本巴世界显然更贴近沉重的大地，在大地上有生老病死、岁月更迭，明知靠近大地将会失去永恒青春之力，但仍然忍不住靠近。西蒙娜·薇依用"重负"（gravity）来形容这种大地的吸引力，指一切必然性、自然的规律使人因重力的拖拽而受尽痛苦。④ 洪古尔正是在一条充满"重负"之路上归乡的奥德赛，他有对乳汁的迷恋、对阿盖夫人的思念、对弟弟的寻找、对本巴的担忧，正是在异乡得不到慰藉的"饥渴"促成了他喝下那一碗奶茶，大地的引力将英雄从天上拖拽下来，《本巴》的轻松氛围也从这一刻开始消散。

但家园或许早已废失，英雄归乡之路也注定是一条虚无之途，这也是洪古尔失败的根本原因。他出征去打败尚在母腹中的哈日王，却被哈日王拴在车轮下如待宰的羔羊；弟弟赫兰将他营救出来，却被哈日王一脚踢向不同的方向；他边寻弟弟边返回本巴，在边界之处却喝了那碗奶茶，变成老人，于是只能恒久地在宴饮远处，看着25岁的本巴英雄们通宵达旦。依据弗莱的分类，一定程度上比他人优越却无法超越环境的主人公，是大多数史诗和悲剧的主人公⑤。洪古尔的出征与归乡都以失败告终，担负起本巴人的全部老年，在神话故事中独自承担着史诗悲剧的命运，而读者跟随洪古尔的"边缘人"视角，也得以窥见本巴世界的脆弱与虚幻。三重时空的逐步浮现，揭露出曾经坚实的精神本源是一团幻梦，昭示着现代人的无家可归。卢卡奇延续了黑格尔的总体性概念，认为史诗时代已一去不复返，小说就是当下时代的史诗，因此小说应当努力去找寻逝去的总体性。⑥ 在这一意义上，卢卡奇的总体性与原初的神话世界是同一回事，卢卡奇对古希腊的深情回望也与刘亮程对本巴的期许同出一源。刘亮程在现实中的黄沙梁感受到家园的废弃，又在两百多年前牺牲甚巨的东归中体察到家园的迷人与危险，最终他回溯到那个一片浑融的本巴世界里，试图在此找到早已不存的精神本源。但正如洪古尔不可避免地衰老下去，赫兰发现一切都是梦幻泡影，作为本源的家园已经破碎，在上帝退隐之后出现的小说已经不能够承担拼凑总体性这样的重任。刘亮程也认识到了小说的有限、语言的匮乏，于是他把英雄们的使命缩减为守护一段故事、一段叙述中的文本："我们

---

① 海德格尔：《荷尔德林诗的阐释》，孙周兴译，商务印书馆2018年版，第31页。
② 刘亮程：《本巴》，译林出版社2022年版，第53页。
③ 诺思洛普·弗莱：《批评的剖析》，陈慧、袁宪军、吴伟仁译，百花文艺出版社2002年版，第186页。
④ 西蒙娜·薇依：《重负与神恩》，顾嘉琛、杜小真译，华夏出版社2019年版，第39页。
⑤ 诺思洛普·弗莱：《批评的剖析》，陈慧、袁宪军、吴伟仁译，百花文艺出版社2002年版，第4页。
⑥ 卢卡奇：《小说理论》，燕宏远、李怀涛译，商务印书馆2012年版，第53页。

不能把他想出来。我们至多可以唤醒大家准备期待他。"①

三、"轻"与"重"的辩证法：虚无中的行动

刘亮程解构主义的"轻处理"与文本背后时隐时现的"重负"互相映照，给读者带来独特的审美体验，但需要指出的是，二者并非泾渭分明，相反，作者有意识地打破这种二元对立，因而作品呈现出典型的去中心化的后现代景观。小说向《江格尔》致敬，写的主角却并不是这位圣主江格尔，而是洪古尔与赫兰，小说题目也由个人英雄的名字改为了场域的称呼"本巴"。可以清楚地看到，作者叙述的重心并非某个英雄、某段情节，而是这块带有象征意味的永恒青春之地，"本巴不仅仅是齐说唱出来的梦，更是人们寄存在高远处的另一种生活"②。对于"另一种生活"的描述则延续了刘亮程一贯轻叙事而重抒情的散文化风格，几重时空的来回切换模糊了叙事中心。小说常用短句、短段落，每一章下有不同的小标题章节，而小标题下几个段落又成一个整体，单独用数字标明，这本并不算长的长篇小说共分了 171 个段落群，不仅如此，在每一个段落群中，一些段和段之间还用空行隔开。结构、形式上的碎片化带来表意的跳跃与分散，也促进了文章叙述的去中心化。除题目之外，小说对于神话情节还有一处关键的改动，那就是变父子为兄弟。在《江格尔》中前去营救洪古尔的是他的儿子贺顺乌兰，他出于对父亲以及本巴的责任而出征："我们这辽阔无边的家园，/失掉了宝木巴的社稷，/能够存在下去吗？/在这世上失掉阿爸的儿子，/能够活下去吗？"③ 这位孝顺的儿子与他父亲征战的过程几乎一模一样，乏善可陈，营救成功后也只"抱头痛哭"，并未流露太多情感。"父亲"在神话中并不容易是一个好角色，弗莱指出，主人公愿望的反对者通常是父亲，即使不是父亲，也是与父亲所处的社会有密切联系的人。④ 坎贝尔基于弗洛伊德的理论认为，父亲是婴儿和母亲所处的地上乐园的最初入侵者，因而成为敌人的象征。⑤ 神话中的父子关系常常处于矛盾之中，而且"子救父"也易被传统美德"忠孝"概括。刘亮程将其改为兄弟关系并着力渲染兄弟那同出母腹的真挚感情：赫兰一直待在母腹中，是为救哥哥才出生，而哥哥不愿长大也是为了能够继续吸吮奶水——兄弟二人只隔着一只乳房的距离。这是作者悉心为之的隐喻，因为母腹、宝瓶、本巴三者指代的是同一事物，"那个形似宝瓶的母腹，是所有人的本巴"⑥，所有生活在本巴中的人都是最为亲密的兄弟姊妹，我们曾经在母腹中一起做游戏，谁都不曾孤单，因此在无可奈何地离开母腹后，也应当守望相助。带有规训意味的"忠孝"被替换成全人类普遍的友爱，这种友爱意味着将主体让渡一部分给他者，由"一"通向了"多"。与之类似的是，小说探讨了影子与本体的关系，在柏拉图著名的"穴喻"之中人们所处的世界不过是理念世界的

---

① 海德格尔：《海德格尔选集》，孙周兴选编，生活·读书·新知三联书店 1996 年版，第 1306 页。
② 刘亮程：《本巴》，译林出版社 2022 年版，第 254 页。
③ 刘亮程：《本巴》，译林出版社 2022 年版，第 333 页。
④ 诺思洛普·弗莱：《批评的剖析》，陈慧、袁宪军、吴伟仁译，百花文艺出版社 2002 年版，第 194 页。
⑤ 约瑟夫·坎贝尔：《千面英雄》，张承谟译，上海文艺出版社 2000 年版，第 149 页。
⑥ 刘亮程：《本巴》，译林出版社 2022 年版，第 296 页。

影子，胡塞尔对此做出反驳，认为自我才是"光的世界"而他者都是自我的"影子"，列维纳斯等后现代哲学家指出胡塞尔的自我中心倾向不啻为一种主体、文化、逻各斯的"一"的表现①。《本巴》中的影子被解释为人脱离母腹后不曾分离的陪伴，在孤绝的现代性境遇中，影子代表着主体之外的他者，"若没有影子陪伴，地上的人……都会孤独而死吧"②。是人产生了影子抑或相反，本巴是现实的影子抑或相反，本体和倒影并非主从、支配关系，而是平等、互助、友爱的。

在后现代的碎片化中"重负"时时呈现，然则虽有"重负"，整部小说的色调却并不灰暗，找寻家园的努力或许徒劳，但仍然充满期许。本巴世界看似处在无限的循环之中，实则另有一种延续发展的世界观。按照神话原型批评的观点，"水"在传统上属于人的生命之下的存在范畴，代表着死亡之后的混沌或消融状态。③ 因此，"洪水"往往是神话中一个历史周期的开始和结束④，我们熟知的"诺亚方舟""女娲补天"等故事都可以为证。《本巴》的开头和结尾也出现了类似的意象，那就是河流，开篇写和布河还是一条小溪流的时候，时间还没有让万物长大；结尾洪古尔、阿盖、赫兰都回到了自己的原初状态，这时班布来宫"长长的影子流淌成一条光阴的河"⑤，这一历史时期结束了，可是时间带着它的痕迹还在奔流。影子、河流、时间是刘亮程常用以相互譬喻的三个意象，以悠长、绵延不绝之特征为其通感，这或许来自作家的个人生活体验。刘亮程在散文中常写到父亲归家的场面，那时夕阳西下，人的影子蜿蜒细长，比父亲本身要更早进入家中，在院门口等待的孩子首先注意到"他（父亲）的影子像一渠水，悠长地朝家里流淌着"。母亲会喊："你爸的影子已经进屋了。"⑥ 这三个意象最后均统摄为"道路"，河流是空间上流动之路，时间是古往今来之路，影子则是自我与他者、本巴与世界连通之路，而道路即是"道"本身，《本巴》的使命感归根结底来自对当代处境下存在的追问。

正如从行动转变为玩耍是人类由野蛮进入文明社会的重要标志⑦，游戏不只是显得幼稚，同时也意味着文明，《本巴》所坚持的游戏与写就这些游戏的语言也可看作一种虚无中的"行动"。海德格尔指出，语言的本质就是"道说"，Logos（逻各斯）既是本质、规律，又有理性、语言、说明、比例、尺度等含义，"道"既是那个"道可道，非常道"的本原性概念，又是"道路"（way），因此，通向"道"的正是"道"，"道"就是"说"，"言"就是"思"，语言就是思维本身，存在在语言中显现、澄明，正如格奥尔格的诗云，"词语破碎处，无物可存在"。刘亮程对于语言的认识完全是海德格尔式的："写作最重大的事件，是语言进入。语言掌控和替代发生或未发生的一切。语言成为绝对主宰。所有故事只发生在语言中。语言之外再无存在。"⑧ 只有语言才能使"此

---

① 李金辉：《自我与他者关系：一种主体间性现象学的反思》，《江海学刊》2015年第3期。
② 刘亮程：《本巴》，译林出版社2022年版，第222页。
③ 诺思洛普·弗莱：《批评的剖析》，陈慧、袁宪军、吴伟仁译，百花文艺出版社2002年版，第166页。
④ 诺思洛普·弗莱：《批评的剖析》，陈慧、袁宪军、吴伟仁译，百花文艺出版社2002年版，第241页。
⑤ 刘亮程：《本巴》，译林出版社2022年版，第295页。
⑥ 刘亮程：《一个人的村庄》，江西人民出版社2017年版，第166页。
⑦ 诺思洛普·弗莱：《批评的剖析》，陈慧、袁宪军、吴伟仁译，百花文艺出版社2002年版，第169页。
⑧ 刘亮程：《本巴》，译林出版社2022年版，第349页。

在"取得一种经验,让事物"是其所是",因此,作者以语言为行动且将语言视作目的本身。可以说,《本巴》就是用语言持存着的本巴世界,这个世界是否曾经存在、是否依旧存在、是否能在语言中继续存在,都不再重要,刘亮程深刻认识到这种反抗的虚无性:"相对于千千万万个消灭于时间中了无痕迹的村庄,一个被文字记住的村庄也许更不幸。"① 但语言行动只要存在过,就会像光阴、河流、影子一样,在小说终结后仍然绵延向前。

结　语

"游戏""做梦""碎片化""叙事圈套"等后现代关键词的融入很容易使小说呈现出狂欢式神话解构景观,英雄、出征、宏大叙事都被消解殆尽,神话变为"轻"叙事,只提供超越现实世界观的文学想象而不给读者带来任何严肃性。但刘亮程对于《江格尔》的改写是无法承受这样的"轻"的,个体经验、历史事件、海德格尔式的存在论都似"重负",将《本巴》不断从天上拉向大地。《本巴》最精彩之处不在于诸位英雄如何大败强敌、永葆青春,而在于永恒青春之地的英雄也会衰老,一心回到母腹的英雄也会眷恋尘世,明知生活的世界非真实也应该努力生活下去。在精神性本源失落的当下,在理性造成的普遍"无根性"中,重述神话是一种呼唤原初状态的尝试,我们既在"轻"之中改写它,又在"重"之中体会它,在这一意义上《本巴》做出了可贵的尝试,平衡了可读性、文学性与思想性,将古老神话之河引入当代存在之谷。

正如《本巴》的封面所绘,人形的"本"字与长蛇一般的"巴"字似乎在对话。人与蛇的相遇很易使人想起伊甸园中的场景:蛇诱惑夏娃吃下果子,人类由此拥有智慧。但封面想表达的恐怕并非此意,而是另种存在之思。这一场景在《本巴》中出现了三次:第一次是洪古尔听到蛇的密谋;第二次是蛇要吃赫兰,赫兰以自己没有长出人世间的肉为由拒绝,并许诺在长出肉之后让蛇吞吃;第三次是蛇与赫兰再次相遇,蛇要求赫兰履行承诺,于是赫兰说,那你们吃吧,我说一句,你们吃一口,当我把故事讲完的那一刻,你们就把我吃掉了。②

(中国人民大学文学院博士研究生)

---

① 刘亮程:《一个人的村庄》,江西人民出版社 2017 年版,第 413 页。
② 刘亮程:《本巴》,译林出版社 2022 年版,第 200 页。

藏地文学研究

媒介生态视域下当代西藏文学的发展*
——以《西藏文学》（1977—2022）为中心

妥建清　李小雨

《西藏文学》作为当代西藏文学创作者和读者的交流阵地，对整个当代西藏文学产生了持续而深远的影响，成为当代文学研究的重点对象。不少研究者聚焦于《西藏文学》所传达出的文学思想、办刊理念，进行了较为系统的研究，并取得诸多实绩。但现有研究较多的是从刊物内部的微观环境，展现出《西藏文学》作为传播媒介对文学的影响，较少关注社会文化环境对刊物本身的影响，或只局限于媒介生态变迁的某个阶段或者某些方面，并未展现出《西藏文学》创刊46年来发展演变的整体图景和媒介外部的社会历史环境通过刊物对文学的全方位影响。因此，有必要系统梳理《西藏文学》自身演变和发展的轨迹，以刊物为中心和中介，透视文学与社会的复杂关系，在媒介生态视域下重新审视西藏文学的发展历程。

一、当代西藏文学的历史与《西藏文学》的栏目设置

与以往的西藏文学不同，"当代西藏文学"作为新中国成立以来的西藏文学的代称，具有鲜明特征：第一，其创作群体不再局限于藏族作家，而是以藏族作家为主体，包含多民族作家的文学共同体；第二，其内涵也突破了根植于西藏本土的民间故事、神话传说，而"涉及各民族作家以各种文学体裁描写和想象西藏的历史、传说、现实、未来及外地人在西藏的生活之作品"[①]；第三，当代西藏文学创作同时将现代性作为其应有的品质[②]。而上述特征的形成是与西藏当代传媒的建立和发展密不可分的，因为"中国当代文学作品的价值取决于创作意识和接受意识的互动作用……传播接受不仅能激活作品的潜在品质，

---

* 本文为2018年国家社科基金重点项目"百年中国文学传播史的书写问题研究"（18AZD032）的阶段性成果。
① 王泉：《中国当代文学的西藏书写》，湖南师范大学出版社2012年版，绪论，第1页。
② 见耿予方：《西藏50年·文学卷》，民族出版社2001年版，第8—9页。

还能生成新的审美特质与文化内涵"①。西藏文学的生产机构,如报刊、杂志社等,对当代西藏文学的作家主体、创作理念和传播接受至关重要。在《西藏文学》创刊之前,西藏自治区并没有专门的文学刊物,文学作品也只是通过其他性质的报刊进行传播,如《西藏日报·副刊》等。《西藏文学》的创立为当代西藏文学的创作提供了一个崭新的平台,"它还是一面窗口,让世界由此张望西藏的文学风景;还是一面镜子,折射出现时代的驳杂景象"②。

通过刊物的变化,可以窥见文学的发展态势,而刊物的变化则鲜明体现在栏目的变化之中。《西藏文学》的栏目设置折射出西藏文学四十多年来的变迁。《西藏文学》自1977年创刊至2022年,总共出版303期,按栏目设置情况,可分为以下五个阶段:

第一阶段(1977—1979年):草创时期。政治的巨变影响着文艺的更迭,但在文学领域的变化则相对滞后,"1976年和1977年这两年,除了跟随政治控诉'四人帮'乱党乱国之外,文学很难说有什么明显区别于过去的地方"③。因此,创刊初期的《西藏文艺》④带有明显的"十七年"文学刊物的特征,如第1期刊发了毛泽东的《论十大关系》,并转载了《人民日报》等官方权威刊物的社论,栏目设置为"热烈欢呼华主席愤怒声讨'四人帮'"以及"深切怀念敬爱的周恩来总理",为整个刊物的风格和内容奠定了主基调。对于70年代末的西藏文学而言,经过新中国近三十年的发展,现代白话文的诸多文体已趋于成熟,这一时期《西藏文艺》刊登文章体裁包括小说、散文、诗歌、报告文学等主要的文学体裁以及折嘎快板、叙事长诗、儿歌、格言、谚语、相声、话剧等多样的艺术门类,符合"文艺"的刊名和定位,彰显出西藏文学根植于丰富多元的民间文学。要言之,在初创时期《西藏文艺》显示出西藏文学逐渐走出"文化大革命"的影响,在不断发掘利用丰富的民间文学资源的同时努力与主流文学创作接轨。

第二阶段(1980—1983):继往开来时期。经过第一阶段的准备,《西藏文艺》延续之前文艺形式多样化的特色,为各类民间文艺形式提供展示平台。同时,这一阶段《西藏文艺》常设栏目有:"金樱子""青稞苗苗""格桑花开""古刹巡礼""牧笛声声""雪山寄情""芳草萋萋""碧湖飞瀑"等。这些栏目具有鲜明的民族和地域标识性,让人耳目一新,既有对传统的延续也蕴含着创新意识,并且成为之后栏目整体设置的风向标。如"金樱子"栏目名称就源于西藏独特的药用植物。由于地理环境的优势,藏金樱子药用价值极高,因其果实形状较小,成熟后呈金黄色而得此名,故编辑在这一栏目下,编入短小灵活、简练隽永的小品文,名与实相得益彰。"处女作""争鸣园地"等栏目更注重对以往文学话语体系的突破,挖掘作家队伍的新生力量。"雪野诗"栏目则成就了"雪野诗"这一诗歌理念。同时,一大批作家在《西藏文艺》崭露头角,为稍后西藏文学的大繁荣做了充分的准备。文学的活力与文艺环境的变化息息相关,1979年10月中国文学艺术工作者第四次代表大会的召开,不仅恢复了以往的文艺秩序,也为中国未来文艺的发展道路指明了方向。文学突破以往政治工具论的话语模式,恢复独立性和自主

---

① 黄发有:《中国当代文学传媒研究》,人民文学出版社2014年版,导言,第2页。
② 马丽华:《雪域文化与西藏文学》,湖南教育出版社1998年版,第75页。
③ 李洁非、杨劼:《共和国文学生产方式》,社会科学文献出版社2011年版,第150页。
④ 《西藏文学》创刊时名为《西藏文艺》,1984年更名为《西藏文学》。

性。这一时期栏目的特征标志着西藏文学的主体意识逐渐鲜明,不仅充分利用丰富的民间文学资源,同时呈现出鲜明的地域特色和时代风貌。要言之,该阶段刊物开始对其定位、风格进行思考和调整,这也是西藏文学传播过程中要厘清的问题。可以说以上栏目的设置既体现出对以往文学资源的继承,也有对文学话语和文学观念的创新。

第三阶段(1984—1989):繁荣发展时期。1984年,《西藏文艺》更名为《西藏文学》,逐渐从综合性的文艺刊物过渡为纯文学刊物,并迎来了西藏文学的"井喷式"发展。这一时期刊物栏目名称异彩纷呈,每一期的栏目都是编辑结合刊物自身定位和地域文化、民族文化的特色而命名,充满诗意。一方面,栏目名称的多样业已表现出文学繁荣发展的特点,试举几例:"十年新澜十年歌""圣地银幕""冰影雪魂""弦月花痕""天涯情澜""飞骑追猎""风雪之流""天涯之旅""铁流西进""林莽旋风""荒野的呼唤",等等。另一方面,同一种文体,不同期号则使用不同的栏目名称,如:小说就出现在"雅鲁藏布之潮""春潮急""红雪山白雪山""紫霞新潮"等栏目之下,不仅体现出编辑强烈的创新意识,更是表明了文学创作多层次、多视角的书写特点。而且,《西藏文学》1984年第8期刊发马原的《拉萨河女神》,由此拉开了80年代先锋文学的序幕。1985年第6期《西藏文学》推出"魔幻小说特辑",刊发了扎西达娃的《西藏,隐秘岁月》、色波的《幻鸣》等,共五位青年作者的魔幻现实主义作品,不仅造就了属于西藏的"魔幻"文学,而且使《西藏文学》成为当代先锋文学的发源地。在此发展态势下,"许多在区内、国内甚至国外颇负盛名的中青年作家,就是从《西藏文学》走向全国,走向世界的"[①]。因此,这一时期是《西藏文学》以及当代西藏文学的繁荣发展阶段。

第四阶段(1990—1999):稳中求变时期。这一阶段《西藏文学》的栏目设置逐渐从上一阶段凸显文学意识回归平稳状态,"西藏当代文学经历八十年代'井喷'之后进入了平静发展的正常轨道"[②]。尽管在1991—1992年、1996年和1998年等时段,编辑力图赓续上一阶段栏目的设置风格和主题,但栏目命名未能进一步凸显期刊的特色。其他时段的栏目设置与一般文学期刊没有太大差异,即以文学体裁为栏目名称。这一时期,由于20世纪七八十年代入藏大学生陆续调离西藏,西藏的魔幻现实主义小说的发展趋于沉寂,以其为代表的"西藏新小说"也逐渐消歇,而"所谓'消歇',那不仅仅是'西藏新小说',而且是整个中国的小说创作"[③]。同时,由于市场化浪潮和网络影响,此时的西藏文学也失去了精英意识和先锋意识。所以,"90年代后,西藏的文学创作确实有点儿不景气,小说是如此,诗也是如此"[④]。此外,《西藏文学》1996年和1998年的增刊,以及1997年第1期在刊物风格和内容上确实发生了突变,栏目设置也与以往有所不同,其实质是对文学市场化的一次探索,并为2000年与成都市作协合作做了准备。

第五阶段(2000—2022):稳中求进时期。这一阶段,《西藏文学》的栏目设置在基

---

① 张治维:《恢宏的二十个春夏秋冬》,《西藏文学》1997年第3期。
② 李佳俊:《从高原走向世界——回眸新时期西藏文学发展历程》,《西藏文学》2008年第5期。
③ 马丽华:《雪域文化与西藏文学》,湖南教育出版社1998年版,第283页。
④ 马丽华:《雪域文化与西藏文学》,湖南教育出版社1998年版,第284-285页。

本保持刊物以往风格的同时，与时俱进地设置了符合时代新声的栏目。这一阶段还可分为几个时期：2000—2004 年，《西藏文学》在改制出现问题后，延续之前的风格，栏目设置还是突出高原雪域和民族特色，设有"藏区情结""雪域诗坛""燃情雪域""雪域论坛""雪野评论""放情雪域"等栏目，但略带同质化色彩；2005—2012 年，刊物的栏目设置以文体命名，并未出现别具一格的特色栏目；2013—2018 年，在党的十八大之后，《西藏文学》紧跟时代潮流，设置"中国梦·西藏故事""世纪之邀"等紧跟时代主题的特色栏目；2019 年，《西藏文学》进一步改版，新设"时代足音·铸牢中华民族共同体意识"栏目，使其办刊方向和主旨进一步与国家主流话语融合，再如"沁润""本土风光"等具有时代特色和区域民族特色的栏目，积极宣传西藏文学的新成果。这一时期《西藏文学》突破了以期刊为主的传播方式，积极与网络、市场形成良性互动，取得了丰硕的成果。刊物则通过策划和宣传，以评论、研讨、对话等方式助力西藏文学的发展。可以说，21 世纪以来刊物的发展依托的是西藏文学的总体态势。

综上，文学期刊作为文学传播的主要媒介，受到政治、经济、文化等时代大环境的影响，反过来刊物的变化也会影响文学自身的发展演变。刊物编辑应时代要求对《西藏文学》的栏目设置进行不断的调整和创新，从《西藏文学》曲折的发展与栏目变迁中，可清晰地看到当代西藏文学发展的历史。

二、《西藏文学》专号、特刊、专辑设置与主流话语的融合

在历史上，各少数民族由于地域文化以及政治经济的离散性，往往被视为"边缘"，此种状况在某种程度上形塑了少数民族文学作为一种地方性话语的表达，其文学创作呈现出不同的地域文化特征，形成了独特的"民族文学叙事"。这不仅将少数民族作家寻求自我书写的"内部眼光"合理化，而且也为弘扬少数民族传统文化提供了理论支持。然而，就具体语境而言，"中华民族作为一个自觉的民族实体，是近百年来中国和西方列强对抗中出现的，但作为一个自在的民族实体则是几千年的历史过程所形成的"[1]，这意味着中华民族作为一个"实体"不仅是历史文化概念中自在的统一体，更是各少数民族在共同奋斗的历史征程中自觉形成的共同体。因此，少数民族文学所呈现的地方性"也是民族国家的组成部分，是国家形态统属之下的各种分型，在某种程度上也是国家形象的呈现"[2]。职是之故，文学期刊作为文学话语传播的主要阵地，与国家主流话语之间存在密切的关系。新中国成立以后，马克思列宁主义成为我国的主流话语的主导思想，在文艺领域延续毛泽东在《在延安文艺座谈会上的讲话》中所确立的"一切文化或文学艺术都是属于一定的阶级，属于一定的政治路线的"[3] 思想，从 20 世纪 40 年代末到 70 年代文艺为政治服务成为国家的文艺基本方针。而到了 70 年代末 80 年代初，文艺为政治服务让位于"文艺为人民服务，为社会主义服务"，虽然"二为"方针"仍然

---

[1] 费孝通：《费孝通民族研究文集新编》，中央民族大学出版社 2006 年版，第 244 页。
[2] 徐俊六：《重建少数民族文学批评学科的逻辑理路》，《民族文学研究》2021 年第 3 期。
[3] 毛泽东：《在延安文艺座谈会上的讲话》，《毛泽东选集》（第三卷），人民出版社 1991 年版，第 865 页。

主要是一种政权行为,但其所留下的空间显然要宽广得多"①。《西藏文学》虽经历了多次重要改版和变化,但始终心系国家和民族的发展,坚持马克思主义的指导地位、深入贯彻"双百"方针、"双为"方针,呈现出主旋律中多元的文化和历史图景。积极与主流话语相融合的编辑意识鲜明地体现在刊物自创办以来设置专号、特刊、专辑的传统之中。

据统计,1977—2022年《西藏文学》共发行的303期刊物,其中刊发专号、特刊、专辑共计95次有余②。根据其内容和主旨可分为三类:

第一类,庆祝国家和西藏自治区伟大的历史成就,如"庆祝中华人民共和国成立周年特刊""庆祝西藏自治区成立周年特刊""庆祝西藏和平解放周年特刊""庆祝西藏民主解放"等特刊专号,立足于边疆,将西藏自治区各民族的发展融入中华民族发展历程之中,并以文学的方式展现边疆少数民族随国家发展的心声变化,具有鲜明的时代精神。例如在1984年第10期"编者的话"中,《西藏文学》编辑部为喜迎新中国成立35周年推出了"五十六颗星"小说专辑和"民族花环"小说、散文专辑,全面展现了自治区各民族团结一致欣欣向荣的面貌以及文学的蓬勃发展。再如2001年第4期推出"庆祝西藏和平解放五十周年"和"庆祝中国共产党80华诞"特刊,这一期史无前例地采用了比往期开本大许多的尺寸,突出编辑对这一期主题的无比重视,整期作品围绕西藏和平解放、西藏在党的光辉政策下取得的瞩目成就进行了文学书写和记录,洋溢着感恩和喜悦之情。

第二类,对当时国家民族大事和政治时事的纪念和记录,如西藏"一江两河"地区综合开发纪实、玉树抗震救灾专辑、西藏脱贫攻坚纪实文学专号、喜迎二十大专辑等等,这展现了《西藏文学》始终坚持构建中华民族共同体的意识,心系国家和各民族的繁荣发展。如,西藏"一江两河"地区综合开发纪实为《西藏文学》1998年特刊的主题。西藏"一江两河"指的是雅鲁藏布江中部流域和其拉萨河、年楚河两条支流,"一江两河"地区虽然拥有丰富的自然资源,但生产力水平相对落后,所以1990—2000年,国家投资10亿元,大力扶持该地区的社会经济发展,积极开发农林牧畜等相关产业。此举极大地改善了当地的资源利用,切实提高了人民的生活水平,成为西藏发展历史上最宏伟的工程之一。所以,在此工程如火如荼进行的第8个年头,《西藏文学》通过一系列报告文学、纪实文学、诗歌、小说等文学形式详尽描绘了"一江两河"地区焕然一新的面貌,赞美了西藏人民艰苦创业、科学求新和团结协作的精神,歌颂了中国共产党带领各族人民实现共同富裕的伟大历史征程。

第三类,以文学话语为中心,紧跟时代的文学意识变迁,为西藏作家提供展示的舞台,并与其他少数民族地区文学和内地文学形成良好互动,如"西藏魔幻小说特辑""亚依作品专辑""山东专辑"等,不仅专注于区域民族文学的发展,而且主动与内地文学进行交流。其中,《西藏文学》尤其关注女性作家的成长发展,分别于1987年第3

---

① 尹康庄:《20世纪中国文学主流话语研究》,中国社会科学出版社2006年版,第66页。
② 同一期,主题一致的专号、特刊、专辑记为1次,如1984年第10期"喜迎建国三十五周年"所设置的"五十六颗星"小说专辑和"民族花环"散文专辑不单独计数;2008年第4期,喜迎奥运专辑与抗震救灾特稿,属不同主题,则分别计数。

期、1995年第5期、2008年第1期、2011年第3期策划了女作者专号、女诗人专辑和女性作者专辑。可以看到这4次女性作家专号/专辑代表了西藏文学女性书写的四个不同阶段的特点和风格。20世纪80年代的女性书写表现出女性自我意识的崛起,加之先锋文学思潮的影响,这一时期女性的创作带有明显的实验性和反思性。如马丽华的《朝圣者的灵魂》等作品。到了21世纪,女性创作更为丰富和多样化,但如编辑所言,"可终归她们所关注的却是相同的,那是爱与痛、思与悟、聚与离、生与死"①。总之,女性的解放代表着一个社会的发展程度,而女性的文学创作更是当代文学话语体系不可或缺的一环,《西藏文学》对女性作家群体的重视和扶持,展现出新中国女性独立自由的一面,其创作也为西藏文学添上了浓墨重彩的一笔。

第一类和第二类专号、特刊、专辑与主流话语保持一致,分别占比为27.37%和22.11%,二者总占比与第三类专号、特刊、专辑正好平分秋色(如图所示)。而且值得注意的是,前两类主题基本上以专号、特刊的形式面向读者,主题的规模较大,影响也更为深远,第三类文学主题则以较为小型的专辑为主。可见,《西藏文学》自办刊之日起便时刻与国家主流话语保持一致,所有精心策划的专

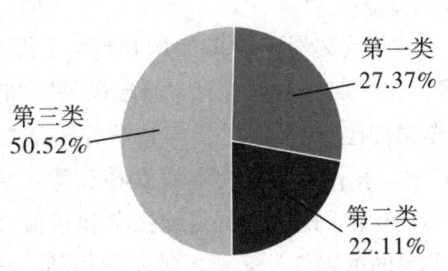

《西藏文学》三类专号、专辑比例饼图

号、专辑都体现着强烈的编辑意图,而《西藏文学》的所有专号、专辑中有一半明确将主流话语作为专号的核心内容,而其他以文学事件为中心的专号专辑同样是在坚持主流话语的前提下策划出来的。这体现出刊物编辑的社会责任心和国家民族意识,正如编辑张治维曾言:"我们要建造的是具有中国特色的社会主义新文学","唯如此,我们才不负于天、不负于地,不负于中华祖国,不负于雪域高原,不负于广大人民"。②

要言之,主流话语深刻影响着《西藏文学》的办刊宗旨和办刊策略,进而刊物的审美标准和评价体系影响着各类文体的创作、传播和接受。在《西藏文学》所有专号、专辑中第三类以文学为主题的策划占比最大,为50.52%。可见,《西藏文学》作为西藏文学的传播交流平台,承担着发布和宣传西藏文学作品的任务,发挥着维护和促进少数民族文化多样性和民族文化认同的重要作用。正是通过刊物不断与主流话语的互动融合,文学得以健康发展,作家才能根据刊物的需求不断创作出符合时代呼求、反映人民心声的作品,并围绕《西藏文学》形成一个开放自由的文学场域。

三、《西藏文学》的市场化改制

1984年,国家为了繁荣社会主义文艺创作,要求各类期刊要"努力提高质量,扩

---

① 《编者语》,《西藏文学》2008年第1期。
② 张治维:《恢宏的二十个春夏秋冬》,《西藏文学》1997年第3期。

大发行，逐步减少亏损，争取尽早实现自负盈亏"①。这意味着文学期刊在逐渐脱离政府的资助后，不仅要调整经营理念和办刊方式以迎合市场的需求，而且要独自承担市场的风险。1992年，社会主义市场经济体制改革目标建立，经济问题更加成为文学期刊发展的关键。虽然，《西藏文学》作为西藏文联主办的刊物，一直有财政拨款的支持，但是"如何走出窘境、成为各家纯文学期刊急待解决的问题"②，这也成为《西藏文学》无法避免的时代问题。《西藏文学》编辑部就曾坦言"面对现实提出的文学期刊走向市场的呼吁，以及一些兄弟刊物在市场上取得成功的范例，我们的心动了，终于鼓足勇气，想在时代的大潮里扇动一下搏击风浪的翅膀"③。在2000年正式与成都市作家协会合作之前，《西藏文学》1996年、1998年的增刊以及1997年第1期可视为市场化的初步尝试。

《西藏文学》1996年增刊定价上调为9.80元，同年1—6期刊物的定价为4.00元/册。这一期栏目设置有"政坛风云""驿站芳踪""宫廷秘闻"等9大板块。除了最后的"作家传记"，其他栏目与文学并不沾边。同时，所选文章如《促成西安事变的"交际花"》《东京红灯区的上海女孩》等，风格更接近娱乐刊物，以满足读者的猎奇之心。1997年第1期则尝试将纯文学和通俗文学结合，在"梦中西藏"栏目刊发了马丽华的《灵魂的歌唱与谛听》等纯文学作品。相反，"风云纪实"栏目刊发《苏联解体内幕新披露》等文章，"大千世界"栏目刊发《日本梦幻、色情市场掠影》等文章，但两方面的融合显得颇为生硬。内封中，配有相关篇目的插图和文字。纵观整期刊物中的通俗文学，无不充斥着色情、暴力、血腥的因素。同时，这一期的"告读者"中编辑明确将这期刊物的变化视为改版，力图向读者"展示一幅多姿多彩、多容量多信息的崭新面貌"，然而"改版本是尝试，必然伴随风险"④。如吉米平阶所言，"1997年，《西藏文学》曾经进行过割腕断臂般的尝试，但并不成功"⑤。《西藏文学》1998年增刊主题为"漫画中国新民谣——灰色笑话直指社会丑恶现象"。对于纯文学期刊而言，此种以杂文学的形式去揭露官场腐败和社会黑暗的举措，确实可以视为风格转型的尝试。上述尝试凸显出纯文学期刊的窘境，但也是编辑的一种策略。一方面，拿个别期来尝试，不会影响刊物本身的办刊宗旨和以往的办刊风格，就算增刊反响平平，也无伤大雅；另一方面，上述三期都突破了纯文学期刊的范式，可以视为编辑试探读者趣味喜好、探索刊物转型方向的尝试。但是"在……市场的压力下，对'轰动'的盲目追求只能使文学的功利性畸形地膨胀"⑥。

2000年《西藏文学》正式改版，进行刊物的市场化运营。改版后的《西藏文学》与以往刊物在运营方式、刊物风格、刊物定位方面都有着不同。

---

① 《国务院关于对期刊出版实行自负盈亏的通知》，《中华人民共和国国务院公报》1985年第1期，第12页。
② 《告读者》，《西藏文学》2000年第4期（总第169期）。《西藏文学》在2000年改制时和改制后都出过第4期。改制结束后的第4期为总第169期。
③ 《告读者》，《西藏文学》2000年第4期（总第169期）。
④ 《告读者》，《西藏文学》1997年第1期。
⑤ 吉米平阶：《〈西藏文学〉三十年》，《西藏文学》2007年第6期。
⑥ 黄发有：《中国当代文学传媒研究》，人民文学出版社2014年版，第49页。

第一，刊物运营方式的改变。改制之前的《西藏文学》由刊物编辑部编辑出版，刊物编辑掌握着刊物从征稿、组稿、编稿、抄稿、校稿、督印、发行等全流程的主动权和决定权。而且"一旦碰上重要稿件，或一时评判有分歧的稿子，都在业务会上主动相互传阅，广泛征求意见"①。然而，2000年改制后，《西藏文学》编辑部与成都市作协合作对刊物进行改制，此时刊物的特别策划、美术编辑、印刷发行、广告招商都转交成都作协，刊物的通信地址、联系电话、传真邮箱都改为成都作协，《西藏文学》编辑部对于改制之后的刊物话语权大大降低。所以，之后《西藏文学》编辑部反思这一改制风波，"由于第一次走进市场……无法预见与合作者之间会发生什么，在协议书上写明的'办刊宗旨不变'的条款，待刊物出来之后已面目全非"②。

第二，刊物设计风格的改变。改制之前的《西藏文学》，封面多选取西藏独特的自然风光、人文景观、民俗特色等，突出西藏地域特色和民族特色，不论绘画还是摄影，其风格都淳朴清新，蕴含着高原的纯净、民俗的生动以及文化的严肃性。然而，改制后的《西藏文学》内容页均为彩色，栏目和文章标题的字体奇形怪状，夹杂着拼音，充满了跳跃性和娱乐性，与以往纯文学的风格对比，有失严肃性和规范性，其目的在于给读者带来视觉冲击。封面淡化"文学"二字，重点突出"神秘"二字，第1期标举"神秘·传奇"的风格，甚至让人误以为刊物的名字为"神秘西藏"，而第2期封面赫然印出"中国神秘文化第一刊"的字样，力图使《西藏文学》在众多刊物中成为独一无二的存在。第4期的封面更是充满了迷幻色彩，半透明的佛教人物画像充满了情色意味。总之，改版后的《西藏文学》迫切希望通过重新包装，以"神秘化"来吸引读者的眼球并重新引起轰动效应。

第三，刊物定位、内容的变化。改制之前的《西藏文学》坚持纯文学的阵地，为中国当代文坛输送了一大批优秀的作家和作品，改制后则开始关注市场的需求。编者在2000年第1期的"刊首寄语"中称，改版后的《西藏文学》"坚持'新、奇、趣、雅'的编辑方针"③，旨在给读者带来新奇刺激的全新阅读体验。在2000年第4期的"稿约"中可以看到编辑部对改制后《西藏文学》的重新定位和对文学现实状况的反抗，部分内容如下："我们期待着一些短小、精悍的国际、国内惊险、传奇、神秘故事""不吝惜版面刊登惊险的传奇小说、轰动效应的纪实文学和优美的情感小说"。④ 改制后的《西藏文学》对于惊险、离奇的稿件来者不拒，就算是违背客观事实和真情实感的虚构、夸张的故事也一概欢迎，旨在吸引读者、扩大销量。

《西藏文学》2000年第1期主要栏目有"社会聚焦""西藏历险"与"世纪悬案"。所选文章聚焦于满足读者好奇心的社会热点新闻，一反以往文学作品的严肃性和纯洁性，如《精神病院中的食指》《美国前总统肯尼迪遇刺之谜》等。《西藏文学》2000年第2期，设置了"名人轶事""世纪悬案"等与文学毫无瓜葛的栏目，共计40篇奇闻逸事，但就79页的总体容量而言，要在平均不到两页的内容要说明每项事宜，可见所刊

---

① 范向东：《往事漫忆》，《西藏文学》1994年1期。
② 《告读者》，《西藏文学》2000年第4期（总第169期）。
③ 《刊首寄语》，《西藏文学》2000年第1期。
④ 《稿约》，《西藏文学》2000年第4期。

文章并非是严肃的科普文章或史传文学，而是一些街头巷尾、茶余饭后的谈资和花边新闻。《西藏文学》2000年第3期，从栏目设置来看更倾向于科普类文章，但所选文章却不具知识性，而是充满了低俗甚至恶俗的审美趣味，充斥着色情、暴力的因素，而且内容粗制滥造，毫无文学的美感。《西藏文学》2000年第4期，栏目设置力求凸显"神秘新奇"之感，其中选文也让人大吃一惊，内容也都是要迎合大众的通俗审美趣味。

诚如黄发有所言，"世纪之交的文学策划始终包含着'反抗危机'的目的，编辑对于文学的边缘化深怀着一种焦虑，因而，其中多有匆促上阵的草率和病急乱投医的非理性"[1]。在这种草率和非理性的驱使下所办的刊物势必不能长久。因而，《西藏文学》的市场化尝试受挫也是一种必然。在受到上级部门批评后，《西藏文学》编辑部终止了与成都市作协的合同，并恢复原版。在恢复原版的2000年第4期的卷首语"告读者"中，《西藏文学》的编委会对此次改制风波进行了反思和总结："联办的失控已证明我们对刊物、市场化缺乏本质的把握和运作必要技巧，更重要的是在市场的风浪中丧失了坚持正确办刊方向的眼力"，"为此，我们将在本期恢复原刊面貌。坚持文学性和西藏特色，由月刊恢复为双月刊"。[2]

显然，社会主义市场经济给文学提出了巨大挑战。此次改制虽然遭遇挫折，但也为《西藏文学》之后正确妥当处理文学与市场的关系积累了宝贵的经验和教训。在此之后，西藏文学的创作与传播发生了新的变化。一方面，西藏文学在诗歌、小说、散文、报告文学等方面取得了长足的发展，诸多诗人作家出版诗集、小说，为当代西藏文学画上了浓墨重彩的一笔；另一方面，西藏文学与网络、影视结合，获得了新的生命力，展现了西藏文学在新时期的繁荣发展。《西藏文学》虽然一时不具备可与新兴媒介相比的优势，却从未缺席西藏文学的发展，其不断关注西藏文学发展的新态势并为其提供有力的平台支撑，召开文学研讨会、发布会，积极宣传西藏文学创作的新成就，不断融入21世纪西藏文学的发展进程。

四、《西藏文学》的文学活动与西藏文学的传播

文学活动反映着一段时期内文学创作、传播的活跃度和自由度，也是文学期刊扩大自身影响力、传播自身文学理念的重要之举，所以从文学期刊所参与举办的文学活动，可窥见一段时期内文学发展的状况和态势。

《西藏文学》历年参与、举办文学活动，设立文学奖项近20次，以2000年为界可分为前后两期。虽然前后两期在数量上并无明显的区别，但在文学活动的范围和影响上还是存有差异。20世纪80年代和90年代的文学活动，《西藏文学》编辑部多为参与者，或联合主办方。当时的文学活动规模较大，涉及的社会面较广，如"六省（区）藏族地区文学讨论会""西南五省（区）一市作家西藏笔会"等活动，为不同省市的藏族地区文学创作者提供了交流切磋的平台，营造了活跃自由的文学氛围。大家以《西藏文

---

[1] 黄发有：《中国当代文学传媒研究》，人民文学出版社2014年版，第46页。
[2] 《告读者》，《西藏文学》2000年第4期（总第169期）。

学》为话语阵地形成了文学创作的共同体，不仅扩大了刊物的影响力，而且促进了西藏文学创作面向更广阔的群体。再如《西藏文学》与中国作协西藏分会、《拉萨河》编辑部等相关单位共同组织举办文学活动，依托《西藏文学》平台，展示出刊物积极参与民族文学建设和交流的努力，并不断关注藏族作家的成长和藏族文学的发展，为西藏文学的繁荣贡献自己的力量。以 1980 年"西藏首次文学作品评选"活动为例，该活动评奖范围为 1976 年 10 月—1980 年 9 月间西藏自治区的优秀作品，获奖作品共计 81 篇，涉及《西藏日报》《人民文学》《诗刊》等众多媒体。这一时期的西藏文学依托《西藏文学》所举办的各项文学活动得以走出自治区，面向更广阔的文学天地。

到了 90 年代初期，《西藏文学》举办的文学活动的规模不如从前，但其创办理念依然坚持文学的独立性和思想性。1990 年中国作协西藏分会、《西藏文艺》编辑部、《西藏文学》编辑部联合发起"迎接西藏和平解放 40 周年报告文学有奖征文"活动，征文要求"取材西藏，角度新颖，人物突出，材料翔实，有文学性。题材风格不拘"①。从征文要求可以看出，征文虽为纪实性的报告文学，但还是以追求文学性为主，并突出民族和地域特色。在奖项设置方面，以精神奖励为主，物质奖励为辅，兼顾藏汉文的创作。1991 年第 3 期"献给西藏和平解放四十周年"专号选登了此次报告文学征文活动中的 4 篇报告文学作品。提前一年以一种文学形式征文，可见《西藏文学》编辑部应该设想的是形成一期"西藏和平解放四十周年"报告文学专刊，但《西藏文学》并未对此次征文活动后续情况和获奖作品进行整体报道，可见此次征文活动未能达到预期的效果。再如 1994 年进行了年度优秀文学作品的评奖，颁奖词中，编辑部指出了文学价值的评判标准以及当时的时代状况：文学反映着人类的苦难，也是对真善美的表达，需要通过幻想、象征以及准确生动的语言描述人类的种种生存境遇；同时面对时代的急剧变革，需要通过优秀的文学作品矫正自身，努力保持自身美好的东西。可见，在时代变革之际，刊物发起的文学活动对作家创作和读者阅读发挥着重要的引导作用。

90 年代末，随着市场化浪潮的到来，文学创作、交流活动不再受人瞩目，《西藏文学》所举办的文学活动也随之减少。1995 年《西藏文学》编辑部举办了文学评论座谈会，目的是加强西藏文学评论者之间的联系，繁荣本地区的文学评论创作。关于西藏文学评论不景气的原因，与会者认为一方面是市场经济的影响，另一方面是评论文章的书卷气太重，评论队伍人才流失严重。为了应对文学的市场化和商品化，1998 年《西藏文学》杂志社联合《小说选刊》、北京电视台以及全国多家文学期刊，共同发起了"咱老百姓"短篇小说主题征文的大型活动，征文活动期为 1998 年 5 月 1 日—12 月 31 日。在阐释活动初衷时，编辑指出"百姓生活永远是文学创作的最佳源泉"②，而短篇小说作为独具魅力的传统文学在一段时间内孤寂冷清，但繁荣短篇小说创作，"是广大读者的迫切要求，也是文学期刊谋求自身生存、发展的迫切要求"③，所以这项活动要挖掘贴近百姓生活的优秀短篇小说。此次征文与市场经济的繁荣不无关系，人们在市场的驱

---

① 《迎接西藏和平解放 40 周年报告文学有奖征文》，《西藏文学》1990 年第 4 期。
② 《"咱老百姓"短篇小说主题征文活动启事》，《西藏文学》1998 年第 4 期。
③ 《"咱老百姓"短篇小说主题征文活动启事》，《西藏文学》1998 年第 4 期。

动和利益的诱惑下无暇阅读长篇巨著，也无法欣赏阳春白雪的诗歌散文。相比之下，短篇小说既富于趣味性、可读性，读起来还耗时短，所以短篇小说的形式确实迎合了读者的口味和市场的需求，自然成为市场化文学期刊的迫切需求。同时，启事中称"原作者仍可保留其除电视短剧以外的影视作品改编权，并将获得电视短剧改编权转让费1000元。有能力完成剧本的作者，将另获编剧稿酬2000元"①。与新媒介的联袂，也成为《西藏文学》等文学期刊寻求的出路之一，征稿启事明码标价以此吸引更多的文学爱好者参与进来。然而，声势浩大的"咱老百姓"短篇小说主题征文活动未能取得预期效果，征文结果只体现为1998年第6期刊登的冉启培《表叔娘》一文，之后此项活动不了了之，无人再提。

到了21世纪，《西藏文学》经过一段时间的沉寂，于2017年开展了首届"《西藏文学》走进高校"活动，并刊发了相关的优秀作品。活动的范围只限于西藏地区，对象是特定的高校大学生群体。第一届西藏师专走进高校获奖作品共计6篇；第二届西藏大学走进高校获奖作品共计6篇；西藏民大走进高校获奖作品共计9篇；西藏藏医药大学走进高校获奖作品共计3篇。从活动的范围和作品的数量而言，网络时代和市场化浪潮中文学期刊举办的文学活动不再受到更多人的关注。然而，刊物并未就此放弃宣传文学、发展自身的机会，"走进高校"活动可视为《西藏文学》为进一步挖掘培养具有潜质的少数民族青年作家而采取的举措。正如编者在首届活动"编者按"中所言：此次活动"旨在培养文学新人，营造文学氛围，扩大刊物的社会影响力。同时，也是从封闭办刊，走向开放办刊的一个重要迈步"②。

就活动和奖项的影响力而言，20世纪八九十年代，《西藏文学》所参与、举办的文学活动以及设立的文学奖项在很大程度上促进了少数民族地区文学的发展，促使更多作家和读者投身到文学活动中来，并为其提供了学习交流的话语平台，也为其他地区的文学爱好者提供了了解西藏文学文化的窗口，期刊与文学形成了互动共生的良好关系。如1988年1—7月号，《西藏文学》每一期都刊发"太阳城诗会"专稿，是为全面展示藏地诗人的最新成果、最佳水平所开辟的专栏。同年8月又推出"太阳城诗会"专号，其中有阿来的《群山，或者关于我自己的颂辞》、张中的《象征与独白》等20多篇优秀诗作和评论文章。刊物还召集此次诗会参加者举行诗歌盛典"太阳城诗会"，影响波及西藏、青海、四川等地，发表28位藏汉族诗人诗作共6000余行，相关诗评若干篇，在很大程度上促进了藏族地区新老诗人的交流和诗歌的繁荣，展示了青藏高原诗歌创作队伍的阵容和风采，成为当代西藏文学史上辉煌的一页。21世纪以来，《西藏文学》所举办开展的文学活动在影响力方面不及以往，但也为西藏文学的发展起到了积极的助推作用。如2019年第5期"西藏青年作家作品研讨"专辑，针对三位青年诗人白玛央金、洛桑更才和沙冒智化的诗集出版，《西藏文学》编辑部联合西藏作协等单位举办研讨会，其用意在于"期待更多的年轻作者涌现，唯有这样西藏文学才能星火燎原，才能召唤更

---

① 《编者按》，《"咱老百姓"短篇小说主题征文活动启事》，《西藏文学》1998年第4期。
② 《编者按》，《"咱老百姓"短篇小说主题征文活动启事》，《西藏文学》2017年第6期。

多的新生力量参与到文学创作的队伍里"①。编者也衷心希望这样的研讨会能够继续，西藏文学能重新焕发生机。紧接着在 2021 年，由《诗刊》社、西藏自治区党委宣传部等部门主办的西藏诗人陈人杰诗集《山海间》新书首发暨研讨会在首都北京举行，《西藏文学》对这一活动进行了全方位的记录，刊发了 20 篇评论文章，引起了较为广泛的关注。此外，"走进高校"系列活动，所选出的作品质量还有待进一步考察，但总体而言几届活动在西藏高校中引起了青年学子广泛的关注和参与，调动了青年学子从事西藏文学创作的积极性，吸引到更多的作家读者关注西藏文学的发展。

《西藏文学》举办的各类文学征文评奖活动，既结合刊物自身特色又主动与主流话语相融合，既体现编辑的策划能力又积极与其他文艺部门相协作，为广大受众呈上了丰富的文学盛宴。征文评奖活动凝结着编辑办刊的心血，体现了读者、作家、社会围绕着刊物展开的良性文学生态，为这一区域文学的繁荣起到了巨大的促进作用。

结　语

《西藏文学》的办刊历程清晰地反映了当代西藏文学的传播脉络。刊物的栏目设置根据时代发展不断进行调整和创新，折射出当代西藏文学在不同时期的传播特征，见证了当代西藏文学的成长。从始至终，《西藏文学》不断与主流话语融合，同时以其地域和民族特色，在众多文学期刊中独树一帜，这也彰显出西藏文学的发展主线。21 世纪前后，《西藏文学》经历了文学期刊市场化探索，并在探索受挫后回归正轨，西藏文学写作则运用新兴媒介，在网络文学、影视文学时代突出重围，取得诸多优秀的成果。《西藏文学》在 21 世纪积蓄力量，不断深入社会、高校，举办了一系列的文学创作和交流活动，尝试突破市场对文学期刊的制约，并运用微信公众号等新媒介进一步为西藏文学发声，同时试图重新激发文学期刊的生命力。职是之故，《西藏文学》从栏目设置、专号专辑的策划、刊物的改版以及举办文学活动等各方面助力当代西藏文学的发展，"承担起宣传西藏、反映西藏的窗口任务，发挥着净化心灵、建设精神文明方面不可替代的作用"②，彰显出文学期刊对文学生态的重大影响力。

（西安交通大学人文学院教授、博导；西安交通大学人文学院博士研究生）

---

① 《编者语》，《西藏文学》2019 年第 5 期。
② 克珠群佩：《我与〈西藏文学〉的因缘——为祝贺〈西藏文学〉三十岁生日而作》，《西藏文学》2007 年第 6 期。

藏族生态写作的传统延续与现代特质[*]

郑佳丽　丹珍草

自然生态环境是人类赖以生存的物质基础,也是人类精神文明的栖息地。西方生态文学思潮自20世纪70年代末80年代初进入中国后,热度居高不下,在中国作家四十余年的摸索与实践下,生态写作逐渐形成规模,也显露出中国本土性特征。近年来,中国的生态创作与批评研究积极在时代发展的格局下寻找定位,藏族的生态写作也显露出"边缘的活力"。藏族作家对民族传统文化的激活,对生态写作传统的延续以及民族生态文化的融合,让生态文学的本土表达与审美形态体现出新的话语实践。首先,藏族作家兼具理性与感性的生态书写,强调人与自然不仅是生态共同体,也是生命共同体与命运共同体,其底层逻辑与中国传统生态智慧"天人合一"思想相得益彰;其次,藏族生态写作以独具中国神话韵味与史诗韵味的生态书写路径,与中国文学传统一脉相承。两者展现着民族作家在创作上的文化自觉与自信。此外,藏族生态写作不仅聚焦于人类对自然环境的共同关怀与价值追求,也渗透着民族文化预警,创伤书写成为作家笔下自发性的创作内容。通过创作,藏族作家转移创伤,实现了文学对心灵的疗愈功能。

一、中国本土生态思想的民族话语阐释

中华民族的生态文化可追溯至几千年前,"天人合一"是最为典型的理念之一。作为中国传统文化中的重要哲学理念,"天人合一"包括两个基本范畴,即"天"与"人"。"天"一指具备宗教色彩的神灵之天,二指道德化的伦理之天,三指自然之天。"人"一指人类,二指君王。"天人合一"始于《周易》,千百年来渗入中华文学传统,如《山海经》《诗经》《世说新语》等古代文献中记载了大量阐述"天人合一"思想的文章,传达了我国古代人民朴素的生态观念。儒、佛、道三家对"天人合一"思想虽有不同阐释,但都将其作为处理人与自然关系的准则,蕴含了朴素的生态伦理思想,反映了我国农业生产方式下先民关于人与自然相依共存的生态智慧。藏族作为青藏高原上最古老的民族之一,受自然地理以及人文观念等因素影响,其"天人合一"理念更是根深蒂固。"在藏民族传统生态文明中,有着强烈的'天人合一'的思想……强调藏

---

[*] 本文为国家社科基金项目"口头传统与书面文本关系研究"(22BZW178)阶段性成果。

区生态与藏民族的和谐相融。藏族传统生态文明强调人源于自然或者自然神,人与自然具有共同的血缘关系。"① 它是一种建立在生产、生活实践基础上的民间智慧,根植于当地民众对山水世界的理解与认识,是经过世代传承与累积而最终形成的一套适应、利用、保护生态以及规约社会的知识体系。"自然界是非常神奇的,与人类,动物,植物的生长有着密切的联系,尤其人体,随着日月星辰的流转,天地四时的运行,人体的五脏、气脉以及血液的循环也都会随之变化。"② 这与"天地与我并生,而万物与我为一"③ 的传统哲学观念不谋而合。在藏族生态文本中,藏族作家通过对人与自然是生态共同体、生命共同体与命运共同体的关系书写,阐释了人与自然"天人合一"的生态思想。

首先,藏族作家通过书写人与自然是客观物质与生存基础上的生态共同体,传达"天人合一"的生态理念。梅卓《野血烈焰》中,同千万户牧民一样,热嘎老人一家的日常生活资源都从牦牛身上得来的,牦牛为他们带来温暖与健康,带给他们战胜疾病与寒冷的力量。所以,照顾牦牛便成为牧人们的头等大事。像疼惜自己的孩子一样疼爱牦牛的儿媳妇德格措,对于牦牛身上的每件东西都做到物尽其用,绝不浪费。牛奶、牛粪、牛皮等皆是牦牛对她无微不至照顾的馈赠。热嘎老人一家像所有牧民一样,在季节的更换中不断地转移草场去放牧,这种轮牧方式一方面能使牛羊拥有充足的饲养材料,另一方面又能减轻草场的压力,使得草场拥有休养期,有利于草场的恢复。在广阔的草原上,马是牧民们重要的交通工具,狗保护羊群与牧人不受狼群攻击。每年在风雪下搬迁的牧民、动物与自然三者合一、融为一体,彰显着人与自然和谐共生的"天人合一"生存状态。在阿来的《蘑菇圈》中,"布谷鸟叫声响起这一天,在山上的人……他们烹煮这一顿新鲜蘑菇"④,在那饥荒的岁月里,蘑菇支撑起阿妈斯炯一家的生活,村里许多人也能喝上一碗香甜的蘑菇汤。而在长达半个世纪的叙事中,人与自然的矛盾也贯彻始终。当1955年工作组第一次进驻机村时便宣扬了"物尽其用,不可浪费"的观念,于是在十余年里机村的原始森林便惨遭砍伐殆尽;两三年后工作组第二次进入机村,"人定胜天"这种极端人类中心主义的思想,粮食因施肥过度几乎颗粒无收。随着森林被破坏,机村遭遇了大旱。《空山》系列中,机村原本是一座美丽的古老村落,后来却遭遇了各种各样的自然灾害,这些自然灾害将机村人一次次置于危险的境地。人类认为自然是可以利用、改造与征服以获得财富的,大片的原始森林被砍伐,猴子被大规模枪杀。随之便出现了《荒芜》中泥石流等自然灾害摧毁了土地与庄稼,机村人甚至可能被迫离开生活了千百年的故土去寻找古歌中的旧万国。

其次,藏族作家通过书写自然万物的神性、灵性,强调人与自然是"天人合一"的生命共同体。在阿来的小说《生命》中,年轻的邮递员在陌生的邮路上行走时遇上暴风雪,当他骑着红马往陡坡上爬行时,他感受到了马匹的坚韧力量通过十指进入手掌传遍他的身体,而当他倒地时,他还想着给红马分吃冷馒头。在命悬一线时,红马用高大的身躯为主人提供温暖,最终邮递员在驮脚汉的救助下逐渐苏醒。在次仁罗布《放生羊》

---

① 桑杰东主:《浅谈藏族对生态文化的价值及其对社会的影响》,《黑龙江史志》2014年第7期。
② 梅卓:《神授·魔岭记》,青海人民出版社2019年版,第208—209页。
③ 方勇译注:《庄子》,中华书局出版社2010年版,第31页。
④ 阿来:《蘑菇圈》,长江文艺出版社2015年版,第5页。

中，老人看到绵羊时，便有一种亲切感流遍周身，仿佛与它熟识已久；在成为放生羊之后，绵羊与老人在转经等日常活动中建立了深厚情谊，相依为命，互相救赎。诗人洛嘉才让的《牛兄弟》书写了在一个若虚若实的午后，一头神采奕奕的牛进入了"我"在的咖啡店，并与"我"相对而坐。"午后/我在咖啡馆/昏昏欲睡/忽然进来/一头牛/坐我对面/我看它/双眼清澈 天庭饱满/毛色光亮/忍不住惊叹/真是一头好牛！"① 尽管是在时空错置的幻境，洛嘉才让使"牛兄弟""坐"以及对牛的形态书写，从牛兄弟与"我"在行为或精神、情感上的可能性互动入手，运用意识流，传达着人与万物的神秘联系。此外，对神山圣湖的书写也是藏族生态文本中常见的内容。神山圣湖崇拜是藏族久远的民间信仰，在思想内涵上又与中国山水文化一脉相承。山水文化对于中国人而言具有极重要的象征意义与符号意义，它以儒、佛、道为核心，追求人与天地万物的同一，集中表现了中国人敬畏自然，推崇人与自然和谐的观念。"山无大小，皆有神灵，山大则神大，山小即神小也。"② 藏族的神山圣湖崇拜同是如此。在藏族作家的生态文本中，神山圣湖保护着一方水土，神山圣湖崇拜传递着藏族对自然的敬畏之心。在阿来《空山》中，圣湖色嫫措保护着一方水土的祥和。尽管无人见过色嫫措，但他们却坚信那里有着一对金野鸭，它们是机村人世代信奉的保护神，是它们带来了生命与温暖。在江洋才让《康巴方式》中，藏族人不敢在神山上随意挖掘，伤害神山上的禽兽鱼虫，南卡婆婆不允许人们随意带走山上的石头。此外，山上的一切都是属于山神的，人们从山上得到的一切都是山神赋予的，如阿来《三只虫草》中，虫草被村民认为是山神神圣的礼物。

最后，藏族作家通过书写人与自然的神秘联系，阐释人与自然是"天人合一"的命运共同体。在阿来《河上柏影》中，当外界的人都忙着建寺开停车场，所有人都关心旅游产业能给当地带来巨大经济发展时，王泽周的母亲则只关心着柏树，并说，当这些树都死去的时候，也是她生命走到尽头的时刻。阿来《红狐》中的藏族猎人金生在当地下令禁止捕捉野生动物后，没有了谋生途径，突然间的瘫痪也是因为上缴猎枪。三年后他听闻村里剩下最后一只狐狸并决心猎杀这只红狐，最后在枪声响起时，猎人与红狐同时死去。阿来"山珍三部"中蘑菇圈的被毁灭，虫草的未知旅程，岷江柏的绝种，皆暗示人若继续掠夺自然将导致的后果。在阿来的思维中，或许人类的未来也可能像它们一样。雍措《凹村》中的表叔因为虐杀幼马，最终自己也像马一样死去。江洋才让《康巴方式》中，一只香獐的死亡让村子有了邪气，然后便会有越来越多的人生病。梅卓《神授·魔岭记》将自然生态的变化与人类社会的命运系于一体，写道："末法时代啊！雪山消融，圣水枯竭，两岸失去滋养，动物失去家园，人类强烈的欲望蒙蔽了智慧……魔王路赞也正是在这种种条件下才可以转世再来的呀！"③ 折射出了自然的状态与人类社会的和平安宁有着休戚与共的关系。因此，藏族作家对"天人合一"生态思想的阐释，带着独特的民族思维与浓厚的民族气息，他们通过对人与自然是生态共同体、生命共同体以及命运共同体的书写阐释，力证人与自然"天人合一"的关系。

---

① 洛嘉才让：《阳光在头顶撒下金粉·牛兄弟》，《青海湖》2021年第4期。
② 葛洪：《抱朴子》，张松辉译注，中华书局2011年版，第537页。
③ 梅卓：《神授·魔岭记》，青海人民出版社2019年版，第277页。

二、神话思维下的生态叙事路径

  我国是一个多民族国家,千百年来各民族在交流、交往、交融中形成了具有共同文化、心理、思维、素质以及地域等共同因素的稳定的共同体。作为几千年来文化不曾断层的民族,中华各民族以文化为情感寄托与精神联系的重要纽带。文化孕育着一个民族的底蕴与气质,具有稳定性与民族性。神话作为最为原始的文学传统之一,折射着原始初民认识与思考宇宙自然的思维,折射着一个民族的集体无意识。中华民族是一个神话发达的民族,神话作为我国古老的文学传统,是中国56个民族劳动人民集体创作的产物,传达着我国古代先民的生存状态与精神内涵,千百年来以中华民族传统文化基因孕育与传承了独属于中华儿女的集体记忆。

  一方面,藏族神话传说作为中华神话中极为丰富的一支脉,对于人与自然的关系具有极为丰富的探究,其中宣扬人与自然和谐共生的价值观念,"是藏族先民们一部不屈不挠的创业史诗,也是他们热爱自然、敬畏自然、并希望与大自然和谐相处的生命赞歌"[①]。这与古老的中国神话关于人与自然融合统一的价值观念相同:如神明或者英雄与自然元素相融合,饱含自然气息;如盘古开天辟地,盘古死后身体化为万物,眼睛变为月亮与太阳,毛发变为草木树林,血液变为河流,皮肤变为土地;又如《山海经》中许多半人半兽形象具有浓郁的天人合一气息,如半人半龙的计蒙、半人半马的英招、半人半鸟的禺强等;藏族史诗《格萨尔》中则有雄狮大王格萨尔、龙女珠牡等,皆体现了我国古代先民认为人与天地、自然万物浑然一体的观念。

  另一方面,藏族生态创作在叙事路径上具有典型的魔幻色彩。莫言曾说"魔幻是西方的资源,佛教是东方的魔幻资源,六道轮回是中国的魔幻资源"[②],道出了中国魔幻叙事的本质。作为一种文学创作手法,中国特色的魔幻叙事一直存在于中国古典文学传统之中,加之藏族地区佛教文化的广泛传播,在藏传佛教文化、民间口头文学等文化因素影响下,产生了丰富而深远的魔幻叙事文学传统,藏族英雄史诗《格萨尔》便是最经典的呈现,与拉美魔幻现实主义文学有着根源性的区别。拉美魔幻现实主义在20世纪80年代进入中国文学界后引起轩然大波,影响了莫言、余华、扎西达娃等中国作家,但是,对于拉美魔幻现实主义,中国作家并非全盘接受,而是转向植根于中华民族传统与民间文化的神话资源和丰厚土壤寻求养分,实现了具有本土特色的魔幻叙事。"作为民族'集体无意识'的民族情感、民族自尊心、民族文化传统已经深深融入了民族成员的心灵深处,成为不可磨灭的思维定势和情感基础。它可以在与异质文化的交流中发生某些变化,却很难被异质文化所同化。"[③] 因此,在中国作家的文学实践下,出现了"西藏魔幻""屈原山鬼魔幻""巫鬼魔幻"等具有中国本土特色的魔幻叙事形态。

  以西藏本土文化为根基的"西藏魔幻"叙事在藏族作家生态文本中最为典型。人与自然之间的"寄魂""转世"现象,与中国神灵思维下的神话叙事传统一脉相承。中国

[①] 高立强、田语:《试论藏族神话的原生态特征》,《四川民族学院学报》2014年第4期。
[②] 莫言、李敬泽:《向中国古典小说致敬》,《当代作家评论》2006年第2期。
[③] 樊星:《全球化时代的文学选择》,《文学评论》2000年第1期。

古来便有转世轮回、寄魂转生等说法，中国古代典籍中多见。《山海经》中精卫填海、秦始皇自称祖龙转世、禹的父亲鲧死后做黄熊，皆为中国早期六道轮回观的体现；《史记》中赵王如意死后变为苍犬，杜伯被宣王杀死变成怨鬼报仇；《左传》中赵同、赵括的祖父死后变成披发的厉鬼为孙儿复仇；《春秋》中庄子仪无辜被燕简公杀死，变鬼复仇；等等。而民间流传的经典关公传说中，火德星君、神龙被玉帝斩首后，灵魂寄存于血红光、红布、红线、灯火、雷雨等，在得到和尚道士的救护后转世为人成为关公。这类传说展现了中国文化传统中"神与物游"的生命观念，即生物的魂灵依存于自然界的物质，可寄魂万物或轮回转世。史诗《格萨尔》认为，生命只是灵魂的一种存在形式，而生命的产生仅需要灵魂以及一个可以供灵魂依附的躯体，这种灵魂依附于躯壳的现象称为"灵魂外寄"。三界中神、人、魔都可寄魂于物，如魔王路赞的灵魂有九个之多，分别寄存于海洋、大树和野牛；霍尔国白帐王的灵魂寄于阿尼玛卿神山；岭国国王寄魂于大黑熊、猫头鹰、九尾灾鱼等。"寄魂"不仅是《格萨尔》中常见的情节，在当代藏族作家的笔端之下更是成为生态创作中常见的情节之一。如梅卓的《月亮营地》书写了母亲尼罗在死后即将进行天葬时寄魂于一头白尾牦牛，阿来在《云中记》中书写阿巴妹妹死后寄魂于鸢尾花。而"转世"在佛教中指的是指一个人在死亡后，其灵魂在轮回中投胎，可能诞生为人，也可能成为自然界中的动植物等，如德本加的小说《狗，主人及其亲友们》中狗是母亲的转世。作为藏族文学传统中的典型情节，寄魂于森林、湖海、神山或自然万物的"神话书写"，以及人类与自然万物相随流转的"轮回转世"，实则传达藏族传统信仰中人与自然密不可分的观念。

我国神话传说中无论是盘古开天还是女娲造人，都宣扬了万物同根同源的理念。从《山海经》《楚辞》到《搜神记》《西游记》《聊斋志异》，一切神魔志怪书写都体现了我国古代人民对神魔文化的深层思维认同，也凸显了神话本质上的"神性"。然而现代性"祛魅"对文学创作中的"神性"进行解构，神话成为攻击的主要对象之一。从蒙昧到科学是人类社会发展进程的规律，"文学的祛魅"作为"世界的祛魅"的产物，有着自身的合理性，但也存在难以自圆其说的矛盾。"'世界的祛魅'所产生的另一个后果是人与自然的那种亲切感的丧失，同自然的交流之中带来的意义和满足感的丧失。"① 我们需要承认"祛魅"给我们的文学传统带来颠覆，现代文学的审美性也随之大打折扣。而在这宣扬"文学祛魅"的现代，藏族文学却以魔幻叙事的方式延续着中国神话的书写传统，丰富着现代文学叙事体系。藏族生态写作对自然界中超自然现象的魔幻书写，虽带有强烈的宗教文化因子，但这种文化的背后是一个民族思考与看待世界的方式，其间存在着一个民族的原生气质与现代性反思的内在张力，在一定程度上延续了我国神话书写传统，并为中国当代生态文学突破叙事审美疲劳的困囿赋能。

三、自觉自然的生态文化立场

传统意义上的生态文学被认为"是以生态整体主义为思想基础、以生态系统整体利

---

① 大卫·雷·格里芬：《后现代精神》，王成兵译，中央编译出版社2005年版，第220页。

益为最高价值的，考察和表现自然与人之关系和探寻生态危机之社会根源，并从事和表现独特的生态审美的文学。生态责任、文化批判、生态理想、生态预警和生态审美是其突出特点"①。但将该概念用于民族生态写作批评似乎显得相对片面与无力。具体而言，本质区别在于普遍意义上的生态文学是对自然环境污染、资源枯竭等所引发的现代性危机的被动反映，是作家道德良知的体现与社会责任的担当。但我国民族地区的生态意识是基于与自然生态的紧密联系形成的，背后隐藏着文化、信仰等更多的深层次因素。因此，在分析民族生态文学时，应立足于民族本体，而非一味硬搬外来理论强行套用。"我们需要深入少数民族文学现场，'从作品出发'，'回到文学本体'，解读少数民族文学'边缘的活力'的现实境地及其审美意蕴"②，以藏族生态文学为例，将对藏族生态文学的批评解读，置于中国生态文学甚至是世界生态文学语境中，不难发现民族生态文化立场的重要性。

生态文学皆有"生态预警"功能，体现着作家对自然生态环境的敏感认知与责任担当。但在藏族生态写作中，隐含着更深层的"文化预警"。"藏族当代文学的特质，可以概括为'文化的文学'，既不同于传统，也有别于'现代'。'文化的文学'是我们把握当代藏族文学的一个不容忽视的观念。"③ 同时，民族生态写作一直以来被认为具有先天性优势，民族作家大多生活于高原、峡谷、大漠等区域。近年来，民族生态写作呈现"井喷"式发展态势，不约而同的创作趋向使得民族生态创作在当代文学史上蔚然成风。显而易见，该现象并非偶然，而是一种不可规避的历史进程的产物。"所谓现代性……允许我们去历险，去获得权利、快乐和成长，去改变我们自己和世界，但与此同时它又威胁要摧毁我们拥有的一切……"④ 随着民族地区工业化、城市化进程的不断加快，民族地区内部出现了明显的变化。以藏族地区为例：首先是原始生态环境的改变，其次是人们精神世界观念的转变，随之隐现出文化与信仰的转化，"一切固定的东西都烟消云散了，一切神圣的东西都被亵渎了……"⑤ 因此藏族生态写作不仅仅表达了作家对自然生态环境的深忧隐虑，更表达了对民族传统文化的忧患意识。"虽然全世界的人都会把藏族看成是一个诚信教义，崇奉着众多偶像的民族，但是，作为一个藏族人如我，却看到教义正失去活力，看到了偶像的黄昏。"⑥ 因此在阿来的生态文学创作背后，隐藏着对民族信仰与传统文化的焦虑。民族作家作为民族现代化进程的亲历者，将其中的创伤经历作为书写的重要内容。

"创伤"原为医学用语，起源于希腊语，指外界因素的干扰与侵袭造成的个人的生理与心理的伤害。卡鲁斯《沉默的经验》定义其为"一种突如其来的、灾难性的、无法回避的经历。人们对于这一事件的反应往往是延宕的、无法控制的、并且通过幻觉或其

---

① 王诺：《欧美生态文学》（第三版），北京大学出版社 2020 年版，第 24 页。
② 丹珍草：《新时代多民族文学批评的话语实践与边缘活力》，《民族文学研究》2022 年第 3 期。
③ 朱霞：《当代藏族文学的文化诠释》，《民族文学研究》1999 年第 4 期。
④ 马歇尔·伯曼：《一切坚固的东西都烟消云散了——现代性体验》，徐大建等译，商务印书馆 2003 年版，第 15 页。
⑤ 马克思、恩格斯：《马克思恩格斯选集》（第一卷），人民出版社 1972 年版，第 254 页。
⑥ 阿来：《大地的阶梯》，四川文艺出版社 2017 年版，第 8 页。

他闯入方式反复出现"①。当该概念由医学与心理学发展蔓延至社会文化领域时,便产生了"文化创伤"的概念,指个人或群体经历了他们意识内认为可怕的事件,留下无法磨灭的痕迹,改变了他们的未来。自然生态的恶化与民族文化信仰的危机是一个限循环的怪圈,藏族作家深知其危害,于是诉诸文字,生态文学写作成为作家的自发性选择,它不仅是作家对民族传统文化与信仰的"抢救",也是对自我的治疗与拯救。

医学与艺术自古以来便有着密切的联系,以艺术拯救人的心理及精神是古已有之的传统。"人作为有机生命物中最复杂精微的一种,如果文学活动对于人的生命-精神的生存生态来说不可或缺,那么承担起包括治病和救灾在内的文化整合与治疗功能,也就是文学活动最初的特质所在。"② 20世纪后文学人类学科兴起,将研究的目光投至文学的治疗功能。从实用性而言,文学作为人学,是社会健康发展必不可缺的工具。文学"对于调节情感、意志和理性之间的冲突和张力,消解内心生活的障碍,维持身与心、个人与社会之间的健康均衡关系,培育和滋养健全完满的人性,均具有不可替代的作用"③。从文学创作的过程而言,它是作家与自我的对话过程,作家通过内心的独白,完成情感的宣泄与心灵的探索,从而实现文学对自我的治愈功能。

藏族作家自我反省、自我警惕,在道尽自然生态被破坏、传统生态文化遭遇危机之时,以最为真切干净的情怀,追寻着生态自然本初的美好。拥塔拉姆的散文集《守望故乡》以导游的形式,进入自然亲近万物,向人们介绍故乡炉霍的自然生态与人文环境,尽情抒发对自然万物的热爱之情。"谁知昨夜落下春雪,大地被覆盖了一层白沙……喜鹊在雪枝上的阳光里欢歌笑舞,与它们打过目光的招呼,从白杨下跑向湖边……要不是天鹅和水鸟们的自在游动,真以为自己是画中的人。"④ 在自然大地的怀抱中,拥塔拉姆与自然融为一体,自然万物在她的笔下生机勃勃,充满着强盛的生命力。"我们站在山上注视草原,白色下面几处墨绿的暗圈依稀可见,黑色的牛毛帐篷和牛马星星点点分布在草原上……"⑤ 藏族作家倾力打造原始纯真的自然生态,碧绿无垠的草原,蔚蓝无际的天空,清澈悠悠的江河湖泊,悠然自在的牛羊马群……这一切构成了民族最为诗意和谐的自然风景图,藏族作家沉醉其中,实现了文学治疗的功能。

四、余论

西方生态科学影响下的自然科学话语在很长一段时间里占据着生态写作的天地,用习得的西方生态写作理论书写中国的生态景象,以西方生态写作的准则衡量中国生态写作,都是我国在生态写作初期做过的尝试。"如何把这些理论资源本土化等问

---

① Caruth Cathy, *Unclaimed Experience: Trauma, Narrative, History*. Johns Hopkins University Press, 1996, p. 92.
② 叶舒宪:《文学人类学教程》,中国社会科学出版社2010年版,第266页。
③ 叶舒宪:《文学与治疗——关于文学功能的人类学研究》,《中国比较文学》1998年第2期。
④ 拥塔拉姆:《无恙》,作家出版社2009年版,第12页。
⑤ 拥塔拉姆:《无恙》,作家出版社2009年版,第28页。

题,仍是需要加以理性梳理和实践总结的。"[1] 近年来,中国作家的生态写作在探索中认识到本土资源及本土审美性的重要。藏族文学作为中国文学重要的组成部分之一,在构建中国本土生态文学过程中贡献着重要力量,在生态创作领域显露出不可忽略的个性与魅力。

首先,藏族生态创作是具备文学性、艺术性的创作。生态文学创作,是作家面对心灵、感情的过程,这个过程中,我们可以看到他们对生态环境的深忧隐虑。同时,孟繁华认为与文学性要求文学具备情感相对应的,是实现文学性的途径与手段。在这方面,藏族作家并非故步自封,而是主动延续中国文学传统并学习西方表达技巧,形成中华传统神话与西方先锋性相结合的别具一格的写作方式。此外,孟繁华认为作家的胸怀和境界是其作品具备文学性的最为重要的因素。藏族生态写作是对人与自然关系的探索,但它并非单独地偏向人类或自然中的一方,而是关心人在自然面前应如何成长,从而能以更成熟的思维去面对当下并处理未来人类与自然的关系。

其次,藏族生态文学是具有批判性、世界性的创作。马尔库塞在《单向度的人》中提出文化保持自身张力及价值的方法是具备批判性,并非在单向度的社会中认识外在一切存在。藏族作家的生态创作批判的并非现代化,而是人在社会发展进程中人性的扭曲以及自我的迷失。传统的生态写作常将矛头指向现代化、工业化,刻画自然与现代化不可调和的矛盾,将两者置于无法共存的位置,这在一定程度上是一种推卸责任的表现,将过错归结于现代化。马尔库塞的观点是,人类在本质上是自然的一部分,源于自然、属于自然,因此人类的一切作为与活动也应是符合自然规律的。在这个维度上,我们可以认为人类与自然的矛盾运动具有自身的规则,在历史的、运动的人类社会发展进程中,人应具备自我剖析、自我克制以及自我反思的能力,去认识规律,阻止自我的堕落与异化,这也是藏族生态创作的立场之一。

不可否认,藏族生态创作多年来也存在写作题材不够丰富、叙事技巧固化、作品风格类型化、主题呈现简单化等问题。在写作题材上,藏族作家始终以民族地区的自然生态为书写基点,涉及最多的是神山圣湖、灵性生物的意象,不能给读者新的意象。在作品风格上,对自然生态的本质呈现似乎过于强调感性的神秘叙事和宗教文化元素,容易导致读者"猎奇"阅读体验。

尽管藏族生态文学创作存在一些不足与局限,但并不影响它在当代生态写作中的地位,更不影响我们对它的审美与期盼。藏族作家也应以更开放的思维,加强与其他民族作家的交流,吸收其他民族文学中的营养成分,将其化为己有,提高自身文学素养,以更丰富、更独特的姿态加入中国多民族文学这个"多声部的审美话语的世界"。

(中国社会科学院大学文学院博士研究生;
中国社会科学院民族文学研究所研究员、博导)

---

[1] 李长中:《生态批评与民族文学研究》,中国社会科学出版社 2012 年版,第 17 页。

认同·超验·救赎
——万玛才旦小说情感空间的建构与藏地文学的群体"共构"

赵婉彤

藏地文学是一种以"藏族文化基本特点"和"中华母文化母体的共性"[①]为特征的文学存在方式。长期以来,经过几代作家的努力,藏地文学成为藏民族社会生活、时代变迁,以及个体心路历程的集中呈现[②]。其中,民族情感作为藏民族"最稳定""最核心"的特征,在"铸牢中华民族共同体意识"的过程中发挥着举足轻重的作用[③]。随着时代的发展,在传统与现代的"碰撞"之下,当不同文化之间的"先成边界"(preboundary)逐渐消解,藏地文学对于情感的书写也随之发生转变,呈现出多元性。这中间既有如王宗仁、马丽华、凌仕江、张萍等汉族作家从不同"他者"视角对于传统藏地文明想象、逐梦以及膜拜式的书写;也有扎西达娃、罗布次仁、白玛娜珍、阿来、万玛才旦、尼玛潘多等藏族作家从不同"本我"身份对于藏民族现代化进程中主体矛盾多维度的呈现。作家基于自身特质,在"此在"与超越"此在"的精神意义上构建出属于自己的情感空间。这种情感空间不仅是作家对于生存内在体验的外化表征,同时也是作家借助创作这一意义存在与外部世界建立联系的方式。对于不同藏地作家作品情感空间内涵以及建构模式的研究,不仅是深入阐释作家作品意涵的通路,同时也将不同作品情感空间的微观特征置于藏地文学宏观情感空间的背景上,使不同作家建构的情感空间在藏地文学体系中得以很好地呈现。

藏族作家万玛才旦基于自身的创作特点,将传统性、独特性、现代性、普遍性结合起来,用"虚构和想象的方式折射出人类群体的历史境遇和人类未来可能性的同时,也使人们深入认识人与自然、社会以及人本身"[④]。在作品中,作家一贯采用冷静而克制的笔触,书写极具情感表现张力的故事,使小说情感的呈现既是一种意义价值的嵌入方式,同时也是深刻主题的诗性表达。万玛才旦小说的情感空间是繁杂而多维的,因此,对于其小说情感空间的阐释,应当突破以往单一的"传统-现代"视角,从作品内在深层书写特征入手,搭建情

[①] 徐国宝:《藏文化的特点及其所蕴涵的中华母文化的共性》,《中国藏学》2002年第3期。
[②] 杨艳伶:《自观与他观:藏地小说的文化展示》,《社会科学家》2011年第11期。
[③] 肖玲聪,崔海亮:《从藏民族心理认同机制看铸牢中华民族共同体意识的路径》,《西藏民族大学学报》2022年第3期。
[④] 王晓路:《城市空间与文学的现代性问题》,《社会科学研究》2022年第1期。

感空间的"关系链";探索"作者和读者的创造性心智和心理过程"的书写机制①。在万玛才旦小说的情感构成中,这种机制体现为空间从文本"内生性"转移至情感"外源性"的过程。因而,对其作品的研究也应从文本结构的分析上升至对内质情感空间呈现方式的探讨。本文从作为地域惯性功能的情感认同维度、作为个体经验价值的情感超验维度,和作为文化规训机制的情感救赎维度,深入探讨以下问题:万玛才旦小说情感空间的深层意涵是什么?在作家的创作实践中,这种情感空间体系是如何建构的?万玛才旦的创作与藏地作家情感空间集体"共构"的关系是怎样的?

一、地方性与情感认同空间的书写

一段时间以来,出于对"神秘性"与"纯洁性"的憧憬,很多被禁锢在现代都市钢筋水泥中的人们对于藏地文化充满着向往。而在"城市""消费"等现实语境的辐射之下,不仅藏地传统与现代化之间的地理空间边界被打破,其情感边界也趋于模糊。万玛才旦的小说在藏地"本我"与"他者"的不同视角中反映了这一变化之下藏族普通人的情感世界。

首先是对"他者"视角下藏地情感认同空间的书写。这种"他者"带有"晕轮"(halo)色彩的情感认同是非藏地个体自我赋权的体现。威廉斯在批评隐藏在风景描写之下的田园诗作者主观文学想象时说:"只有牧羊人生活的宁静展现在观者的眼前,还要掩饰或者隐藏起这种生活的卑贱,同样也只展示它的纯真,而藏起它的痛苦。"② 这里,威廉斯探讨的是一个"视角"问题:谁在看?看到了什么?展现了什么?又隐藏了什么?在《特邀演员》中,拍摄藏地的导演对于藏文化的理解也明显带有一种晕轮色彩。这正迎合多数现代人在试图"逃离"城市、进入"净土"时的心境。仿佛这里的一切都是美好的象征:"太纯了,现在在我们城里很难喝到这么纯的奶茶了,要么就加了水,要么就加了防腐剂,要么给奶牛喂了化学的饲料,哪能喝到这么纯的奶!"③ 然而,藏地真的是一尘不染的世外桃源吗?万玛才旦将这一问题以"他者"的主观认知视野呈现出来,通过"少数民族电影导演"这一展现"民族本真的日常生活、个体情感诉求、族群文化认同"④的特殊身份视角,呈现出为"现代"所"赋权"之藏地的被动性。这种由地域差异带来的情感认知与其说是主体对于神秘藏地的向往,不如说是其在现代化弊端遮蔽之下对自身美好过往"乡愁式"情感隐痛的体验;与其说是主体对于世外桃源的追寻,不如说是"寻梦者"在对藏地传统缺乏质性了解之前所做出的一厢情愿的圣化阐释。正因如此,万玛才旦试图探讨"地域文化的差异性让藏地寻梦者难以真正融入当地文化"⑤的原因,即在有意遮蔽真实藏地差异性的前提下,人们试图追寻的只是藏地传统的外在表征,而非藏民族文化传统本身。

---

① J. F. 维尔奈、冯军:《联结两种文化:文学研究的认知科学透视》,《认知诗学》2022年第1期。
② 雷蒙·威廉斯:《乡村与城市》,韩子满、刘戈、徐珊珊译,商务印书馆2013年版,第26页。
③ 万玛才旦:《故事只讲了一半》,中信出版集团2022年版,第37页。
④ 谢婉若:《少数民族电影导演"作者表述"范式》,《电影艺术》2016年第3期。
⑤ 彭超:《当代文学中的藏地情结与现代性焦虑》,《民族学刊》2022年第7期。

其次是对藏地人民自我认同的书写。这一认同方式体现为主体在现代性裹挟之下的式微与被动妥协。在万玛才旦的小说中，如果说藏地"他者"的情感认同具有片面性和主观遮蔽性，那么作为"被看者"的藏地个体"本我"自身的情感认同则是被动而式微的。同样是在《特邀演员》中，老人作为藏地传统最真实的代表，其形象的设置极大地拓展了小说情感空间的张力，使得在空间"并置性"（juxtaposition）的维度上，老人与导演构成了"本我"与"他者"在矛盾二元对立格局中本并不相交的两极。这一矛盾在"老人是否愿意参演电影中角色"的情节中被极端地展现出来。一方面，出于对传统的敬畏，老人排斥拍摄："我们这里以前有个说法，就是说你生前把自己的形象留在照片上，那么你死后灵魂就得不到解脱。""我这辈子没有照过一张照片，十年前说要办身份证，要照相，我都躲到山上去了。我到现在都没有身份证。"① 老人身上体现着普通人在传统文化强大的规训力作用下对传统倔强的坚守，尽管这种坚守是笨拙而脆弱的。另一方面，出于对本真藏地的追求，导演极力劝说老人加入拍摄。在导演眼中，老人是真实藏地的代表，他脸上每一条深刻的皱纹都在无声地、不加修饰地讲述藏地古老的故事。导演对老人的传统观念感到不解，甚至不明白为什么在自己眼中司空见惯的寻常事在他人那里却是不可逾越的沟壑："现在都什么年代了，你们这些人的脑子里还保留着这些稀奇古怪的观念，你说说你们将来可怎么办啊？"② 老人极力躲避拍摄以维护藏地传统，这种维护既是固执和保守的，也是微小和不堪一击的。办身份证时老人尚可以躲进山里，逃避现代性的波及，可是当老婆剖腹产需要一万块钱时，他则不得不向现代妥协，并最终答应为导演拍摄："我现在也顾不上那么多了""不解脱就不解脱吧，只要他们母子能平平安安就好！"③ 这里，万玛才旦将个体的情感因素从传统集体情感基质中剥离出来，在情感空间中构建出"存在的外部限定和其自由与现实的深度"④，并通过老人内心的矛盾挣扎展现出藏地传统文化的现代化过程对于个体情感的影响。反过来说，导演试图通过拍摄老人呈现藏地传统，但这种呈现恰恰以"现代消解传统"的方式展开。不愿被导演拍摄的老人是藏地传统真实文化心理的体现。而当老人最终妥协成为"演员"的时候，当情感空间中的一极走向另一极并互相融合的时候，这种"真实性"的呈现意义就不复存在了。

此外，在"他者"影响的辐射之下，藏地传统中的个体更多在寻求一种主动的"本我"认同，即一种具有偏差的自洽方式。万玛才旦的小说中，主体认同情感空间的建构并不是单一化的，这体现出作家自身对于藏地情感变迁的思考。作家认识到：随着藏地现代化的发展，藏族主体的自我认知不仅是个体向"传统"的妥协，更多是"本我"认知的自主变化。如萨义德所言，是"本我"建构出一种"与其相异质的并且与其相竞争的另一个自我的存在（Alter Ego）"⑤。如果说《特邀演员》表现的是受现代性影响，传统藏地居民在空间"并置"维度上的情感迷失状态，那么《诗人之死》则反映了受文化

---

① 万玛才旦：《故事只讲了一半》，中信出版集团2022年版，第40—41页。
② 万玛才旦：《故事只讲了一半》，中信出版集团2022年版，第41页。
③ 万玛才旦：《故事只讲了一半》，中信出版集团2022年版，第53页。
④ 唐晓峰：《人文地理随笔》，生活·读书·新知三联书店2005年版，第240页。
⑤ 爱德华·W. 萨义德：《东方学》，生活·读书·新知三联书店2007年版，第426页。

冲突影响，藏地居民主体自身在空间"共时"（simultaneity）维度上对于传统的情感背离。这种"共时性"体现为主体并不是受外来影响而改变，而是由于被裹挟在传统与现代的矛盾之间，主动寻求情感空间认同。这一认同过程"越是深入，越是贴近，离初衷越远，越是微妙地感到了什么地方在酝酿着分离和背叛"①。诗人杜超从小在偏僻的藏地村庄长大，大学生活使他离开家乡，在充斥着现代特性的环境中学习不一样的文化，因而诗人的身上同时体现着传统"本我"文化与现代"他者"文化之间的矛盾性与冲突性。一方面，杜超深知藏地传统中落后的一面，理性上向往着从落后中摆脱出来，完成自身"现代性"的转变。然而，另一方面，传统不仅代表形式的落后，更是主体潜意识里情感关系赖以维系的心理内化，有着强烈乡愁色彩。这种心理"是客观的、也是主观的，是个人的、也是民族的，作为一种隐隐约约的恐惧感，它在今日每个人的心性里蔓延，也在这个国家的当代民族心性里蔓延"②。在这种被内化了的传统性影响之下，诗人即使并不爱妻子，也还是在父亲弥留之际答应了父辈为自己定的娃娃亲。甚至他最终决定和妻子离婚的理由也并非感情不和，而是他们结婚多年，她仍没有怀上他的孩子，"母亲也渐渐对她产生了看法"③。从这一点上，杜超的情感认知与他的父辈是一致的：衡量一段婚姻价值的尺度不是感情，而是女人能否生孩子。女性更多意义上首先是被当作生孩子的"工具"，在这一前提下，她们才能拥有作为人的其他权利和价值。然而，杜超与其父辈不同的地方在于，他的身上，同时存在着另一种与传统情感心理相悖的现代性。这种现代性体现在杜超对于藏地传统中束缚个性发展一面的排斥，以及对"自我解放"的追求，这使其始终处于一种矛盾之中。即使他常常试图从民族传统中为这种矛盾寻求"和解"，亦如喜欢把佛祖释迦牟尼的一句话"自己是自己的主人，别人无法拯救你"④挂在嘴边，可是当被压抑的现代性通过情感空间的外在表达展现出来的时候，这种表面形式化的"和解"则常常体现为主体对自我行为"碎片化"的反思，诗人与同学一起去拜见一位德高望重的仁波切，其他人认为见了大活佛，磕头是理所应当的，诗人却提出质疑："我们一直都强调人与人之间的平等性，那么我们为什么还要对着另一个人磕头呢？如果磕了头，不就是对自身价值观的一种否定吗？所以，我觉得我们不应该磕头。"⑤万玛才旦借诗人之口表达了传统与现代矛盾之下藏地民族观念与个体意识冲突的必然性。这种趋势与其说是现代性对传统权威的挑战，不如说是作家在心理认同基础上有意传达出藏地民族情感空间由二元对立模式向二元融合模式的动态互洽。小说中，活佛不仅没有因为诗人不下跪而生气，反而与他成了好朋友，这样的情节设置正反映了这一点。耐人寻味的是，在诗人看似复杂的现代性与传统性相杂糅的认知体系中，传统束缚个性的一面常常表现为对他人的苛刻，而现代个性解放的特征则留给了自己。在传统与现代共构的藏地文化心理中，情感认同的主体常常持有不同的标准，这也构成了万玛才旦小说中不同主体文化心理的复杂性。

---

① 马丽华：《灵魂像风》，中国藏学出版社2007年版，第167页。
② 何慧丽：《现代化背后的乡愁、乡恋和乡建》，《人民论坛》2013年第15期。
③ 万玛才旦：《故事只讲了一半》，中信出版集团2022年版，第171页。
④ 万玛才旦：《故事只讲了一半》，中信出版集团2022年版，第173页。
⑤ 万玛才旦：《故事只讲了一半》，中信出版集团2022年版，第173页。

二、个体性与情感超验空间的书写

长期以来,人们对于藏地的向往不仅来源于地域与民族性中所呈现出的纯洁、传统的心理状态,同时也来源于西藏独特的宗教文化和神秘的情感理性特征。万玛才旦小说中有很多对藏地超验文化的书写,展示了藏地人文里一种既"包含着观念的流动,也包含观念的梗阻"[1],同时存在多元性特征的独特情感空间构成方式。一方面,这来源于藏地特有的宗教文化所形成的藏族的独特情感构成方式;另一方面,随着时代的发展,现代性也在潜移默化地改变着藏族超验情感空间的结构,使之呈现出复杂而多元的情感基质。其间,作家从不同人具有差异性的身份视角,书写出不同个体对于超验行为和事物所存在的体验差异,进而构建出不同的情感空间世界。

首先,超验情感空间的特征体现为对神圣性与超验行为本身的"祛魅"。在论及外在文化情感认知对于内在个体的影响时,格尔茨指出:"人明显的是这样一种动物,他极度依赖于超出遗传的、在其皮肤之外的控制机制和文化程序来控制自己的行为。"[2]千百年来,藏地宗教信仰传统对于藏族传统文化心理有着根深蒂固的影响,这体现为即使是在现代化的今天,藏地居民的文化心理依然受传统藏地"超验"文化的制约。然而,与传统藏地书写不同,万玛才旦试图通过故事框架呈现出传统"超验"情感中神性部分"祛魅"的过程。

《乌金的牙齿》以第一人称视角讲述了"我"的小学同学乌金成为转世活佛的故事。万玛才旦将"转世活佛"这一常人眼中极具神秘性的群体以普通人的视角展开书写。由于"我"与乌金是童年玩伴,因此,与常人对活佛乌金的崇拜和敬仰不同,"我"对于他的情感认知增添了一层"祛魅"的色彩。乌金小学数学"从没及格过",一直都是抄"我"的作业,在"我"童年的认知中,就数学而言,"我"与乌金相比,是有优越感的。"我们"之间的联系更多来自乌金少年时期大家作为普通孩子一起经历的琐事,这在"我"和乌金之间建立了一种独特的情感关系。一方面,"我"从内心深处更愿意把乌金当成一个普通人,而非具有神秘色彩、高不可攀的"转世活佛"。另一方面,当乌金已经成为"转世活佛","我"去寺院卧房看望他时,他也会说:"现在没有别人,你就不要那样拘束了……你现在的状态就像我们小时候一样。"[3]可见,即使身为转世活佛,乌金也有想要做回平凡人的那一面。这里,万玛才旦从"我"的主体视角,展示了现代文明社会中藏族传统观念转变的心理过程。"转世活佛"遥不可及的神秘色彩被削弱,其作为"人"的一面被呈现出来,即"以一种全面的方式,就是说,作为一个完整的人,占有自己的全面的本质"[4]。在这一意义维度,转世活佛与普通人是一致的。其

---

[1] 汉娜·阿伦特:《启迪:本雅明文选》,张旭东、王斑译,生活·读书·新知三联书店 2008 年版,第 275 页。
[2] 克利福德·格尔茨:《文化的解释》,韩莉译,译林出版社 2008 年版,第 57 页。
[3] 万玛才旦:《乌金的牙齿》,中信出版集团 2019 年版,第 7—8 页。
[4] 中共中央马克思恩格斯列宁斯大林著作编译局:《马克思恩格斯文集》(第一卷),人民出版社 2009 年版,第 189 页。

至他们更加需要并渴望一种源于普通"人"的情感体验,从而实现自身的情感需求和身份归属。正如蒙培元所指出:"就世界而言,我们需要一个完整的世界;就人而言,我们同样需要一个完整的人。"① 小说中,"我"的牙齿最终与乌金的牙齿一起被供奉起来,"享受着万千信众的顶礼膜拜"②。从个体到群体,从理性到感性,从文本的内部空间到现实的外部空间,万玛才旦展现了超验神性与普通人性之间情感边界模糊化的过程,即一种"探讨个体人心、人性的起伏变化"的"人佛合一"状态③。

其次,超验情感空间是在异质性与超验相疏离的基础上得以建构的。万玛才旦说:"创作本质上是一种感性的表达,是从感性出发的。"④ 作家在不同小说中书写了相似的情感体验和故事情节,却从不同维度建构出截然不同的情感内质。同样是第一人称视角,同样是建构"活佛转世"这一超验性小说情感空间,《水果硬糖》与《乌金的牙齿》的不同之处在于"我"与转世活佛之间的关系从同伴进而深入至母子。这一转变使转世活佛作为"人"的一面被诠释得更加全面和深入。"我"的小儿子多杰太从小就是一个发育缓慢的"傻孩子",各方面能力远不及普通人。当僧侣宣布多杰太就是卓洛仓活佛转世灵童的时候,"我"作为母亲的情绪是排斥和抗拒的:"我似乎一下子清醒了,立即说:'怎么可能,这怎么可能,不可能,你们搞错了,你们一定是搞错了!'说完我抱起儿子就往家的方向跑。"⑤ 这里,小说通过母亲的强烈情绪带动读者作为"参与到自己那局限的生活场所所不能接近的现实之中"⑥。母亲的这一情绪表征有着多方面的情感内涵:首先,出于情感依恋的本能,当儿子忽然成为"转世活佛"的时候,母亲处在一种"情感失构"的心理状态之中,她本能地想让儿子一直陪伴在自己身边,以逃离这种"失构"。其次,儿子的迟滞低能与活佛的神圣性形成对比的同时,也在情感体验的维度上进一步消解了宗教超验力量的神秘性特征:即使转世活佛也不是完美的,甚至他们身上也有不及常人的地方。作家将这一面展现出来,把对"神"的祛魅和对"人"的回归深入到情感空间内部,从而使作品在内源上为这种"等化"趋势提供情感支持。再次,在神性的尊贵与人性的平凡之间,母亲毫不犹豫地选择了后者。当她出于主观情感选择让儿子成为"人"而非"神"的时候,"人"的价值被进一步呈现出来,这不仅是一种"感性直观之纯粹方式"⑦,更是普通人在神性与人性"阈限"状态之下所做出的潜意识层面的理性选择。

此外,超验性情感空间的特征还体现在作家将主体置于冲突性之中,从而实现对于超验本身的"解构"。如果说在万玛才旦的情感空间书写中,"活佛转世"是藏地文化传统里具有"神性"特征的情感体验方式,那么由普通人转世引起的风波则常常将这一超验情感空间与现实生活对立起来。在《气球》中,当三个孩子的母亲卓嘎再次怀孕时,

---

① 蒙培元:《情感与理性》,四川人民出版社 2021 年版,第 16 页。
② 万玛才旦:《乌金的牙齿》,中信出版集团 2019 年版,第 22 页。
③ 陈思广、党文静:《如何讲好西藏故事——以 20 世纪 90 年代以来西藏长篇小说为例》,《西藏大学学报》2021 年第 3 期。
④ 万玛才旦、王晓鲁、于清:《高原剧场和电影藏语——万玛才旦访谈录》,《当代电影》2019 年第 11 期。
⑤ 万玛才旦:《故事只讲了一半》,中信出版集团 2022 年版,第 77 页。
⑥ 滕守尧:《审美心理描述》,四川人民出版社 1998 年版,第 145 页。
⑦ 伊曼努尔·康德:《纯粹理性批判》,蓝公武译,生活·读书·新知三联书店 2011 年版,第 4 页。

即使身体虚弱、家庭困顿，她也没有权力拿掉孩子，因为活佛说这胎儿是刚去世的爷爷投胎转世而来的。当卓嘎对丈夫达杰表达想拿掉肚子里孩子的想法时，达杰火冒三丈："你这个妖女！你这个没良心的东西！老人生前对你那么好，你就不想让他转世投胎到自己家里吗？"[1] 这里，作家巧妙地将个体超验情感空间置于道德伦理的框架之下，使去世的爷爷与未出生的胎儿之间发生了某种必然的因果关联，这种关联一经产生便凌驾于其他一切关系之上。因此当这一结构设置中不同个体的需求与上述因果关联在情感上相违背的时候，矛盾便以一种极端的方式展现出来。在丈夫眼中，由亲情和舆论所施加的压力无疑是凌驾于他与卓嘎婚姻感情之上的。在这样的超验情感空间里，任何个体都有可能因为获得某种关联从而剥夺他者的权利，抑或自身权利被他者剥夺。正如黑格尔所说："具体的人作为特殊的人本身就是目的，作为各种需要的整体以及自然必然性与任性的混合体来说，他是市民社会的一个原则。但是特殊的人在本质上是同另一些这种特殊性相关的，所以每一个特殊的人都是通过他人的中介，同时也无条件地通过普遍性的形式的中介，而肯定自己并得到满足。"[2] 从这个意义上，万玛才旦的深刻性在于，他一方面揭示出超验情感空间之下，由道德理性所引发的矛盾正是传统与现代之间在情感关联性上难以跨越的畛域；另一方面也展现出在现代化语境之下，这种矛盾的普遍性与长期性。

三、文化性与情感救赎空间的书写

在万玛才旦的小说中，"死亡"是一个常常被涉及的主题。作为一种生命发展的必然状态，死亡常常给人以神秘、绝望、恐惧和无助的情感体验。正如阿甘本所说："死亡在总体上为存在提供了一种'不可能的可能性'，应当指出'所有的一切……所有的存在'都将消亡。只有在纯粹否定性的语境中领悟向死而在，只有在经历了最为炽烈的不可能性之后，'此在'才能达到他最为本己的居留之所，并将自身理解成为一个整体。"[3] 万玛才旦在不同情感空间的情节架构中展现了"个体生命消逝的过程"作为一种"文化力"在藏地的情感规训作用，并从不同维度探讨这种因"消逝"而形成的残缺是如何使生命"完整"的。这是作家基于自身经验对个体存在形式进行哲学性思考的结果，也是他结合藏地特殊文脉背景对死亡救赎性意义的再阐释，更是其通过死亡叙事赋予"活着"一种方法论层面价值意义的尝试。万玛才旦将"死亡"这一概念放置于不同的情感体验之中，使得相似的事件存在不同的阐释维度。

首先，经历"死亡"。作家笔下，"死亡"的发生具有阈限性，它将人物置于"存在"与"消亡"之间的情感体验中，扩大了情感空间的表达张力。《故事只讲了一半》中，"我"试图从说唱艺人扎巴老人断断续续的讲述里拼凑出一个故事世界。故事没有讲完，我与老人约好了第二天接着听故事的另一半，一切亦如寻常。正如老人临别时对

---

[1] 万玛才旦：《乌金的牙齿》，中信出版集团2019年版，第265页。
[2] 黑格尔：《法哲学原理》，范杨、张企泰译，商务印书馆1961年版，第197页。
[3] 阿甘本：《语言与死亡：否定之地》，张羽佳译，南京大学出版社2019年版，第8页。

我说："扎西，你明天上午早点来啊，精彩的还在后面呢，哈哈哈。"① 然而死亡常常在不经意间突然降临，老人之死使得本顺理成章的生活戛然而止。在小说末尾"死一般的沉寂"中，那个讲了一半的故事成为文化心理层面的隐喻：人们总是努力追求圆满，却常常忽略一个事实，即残缺是事物存在的一种方式——从某种程度上，也是事物最终呈现的方式。

如果说《故事只讲了一半》为读者展示了死亡作为"生命残缺不全"这一隐喻的普遍性，那么《切中和她的儿子罗丹》这部小说则试图探讨在历经死亡的恐惧和绝望之后，个体如何直面死亡。当亲人相继离去，切中"对死亡有了一种新的认识：死亡没有什么可怕的，人应该学会面对死亡"。同时，母亲借助一只老狗的尸体为儿子解释她对于死的认识："就是生命离开了肉体，没有了生命的肉体就是一堆臭肉，它会渐渐腐烂融入大地的。"② 当儿子罗丹嘴里喃喃重复"生命、灵魂、天界、地狱……"的时候，作者以一种自然而然的方式将读者带入藏地文化传统中：死亡不是偶然事件，也不是个体生命的终结，而是生命无限轮回中的一个节点。在这种具有普遍性的地方传统情感中，人们接受死亡，并常常将死亡的结果寄托在具有宗教意味的因果、轮回之上，使死亡成为生命进程中一个承上启下的过程，而非终点。《八只羊》中，少年甲洛夏天也穿着一件小皮袄。"小皮袄是阿妈亲手为他缝的。阿妈在春天时突然去世了，所以他舍不得脱下小皮袄。他穿着小皮袄就觉得阿妈就在自己的身边。"③ 万玛才旦用平实而真诚的笔触表现了死亡对于普通人的影响。这种影响与传统和现代无关，它源于人类普遍情感的真实。当死亡将亲情的情感体验空间分割成"拥有"和"失去"这两个二元对立的部分时，无论从时间的纵向维度，这是从空间的横向维度，它都是对于人类共同情感的倾听与观照，也是最能使人产生共鸣的。

其次，超越"死亡"。"死亡"具有未知的导向性，这使其价值超越了事件本身。《嘛呢石，静静地敲》用一种超验的方式探讨"死亡与救赎"这一哲学问题。已死去的刻石老人因为未完成六字真言的雕刻，久久不愿离去，直到他的灵魂在一次次"静静的"敲击中完成自己作为石刻工匠雕刻的最后一块嘛呢石，才得以"放心地离开"。④ 耐人寻味的是，刻石老人的灵魂之所以要坚持完成嘛呢石的雕刻，是为了告慰另一个逝者的灵魂，使亡灵因为拥有一块属于自己的嘛呢石而了却一桩未完成的心愿，进而得以安息。小说使死亡本身具备了某种神圣性和意义性：生得坦然，死亦安然。老人最终完成了自己灵魂的净化，这一唯美的结局，实质是在道德标准上实现了救赎式情感空间的建构，其深刻性在于：这一救赎的建构过程恰恰是通过死亡来实现的。换言之，死亡成为救赎的一种方式，死亡也因此在"生命完整性"的层面有了积极和美好的一面，如埃德蒙·伯克所说："凡是能以某种方式适宜于引起痛苦和危险的观念的事物，即凡是能以某种方式令人恐怖的，或者与恐怖的对象有关的，或是以类似恐怖的方式发挥作用的

---

① 万玛才旦：《故事只讲了一半》，中信出版集团2022年版，第21页。
② 万玛才旦：《故事只讲了一半》，中信出版集团2022年版，第145页。
③ 万玛才旦：《乌金的牙齿》，中信出版集团2019年版，第113页。
④ 万玛才旦：《乌金的牙齿》，中信出版集团2019年版，第61页。

事物，就是崇高的来源。"① 小说中，万玛才旦以超验的方式将死亡与崇高用救赎连接起来，使救赎既是情感空间的文化力建构方式，也是空间表征下生命彼岸的质性归属。

最后，消解"死亡"。藏地传统认知中，死亡并不是孤立存在的偶然事件，而是一系列因果循环过程中的一环。这使得"死亡"作为一种意义存在方式的情感价值超越了事件本身。在万玛才旦有关"死亡"主题的小说中，《撞死了一只羊》是一部独特的作品。小说围绕"我开车撞死一只羊"这一故事情节展开。"我"在撞死羊之后进行了一系列赎罪的行为：从念诵"六字真言"，到去寺院请僧人"超度"这只羊；从硬塞给老僧人一只活羊的钱，到亲自把羊送上天葬台喂秃鹫……当死亡的主体从人上升到一切生命体，文学情感空间的表现张力也被扩大。一方面，"我"对于一只羊的愧疚之情源于"我"对生命的敬畏，这是藏地传统文化中生命观的体现。这种生命观很大程度上源于藏地传统文化"转世""因果"等超验的情感内核。这在万玛才旦的另一部小说《牧羊少年之死》中也有所体现：当父亲嫌弃老母羊不产奶，愤怒踢羊时，少年极力阻止，并说："你不能踢她！它是生你的老母亲、疼我的老奶奶的转世。只因她在前世里骂了一位得道的修行者，所以才在今世里变成了畜生。"② 这种超验性不仅使畜在"轮回"的循环里具有了某种意义上的"人"性，同时也使人在生命体验的维度上有可能因为今生的错误而经历下一世的"畜"性。没有一成不变的"果"，只有不断积累的"因"，不同生命在彼此间的因果关系中循环转化。某种程度上，在生命无限延伸的意义框架里"羊"与"人"是一致的。也正是出于这一点，藏地文化传统有着一种独特的规训功能。出于对"报应"的恐惧，"我"想到了不同的救赎方式，以弥补自己的过失："我没别的意思，我就是想好好超度它，我不想欠这只羊什么。"③小说结局构思很巧妙，也颇具讽刺意味。在天葬台"安葬"完亡羊回家的路上，"我"又买了半扇羊带回家，准备让"我"的女人享受羊肉的美味。同样是羊，之所以"我"对于它们的态度截然不同，是因为第一只羊因"我"的过失而死，从而使"我"心生敬畏。而对于第二只羊的死，"我"无需负责。从这个意义维度，"羊的生命"本身并不重要，重要的是羊如何失去生命，以及羊之死是否与"我"有关。因此，在小说情感救赎空间的建构中，一个生命死亡方式的决定性意义远远超越了死亡本身。

结　语

万玛才旦的小说为读者展示了一个在构建神秘也消解神秘、尊重传统又改变传统的过程中理性与感性并置的藏地情感空间世界——这既是作家的"精神故乡"，也是他创作灵感的源泉。作品中那些以"质朴的美学"为内核的藏地④，体现了万玛才旦视角下

---

① E. Burke, *A Philosophical Inquiry into the Origin of our Ideas of the Sublime and Beautiful*. P. F. Collier & Son Company, 1909, p. 20.

② 万玛才旦：《乌金的牙齿》，中信出版集团2019年版，第207页。

③ 万玛才旦：《乌金的牙齿》，中信出版集团2019年版，第377页。

④ 陈丹青：《代序：在小说中呈现的万玛才旦》，万玛才旦，《故事只讲了一半》，中信出版集团2022年版，第 i 页。

的"真实"。"认同""超验""救赎"正是其小说围绕这一"真实"着力建构情感空间的三个维度。对这三个维度的深度阐释为我们提供了抵达万玛才旦作品情感空间深层意涵的路径。同时,由于作家"讲述的是藏民族的故事,但它同样是我们其他民族每一个人面临的境遇"①,这种情感的真实具有能够引起藏地之外更广泛读者共鸣的力量。然而,万玛才旦小说情感空间的价值不仅在于此,其更存在于这三个维度之外的"留白"部分,即那些"不出现正像其出现一样的有意义"的地方②。一方面,从创作主体的角度,由于成长环境、个人经历、知识背景等方面的差异,不同作家的书写方式和内容具有异质性,并且这种异质性是持续演化的。正如郑少雄所说,"随着西藏自身的变化以及与外部关系的变化,以藏地为呈现对象的边疆知识分子的主位意识也是不断衍变的"③。即使是对相似事件和人物的书写,不同作家的情感视角和侧重点也存在着对立、深化、互补等关系。某种程度上,当代藏地文学的产生与发展就是一个根植于不同作家"个体建构"基础上的"群体共构"的过程。另一方面,从书写客体的角度,西藏和平解放七十多年以来,藏地人民的生活发生了翻天覆地的变化。今日,西藏更是以自由开放的姿态全面融入现代化中国,乃至全球化的发展体系之中。随着外部环境的改变,藏地人民自身的情感体验和认知空间也发生着变化。正因如此,藏地文学所承载的情感内核始终处于动态发展的过程之中。综上,我们应当将对不同作家作品的研究放置于"中华民族多元一体文化格局"这一群体共构的矩阵框架之内。因此,万玛才旦通过小说情感空间所建构的作品对于现实中人物情感世界的呈现,其辖域也是不断持续和深化的。从这一层面,万玛才旦文学创作的价值还有待进一步挖掘,因为"写作乃是一个生命与拯救的问题。写作像影子一样追随着生命,延伸着生命,倾听着生命,铭记着生命"④。

(西安外国语大学中国语言文学学院讲师)

---

① 谢建华等:《万玛才旦:作者电影、作家电影与民族电影的多维实践者》,《艺术广角》2020年第1期。
② 伊志、李勇忠:《空符号视角下的语言留白美学论》,《当代修辞学》2022年第6期。
③ 郑少雄:《藏地新浪潮2.0:边疆知识分子的主位意识衍变——万玛才旦及其晚近的三部电影》,《开放时代》2023年第6期。
④ 埃莱娜·西苏:《从潜意识场景到历史场景》,张京媛主编,《当代女性主义文学批评》,北京大学出版社1992年版,第219页。

深描文化景观,保存文化记忆
——《西藏最后的驮队》对民族志书写的拓展[*]

李冠华　周燕芬

加央西热的《西藏最后的驮队》(下文简称《驮队》)是西藏文学史上第一部获得鲁迅文学奖优秀报告文学奖的作品。全书以"藏北驮盐""盐粮交换"和"村里的故事"三个方面的故事内容,全景式地再现了20世纪90年代中期藏北牧民的"日常劳作方式、精神信仰、婚丧嫁娶、饮食起居等等许多方面"[①],"既是加央西热个人创作的顶峰之作,也是西藏当代文坛报告文学领域的一个重大收获"[②]。

作为一个地道的"本地人",加央西热熟知当地的日常生活与历史文化,他以亲历者的姿态深入到本民族文化生活的内部和细部,对本土经验有感同身受般的理解和把握;同时他又是一个用汉语写作的国家干部,在跟随谭湘江导演拍摄驮队和写作本书的过程中,多取"外来者"视角,对本民族历史文化加以客观审视和理性反思。这种既入乎其中又出乎其外的叙述视角,决定了《驮队》的基本写作策略:一方面作为"本地人"追忆自己早年的驮盐经历,一方面又作为"外来者"记录格桑旺堆等人正在进行的驮盐活动;一方面是对本民族文化传统和生活方式的多声部、多层次展现,一方面又能够以哀而不伤的态度理性看待这一行将消失的文化现象。最终,在对文化记忆(包括个体记忆和民族记忆)的保存中,作家以两种身份和双重视角统一的方式,参与到驮盐和书写驮盐这一合二为一的艺术实践中,"为后世留下了值得珍念的文学遗产"[③]。

一、深描本土经验、知识和话语

《驮队》具有典型的民族志书写特点,体现出报告文学和民族志的统一。加央西热通过大量的田野调查,在对藏北驮盐队伍日常生活经验、知识和话语深描的基础上,真实而又艺术地再现了藏民族的驮盐文化和传统生活方式在当下的现实处境和文化意义。这里既有作为报告文学的纪实性、及时性、文学性

---

[*] 本文为国家社科基金重大项目"中国当代文艺审美共同体研究"(18ZDA277)阶段性成果。
[①] 王彦龙:《加央西热与消失的驮盐路》,《中国民族报》2004年5月21日。
[②] 胡沛萍主编:《西藏当代文学史》(下),西藏人民出版社2023年版,第274页。
[③] 胡沛萍主编:《西藏当代文学史》(下),西藏人民出版社2023年版,第277页。

的基本特点，又同时达成了民族志"描写一个群体或文化的艺术和科学"①的初衷。与传统的报告文学强调新闻性、文学性、政论性相比，"新时期以来的报告文学所表现出的最大特征或所发生的最大变化，是它已不是一种传统意义上的'文学'而是一种'文化复合体'了"②。"这种'文化复合'表现为一个有机的系统，即主体创作的庄严性、题材选择的开拓性、文体本质的非虚构性、文本内涵的学理性和文史兼容的复合性。"③而加央西热主体性写作的介入方式、其对藏北驮盐这一边缘（边地）题材的选择和开拓，包括其文本的非虚构性、学理性和文史兼容的品格，都使其成为具有民族志内涵的"文化复合体"。

与以往西藏报告文学主要由汉族入藏干部书写，注重反映重大时代主题、强调典型人物的塑造不同，《驮队》以生活叙事的方式，关注藏北牧民群体的日常生活细节，在尽力还原当地牧民生产生活的同时，还努力探寻其所表征的文化意义。在"藏北驮盐"部分，加央西热首先回忆了自己少年时期参加驮盐的经历，并以此解释了自己"驮盐情结"的由来和驮盐对于藏北男人成长的意义："驮盐是藏北男人每年必须要完成的劳作之一。依循古人的说法，一个男人一生参加九次驮盐，就能报答父母的养育之恩。从这个意义上来说，驮盐对男人而言，已经超出了对物质利益的索取。"④ 接下来的叙述，按寻找驮盐队伍、追随和跟拍驮盐队伍行进、采盐、回程等次第展开，中间大量穿插了加央西热对当地生活方式、文化习俗、言语禁忌、自然人文景观等的介绍和思考。"盐粮交换"部分同样采取次第展开的叙述方式，讲述了由村民组成的两支牧民商队的出发、行进，在拉萨和农区的具体交易过程，以鲜活的案例展示出牧区与农区、藏族与其他民族文化接触的实际方式。与前两部分相区别，第三部分"村里的故事"则采取散点透视的方式，叙述了格桑旺堆的生意、顿加的婚姻、剪羊毛、格桑旺堆家庭后来的变故等，对藏北农村中的人情风物做了比较完整的补充介绍。这样，《驮队》就围绕"藏北驮盐"这一中心线索，深入到当地人民生活的内部，通过大量的生活细节，纵横交织地表现了当地牧民真实而完整的日常生活状态，以及在当下"电与光的世界"中的现实境遇。

应该说，《驮队》对当地驮盐文化及藏民生活表现的全面性和深入性，不是一般外来写作者（如汉族作家）所能够轻易达到的。对此，作家马丽华评价说："对读者而言，也许意味着你第一次听到来自藏北本土的声音。有了这一权威发言，你以往所见由我们这些'他者'的相关描述均可被略过。"⑤ 但加央西热的民族身份和《驮队》的在地性只是问题的一个方面，当他致力于对这种行将消失的驮盐文化加以书写的同时，驮盐文化及其所表征的某种传统生活方式又是作为审视对象、研究对象、书写对象而存在的，

---

① 迈克尔·刘易斯－伯克（Michael Lewis-Beck）、艾伦·布里曼（Alan Bryman）、廖福挺（Tim Futing Liao）主编：《社会科学研究方法百科全书（精编版）》（E—I卷），沈崇麟、赵锋、高勇主译，重庆大学出版社2022年版，"民族志"条，第404页。
② 章罗生：《中国报告文学新论——从新时期到新世纪》，湖南大学出版社2012年版，第133页。
③ 章罗生：《中国报告文学新论——从新时期到新世纪》，湖南大学出版社2012年版，第134页。
④ 加央西热：《西藏最后的驮队》，北京十月文艺出版社2004年版，第1页。
⑤ 郭阿利整理：《献给当代文坛的一份厚礼——评说加央西热的〈西藏最后的驮队〉》，《西藏文学》2004年第5期。

这里事实上存在着一个客观化的过程。加央西热说自己有一种"驮盐情结",他熟悉这些生活,相比其他作家,他具有无可置疑的写作优势,即由其身份的复合性带来的既身处当地文化传统之中,又能对此一文化传统加以客观审视的观察和理解能力——既能入乎其内地"写之",又能出乎其外地"观之"。因此,《驮队》同时作为报告文学和民族志书写的典范,不仅在于它充溢诗情、充满哲思且具有高度的文学性,也不仅在于其作者藏族身份的在地性,更在于作者能够"既是这本书的角色同时也是叙述者"(扎西达娃语)①,能够从内外双重视角对"西藏的特定文化背景下的生活史和风俗史"加以体验、观察和审视,从而取得文学性和科学性的统一。

根据人类学家格尔兹的观点:"民族志是深描。民族志学者事实上所面临的是——除非当他从事更加习惯成自然的资料收集(无疑他必须这么做)时——大量复杂的概念结构,其中许多相互迭压,纠缠在一起,它们既奇怪、不规则,又不明确;他首先必须努力设法把握它们,然后加以表述。在他进行活动的最最基层的密林田野工作层面上,这是真实情况:访问调查合作人、观察仪礼活动、推导亲族称谓、追溯财产继承的家系、统计家庭人口数字……记他的日志。"②《驮队》作为民族志,其"深描"之力是惊人的。在跟拍驮队驮盐和盐粮交换的过程中,加央西热的表现正如一位开展田野调查的人类学家:访问合作对象——主要是驮队首领格桑旺堆,也包括其他当地居民;观察各种禁忌仪式——例如对"盐语"的研究和对采盐后祭湖仪式的观察;推导亲族称谓——例如对当地牧民家庭和为采盐临时组建的"盐人家庭"成员结构的介绍;追溯财产继承关系——在旺青意外死亡后,这一点在格桑旺堆家里有戏剧性的表现……最后,在这些田野调查的基础上"记他的日志"——写作《驮队》。

所以,归根到底《驮队》是一种巨大的综合的产物:作者的本民族身份与外来者视角的双重叠加,濒临消亡的驮盐文化传统与日新月异的现代化生活之间抉择的艰难,藏民族的生存经验及其汉语言的文学表达,文字表达与图像呈现之间的互动,共同交织在加央西热充满诗意、哀而不伤的叙述中。由此,《驮队》这一报告文学文本具有了民族志的科学意义,也因其强烈的文学性而具有了艺术审美的意义。

二、藏地文化景观的复调式表现

报告文学不一定成为民族志,民族志也并不就是报告文学,但无论报告文学还是民族志的写作,都建立在对真实性的强调上。《驮队》作为报告文学和民族志,在再现藏地民族文化景观的"客观真实""情感真实"和"意义真实"③ 方面做出了卓有成效的探索。如果说加央西热能够采用人类学家田野工作的方式深描当地经验、知识和话语以达成"客观真实"的话,那么要在"情感真实"和"意义真实"的层面上看待和表现"西藏最后的驮队"及其所表征的文化生活方式,则更多需要叙述者自觉的介入视角、

---

① 郭阿利整理:《献给当代文坛的一份厚礼——评说加央西热的〈西藏最后的驮队〉》,《西藏文学》2004年第5期。
② 克利福德·格尔兹:《文化的解释》,纳日碧力戈等译,上海人民出版社1999年版,第11页。
③ 刘浏:《报告文学创作论》,河北教育出版社2021年版,第92页。

事件中人的多重立场以及由此带来的对于藏地文化景观的复调式表现。

在跟随谭湘江导演跟拍驮队的行程中，加央西热的身份是"向导"。这一身份本身所具有的中介性或介入性使得加央西热能够在外来者和本地人、拍摄者和被拍摄者之间游移，从而不仅能够见证驮队是如何开展驮盐和盐粮交换活动的，还同时见证了这些活动是如何被拍摄甚至被干预的。这样，无论是拍摄者还是被拍摄者，其情感立场和价值诉求都得以充分表现。在驮队向盐湖进发的途中，格桑旺堆希望借用拍摄队的汽车把某些物品运送到杰布家去，对此，加央西热说："这件事让我很为难，从感情上讲，我确实愿意为他们帮忙，但这不可能。我说，导演不会同意。"格桑旺堆回答说："你给谭（湘）江说，以后在拍摄上我们会好好合作，今天请他帮个忙。"加央西热回答："我们需要拍你们背着东西过去。要是我们用车把你们的东西送过去了，我们还拍什么？"为此，格桑旺堆想出了解决策略："能不能这样，我们先背着东西走几步，做做样子，拍完了再用车送过去。"加央西热只得再次强调："我们不是要你们做样子，而是要拍下你们走过去的全过程，特别是你们背着东西过冰河的镜头。"最后格桑旺堆屈服了："'好吧，好吧。你们也许需要这些过程，人有时候是需要相互理解的。'格桑旺堆最后做了让步，然后对同伴说：'孩子们背上东西走吧，一块儿出发，他们需要这样。'"① 而在驮队终于采盐完成，准备启程回家的时候，拍摄者和被拍摄者之间的合作或影响关系再次发生：

> 采盐的任务完成了，余下的事情就是把盐巴驮回家里。由于前一天的拴牛时间太早，按习惯驮队返程的出发时间应提前到天亮之前。但谭导考虑到天亮之前出发，怕什么也拍不到，就请格桑旺堆和盐人们等天亮之后出发。盐人们当然不高兴这样做，这不仅打乱了他们的行程计划，主要的是驮牛不能按时得到体能补充，但格桑旺堆还是同意了我们的要求。②

事实上，拍摄团队的工作要求和驮盐团队的生产活动之间的合作、影响，甚至干扰关系在整个行程中所在多有。再如"盐粮交换"部分：格桑旺堆在拉萨街头被小贩们团团围着，惊慌失措，他不得不向冷眼旁观的加央西热求助，但加央拒绝了："我真想为格桑旺堆当一次帮手，但是，现在不行，导演不会同意让我过去……"③ 一方面是摄制组希望客观地、尽量真实地拍摄出对象原生态的生活事实，但另一方面，拍摄活动本身就已经是一种介入，不可避免地会对拍摄对象产生这样或那样的影响。加央西热及其《驮队》的真诚之处在于：他并不讳言拍摄工作对于驮盐生产的这种介入，而是以客观审慎的态度，把其作为向导所观察到的一切如实道出，为"西藏最后的驮队"在特定年代、特定地域下的特定境遇"立此存照"。从这个意义上看，驮盐队伍与拍摄团队的遭遇，象征性地表现了藏北本土文化与外来文明相互接触的基本面目，"西藏最后的驮队"的现实处境，也成为当下时代西藏历史文化传统现实处境的一个缩影。

加央西热的向导身份和中介作用不仅存在于格桑旺堆和谭湘江之间，同时也存在于

---

① 加央西热：《西藏最后的驮队》，北京十月文艺出版社2004年版，第43页。
② 加央西热：《西藏最后的驮队》，北京十月文艺出版社2004年版，第121页。
③ 加央西热：《西藏最后的驮队》，北京十月文艺出版社2004年版，第179页。

藏地文化和汉语读者之间，存在于传统文化和现代性之间。格桑旺堆作为驮队的首领和灵魂人物，其行为方式和情感结构在书中得到最充分的表现，加央西热多次与他对谈，让他能够以第一人称的方式来作表述，从而有效地打破"他们无法表述自己；他们必须被别人表述"[1]的话语困境。加央西热看到：随着汽车的普及，"现在一个牧民驾着汽车去拉盐已经是司空见惯了，与之相反，如果在已经萧条的驮盐大道上发现有一拨赶着大群牦牛的驮盐人，那才是难得一遇的景观"[2]。已经买了汽车的格桑旺堆是如何面对这一切的呢？作品中对格桑旺堆的多次访谈，都是围绕汽车展开的：以后会用汽车去拉盐吗？为什么会把汽车卖掉？为什么又买了一辆解放牌大卡车？而格桑旺堆的态度在"羊脖子肉"这个比喻中可见端倪："这辆车是羊身上的脖子肉"，意谓："若要选肉就请别选脖子肉，这是一个大骨节的肉；若是要扔肉就请别扔了脖子肉，那骨头缝里全是肉。"[3] 格桑旺堆对于汽车的矛盾态度，其实也正是加央西热的态度，因为《驮队》所面临的现实问题，正是如何看待某些文化传统和生活方式在新的历史条件下不可避免的改变和消逝。

洪治纲在论到"非虚构写作"的艺术真实性问题时指出："'非虚构'与其说是一种文体概念，还不如说是一种写作姿态，是作家面对历史或现实的介入性写作姿态。……在这类作品中，作家的身影通常是无处不在、无时不在。他们时而观察，时而缅想，时而喟叹，时而思考，以近似于'元叙述'的策略，不断地构建各自的故事，明确地彰显了作家的主体意识。而且，作家们在叙事中的自我介入，完全是积极主动的，不是消极被动的；是微观化的，不是宏观性的；是现场直击式的，不是经验转述式的。在具体的叙事中，作家们不仅充当了事件的组织者和参与者，材料的搜集人和甄别者，还通过叙事本身不断强化自身的情感体验、历史质询或真相推断，从而在最大程度上保障作品的真实感，使作品体现出一种灵活而开放的审美特征。"[4] 这一对非虚构写作的评价，完全可以用来评价《驮队》：它的确通过作者的介入性写作，提出并直面了一个整个中国、甚至世界都正在遭遇的问题——在汇入现代化浪潮的同时，如何看待和解决现代性焦虑，如何考量其所带来的民族、文化、传统等的巨大改变？加央西热真诚而又真实地讲出了这复杂且矛盾交织的一切，为民族传统文化在现代化浪潮中的正在和可能经历的遭遇提供了一个鲜活的案例。

三、从民族志书写到记忆之场的建构

种种迹象表明，《驮队》的写作方式与后来新出现的非虚构写作更有内在的精神上的契合与相通。如果说2010年是中国非虚构写作的"元年"，那么2004年出版的《驮队》可以视为非虚构写作在其"史前"时期的形态，具有从传统报告文学向非虚构写作过渡的性质。与大多数报告文学采用第三人称叙事讲述"他（们）"的故事不同，《驮

---

[1] 爱德华·W.萨义德：《东方学》，王宇根译，生活·读书·新知三联书店1999年版，扉页。
[2] 加央西热：《西藏最后的驮队》，北京十月文艺出版社2004年版，第58页。
[3] 加央西热：《西藏最后的驮队》，北京十月文艺出版社2004年版，第211页。
[4] 洪治纲：《论非虚构写作》，《文学评论》2016年第3期。

队》采取第一人称叙事讲述"我"的见闻。无论是格桑旺堆等人的采盐或盐粮交换,还是谭湘江导演等人的跟拍,包括对藏族独特的生活方式和情感结构、藏民独有的宗教信仰和言语禁忌、藏地丰富的自然景观和人文风情的呈现,都是通过"我"的见闻和体验,通过"我"的引介和书写得以表达和完成的。除此之外,更重要的是在对驮队驮盐的叙述中,加央西热还有意识地穿插进自己早年参与生产队驮盐的经历,这样,就把前后相隔二十年的两次驮盐活动编织到一个叙事整体中来。那么,采用第一人称叙事所产生的"特殊的效果"是什么?《中国在梁庄》的作者梁鸿曾出于为非虚构文学张目的目的,对中国当代报告文学的"总体性和确定性"加以批判:"国内的报告文学,尤其是当代以来的报告文学……最大特征是个人性的缺失,即,在作品中没有个人声音,没有作为个体的疑问、不解,它所依赖的不是个人的调查,一点点的抽丝剥茧,而是在事件还没有开始被书写之前,已经先有一个道理和总体规则在事件尽头等着你。"① 相反,《驼队》并不追求某种叙事的"总体性和确定性",作品不仅充满了个人的声音、个人的意识,还有效地通过回溯个体的复杂记忆,达成为一个民族保存文化记忆的最终效果。

　　加央西热说:"当今世界已进入电与光的世界。西藏这片现代文明姗姗来迟的高地也努力尾随其后,在现代文明的影响下,传统的生产和生活方式正在发生深刻的变化,快捷高效的汽车运输正在替代牦牛运输,号称'高原之舟'的牦牛眼看着就要失业了,也只能望车兴叹。我在向谭湘江介绍驮盐时特别强调了这层意思。我的用意很简单,一是驮盐确实面临着即将消失的危险;二是我不想成天待在机关开会办公。"② 这样看来,担任向导跟随谭湘江导演团队拍摄格桑旺堆驮队的采盐和盐粮交换活动,就具有见证文化传统、保存文化记忆的意义;强调自己的"驮盐情结",宣称"驮盐是我的'专利'题材"③,进而把自己二十年前的驮盐经历编织进关于"西藏最后的驮队"的叙事之中,也具有确立自我身份认同、保存个体文化记忆的意义。《驮队》的写作从"我"的个体记忆出发,抵达并融入关于"西藏最后的驮队"的记忆,正是以一种文学的方式,实现了文化记忆的保存和增值。

　　《驮队》的民族志书写具有建构记忆之场的意义。法国历史学家皮埃尔·诺拉认为,记忆之场是在"物质的、象征的以及功能的含义"④ 上能够承载人类文化记忆的场所,是"'民族记忆'的选择性化身的场所。通过人类的意志力和几个世纪的努力,这些场所已经成为醒目的符号:庆典、徽章、纪念物、纪念活动,以及演说、档案、辞典、博物馆"⑤。作为一种行将消失的生产方式,驮盐历程本身所具有的物质基础、文化内涵、象征意义和仪式化表现都使得它成为一个典型的记忆之场。在加央西热看来,驮盐之路"那是一条多么浪漫多么艰难的旅途啊,是我和我的民族历史的缩影"⑥,而驮盐古道

---

① 梁鸿:《改革开放文学四十年:非虚构文学的兴起及辨析》,《江苏社会科学》2018年第5期。
② 加央西热:《西藏最后的驮队》,北京十月文艺出版社2004年版,第8页。
③ 加央西热:《西藏最后的驮队》,北京十月文艺出版社2004年版,第6页。
④ 冯亚琳、阿斯特莉特·埃尔主编:《文化记忆理论读本》,余传玲等译,北京大学出版社2012年版,第107页。
⑤ 阿斯特莉特·埃尔、安斯加尔·纽宁主编:《文化记忆研究指南》,李恭忠、李霞译,南京大学出版社2021年版,第26—27页。
⑥ 加央西热:《西藏最后的驮队》,北京十月文艺出版社2004年版,第6页。

"在很长一段岁月里,每年都有成千上万的驮牛组成上百个方阵前往盐湖,仿佛格萨尔大王争夺盐湖的大军不停地重现。然而,如今已经萧条的古道上再也难以听到盐人们撼人心扉的吆喝和哨声了"①。由此,驮盐之路或驮盐古道,也构成"我和我的民族"的记忆之场。如果说文化记忆是"社会文化语境中现在和过去的互动"②,那么这种互动对于加央西热来说,事实上是在多个层面上展开的。首先是他相隔二十年的两次驮盐经历,一次发生在20世纪70年代他作为参与者,一次发生在20世纪90年代他作为观察者;其次是他十年后对于90年代这次作为向导跟拍驮队经历的书写,即《驮队》的写作;最后,是他对于驮盐的多次文学书写。《驮队》中提到"在1983年,我把我去驮盐的经历和感受写进组诗《盐湖》"③,并引用了诗歌的一个主要部分,说"这首诗,是我对盐湖的一种描述和一种认识"④。我们知道,《盐湖》组诗的确是作为诗人身份的加央西热的代表作品,组诗"共分五个部分,分别描述了草原上牧民们离开住地到遥远的盐湖驮盐的经历。整部诗歌按照时间和行走路线为顺序,采取了几个具有典型意义的片段,集中描绘了牧民们驮盐历程的艰辛,揭示了牧民在驮盐路上的复杂心情"⑤。这样,在跨越二十年的两次书写中,在《驮队》和《盐湖》之间,又形成了一种强烈的互文关系,而文本之间的互涉,正是文化记忆或文学记忆的一种典型表达:"文学的记忆功能激起了互文性的过程,或者反过来说,互文性产生和维持了文学的记忆。"⑥

前文说过,在加央西热这里,驮盐和对于驮盐的书写已经合二为一,贯穿和保存于其中的,是他一生的文化记忆,他是用生命在参与和书写驮盐。《驮队》也由此区别于一般报告文学或民族志,即:它是一部由写作者的主体生命和文化记忆灌注其中的书。它所建构起来的记忆之场具有双重意义:对加央西热来说是一部心灵史,对当地藏民来说是一部文学报告和民族志。当然,《驮队》所蕴涵的"社会文化语境中现在和过去的互动"更为复杂——除了加央西热的个体记忆,还有藏北牧民的集体记忆、藏民族的民族记忆,乃至跨民族、跨国家的某些文化记忆——它们已经在很大程度上被现代化浪潮所冲击和改变——都在关于"西藏最后的驮队"的叙述中被记住和保存。加央西热意识到:"藏北的驮盐者们恢复了过去的驮盐习俗,他们尽量讲盐语,按过去的传统习俗行军,但恐怕是为时已晚。传统是一种文化,一种文化形态被打乱之后,想把它重新拼凑成一个完整的系统要比驮盐本身困难得多。"⑦"延续了千百年来的牧民生活正在发生着某种微妙而深刻的变化。住房革命使黑色的帐篷退出了历史舞台。恋爱、婚姻和家庭是永不退色的主题。"⑧加央西热并未陷入一种文化怀旧主义之中不能自拔。他看到一些

---

① 加央西热:《西藏最后的驮队》,北京十月文艺出版社2004年版,第9页。
② 阿斯特莉特·埃尔、安斯加尔·纽宁主编:《文化记忆研究指南》,李恭忠、李霞译,南京大学出版社2021年版,第2页。
③ 加央西热:《西藏最后的驮队》,北京十月文艺出版社2004年版,第6页。
④ 加央西热:《西藏最后的驮队》,北京十月文艺出版社2004年版,第7页。
⑤ 蓝国华主编:《西藏当代文学史》(中),西藏人民出版社2023年版,第178页。
⑥ 阿斯特莉特·埃尔、安斯加尔·纽宁主编:《文化记忆研究指南》,李恭忠、李霞译,南京大学出版社2021年版,第383页。
⑦ 加央西热:《西藏最后的驮队》,北京十月文艺出版社2004年版,第48页。
⑧ 加央西热:《西藏最后的驮队》,北京十月文艺出版社2004年版,第199页。

东西在改变，但他更明白生活还在继续。他所能做的，就是用心、用情、用文字把这一切都记载下来。

四、文学性的扩张：语言翻译与图文互动

作为一部兼具报告文学、民族志和非虚构写作性质的作品，《驮队》具有明显的"打破文学与非文学的界限……文学对于非文学的扩张"① 的特点，极大地拓展了文学写作的可能性和想象力。为了实现"全面反映了驮队的劳作、仪式和禁忌、贸易、婚恋和家庭生活"② 的初衷，《驮队》熔各类文体写作于一炉，以散文和诗歌为主体，囊括了大量回忆录、旅行日志、文化研究、民俗调查等生活史和风俗史方面的内容，极大地丰富了当代中国，尤其是西藏报告文学的表现形式，为中国 21 世纪报告文学朝着多样化的发展做出了特殊的贡献。

读者应该不难体会，一位以藏语为本民族语言的作家拿起笔运用汉语写作时所面临的处境，况且书中有大量的藏语交流和方言表达——例如书中对人物的访谈和当地牧民们的对话，使用的都是当地土话。在《驮队》的创作研讨会上，孙郁指出："从文学角度来讲，作者有点儿老实了。古人云：'做人要谨慎，文章需放荡'，我觉得放荡的还不够，过于矜持了些。其实书中也隐含了一些放荡和东西在里边。从他写的藏民族的言语中可以看出牧民的内心是那么的丰富，那么富有人性张力的气息。当然他叙述的时候很老实、很本分地把事物记录下来。这个文本如果留下遗憾的话，就说明太老实，太受汉人视角的影响了。"③ 但也应该看到，对于大多数汉语世界的接受者，对于在汉语这只"精致的瓮"中沉醉千年的读者来说，《驮队》的这种"翻译腔"所带来的稚拙，反而意外地产生出一种陌生化的美学效果。例如在祭湖仪式结束之后，盐人家庭成员之间有一段对话：

> "孩子们路上可顺？"
> "很顺利。'妈妈'在家可好？"
> "'妈妈'很好。今年的盐巴可好？"
> "今年的盐巴像水晶一般洁白。"
> "今年的江水可浅？"
> "今年的江水如狐狸撒的尿一样少。"
> "今年的驮牛步履可矫健？"
> "今年的驮牛矫健得像骏马一样锐不可当。"④

---

① 姚文放：《"文学性"问题与文学本质再认识——以两种"文学性"为例》，《中国社会科学》2006 年第 5 期。
② 胡沛萍主编：《西藏当代文学史》（下），西藏人民出版社 2023 年版，第 276 页。
③ 郭阿利整理：《献给当代文坛的一份厚礼——评说加央西热的〈西藏最后的驮队〉》，《西藏文学》2004 年第 5 期。
④ 加央西热：《西藏最后的驮队》，北京十月文艺出版社 2004 年版，第 119 页。

在这段对话中，像"水晶一般洁白""步履矫健""锐不可当"等词，显然不是藏北牧民的日常用语，而是来自加央西热的汉语翻译。但如果不求全责备的话，用什么词其实并不是太重要，这段话的重点在于通过直白而笨拙的方式把对话铺排出来，给汉语世界的读者真实再现当时的情景，让读者第一次"目睹"驮盐文化的真实细节。从艺术效果上看，《驮队》确实第一次真正可观、可感地把藏北驮盐和盐粮交换的所有过程和具体细节展现在了读者面前，就好像它们是第一次发生那样。

另外，《驮队》还具有独特的编辑策略。该书篇幅不大，260多页，但所收入的照片、图表就有一百多幅，是名副其实的图文书。在读图时代已经成为事实的当下，市场上大多数关于西藏的图文书采用"他者"视角，所配插图多是著名自然风光、人文景点等同质化的视觉奇观摄影，以至于把西藏的形象奇异化、抽象化、神话化，从而给读者呈现出一个神秘的、刻板的、他者化视角下的西藏，真实的西藏反而被遮蔽了。《驮队》在图与文的相互嵌入、相互印证、相互阐释方面达到了一个理想的境界，图画中人正是文字中人，图中之景也正是文中之景，完全符合陈平原曾经论证过的：好的图文书"关键在于图文必须互动，互相阐释、互相论证……应该同时凸现文字美感、深化图像意义、提升作者立意，三者缺一不可"①的要求。除此之外，书末还附有四幅图表：一是"家庭个案介绍"，介绍了书中提到的五个牧民家庭的结构；二是"驮盐队成员表"，介绍了两个驮盐帐篷的人员构成；三是"交换商队成员表"，介绍了"尼木组"和"土加组"两支商队的人员构成；四是"驮盐、盐粮交换行程图"，以地图的形式直观地标示出书中所讲述的驮盐、盐粮交换等活动的路线、地点和各个行程节点的具体位置。可以说，正是因为有了这些附录，该书接续上中国史书"左图右史"的大传统，而其作为民族志的意义，也得以完整呈现。

苏珊·桑塔格在对摄影的论述中提出："照片在教导我们新的视觉准则的同时，也改变并扩大我们对什么才值得看和我们有权利去看什么的观念。照片是一种观看的语法，更重要的，是一种观看的伦理学。"②《驮队》所插入的大量图表的本真性和原创性，其对于对藏北牧民日常生活和辛勤劳作的关注，呈现出一个真实的，同时也是某些传统文化现象行将消失的西藏。古老的文化习俗或许终将在新的历史条件下消失，但它作为个体和民族的文化记忆，则将在文本和照片中永存。无论对于已逝的加央西热，还是对于最后的藏北驮盐队，其生命都因了本书而得以增长。

总之，《西藏最后的驮队》作为21世纪初诞生的一部优秀报告文学作品，在深描藏地文化景观、保存藏民族文化记忆方面，做出了真实、有力且富有深度的开拓，作家个性化的书写方式及其带来的扩张性文学表现，又在一定程度上显示出报告文学向非虚构文学写作过渡的艺术特征，在中国当代报告文学的发展史上有着独到且不可忽视的历史地位和文学意义。

（西北大学文学院博士研究生；西北大学文学院教授、博导）

---

① 陈平原：《从左图右史到图文互动——图文书的崛起及其前景》，《学术界》2004年第3期。
② 苏珊·桑塔格：《论摄影》，黄灿然译，上海译文出版社2012年版，第1页。

学术史研究

"骏马奖"研究四十年来的特点与反思
——基于 CiteSpace 的可视化分析（1982—2022）*

王 艳

全国少数民族文学创作骏马奖（后称"骏马奖"）"是由中国作家协会、国家民族事务委员会共同主办的国家级文学奖。旨在推动少数民族文学的繁荣发展，促进中华各民族的交往交流交融，不断铸牢中华民族共同体意识，维护和巩固国家统一、民族团结"①。"骏马奖"是少数民族文学创作的风向标，自1981年创立至2022年已连续评选12届，共计779人次、734部（篇）作品获奖②，其中包括长篇小说69部、中短篇小说208部（篇）、报告文学44部（篇）、诗歌192部（篇）、散文85部（篇）、儿童文学23部（篇）、理论评论32部（篇）、电影戏剧文学9篇，翻译奖44人次，44部作品获得新人新作奖，27部作品获得人口较少民族特别奖，还有1部《中国少数民族文学经典文库》（五卷）获得特别奖（第六届）。1997年，中宣部正式确定"骏马奖"为国家级文学奖，与茅盾文学奖、鲁迅文学奖、全国优秀儿童文学奖并称为中国四大文学奖项。

一直以来，"骏马奖"的相关研究以"民族""性别""地域"和"时间"为单位，囿于语言的隔膜和文化的差异，出现了原子化、无关联的现象。可视化技术可以把抽象的、零散的、无关联的信息与数据变换为可视的空间结构与知识图谱，用形象的图表呈现出来，从而揭示事物存在的隐形关联和规则。由 CiteSpace 软件绘制出来的知识图谱，是由节点的集合以及节点之间的联系而构成的动态系统，具有"可视化的知识图形"和"序列化的知识图谱"的双重性质与特征。③ 为了进一步拓深"骏马奖"研究的历史与现状、前沿与热点，挖掘知识单元与知识群落之间的相互关联和特征，笔者依托 CiteSpace 文献计

---

* 本文为国家民委研究项目"数字人文视野下民族文学创作的共同体意识研究"（2024-GMC-019）阶段性成果。

① 《全国少数民族文学创作骏马奖评奖条例》，《文艺报》2020年3月2日。
② "骏马奖"每三年举办一次，从第十届起改为每四年举办一次，此统计数据包含个人成就奖、翻译奖以及多次获奖的作家，如回族作家张承志先后获得过7次"骏马奖"，那么张承志算1人而不是7人。
③ 罗润东、沈君：《基于 CiteSpace 的社会科学文献计量研究》，知识产权出版社2021年版，前言，第1页。

量分析软件，对中国网络出版总库（CNKI）中的相关期刊（含集刊）以及学位论文进行文献计量分析，通过设计、计算、分析、可视化等方法重绘"骏马奖"研究时间和空间的整体轮廓，对历届"骏马奖"获奖作家、获奖作品、前沿热点、批评与接受进行数据性考察，勾勒出少数民族文学创作的发展脉络和热点趋势。

一、"骏马奖"研究文献类型和时间分布

本文以"主题"为检索字段，检索式为：主题＝"骏马奖"OR"全国少数民族文学创作奖"，精确匹配，获得文献321篇。由于很多"骏马奖"获奖作品的研究文章都是以作品名称为关键词的，为了建立完整的文献库，笔者以"主题＝获奖作品名称"为检索式再次检索。经过人工筛选，删除重复、无作者、非全国少数民族文学创作奖、期刊目录、作者简介、资讯等相关性不大的无效数据，保留了文学年谱、会议综述、学者访谈类文章后，共得到1586篇有效文献。① 检索时间为2022年12月31日，文献时间跨度为1982—2022年。

（一）总体文献趋势

发文数量与时间分布可以从宏观层面反映出学界对于该领域关注程度的变化。笔者将1982—2022年发表的文献分为普通期刊、北大核心/CSSCI来源期刊和学位论文三种类型并根据年份进行分类统计，得出发文量趋势图（图1）。

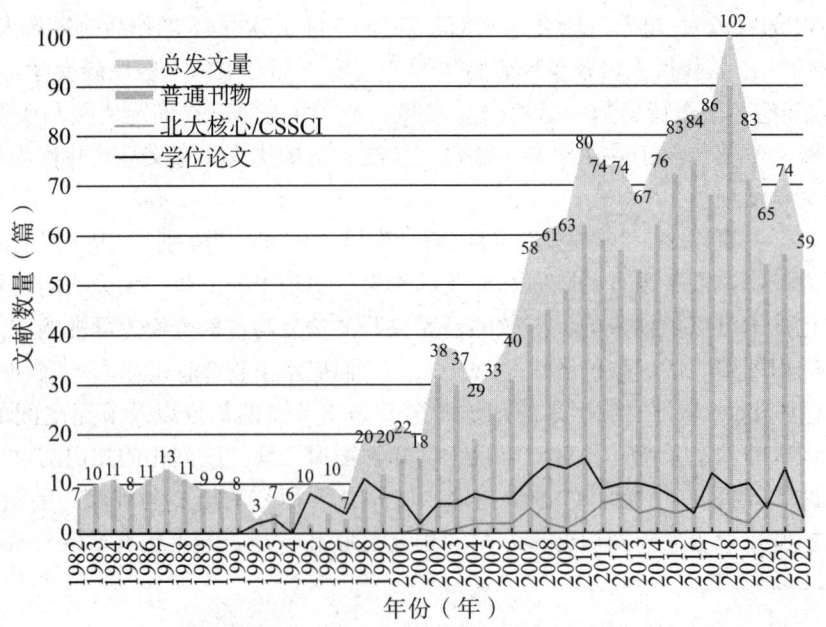

图1　1982—2022"骏马奖"相关不同来源文献历年发文量

---

① "骏马奖"获奖作品分为汉语写作和少数民族语言创作，相应的研究与评论也包括汉语和少数民族语言文字，本文建模所用的1586篇文献均来自中国知网（CNKI），不包括少数民族语言文字的文献。

从图1可知，从1982年至2022年，与"骏马奖"相关的文献总量为1586篇，文献的数量虽上下波动，但总体上呈逐步增长的态势。在1981年第一届"骏马奖"举办后，1982年仅有7篇相关文章，到2018年到达峰值102篇。1997年，中国作协《关于申报全国性文学评奖项目的报告》得到中宣部的批复，"骏马奖"正式确立为国家级文学奖项。这是国家对少数民族文学创作的认可，对推动少数民族事业起到了积极的作用，而后，"骏马奖"相关论文的发文量呈现不断递增的趋势。

从研究层次来看，与"骏马奖"相关的文章在普通刊物上总共有1272篇，北大核心/CSSCI来源期刊收录了239篇，硕博士学位论文75篇（2篇博士学位论文和73篇硕士学位论文），其中65篇都是关于获奖作品的研究，占87%。2009年，第一篇博士学位论文《〈尘埃落定〉的空间化书写研究》[①] 以小说文本的空间因素和文化多样性为切入点，解读和阐释阿来及其文学创作，后以《差异空间的叙事：文学地理视野下的〈尘埃落定〉》[②] 为题出版，代表着"骏马奖"获奖作品研究的最高水平。

（二）文献内容与分布情况

本文所选1586篇文献根据研究内容可分为获奖作品研究、获奖作品文体研究、少数民族文学研究、获奖作家群的研究、文学制度的研究以及其他相关研究（图2）。"骏马奖"相关研究大多聚焦于某部作品或某位作家，这类文章共1520篇，占95.8%。如阿来《尘埃落定》中历史与文化的阐释、意向化叙述方式的讨论、主人公"傻子二少爷"人物形象的分析以及诗性的语言风格等方面的批评[③]。还有霍达的《穆斯林的葬礼》[④]、张承志的《黑骏马》[⑤] 和《北方的河》[⑥]、央珍《无性别的神》[⑦] 也是受关注较多的作品，研究者从不同维度对"骏马奖"获奖作品做了评论和解读。由此可见，各民族文学发展不平衡，长篇小说是最受青睐的文体。

如图3所示，"骏马奖"相关研究呈现出重单一作品分析，轻宏观规律探索的状况。据统计，对"骏马奖"作品的批评主要围绕着《尘埃落定》《穆斯林的葬礼》《黑骏马》三部长篇小说展开，大量被北大核心或CSSCI来源期刊收录的文献也以这几部作品为主。在单篇获奖作品研究中最受关注的是：《尘埃落定》，相关文章共487篇，占总发文量的30.71%；《穆斯林的葬礼》，共257篇，占16.2%；《黑骏马》，共143篇，占9.02%，其他作品总共占39.91%。近十年来，对于"骏马奖"获奖作品按照文体、作

---

① 杨霞：《〈尘埃落定〉的空间化书写研究》，中国社会科学院研究生院博士学位论文，2009年。
② 丹珍草：《差异空间的叙事：文学地理视野下的〈尘埃落定〉》，东北林业大学出版社2016年版。
③ 徐新建：《权力、族别、时间：小说虚构中的历史与文化——阿来和他的〈尘埃落定〉》，《西南民族学院学报》1999年第4期；周政保：《"落不定的尘埃"暂且落定——〈尘埃落定〉的意象化叙述方式》，《当代作家评论》1998年第4期；李建军：《像蝴蝶一样飞舞的绣花碎片——评〈尘埃落定〉》，《南方文坛》2003年第2期；贺绍俊：《说傻·说悟·说游——读阿来的〈尘埃落定〉》，《当代作家评论》1998年第4期；黄书泉：《论〈尘埃落定〉的诗性特质》，《文学评论》2002年第2期。
④ 徐其超：《回民族心灵铸造范型——〈穆斯林的葬礼〉价值论》，《西南民族学院学报》2002年第9期。
⑤ 程德培：《〈黑骏马〉的诗学——兼及张承志小说的艺术特色》，《当代作家评论》1984年第2期。
⑥ 蔡翔：《一个理想主义者的精神漫游——读张承志〈北方的河〉》，《读书》1984年第9期。
⑦ 徐琴：《评藏族作家央珍的小说〈无性别的神〉》，《湖北民族学院学报》2011年第4期。

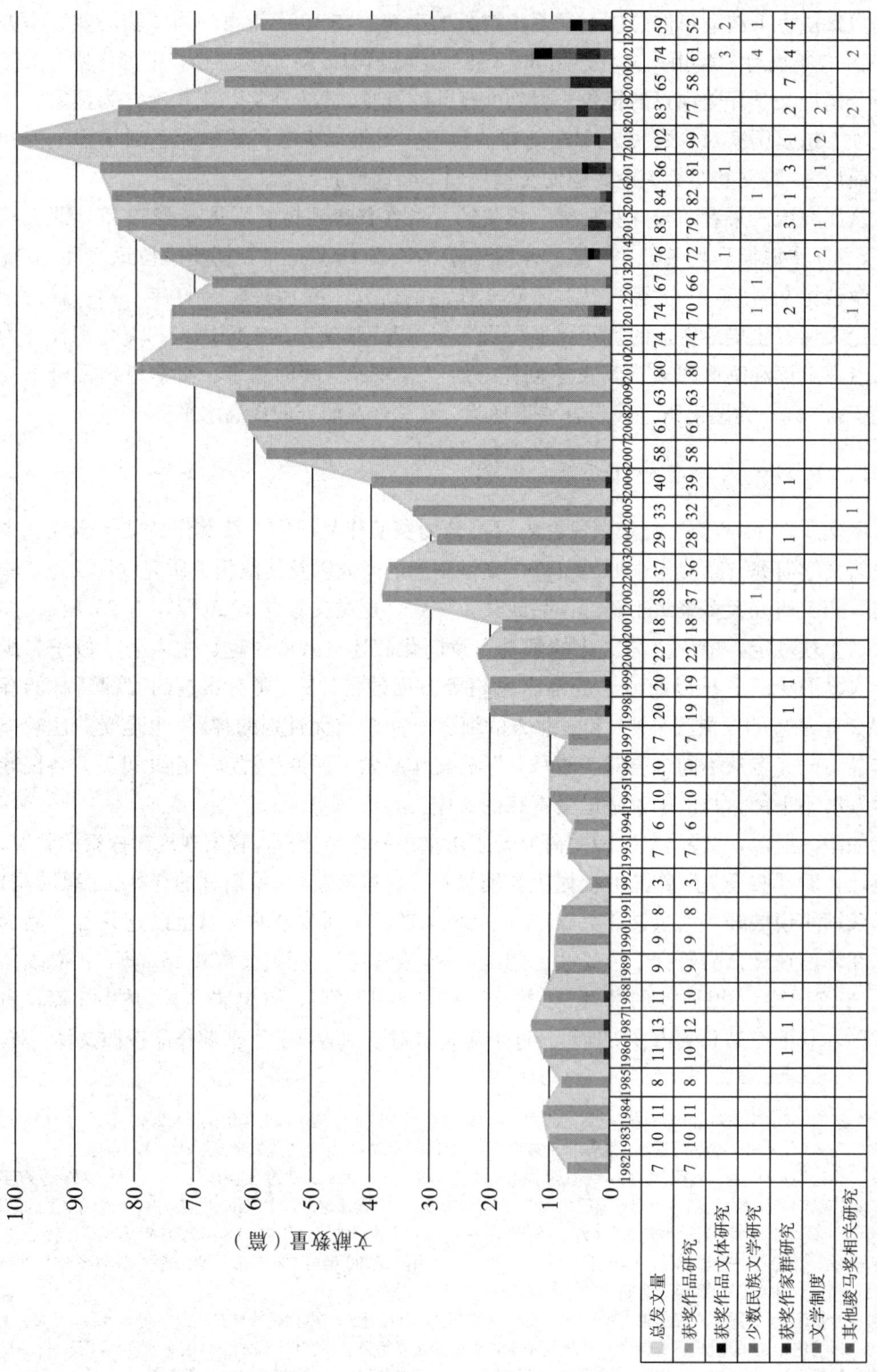

图2 "骏马奖"相关研究依据内容分类历年发文量

家群、地域进行分类的研究呈逐渐上涨的趋势，如关于获奖作家群的研究共 35 篇，占总发文量的 2.21%，其中关注女性作家群的有 9 篇。

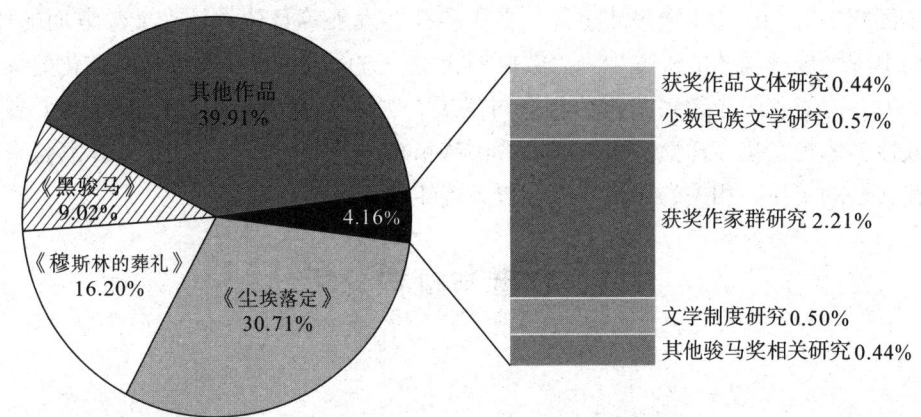

图 3 "骏马奖"相关研究依据内容分类占比

笔者对 1982 年至 2022 年最受关注的"骏马奖"获奖作品做了统计排名，如图 4 所示，依次为：藏族作家阿来《尘埃落定》（第六届长篇小说奖）、回族作家霍达《穆斯林的葬礼》（第三届长篇小说奖）、回族作家张承志《黑骏马》（第二届荣誉奖中篇小说奖）、回族作家张承志《北方的河》（第二届荣誉奖中篇小说奖）、藏族作家央珍《无性别的神》（第五届长篇小说奖）、回族作家张承志《金牧场》（第三届长篇小说奖）、朝鲜族作家金仁顺《春香》（第十届长篇小说奖）、蒙古族作家玛拉沁夫《茫茫的草原》（第四届长篇小说奖）、藏族作家梅卓《神授·魔岭记》（第十二届长篇小说奖）、藏族作家达真《康巴》（第十届长篇小说奖）、土家族作家李传锋《白虎寨》（第十一届长篇小说奖）。其中，《穆斯林的葬礼》和《尘埃落定》还分别获得了第三届和第五届茅盾文学奖，不仅跻身于主流文学界，而且被翻译成多种语言文字在海外传播，显示了少数民族作家的创作实力。

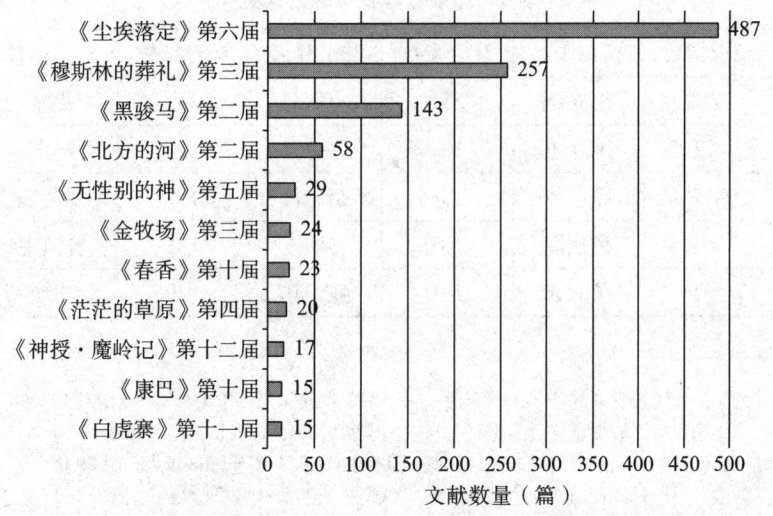

图 4 最受关注的"骏马奖"获奖作品（前十名）

"骏马奖"设立的初衷是"全面贯彻党的民族政策,调动起少数民族作家空前的创作热情和时代激情"①。少数民族文学与国家主流意识形态密不可分,是党的民族政策中关于民族平等,扶持少数民族经济、文化和社会发展等具体方针在文学方面的体现。在建构中华民族共同体的进程中,少数民族文学一方面致力于多民族传统文化的继承与弘扬,另一方面着眼于新兴文化的创造与发展。②"骏马奖"自设立以来推出了多部具有民族性、体现文化多样性、反映各少数民族精神风貌的优秀作品,这些作品越来越受到当代文坛的关注,相关的评论与研究成为近年的研究热点。

二、作者与机构分析

(一)核心作者分析

核心作者不仅是某个研究领域的引领者,文献产出的骨干力量,推动着知识的创新和传播,同时也是期刊学术影响力、竞争力的重要贡献者。核心作者候选人的确定遵循普莱斯定律,即:在同一主题中一半的论文是由那些因具有较高的生产力而树立起声望的人完成的,"或论文高产者的数量级是作者总人数的平方根"③。笔者对1982—2022年发表与"骏马奖"相关文章的1602位作者进行统计,其中发文数量最多的是泰山学院的李建,发文量是7篇,即 $N=0.749\sqrt{n_{max}}=0.749\times\sqrt{7}=1.98$($n_{max}$为发文最多作者的发文数,N为最低发文量),根据普莱斯定律,确定核心作者的最低发文量为2篇,经统计共有151位核心作者候选人,共发文364篇,人均发文2.4篇,共被引1628次,人均被引10.8次。但是,高产作者不一定是核心作者,笔者进一步使用综合指数法④识别核心作者,通过计算候选人的发文量和被引量统计出综合指数≥100的作者为核心作者,共有45位作者符合条件(表1)。

表1 核心作者及其综合指数

核心作者	综合指数	核心作者	综合指数	核心作者	综合指数	核心作者	综合指数
徐新建	537	胡立新	211	马烈	130	徐琴	111
徐其超	521	王开志	194	韩伟	127	杨彬	111
周政保	477	孔占芳	188	余忠淑	127	罗莹钰	109
李建	461	杨建军	185	马明奎	123	曾镇南	106
李康云	451	马丽蓉	181	寇旭华	120	邝琰	106

---

① 明江:《为了少数民族文学的第二次"上书"——访蒙古族作家玛拉沁夫》,《文艺报》2008年2月26日。
② 刘大先:《中国少数民族文学研究七十年》,《东吴学术》2019年第5期。
③ D. 普赖斯:《小科学·大科学》,宋剑耕、戴振飞译,世界科学社1982年版,第39页。
④ "综合指数法"是一种以正负均值为基准,将2个或多个不同计量单位指标标准化,再考虑指标权值后汇总成综合指数的折算方法,不言而喻,综合指数值越大,对象的综合效益越好。见秦寿康等:《综合评价原理与应用》,电子工业出版社2003年版,第10-11页。

续表1

核心作者	综合指数	核心作者	综合指数	核心作者	综合指数	核心作者	综合指数
丹珍草/杨霞	428	梁海	169	王锋	120	王永茂	106
蔡翔	319	李翠芳	164	李莉	118	杜姗姗	106
吴道毅	294	王娅	162	李晓峰	118	王琳	104
张立驰	278	赵学勇	139	乔以钢	116	李美萍	100
李建军	259	孟湘	134	杨玉梅	116		
黄晓娟	236	凌宇	130	杨华轲	113		
康亮芳	225	吕豪爽	130	王光东	111		

通过对 45 位核心作者的分析可知，大多核心作者对"骏马奖"的研究基于个人学术兴趣，缺乏长期而深入的研究。如表 1 所示，四川大学的徐新建是综合指数最高的作者，但他仅发表过 3 篇相关的论文，对阿来的创作及《尘埃落定》的研究既缘于作者的学术旨趣，更受文学人类学方法和视野的驱动。他的文章总被引用频次和单篇平均被引频次都是最高的，共被引 152 次，平均每篇被引 50 次，其中，《权力、族别、时间：小说虚构中的历史与文化——阿来和他的〈尘埃落定〉》[①] 是"骏马奖"相关研究文献被引量最高的一篇，共被引 113 次。另外，核心作者最关注的作品是《尘埃落定》，有 25 位作者发表过对此作品的相关评论。

（二）作者合作网络分析

将数据代入 CiteSpace，节点类型设置为"Author"，Pruning 处勾选"Pathfinder"和"Pruning sliced networks"，阈值的选择以最低发文量为标准，选择 2，从而生成知识图谱（图 5）。通过图 5 可以看出，在四十年的研究中，仅形成 3 个两人以上的合作群，其中大团队的成员有张永权等 13 人，只有张永权在此领域发文 4 篇，其他人均为 1 篇[②]。还有两个小团队，一个由刘万庆、莫福山、吴雅芝组成，另一个由廖春、孙宇双、姚宇组成。"骏马奖"研究者合作网络图谱的密度（Density）为 0.0004，可见研究者之间联系松散，以独立研究为主，缺乏合作，也没有形成稳定的研究团队。

---

① 徐新建：《权力、族别、时间：小说虚构中的历史与文化——阿来和他的〈尘埃落定〉》，《西南民族学院学报》1999 年第 4 期。

② 图 5 中 3 个作者群，共涉及作者 19 人，只有 1 人为核心作者，由于本作者合作网络分布松散，合作较少，所以将所有形成三人以上的合作群的每位成员都予以保留。

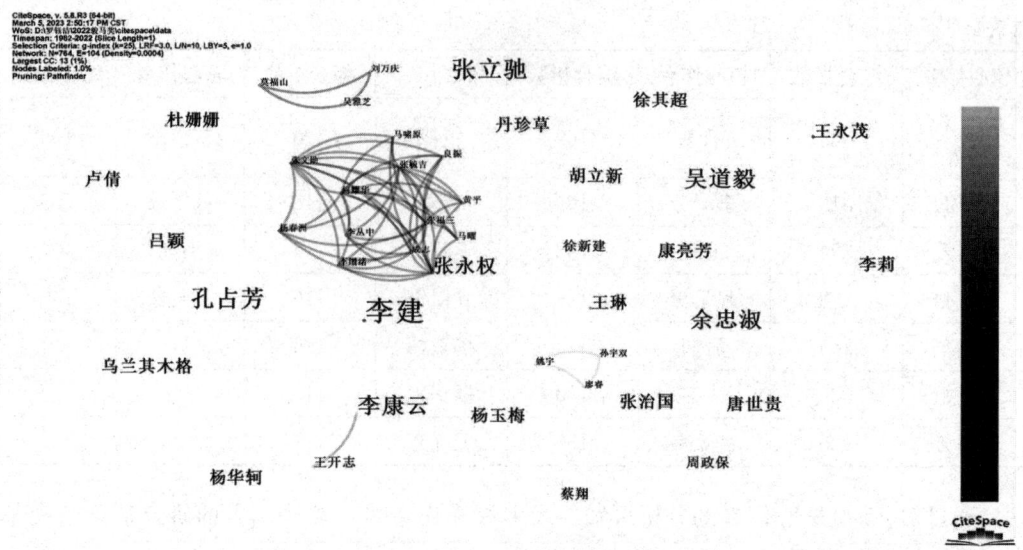

图 5 "骏马奖"相关研究作者合作网络

(三) 核心机构分析

经统计,共有525家机构发表了"骏马奖"相关文章,其中65%的机构发文量为1篇,中南民族大学是发文量最多的机构,共发表28篇相关文章,同样依据普莱斯定律确定候选机构的最低发文量为4,$N=0.749\sqrt{n_{max}}=0.749\times\sqrt{28}=3.96$($n_{max}$为发文最多机构的发文数,N为最低发文量),由此得出核心发文机构有89所。这89所候选机构共发文837篇,平均每个机构发文9.4篇,共被引2360次,平均每个机构被引26.5次。然后运用综合指数法确定30个核心机构(表2)。

表 2 "骏马奖"相关研究核心科研机构及其综合指数

核心机构	综合指数	核心机构	综合指数	核心机构	综合指数
西南民族大学	454	云南师范大学	189	暨南大学	135
四川大学	376	西藏民族大学	188	北京大学	133
中南民族大学	314	云南民族大学	176	南开大学	132
中国社会科学院	284	广西师范大学	175	北方民族大学	129
广西民族大学	264	兰州大学	175	延边大学	129
中央民族大学	238	泰山学院	166	吉林大学	123
安徽大学	227	陕西师范大学	161	南京师范大学	122
乐山师范学院	201	宁夏大学	159	重庆师范大学	115
华中师范大学	195	西南大学	158	辽宁师范大学	102
湖南师范大学	194	西北师范大学	143	青海民族大学	102

如表2所示，除中国社会科学院为国家级科研机构外，其他29家核心发文机构均为高校，包括师范类院校10所，综合类大学11所，民族院校8所。这30所核心机构分布在3个直辖市和15个省/自治区，以少数民族聚居的西部省份为主，其中四川省无论是发文量还是机构数量都位列榜首（表3）。

表3 "骏马奖"相关研究核心机构地理分布

省/自治区	发文量（篇）	机构数（个）	省/自治区	发文量（篇）	机构数（个）
四川	54	3	吉林	25	2
北京	51	3	安徽	19	1
湖北	42	2	广东	13	1
云南	42	2	湖南	13	1
陕西	40	2	江苏	13	1
广西壮族自治区	35	2	辽宁	11	1
甘肃	30	2	青海	11	1
宁夏回族自治区	30	2	天津	10	1
重庆	30	2	山东	7	1

（四）核心期刊分析

布拉德福定律根据期刊载文量的多少，将期刊划分为核心期刊区、相关期刊区、边缘期刊区，每一个区域的载文量相等，且这三个区域的期刊数量之比为 $1:n:n^2$。通过统计可知，1982—2022年共有623种期刊或学校发表了1586篇"骏马奖"相关文章，故每个区域的文章数量约为532篇，根据期刊发表"骏马奖"相关论文数量多少进行降序排列后，划分出核心期刊22种（发表文章10—63篇），相关期刊120种（发表文章3—9篇），非相关期刊481种（发表文章1—2篇）。

如表4所示，核心区期刊共22种，其中7种为北大核心&CSSCI期刊，平均每个期刊发文量为22.6篇，平均每个期刊所发文章共被引71.45次，单篇文章的平均被引频次最高的期刊则是《西南民族大学学报（人文社会科学版）》，共发表文章12篇，共被引308次，单篇平均引用频次为25.7次。发文数量最多的期刊是《民族文学研究》，共发表63篇文章，共被引309次，包括获奖作品批评、文体研究、作家群研究和文学制度研究，几乎涵盖了"骏马奖"相关研究的所有文献类型。

表4 核心期刊发文量及其被引频次

期刊	发文量（篇）	总被引频次	期刊	发文量（篇）	总被引频次
《民族文学研究》	63	309	《当代作家评论》	16	206
《青年文学家》	56	16	《文教资料》	16	11

续表4

期刊	发文量（篇）	总被引频次	期刊	发文量（篇）	总被引频次
《名作欣赏》	55	93	《现代语文》（学术综合版）	16	30
《阿来研究》	45	25	《文学教育》（上）	15	13
《当代文坛》	21	193	《长江丛刊》	14	3
《北方文学》	19	11	《南方文坛》	12	57
《大众文艺》	19	16	《青春岁月》	12	4
《小说评论》	19	91	《时代文学》	12	28
《语文学刊》	19	20	《西南民族大学学报（人文社会科学版）》	12	308
《中南民族大学学报（人文社会科学版）》	19	66	《芒种》	10	2
《安徽文学》（下半月）	18	68	《牡丹》	10	2

三、关键词分析

关键词是从文章中凝练出来的表现论文核心内容、反映主题概念的词或词组，对"骏马奖"相关文献的关键词进行统计分析，可以把握"骏马奖"研究的发展脉络与研究热点，直观地了解少数民族文学的创作景观。

（一）研究热点的可视化

关键词共现图谱可以体现研究内容的集中性和分散性，笔者将1586篇文献导入CiteSpace中，将节点类型设置为"keyword"，在Pruning选项中勾选"Pathfinder"和"Pruning sliced networks"选项对图谱进行优化，共得到原始关键词747个，将阈值设置为6，生成关键词共现图谱（图6）。

如图6所示，每一个节点都是一个关键词，关键词出现的频次越高，节点越大，频次最高的关键词是"张承志"，出现了109次，"阿来"出现了63次，"尘埃落定"出现了56次，"土司制度"出现了46次，"长篇小说"出现了38次，"韩子奇"出现了31次，"骏马奖"作为本文的主题词，频次仅为30，位列第七。从关键词共现图谱中可以看到，相较于其他频次相似的节点而言，"骏马奖"所发散出的边较少，且与之连线的节点的频次大于6，得以显现的只有"文学创作"和"长篇小说"。因此，对"骏马奖"奖项本身的研究处于边缘位置，学术界对于"骏马奖"的研究远不及对获奖作家和作品的关注。

学术史研究　253

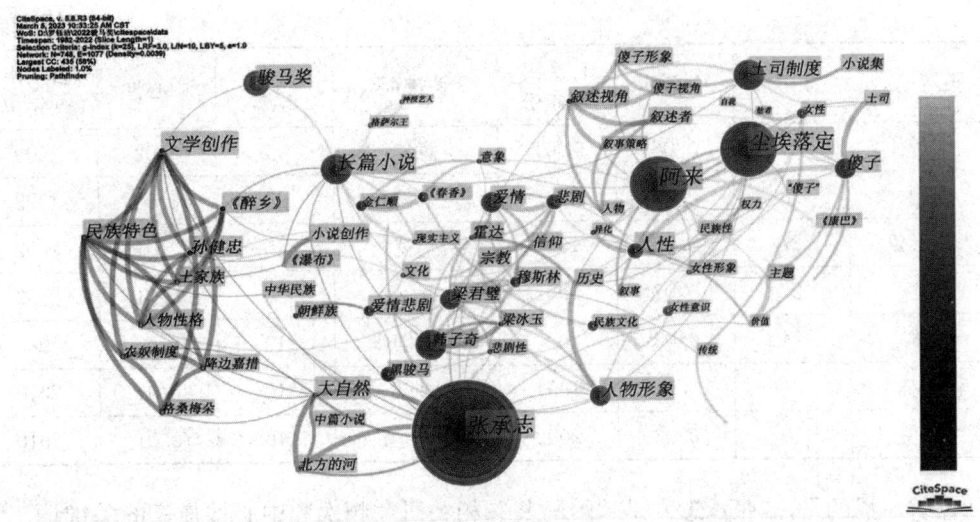

图 6　"骏马奖"相关研究关键词共现图谱

在"骏马奖"相关研究关键词共现图谱中，节点之间的连线多而密，所以整体上关键词之间的关联程度较高。从线条颜色和关键词分布区域可以看出，"骏马奖"相关研究可分为两个方向：一是对获奖作家和作品的研究与评论；二是关于"文学创作"方面的宏观研究。节点"长篇小说"不管是所在位置还是周围所发散出的连线的颜色，都表明该关键词是两个方向都涉及的热门主题。"点的中心性是一个用以量化点在网络中地位重要性的图论概念。"[①] 中心性最高的关键词，便是这个领域最核心的研究热点。表 5 中的关键词是按照频次由高到低排列的，但它们的中心性与频次并不一致，如"阿来""尘埃落定""土司制度"的频次都比"长篇小说"高，但"长篇小说"的中心性更高，可见，"长篇小说"与其他关键词的关联更加密切，阿来的《尘埃落定》虽然是最受关注的作品，但"长篇小说"才是"骏马奖"相关研究的热点。

表 5　"骏马奖"相关研究部分高频关键词

关键词	频次	中心性	首次出现年份	关键词	频次	中心性	首次出现年份
张承志	109	0.22	1983	黑骏马	17	0.03	1983
阿来	63	0.09	2001	梁冰玉	16	0.02	1989
尘埃落定	56	0.09	1999	爱情悲剧	16	0.03	1984
土司制度	46	0.1	1998	霍达	15	0.02	2002
长篇小说	38	0.16	1982	春香	14	0.02	2009
韩子奇	31	0.02	1989	北方的河	13	0.01	1984
骏马奖	30	0.06	2003	叙述视角	11	0.04	2002

---

① 陈超美：《CiteSpaceⅡ：科学文献中新趋势与新动态的识别与可视化》，《情报学报》2009 年第 3 期。

续表5

关键词	频次	中心性	首次出现年份	关键词	频次	中心性	首次出现年份
傻子	29	0.06	2001	意象	11	0.02	2009
悲剧	28	0.02	2005	宗教	11	0.02	1993
人物形象	27	0.07	1991	傻子视角	10	0.01	2002
人性	27	0.07	2002	女性	10	0.01	2009
爱情	24	0.03	2007	文学创作	10	0.08	1982
穆斯林	21	0.01	1994	康巴	10	0.01	2010
梁君璧	20	0.03	2009	金仁顺	10	0.01	2010

值得一提的是,"张承志"是"骏马奖"相关研究频次和中心性最高的关键词,频次为109,中心性0.22。在关键词形成图谱时,与"张承志"有连线的节点多,但频次不高,没有显现出来,频次较高、连线较多的节点是"大自然""黑骏马""北方的河""文学创作""人物形象"等关键词。这是因为张承志共有7部作品获得过"骏马奖",分别是《骑手为什么歌唱母亲》(第一届荣誉奖短篇小说奖)、《阿勒克足球》(第一届中篇小说奖)、《黑骏马》(第二届荣誉奖中篇小说奖)、《北方的河》(第二届荣誉奖中篇小说奖)、《大坂》(第二届短篇小说奖)、《金牧场》(第三届长篇小说奖)、《一册山河》(第七届散文奖)。

"阿来"作为关键词频次为63,中心性0.09,与阿来《尘埃落定》相关的高频词还有"土司制度""傻子""人性""叙述视角""傻子视角"等,且"土司制度"作为排序第四的关键词与"阿来"和"尘埃落定"并没有连线,可见,很多文献的主题并不是"阿来"和"尘埃落定",研究者更加关注对于作品主题、情节和人物形象的分析。"霍达"作为关键词,频次和中心性低于作品中的人物"韩子奇""梁君璧""梁冰玉",作品《穆斯林的葬礼》没有形成高频关键词,但是"穆斯林""宗教""爱情""悲剧"等关于作品主题的词皆在高频关键词之列。纵观频次最高、最受学界关注的少数民族文学作品,无论是作品创作,还是批评研究,都更加关注探索民俗民风,挖掘族性文化;学术界对于"骏马奖"的研究远不及对个别作家、作品的关注。

笔者选择LLR算法对关键词进行聚类,形成图7,在10个类别中,8个是热门获奖作品的研究,其他2个是"长篇小说"和"女性",说明"骏马奖"相关研究聚焦于作品内部的语言、结构、技巧、形象等的美学分析,从作品的外部进行的宏观研究较少。与此同时,不同聚类之间相互交叉重叠的情况十分明显,各研究主题之间相互交织,未形成具有明确边界的研究领域。

学术史研究　**255**

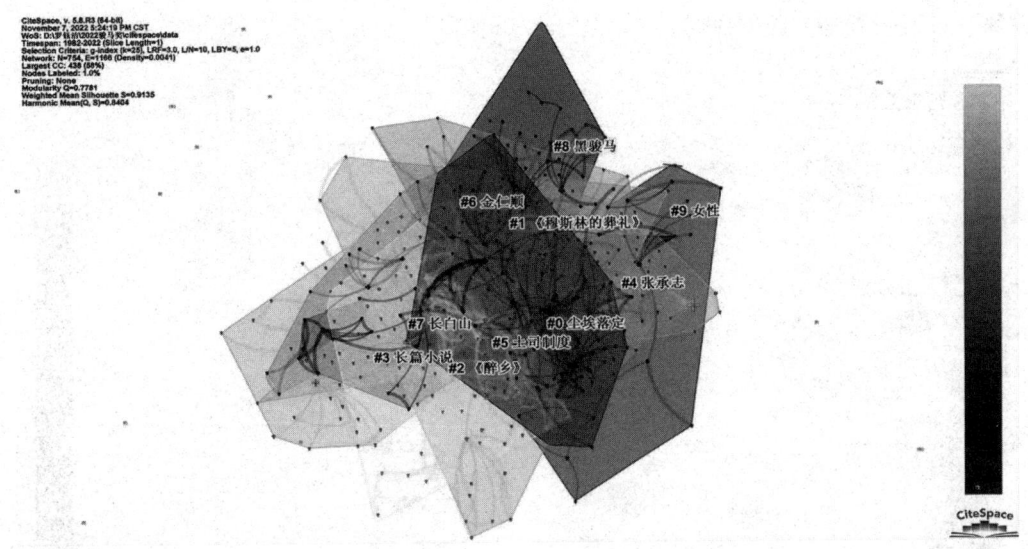

图 7　"骏马奖"相关研究关键词聚类图谱

（二）研究热点的趋势可视化

为了从时间维度上更清晰地把握"骏马奖"研究热点的发展脉络，在关键词共现图谱的基础上生成关键词时区图谱（图 8）和关键词突现（图 9）。通过分析关键词时区图谱可知，"骏马奖"相关研究的发展大致可以分为三个时期：

（1）1982—1988 年是奠基期，这一时期关注的热点延续至今，如从 1982—2022 年，"长篇小说"都是研究热点，第十二届的获奖作品《神授·魔岭记》的研究关键词"格萨尔王""神授艺人"与"长篇小说"仍有联系。这一时期较为热门的"骏马奖"获奖作品为《黑骏马》《北方的河》《格桑梅朵》《醉乡》。

（2）1989—2013 年为爆发期，此阶段以对热门获奖作品的多角度分析为主，从叙事策略和人物形象等方面切入，探析作品中关于"人性""爱情""宗教""历史""民族文化"等的主题，其中在 2009 年出现了关于作品中"女性"问题的探讨，这为 2018 年突现的关键词"女性意识"奠定了研究基础。从 2008 年第九届"骏马奖"开始，评奖数量缩减，奖项设置调整，并在评奖标准中首次提出坚持"思想性、艺术性相统一"[①]的原则。过去在国家意识形态和民族平等政策的双重主导下，56 个民族均有作家获奖，但是获奖作品艺术水准不一的现象开始改观。

（3）2014—2022 年为成熟期，2015 年，中共中央办公厅、国务院办公厅印发了《关于全国性文艺评奖制度改革的意见》，"骏马奖"在奖项设置、评奖数量、评奖标准、评奖程序等方面都更加科学、合理、严格和规范。这一时期"骏马奖"相关研究逐步成熟，研究内容则在前一时期各个主题的基础上不断拓深，关注"女性意识""文化""现实主义"等主题，出现了文体研究、女性文学研究，以及对于"骏马奖"文学制度演化

---

① 《全国少数民族文学创作"骏马奖"评奖试行条例（2008 年 2 月 14 日修订）》，《文艺报》2008 年 2 月 28 日。

逻辑、价值引领等方面的探讨。

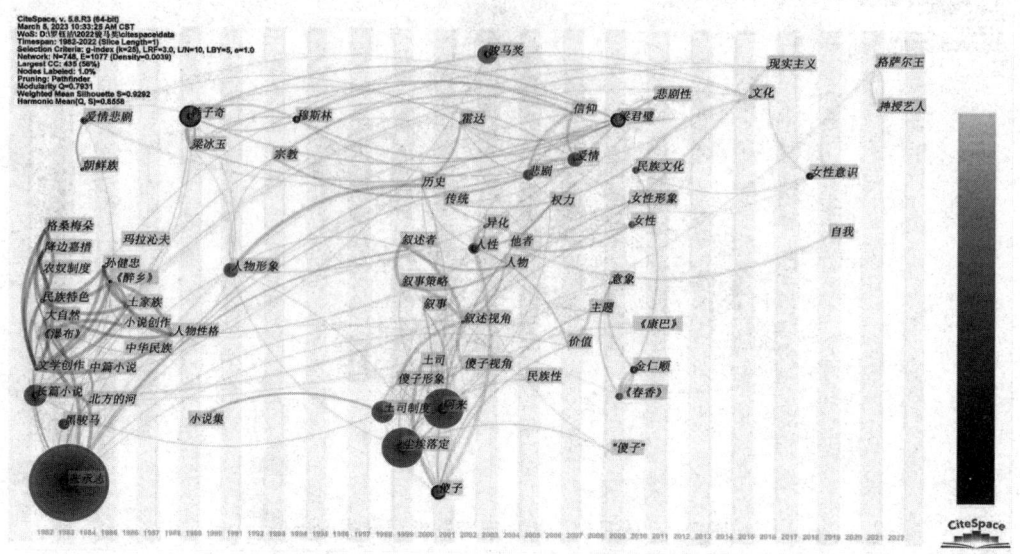

图 8 "骏马奖"相关研究关键词时区图谱

从关键词突现时间和时间跨度来分析，《尘埃落定》和《穆斯林的葬礼》一经出版便引起了主流批评界的关注，《尘埃落定》研究热度高，持续时间短，而《穆斯林的葬礼》则研究热度稍弱，但持续时间长。研究热度一直延续至今的关键词只有"骏马奖"，突现强度也是最高的，达到 7.86。可见，随着"骏马奖"评奖制度的完善和少数民族文艺政策的推进，"骏马奖"文学制度、作家群等研究将是未来的研究热点。

关键词	年份	突现强度	起始年	终止年	1982—2022
大自然	1982	3.97	1982	1991	
张承志	1982	4.21	1984	1989	
小说创作	1982	3.81	1986	1999	
长篇小说	1982	5.46	1993	1998	
阿来	1982	6.07	2001	2003	
尘埃落定	1982	5.93	2001	2003	
人性	1982	3.78	2002	2007	
傻子	1982	4.25	2007	2016	
爱情悲剧	1982	4.58	2009	2017	
意象	1982	4.57	2009	2015	
韩子奇	1982	4.73	2010	2018	
爱情	1982	4.44	2010	2020	
金仁顺	1982	4.28	2010	2012	
霍达	1982	4.11	2010	2017	
穆斯林	1982	4.04	2011	2016	
梁君璧	1982	4.61	2013	2018	
骏马奖	1982	7.86	2017	2022	
女性意识	1982	4.01	2018	2020	

图 9 "骏马奖"相关研究关键词突现

结　语

中华民族是由56个民族形成的"我中有你、你中有我，而又各具个性的多元统一体"①，几千年来各个民族交融汇聚，文化兼容并蓄，共同创造了文学的丰富图谱，汉语言文学无疑是其中的主干，而各少数民族则是枝叶。② 中华民族共同书写了多民族、多语种、口头文学与书面文学并行的中国文学谱系。

首先，"骏马奖"获奖作品体裁丰富、数量众多，但是能进入主流文学界的作品却极少。究其原因，第一，"骏马奖"自设立以来一直鼓励少数民族母语文学创作，扶持人口较少民族文学创作。为此还设立了荣誉奖、人口较少民族特别奖、新人新作奖等奖项，如第一届奖项设置有10种，几乎涵盖了所有文学体裁，多达140部作品获奖。第二，由于语言的障碍和翻译力量的薄弱，很多母语创作的文学作品没有被翻译成汉语，作品的传播和接受过程存在严重的断裂，没有机会与汉族读者见面。比如，新疆维吾尔族作家创作的小说超过300部，这些作品却没有机会与汉族读者见面，原因就是翻译力量的薄弱。③

其次，"骏马奖"研究重复率高，聚焦于个别作家作品，大多数研究者基于个人学术兴趣，并且没有形成稳定的学术团队，核心研究者之间联系松散，以独立研究为主，缺乏合作。核心机构除中国社会科学院民族文学研究所是国家级科研机构以外，师范类高校、综合类高校和民族高校均有涉及，大多数高校分布在民族地区，处于边缘位置。少数民族文学作品的主题以描述民族风情、歌颂新生活、展现传统与现代的社会变迁为主，大多数作品未能融入主流文学，学术界对于"骏马奖"奖项整体的研究远不及对个别作家、作品的关注。

最后，少数民族文学批评一直处于"在场的缺席"状态，相关研究一直存在原子化、无关联的现象。据统计，对"骏马奖"获奖作品的批评主要围绕《尘埃落定》《穆斯林的葬礼》《黑骏马》3部长篇小说展开，大量被北大核心或CSSCI来源期刊收录的文献也以这几部作品为主。少数民族文学批评、研究与翻译人才不足、力量薄弱是显而易见的，由于文化的差异和地域的不同，少数民族文学批评话语存在"零散化、表面化、单一化现象"④，绝大多数文学作品未进入主流话语批评视野。

综上所述，"骏马奖"是对少数民族文学创作现场的巡礼与检视，有力地推动了少数民族文学艺术的繁荣，促进了文学作品的创作、生产与传播，以文学的力量铸牢中华民族共同体意识。从1982年至2022年，"骏马奖"评奖标准从"量"转向"质"，从"广"转向"精"，从"扶"转向"奖"。⑤ 少数民族作家队伍的不断壮大给当代文坛带来了新的题材和新的文风，少数民族文学创作的不断繁荣促进了各民族的交往交流交融，增强了中华文化认同，进而成为讲好中国故事、传递好中国声音的多元表述。

（西北民族大学中国语言文学学部教授）

---

① 费孝通：《中华民族的多元一体格局》，《北京大学学报》1989年第4期。
② 刘大先：《中国多民族"语言—文学"谱系与比较研究的拓展》，《中国比较文学》2023年第2期。
③ 王婧姝：《"骏马奖"与少数民族文学的成长之路》，《中国民族报》2008年11月21日。
④ 丹珍草：《新时代多民族文学批评的话语实践与边缘活力》，《民族文学研究》2022年第3期。
⑤ 朱林：《全国少数民族文学"骏马奖"的制度属性与演化逻辑》，《民族文学研究》2019年第1期。